Ich bin Diebin gewesen, ich will Schriftstellerin werden: jede andere Tätigkeit scheint mir indiskutabel.

Albertine Sarrazin

Vielleicht ist es falsch, von sich selbst zu sprechen, wenn man über jemand anderen schreibt, aber ich frage mich wirklich, ob ich ohne sie die geworden wäre, die ich bin.

Patti Smith

Ein ergreifender Ton, ein wunderbarer Stil! Zum ersten Mal spricht eine Frau über ihre Gefängnisse.

Simone de Beauvoir

Albertine Sarrazin hat für den Roman *Der Ausbruch* im März 1966 den Prix des Quatre Jurys erhalten.

Zweite Auflage 2018
© 2018 by INK PRESS, Zürich
www.ink-press.ch

Neuübersetzung des französischen Romans Claudia Steinitz
Lektorat Christiane Schmidt
Korrektorat Alba Ristovski
Reihengestaltung und Satz Ernst und Mund, Leipzig
Umschlagbild Katarina Schröter mit Mai Suzuki und Ben Bernhard
© Ink Press, Zürich
Druck und Bindung Druckhaus Köthen
Papier Courios Matter Goya White, RecyStar Polar
Schriften Gerstner Programm (Karl Gerstner/Stephan Müller),
Lector (Gert Wunderlich/Reymund Schröder), www.forgottenshapes.com

S. 126 Arthur Rimbaud, *Adieu*, dt. von Fritz Rudolf Fries.
S. 175 Arthur Rimbaud, *Pariser Orgie,* dt. von Fritz Rudolf Fries.

Die Übersetzerin dankt Mireille Junod und Martine Remon für die Beantwortung vieler Fragen, die sie der Autorin nicht stellen konnte.

INK PRESS dankt dem Ambassade de France en Suisse für die Unterstützung der Arbeit an diesem Buch.

Liberté • Égalité • Fraternité
RÉPUBLIQUE FRANÇAISE
AMBASSADE DE FRANCE
EN SUISSE

Printed in Germany
ISBN 978-3-906811-08-6

Der Ausbruch

Albertine Sarrazin

Aus dem Französischen von Claudia Steinitz

ink press

Erster Teil

Kapitel I

Ich bin bestens ausstaffiert, um heute Abend im Knast zu landen: Opossum und Hose.

Das Tierfell bleibt bei der Durchsuchung hängen. Dass es womöglich ein paar Sommer die Motten füttert – kein Problem, aber dass es womöglich per Tauschhandel im Gauloiserauch aufgeht, dafür will keine Gefängnisverwaltung geradestehen.

Muss auch die Hose ausziehen, das Tragen ist nicht gesund, erleichtert vielleicht das Erklimmen des Pflaumenbaum genannten Stuhls für die Blutabnahme, würde allerdings die Einführung des Spekulums stören. Also wenn Sie in den nächsten Tagen mit Ihrer Verhaftung rechnen, haben Sie den Hintern immer nackt und einen Koffer mit Wäsche griffbereit.

Da dachte ich, ich könnte die Sommersonnenwende, diesen Gauneräquator, in Freiheit überschreiten, und nun bin ich vor den Stichen der Sonne und den Süchten des Mondes geschützt, aber dafür den Schlägen in die Fresse und den Stürzen der Seele ausgesetzt für eine entsetzlich bestimmte Zeit. Ein paar Jahre halt.

Die Polizisten haben mich sorgfältig in der Kanzlei abgegeben: Lieferung erfolgt. Scheinchen gezählt, registriert, mit dem Kleingeld und dem Transistor verwahrt, Identität runtergebetet und *mind* runtergefahren, dann folge ich der Schließerin, es ist die Nachtwärterin, ich bin eine Spätkommerin: nach neunzehn Uhr. Vermute ich jedenfalls, denn mein Zeitmesser ist mit den anderen Beweisjuwelen auf dem Kommissariat geblieben, versehen mit einem Etikett

Größe SNCF-Gepäckschein, auf dem genaue Beschreibung, besondere Kennzeichen und so weiter stehen. Schon klar, wenn Sie ausgerechnet in einer Nacht, in der hundert Meter weiter ein paar Millionen in Juwelen durch eine aufgebrochene Mauer davonfliegen, auf einem friedlichen Parkplatz in Ihrem Auto schlafen; wenn der Polyp, der die Nummernschilder kontrolliert, Sie unsanft weckt, um sich zu erkundigen, was Sie da treiben, das Gleiche bei Tagesanbruch wiederholt und Sie so lange belästigt, bis Sie mit quietschenden Reifen losbrausen, um Ihr Schläfchen ein paar Meilen weiter in Frieden beenden zu können; wenn derselbe Polizist, wild entschlossen, Ihren Schlaf zu stören, ein paar Tage später auftaucht und Ihre ganze Bude auf den Kopf stellt, als Sie gerade in trauter Zweisamkeit die Frühstückstassen abwaschen, selbst ungewaschen und im Negligé, und Sie auffordert, in den 2CV zu steigen, ich hasse diese Karre, wobei er Ihnen verspricht, Sie zum Apero wieder nach Hause zu bringen, nur lange genug, um ganz ruhig, unter vernünftigen Menschen halt, zu klären, warum zum Teufel Ihre Juwelen zum Verwechseln und so weiter – Sie müssen zugeben, dass es wirklich hirnrissig wäre, die Zahnbürste einzupacken.

Dieser Morgen war gestern, und allmählich habe ich die Nase voll davon, ständig herumgezerrt, durchsucht, verhört, geschubst zu werden, ohne andere Wegzehrung als Kippen, Vittel-Délices und Kawas – es gibt einen für Einkauf zuständigen Polizisten, und mit Geld lässt sich alles regeln. O pardon! Ein paar Stunden Waffenruhe hat man uns letzte Nacht gegönnt. Auf einer Bank schlafen soll ja gut für die Wirbelsäule sein. Zizi und ich kommen grad aus dem Krankenhaus, eine Geschichte mit Apophysen, gebrochenen Rippen und Schädeln, fahrlässiger Tötung und solchem Schlamassel: Besser konnte es nicht passen.

Ich erkundige mich trotzdem bei der Wärterin nach den Möglichkeiten, gleich etwas Toilette zu machen, was mir ein empörtes „Sie wollen sich doch heute Abend nicht mehr waschen?“ einbringt.

Ich verzichte und überwache die Wächterin, während sie mein Gepäck – in Tasche, Portemonnaie – danach sortiert, was ich während der Haft behalten darf und was nicht. „Langsam, langsam!“, regt sie sich auf, als ich so viele Fotos wie möglich zu mir hole, mit nacktem Oberkörper und Strümpfen, die, ihres Halters beraubt, auf die Pantoffeln tropfen; dem rituellen „Ziehen Sie sich aus“ habe ich eilig gehorcht. Seit gestern früh fing ich an zu vergessen, was das ist.

Schließlich gelingt es mir, aus dem Durcheinander das Briefpapier zu retten und die Epilierpinzette zu verstecken. Mit leichterem Herzen gehe ich in die Kleiderkammer.

Ach, wo sind die Gefängnisse meiner Jugend!

Keine sauberen Regale hier, die der Erschöpfung und dem Dreck des Kunden Stapel grober Kleider, grobe Pelerinen, Dutzende Unterhemden, Schmucktäschchen und Lappen für Körper, Küche und Menstruation anbieten; kein Inventar, also auch keine Unterschrift. Man begnügt sich damit, mir zwei raue Wollkleider hinzustrecken, in denen meine Knöchel verschwinden – „Sind ja winzig, Sie“ –, man gibt mir einen passenden Gürtel mit nichts zum Befestigen, gräuliche Laken, drei Decken, das war's. Ich erkläre, dass ich wirklich nicht mehr brauche, und mache mich vor meiner Führerin wieder an den Aufstieg.

Das Geländer klebt an meinen Fingern, ich klebe am Geländer.

Bei den bald drängenden, bald resignierten Schritten der Wärterin hinter mir würde ich mich für meine Langsamkeit schämen, wenn ich mich noch für irgendwas schämen könnte. In der letzten Etage wird die letzte Tür aufgeschlossen, zwei Riegel, oben, unten, und in der Mitte der große Generalschlüssel für den Trakt.

Bevor ich einloche, habe ich noch Zeit, durch die Dachluke ein ordentliches Stück Abenddämmerung zu sehen.

Oje! Ich habe ein Glück! Das ist ein Knast mit Gemeinschaftsordnung, hier ist der Schlafsaal, das heißt auch morgen Tagesraum. Etwas abstrakt anzunehmen, dass man nur zusammen schläft und sich nach dem Aufwachen allein wiederfindet. Sowieso bin ich viel zu müde, um irgendetwas zu vermuten, nur die leere Koje unter dem Fenster und die einladende Matratze wecken noch meine Aufmerksamkeit.

Aber bis jetzt hatte ich immer die Ehre einer Einzelhaft, deswegen komme ich mir vor den Mädchen, die mich hinter dem Stoff oder dem Brief, der ihre Hände bei meinem Eintreten beschäftigt hatte, von ihren Betten aus beobachten, wie eine Erstverbüßerin vor.

Erstmal zeigen, dass ich mich auskenne, und ordentlich meine Koje bauen. Eine Erstverbüßerin, auch wenn sie im zivilen Leben Zimmermädchen ist, macht das nicht so gut wie eine Rückfällige, der draußen jeden Abend ihr Bett bereitet wird (warum nicht? Nur weil ich hier nichts habe, bin ich draußen noch lange kein Habenichts). Laken ordentlich festgesteckt, Kopfkissen ... kein Kopfkissen weit und breit, eine zusammengerollte Decke tut's auch. Die beiden anderen übereinander; eisig ist es in diesen gottserbärmlichen Etablissements.

Da es weder Schränke noch Regale, Stühle oder Hocker gibt, lege ich mein Schreibzeug und meinen Tabak auf den Fußboden. Ich habe mir von der Ordonnanz einen Vorrat an Gitanes besorgen lassen, um nicht in die Röhre zu gucken, während ich auf den Einkauf warte.

Eins der Mädchen dreht sich im Bett um und zieht am Laken der Nachbarin.

„Sag mal, Süße, hast du kein Wasser hochgebracht? Ich komme um vor Durst."

Orange passt bei schmerzlichen Umständen aller Art, egal ob Krankenhaus, Kommissariat oder Knast. Ich offeriere eine der beiden, die ich noch habe. Das Mädchen sagt danke; sehr engelhaft mit dickem Zopf und pastellfarbenem Nachthemd. Auf einmal ist die Atmosphäre ganz entspannt. Ich zieh mich wieder nackt aus und krieche zwischen die Laken, der Rücken glücklich, aber der Zeh vorsichtig, denn wenn man in den verdammten Rissen hängenbleibt ...

Der Engel spricht mich an: „Sagen Sie mal, Fräulein ... oder Frau?"

„Anick."

„Also Anick. Ich bin Mona. Waren Sie schon mal hier?"

„Hier nicht, aber ich habe andere Löcher durch."

Ich nenne ein paar, und wir schwatzen eine Weile. Jetzt, wo ich den Landeplatz erreicht habe, ist ausruhen weniger dringend. Dann kommt allmählich die Stille zurück, Stille, die hier schnarcht und seufzt.

Ich versuche mich zu orientieren. Der Käfig ist ein Taubenschlag, denn ich bin vorhin endlos hochgestiegen und die Baumwipfel reichen nicht bis zu den Fenstern. Es sind echte Fenster, hoch und natürlich vergittert, aber sie behindern nicht den Atem der Jahreszeit wie die winzigen Luken in den Strafanstalten der Provinz. Die Wand ist voller Flecken und Blasen. Muss wohl auf die Farbe aufpassen, an den schwarzen Stellen über den Betten sieht man, wo beim Lesen oder bei der abendlichen Nähstunde mit den Haaren langgewischt wird.

Mein Bett ist unter dem Fenster, im rechten Winkel zu den anderen: wahrscheinlich das Eingewöhnungsbett. Am Anfang ist die Überwachung durch die Mädchen hartnäckiger als die der Wärterinnen. Zum Glück vermeide ich im Knast wie anderswo, Rechnungen aufzumachen oder heimzuzahlen; ich hasse unnötigen Spektakel und Ärger.

Die Mädchen scheinen beruhigt. Ich wirke nicht wie ein Singvogel.

„Erlauben Sie, dass ich hochklettere?"

Mauricette sieht aus wie ein Junge, der von der Jungfrau abstammt, sehr drahtige Löckchen, sehr blaue Augen, sehr geblümter Pyjama.

Ich denke ans Schlimmste, als sie auf mein Bett klettert, aber ich erlaube es trotzdem. Die Kleine trampelt auf meine Haxen, nimmt Schwung, umklammert die Gitter und zieht sich hoch aufs Fensterbrett. Als sie gemütlich sitzt, pfeift sie *Le petit Navire,* holt einen Knäuel mit Baumwollgarn zum Stricken aus dem Gürtel und wickelt es nach draußen ab, sobald die Melodie von einem anderen Pfeifen unter dem Fenster aufgenommen wird. Ich lasse mir erklären, dass alle Kassiber schreiben, was das Zeug hält, um den Kontakt mit den Freundinnen im Schlafsaal unter uns zu halten. Wenn ich will, suchen sie mir auch eine Brieffreundin.

Mauricette springt auf den Boden, an ihrer Schnur hängt ein Päckchen Zettel. Sie macht den Postmeister, von Bett zu Bett:

„Für dich ... Für dich ... Nein, Schätzchen, nichts dabei heute ..."

Wann werde ich meinen Brief bekommen?

Auf welchem Papier, mit welchem Visumsstempel?

Wann kommt das erste „mein Herz" seit unserem Abschied vorhin im Bullenwagen, bevor ich sah, wie sich die Eisentore hinter seinem Rücken schlossen?

Seinem geschundenen Rücken, der mir Angst machte – Geschrei der Doktoren: „Ihnen droht die Lähmung!" – und „aua, aua", wenn ich die verordneten Massagen machte.

Das alles habe ich heute Abend bei der Durchsuchung zurückgelassen.

Ich weiß, dass man das Ich nie lange, nie lange genug bei der Durchsuchung zurücklässt und dass man es sich jedes Mal ohne Erlaubnis vom Oberwärter zurückholt.

Die Bude brennt!

Nein, das ist Mauricette, die die Kassiber nach dem Lesen auf dem Zement einäschert. Danach schiebt sie die Asche mit einem unglaublich kahlen Besen zur Toilette.

Ja, hier gibt es Klos, praktischer als Eimer – richtige Pinkelpötte da drin! Nicht so ein kompliziertes Ding mit Knopf und Spülung, das nicht. Man muss nur auf das Pedal vorn am Podest treten, sobald das Geschäft erledigt ist, die Klappe geht auf, und alles wandert Richtung Grube. Der ausgeprägte Ammoniakgeruch ersetzt das Riechsalz, falls einem die Sinne schwinden.

Ich stopfe ein kleines Hungerloch mit dem Rest meines Wurstsandwichs vom Mittag, bekleckere mein einziges Taschentuch mit Orange; morgen werden wir das Gesöff, den Kaffee, den Negerschweiß wiederfinden, dessen Geschmack ich vorhersagen kann, ohne einen Irrtum zu befürchten – es ist überall der gleiche.

Kopf und Beine leer, alle Bilder fein in der Tiefe der Augen gestapelt, versinke ich im Frühlingsschwarz des Himmels.

Kapitel II

Der Autounfall hat mein Handgelenk in Mitleidenschaft gezogen, bin gerade den Gips los, und es ist noch ziemlich steif.

Sie werden sagen, das ist noch das kleinste Übel, weil es der linke Arm ist, weil ich mit beiden Händen schreibe, weil ich beim Lesen mein Handgelenk nur zum Umblättern brauche und weil im Knast die literarische Kost für mich die beste ist.

Mag sein, aber die Literatur hilft mir bestimmt nicht, meine Koje zu bauen. Weil ich nur für den Bic beidhändig bin und Linkshänderin für alles andere und weil diese Pritsche ...

Es geht hier nicht um ein flüchtiges Durchwursteln, die Folgen der Nacht zusammengeknüllt unter das Kopfkissen – das ist die „überstürzte" Koje. Auch nicht um eine Runde Tauziehen beim Aufstehen mit dem kleinen Mann auf der anderen Seite der Laken, der dir hilft, sie festzustecken – das ist die „eheliche" Koje.

Nein, das hier ist die „vorschriftsmäßige" Koje.

Erstmal alles auf den Boden schmeißen, bis auf die Matratze, zu unbequem umzudrehen, die lass ich, wie sie ist.

Dann zieht man blitzschnell alle Klamotten an, ausgenommen den Büstenhalter, den man aus Scham schon unter der Decke umgeschnürt hat, und springt in die Latschen. Dasselbe mit dem Slip, wenn man ihn nicht seit dem Vortag oder seit letzter Woche anhat oder gar keinen trägt; hängt alles vom Grad der Hygiene ab, die man beansprucht. Nun faltet man jede Decke vierfach, dann achtfach, bis man das ideale Format erhält, das Gleiche macht man mit den Laken, stapelt das Ganze rechtwinklig am Fußende des Betts und wirft sich wieder auf die Matratze, um noch eine Mütze Schlaf zu ergattern.

Mauricette ist schon in Hochform und fegt die vielen Kippen, Bonbonpapiere und Streichhölzer, die Überreste der nächtlichen Orgien zusammen.

Zellenöffnung! Wir marschieren an der Wärterin vorbei, ich kenne sie nicht, sage nicht guten Tag, mein Auge ist verklebt, der raue Stoff reibt an meinen nackten Beinen, ich schwanke und folge der Einheit, Treppe, Flur.

„Der Tagesraum", warnt mich Mona, die mich unter ihre Fittiche nimmt.

Das Geringste, was man sagen kann, ist, dass die Justiz nicht vor den modernsten Methoden zurückschreckt, um uns zu konservieren. Hier bedient sie sich der Unterkühlung.

Was für ein Eisschrank, dieser Raum!

Auf den Fensterbrettern aufgereiht sind Zwiebeln, leere Nescafé-Dosen, Dop-Flaschen mit ein paar Shampooblasen drin. Von Fenster zu Fenster und die Wände streifend, von Schrank zu Schrank und über die Köpfe schleifend, hängen Girlanden aus Baumwollschnur mit schwärzlichen Wäscheklammern, die sehr dreckige Lappen und etwas weniger dreckige Handtücher halten; auf den am wenigsten dreckigen der weniger dreckigen die Slips, die die Vornehmeren dort jeden Abend aufhängen.

Andere Nes-Dosen krönen neben allen möglichen Latschen die beiden gelben Schränke, passend zur Wand. Die vollen Dosen sind drinnen, auf den Schrankbrettern, ein halbes Brett pro Person. Da ich nichts zu futtern habe, stopft man mich ins Feld Mona-Aliette, ich staple mein Glas, meinen Teller und meinen Löffel auf ihre, die hat man „für die Neue" schon durchgereicht; aber sie haben den

Napf vergessen, ich bekomme ihn nachher, versprochen. Kein Messer. Ich finde bestimmt eine alte Korsettgräte; wenn ich sie an den Steinen im Hof geschliffen habe, gibt das eine sehr gute Klinge.

Die Mädchen packen ihre Schminkkoffer aus, während sie auf das Gesöff warten, das auf sich warten lässt. Früher habe ich gemeckert, wenn nicht sofort hinter der Morgenschließerin das Mädchen mit einem großen dampfenden Kessel und der Kelle auftauchte, Viertelliter, randvoll. Aber das war in einem anderen Leben. Hier muss man sich sein Gesöff verdienen. Auch die Plätze sind teuer. Jede hat das Bein über ihre Bank geschwungen und ist über den zusammengenagelten und aufgebockten Brettern, die als Tisch dienen, zusammengesunken. Ich bleibe stehen, stehe mir selbst im Weg.

„Marie-France, mach ihr Platz", sagt Aliette.

Marie-France nennt sich Ägypterin, kommt schon irgendwie vom exotischen Ufer. O Mutter, die Ufer des Mittelmeers, und hier diese schwere, feuchte Kälte! Da sich Marie-France nicht rührt, deutet sich ein Gerangel an, aber ich sehe mit jeder Sekunde ausgelaugter aus, Müdigkeit gilt als Vorzugskarte, und schließlich sitze ich.

Aliette gibt einen Löffel Nes und zwei mit Zucker in mein Glas. Ich protestiere, dann nehme ich es an und sage, dass ich Geld habe und mich beim nächsten Einkauf revanchiere.

Mit großer Geste lehnt Aliette mein Angebot ab. Beim Abstieg vom Schlafsaal hat sich ein Mädchen ins Arztzimmer geschlichen und am Warmwasserhahn einen Napf gefüllt; das Wasser ist nur noch lau, und George, die Älteste, heizt schnell den Ofen an, um es aufzuwärmen und auch die Luft im Raum. Der Rauch reizt meine Augen, George schürt, dass es mir Ohren und Zähne wegfetzt.

Ich habe den Ofen im Rücken, wenn ich mich umdrehen würde, könnte ich mir den ganzen Tag lang die Stelzen rösten.

Stagnation und Unlust halt.

Ich trinke den Nes ohne Scham, ich habe hundertzwanzig Scheinchen in der Kanzlei, bis zum Eintreffen der Geldanweisungen komme ich locker hin. Außerdem mögen dich die Mädchen viel lieber, wenn sie dir helfen, als wenn du ihnen zu fressen gibst. Sie wissen, dass es ihnen freisteht, dich weiter zu mögen oder nicht.

Die Nescaféinierten mischen sich nicht in das allgemeine Gedränge, das vom einladend gesäuselten „Zum Kaffee!" der Wärterin ausgelöst wird, die soeben die Stählerne aufgesperrt hat. Heute ist Sonntag, es gibt Milch. Ich spende meinen Anteil, das macht was her, außerdem hasse ich Milch.

Dann wird geschwatzt: „Was macht man hier sonntags so?"

„Dasselbe wie jeden Tag, man dreht Däumchen. Für die, die wollen, gibt es die Messe. Aber sagen Sie, Madame ..."

„Anick. Lass das Madame stecken, lass mich nicht mein Leben erzählen und erklär mir, was man anstellen kann. Außer zur Messe gehen."

„Nichts, sag ich doch. Die Klingel in der Kanzlei klingelt den ganzen Tag nicht, weil es keine Besuchszeit gibt. Die Angeklagten haben an den sechs anderen Tagen Besuchszeit, die Verurteilten Donnerstag und Sonnabend."

„Spielst du Belote?", schiebt Mado dazwischen.

Was für eine Frage! Als Insiderin darf ich das hausgemachte Blatt bewundern. Die Acht Kreuz ist eine Staffel, der Himmel mit Bic-Wolken verziert, der Triumph verschmilzt mit dem Geschäftsbrief, und der kleine Geldeingang ließe sich als leichte Unannehmlichkeit interpretieren. Wir haben keine Angst vor dem Paradox.

„Wenn ihr sechzehn Gitanes-Schachteln auftreibt, leere natürlich, ich zeichne ja nicht aus Gier, mache ich euch ein neues Spiel“, sage ich, um mich in meiner Welt einzunisten.

Meine Informantin fährt fort: „Keine Anwälte, keine Post, keine Fürsorgerin oder Wohlfahrtstante, rein gar nichts. Wenn du nichts einkaufst, gibt's vergammeltes Fleisch mit verfaultem Salat. Und natürlich die Netze. Machst du mit?“

„Was denn für Netze?“

In diesem Haus sind die Netze das, was in La Roquette die Etiketten waren: schlecht bezahlte Beschäftigung, die Ausbeutung der Proleten. Weil das Gefängnis die einzige Fabrik ist, in der ich je war, mache ich mich kundig. Mona ist die Vorarbeiterin. Sie würde mir gern was zeigen, aber im Moment gibt es keine verfügbaren Häkelnadeln. In einer Ecke liegen in riesigen Kartons Spulen mit Baumwollgarn, weiß, rot, blau, grün, und unfertige Einkaufsnetze, je zehn zusammengebunden. Endlich Farbe! Ja, ich möchte gern. Aber jetzt habe ich was anderes zu tun.

Um zu häkeln, muss ich zuvor das Netz auftrennen, in dem ich gefangen bin, und das Seil flechten, das mich hier rauszieht.

Wen kontaktieren?

Die Freunde und die Bekannten, die das Tageslicht sehen; den Richter, den Anw... Ach ja, stimmt, ich habe keinen Anwalt. Mein Verteidiger wohnt weit weg, ich nehme lieber einen Lokalpatrioten, der hier verbandelt ist; einen Schleimer für den Weg bis zum Prozess, die paar Stunden der Zusammenfassung von Jahren Vergangenheit und Zukunft in wenigen Worten, die verschlüsselten Worte des Urteils.

„Frag bei der Anwaltskammer.“

„Aber ich möchte keinen Pflichtverteidiger, ich zahle!“

Erstaunen. Ich sehe wohl echt abgebrannt aus. Schließlich entscheide ich mich für den Typen, der hier die meisten

Kundinnen hat, je teurer, desto besser. Zwischen den Krümeln richte ich mein Schreibbüro ein, das unlinierte Papier weckt Neid. Ich verteile ein paar gefütterte Umschläge und fange an zu kritzeln.

Im Knast ist der Bic meine Flinte.

Erneuter Auftritt der Wärterin: „Toilette!"

Man wäscht sich hier unten. In einer Ecke des Tagesraums trägt ein anderer Tisch, auch auf Böcken, (mit Mühe) die Schüsseln: die Mutterschüssel, dick und fett, in der das Geschirr gewaschen wird, und die kleinen, emaillierten, demolierten, die individuellen, um den Kram rumzuschleppen. Die Zahnputzbecher sind meistens leere Nes-Dosen.

Im Waschraum kommt das Wasser aus einer Reihe pissender Schnäbel in die Blechrinnen, gesteuert von einem Haupthahn. Das dort beschäftigte Mädchen hat mächtig zu tun: „Dreh auf!"

„Scheiße, nicht so doll, das spritzt überall hin!"

„Musst du das Wasser vielleicht selbst bezahlen?"

Jedes Gefängnis hat seine kleinen Raffinessen. Wenn du hier eine Schnelle bist, kannst du dir den Hintern mit warmem Wasser waschen. Eine Aufopferungsvolle saust als erste los und füllt in der Waschküche zwei Eimer. Hinter ihr schließt die Wärterin die Tür ab; bis zum Ende der Waschungen wird es keinen warmen Tropfen mehr geben, egal, ob wir fünf oder fünfundzwanzig sind. Man muss sich also, Schüssel in der Hand, anstellen und versuchen, genug Plätze vorzudrängeln, um dran zu sein, bevor die Eimer leer sind. Sonst heißt es: brrr! Herz und Organe erstarren bei der bloßen Vorstellung, wie sich das kalte Wasser anfühlt.

Die Neuigkeit, dass die Neue eine Menge Kies hat, und die Ergebenheit, die daraus folgt, erlauben mir, alles zu kriegen, was ich will: hier ein Waschlappen, da ein Handtuch und die verdammte Schüssel mit warmem Wasser. Den vollgestopften Boxen ziehe ich das Abwasserloch im

Klo vor, zwinge mich zu vergessen, dass ich auch Nasenlöcher habe. Eingeklemmt wäscht man den Rest, zu Dreiviertel.

Verdrehung von Waschlappen, Verrenkung von Armen, um die Schulterblätter zu erreichen, Auseinanderfalten von Stelzen, Absturz von Titten.

Endlich sauber! Ich stürze einen Becher Aperitifwasser runter und warte auf die Suppe.

Menü: Thunfisch mit Mayonnaise, Huhn, Erbsen, Kuchen.

Ich frage mich, während ich mich auf das zu erwartende Wiederauftauchen der Nes-Dosen freue – ich habe zu viel gegessen –, wie sie es schaffen, am 23. eines Monats noch so viel aufzutischen? Meistens verlässt das Huhn am zweiten Wochenende die Karte. Versuchen wir nicht zu verstehen. Gehen wir an unser nagelneues Knastgeld: „Wie funktioniert das hier mit dem Einkauf? Ein großes Blatt oder Einzelbestellung?"

Also Einzelbestellung, und sie wird abends eingesammelt, Glück gehabt. Sie drängeln sich, mir ein Blatt zu borgen, mir die Liste der Lebensmittel, der Extras und der Zeitungen zu geben.

„Wenn du Helle rauchst, es gibt Balto."

Zwei Jahre Balto-Knast, früher, bei den Minderjährigen in Fresnes, haben meinen Bedarf gedeckt: Diesmal leiste ich mir einen Gitane-Knast. Mado ist auch Gitane, blondgefärbte Zigeunerin, deren Schwarz nachgewachsen ist. Sie ist fett, gesund, Cellulite und Savonette, biegsames Lächeln und speckige Händchen. Ich gähne und sehe mich zerstreut um, während ich die eingesammelten Zettel im Auge behalte.

„Was ist los? Begreifst du nicht, was man dir sagt?"

Ich zucke zusammen, stimmt, ich war nicht bei der Sache.

Kein blaues Rechteck erhellt an diesem milden Endapriltag die Fenster, bleierner Himmel, farbloses Gefängnis mit dem Wogen von jungem und altem Fleisch, eine, die sich frisiert, eine die sich aufs Klo verzieht, eine, die sich ein Margarinebrot macht – Grundnahrungsmittel neben dem Nes –, verzehnfachtes Bild des Ewigweiblichen.

Sonntags gehen wir eine Stunde früher ins Bett, das heißt, dass die Wärterin um vier Uhr die Suppe ausgibt; und um halb sechs, alle Mädchen eingesperrt, alle Stählernen zugesperrt, kann sie durch die Stadt spazieren und Tee trinken. Als wir uns hinlegen, geht endlich die Sonne auf: Sie erfüllt den ganzen Schlafsaal, ich werde heute Abend mit einem Strahl schlafen.

Mein Liebster hat mir ein Etui mit zwei Passfotos vermacht, er behält die weibliche Version. Wir hatten die Porträts zusammen schießen lassen, für die falschen Fleppen, auf denen wir Mann und Frau waren.

Wie hätte er mich anders heiraten können, mein Zizi?

Ich heule in die Handfläche, in der das Plastiketui weit geöffnet liegt.

Kapitel III

Ich habe das Gefühl, dass es im Knast seit ein paar Tagen mächtig rappelt. Nicht ich sorge für Bewegung, ich sitze klein in meiner Ecke – am Anfang muss man sich immer tot stellen. Aber es ist gerade Gerichtszeit, die Beschuldigten in Freiheit fahren am Abend vor dem Prozess wieder ein, wie das Gesetz es vorschreibt, andere kommen in den Langzeitvollzug, es herrscht ein Kommen und Gehen ... Während eifrig gehäkelt wird, kommentiert der Tagesraum die Gerüchte, die am Ausguck gemeldet werden, wenn die Kalfakterinnen sie auf dem Hof verbreiten. Wir sind abwechselnd am Ausguck. Bei der zarten ersten Sonne steht jeder der Sinn nach ein bisschen Klettern. Ein Stuhl, auf dem wegen des Gewichts eine Dicke sitzt, vor dem hohen Fenster, und fertig ist die Leiter. Oben klemmt man sich eine Gitterstange zwischen die Pobacken und streckt die Zehen in die Strahlen ... Wenn man etwas sieht oder hört, muss man es sofort und ausführlich melden. Die von den Klatschbasen im Küchendienst verbreiteten Gerüchte sind, was sie sind, aber wenn man nichts anderes zu Beißen hat ... Wir erfahren sogar, was bei den Männern los ist: Durch das Schlüsselloch ziehen die Mädchen Meter um Meter Gerüchte, versehen sie mit ein paar Verzierungen und werfen sie uns hin. Wir fügen auch was hinzu, flechten Kronen für die zum Tode Verurteilten, weben das Zeremoniell der großen Prozesse neu – mit spitzen Nadeln, spitzen Zungen und spitzen Worten, wie Nadine sagt.

„Was hältst du davon, Anick?“

Ich würde lieber den Mund halten oder von etwas anderem reden als vom Gefängnis, aber sie hören nicht auf, mich anzuquatschen, vielleicht halten sie mich mit meiner Brille und meiner Art zu quasseln für eine Intellektuelle.

„Vor kurzem haben sie einen Jungen guillotiniert", sagt Gina, „weißt du das nicht? Es gab ab-so-lut keinen Beweis, und er hat bis zum Ende geleugnet."

„Also war er's nicht", sage ich.

„Hattest du vielleicht was damit zu tun? Was weißt du denn?"

„Natürlich nichts."

Ich könnte es Gina nicht erklären, aber wenn man sich die Mühe macht, ein Verbrechen lange genug abzulehnen, ist man für mein Gefühl am Ende unschuldig, hat nichts mehr damit zu tun, und das ändert alles. Natürlich macht man dich trotzdem kürzer, was klar beweist, dass die Todesstrafe absurd ist, ein Exempel, das niemand beachtet und das man immer neu statuieren muss.

„Also wenn ich wählen kann, will ich lieber das als lebenslänglich."

Plötzlich denke ich an Caryl Chessman, der im Frühling pulverisiert wurde, im schönen kalifornischen Juni, den er verpasst hat, an das Großmaul Chess, das trotzdem verstummt ist.

„Es ist besser für alle, du machst dich aus dem Staub und die anderen hören nichts mehr von dir."

„Leichen!", sagt Gina. „Ich weiß ja nicht, ob ihr schon viele Leichen gesehen habt, aber ..."

Sie lässt ihren Satz unvollendet, damit wir uns ausmalen können, dass sie schon eine Menge gesehen hat und nicht die schönsten. Wir schweigen verschämt: Wir könnten nur hübsche Tote beitragen, ordentlich gewaschen, mit Rosenkranz in den Flossen auf einem Blumenbett. Nicht mal unsere teuren Toten aus Algerien haben wir gesehen, nichts haben wir gesehen, auch wenn wir wegen Mord hier sind. Gina verachtet unsere kleinen Leichen, sie verachtet alles. Ihr Gebiet ist das Geschwafel: „Im Milieu braucht man keinen Henker und keine Polypen, um die Leute kaltzumachen, da regelt man das unter sich."

„Das ist der Fehler: Man soll es den Spezialisten überlassen."

Die Minute Schweigen, die darauf folgt, lässt mich hoffen, dass das Thema erschöpft ist. Warum von der Todesstrafe reden, wenn man verurteilt ist zu leben, immer weiter zu leben, das Leben zu behalten wie eine Strafe, eine Wunde?

Die Späherin auf ihrem Ausguck regt sich: „Seid mal still, Mädchen ..."

Wo wir gerade mal nichts gesagt haben!

„... sieht so aus, als wäre Zorah zurück, sie haben sie bei der Kontrolle gesehn."

Zorah! Ich habe schon von ihr gehört, hier oder woanders; ich weiß es nicht mehr. Ihre wiederholten Besuche im Knast haben Spuren hinterlassen; außerdem ist sie eine Kanakin, eine Lesbe, kurz jemand, der literweise böses Blut macht.

Peng! Die Tür der Kleiderkammer knallt, vier Füße steigen knarrend zu uns hoch ... Jesusmariaundjosef! Ein Blick, geworfen und hastig zurückgeholt, reicht mir, um die Erscheinung in ihrer Gesamtheit zu erfassen: Gehüllt in ihren schwarzen Glanz kommt die Jungfrau der Basilika von Algier auf uns zu.

Das nun einsetzende Murmeln ist allerdings weniger respektvoll als enttäuscht: Das ist nicht Zorah, die hier kennen sie nicht. Aber für uns, reine oder unreine Französinnen, und egal, ob es sich um eine Araberin, eine Berberin, eine Tuareg oder eine Zigeunerin nach dem Sommer handelt, ist alles, was dunkelhäutig und schwarzbezopft ist, algerisch. Sie ist Algerierin: Ob Zorah oder eine andere, ist belanglos.

Sie trägt eine giftgrüne Strickjacke und ein dünnes kariertes Kopftuch, das tiefschwarze Wellen erahnen lässt; am Ohr hängt an einer goldenen Nadel ein geheimnisvolles Säckchen aus rotem Plastik; im rechten Nasenloch steckt eine Art großer Weintrauben-Clip, den ich zuerst für einen eitrigen Auswuchs gehalten hatte; in jeder Augenhöhle blitzt unter blauen Brauen ein undurchsichtiger Karfunkelstein, der ein Auge sein muss; man sieht keine zehn Quadratzentimeter Haut, auf denen sich keine Tätowierung festgesetzt hat; und schließlich der unvermeidliche tragbare Krempel – jeder Gefangenen ihr Tempel – auf den Armen. In ihrem Kauderwelsch erklärt sie, dass sie von einem Gefängnis im Süden überstellt worden sei. Noch bevor sie fragt, in welcher Stadt sie ist, verlangt sie heißes Wasser – nicht für die Toilette, für den Kaffee. Sie hat ein Päckchen gemahlenen dabei, echten, da unten war das erlaubt, auch einen Meta-Kocher und die dazugehörigen Tabletten. Sie wird ihren von der Wärterin verlangen, und behaupten, sie müsse ihn für ihre Entlassung reinigen.

„Du wirst sehen“, flüstert Mona, „sie kriegt ihn, solche Weiber kriegen alles.“

Aber bis dahin ... es ist gerade Zeit für unsere Plörre, aber in diesen unruhigen Zeiten verbietet der Terror der Terroristen, dass man sich vor ihren Augen nescaféiniert, ohne ihr was abzugeben; andererseits verbietet derselbe Terror jede Art von Handel mit den Aufsässigen. Die Verwirrung zwischen den Rassen setzt sich im Kittchen auf der Ebene der politischen Parteien oder Ansichten fort.

Auf jeden Fall würde unsere Haltung den Präsidenten irritieren. Wir weigern uns rigoros zu fraternisieren. Auf das Gejammer der Algerierin antworten wir mit ausweichenden Gesten, „wir wissen es auch nicht, frag die Wärterin.“

„Aber die Wäsche in ihrem Bündel sieht sauber aus."

„Nichts ist sauberer als eine saubere Algerierin, das weiß doch jeder!"

Für etwas Unordnung sorgt allerdings, wie sie benamst ist, ein Haufen Wörter, die sich weder aussprechen noch behalten lassen: Ben sini, Benzin?

Die Prophylaxe-Anweisung geht von Mund zu Mund: „Du weißt doch, die sind alle krank ... Pass auf mit den Filzläusen."

Auch wenn man nicht alles glaubt, muss man immerhin zugeben, dass sie in der knappen Stunde, seit sie angekommen ist, dreimal auf der Toilette war; Solange, die in dem Moment am nächsten dran war, behauptet zwar, sie würde nur spucken, aber wir denken sofort an Ruhr. Ganz abgesehen davon, dass sie mit den verdammten Karfunkelaugen jeden Teufelsfluch auf uns werfen kann! Besser, man stellt sich gut mit ihr.

Sie hat einen Parkplatz am Tisch auf der anderen Seite des Ofens gefunden, dem ich den Rücken zukehre, der heißt hier „Nietentisch", und weil sie sich nicht mehr rührt, nehmen wir die Gespräche, die Netze und die Belotepartien wieder auf, aber ohne sie zu vergessen.

„Diese Leute sind hinterlistig, so was steht ohne Vorwarnung auf und verpasst dir eine."

Gina lächelt und fächelt sich verächtlich mit den Karten:

„Pah! Sie kann Algerierin sein, wie sie will, ich geb ihr eine Abreibung; ich mach sie kalt, damit sie mir nicht in zwei Tagen ihr Messer in den Rücken rammt. Sogar ..."

„Was man Messer nennt! Wenn ich das gewusst hätte, hätte ich es nie gekauft, ich kann nicht mal meine Wurst damit schneiden ... Kommt allerdings aus Bilbao, das Ding ..."

„Du mit deinen Geschäften! Vielleicht ist sie gar nicht schlecht."

„Was, die Wurst?"

„Quatsch. Warte, ich frag sie nach ihrer Tätowierung."

Gina geht an den „Nietentisch", redet überdeutlich, als müsste sie ein Raubtier zähmen, zeigt ihre Schulter mit einem Herz und einem Namen, Tony, und erledigt in einer halben Stunde die Eroberung Algeriens.

„Du bist wirklich schlau, meine Schöne", sagt die Frau.

Moment mal, sie wird sich doch wohl nicht gleich an Gina rankuscheln, Gina sind wir, sie ist unser Lautsprecher, unser Schild.

Beim Futtern gibt es allerdings einen Zwischenfall, ausgelöst von einer Schüssel Kartoffeln. Die Algerierin bietet allen ihren Anteil an. Eine ihrer Nachbarinnen krallt sich die Hälfte und hebt den Teller wie eine Monstranz: „Wer will?"

Solange, die mit dem Rücken zu ihr sitzt, dreht sich um: „Ich."

„Das ist sauber, wirklich, sie hat sie nicht angerührt."

„Ach die sind von ihr? Dann will ich nicht."

Die Algerierin folgte der Szene und wird blau vor Wut. Ihre Kartoffeln sind schließlich genauso essbar wie unsere, es sind die gleichen. Aber Gina möchte das Monopol aufs Geschimpfe behalten, sie schreit Solange an: „Du hättest sie ruhig nehmen können, anstatt die Zimperliche zu spielen." Und etwas leiser: „Hättest sie danach unauffällig weggehauen."

Und zur Algerierin: „Nicht doch, meine Liebe, sie hat nicht abgelehnt, um dich zu ärgern, sie dachte nur, du hättest Harissa drübergekippt. Nicht jeder mag Harissa, was willst du machen!"

Es wird noch getuschelt. Vor dem Schlafengehen verlangen sie, sie zu isolieren oder zu ihren Landsleuten zu verlegen und so weiter.

Ich protestiere, nicht heftig, aber entschieden: „Ihr wisst genau, dass es dafür keine Zelle gibt! Sonst hätte man mich da rein gepackt oder irgendwen sonst, der so runtergekommen ist wie ich ... Wir sind alle krank, deswegen werden wir zusammen isoliert, nehme ich an. Nein, im Ernst, wenn wir Stunk machen, passiert nichts anderes, als dass sie zwei Tagesräume einrichten, die Angeklagten in einen, die Verurteilten in den anderen. Da sie sowohl angeklagt als auch verurteilt ist, kann die Chefin sie einen Tag den einen, am nächsten den anderen aufdrücken, und ..."

„Und wenn sie endgültig verurteilt ist", sagt Aliette, die noch ein Jahr abzusitzen hat, „hab ich sie bis zum Abgang an der Backe. Pustekuchen!"

In dieser Geschichte ist der Guillotinierte endgültig tot.

Kapitel IV

„Ins Büro!“

Ich schwinge das Bein über die Bank, auf der sich meine Grübeleien seit dem Morgen lümmeln, und ohne das „Was ist los, Ma'ame?“, das sie erwartet, als sie ihr „Keine Ahnung“ mauzt, hinke ich hinter der Wärterin zum Büro. Da steht der Vize, der neulich abends mein Vermögen in Verwahrung genommen hat, mit Tressen und frisch rasiert, die flache Hand auf einem Schrieb, dessen Tragweite ich sogleich zu entziffern versuche, kopfüber und zwischen den Fingern des Kerls. „Dringend – Untersuchungshäftling“, der Stempel der Behörden von Paris.

Der Mann hat meine Ungeduld erraten: „Der Brief ist gerade eingetroffen“, dabei tippt er mit dem Fingerrücken auf das „Dringend“, „die Anweisung des Untersuchungsrichters, Ihr Guthaben zu sperren.“

„Was heißt das, sperren?“

Ich kapier's nicht.

„Das Geld, das Sie bei Ihrer Ankunft hatten“, erklärt mir der Wärter mit abgefeimter Geduld, „ist beschlagnahmt.“

Wahrscheinlich spritzt er gleich ab. Seit meiner Ankunft habe ich das Büro mit Briefen überschwemmt, in denen ich mich beschwert habe, wegen einer Verspätung bei der Lieferung meiner Bestellung oder der Post oder weil ich noch keine Bestätigung für mein Guthaben habe, kurz, ich habe ihnen nichts erspart.

Ich werde meine Unverschämtheit teuer bezahlen müssen, denke ich, aber dann fällt mir sofort wieder ein, dass ich seit drei Sekunden rein gar nichts mehr bezahlen kann.

„Aber man lässt mir doch eine Sicherheitsreserve? Nein? Und die Briefmarken? Das Honorar für meinen Verteidiger?“

Es ist wie die Ankunft in Sainte-Anne ...

„Sie können den Richter um alle Erklärungen und Genehmigungen bitten, die Sie benötigen. Wir haben Anweisung, alles zu sperren, alles, was Sie haben und was Sie erhalten. Das Geld für Ihre Netze behalten Sie natürlich.“

Die Netze! Ich kann keine Häkelnadel halten! Hatte es auch nicht für nötig gehalten, es zu versuchen, das Loch, das der Unterhalt einer Mannschaft Kirchenmäuse und von mir selbst riss, war noch ziemlich begrenzt. Aber jetzt ist alles auf einen Schlag weggeschmolzen.

Ich gehe in den Tagesraum zurück, keine Erklärung. Ich bin stumm, sicher blass, die Mädchen sehen mich an, trauen sich nicht, die Frage zu stellen, die alle anderen lostritt. Schließlich wagt es Aliette: „Neuer Zoff?“

Ich nicke finster. Darf nicht schwachwerden, darf ... aber plötzlich, beim Anblick der Haufen auf dem Tisch, Zigarettenpäckchen, Lebensmittel und Zeitungen, beim Gedanken, dass ich nicht mal mehr genug habe, um eine Briefmarke zu kaufen – und genau jetzt wäre der Moment, Leuten zu schreiben –, bei der Vorstellung, dass ich alle meine Parasiten abschütteln und stattdessen versuchen muss, auf ihre Kosten zu leben, überschwemmt mich das ganze Elend, und ich klappe zusammen.

Die Mädchen vergessen, dass ihr Platz ihr Platz ist, sie legen mich auf eine ganze Bank, kippen mir Wasser über den Kopf, der wie ein überhitzter Kessel ist, stützen meinen Rücken, der wehtut wie nach dem Aufwachen aus dem Koma. Irgendwo, ganz nah, höre ich ein vertrautes Geräusch: ein Löffel, der den Deckel einer Nes-Dose wegschnippt.

„Du nimmst zwei Stück Zucker, stimmt's, Schätzchen?“

Die Frauen begreifen sofort, was man in solchen Fällen machen muss: gluckgluckgluck, das ist das kochende Wasser, plingplingpling, das ist der Löffel, der rührt.

Mit den Sinnen kommen meine Probleme zurück: Werden sie mir künftig auch noch so bereitwillig einen Kaffee anbieten? Ich habe die Natur meines kleinen Problems noch nicht offenbart ... Den Knast kenne ich gut, die Knackis weniger, das ist meine erste Erfahrung im „Kollektiv". Im Vollzug hat man nach dem Tagesraum die Nacht, um sich zu erholen, das zählt nicht. Auch wenn ich misstrauisch bin und eine gute Intuition habe, gibt es bestimmt Schweinereien, die ich erst ermessen kann, wenn ich sie erlebe ... Wenn du hier einer was ins Ohr flüsterst, ist es dasselbe, wie ins Mikro zu schreien, deswegen erzähle ich es dem Mädchen, das am nächsten bei mir auf der Bank sitzt. Tatsächlich hat sich eine halbe Stunde später der Ton geändert, ist jetzt beschützend und beruhigend.

Möge er so bleiben!

„Wenn's weiter nichts ist! Das passiert fast jeder, die wegen Einbruch hier ist. Schon klar, Geld aus zweifelhafter Quelle ist für den Richter immer Geld aus betrügerischer Quelle. Aber das musst du nur mit dem Anwalt klären, er lässt es sofort entsperren. Kannst du wenigstens nachweisen, wo es herkommt?"

„Na klar! Deswegen bin ich schließlich hier."

Jetzt mache ich Witze, aber ich fühle mich so was von aufgeschmissen. Solange es Geld gab, gab es Hoffnung; die hundert Scheine waren Kohle, essbare Kohle, aber das ist egal, ess ich halt etwas anderes. Viel weniger lustig ist, an alles zu denken, was auf der Bank und anderswo rumliegt und wahrscheinlich den gleichen Weg gehen wird.

Der Richter wird nur Überweisungen von meiner Mutter akzeptieren, und meine Mutter wird mir die Zuwendung streichen, wie bei jeder Verhaftung, wird sagen, dass mich mein Freund durchfüttern soll und dass sie nicht wissen will, ob er im Knast ist, dass sie mir aber ihre moralische Unterstützung nicht entzieht ... Und alles, was man mir sonst schickt, wird die Beute der allgemeinen Beschlagnahmung vergrößern.

Hier geht es noch: Ich habe in der Kleiderkammer ein paar Briefmarkenblätter in der Brieftasche, die hatte ich vorhin in meinem Schreck vergessen. Ich muss sie mir nur holen und allmählich verkaufen, hier kann man seine Post frankieren und die Briefmarken verscherbeln. Außerdem habe ich alle Frauen auf meiner Seite: „Das kriegen wir schon gebacken! Und dein Problem kriegst du auch hin."

„Ja, ja, und mein Mann kommt raus, und wir werden glücklich und bekommen viele Kinder. Das kenne ich, danke."

„Hör mal! Wenn du so anfängst ..."

„Komm schon, lass sie, du siehst doch, dass sie fertig ist, bitte!"

Ich unterbreche sie: „Gibt es eine Zahnärztin im Saal?"

Entsetzen. Anscheinend hat mir diese Geldgeschichte völlig den Hirnkasten verkleistert. Ich erkläre es: „Ich habe doch Donnerstag zwei Kronen wechseln lassen; ich habe zwei Stummel, die gemacht werden müssen, das lief gerade, als sie mich geschnappt haben."

„Ja, du hast mir doch ..."

Ich mache Mado Zeichen, die Klappe zu halten; wenn sie zu viel schwatzt, wird es schnell Komplizenschaft und Hehlerei.

Ja, letzten Donnerstag saß ich auf dem Folterstuhl im Arztzimmer, die nicht mal rudimentäre Ausrüstung der Zahnmedizin über der Birne wie ein Damoklesschwert. Bevor mich der Typ in Angriff nahm, hatte er gefragt, wie weit die Behandlung sei, ob sie mir schon die kleinen Fädchen eingesetzt hätten und so. Ich hatte ihn unterbrochen:

„Ja, beide müssen wurzelbehandelt werden. Die Nervnadeln habe ich schon hinter mir, aber durch den Druck hat es sich entzündet ..."

Vor Überraschung kriegte der Typ die Kiefer nicht mehr auseinander, ich meine seine, bis er plötzlich sein Rumwühlen in meinem Backenzahn unterbrach, „Scheiße, ich habe sie bei den Männern vergessen!" rief und aus dem Arztzimmer stürzte, ohne das Objekt des Vergessens zu präzisieren. Ich habe nicht nachgefragt, sondern einen großen Satz gemacht. So eine Gelegenheit muss man nutzen.

Nachdem ich mich vergewissert hatte, dass die Wärterin damit beschäftigt war, ihm die Tür im Erdgeschoss aufzuschließen, habe ich mit einem Rundblick die Etagen inspiziert, um zu sehen, ob sich kein Mädchen vom Küchendienst rumtreibt. Die Gefahr war minimal, zur Suppenzeit treibt sich niemand nirgendwo rum, es gibt Wichtigeres zu tun. Abgesehen natürlich von dem alten Schlächter von Zahnarzt einmal pro Woche, und dem alten Aas von Krankenschwester eigentlich jeden Tag; wenn man bei beiden war und immer noch Hunger hat, bleibt einem nichts anderes übrig, als den Zement für die Füllung, die Schmerztablette und den zu reparierenden Hauer gleichzeitig im selben Mund zu verrühren. Immerhin hatten sie uns an dem Tag die Schwester erspart, ich war ganz allein.

Schade, die Schränke im Arztzimmer waren zugesperrt, und ich hatte meinen Vanadiumschraubenzieher nicht dabei. Sonst hätte ich in ihrem ganzen Zeug bestimmt was zum Trinken oder zum Trinkbarmachen gefunden: ein armseliger Rest von neunzigprozentigem Alkohol, Zucker und ein paar Apfelstücke zugegeben und acht Tage versteckt, das ergibt für unsere verödeten Papillen einen ziemlich wirksamen Cognac. Also habe ich mich auf die Leckereien in der Arzttasche gestürzt, auch nichts ... Als der Typ zurückkam, hatte ich nur ein Fläschchen von dem Zeug zum Betäuben des Zahnfleischs eingesackt.

Der Stoff nützte mir gar nichts. Die Folgen des Bohrers waren erträglich, und mein BH, der einzige, den ich habe, roch bald auf hundert Meter nach Hehlerei. Superdichte Fläschchen, von wegen! Ich wollte es ins Klo werfen, da hat sich Mado eingemischt: „Gib her, vielleicht hilft's. Meine Neuralgien, entsetzlich!"

Mado tut immer irgendwas weh, das ist bekannt. Und ich bin eigentlich gar nicht so scharf darauf, mich zu betäuben: Man weiß, wie man anfängt ... meiner Meinung nach sollte man Stoff nur kontrolliert nehmen. Sogar nach dem Unfall, zerfetzt vor Schmerzen und überall wund, habe ich es vermieden. Also habe ich das Zeug Mado gegeben, unter der ausdrücklichen Bedingung, dass sie nichts ausspuckt, jedenfalls nicht bei der Wärterin.

„Ach Anick! Bei uns Zigeunern gibt es keine Polypen!"

Aber zurück zu heute. Ich rede weiter: „... und ihr wisst doch, kein Geld, kein Zahnarzt." Oh, seliger Vollzug! Vollzug mit Rundumversorgung, wo jeder Kiefer, gepflegt oder nicht, bei der Ankunft systematisch untersucht, gemessen, behandelt oder durchlöchert wird; wo für das vernarbende oder auf die Prothese wartende Zahnfleisch immer ein Näpfchen Brei auf einer Herdecke köchelt! Hier, in der provinziellen Haftanstalt, muss man sein Gold in Form von Brücken oder von Tausendern mitbringen oder zweiunddreißig Perlchen im Mund haben. Erst wenn dein Maul aufs Zehnfache anschwillt und die auf vierzig Grad gestiegene Temperatur keinen Zweifel an Art und Stärke der Infektion lässt, kann man notfalls sehen, ob es eine Möglichkeit gibt, dir einen kleinen Vorschuss zu gewähren; aber in der Hinsicht habe ich keine Chance: Ich bin unverschämt gesund, kein Abszess wird auftreten, meine Plomben werden sich nicht lösen, ich behalte sie, bis ich rauskomme, bis zum Tod, bis zur Verwesung.

Wirklich allen Grund, durchzudrehen.

Mal sehn. Seit ein paar Tagen wälze ich eine Idee, die sich geradezu aufdrängt: Strafaussetzung aus medizinischen Gründen.

Wie erwartet hat mir meine Mutter ihre Zuneigung bewahrt und die finanzielle Unterstützung entzogen. Den Freunden habe ich über den Schleimer sagen lassen, dass sie sich nicht rühren und nichts schicken sollen. Es stimmt wirklich, was mir Zizi ständig wiederholt: „Wir sind allein, mein Schatz. Ganz allein."

Aber um in Ruhe meinen Antrag auf ein medizinisches Gutachten an den Untersuchungsrichter stellen zu können, wäre ich gern noch viel mehr allein.

Den ganzen Abend Mados Aznavour-Repertoire, fast genauso schlecht wie er, alles nervt mich und quält mein Ohr, mein von allem müdes Ohr, von allem müdes Ganzes, und manchmal kurze Verschnaufpausen, die nur vom Lärm der umgeblätterten Seiten und den Achtungsrufen der Wachrunde unterbrochen werden. „In drei Minuten mache ich Licht aus. Räumen Sie Ihre Sachen weg", sagt die Wärterin durch die Klappe.

Eine seufzt, eine knirscht mit den Zähnen, eine weint, und ich, endlich allein, träume, strecke mich und stöhne nur, wenn ich mich umdrehen muss, au, au, und der ganze Chor stimmt ein, manchmal das Solo einer Nörglerin, die mich wegen ihrer Nasaläußerungen die ganze Nacht daran hindert, ein Auge zuzumachen, aber in meine Richtung brummt, man soll sich bei der Schwester Beruhigungsmittel holen, wenn man so schreien muss, während die anderen schlafen. Beruhigungsmittel! Man muss sie im Beisein der Schwester schlucken, was mich zu wahrer Fingerakrobatik zwingt, um sie zu verstecken, während ich sie mit dem Gluckgluck aus einem Glas Wasser ablenke. An manchen Tagen, wenn meine Hand nicht mitspielt, zwingt mich meine Ungeschicklichkeit, sie wirklich in den Mund zu stecken; ich gehe zwar trotzdem nicht so weit, sie zu schlucken, aber so zermanscht und aufgelöst sind sie als Tauschobjekt ungeeignet.

Im Knast handelt man sogar mit dem Schlaf.

Man handelt, man tuschelt, man lügt. Es herrscht die Atmosphäre des ewigen Komplotts, der Geheimnisse, die jede kennt und kommentiert, ohne dass man aufhört, sich zwischen zwei geflüsterten Sätzen bei den Köpfen der Kinder, des Mannes oder des Hundes Verschwiegenheit zu schwören. Obendrein sind immer zwei, drei Spitzel dabei, um die Verbindung zwischen den genannten Geheimnissen und der Gefängnisverwaltung oder gar dem Gericht zu gewährleisten.

Abgesehen vom „Verfahren", das Tabuthema, und meinen Zeitungen, die ich nicht aus den Augen lasse, damit sie nicht vor dem Lesen ins Klo wandern, habe ich nicht viel zu verstecken. Ich schreibe keine Kassiber mit den Mäusen von unten, und mein Liebster hat Schreibverbot.

Heute Abend nutze ich die drei Minuten Gnade nicht, um weiter an den Richter zu schreiben. Zwei Seiten werden zerknüllt.

Vielleicht irritiert mich meine neue Koje: Aliette, die Mütterliche, hat mich aufgefordert, das „Eingewöhnungsbett" zu verlassen und das zu nehmen, was neben ihr frei war.

Ja, denn die Pleite habe ich schon geschluckt.

Eingezwängt zwischen Aliette und der Wand, gegenüber von den Klos, werde ich mit Düften verwöhnt. Aliette ist anständig, zumindest war sie es heute. Seltsam, denn sie sieht sonst immer zu, wo sie bleibt. Ehrlich! Die Neugier, mit der sie die Teller der anderen inspiziert und zuhört, wenn die Wärterin die Einkaufslisten vorliest, damit die Kalfakterin die entsprechenden Lebensmittel aus der Kammer holt!

Manchmal, wenn die Gier zu groß ist, jammert sie: „O ja, das mag ich besonders gern", mit plötzlich dümmlicher und kindlicher Stimme, die etwas schockiert, wenn sie aus so einem Schrank kommt.

Aliette bewahrt ihre schmutzigen Binden in einem Karton auf, den die guten Freundinnen diskret den Wärterinnen zeigen, während das Mädchen im Besuchszimmer ist, ohne selbst daran rühren zu wollen, so sehr ekelt es sie.

Pah, ich mag Aliette gern. Sie hat lauter Verfahren am Hals, für die einen ist sie verurteilt, bei den anderen Angeklagte oder Zeugin, immer wegen Betrugs, und das begeistert mich, den klitzekleinen Provinzlangfinger.

Vor nicht mal zwei Minuten haben sie uns das Licht ausgepustet, da bringt mich ein Klopfen an der Zwischenwand aufschreckend zurück in die Wirklichkeit.

Gina steht auf, geht ins Klo, lauscht, kommt wieder raus und: „Aliette, für dich!"

Aliette meckert, sie hatte grad angefangen zu schnarchen.

Man drängt sie. „Mach schon, verdammt! Das ist für dich!"

Schließlich lässt sie sich herab, in Richtung Kabine zu schlurfen. Nach dem, was sie mir heute Abend anvertraut hat – vor Glück, eine Nachbarin zu haben, konnte sie gar nicht aufhören –, ist ihre Mitangeklagte im Tagesraum unten und schläft nebenan. Eigentlich sind die Wände ziemlich dicht; wenn sich zwei Komplizinnen verständigen wollen, und sei es nur um zu klären, wer von ihnen schuld daran ist, dass die andere mit im Knast sitzt, sollen sie ihre schmutzige Wäsche gefälligst vor dem Richter waschen.

Vielleicht ist das überhaupt die einzige Wäsche, die Aliette waschen kann, siehe Karton.

Blut vor Gericht, bitte sehr, aber hier will die Direktion keins sehen. Das Gericht ist eh schon schmierig genug.

Aber die beiden Damen in den Klos scheinen sich bestens zu verstehen, und das ist ganz wörtlich gemeint.

Aliette hat sich eingeschlossen und plaudert mit der Unsichtbaren.

Wegen meines frisch reparierten Schädels und der Atmosphäre im Schlafsaal, dunkel und schwer von Tabak und dem Atem von zehn Frauen, aus Verdruss und Überdruss würde ich gern ein bisschen einnicken, aber die Nähe dieses Klotelefons ist ein beträchtliches Hindernis.

O là là, morgen gehe ich zurück in meine alte Koje.

Ich frage mich, ob Aliette den Kopf richtig ins Loch stecken muss, um alles mitzukriegen, oder ob sie erhobenen Hauptes stehenbleiben kann wie eine gewisse Jungfrau. Egal, ich finde, man soll die Sachen nicht von allen Dächern pfeifen, erst recht nicht durch die Klos.

Und sind die finster dumpfe Stimme, die Ausdünstungen des Ortes und die unbequeme Stellung nicht geeignet, noch die begabteste Lügnerin zu verwirren?

Aliette gibt sich auch bald geschlagen. Dabei ist sie daran gewöhnt, sie klofoniert fast jeden Abend. Völlig erschöpft bricht sie an meinem Fußende zusammen: „Ich hab die Schnauze voll, morgen lass ich ausrichten, dass ich schlafe. Schließlich ist alles ihre Schuld, dass ...“

„Aber Aliette, hast du sie nicht vorhin Süße genannt?“

„Ich kann die Verbindung nicht mit einem Schnitt kappen, ich säge sanft, kapierst du das nicht?“

Majestätisch legt sich Aliette wieder ins Bett, und fünf Minuten später springt der Nasendiesel an.

Und in der Stille des Fensters erscheint nun der andere Freund, der Nachtregen. Er weckt den ruhigen Duft der Erde und der gereinigten Bäume, trägt ihn hinauf bis zu uns. Trink den bitteren Tee, Anick, und spül dein Glas im Regen.

Das Verfahren nimmt offenbar eine schlechte Wendung. Wenn der Richter die Beschlagnahmung angeordnet hat, wird er uns den Einbruch im Schmuckladen anhängen. Da kann ich auch gleich versuchen, mir ein Stück U-Haft in der Sonne zu gönnen, denn das wird dauern.

Ich bin sicher, dass alles mit der verfluchten Karre angefangen hat. Wir hatten sie gegen die alte eingetauscht, die Freundin, die Vertraute, eingefahren auf unsere Hände und unsere Gewohnheiten. Die andere war zu schön, zu bürgerlich, zu schwer; sie hat sich nie damit abgefunden, dass zwei von Müdigkeit oder Fusel besoffene Gauner sie fuhren, denen sie als Bar, Restaurant und Schlafzimmer diente. Heimtückisch hat sie auf ihre Stunde gewartet. Was das für ein verdammter Unfall gewesen sein muss! Zum Glück war ich im Koma. Und dann die Talfahrt bis hierher.

Und warum, verdammt, nicht dagegenhalten und jetzt versuchen, daraus Argumente für die Freiheit zu holen?

Strafaussetzung aus medizinischen Gründen ...

Womöglich wird mich diese bescheuerte Karre, dieser Blechhaufen, der irgendwo vor sich hin rostet, zur Tür hinaus kutschieren.

Kapitel V

Trotzdem werde ich zur Messe gehen, wenigstens einmal; das gibt dem Sonntag etwas Besonderes, außerdem schlägt man eine Stunde tot.

Die sehr gläubige und in Religionsfragen unschlagbare George kennt alle Heiligen, die sich speziell für Knackis interessieren, beim Vornamen, das passende Gebet, das man an jeden von ihnen richten muss, und den Weg durch die heiligen Örtlichkeiten, an denen sie beim Abschied Kerzen anzünden wird.

Sobald es um die Freiheit geht, sind wir großzügig.

Wenn ein Mädchen aus dem Tagesraum vor Gericht oder mit der Kripo im Besuchszimmer ist, organisiert George das Gebet, sie psalmodiert, und der Chor der Jungfrauen antwortet.

Ziemlich ungezogen, wer dann weiter an seinem Netz oder seiner Wasserwelle fummelt!

Meistens enden diese Anrufungen mit einem „Heiliger Expeditus, expedier sie hinaus!"; und obwohl dieser Expeditus bei mir nicht vorkommt, frage ich mich, ob er eines schönen Tages wohl zu mir sprechen wird.

Wir sind oberflächliche und fetischistische Gläubige.

Heute Morgen hat George verlangt, dass wir alle in die Kapelle kommen, eine ihrer Gören hat Geburtstag, und obwohl sie das andere getötet hat, will sie für dieses ein Medaillon der Langlebigkeit aufhängen, gerechter Gott, bewahre uns vor dem ewigen Nichts.

Und bring uns in den Männertrakt!

Wir betreten unseren Chorstuhl bei den Worten eines vielstimmig von den Männern gebrüllten Tantum ergo. Hauptsache laut ... Unsere Loggia, staubig und voll ungelüftetem Schatten, liegt über der Apsis; der Altar wurde auf dem Dach des Schilderhauses errichtet, durch dessen Fenster man das Register des Wachhabenden und seine Hand sieht, die ohne Respekt für den Gott, der über seinem Kopf herumsteigt, Zigaretten zerkrümelt. Man sieht auch den Tempelvorhang: vier Stück graubraune Leinwand, mit der Maschine zusammengenäht und über Rahmen gespannt.

Wahrscheinlich die Laken, die aus dem Bestand der Kleiderkammer entwendet wurden.

Die Wärterin hat den Vorhang ausgebreitet und verfängt sich in den Schnüren, als unser Harem gerade auf der Tribüne Platz nimmt; so haben die Männer, die schon auf der anderen Seite sitzen, als einziges Futter das Scharren der Latschen, das Klack-klack der Absätze und das Rascheln der Röcke, die gymnastisch über die Bänke steigen.

Die Wärterin setzt sich auf ihren Stuhl, versenkt ihre Schließeisen mit vorsichtigem Klappern zwischen den Knien und schielt über unsere gesenkten Köpfe: Gut, keine ragt hervor, alles ist schön geschlossen, und der Allerheiligste, ohne Mund und ohne Finger, kann beginnen, das Engelsgebet zu mahlen.

Was tun bis zum Ite, missa est?

Das Gesangbuch ist das gleiche wie in den anderen Gefängnissen, den Psalter kennt man, die Nachbarinnen möchte man nicht kennen.

Ach ja! Wenn ich nicht so gläubig wäre – und vor allem, wenn ich gewusst hätte, dass die Loggia so schlecht erleuchtet ist–, hätte ich ein Buch mitgebracht oder einen Bleistiftstummel mit einem Kreuzworträtsel oder ein Streichholz, um meine Fingernägel sauberzumachen. Was soll's ... in Erinnerung ans Pensionat stehe ich an den richtigen

Stellen auf und strecke mich über das Geländer, passe auf, dass meine Nase nicht aus der Reihe ragt; unten, hinter der Gittertür, ist ein Mann mit Schippe und Besen in den Händen auf dem Weg zur Mülltonne stehengeblieben; und er bleibt da stehen, in seinen schweren Botten, mit strahlendem Gesicht, ohne eine Regung.

Welche Vision hat den Mann erstarren lassen? Wird man sie nutzen, um unseren Fraß zu würzen, wenn sich herausstellt, dass er wie beim Anblick von Sodom und Gomorrha erstarrt ist?

Sicher ragt einer unserer Treter raus, oder ein Stück Nylon guckt unter einem Rock hervor; in einer gemischten Versammlung aus eingesperrten Menschen ist alles gut für Jux und Dollerei. In der Messe kümmert sich niemand um den Priester, beim monatlichen Kinobesuch finden wir die Leinwand immer zu hell.

Die Wärterin schüttelt ihre Schließeisen.

Ich rücke die fromme Rindviehmaske zurecht, beuge dankbar den Rücken, und bald prügelt sich eine Schar Engel im Unsichtbaren mit dem Teufelchen auf meiner Schulter.

Draußen habe ich am Sonntag lange geschlafen, nachdem wir in den Nächten auf Achse waren; mein Liebster bastelte an der Karre und sehnte sich nach der Woche. Hier werde ich ihn nutzen, um ein bisschen zu schreiben. Schreiben, Opfer und Gnade für den verfluchten Verstand, den man mit einer Sonde füttern muss, weil er keinen Appetit hat, aber auch nicht verrecken will.

Die Mädchen haben sich mächtig herausgeputzt, um sich den Bauch vollzuschlagen: „Sag mal, Süße, hast du wenigstens grüne Bohnen eingekauft, als Beilage zum Roastbeef?“

„Nicht nötig, meistens gibt es Püree, das ist sehr gut für die Soße. Wenn sie uns schon eingesperrt haben, können sie uns auch füttern, ehrlich mal!“

Von den Liedern, dem Summen und Pfeifen, die dem Harmonium folgen, ist meine Seele halb vulgarisiert, halb benediktiert. Verbot zu schlafen: Ich muss schreiben. Und Verbot, nicht zu schlafen: Ich darf nicht aufwachen, wegen dieser idiotischen und automatischen Tränen, die das erste Gähnen benetzen könnten.

Ich träume, während ich am Bic kaue. Warum nicht die Träume auf der Speisekarte auswählen oder sich einfach mit einer Schüssel Nichts davonträumeln.

Mein Kopf ist völlig leer. Ich habe zu viel geschlafen. Das ist das Gleiche wie eine schlaflose Nacht: Ich fühle mich verdreckt, vertrocknet, schwankend. Die Koje ist zu eng, und trotzdem genüge ich mir nicht darin. In diesem Bett wäre ich gern Fluss, Tränenfluss, der die ganze Scheiße des Schlafsaals wegspült.

Dabei heule ich kaum seit unserer Verhaftung.

Das letzte Mal, dass ich draußen geheult habe, war während der letzten Nacht mit Zizi, gegen Morgen. Benzinstand null. Ich hatte die Karre vor einer Brüstung geparkt und wartete, dass sich der Tankwart nebenan bei Esso rührte.

Wir blieben ein, zwei Stunden dort, stumm vor Müdigkeit, halb eingeschlafen. Dann warf uns eine kurze und plötzliche Wallung im selben Moment gegeneinander, und dieser wütende und erschöpfte Kuss, fast schon ein Biss, brachte mich unerklärlich zum Weinen.

Als am nächsten Tag die Kripo kam, hatten wir noch nichts anderes getan, als zu schlafen und zu essen. Und es bleibt dieser Kuss, grausam wie der reine Schnee.

So liebten wir uns, indem wir vergaßen, uns zu lieben, Diebe, Spinner, durch die Nacht streifend, mit dem Tod auf den Fersen. Was könnte diese bittere Sehnsucht befriedigen, welche künftige Morgenröte, welches kalt gewordene Gesöff?

Eine leere Minute saugt grenzenlose Ewigkeiten ein.

Mado singt, aber niemand will mehr Aznavour. Was wir brauchen, sind Zeitungen und Einkauf.

Auch wenn das Roastbeef um drei Uhr kommt, egal, essen wir mittags aus dem Napf und lassen es uns heute Abend umso besser schmecken. Aber um den Nachmittag totzuschlagen, sind *Confidences* und *Festival* unverzichtbar.

Ich erkläre die schwierigen Wörter – die gibt es selbst in diesen Heftchen –, und im Gegenzug überlässt man mir die Kreuzworträtsel für Profis, die Spaß machen, und das kleine Bilderrätsel.

„Zerreiß bloß nicht die Seiten, Schätzchen", sagt Gina. „Ich muss sie danach dem anderen Tagesraum borgen. Besser, sie sind noch ganz ... wenn wir wollen, dass sie uns ihre geben."

„Oh, keine Sorge, Schmöker – vor allem solche – sind mir heilig!"

Ah! Da ist das Futter: Zeitungen, Einkauf, Suppe; abgesehen vom Roastbeef kommt alles gleichzeitig.

„Habt ihr Roastbeef bestellt?", fragt die Wärterin mit leerem Blick. „Dann wartet, die Küche hat es noch nicht gebracht."

„Und was essen wir dann? Das ist ein starkes Stück, wir zahlen, und dann hauen sie uns auch noch übers Ohr. Jeden Sonntag das gleiche Theater mit den warmen Gerichten!"

Aliette macht sich frustriert an ihre kalte Platte: Darauf hat sie wild durcheinander Wurst, Salat, das Standardpüree und die Diätnudeln gestapelt, von denen Nadine nicht mal mehr den Anblick erträgt, die sie aber trotzdem nimmt, um das Stück Margarine abzufassen; man kann den kleinen Würfel aus der Mitte der Nudeln herauslösen, bevor er schmilzt, wobei ein Hauch von fettigem Mehl zeigt, dass man versucht hat, sie warmzumachen.

Nadine, die sich so ihr Butterbrot für das Breakfast morgen gesichert hat, nähert sich meinen Kreuzworträtseln. Die Zeitung vor uns, bewaffnet mit Bleistift und einer Scheibe Brot, zerbrechen wir uns die Köpfe. Während sich Aliettes Magen füllt, öffnen wir die Münder nur für die notwendigen Äußerungen beim Rätseln. Unsere Haare mischen sich, unsere Knie kleben aneinander, plötzliche Osmose, und wir rufen im selben Moment: „Heureka!"

Die Mädchen, gestört bei ihren Geschichten, die das Leben schreibt, sehen uns vorwurfsvoll an; und wir sind glücklich, unsere Schädel dank der Gnade von La Ferté und Favalelli im Gleichklang rattern zu lassen. Wir schweben über den Skandalen im *Festival* und kommen erst wieder runter, als der Braten da ist.

Mein lateinischer und barbarischer Geschmack schätzt die Früchte und das Fleisch. Ich freue mich schon auf das rote Mahl, auf die roten Tomaten, die es vielleicht begleiten, auf die Äpfel am Sonntagabend, wurmstichig, aber glatt und zart ocker.

Ich meide den Blick auf die Tischgenossen: Sonst werden die kleinen Genüsse zu Fraß, Gespachtel und Darmgeräuschen.

„Schmeckt's, Schätzchen?", fragt die Amphitryon des Tages.

„Hervorragend, Schätzchen, und noch besser, weil wir darauf gewartet haben. Außerdem schmeckt man, dass das Beef auch gewartet hat, findest du nicht?"

Der Braten ist eine blasse Schuhsohle.

Während ich mühsam daran herumschnitze, denke ich, dass es grausam ist, das Rind zu verfolgen, und dass es schlecht ist, die Natur zu essen, wenn man nicht selbst auf diesem Weg ein bisschen Frucht, ein bisschen Wild werden will.

„Ach, Süße, die Chemie der Wandlung ..."

„Mampf!“, antwortet Nadine, die vom Anblick der Mittagsnudeln noch nicht satt geworden ist.

Kapitel VI

Als ich am ersten Morgen vom Schlafsaal hinunterging, hatte ich noch Glanz, war ich voll Dünkel und Hochmut, trotz des rauen Wollkleids und des Drecks von zwei Tagen.

Das war die Zeit meines Glanzes, klar, ich hatte Kohle.

Ich bombardierte den Chef mit meinen Episteln, stellte die Fähigkeiten seiner Buchhalter, die Vollständigkeit seiner Register und seine geistige Gesundheit infrage; mein Namenszug stand für den Ausdruck meiner allumfassenden Verachtung.

Nacheinander forderte ich verschiedene Papiere aus meinem Schrank zurück, die wichtig für meine Verteidigung wären, und Fotos meiner alten Mutter. Ich verlangte den Besuch der Sozialarbeiterin, die Erstattung eines Joghurtbechers, dessen Verbrauchsdatum abgelaufen war; kurz, in meinen Glanzzeiten gönnte ich mir alle erdenklichen Launen.

Meine Unerheblichkeit hat meine Überheblichkeit ausgelöscht.

Wenn das Büro heute Beschwerden von meiner Hand erhält, sind es die, die ich im Namen meiner Analphabeten-Kameradinnen schreibe. Ich drücke mich an die Wand, sehe demütig und erledigt aus, ich habe nichts mehr, ich bin nichts mehr, bis zur Rückkehr der dicken Kohle.

Keine Chance, hier eine andere Währung anzubieten. Du würdest ziemlich alt aussehen, wenn du anfangen würdest, deinen intellektuellen und künstlerischen Ramsch anzupreisen! Besser, sein Päckchen Fluppen rumgehen zu lassen, auch wenn dann Dreiviertel des Inhalts weg sind. Und vor allem, besser seinen Hintern zu zeigen als sein Päckchen Fluppen.

Weil die Anweisung zur Sperrung erst ein paar Wochen nach mir angekommen ist, hatte ich immerhin Zeit, Zahnpasta, Schreibpapier, Blättchen und genug Knoblauch für ein Jahr zurückzulegen. Wir brutzeln viel mit Knoblauch auf dem Herd.

Trotzdem lässt man sich nicht ein oder zwei Sonntage das Hühnchen oder den Braten spendieren, wenn man nicht imstande ist, sich am nächsten Sonntag zu revanchieren und an allen Sonntagen bis zum Ende des Aufenthalts. Um Vergebung für alles zu erlangen, was mir die Blockierer der verdammten Penunze eingebrockt haben, gebe ich das Beste, das mir bleibt.

Zum Beispiel mache ich Wasser für den Nes heiß.

Der Hahn im Arztzimmer ist kaputt. Trotz der Erklärungen der Wärterin von irgendeinem Porzellanzylinder, der nicht aufzutreiben sei, ihren Aufrufen zur Ruhe und der Versicherung, alles komme vor dem Wochenende wieder in Ordnung und das warme Wasser aus der Leitung, haben wir bis Sonntag ohne Wasser dagesessen; eine weitere Woche ist vergangen, und der Hahn wurde in die Sammlung süßer Erinnerungen aufgenommen.

Auch der Ofen verschwand bis zur Rückkehr der Kälte im Ofendepot. Ohne Feuer, ohne Warmwasser beschlossen wir, es so zu machen wie in allen Gefängnissen der Welt: Wir erfanden das Feuer neu.

Gute Gelegenheit, mir den Kawa spendieren zu lassen, ohne die Eigenliebe allzu sehr zu verletzen: Ich bot mich als Priesterin der Vesta an.

Ich bitte um alle alten Zeitungen, Camembertdosen, Kartons und Kisten, und zerreiße oder zerbreche alles in kleine Stücke; ich stelle zwei leere Nes-Dosen auf den Rand des Klos, rechts und links vom Loch; auf diesen improvisierten

Grill schiebe ich zu jeder Tageszeit meine Papierfackeln, die sich gegenseitig entzünden und am Ende im Loch verschwinden. Die Kisten hebe ich für Tage auf, an denen mein Stolz die Oberhand gewinnt und ich die Schnauze voll davon habe, um ihre Revolverblätter zu betteln.

Wenn der Napf, der auf den Dosen steht, zu summen beginnt, muss ich ihn nur noch mit Lappen hochnehmen, bis zum Untersetzer - einer Sardinenbüchse - tragen und mit Kellnerstimme rufen: „Heißes Wasser für die Damen!"

Ich habe auch meine Briefmarken. Draußen, wo es mein Amt ist, alle Briefe zu beantworten, die mein Liebster und ich bekommen, Geldanweisungen für die Leute in Algerien oder im Knast zu schreiben und das Haushaltskonto zu führen, schleppe ich Industriemengen von Formularen, Briefpapier und Briefmarken mit mir rum, und wenn ich im Auto warte oder rumsitze, weil sich Zizi seine unzähligen und entsetzlich verstrickten Termine vom Hals schafft, nutze ich die Zeit.

Ich habe die Oberaufseherin beschwatzt, bin ihr um den Bart gegangen, habe ihr meine Situation erklärt, die sie genauso gut kennt wie ich, weil sie die Vertraulichkeiten auf dem Kopfkissen von Gottvater entgegennimmt, kurz und gut, ich habe sie so lange beschwatzt und ihr hoch und heilig Verschwiegenheit versprochen, bis sie ein paar Markenbögen rausgerückt und gesagt hat, ich könne mir mehr holen, wenn ich alles „in Korrespondenz oder anderen Dingen" verpulvert hätte. Eigentlich war es die direkte Einladung zu einem dezenten Tauschhandel. Daher rühren Sätze im Tagesraum, bei denen einem Philatelisten die Haare zu Berge stünden: „Sag mal, Süße, kannst du mir für einen Umschlag mit Briefmarke ein Töpfchen Schmalz kaufen?"

Trotz allem bringt das doch nicht so viel in die Kasse.

Ich habe die Nase voll davon, mir die ganze Woche lang die Rübe mit dem Thema materielle Grundversorgung zu belasten, die Knochen anzunehmen, die man mir hinwirft, die Mädchen als Kundinnen mit Samthandschuhen anzufassen.

Ich trinke weiter den Nes, der mir zusteht, das schon – im Klo ein Feuerchen zu unterhalten ist kein Honigschlecken –, rauche so wenig wie möglich und ansonsten ...

AB HEUTE WIRD ABGESPECKT.

Das ist wohlgemerkt ein Satz, den man immer wieder hört.

Nach dem monatlichen Wiegen isst niemand mehr. Man errichtet eine Verteidigungsfront auf der Basis von Keksen, wenn man reich ist, und von Nur-die-Brotkruste, wenn man, wie ich neuerdings, Kirchenmaus ist. Weil aber die Linie in der Haftanstalt eine ziemlich alberne Sorge ist, fängt man in der nächsten Woche wieder an, aufs Nichtessen zu verzichten.

Um die Angebote elegant abzulehnen und weil ich kein überflüssiges Polster anführen kann, specke ich ab, weil ich meine Gutachter erwarte.

MEINE Gutachter, meine, deine, ihre. Der Richter schickt immer dieselben zwei zu allen, die sie verlangen, aber jede eignet sich die Männer an und verborgt sie nicht.

Was braucht man, um einen medizinischen Gutachter zu täuschen?

Zuerst ein schlechtes Aussehen. Unverzichtbar. Kommt nicht mehr infrage, sich Löckchen zu machen oder den Mund mit rotem Papier zu reiben. Die Haare müssen stumpf und abgebrochen sein und glatt herunterhängen; auf dem Lid ein Hauch von Bleistift, etwas mehr, um die Augenringe zu betonen, genug, um halbtot auszusehen, nicht genug, um aufreizend zu wirken.

Die Gutachter sind unbestechlich und unverführbar.

Und dann?

Zeichen einer ausgeprägten Anämie: Magerkeit, niedriger Blutdruck, Schwindelanfälle.

Um als „haftunfähig" anerkannt zu werden, gibt es kaum etwas außer Anämie, denken wir, die wir keine Chance auf löchrige Lungen oder Blausucht haben.

Ich habe: ein paar unglückliche Nachwirkungen von Frakturen, eine durch die Brille gut kompensierte Kurzsichtigkeit und zwei schon zu zwei Dritteln plombierte Stummel.

Also bleibt mir nur: Ich muss abspecken.

Die Suppe wird im Erdgeschoss von zwei mit Kellen bewaffneten Zofen serviert, die sich hinter zwei riesigen Pötten zu schaffen machen, Suppe und Brei, an den fetten Tagen hängen darüber Gefäße wie fürs Picknick im Grünen, in denen in einer wässrig-blassen Soße Fleischiges oder Fischiges schwimmt. Sobald die Tür aufgeht, um elf und um fünf, wird gesprintet, Teller in der Hand, wer zuerst kommt, kriegt das Beste. Unter unsere Stücke haben die Küchenmädchen ihre gelegt, „um sie warm zu halten", von wegen „wir wollen die Damen wirklich gern bedienen, aber dass wir ihnen deswegen das Beste geben und selbst in die Röhre gucken ..."

Ich weiß nicht, warum ich weiter zweimal am Tag meine Haut riskieren soll. Schlimm genug, dass man alle Naselang zum Waschen, zum Anwalt, zur Kanzlei runtergehen muss. Sparen wir unsere Kräfte. Ganz davon zu schweigen, dass das Bimmeln an der Tür, das meine Gutachter ankündigt, vielleicht genau in dem Moment kommt und ich keine Zeit habe, meine Augenringe zu überprüfen.

Aber die Mädchen könnten sich einbilden, dass ich mich absondere, um zu schnüffeln oder zu klauen, während sie unten sind, die Wärterin könnte glauben, dass ich einen Hungerstreik angefangen habe, um sie zu ärgern, und die Gutachter, die wie alle zur Fütterungszeit kommen, würden sich fragen, wo ich bin. Außer mir sieht niemand krank aus.

Also tue ich nach dem Aufschluss so, als würde ich mich der Menge anschließen; auf dem Gang werde ich langsamer, bis ich die letzte bin; wenn alle auf der Treppe sind, gehe ich auf die Bremse und warte, bis die Ersten wieder auftauchen. Dann biete ich einem Mädchen an, ihm seinen Teller abzunehmen, damit ich nicht mit leeren Händen an der Wärterin vorbeigehe und ihr sagen kann, was es gab, falls sie sich zufällig danach erkundigen sollte.

Heute Abend wird gespeckt. Die Ankunft meines ersten Gutachters muss mit einer kleinen Orgie gefeiert werden. Passenderweise ist der Fisch roh, und niemand lässt sich bitten. Ich mag es nicht, die Leute zu bitten, ihre Hast, den Fisch auf meinem Teller abzuladen, ist mir unangenehm.

Ich weiß jetzt, dass die Bestimmung des Phosphorgehalts nicht im Bericht steht; außerdem habe ich bis zum Eintreffen des zweiten Äskulap-Jüngers – sie folgen meistens mit zehntägigem Abstand aufeinander – eine Menge Zeit, mich zu re-entphosphorisieren.

Ich erzähle den Mädchen von dem Gespräch, während sie neugierig zusehen, wie ich die Gräten ausspucke. Ich habe echt Glück!

„Ehrlich jetzt, ich hatte schon dreimal über den Anwalt um den Besuch gebeten."

„Hör bloß auf, wenn es dein Richter auch so eilig hat wie meiner ..."

„Aber dir kann das doch schnurz sein, du kommst nach dem Urteil raus, bei dir sind es doch Kinkerlitzchen."

Und wenn es keine sind, warum hat sie es dann so eilig? Sie hofft doch wohl nicht, raus ins Krankenhaus zu kommen, so, wie sie aussieht?

„Dass ihr euch mal nicht täuscht", sage ich, „bei dem Doktor hier vergisst man schnell, was ein Arzttermin ist. Aber ich kann euch sagen, um den heute einzuschläfern ..."

„Was hat er gemacht? Musstest du dich ganz ausziehen?“

Ich nicke mit gewichtiger Miene.

„Er hat nichts ausgelassen, von den Kinderkrankheiten bis heute.“

„Aber ... hat er das alles notiert?“

„Klar, er hat einen ausführlichen Bericht geschrieben. Für meine Hand hat er sogar ein Dynamometer genommen.“

„Ein Dynamowas?“

Ich erkläre es. Ich erkläre alles, was sie wollen.

„Ich habe auf den Bericht geschielt. Das war ein großes Blatt mit Briefkopf vom Justizpalast, mein Antrag auf Untersuchung war drangehängt. Da stand unter anderem: ‚entweder für die Entlassung aus medizinischen Gründen oder für die Überstellung nach Fresnes‘.“

Diesmal breitet sich respektvolles Schweigen aus. Eine Gefangene rauslassen geht noch, aber sie nach Fresnes schicken! Donnerwetter! Ich muss wirklich hinüber sein ... oder verdammt schlau.

Ich sehe mich schon dort.

Wenn ich die Augen schließe, sehe ich das Fresnes meiner Jugend, das Theater des Typen vorhin, die Nomenklatur meiner Missgeschicke, wäge alles gegeneinander ab und beschließe, optimistisch zu sein.

Nach einigen Begriffen aus dem Medizinjargon, die ich zu Beginn losgelassen hatte, waren wir sozusagen Kollegen.

Nach der Untersuchung mit Stethoskop, die ihm meine Raucherutensilien offenbarte, die aus dem BH rausguckten, bot er mir eine Pall Mall an.

Auch mein Blutdruck war perfekt. Nicht zu fassen, sogar in den Arterien hatte ich eine Komplizin. Je weiter die Untersuchung voranschritt, desto mehr spielte der Organismus die Farce mit: Mein ebenfalls entblößter Rücken beugte sich so tief, dass die in der Bewegung mitgezogenen Halswirbel den Mann von Scoliose reden ließen; der Magen, der sich bisher geweigert hatte, in die Hose zu rutschen, kam plötzlich hoch bis in die Wangen und vermittelte ihnen seine Leere; inzwischen lief mein ganzer Körper violett an und zitterte wegen der Kälte, erschien so elend, dass ich selbst die Tränen nicht zurückhalten konnte, ich sank auf den Stuhl und schluchzte: „Doktor, ich flehe Sie an, tun Sie was, ich kann nicht mehr!"

Er hat versprochen, etwas zu tun.

Aber was?

Kapitel VII

Ich erkannte ihren kaputten Schritt, ihre sanfte Art zu lächeln und ihre kleinen Nachtartikel auf der Kiste auszubreiten. Es war, als hätte sie immer da geschlafen, im Nachbarbett, dessen Kopf an den von meinem stößt.

Ich hatte gut daran getan, Aliette und ihr Telefon zu verlassen. Gerade wurde ein zweites Bett unter das Fenster gestellt, dort wird Maria schlafen.

Ich war ihr auf den Fluren begegnet, aber ich hatte sie nie so sehr gesehen wie heute Abend. Man muss dazusagen, dass wir mit den Mädchen im anderen Tagesraum nur durch Kassiber, Klotelefon oder Klopfzeichen verkehren. Die Chefin hat Maria den Tagesraum wechseln lassen.

Das Mädchen ist still und unauffällig, aber überhaupt nicht unterwürfig oder nachlässig; sie sieht zu, wo sie bleibt. Zum Beweis hat sie eine zweite Matratze aus einem leeren Bett in ihrem alten Schlafsaal geholt und hochgeschleppt, um sie auf das harte Ding zu packen, mit dem sich die anderen begnügen. Ich habe einen Willkommens-Nescafé gemacht, dann haben wir die halbe Nacht geschwatzt, als würden wir uns schon ewig kennen.

Am nächsten Morgen hat sich Maria im Tagesraum mir gegenüber gesetzt.

So wende ich, selbst wenn ich auf das Schreibzeug, den Teller oder die Zeichnung – ich zeichne massenhaft Rosen, um die Briefe zu verzieren – schaue, nicht den Blick von ihr. Schade, dass man schlafen muss, sonst würde ich sie die ganze Zeit ansehen.

Woher kommt dieser Liebesblitz?

Ich habe keineswegs die Absicht, wieder Lesbe zu werden oder Zuhälterin zu spielen, obwohl ich es mächtig nötig hätte, gefüttert zu werden. Nein, mein Liebeskonzept steht endgültig fest, und was den Lebensunterhalt angeht, versuche ich mich allein zu unterhalten, obwohl Maria ordentliche Vorräte zu haben und sehr freigiebig zu sein scheint.

Aber fürs Erste haben wir einen Ärger gemeinsam: Ihr Geld ist gesperrt, wie meins. Und die Geldanweisungen von Mama, die der Freunde, die sie nicht mehr informieren konnte, die draußen angelegten Werte, alles ist in den Staatsschatz gewandert.

Wir haben beide das Glück, vom Leben in der Gemeinschaft nur die Aufrichtigkeit kennenzulernen, denn wenn man uns anlächelt, wissen wir, dass wir gemeint sind und nicht unser Schotter.

Und wir werden nicht davon sterben, einem armen Hund verweigert man nicht den rettenden Strohhalm. Die Mädchen sind nicht hundsgemein und kaufen uns gern unseren Ramsch ab. Stück für Stück rauche ich meine Klamotten.

Maria hat keinen gebrochenen linken Arm, nicht mal den rechten, sie häkelt blitzschnell einen Berg von Netzen, mir wird schwindlig, wenn ich sie in dem Tempo arbeiten sehe.

Um zu leben, hat sie außer den verfluchten Netzen nur ein paar Fotos von einem wunderbaren Jungen mit strahlenden Augen, Grübchen und schwarzen Locken; man hat sie nach der Entbindung die vorgeschriebenen achtzehn Monate zusammengelassen, lange genug, damit Maria lernte, Mama zu spielen. Jetzt sieht sie ihr Kind nur noch zur Besuchszeit, die aus Entgegenkommen in der Anwaltsloggia stattfindet und mit Küssen vergeht, *baci, baci.* Dann kommt Maria zurück zu uns, zur Häkelnadel, zur Belote. Oder zur *canzonetta,* die ich gern mag.

„Maria, du gehst mir auf die Nerven. Mach mal halblang."

Das ist meine Art, eine Zugabe zu verlangen.

Ich mag an Maria das Schweigen, die plötzlichen Lieder, die schnellen und sanften Blicke, den überraschenden Kontrast zwischen ihren hübschen Accessoires, Brille mit italienischem Gestell, ziselierter Ehering, und den eher dünnen Haaren, der bunt zusammengewürfelten Kleidung; ja, auch der größte Teil ihrer Garderobe wurde beschlagnahmt.

Sie trägt einen meiner Sommerröcke. Es gefällt mir, meinen Rock wie im Spiegel an Maria zu sehen.

Wir tuscheln, wenn wir abwaschen; die Küchenecke ist die, wo man am meisten Ruhe hat, außerdem esse ich gern von sauberen Tellern. Deswegen wasche ich alle ab und sammle dabei noch Punkte als braves, eifriges Mädchen.

Ich stammle in altem Schulitalienisch, Maria korrigiert; die anderen hinter uns werden unruhig. Wenn man sich absondert und dann auch noch eine andere Sprache spricht, kann das nur böses Gerede sein.

Seit zwei Jahren wartet Maria darauf, vor Gericht zu kommen. Jede andere hätte genug, sie aber trägt es mit Eleganz, zeigt ihren Überdruss nur in der kaputten Miene und indem sie stets den Rücken durchdrückt; das kenne ich auch. Und dazu noch die verdammte Brille, die meiner ähnelt.

Trotzdem weiß ich, dass Schultern und Brille nichts bedeuten. Mein Leben lang habe ich gehört, dass man der südländischen Mentalität misstrauen muss: „Bei den Makkaronis weiß man nie, woran man ist, entweder quasseln sie ohne Punkt und Komma, oder sie sind verschlossen und heimtückisch."

Was riskiere ich schon, mir eine kleine italienische Saison zu leisten? Die Idee der Reise ist verlockend, aber ich muss vorher meinen Michelin lesen.

Warum haben sie Maria den Schlafsaal wechseln lassen? Das muss ich rauskriegen.

Gina, die unten Freundinnen und unklare Beziehungen zu allen im Haus, zu den Gefangenen, Wärterinnen und Besuchern, hat, erklärt mir die Welt.

An einem Nachmittag entführe ich sie zu einem vertraulichen Spaziergang. Im Hof laufen wir zu zweit oder dritt herum und wechseln jedes Mal Ton und Thema, wenn wir zwei oder drei andere treffen, die ebenfalls konspirieren; wir können freier reden als im Tagesraum.

„Warum man sie zu uns gebracht hat? Das weißt du nicht?"

„Du weißt doch, ich kümmere mich nicht um das Gerede, außerdem bin ich noch nicht lange da."

„Stimmt, du schreibst ja keine Kassiber. Aber trotzdem, darüber haben doch alle geredet. Also, sie haben sie hochgebracht, weil's Theater gab, versuchter Ausbruch. Sie ist mit einem Haufen Itaker draußen in Kontakt, anscheinend hat sie es geschafft, sich Klingen für das Gitter reinschmuggeln zu lassen, natürlich wurde es aufgedeckt – hier erfährt man alles, ich sage dir, diese Weiber, unfähig, irgendwas für sich zu behalten!"

Und so weiter. Als ich zurück in den Tagesraum komme, weiß ich genug. Überall stößt man auf diese Ausbrüche, sie sind wie Vulkane, die nur Rauch ausstoßen; das macht mich nachdenklich. Aber Gina hält sich an die Tatsachen: Da ich bei der Ankunft verkündet habe, dass ich vor Gericht kommen und mir mindestens fünf Jährchen einfangen würde, denkt sie, dass ich natürlich nur den Ausbruch im Kopf haben kann. Erst recht, weil mein Kerl auch hier ist; wenn man zusammen stürzt, ist es geradezu Pflicht, dass sich einer davonmacht, egal wer, um dem anderen zu helfen oder ihn rauszuholen.

„Weißt du, bei mir, Tony hat es geschafft, ihnen im letzten Moment zu entwischen, sonst ..."

„Hast du nichts von ihm gehört?"

Gina sieht mich mitleidig an und macht weiter im Bericht von ihren Scherereien mit den Polypen, Interpol und allen. Ich stehe ziemlich erbärmlich da angesichts ihrer perfekten Organisation, schließlich habe ich als einzigen Kumpanen einen kleinen Ganoven, der erst fünfzehn Jahre hinter sich hat, fünfzehn Jahre Knast, aber das ist Vergangenheit, eine unbedeutende Verbannung als Damoklesschwert mit verrosteter Klinge, und sein Lächeln, seine Umgänglichkeit, sein herzliches Blond.

Abends erzählt Gina von ihrem eigenen Ausbruch; wie alle hat sie versucht, sich davonzumachen. „Ich war auch im unteren Tagesraum, mit Liliane und Josette", ihren Mitangeklagten; ich glaube, sie haben zusammen einen kleinen Tresor, Damenmodell, weggeschleppt, „im Erdgeschoss, der Tagesraum hat eine Glastür, die direkt auf den Hof führt. Letztes Jahr ließ die Wärterin das Gitter offen und verdrückte sich in die Kanzlei, eine Stunde ganz für uns, einfach so, du kannst dir vorstellen, dass ... Wir waren noch nicht mal beim Untersuchungsrichter gewesen, gerade zwei Wochen da, es lohnt sich noch, sich aus dem Staub zu machen. Die blöden Netze haben uns auf eine Idee gebracht. Aus den Spulen haben wir Stufen gemacht und für die Seiten haben wir geflochten, geflochten, geflochten ... kilometerweise Faden, den wir dem Netzfabrikanten ..."

„Ehrlich", unterbreche ich sie, „es wäre interessant gewesen, das zu filmen!"

„Jedenfalls hatten wir die Strickleiter in drei Tagen fertig, wir haben sogar eine Brücke gebastelt, um von einer Außenmauer zur anderen zu kommen. Jetzt brauchten wir nur noch einen Haken, um die Leiter an die erste Mauer zu hängen."

Ich unterbreche die Erzählung erneut: „Wie weit ist es von einer Mauer zur anderen?“

„Ein Meter fünfzig“, sagt Gina wie aus der Pistole geschossen.

Also bei meiner eigenen Flucht – selbst wenn wir annehmen, dass ich systematisch vorgehe – lassen wir die Brücke weg und überspringen einfach den Zwischenraum.

Noch eine Frage: „Und wie habt ihr den Haken gemacht?“

„Das wollte ich gerade sagen. Wir haben im Klo eine Eisenstange rausgerissen. Das war vielleicht eine Arbeit! Die haben wir über dem Ofen erhitzt und gebogen ... Du kannst dir nicht vorstellen, was das für eine Schinderei war!“

Das gibt's nicht, ich träume!

Dabei hatte ich schon von diesem gescheiterten Ausbruch und der Strickleiter gehört; ich weiß, dass an der Geschichte, die Gina erzählt, einiges dran ist. Aber dass drei Mäuschen von Ginas geistigem Niveau – die beiden anderen können nicht besser sein, sie ist das Gehirn – es geschafft haben, nach zwei Wochen Zusammenleben die Zungen einer ganzen Versammlung von Frauen auf ihre Seite zu bringen, überfordert meine Vorstellungskraft.

Ich frage mich allmählich, ob sie wirklich so dumm ist, wie sie aussieht. Ich kann einfach nicht glauben, dass sie blufft. Am festgelegten Tag, alle Wärterinnen sind unsichtbar, holen sie die Strickleiter hervor, die unter einem Berg von Kartons und Klamotten versteckt war; sie tragen sie in den Hof und versuchen sie festzuhaken, indem sie sie hoch auf die Mauer werfen, einmal, zweimal.

Endlich sitzt der Haken.

Gina klettert hoch, setzt sich rittlings auf den Mauerrand und ruft mit unterdrückter Stimme, man solle ihr die Brücke bringen; Liliane hält fest, während Josette zu Gina kommt. Aber als sie oben ist, kriegt diese Bescheuerte einen Lachkrampf ...

Wir hängen alle an Ginas Lippen, absturzgefährdet wie der Haken an der Mauer; Aliette hechelt mit ihrer ganzen Masse und hat sich halb aus den Laken gewühlt, Nadine liegt völlig horizontal, starr vor Aufmerksamkeit.

Ich mag Nadine sehr, besser gesagt, wir beide mögen Kreuzworträtsel sehr, allerdings mag sie auch Gina sehr, und das verdirbt alles, auch Nadine.

„Sie lachte wie eine Schwachsinnige, Liliane stand mit ihrer Brücke unten, und mir ging mächtig die Muffe. Die Besuchszeit rückte näher."

Eine Besuchszeit, die nie wissen wird, was sie verdorben hat, eine Stunde Gerede hat Jahre der Freiheit ruiniert. Als sie die Klingel des ersten Besuchers hörten, kamen sie zu sich; Gina ist runtergesprungen und hat die anderen Mädchen gerufen; alle sind rausgekommen, haben sich an die Strickleiter gehängt, sie in alle Richtungen gezerrt und schließlich runtergeholt, gerade als die Wärterin kam.

Die Leiter haben sie ins Klo geworfen wie Scheiße: Wenn der Moment vorbei ist, ist er vorbei. Aber es gab noch ein Nachspiel, als ein paar Wochen später die Jauchegrube geleert wurde. In ihrer Eile hatten die Ausbrecherinnen vergessen, sie in Einzelteile zu zerlegen.

„Du kannst dir vorstellen, was da los war, wir wurden alle zum Chef gerufen und eine nach der anderen ausgequetscht. Aber niemand hat sich getraut, mich zu verpfeifen, und weil das alles schließlich ein Versagen der Aufsicht war – die Wärterinnen müssen beim Hofgang anwesend sein –, hat der Chef die Sache lieber unter den Teppich gekehrt. Angeblich hat er die Leiter aufgehoben, und die ganze Männerabteilung durfte sie bewundern."

„Ich hoffe, er hat sie vorher saubergemacht."

Gina reagiert nicht darauf und fährt fort: „Dann habe ich den Tagesraum gewechselt. Die anderen beiden haben sie zusammen gelassen, da machen sie sich im Büro keine Sorgen; sie wissen genau, dass sie unfähig sind, ohne mich irgendwas Ernstzunehmendes anzuleiern. Haben alle ein großes Maul, aber wenn es drum geht, einen Finger krummzumachen ... Und ich, na ja, inzwischen habe ich ein Jährchen hinter mir. Die Sache mit dem Tresor wurde vor der Strafkammer verhandelt ... eigentlich bereue ich nichts. Ich bleibe im Knast, aber mit dem, was ich dem Untersuchungsrichter erzähle, bewahre ich meinen Schatz vor dem Bau. Im Milieu muss ich mich jedenfalls nicht verstecken."

Abgesehen von dem seltenen Vogel, der mich und den ich in den Käfig gesperrt habe, habe ich noch nie Leute mit Haltung gefunden, die ich seit Urzeiten suche. Voller Hoffnung hebe ich den Kopf: vielleicht Gina ...

Mehrere Nachmittage hintereinander spaziere ich mit ihr unter den Linden herum. Ich habe mir in den Kopf gesetzt, dass die Lust abzuhauen immer noch in ihr drin steckt und dass es, wenn ich hartnäckig und überzeugend genug bin, einen Weg gibt, etwas Globales zu machen, eine Art wohltätiges Werk sozusagen, in dem die Neigungen all dieser Damen vereint wären.

Was meine eigenen Pläne angeht, bin ich noch unentschlossen. Vielleicht kommt mein Verfahren vor die Strafkammer, der Anwalt legt sich mächtig dafür ins Zeug; vielleicht bekomme ich meine Bewährung. Abends, wenn die Gipfel der Platanen vom Sturm gebeugt in Reichweite der Gitter zu sein scheinen, träume ich; ich träume von einem gigantischen Scherzartikel, bei dem allen das Lachen vergeht, von einem leeren Gefängnis und meinem Wiedersehen mit dem Leben.

Kapitel VIII

Ab und zu kommt ein Mädchen vom Untersuchungsrichter zurück und erzählt mir, dass sie ihren Freund oder ihren Mann gesehen hat, der mit Zizi einsitzt, und dass der ihn mit einem Haufen Sachen für mich beauftragt hat. Durch Dritte kann er mir kaum etwas anderes schicken als „Sachen", die ich übersetze und deren Anwesenheit ich auf meinem Mund, in meinem Kopf und meinem Herz spüre, über die Abwesenheit und Ferne hinweg.

Mir genügt das. Ich lasse ihn darum kämpfen, eine Kommunikationserlaubnis zu erhalten. Was zu erlauben? Was zu kommunizieren? Teilen wir uns die Aufgaben: Er versucht mir zu schreiben, ich versuche zu türmen.

Wir haben uns nichts zu sagen: Wenn es soweit ist, kehrt, wie alles andere, das Recht zurück, zu schwatzen und herumzutollen, ohne Ende. Beantrage nur, Schatz, ich habe genug davon, mir tut der Kopf davon weh, Episteln aufzusetzen, ich schreibe allen und jedem, ich bin die Schreiberin für den halben Tagesraum.

Trotzdem sorgt man sich um mein Schweigen und wirft mir meine Faulheit vor ... Diese Post, da kannst du dir nur die Kugel geben: fünf Tage für einen Anwaltsbrief, drei Wochen ungefähr für alle anderen, in beide Richtungen.

Ich beschränke mich darauf, mit Automatenpünktlichkeit die Episteln zu beantworten, die ich bekomme. Der Rest ist Schweigen, abgesehen von den Knochen, die murren und ab und zu knirschen. Auch sie bringe ich automatisch zum Schweigen; mit der Sonne lasse ich den Blues aufgehen, ich senke die trägen Lider, der Tag ist zu lang, um von irgendwas gefüllt zu werden, ich lasse ihn leer.

Ich lache bei den Zirkusvorstellungen, ich bemitleide die anderen für ihre Scherereien und nehme meinen Anteil an ihrer Freude; ich bleibe nachsichtig bei allem, was sie machen, auch wenn es nicht klappt oder abstoßend ist.

Es gibt ein paar Frauenliebhaberinnen, die meisten Gelegenheitslesben, verheiratet und Mütter; aber schließlich bringt auch das die Zeit rum. Mona hat noch acht Jahre abzusitzen, die Überstellung in den Langzeitvollzug kann jeden Tag kommen. Der Umgang mit Frauen ist ihre Art, das Kommende vorzubereiten.

Ich erkläre Mona das Leben im Vollzug mit der belehrenden und schicksalhaften Art der alten Insassen; ich schenke ihr winzige Aufmerksamkeiten, fabriziere mit ihrem langen Haar seltsame hochgesteckte Frisuren, lackiere sie mit Ästhetik und Zartheit; und jede Woche verziere ich mit dem Bic, mit Rosen und Gedanken den Brief, den sie seufzend für ihren Mann, ihren Mann in Fresnes zurechtschnitzt.

Ah, man ruft mich: Weswegen, für wen? Bereiten wir uns eine Überraschung, fragen wir nicht. Sicher der Anwalt, die verbale Vorspeise; die Suppentröge klappern, das ist seine Zeit.

Die Wärterin führt mich mit vergrätzter Miene in die Loggia. Warum wollen wir unbedingt versuchen, unseren Fall zu verbessern, warum kommen uns diese Herren besuchen, die doch gar nicht wie Betrüger aussehen?

Aber der Typ, der mich erwartet, während er vor der verglasten Loggia auf und ab läuft, gleicht kein bisschen dem, auf den ich hoffte. Glubschaugen, zusammengepresster Mund, undurchdringlich bösartiges Gesicht.

Ich soll mich setzen.

Vielleicht doch ein Schleimer?

Er beweist unverzüglich das Gegenteil. Plötzlich macht er den Mund auf und stellt sich vor: „Monsieur X, Inspektor der Kriminalpolizei."

Erst jetzt stelle ich fest, dass etwas Ungewohntes in der Loggia ist, eine Art lautlose Harmonie, die sich nicht durch die Anwesenheit des Polypen erklären lässt, aber damit zu tun hat. Ich sehe mich um und entdecke auf dem Tisch ein vertrautes Objekt: mein Transistorradio.

Lustig, ich dachte, ich hätte es bei der Ankunft in der Kanzlei abgegeben.

„Ja, genau, Sie haben es erraten", sagt der Polyp, der meinem Blick gefolgt ist.

Ich entgegne, dass ich vielmehr immer weniger verstehe; aber zwischen dem, was ich sage, und dem, was ich gleichzeitig grüble, liegt der ganze Abgrund zwischen Gleichgültigkeit und Panik. Schwindelerregende Panik packt mich und quillt mir aus allen Poren, während ich mir Mühe gebe, nicht blass zu werden, keinen Finger zu rühren und bis zum Ende des Verhörs völlig begriffsstutzig zu bleiben. Dabei habe ich längst begriffen.

Begriffen, dass wir weder vorläufig noch aus medizinischen Gründen, noch überhaupt rauskommen und dass es in Sachen Freiheit und selbst, wenn wir verurteilt werden und die Verwaltung die Macht hat, uns als Eheleute (Lebenspartner, wie sie sagt) anzuerkennen, nur die entsetzliche Idylle zwischen zwei Knackis geben wird, mit Papierküssen und verrückten, zensierten, dürren Träumen, den Träumen, von denen ich ganz berauscht bin.

Ich muss hier UNBEDINGT raus.

Im Tagesraum weiß man schon, dass ich mit dem Herrn mit Regenschirm geplaudert habe; die Stille ist lastend, besorgt, ich rieche nach Polypen. So sehr, dass ich das lauteste und pornografischste Gefängnislied anstimmen muss, um die Frauen zurückzugewinnen; im Schlafsaal ist mein ganzes Repertoire vonnöten, die Kreuzworträtsel bleiben im Schminkkoffer, ich singe und randaliere mehrere Abende hintereinander, um das andere, das innere Lied zum Verstummen zu bringen, die Stimme von Zizi, die unablässig in meinen Ohren hallt: „Denk dran, wir sind allein auf der Welt, mein Schatz." Ich verdränge die Stimme, sage mir, dass Zi Unsinn erzählt, dass wir gar nicht so allein sind. Scheiße, die Götter werden wohl herunterkommen, nein, ganz sicher werden sie herunterkommen, um mir zur Seite zu stehen.

Aber allein abhauen aus der Gemeinschaftshaft, das ist nicht ohne.

Natürlich habe ich in der Transistor-Abteilung gehört, dass es ein reizendes kleines Gefängnis mit Einzelzellen gibt. Oh, die charmanten Residenzen in der Provinz, umgeben von entzückenden Gärtchen, und dahinter der Hühnerhof und der Gemüsegarten des Oberaufsehers, ruhig und idyllisch wie das Leben Verlaines, aus denen man nachts so wunderbar verduften kann ...

Die Realität: Natürlich wird die Staatsanwaltschaft dort ihre Untersuchung mit Amtshilfeersuchen fortsetzen und binnen kurzem die Klage zugunsten der hiesigen zurückziehen, um die Sache zu vereinfachen und Transportkosten zu sparen. Auf jeden Fall werden die Formalitäten lange dauern, zu lange.

Mich hier in Isolationshaft zu stecken, kommt nicht infrage. Man isoliert die Minderjährigen, zu ihrem Schutz oder zu unserem, aber ab einundzwanzig kann man ruhig mit Frauen rummachen, sich prügeln oder sich die Kugel geben; die Direktion schert sich nicht darum, dafür gibt es Tagesräume.

In der Krankenstation ist niemand je gewesen, genauer gesagt, von da ist niemand je zurückgekehrt.

Außerdem kann man sich zwar ganz klein machen, um den Überblick zu behalten, und sich absondern, um abzuhauen, aber dazu muss ich erstmal den richtigen Ansatz finden; und bisher konnte ich mich nur im Schutz der Herde im Gefängnis umsehen, ohne selbst von der Wärterin gesehen zu werden. Keine Entlassung dieser Tage, die einen Kassiber hinausschmuggeln könnte; kein Zeichen in der Post oder an den Fenstern deutet darauf hin, dass man sich draußen um uns kümmert; nichts als dieser endlose Weg der Justizpost, bei dem die Briefe Wochen brauchen oder in der Akte verschwinden, bei dem jedes nicht als „Wäsche“ markierte Paket an den Absender zurückgeschickt wird, bei dem die Geldanweisungen und die Kohle beim Richter landen – der Richter ist der Gully des Gefängnisses.

Das Prinzip der überlegenen Wesen ist, dass die großen Dinge in der Einsamkeit passieren. Und das Prinzip der Einbrecher ist, dass sie nachts unterwegs sind. Ich, die ich mich rühme, beide Aspekte des Daseins zu vereinen, kehre mit meinen metaphysischen Ängsten und meinem vom Nichtstun erschöpften Gerippe in meine Koje zurück.

Über die Gefängnismauer klettern, einem Polypen aufs Dach steigen, Zizi lieben, irgendwas, nur nicht mich weiter hin und her drehen wie ein Steak auf dem Grill.

Wenn man die Mädchen schon einweihen muss, kann man sie auch gleich alle einweihen. Pech für Maria und ihre Klingen, die aus dem Knorpel sind, aus dem man Träume macht, Pech für Ginas Haken; wenn es sein muss, säge ich die Gitterstangen mit den nackten Händen durch, wie Madame Piaf singt, und ich werde über Mauern und Bäume davonfliegen. Inzwischen packt mich die Realität, und eines schönen Abends fange ich an zu quatschen: „Hört mal, Mädchen, ich muss abhauen. Ich gehe kein zweites Mal vor Gericht ... ja, ich riskiere alles.“

Natürlich fragen mich alle gleichzeitig, wie. Die Stille, die darauf folgt, gleicht der, die die perfekte Hausfrau in dem Moment umgibt, wo sie ihr Rezept für die Soße zum Entenbraten offenbaren will.

Wie kann ich zugeben, dass ich keine Ahnung habe, ohne meine Aura zu trüben? Ein Gelüst, einfach so, wie bei einer Schwangeren. Also setze ich mein Mona-Lisa-Lächeln auf: „Das muss ich euch nicht erklären. Ich sag euch Bescheid, nicht, damit ihr mir helft, sondern nur, um euch zu bitten, an dem Tag oder vielmehr in der Nacht eure kleinen Schnäuzchen zu halten und tief zu schlafen, wenn ich's riskiere."

Diese Mädchen, die nach gar nichts aussehen, sieh an!

Wer hätte gedacht, dass ich einfach so abhauen kann, ganz allein, nur, weil ich es beschlossen habe?

Ich beruhige sie, morgen früh bin ich noch da, in meiner Koje, man lässt doch seine Kumpel nicht einfach so sitzen, ich sage Bescheid.

Nur Gina scheint es nicht ganz geheuer zu sein. Dass man herumquatscht, sogar eine Menge, bitte sehr, aber dass man ein paar ernste Sätze ausspuckt, da kommt sie nicht mehr mit ... Und Gina kann es gar nicht leiden, wenn sie außen vor bleibt, egal wobei.

„Warte, warte!", bettelt sie. „Du weißt doch, dass ich Beziehungen hab. Aber warte bis morgen beim Spaziergang, Herrgott! Entweder du laberst überhaupt nicht, oder du laberst und laberst, dass man dich nicht mehr bremsen kann."

Ich antworte, dass wir Freundinnen sind und dass es nicht verboten ist zu plaudern.

„Warte bis morgen, sage ich dir."

Ist ja gut! Ich tue so, als fielen mir plötzlich die Augen zu, ich wünsche allen entspannt und vertraulich gute Nacht und drehe mich zur Mauer, binde meine Fluchtinstinkte an ihr fest, bis morgen früh.

Kapitel IX

Getreu ihrem Versprechen stürzt sich Gina beim ersten Auf und Ab im Hof auf mich.

Ja, ich bin immer noch entschlossen; ja, ich weiß, wie; ja, ich glaube, dass ich es schaffe.

Ich antworte Gina mit dem Hintergedanken, sie auszufragen; aber sie redet wie ein Wasserfall ... Wie soll ich da eine Frage unterbringen? Ich kann nicht mal ein Wort einlegen, Gina ist unwiderlegbar.

Ich würde nämlich gern wissen, wo der Haken vom letzten Jahr geblieben ist - nur die Leiter ist abgerauscht, der Haken hat offenbar nicht in den Abfluss gepasst - und ob es einen Weg gibt, seiner habhaft zu werden. Aber ich verdächtige Gina, erstmal meines Plans habhaft werden zu wollen.

Ich habe ein Puzzle in der Rübe, schon seit einer ganzen Weile grüble ich darüber nach, sie alle an der Nase herumzuführen, um zu sehen, wer von der Mannschaft bei der Stange bleibt und wer nicht. Aber das ist MEIN Ausbruch, und bei der Auswahl des Materials kenne ich keinen Spaß.

„Ganz allein", kommentiert Gina, „hmm ..."

Natürlich sind alle Meinungen bedenkenswert, egal, wie Gina sich aufspielt, ständig hat sie Bedenken, und ihr Tony-Gauner ist wahrscheinlich ein guter Zuhälter. Aber egal. Ich verlange nicht ihr Leben, nicht mal ihre Börse.

Sie ist noch bei der Aufzählung der Mädchen, die geeignet seien, für mich Räuberleiter zu machen. Der ganze Tagesraum kommt dabei vor; es reicht, der Hof ist voll! Irgendwann explodiere ich: „Und warum nicht ein Gemeinschaftsantrag im Büro, sie sollen uns die Leiter zurückgeben? Nein, Gina, jetzt zerbrechen wir uns unnötig den Kopf. Zu Maria hast du mir übrigens noch nicht deine Meinung gesagt."

„Maria? Ach so, die Klingen! Na ja, sprich doch mit ihr, ist jetzt auch egal."

Wir rufen sie, gehen zwei, drei Mal zusammen auf und ab, dann verzieht sich Gina zu ihrem täglichen Gerüchtefischzug.

Obwohl ich Maria mit dem ersten Blick alles offenbart habe, zwinge ich mich zur Zurückhaltung und beschränke mich auf harmlose Bemerkungen: der schöne Himmel über Italien, der Sommer, die Stars und Sternchen, und das Draußen im Allgemeinen, das quälende und zärtliche Etwas. So weit gekommen, gleite ich zu den Möglichkeiten, streife, taste ...

Am Ende der passeggiata kommen wir vom Ende der Welt zurück. Maria geht mit verlorenem Blick und wackligen Gräten die Treppe hoch, ein gutes Zeichen.

Am nächsten Morgen schmiede ich das Eisen vorsichtig weiter, erhitze es in der südlichen Wärme, mein Amboss sprüht Funken. Ihr lustiger Akzent quält mein Ohr, aber wer würde den Lauf so kostbarer Sätze stoppen, auch wenn es rauscht wie der Po bei Hochwasser?

Die Klingen ... Maria erklärt mir, auf welchem Weg sie bis zu den Gitterstangen gelangen müssen.

Das ist das Ei des Kolumbus, gelegt vom Anwalt selbst, na klar!

„Die Advokaten werden dafür bezahlt, dass sie tun, was man ihnen sagt."

Aber seltsamerweise weigerte sich Marias Anwalt ebenso energisch, ihr das Spielzeug zu bringen, wie er sich jetzt weigert, ihr meine Briefmarken gegen Zigaretten zu tauschen, und ich habe von meinem Wichtigeres zu verlangen;

kurzum, Maria zertrampelt ohne ihre übliche Sanftheit die letzten Hälmchen meiner Illusionen.

Sie wirft mir einen Glas-und-Samt-Blick mitten in die Pupille und fährt fort: „Gina wird ihre Freundinnen von unten nicht hier lassen. Sie erzählt zwar ständig, dass sie ihr alles Mögliche angetan haben, aber sie möchte sie behalten. Mit einer anderen abzuhauen, würde für mich noch gehen. Mit dir zum Beispiel ..."

(Oh! Maria, ich schmelze ... aber ...)

Ich bin ein bisschen beruhigt über den gesunden Menschenverstand des Mädchens, ich dachte, sie wäre noch enger verbandelt mit Gina. Aber in dem ganzen Durcheinander von Ausbrüchen, die kursieren und sich kreuzen, ohne je stattzufinden, in diesen Spänen von Gittern, Klingen und Haken verlasse ich allmählich meine Einsamkeit, gehe ich auf Maria zu und pralle gegen Gina, allgegenwärtige Gina, lästige Gina.

Wie soll ich herauskriegen, was ihre Mentalität, ihr Wagemut, ihre Versprechen wirklich wert sind, und wenn sie, wie ich glaube, nichts wert sind, wie soll ich es Maria begreiflich machen, ohne die Lügenmärchen weiter aufzublasen, ohne zu verletzen, unsaubere Sachen zu machen?

Nicht so einfach, ein Mädchen loszuwerden, das sich mit ihren „Schätzchen", ihren „Komm, ich spendier dir einen Kaffee" zwischen uns alle drängt, weil sie gut versorgt ist und wir anderen Hungerleider sind, weil ich hier neu bin und sie alle heißen Drähte hat und Maria seit mehr als einem Jahr kennt.

Tatsächlich, ich werde schwatzhaft und eifersüchtig, ich hätte besser weiter auf Zizi gehört. Jetzt habe ich die Flucht angekündigt, und anstatt mir zu helfen, anstatt mich auch nur in Ruhe abhauen zu lassen, klammern sie sich an mich, damit ich sie mitnehme. Wobei, wenn ich nichts gesagt hätte, hätten sie mich trotzdem nicht gehen lassen.

Also lassen wir meinen Plan im Dunkeln und Unklaren, und da sie unbedingt einen hören wollen, kommen wir zurück zu dem Bären, den ich ihnen aufbinde.

Es ist ein riesiger Bär, der so viele wie möglich zerreißen wird; ich sehe zu, dass ich mich im letzten Moment in Sicherheit bringe, und wenn der Bär ein paar Tage gewütet hat und in seine Höhle zurückkehrt, bin ich schon weit weg und habe meinen Spaß.

Und was für einen Spaß, vor allem, wenn er den Verstand schmiert und besser als Belote und Favallelli den Weg freiräumt. Ich fange am selben Abend an:

„Zwei Möglichkeiten" (ich lege im Kameradenmodus los, an Gina, Nadine und Maria gewandt, die mit mir um Aliettes Bett sitzen, Nes und Kippen in Reichweite) „Entweder ich hau allein ab und komm zurück, um euch zu holen; oder ich denk mir was aus, wo alle, also alle, die wollen, du, Gina, du, Maria zum Beispiel, mit mir Leine ziehen. Es kommt natürlich nicht infrage, dass wir eine Bande bilden oder eine Wohngemeinschaft gründen: Wenn wir draußen sind, trinken wir noch Einen, dann geht jede dahin, wo sie hin muss. Denn unser Grund ist nicht ‚die Freiheit', diese riesige Bauernfängerei, wir haben andere Gründe, echte, unsere Männer, Gina, das Gericht, die Pflicht des Gefangenen, kurzum echte Gründe."

Ich mache noch eine Weile weiter.

Ich brauche wohl einen zweiten Nes, so viel rede ich heute Abend. Als ich endlich aufhöre, würde mir Maria bis ans Ende der Welt folgen, ist Gina interessiert und sieht Nadine aus wie eine wohlwollende Mona Lisa. Aliette schnarcht gewaltig.

Das Wort erhält die Gegenseite: „Das ist alles sehr hübsch und sehr logisch, wie du sagst. Aber die Idee, der geniale Ausbruch, wie weit ist der genau in deiner Birne?"

Ich antworte fest: „Er ist exakt, exakt – nach Stoppuhr. Ich erzähl's dir. Aber ... natürlich, wenn du ihn für machbar hältst, bist du dabei?"

Und das, was ich wollte, passiert: Gina findet auf einmal einen Haufen Gründe, im Knast zu bleiben. Ihre Aussagen helfen den anderen Beschuldigten, die in ihrer Sache drinhängen, und so weiter. Sie spickt sie mit kleinen Bemerkungen voller Drohung, sie glaubt an die nahe Gerechtigkeit, andere täten gut daran, bis zum Prozess den Rückwärtsgang einzulegen, wenn sie bei der Entlassung nicht ins offene Messer laufen wollten. Außerdem ist die Voruntersuchung bald vorbei, solange hält sie noch durch. Und die Gerechten werden gepriesen, die ...

„Aber hast du keine Lust, Tony wiederzusehen? Doch, natürlich, oder? Und was interessiert schon ein Urteil, wenn es nur in Abwesenheit ausgesprochen wird? Und wenn ..."

Ich wollte sagen: „du ihn sowieso nicht so bald wiedersiehst", aber mit der Logik hat es Gina nicht so.

„... ihr euch natürlich wiedersehen MÜSST?"

„Aber ja, Schätzchen, das müssen wir! Und wenn ich rauskomme, richtig raus, schwör ich dir eins: Auch wenn Tony fünf oder zehn Jahre abfasst, wird er sie nicht absitzen."

„Klar, die Schuld schiebt man immer auf die Abwesenden, erst recht vor Gericht."

„Lässt du mich ausreden? Es ist der Job der Anwälte, ihn zu belasten, aber ich komm raus und leg Widerspruch ein, ich bereite eine großartige Verteidigung für ihn vor, ich geh zu Floriot ... nein, zu Floriot habe ich seit Jaccoud kein Vertrauen mehr. Ich besorge ihm den besten von ganz Paris, ich zahl zehntausend, zwanzigtausend, wenn nötig, ich besteche alle und jeden, du weißt ja, mit Kohle ... oder ich erreiche die Aufhebung ..."

Schwankend unter dieser Lawine von Geldscheinen, stehe ich mühsam auf: „Das ist gut, Gina, du hast Mumm. Aber ich, weißt du, mein Liebster sitzt, und trotz der Freundschaft, die ich für euch alle empfinde ... ich muss mich um ihn kümmern. Hier fühle ich mich zu erbärmlich. Und wenn ihr was habt, das ich für euch tun kann, Briefe, Anrufe, Treffen, nur zu."

Wenn ich für sie was erledige, machen sie vielleicht einen Finger für mich krumm. Aber Gina wird wütend: „Du vergisst, dass Nadine bald rauskommt und dass Nadine MEINE Freundin ist. Sie wird alles für mich erledigen. Mit dem, was ich ihr offenbart habe, könnte sie Tony hochgehen lassen. Da siehst du, wie sehr ich ihr vertraue."

Nadine bewahrt ihre Recamier-Pose. Sie trägt ein Nachthemd aus undurchsichtigem Nylon, aber das nützt nichts, denn sie hat es bis zum Nabel hochgezogen. Mit ihren langen, nebeneinander ausgestreckten Stelzen vermittelt sie den Eindruck königlicher Gelassenheit, ein Bild von Entspannung und Sorglosigkeit, das im Gegensatz zum Brodeln unserer Schädel steht; sie neigt nur ab und zu den Kopf, um die Sätze zu unterstreichen, die sie besonders gutheißt.

Vor allem Ginas Sätze.

Egal: Ich halte meinen Vortrag, methodisch und voller Klarheit.

„Ich habe bemerkt, dass das Schloss der Tür zum Schlafsaal der Kalfakterinnen den ganzen Tag offen bleibt; ich achte jedes Mal drauf, wenn wir runter in den Hof gehen. Es gibt nur Riegel, und die kann jeder öffnen. Die Tür der Waschräume unten bleibt auch offen, zum Flur und zum Hof.

Wenn man sich also in den Waschraum verdrückt, weil man angeblich Klamotten oder seine Haare waschen will, kann man hoch in den Schlafsaal der Kalfakterinnen im ersten Stock gehen, dessen Fenster zum Hof führt und in einer Höhe mit der inneren Außenmauer ist, ungefähr einen Meter entfernt."

Ich warne meine Zuhörerschaft, dass das Folgende reine Hypothese ist, der eigentliche Plan halt. Ich beginne meine Sätze also im Annahmemodus: „Nehmen wir an, in der Nacht oder den Nächten vor dem Ausbruch flechten wir ein Seil aus dem Garn für die Netze oder aus Streifen einer Decke, kurz, ein ordentliches Seil. Am besten in einer einzigen Nacht, damit wir es nicht verstecken müssen. Morgens nehmen wir es mit runter, zum Beispiel in schmutzigen Laken – ich hoffe, unsere werden bald gewechselt ..."

„Das wäre kein Verlust, meins hat so ein Loch, dass ich bald drei statt zwei habe."

„Wir können auch erzählen, dass wir was drübergekippt haben. Egal, wir verstecken das Seil hinter den Kartons oder unter den Netzen, bei dem ganzen Zeug, das im Tagesraum rumliegt, ist das kein Problem."

„Und wenn die Wärterin eine Durchsuchung macht?"

„Viel zu anstrengend!"

„Aber es könnte eine allgemeine Durchsuchung geben", wendet Nadine ein.

„Dann gibt es zwei Möglichkeiten: Entweder ist es eine Anweisung aus dem Büro, und das passiert immer nur, wenn jemand gequatscht hat. Und da außer uns vieren niemand Bescheid weiß ..."

Und der Jungfrauenchor erwidert: „... und wir sind ehrbare Frauen."

„Oder es ist die Hygienekommission, und du weißt auch, dass sie nie bis hierher kommt."

„Die machen schon auf der Schwelle kehrt, weil es stinkt."

„Also gut, wir verstecken das Seil im Tagesraum. Und dann?"

„Das Seil bleibt bis zum Hofgang da. Wir haben am Ende eine Schlaufe gemacht, das hatte ich vergessen. Eine von uns – sagen wir Maria – geht schnell durch den Waschraum hoch, holt das Seil aus dem Tagesraum und hängt es ans Fenster im Schlafsaal. Um diese Zeit ist da kein Schwein, die Wärterin quatscht mit uns, und in den Gängen ist die Luft rein."

Der Hof bildet ein großes L; das Fenster F befindet sich an einem Ende, die Ecke zum Wärterineinschleimen am anderen. Da, wo sich die beiden Arme des L treffen, steht eine Steinbank; natürlich kommt es vor, dass die raffinierte Wärterin sich dorthin setzt, um beide Seiten zugleich im Auge zu behalten; irgendwelche Zinker oder dreckige Zungen könnten sehn, was wir treiben und losbrüllen.

„Schreien, Singen oder Rufen, das die Ordnung stört, sind streng verboten."

Aber das Schild mit den Regeln hängt zwei Meter über dem Boden. Es ist so vergilbt und verstaubt von den Jahren, dass man von den Gefangenen nicht erwarten kann, es auswendig zu kennen.

„Und meiner Meinung nach haben die Zinker kein Herz."

„Warte den Winter ab, dann landen sie auf der Nase."

„Und während die anderen mit sich beschäftigt sind, machen wir uns seelenruhig aus dem Staub."

„Spaß beiseite", sagt Gina, die es nicht duldet, dass man über die Gefahren des Weges Scherze macht (die kleinen Frechdachse nehmen ihr das Steuer aus der Hand), „ich finde das sehr gut. Wenn nötig, kann ich so tun, als wär mir schlecht oder ... als hätte ich einen Sonnenstich, dann bringt die Wärterin mich rein oder holt einen Minzeschnaps ..."

Wir diskutieren eine Weile über die beste Art, die Wärterin zu beschäftigen; nachdem wir festgestellt haben, dass sie immer beschäftigt ist, und sei es nur damit, uns zu überwachen, beschließen wir, den günstigsten Moment abzuwarten. Und weiter geht's.

„Also, niemand in Sicht. Maria lässt das Seil zu mir runter, ich stehe bereit, packe es und klettere hoch ..."

„Nimmst du nichts mit?"

„Von hier? Ich haue doch ab, um ein paar Tage nichts mehr von hier zu hören. Wenn ich Lust habe, tauche ich wieder auf, vielleicht nach einem Trip nach Cannes. Ich verliere nicht mehr Zeit, als wenn ich warte, dass ..."

„... ein vergammelter Schleimer sich herablässt herzukommen."

„He! Immer sachte!" (Ich habe einen alten Kern bürgerlicher Erziehung, der mir Ärger macht.) „Der vergammelte Schleimer ist unser einziger Verbündeter hier, vergiss das nicht."

„Ja, ja, wir wissen schon, dass du total verknallt bist."

Und während wir uns beim Anwaltsstand aufhalten, zieht uns der Freiheitsdrang hinaus.

„Angenommen, ich erreiche das Fenster: Von da mache ich einen großen Schritt und stehe auf der Mauer. Dann schwinge ich mich auf die zweite ..."

„Mein Gott", stöhnt Gina, „man kann dir gar nicht folgen. Wie willst du springen? Das sind mindestens zwei Meter."

Ich erinnere sie daran, dass zu Zeiten ihres Ausbruchs der Abstand zwischen den Mauern nach ihrer Aussage einen Meter fünfzig betrug.

„Und wenn, es ist dasselbe, du knallst in den Wachgang!"

„Auch daran habe ich gedacht. Das Seil hängt noch mit der Schlinge am Gitter des Schlafsaals; sobald ich auf der ersten Mauer bin, hole ich es ein und werfe es mit dem Haken auf die andere Seite; und wenn ich springe, behalte ich das Ende in der Hand. Wenn mein Schwung nicht reicht, kann ich mich am Seil hochziehen und fertig."

Gina wird unruhig. Sie findet mich allmählich zu genial, sie verliert den Faden, und mein Seil ist zu dünn.

„Dein Seil ist nicht stabil genug, um das alles mitzumachen. Der Faden für die Netze ist nicht schlecht, aber man muss ihn mit Streifen einer Decke verstärken und ab und zu Knoten machen."

„Warum Knoten?"

„Die geben dir Halt, wenn du kletterst, sonst rutschst du womöglich ab ... du mit deiner Pfote, das dürfte dich mehr behindern als eine andere. Entschuldige, Schätzchen, ich will dir nicht wehtun, bloß ..."

Ich erkläre, dass ich über meine Asymmetrie höchst zimperlich Buch führe, und dass ich mir hin und wieder eine kleine Gurdjieff-Behandlung gönne, eine Überanstrengung, wenn sie es genau wissen will. Die schwedische Gymnastik in der Zelle hat ebenso deutliche Spuren hinterlassen wie die Brüche.

Maria lauscht bezaubert, aus dem Gefängnis gezaubert durch das Wunder des Seils, wie ein Gaffer vor dem Derwisch. Ich bringe es nicht übers Herz, sie da, zwischen Himmel und Erde, hängen zu lassen.

„Du, Maria, läufst schnell runter in den Hof und kletterst zu mir hoch."

Weder die Vorstellung, ganz allein am Seil zu hängen, noch die Gefahr, erwischt zu werden, nicht mal das Auf-die-Mauer-Klettern macht Maria Angst: Nach dem Wenigen, was sie mir anvertraut hat, hat sie ganz andere Sachen erlebt und gemacht.

Nein, es ist der Sprung.

Sie ist nicht geschmeidig, sie hat keine langen Beine, sie ... Ich beruhige sie: Ich springe als erste, sie wirft mir ein Ende zu und hängt sich dran.

„Das ist mal etwas anderes, als immer an der Hoffnung auf vorläufige Freilassung zu hängen."

Dann schwingen wir uns ins Geäst, wie zwei fröhliche Spatzen, vollgefressen mit Dreck. Und am Ende landen wir in dem Park, den man von den Fenstern aus sieht, durch dessen weit geöffnetes Tor nie jemand kommt; von dort verduften wir nach Italien oder Belgien oder sonst wohin.

Ja, bald schlafen wir nicht mehr in dieser vergammelten Kiste, sind wir bei unseren Liebsten; und wenn sie nicht zu uns kommen können, verschaffen wir ihnen in ihrem Knast ein Fürstenleben, mit einer Menge Geld und großen Anwälten.

Ich habe Gewissensbisse. Ich weiß sehr wohl, dass ich das alles erfunden habe, erfunden, um mein Lächeln strahlen zu lassen.

Aber so haben wir während des Hofgangs was zu tuscheln.

Wenn Maria und ich genug gekungelt haben, setzen wir uns an das Mäuerchen, ziehen die Beine an die Brust, schlingen die Arme um die Knie und entspannen die Augen unter den Lidern. Die Katzenköpfe reizen unsere Pobacken, und die vorbeilaufenden Beine der Mädchen und der Wärterin bilden mit den Pfählen der Wäscheleinen eine neue Gitterwand.

Bei diesen Hofgängen im Spätsommer liebkost uns manchmal die Sonne. Ich lege den Kopf auf die Arme: „Hörst du, Maria? Der Herbst kündigt sich an."

In diesem Knast ohne Musik spielen die vorbeikommenden Stimmen abwechselnd Percussion und Pause, die Platters mit *September in the rain* und das Klingeln der Münze für Münze von der Jukebox verschluckten Vermögen. Aber der Regen kommt noch nicht zurück, und die sanfte Wärme schläfert uns weiter ein.

September, in dem ich geboren bin, Monat der Jungfrau und meiner.

„Maria, du gibst mir das letzte Foto deines Sohnes, und ich male es ab. Okay?“

Mutter, erinnern Sie sich nach mehr als zwanzig Jahren noch an die schwere Last in Ihnen unter der schweren Sonne? Ich denke an Ihre Jugend damals, meine Mutter, kleine Schwester, noch nicht mal so alt wie Maria; unter Ihrem Kleid, unter Ihrer Haut war auch mir warm, und Sie schleppten mich mit wie eine der Sommerfrüchte, nach denen Ihnen der Sinn stand ... oh, Mutter, wie ich Sie dafür liebe, unbekannt geblieben zu sein!

„Ich werde alt, Maria ... Meinen Geburtstag verbringe ich hoffentlich nicht mehr im Knast!“

„Und wenn, kaufen wir Bier, drei im voraus, und verstecken sie, um uns zu besaufen.“

Uns besaufen! Lass noch fünfzehn Jahre über mich hereinbrechen, und lass sie mich mit trinken und lieben verbringen, und dann lass mich sterben, wenn aus der Liebe, die ich trage, nur Liebe erblüht ist! Alles wird vergessen sein, wie die Eindrücke, die ich vergehen lasse, Milde der Abende, Frische der Flure, Kurs des Gefängnisses auf den Herbst, euch werde ich nicht wiederfinden.

Wo werde ich nächsten September sein? Der Richter wird sagen „hier“, aber das Klick-Klick des Herzens ist schon auf und davon.

Nirgends werde ich den trägen Duft der Linden auf den Lippen deutlicher gespürt haben als zwischen diesen Mauern, vier Wände und die Himmelsdecke; in dieser Zisterne des Vergessens, in der wir vermodern, den Kopf voll „vorwärts“.

Die Wärterin duldet, dass wir uns bräunen, solange wir unsere Klamotten nicht über oder unter die Knastschicklichkeit schieben. „Hast du Nivea mitgebracht? Ich will beim nächsten Verhör schwarz sein.“

„Bist du verrückt? Wenn der Richter dich so sieht, denkt er, die macht sich keinen Kopf, das wird dir in seinem Bericht schlecht bekommen."

„Pech! Reich trotzdem deine Creme rüber, alte Jüdin."

In einer Ecke des Hofes gibt es ein kahles Rasendreieck, dort lässt sich Gina von ihren Anhängerinnen massieren. Ich hocke mich manchmal auf den Rand der Stufe zur Wäscherei, dahin, wo die Rinnen voll Seife und Dreck faulige Frische verströmen; reglos, etwas nach hinten gelehnt, den Kopf zur Schulter geneigt, öffne ich den Mund und spüre den Windhauch zwischen meinen Wangen, wie den frischen Luftstrom einer Harmonika; etwas weiter oben explodiert die Sonne sanft auf meinen Lidern und verwurzelt mich in der Erde unter den gammligen Katzenköpfen und den Seifenblasen. Plötzlich fällt Euphorie vom Himmel und strömt in meine Beine, während ich, ohne mich zu bewegen, vorwärtsgehe, mit etwas Mühe, wie gegen Wellen.

Schritt für Schritt gehen wir zwischen den Schaufenstern unserer unendlichen Erinnerungen entlang.

Unablässig stellen wir uns das Ende des Labyrinths vor, Eingang und Ausgang zugleich: „Ich habe den Kopf voller Juwelen ..."

Ja, mit Edelsteinen gepflastert und tapeziert kann keine Kugel ihn durchlöchern.

Ich denke auch an die sommerlichen Spritztouren mit Zizi, wenn es zu heiß war, um uns zu lieben, und wir es trotzdem machten. Ich kann mich nicht richtig erinnern, bin ungläubig. Die Vorstellung, dass es genügte, da zu sein, mit der bloßen Macht unserer Körper, um uns hinauf zu katapultieren, in den Himmel!

An dieser Stelle hole ich etwas Schwung, und hopp, durchquere ich die Zeit; Kulissen öffnen und schließen sich um mich ... Zum Beispiel das geräumige Zimmer in einem Gasthaus, wo wir für ein üppiges Abendessen Halt gemacht hatten. Natürlich gab es Blumen an den Tapeten und eine elektrische Wanduhr, deren Zeiger mit einem Ruck von Minute zu Minute fiel und seine Angst in der Stille verbreitete, während Scheinwerferlichter über die Fensterläden des Balkons, die Spiegel, die Decke fegten; es war was los auf der Nationalstraße, und wir, wir schliefen.

Besser gesagt, ich wiegte mich in Zizis Schlaf; ich wollte weder zu viel schlafen noch zu viel an den Tag denken; Nächte, chaotische Nächte, oh, Zizi, meine Nacht, und dieser vergängliche Rausch ...

„Wir gehen rein, Schätzchen", sagt Maria.

Ja, ja, Maria, und Wasser heißmachen für den Kawa und Belote und die Erwartung der kalten Laken.

Gehen wir, Maria, löschen wir die Grübelei und strecken unser Gerippe, der Tag ist tot.

Morgen, gleich beim Aufwachen, wird das Fleisch die wenige Energie rauben, die unsere Seele gespeichert hat, wird es sich mit ihr schmücken und die Hingabe der Nacht vergessen.

Kapitel X

Wie eine dicke, gut regulierte Megäre gähnt, schreit, frisst und pennt der Knast jeden Tag zu festgesetzten Zeiten.

Aber ab und zu packen ihn Koliken, und dann gibt es in seinem Innern ebenso unvorhersehbare wie katastrophale Fluktuationen. Ein Mädchen verschwindet, Überstellung, vorläufige Freilassung oder sogar endgültige, auf jeden Fall nimmt sie immer ein Stück Scheiße an der Schuhsohle mit. Andere ersetzen sie, Schatten; in unseren Herzen macht es keinen großen Unterschied. Wir sind nicht hier, um Freundinnen zu finden, sondern um unsere Strafe abzusitzen. Ich finde die Idee einer Strafe total unlogisch: Die archaische Tarifordnung des Strafgesetzes, gepaart mit dem willkürlichen Urteil des Gerichts, gefällt mir nicht.

Ebenso wenig gefällt anständigen Leuten die Überraschung beim Aufwachen, wenn wir sie besucht haben. Ausgleich der Waagschalen.

Ich bin weder logisch noch ausgeglichen, auch nicht gesellig, und ohne Hoffnung, es zu werden. Ich fühle mich unwohl zwischen meinen kleinen Knastschwestern, die auf ihre Art die Gesellschaft neu erschaffen.

Ich müsste wie jede Gefangene, die etwas auf sich hält, die Briefe der Freunde vorlesen, das Foto des Geliebten an meiner Brust tragen, es alle Naselang mit feuchtem und wehmütigem Blick herumzeigen; oder, wenn ein Clan im Entstehen ist, meine Episteln mit einem Flunsch an diejenigen weiterreichen, die gerade das Sagen haben. Aber ich möchte lieber das Postgeheimnis wahren.

Meine Ungeselligkeit wird durch meine Vorzüge ausgeglichen: künstlerische Begabung, gute Orthographie, Briefmarkenreichtum.

Oh, ich würde zu gern darauf verzichten, Tulpen auf die Briefe zu zeichnen, Briefe zu schreiben und Briefe zu frankieren. Weil ich aber nicht aufs Rauchen und den Nes verzichten kann, muss ich meinen Anteil irgendwie bezahlen.

Ich verfluche meinen Ruin und die Wege, die mich dahin geführt haben.

Ich bin erledigt, was könnte mir noch mehr wehtun? Es gibt die kleinen Stiche der Eigenliebe und konkretere Schmerzen an Herz und Körper, aber der kleine Stern bleibt schmerzlos und strahlend. Und am Ende siegt immer das Lachen.

Wie sollte man nicht lachen?

In manchen Momenten ist man sogar gezwungen, selbst die Clownmaske aufzusetzen, lustiger Clown, trauriger Clown.

Nach dem Abwasch bringe ich das Dreckwasser weg. Die überschwappende, fettige Schüssel beschlagnahmt meine Hände, ich muss den Zeh in den Spalt der Klotür drücken und meine Schulter durchschieben, dann lasse ich erleichtert alles los. Meistens überschwemme ich dabei meine Flossen. Ich habe einen ziselierten Ehering, Platin und Steinchen, etwas abgewetzt, aber ich habe ihn gern, weil ich so einen noch nie gesehen habe, außer am Finger meines Liebsten, er stammt vom Einbruch in einen Juwelenladen vor Urzeiten, irgendwo in Frankreich. Da dieser Ehering nicht maßgefertigt wurde, ist er ein bisschen groß, und ich wollte fürs Engermachen nicht mehr blechen, als er mich gekostet hatte.

Wenn ich also Geschirr oder mich wasche, wechselt er den Finger. Aber am Mittelfinger hat dieser Ehering nicht mal die Anmut eines Strohhalms, der symbolisch um den

Ringfinger schlackert, und sobald die Hände trocken sind, stecke ich ihn schnell wieder an seinen Platz.

Neulich war ich wohl falsch gepolt, der automatische Wechsel hat nicht funktioniert: Das Geräusch des Rings, der ins Klo fiel und dann auf seinem Weg durch den Abfluss leise klingelte, war ein gewaltiger Schock. Wie ein Blitz war ich an der Tür des Tagesraums und trommelte mit dem Besenstiel dagegen, ich hämmerte, dass fast die Riegel raussprangen.

Die Mädchen vermuteten irgendeine verrückte, schändliche Krankheit, die ich ihnen verheimlicht hätte, und rührten keinen Finger; in so einer Situation darf man die Verrückte nicht ärgern, sonst kriegt man nur selbst eine verpasst, das hat man dann davon.

Die Wärterin kam fast sofort angerannt, der Beweis, dass die Stille, die normalerweise unserem Klopfen folgt, Absicht ist. Sie reagieren nicht, weil sie keine Lust haben, sich die Treppe zuzumuten, aber wenn man ihnen Angst einjagt, indem man mal etwas lauter trommelt als üblich, sind sie schnell oben.

Ich erklärte, was los ist. Die Wärterin hob bedauernd und ohnmächtig die Arme: Mein Gott, das war doch kein bewaffneter Überfall! Ich verlangte nicht mal von ihr, sich kopfüber in das Loch zu stürzen, wozu ich unter normalen Umständen Lust gehabt hätte. Nein, ich wollte meinen Ring und Schluss. Plötzlich bekam dieser Schnickschnack eine gewaltige Größe und Bedeutung: Das war eine Tonne Strohhalme, ein Universum Strohhalme, in dem ich bis zu diesem Morgen voller Liebe und Abwaschwasser gelebt hatte und aus dem ich mich plötzlich verstoßen sah. Obwohl ich die Wärterinnen nur ungern und unter Zwang anspreche, hätte ich dieser hier die Füße geküsst, damit sie mir erlaubt, in der Scheißegrube zu planschen.

So weit musste ich nicht gehen. Gerührt brachte sie mich ins Erdgeschoss, schloss mir die Tür zum Hof auf und ließ mich machen.

Ich rannte zu der Grube unter dem Klo des Tagesraums; ich hob den Deckel wie eine Feder, denn die Energie der Verzweiflung vervielfachte meine Kräfte, und auf Knien am äußersten Rand, den Oberkörper gefährlich vorgeneigt, suchte ich die Oberfläche ab. Natürlich konnte ich lange suchen ...

Da schossen unbezwingbar die Tränen hervor, ihr Strom ergoss sich über meine Wangen, tropfte und mischte sich mit der Scheiße zu einer erbärmlichen Soße, während mich die Wärterin am Ärmel meines Kleides zog und mir befahl, von da zu verschwinden. Ich ging hoch in den Tagesraum, triefend und mit nacktem Finger, und fing an, dem Chef einen fiebrigen Brief zu schreiben, bat ihn, sofort die Männer von der Jaucheabfuhr zu benachrichtigen und um jeden Preis den auf so unglückliche Weise verlorenen Gegenstand wiederzufinden. Von wegen „des sowohl finanziellen wie auch emotionalen Wertes, der sich für mich damit verbindet", und so weiter. Etwas ruhiger las ich nochmal, ergötzte mich en passant an der Anspielung auf den finanziellen Wert. Das musste ihm logischerweise Angst machen, wie alle Forderungen mit Bezug auf Buchhaltungsfehler, alle Anträge auf Geldüberweisungen, alle Briefe, die mit mehr als einer Marke und per Einschreiben abgeschickt werden, eigentlich alles, was die finanzielle Verantwortung des Knasts betrifft. Weil ich aber anderseits in Sachen Schnelligkeit von Maßnahmen Bescheid weiß – und ich meinen Schrieb bei der Elf-Uhr-Suppe zwischen anderen, weniger dringenden auf dem Tisch im Erdgeschoss herumliegen sah, beschloss ich, selbst zu handeln. Beim Hofgang bat ich ein paar Mädchen, mir zu helfen, den Deckel wegzuziehen (am Morgen hatte ich mir in meiner Raserei die

Pfote eingeklemmt und konnte keinen Finger mehr rühren), dann drängten sie sich in Trauben mit den Köpfen über dem Loch, jede schrie, sobald sie irgendwas glänzen sah. Unglaublich, was man in einer Jauchegrube alles findet, vor allem, wenn sie sich unter fünfzehn Frauen befindet! Erstmal kiloweise Lebensmittel, verarbeitet oder gar nicht konsumiert: Brot, Schalen, Joghurtbecher, irgendwas; Lappen, Handtücher, Schwämme und so weiter.

Die kleine Mauricette entdeckte ihn.

Ja, es gibt einen lieben Gott! Zwischen einem Danone-Becher und einer Bananenschale lag er da, schwamm oben, durch ein Wunder gerettet aus dem Seifenwasser, das wir seit dem Morgen eimerweise ausgegossen hatten, um ihn rutschen zu lassen: der Ring, verschont und glänzend.

Ich stürzte mich auf den Besen, knotete einen Meter Eisendraht daran, den ich von den Pfählen zum Wäschetrocknen gerissen hatte, bog das Ende zu einem Haken, kniete mich bequem hin, zielte mit größter Vorsicht, um den Ring nicht zu versenken, fischte ihn auf und holte ihn im Triumph nach oben, während Hof und Garten von Hurrarufen hallten.

Der einzige Misston kam von der Wärterin. Aus Ärger, die Rettung verpasst zu haben, drohte sie mir, meinen Brief trotzdem ins Büro zu bringen. So ruhig ich konnte, wies ich sie darauf hin, dass sie, um sich logisch zu verhalten, auch einen zweiten Brief abgeben müsse, um den ersten zu annullieren: „Wenn Sie mich hoch in den Tagesraum bringen, schreibe ich ihn sofort."

Sie zuckte mit den Schultern und wandte sich ab, nachdem sie uns befohlen hatte, alles wieder in Ordnung zu bringen. Ich schob den Deckel wieder auf das Loch und hängte den Draht auf, den Ring aber hatte ich.

Ein anderes Mal hatte ich von der Einstellung eines neuen Buchhalters gehört und eine Einkaufsliste abgegeben in der Hoffnung, er werde seine Register und Quittungsbücher verwechseln, bis er nicht mehr wüsste, was freizugeben war und was gesperrt bleiben sollte. Da meine Bestellzettel nicht zurückkamen, glaubte ich ernsthaft, es würde klappen, und tat am nächsten und am übernächsten Tag das Gleiche. Zwischen Bestellung und Lieferung liegen drei Tage Spannung: „Was bekommen wir diese Woche für Seife? Cadum? Palmolive?“

„Welchen Parisblick präsentieren sie uns in der Zwiebackpackung?“ (Blasses Chaillot, schreiendes Trocadéro)?

Schließlich löste sich die Spannung, ging der Blitz nieder: Die Wärterin, wahrscheinlich wütend, weil sie sich in der Kanzlei hatte zusammenstauchen lassen, kam mit meinen Zetteln wedelnd angestürmt und brüllte mich an, als wäre ich dabei, den Haustresor auszuräumen: „Sie wissen doch genau, dass Sie gesperrt sind, oder?“

Ich protestierte schwach, „ich dachte, ich hätte meinen Lohn für die Netze noch nicht ausgegeben, weil ich meine Briefe frankiere, hat man mir vielleicht von meinem Geld die dreihundert gelassen, die normalerweise für Briefmarken einbehalten werden“ ...

Das war ziemlich übertrieben, selbst für eine Wärterin: Schon eine meiner Bestellungen hätte gereicht, um die Briefmarken des ganzen Tagesraums für einen Monat zu verbraten; ich hatte gedacht, wenn schon, denn schon ...

In jedem Knast gibt es eine andere Abkürzung, wenn man eine Gefangene daran erinnert, dass sie auf dem Trocknen sitzt. Aber die kommentiert-bekritzelten Zettel kommen jedes Mal mit fröhlicher Brutalität zurück.

Von dem ganzen Vorrat, den ich bestellt hatte, habe ich nur ein ganz kleines Törtchen bekommen, das der Höhe meines Lohns entsprach; ein Törtchen, das mir eines Morgens geliefert wurde, ganz rot von Kirschen und Rührung, und das ich nach oben in den Schlafsaal brachte, um es mit

Mauricette zu teilen, denn sie ist die Jüngste und freut sich über Süßigkeiten.

Es war wunderbar, die Krümel des halben Törtchens vom Kopfkissen zu sammeln und mir Finger und Lefzen abzulecken; ich hatte vergessen, dass es Kirschen gibt.

Aber ich muss auf meine Linie achten! Für einen Ausbruch muss man leicht sein.

Grundsätzlich stehe ich auf den „bürgerlichen“ Ausbruch, mit Versteck, Geld, Fleppen auf meinen Namen, geklaut oder selbst gebastelt. Denn die Papiere, vor allem die für den Familienstand, sind das *sine qua non* des freien Lebens, erst recht, wenn man nicht lange laufen kann und sich demzufolge auf rollenden Krücken vorwärtsbewegt.

Noch bevor ich mir einen Lippenstift kaufe, kaufe ich mir wieder einen Schlitten. Dann mache ich mir die Lippen, im Rückspiegel. Ich lasse mir falsche Fleppen drucken ... Aber für den Anfang sind die echten auch okay. Wenn die weißen Mäuse dich anhalten und du ihnen ordentliche Papiere zeigst, hast du eine gute Chance, davonzukommen, weil sie nicht die Liste aller Gesuchten im Schädel haben und und sie dein unter dem Make-up verstecktes Gesicht ebenso befriedigt wie die Versicherungsbescheinigung.

Ich muss also meine Fleppen organisieren, wenn ich das nächste Mal zur Kleiderkammer gehe, um mich mit neuen Briefmarken zu versorgen. Die Chefin irgendwann morgens schnappen, wenn sie noch nüchtern ist. Ja, denn je mehr die Frau trinkt, desto klarer wird sie.

Ich spreche sie ganz höflich an und beichte ihr, dass ich in letzter Zeit viel „geschrieben“ habe, ich erneuere meinen Schwur, nicht damit zu handeln oder nur ein bisschen. Die Arme, wenn sie wüsste, dass schon zwei Marken am Tag fürs Bier draufgehen!

Ich begleite sie ins Allerheiligste.

Enttäuschung; sie verweigert mir den Zugang zur Kleiderkammer und sagt, ich solle genau beschreiben, wo meine Brieftasche ist.

Ich seufze: „Unteres Regal in der Tasche in der Mitte, Mââme." Ich warte, an die Wand gelehnt, vor der Tür und starre resigniert zur Glasdecke. Die Chefin wühlt eine Weile, kommt endlich mit dem Ding in der Hand zurück, den Arm ausgestreckt, als wäre es eine Plastikbombe; sie legt es vorsichtig auf das Flurregal, wo die Bestellungen und die Töpfe abgestellt werden, und waltet ihres Amtes.

Ich habe schlechte Karten. Meine Bewegungen waren auf die Tausendstelsekunde nach der Topographie des Zimmers geplant, das ich bei der Ankunft fotografiert hatte; man hat während der Haftzeit immer irgendwas in der Kleiderkammer zu klauen, und die Epilierpinzette ist keine Entschädigung für alles Fehlende – Präsentieren Sie mal dem Motorradbullen eine Pinzette!

Die Brieftasche liegt aufgeklappt auf dem Regal, ganz hinten sehe ich die Dokumentenhülle, Objekt meiner Begierde.

Die Chefin kennt sich aus und hat schon die Briefmarkenblätter rausgeholt, sie reißt die zwanzig ab, die sie mir zugesteht, und belauert mich gleichzeitig aus dem Augenwinkel. Wer wird sie retten, wenn ich mich auf sie stürze? Um diese Zeit sind alle eingeschlossen, und die Tür zu der Ecke, aus der Hilfe kommen könnte, o je! Die hat sie selbst zugesperrt, der Schlüssel ist in ihrer Tasche, und der Tagesraum ist von außen verriegelt.

Wir machen uns beide mächtig Sorgen.

Das Klingeln des Telefons reißt uns aus dem bösen Traum. Unaufhaltsam macht die Chefin Anstalten, zur Treppe zu rennen, wo der Quasselapparat bimmelt und bimmelt ... Das Bimmeln, zehn Meter zurückzulegen – die Faktoren heben sich gegenseitig auf, und die Chefin wendet sich ernüchtert mir zu: „Da, nehmen Sie das ganze Blatt, und gehen Sie zurück in den Tagesraum, beeilen Sie sich, ich muss ans Telefon und kann Sie DAMIT nicht allein lassen!"

Ich gehorche eilig, während die Chefin zum Hörer rennt, mein Gepäck hinter sich zurücklässt und im Wirbel ihrer Bluse ein paar Marken verstreut, ich renne die Treppe hoch, in den Ohren die Stimme der Chefin, die mir nachbrüllt: „Und ziehen Sie die Tür hinter sich zu!"

Ich stecke zwei zitternde Finger ins Guckloch, ziehe die Tür hinter mir zu. Dann stehe ich wieder im Tagesraum unter den Frauen, die schwatzen und sich Margarinebrote machen und streiten; sie sind immer noch dieselben, aber ich bin nicht mehr die Gefangene Nummer soundso, ich bin eine freie Frau, von der Freiheit nur vorläufig zurückgestellt: An meinem Körper, zwischen Kleid und BH, mit derselben Hand gebändigt wie mein rasender Herzschlag, klebt die rote Dokumentenhülle, Fahrerlaubnis und Ausweis, der Pass zur Freiheit.

Als ich am nächsten Tag zur Beweisaufnahme gehe, mache ich mich voller Fröhlichkeit zurecht.

„Sie werden überführt!"

Drei Worte, schon schaltet das Herz ab, fängt die Rübe an, sich im Turbogang zu drehen. Der Richter! Den hatte ich vergessen. Maria, versteck das für mich in deiner Tasche, das sind persönliche Papiere, Gina, borg mir deinen Lippenstift ... nein, kein Rot, das passt nicht zur niedergeschlagenen Miene!

Eine Sekunde hatte ich Lust, im Häftlingskleid zum Gericht zu fahren, „um sie fertigzumachen", aber wenn ich recht überlege, ist es besser, sich für den Richter anständig anzuziehen und ansehnlich für Zizi.

Wobei mich Zizi schon in so vielerlei Verfassungen gesehen hat.

Und den Bic, um etwas auf meiner Zigarettenschachtel zu notieren.

Nadine schiebt ein paar Bonbons in meine Sachen; ich lutsche gern Bonbons bei der Beweisaufnahme.

Die unvermeidliche Ente, der unvermeidliche gutmütige Gendarm, der versucht, meine Schenkel zu streicheln, während sein Kollege am Steuer, abgelenkt von den Schwierigkeiten des Verkehrs, nicht wagt, es zu bemerken; der unvermeidliche Angriff auf den Pullover, gefolgt von einem unaufmerksamen und genervten „runter mit den Pfoten" aus meinem Mund. Ich habe Wichtigeres zu tun und mit mir tun zu lassen.

Mein Gott, wie schön die Straße in dieser Jahreszeit ist!

Die Ente kommt an, zu schnell, am falschen Ziel: Halle, Holzbänke, Leute, die warten und uns vorbeigehen sehen.

„Kanzlei von Monsieur Soundso", „Zutritt verboten". Ich suche mit den Augen etwas Erfreuliches, um mich an das Wunderbare zu erinnern, das ich gerade gesehen habe. Am Ende des Flurs zeichnet sich die beruhigende Gestalt des Anwalts ab. Ich gebe ihm die Hand. Unter dem wieder stumpfen Blick meines Betatschers von vorhin organisieren wir über seiner Aktentasche schnell ein kleines Büro.

Generalprobe, ich fühle mich fast wie beim mündlichen Abi.

Die Tür zum Richter öffnet sich, man stellt mir hastig Zizis Anwalt vor; er selbst ist noch dabei, sich mit dem Richter zu streiten. Ich habe Zeit, mit seinem Verteidiger zu klären, was nachher auszusagen ist.

Die Tür öffnet sich für Zi und seine Armbänder.

Zizi geht es nicht gut, das sieht man auf den ersten Blick; ein Kopfkissen hat mehr Farbe. Aber er lächelt, hebt den Arm; hello, Lieber, ja, ich halte durch, und wir werden uns immer lieben. Seine Schutzengel ziehen ihn in den Raum für Gefangene. Achtung, jetzt bin ich dran, den Affen zu spielen.

Gut: Rücken gebeugt, Arm versteift, Stimme gehaucht. Gequälte Miene halt.

Und das Verhör geht los, endlos, mit den Fragen, dem Schreibmaschinengeklapper, den in drei Exemplaren zu unterschreibenden Aussagen. Sobald ich aus der Tür komme, mache ich mir hastig eine Gitane an. Rauchen verboten, protestiert der Gendarm. Halleluja, plötzlich sieht er mächtig brav aus, der alte Lustmolch!

Ich scherze an meinen Anwalt gewandt: „Finden Sie nicht, Herr Anwalt, dass ich sie mir verdient habe, nachdem ich eine Stunde Faxen gemacht habe?"

Ich gehe direkt hoch in den Schlafsaal, die Mädchen sind schon im Bett. Um sieben vom Gericht zurückzukommen, das sieht echt nach einem „großen Fall" aus.

Ich finde mein Bett bereitet, meine Post und meine Zeitung auf dem Kopfkissen, und den Imbiss, den Nadine mir liebevoll angerichtet hat - sogar mit dem Käse, den ich mag. Und ich, erledigt, den Kopf voller Mariechenkäfer, habe nur die Kraft, danke zu sagen, in die Koje zu kriechen und mein armes, erschöpftes Gerippe in alle Richtungen auszustrecken. Bei diesem Leben in Zeitlupe seit Tagen und Monaten kann ich nicht mehr gleichzeitig denken und handeln. Wenn man im Knast etwas halbwegs Sinnvolles macht, ist es besser, vorher darüber gegrübelt zu haben und es nachher schnell ad acta zu legen. Denn man ist viel zu erledigt, um gleichzeitig Kopf und Beine zu steuern.

Kapitel XI

Bald, bald schreiten wir zur Tat. An einem Abend werden wir heimlich ein paar Baumwollknäuel mit hoch nehmen, aus denen wir die ganze heilige Nacht den Faden flechten werden. Den Kopf dicht an Marias Kopf tuschle ich an den ernsten Abenden.

Manchmal verwandelt sich die Atmosphäre im Schlafsaal, wir packen die Schnur in den Schrank, schieben den Ausbruch auf die lange Bank, und es wird sehr olé olé. Die landläufige Meinung, nach der Frauengefängnisse ein Abbild des antiken Lesbos sind, ist naive Kritzelei. Brutal und naiv, wenn man einen Sittenbericht in die Akte kriegt, weil man eine Kameradin umarmt hat, die einen Durchhänger hat, oder weil man sich mit dem Kopf auf den Knien der Kosmetikerin epilieren lässt; aber Sie müssen auch nicht glauben, wir wären die reinste Unschuld ...

Mona ist für ihre Gastlichkeit bekannt, wenn sie in Slip und Pyjamaoberteil von einem Bett zum anderen schlendert und ihr Haar unverschämt lang und dick bis zur Taille wallt, überkommt einen auch Lust, sie zu empfangen.

Man fühlt sich wie ein Vibrator.

Mona hat ein Bäuchlein, das sie nach Kräften einzieht; Gina will sich niemanden „antun“ (und Tony?), aber es macht ihr Spaß, die Lesben anzumachen. Mit Schätzchenrufen und Zigaretten hat sie Mona dazu gebracht, eine Decke zwischen das Bett von Nadine und ihres zu legen.

Jetzt überreden sie Mona, sich zur Schau zu stellen. „Unglaublich, wie gelenkig sie sein kann! Völlig egal, wie dick man ist.“

Mona macht auf bescheiden, zwickt in die Wülste an ihrer Taille, schüttelt ihre Mähne, Ausbruchstanz auf dem Vulkan.

„Und du, Anick? Du schmilzt doch unter deiner Decke! Komm zu uns, wir sind doch alle Frauen."

Um ihnen eine Freude zu machen, werfe ich alles von mir, da bin ich, im Slip auf der Decke neben Mona, da, wo vor ein paar Tagen Maria saß. Aber Maria schläft. Und wenn wir hier zu viert plaudern, sind die behandelten Themen ganz andere.

Die Ausbrüche, die kurz in unseren Sätzen aufscheinen, wie dunkle Glut, sind Ausbrüche für Mona, später, in drei oder vier Jahren, wenn ihre Bewährung abgelehnt wird, wenn ihr der Sittenbericht einen Tritt in die Eier verpasst ... Jetzt ist die Zeit der Verlegungen, der großen Verlegungen in den Vollzug. Mona kann von einem Tag auf den anderen abdampfen, und es gehört sich, dass wir ihr ein kleines Trostpäckchen packen. Die Zigarettenschachteln leeren sich, die Köpfe auch; wir fühlen uns wohl, da, auf dem Boden, könnten dort schlafen. Bevor ich völlig versacke, schüttle ich Mona: „Wir müssen in unsere Betten, Süße. Wenn die Wärterin uns da morgen früh findet ..."

„Ach! Du weckst mich schon, bevor sie aufmacht, oder?"

„Ja", sagt Gina, „Anick hat eine Stoppuhr verschluckt. Wenn ich aufwache, sitzt sie schon da, hat ihr Nasenfahrrad im Gesicht und liest. Mein Gott! Wann schläfst du eigentlich? Streichhölzer im Dunkeln, knister, knister, bis Mitternacht, morgens knister, knister vom Papier. Nein, du ..."

Ich unterbreche sie. Zwecklos, ihr zu erklären, dass meine Kraft eben darin besteht, keins dieser vulgären Bedürfnisse wie essen und schlafen zu verspüren, das würde überhaupt nicht zu dem passen, was dann kommt.

Denn es ist klar wie Kloßbrühe, was dann kommt.

Ich überrede Mona, eine Matratze zwischen die beiden Betten zu zerren, auf denen uns Gina und Nadine schlafend die Rücken zuwenden. Ich teile eine Aprikose mit ihr, eine der fünf, die das Haus jede Woche zum Dessert spendiert.

Dann rühren wir uns nicht mehr, rühren wir uns noch nicht, unsere kleinen Leiber erwartungsvoll unter der vergammelten Decke, und unsere Zehen spielen aufeinander ein seltsames Präludium.

Maria ist nicht aufgewacht.

Ich komme schon am nächsten Abend wieder zu ihr, denn Mona ... igitt! Lass uns flechten, knoten und wickeln, Schätzchen, das ist viel wichtiger. Mit Papier und Bic auf dem Kopfkissen begleite ich meine Worte mit Gekritzel, Schemata, mechanischer und absurder Geometrie.

Wir sind bei den Widrigkeiten, die an der Tür zur Waschküche entstehen können. Manchmal wird die Wärterin während des Hofgangs in die Kanzlei gerufen; dann schließt sie uns draußen ein und sperrt alle Ausgänge ab, auch die Waschküche.

„Dann kommen wir nicht hoch in den Schlafsaal ..."

Wir müssen also das Seil mit uns herumtragen, anstatt es im Tagesraum zu verstecken; wir bringen es einfach in einem Eimer mit runter und packen ein paar schmutzige Sachen und ein Paket Omo drauf: „Gut, heute mache ich meine Wäsche."

Wenn nötig, also falls es vorguckt, stülpen wir eine Schüssel auf den Eimer. Auch wenn die Tür zur Waschküche offen bleibt, gewinnen wir so Zeit, weil wir uns den Umweg über den Tagesraum sparen, um das Seil zu holen: Maria geht direkt mit dem Eimer hoch und ...

„Ja, aber wenn da abgeschlossen ist, wie du eben gesagt hast?"

„Dann ...", sage ich und fahre endlos mit dem Bic über denselben Strich. „Wenn da abgeschlossen ist, müssen wir das Seil direkt vom Hof aus am Schlafsaalfenster befestigen."

„Wunderbar! Und wie machen wir das?"

Ich darf Maria nicht enttäuschen, ich muss mir was ausdenken.

Wenn meine fest verankerte Freundschaft für sie erst eine Gewissheit ist, kann ich ihr erklären, dass alles nur eine Freilichtkinovorstellung war. Aber noch ist die Freundschaft zu wacklig.

„Maria, ich mag dich ... Ja, ja, ich überlege doch."

„Und wenn wir es hochwerfen? Mit einem Haken?"

Da haben wir ihn wieder. Frag doch selbst, vielleicht gibt ihn Gina dir ...

„... Tja. Das wäre natürlich zu überlegen. Aber denk dran, dass wir vielleicht mehrere Versuche brauchen, das Fenster ist fünf oder sechs Meter hoch, und wir sind nicht so kräftig, nach all den Monaten des Zerfalls ..."

„Ach, weißt du", sagt Maria, „wenn es sein muss ..."

Sie ist ganz rosig; die Entscheidung belebt sie, lässt sie strahlen. Mir fällt auf, dass sie ohne diese blöden Gläser mit italienischem Gestell sehr schöne Augen hat, die Augen ihres Sohns.

„Ich weiß, Schätzchen: Wenn wir in der Klemme stecken, verscherbeln wir unseren Willen, davon bleibt uns noch genug. Aber wir müssen alles bedenken. Ich treffe ..."

„Wen triffst du?"

„Ich kann zielen, meine ich, aber was die Kraft angeht, hmm, selbst wenn ich meinen ganzen Willen dranhänge, reicht es nicht. Außerdem kostet das Zeit, und der Krach, du kannst dir nicht vorstellen, wie laut so ein Eisenhaken klirrt! Nein, mit dem Haken landen wir neunzig Tage im Bau, mit einem Fluchtversuch in der Akte, besser nicht!"

„Stimmt", gibt Maria zu, „am Ende kriegen sie einen immer wegen einer Kleinigkeit dran. Weißt du, ich ..."

„Nein, Süße, du hast mir schon dein ganzes Leben erzählt. Nicht heute Abend. Heute Abend geht es um die Zukunft. Ich überlege, warte!"

„Ich warte seit Jahren. Aber ich weiß, dass du etwas findest."

Jetzt bin ich endgültig erledigt, ganz allein am Fuß der Mauer. Ich greife nach meinem Bic, skizziere das Fenster mit den senkrechten Gitterstäben ... ich überlege wirklich. Ich gehe wieder und wieder über die Querstange auf halber Höhe, die die anderen hält; und während ich so lange auf das verdammte Fenster starre, hängt sich die Idee an das Gitter und der Haken folgt ...

„Maria, ich glaube, ich hab's! Du kennst doch den Spinnenbesen in der Waschküche, und du kennst den Draht, auf dem wir unsere Wäsche aufhängen? Beides zusammen müsste gerade die Höhe haben. Wenn nötig, nehmen wir noch den normalen Besen dazu."

„Wie? Ich kann dir nicht folgen. Erklär nochmal."

„Ich hole den Draht und binde die Enden der beiden Besen aneinander zu einer langen Stange. Ich breche den Besenkopf ab, um nur den Stiel zu haben ... Kannst du mir folgen?"

Maria folgt sehr gut.

„Am Ende der Stange befestige ich einen zum Haken gebogenen Draht ..."

„Aber daran willst du doch wohl nicht klettern?"

„Nicht doch, du Nuss, lass mich erstmal ausreden. Ich habe eine aus dem Netzgarn geflochtene Schnur dabei, die ich beim Runtergehen in meiner Jackentasche verstecke. Ans Ende dieser Schnur mache ich eine Bommel, wie ein Tischtennisball; ich werfe sie über der Querstange durch das Gitter. Die Bommel zieht den Draht, und wenn sie nach den Gesetzen der Schwerkraft zu Boden fällt ... aber das kommt erst später. Die Bommel hängt da also, und der

Draht geht jetzt über die Querstange; das Gewicht der Bommel, die wir irgendwie beschweren, hindert ihn am Runterfallen ... Kannst du immer noch folgen? Gut. Mit der Stange und dem Haken, den wir am Ende befestigt haben, angeln wir uns die Bommel, aber diesmal unter der Querstange. Die Bommel hängt am Haken, wir ziehen, der Faden folgt.“

„Ja, wir müssen den gelben Nylonfaden nehmen, der so blöd beim Häkeln ist, das ist der festeste. Wenn wir nämlich ziehen ... o là là, was für eine Katastrophe, wenn er reißt!“

„Ich flechte zwei, dann haben wir einen Ersatz. Also weiter: Ich hole mir meine Bommel. Wir schmeißen den Besen und das ganze Zeug in die Ecke, zum Beispiel in ihre verschimmelte Waschküche; da können sie sich mit dem Aufknoten amüsieren. Jetzt binden wir schnell das dicke Seil, das wir schon bereit haben, ans Ende der Schnur, ziehen weiter, die Kleine zieht das Große ...“

„Aber du hast gesagt, ein Seil von sechs Metern“, wendet Maria ein. Wenn wir das so machen und ich es richtig verstehe, müssen wir es doppelt so lang machen!“

Ich überlege, ein Zollstock windet sich durch meine Gehirnlappen.

„Du hast recht, wir müssen also zwölf Meter flechten. Was soll's. Das ist jetzt auch egal! Komm, wir rauchen eine, die haben wir uns verdient!“

Ich habe reichlich Fluppen. Mein letzter Tausch hat mir ganz schön wehgetan: Es war der Pullover, den ich in der Unfallnacht getragen habe, fast mein Leichentuch, die Reinigung hatte mächtig zu tun.

Aber die großen Flächen und der Kragen sind wieder blau geworden, blau wie der Himmel, in den sich meine Schwiegermutter wahrscheinlich noch in derselben Nacht aufgemacht hat.

So ein weites Teil, über einer Hose getragen, ist in diesem Jahr angesagt, und in ihrer Gier, sich nach der Mode des letzten Jahres herauszuputzen, kauft Gina den Neuankömmlingen zu jedem Preis die Klamotten ab.

Wir machen eine Gitane-Pause. Komisches Gefühl, einen Pullover zu rauchen.

Nachdem wir die Kippen ausgedrückt und in die Kippenschachtel gepackt haben, machen wir uns wieder an die Besteigung unseres kleinen Vulkans, um bis zum Ausbruch auf seinem Rand zu balancieren. Wir klären ein paar Kleinigkeiten: Slips, die wir am Morgen übereinander anziehen werden, die Kneipe, von der wir die Freunde anrufen ...

„Eine Kneipe, meinst du? Das ist nicht zu empfehlen. Sie werden die Umgebung des Knasts genauestens durchsuchen, so viel steht fest!"

„Und wenn wir versuchen, einen Brief rauszuschmuggeln?", schlägt Maria vor. „Ich habe einen Kumpel, der ein Auto hat ..."

„Die sperren sofort die Straßen, kontrollieren bei allen die Fleppen, Nagelbretter auf dem Asphalt, Motorräder, um die Karren zu durchsuchen, das ganze Theater."

„Ja, stimmt. Dazu kommt, dass wir keine genaue Zeit sagen können, weil wir mal als erste, mal als zweite Gruppe zum Hofgang dürfen."

„Da haben die Damen aus dem Tagesraum unten immer den Vorrang. Gina hat sich bei der Chefin beklagt, dass wir nie unsere volle Stunde haben, weil die Schließerinnen es nie schaffen, die Weiber reinzutreiben, die unbedingt braun werden wollen."

„Deswegen sind wir auch bei der Besuchszeit immer die Gelackmeierten."

„Ich sag doch, Gina hat sich beschwert, jetzt sollen uns die Schließerinnen abwechselnd als erste rauslassen. Aber das ist wie jede Verwaltungsmaßnahme ... also können wir keine Zeit festlegen. Nein, nein, wir kommen schon allein klar. Ich denk darüber nach, während wir Netze häkeln. Müssen ja bis dahin unser Essen verdienen."

„Wenn du willst, helf ich dir ..."

„Oh, Maria! Danke, Liebes. Jetzt heia. Mir tut jetzt schon alles weh von unserem Ausflug."

Kapitel XII

Fatima Benzini hat ein Einstellungsurteil erhalten.

Sie kommt trotzdem nicht frei, muss noch die erste Strafe absitzen, die von einem Gericht im Süden ausgesprochen worden ist.

Aber das, worunter man im Bau am meisten leidet, ist immer die Temperatur, deswegen würde Fatima gern zurück in ihren glühend heißen Knast, lieber dort vor Hitze krepieren als hier vor Kälte.

Denn hier ist gutes Wetter eher ein schlechter Witz.

Einen Tag schwitzt man, am nächsten ist alles wieder normal, und der Regen macht weiter. Es lebe der Winter, da hat man wenigstens Grund zum Schlottern.

Meine Pigmente sind braver als mein Charakter, ich schaffe es immerhin, braun zu werden; wenn es so weitergeht, verwechseln sie mich bald mit Fatima. Darauf bin ich nicht so scharf.

Man muss immerhin zugeben, dass man nicht jeden Tag in einem Gefängnis mit hauseigener Tätowiererin sitzt. Fatimas Bläuen waren mir ins Auge gefallen, ich bekam Lust, mich zeichnen zu lassen. Das Problem ist, dass Fatima nur arabisch schreibt und überhaupt nicht zeichnen kann. Dafür hat sie aber einen scharfen Blick und hat schnell bemerkt, dass ich kleine alberne Sachen auf die Briefe der Kameradinnen zeichne und etwas weniger alberne für mich selbst und meine Freunde.

Eine Beklagte wiegt zwei auf. Fatima, Verurteilte und Beklagte, ist so voluminös wie ein ganzer Harem, und bis ich mit meiner natürlichen Freundlichkeit eingewilligt habe, auf ihre Stelzen zu zeichnen, ist sie keinen Pantoffel von meiner Seite gewichen.

Ich zeichne also ein paar kleine Sachen, Blumen und Schmetterlinge, die sie mit Tusche nachsticht. Aber am nächsten Tag stürzt sie sich auf mich und wirft mir vor, ihre Wünsche schlecht gedeutet zu haben, sie habe weder Blumen noch „Filzläusle“ gewollt, und jetzt werde es bleiben, kurzum, sie brüllt so laut, dass ich schon anfange, meine Talente anzuzweifeln. Ich brauche nicht weniger als drei oder vier Bestellungen von Rosen und Flieder und ebenso viele Heilige Thérèse und Herr Jesus, bis ich die Sicherheit meines Bleistiftstrichs wiederfinde. Aber da mir nach dieser Erfahrung das Schwabbelfleisch zuwider ist, sehe ich zu, dass Fatima die Dienste der anderen Künstlerin in der Bande, der kleinen Mauricette erbittet. Ganz begeistert von der Vorstellung, am lebenden Objekt zu arbeiten, übernimmt sie den Staffelstab, und neue Tätowierungen beginnen an Fatimas Schenkeln hochzukriechen. Geduldig warte ich, bis meine Stunde kommt. Beim ersten Eklat – Fatima stellt irgendwann doch fest, dass Mauricette gar nicht so gut zeichnet – werfe ich einen so eindeutigen Blick in Richtung des Geschreis, dass die Algerierin ihre Schimpfkanonade direkt auf mich richtet, mir Eifersucht vorwirft und so weiter.

Ich nehme den Handschuh auf und explodiere: „Ich, eifersüchtig auf die Kleine! Armes Mädchen, ich frage mich echt, auf WEN ich hier eifersüchtig sein sollte!“

Am Abend im Schlafsaal ergehe ich mich in Verwünschungen über gewisse Leute, die so griesgrämig und boshaft seien, dass sie mich für eifersüchtig auf die Kleine halten, noch dazu auf ein so reines und begabtes Mädchen wie Mauricette; kurzum, ich hole mir mein Publikum zurück und verabschiede mich endgültig vom Zeichnen auf Menschenfleisch.

Das hindert mich aber keineswegs daran, in den nächsten Tagen Paprika und Knoblauch anzunehmen, die Fatima mit der gleichen Freizügigkeit bestellt wie verteilt; ich esse gern Salade Niçoise, und vor Fatima war noch niemand auf die Idee gekommen, in einem Knast im Norden Paprika zu kaufen.

Und dennoch hat mir das Weib eine Blume, eher ein Gemüse, gestochen, denn gleich am Tag nach dem Disput hat sie mir ihr mea culpa präsentiert, und meine Brust mit der Tätowierung meiner Wahl geziert.

Zizi ist über meinem Herzen. Donnerwetter, das Ding ging richtig rein! Ich hatte das Gefühl, sie steche direkt in den Herzmuskel, so sehr drückte sie auf. Die Wärterin hatte sie offenbar nicht durchsucht, denn Fatima hatte ihre ganze Ausrüstung bei sich, Dreifachnadel, Tusche und so weiter. Wahrscheinlich verliert man bei den ganzen Schichten von Pluderhosen, Röcken und diversen Schleiern schnell den Mut.

Auf jeden Fall wurden die Initialen nach allen Regeln der Kunst gestochen. Nur die Regeln der Hygiene wurden eher vernachlässigt: Ich musste mich direkt auf den schmutzigen Zementboden legen und mit nacktem Oberkörper an Fatimas Schenkel lehnen; sie hatte sich gemütlich hingehockt, wie in ihrem Land üblich, und umklammerte mit einem Arm meine Gurgel, um mich am Zappeln zu hindern, während sie nach der Vorzeichnung stach, schimpfte, wenn Blut perlte, und meinen Busen unsanft mit ihrem Geschirrtuch voller Fett, Kugelschreiber und Traubensaft abwischte.

Ich bin gesund. Die Wunden verschorften, ohne Ärger zu machen, und verschwanden. Wunderbare Fatima! Sie hat ein großes Herz, und sie ist geschickt: zwei Eigenschaften, die du besser versteckst, wenn du sie schon nicht vor der Ankunft ablegen kannst. Sonst wirst du bis aufs Mark ausgesaugt, und danach schmeißt man dich weg. Dann musst du zusehen, wie du zu neuen Säften kommst, wenn du nicht bis zum jüngsten Gericht oder länger ausgeschlossen bleiben willst.

Fatima macht neue Säfte: Wenn sie vergessen hat, Zitronen zu bestellen, wartet sie bis Freitag, wenn die Zitronen für den Fisch aus unseren Schränken auftauchen, erbettelt sich ein paar Tropfen und macht mit Zucker ein wunderbares Epilierwachs daraus, das eine seidige Haut gibt und alle Leidenden des Tagesraums von ihren Schnurrbärten befreit.

Sobald sie sauber sind, vergessen die Mannweiber ihre nagelneue Weiblichkeit und verjagen die Schönheitsfee mit lautem Geschrei, „wenn du diesen Kaffern den kleinen Finger hinstreckst, hast du sie den ganzen Tag an der Backe".

Arme Benzini! Wir zittern auch, aber wir haben, ererbt oder erzogen, eine bessere Eignung zum Zittern, außerdem schmiegen wir uns aneinander. Fatima schlottert allein und jammert: „Warum ich kein warmes Wasser wie ihr? Warum ich nicht wie alle hier? Alle gefangen, alle unglücklich, also was?"

Wenn ich ihre Sprache sprechen würde, könnte ich ihr erklären, dass das nicht an ihren Briefen oder Geldanweisungen liegt, auch nicht an den Kleidern, auffällig, aber „guck dir den Stoff an, das ist ordentliches Material", auch nicht an all dem, weshalb wir bei ihrer Person schon neidisch werden und uns Gedanken machen. Nein, diese neugierigen und interessierten Frauen sind vor allem empfindlich wegen der Hautfarbe. Wenn der Einkauf kommt, teilt Fatima ihren sofort. „Fatima, meine Liebe, du schenkst mir eine Paprika, das ist nett, aber ..."

Alle scheinen entschlossen, nichts anzunehmen, aber wenn eine Kirchenmaus reflexartig die Hand ausstreckt, ist der Bann gebrochen.

Schließlich haben Obst und Gemüse keinen Geruch, das heißt ... weniger als der Käse oder die Füße; und diese dicken Birnen und violetten Trauben sind so appetitlich, das erfrischt, was?

Neulich hatte Fatima ein Huhn bestellt.

Sie hat es mit den Fingern zerlegt und dabei von der gebratenen Haut genascht; wir, die Nasen in unserem Velinpapier, kritzelten gleichgültig die sonntäglichen Episteln und warteten.

Denn wenn sich eine Algerierin, eine Paria erlaubt, „ein Huhn für Sonntag" zu bestellen, ist das eine Unverschämtheit, eine Provokation. Wetten werden angenommen, sicher ein zäher Vogel, aber besser als nichts: Würde sich Fatima ganz allein mit Knochen und Kopf plagen? Sie verputzt auch unsere freitäglichen Wittlinge, ohne eine Gräte übrig zu lassen. Würde sie sich den Bauch vollschlagen, um kein „nein, danke" zu riskieren? Oder gar ... Entsetzlich!

Ja, um möglichst viele Französinnen auf einmal zu ärgern, hat Fatima eine Einladung an alle gewählt. Und obwohl wir Gekröse und Gedärm verabscheuen, haben wir aus Höflichkeit angenommen.

Huhn stinkt nicht. Viel weniger als im Sommer Aliettes Füße. Aber ich gebe zu, dass ich nicht begreife, wie Fatimas Kopf tickt. Sie verteilt, „es kommt von Herzen"; dann verflucht sie sich und verflucht uns in ihrem schlechten Französisch, ich gegeben, ihr gefressen. Sie holt eine Sammlung Aprikosenkerne hervor, verteilt sie oder versammelt sie unter ihrem Tuch und formt daraus ihre Verwünschungen, während sie nicht aufhört, zu murmeln und uns funkelnde und düstere Blicke zuzuwerfen.

„Dabei habe ich ihr den Antrag für die Kanzlei geschrieben!"

„Und ich habe ihr Streichhölzer für ihren vergammelten Kocher gegeben!"

„Warum gibst du ihr was? Sie hat genug Schotter, sie darf sie halt nicht ausgehen lassen. In Zukunft wirst du mir die Freude machen, abzulehnen. Hörst du?"

„Eine Rassistin bist du."

„Und du schmeißt dich an sie ran."

Lassen wir die Streitereien im Sand verlaufen. Ich kotze alles aus, Kerne und Hühner, ich habe die Nase voll von diesem Schwachsinn. Fatima auch, aber anstatt es wie alle zu machen, rumzuhängen oder Fluchtpläne zu schmieden, macht sie sich Richtung Fresnes aus dem Staub.

Solange, die schwanger ist, hat natürlich nicht die kleinen, feinen Näpfchen, die Zeitschriften und Bücher über schmerzfreie Geburt, wie sie in den Pilot-Gefängnissen geliefert werden. Aber sie ist überzeugt, dass sie im siebten Monat dorthin kommt. Wir fühlen uns sehr wohl, denn wir mögen das Kind, das, zumindest fast, bei uns lebt, und es macht uns traurig, dass es so vernachlässigt wird; andererseits haben wir von Solanges Bulimie, Solanges Unwohlsein, Solanges Geruch allmählich echt die Nase voll.

Und jetzt beginnt ganz plötzlich auch Solanges Gesicht anzuschwellen. Ihre Augen sind verklebt, die Ohren eitern, die Nasenlöcher tropfen; Gina, das Gehirn, stellt sich schreckliche Sachen vor: tote Föten im Innern ihrer Mütter, Blutvergiftungen, die in wenigen Stunden ganze Schlafsäle auslöschen, sie erzählt es wie Geschichten, die das Leben schreibt, ein Bettgeflüster, das zum Horrormärchen wird.

Und wir jagen Solange nach Fresnes.

Inzwischen hat Fatima alles beobachtet, während ihre großen leeren und funkelnden Augen alles, auch ihre Gedanken, hermetisch verbergen.

Als die Gedanken reif sind, handelt Fatima. Am ersten Tag klagt sie über Schwäche, tut, als würde sie schwanken, stößt ihre Suppe um; sofort verschreibt man ihr Kalziumspritzen und die bei Anämie wohlbekannten rötlichbraunen Ampullen.

Seufzer im Tagesraum: „Sie kippt das Zeug ins Klo, ich sag's dir, das habe ich selbst gesehen."

„Gib doch zu, dass die Kaffer hoch im Kurs stehen und dem Doktor genauso die Muffe geht wie den anderen. Versuch du mal, dir das verschreiben zu lassen!"

Aliette ärgert sich am meisten, sie, die von Natur „gallig und blutarm" ist, aber nie etwas anderes aus dem Sprechzimmer mitgebracht hat als Abführmittel.

Aliettes Verstopfung ist eine willkommene Ablenkung. Ich sage: „Apropos, Aliette, wenn du Pillen willst, ich habe einen Vorrat ..."

„Nein, nein, Süße", protestiert die Dicke gereizt, „wenn ich welche brauche, hole ich mir welche. Im Moment geht's, danke."

Ich drehe meinen Vorrat irgendeiner Verstopften an, und als Aliette abends um den Nachttopf zu kreisen beginnt, erkläre ich bedauernd, dass ich in Sachen Mucinum komplett geplündert bin. Aliette bleibt also nichts anderes übrig, als ihren Hintern zu bewegen und sich mit den anderen zur Sprechzeit anzustellen.

Fatima ist immer die erste, sie blockiert die Sprechstunde stundenlang, heult der Schwester die Ohren voll, beschimpft sie in ihrem Kauderwelsch und verflucht die Kinder Äskulaps, was das Zeug hält, will haben, will haben, und sie kriegt's. Die anderen Patienten trampeln ungeduldig vor der Tür herum, und Eifersucht und Spannung steigen.

Da der Versuch mit der Anämie keine greifbaren Ergebnisse bringt, beschließt Fatima, einen richtig großen Coup zu landen. Ein Backenzahn mit Karies ist ihr Sarajevo, und der Krieg bricht aus.

Fatima geht in den Widerstand. Von sieben bis sechs kauert sie in einer Decke auf ihrer Bank und stöhnt ununterbrochen. Einmal pro Stunde bringt die Kalfakterin eine Schale mit kochendem Wasser, gefolgt von der Wärterin, die vorsichtig ein paar Tropfen irgendwas hineingibt; dann schnappt sie sich ihr Fläschchen und ihre Gefangene und macht sich eilig davon, ohne zu hören, was Fatima nuschelt, immer unverständlicher, je mehr Stunden vergehen und ihr Leiden Raum gewinnt.

Die Nacht bringt keine Besserung; wenn man genau hinsieht, erkennt man sogar eine leicht Asymmetrie im Oval von Fatimas Gesicht. Und natürlich verhindert die verdammte dunkle Haut, dass man sieht, wie blass die Algerierin in einer einzigen Nacht geworden ist.

Vom Schmerz verstört verliert Fatima jede Hemmung. Sie setzt sich unverfroren an ihren Tisch, legt ihren Spiegel vor sich, packt ihre Dreifachnadel; und da stech ich sie mir mitten in die Wange, und da bohr ich wüst darin rum, und da trommle ich mit dem Löffel auf das Ende, wie mit Hammer und Meißel; so lange und so wild, dass sie am nächsten Morgen endlich die Fresse ihrer Träume hat, das genaue Abbild von Solanges Gesicht: Auge zugeschwollen, Wange gespannt und glänzend, Lippe riesig.

In diesem Zustand sehen wir Fatima hopp, hopp verschwinden, denn egal, ob freiwillig oder gezwungen, den Knast verlässt man immer überstürzt. Fatima hat gewonnen, sie kommt nach Fresnes, um sich den Nuttenschmiss behandeln zu lassen, was sie eigentlich gar nicht verdient. „Bei so einer lassen die da oben keine besondere Vorsicht walten. Sie werden ihren entzündeten Mund mit zwei Messerschnitten öffnen, das wird sie lehren, so einen Zirkus zu veranstalten."

„Uns Franzosen lässt man im Knast krepieren, während sie dort, in ihrem Scheißland, unsere Kinder töten."

Ich traure um meine Tätowiererin, meine Blume, mein „Filzläusle“ der Kanakenstraße.

Kapitel XIII

Die Chefin besitzt anscheinend Anteile an irgendwelchen Umzugsunternehmen. Man kann sich nie darauf verlassen, dass sich Clans bis zum nächsten Ortswechsel ein für alle Mal in denselben Kojen oder auf denselben Hockern niederlassen. Eines Abends taucht sie mit zornblitzenden Augen auf und lässt die Kartons, die Decken und die Gefangenen tanzen.

Tapetenwechsel oder Durchsuchung, ohne ersichtlichen Grund.

Aber sicher gibt es einen verborgenen Grund, dass Maria in den Schlafsaal der Küchenmädchen verlegt wurde, obwohl sie nicht bei ihnen arbeitet und bei uns im Tagesraum bleibt.

Was ist da durchgesickert? Das Ding mit den Klingen, eine undichte Stelle bei den Exkandidaten und Exverbündeten? Das Ding mit dem Seil? Aber die Wände reden nicht. Abgesehen von den Wänden und uns vieren wusste niemand etwas.

Egal, wir werden es schon erfahren, ob wir wollen oder nicht. Ich will heute Abend sowieso nichts: Man hat mir Maria weggenommen, was soll ich jetzt noch wollen? Ich weine nicht um Schnee von gestern, aber Marias Umzug ist die Katastrophe, das brutale Ende unserer kleinen abendlichen Träumereien, unseres nächtlichen Getuschels. Im Tagesraum kann man nicht so träumen wie in der Koje, das Licht ist nicht dasselbe, die einzige Beleuchtung, in der man freundschaftlich plaudern kann, ist die Sonne beim Hofgang oder die Glühlampe im Schlafsaal. Im Tagesraum stinkt es, es ist kalt und schmutzig, da kann man sich wahrlich nicht mit Fantasie bekleckern. Man kann höchstens, wenn der Rücken zu sehr schmerzt, eine alte Decke vor dem Schrank ausbreiten, dort ein paar Zehnerbündel Netze aus dem Haufen der lieferfertigen aufstapeln und sich drauflegen, die Netze unter dem Nacken und den Boden als Stütze unter dem Po, kann so versuchen, bis zum Abend durchzuhalten.

Die Naschhaften auf dem Weg zu ihrem Fressalienregal müssen über uns hinwegsteigen, Verzeihung; wir verzeihen nicht mehr, wir töten.

Ich hatte nur den Abend, um bei Maria zu sein. Endlos strömt ihre Abwesenheit in meine Koje.

Da der Schlafsaal der Küchenmädchen vor unserem geöffnet wird, nutzt Maria jetzt die Zeit, in der sie allein ist, um unsere Ankunft vorzubereiten. Sie ist schon da und fegt die Schweinereien zusammen, die sich am Vortag auf dem Zement gesammelt haben, Papier, Fadenreste, Asche; Maria, mit einem Besen ausstaffiert, sehr häuslich, das rührt und tröstet mich. Erinnerungen an Butterbrötchen wandern durch meinen Schädel, und ich lasse mich seufzend auf meinen Stuhl sinken. Ja, ich habe einen Stuhl, ich habe die Frauen belauert, die einen hatten und seit Wochen weggehen sollten; und beim ersten, der frei wurde, hopp, habe ich alle Nierenleidenden und Wirbelsäulenverkrümmten überholt, die ebenfalls lauerten, aber wegen ihrer Behinderung ein winziges Bisschen langsamer waren als ich.

Heute früh macht das beiläufige „Wo ist Maria?" einem angstvollen „Wo ist Maria?" Platz; Maria ist weder unter dem Tisch noch im Schrank.

Da komme ich auf die geniale Idee, vielmehr verspüre ich den genialen Drang, pinkeln zu gehen. Als ich die Klotür öffne, schlägt mir mit einer dicken Dampfwolke das kränkende Bild von Maria entgegen, die damit beschäftigt ist, MEINEN Kaffeenapf zu erhitzen.

Mich so zu überrunden! Empört schließe ich die Tür.

Jetzt, wo sie ihr heißes Wasser und Maria wiedergefunden haben, kann den Weibern alles egal sein.

Niemand protestiert, als sie die Schale auf die Untersetzer-Sardinendose auf dem Tisch stellt, niemand bemerkt, dass Maria rote Augen hat, das ist unvermeidlich beim Rauch des Papiers.

Ich aber sehe hinter dem Rot vom Rauch das Rot der Schlaflosigkeit und der Tränen hervorscheinen; das Mädchen zieht so einen Flunsch, mit hängenden Mundwinkeln, aufgerissenen Augen und bleichen Wangen, dass man noch kurzsichtiger sein müsste als ich, um nicht zu sehen, dass irgendwas nicht stimmt. Aha, Aliette hat es auch gemerkt. Ihre Eulenaugen sehen im Dunkeln. Vielleicht ist sie mir deswegen immer noch sympathisch. Obwohl ich im Schlafsaal von ihr weggezogen bin, lasse ich Aliette im Tagesraum neben mir; mit Maria bilden wir am Tischende ein Hufeisen.

Ich amüsiere mich über die Schau, die Aliette abzieht. Aus ihrer Grübelkiste ergießt es sich wie aus geplatzten Rohren, kilometerweit, in endlosen Vorträgen, während sie wie ein adipöser, schwafelnder Verwaltungsratspräsident auf ihrem Stuhl sitzt, Millionen verschiebt und in dicken Scheckheften blättert. Wenn sie schweigt und der Rauch sich verzieht, erkennt man eine reife, vernachlässigte Frau, Aliette in ihrem Gefängniskleid, die nie daran denkt, irgendwas zu bestellen, um sich ein bisschen herauszuputzen, und sich bei Spiegel, Haarbürste und Zahnpasta von Maria und mir bedient.

Das ist alles, was wir für sie tun können; deswegen wendet sich Aliette zur Essenszeit von uns ab und flaniert zu den reichen Tellern. Das ärgert Maria zwar, aber ich habe mit Aliette angefangen, bin also verpflichtet, ihr weiter gewisse Episteln vorzulesen und ohne Hoffnung auf Rückgabe meine Margarinereserven zu borgen.

„Was hat Maria denn?“, fragt sie mütterlich.

Ich antworte, dass ich es gleich wissen werde, stehe auf und gehe zur Spülecke, wo Maria die Frühstücksschalen stapelt.

„Maria? Schätzchen?“

Maria ist nicht „Schätzchen“; das tut sie mit heftigem, gereiztem Schulterzucken kund. Sie schmollt in ihre Abwaschschüssel. Irgendwann habe ich genug davon: „Sag mal, liebst du mich noch? Ja oder nein?“

„Doch, doch, natürlich ...“, antwortet sie und wringt den Abwaschlappen aus.

„Was dann, zum Teufel? Red endlich. Was hast du? Du heulst, du sagst mir nichts ... Ich mag störrische Maultiere, bin ja selbst eins, aber ...“

Maria zieht ein Schippchen; so ähnelt sie ihrem Sohn. Aliette, die standhafte Botschafterin der Versöhnung, taucht auf; lässt sich von Marias „Ach du!“ keineswegs entmutigen, fragt, vermutet, bedauert, bis es endlich herauskommt.

Maria platzt wie eine zu fest gedrückte Kaki: „Anick! Wenn du wüsstest ... Unser Ausbruchsplan ...“

„Na, was ist mit unserem Plan? Willst du ihn nicht mehr?“

„Für wen hältst du mich? Wenn ich ja sage, heißt das ja; ich kneife nicht, ich schwatze nicht überall, ich nicht.“

„‚Ich nicht’? Was heißt das? Was willst du damit andeuten, Süße? Ich schwatze nämlich auch nicht, weißt du? Wer hat geschwatzt? Mit wem?“

„Mit allen! Der ganze Knast weiß Bescheid, der Tagesraum unten, der Küchendienst, alle halt. Und bis ins Detail: das Seil, das Fenster im Schlafsaal ... Das habe ich gestern Abend erfahren, aus einem Kassiber meiner Freundin Suzy ...“

„Suzy von unten?“

„Habe ich drei Dutzend Freundinnen Suzy? Entschuldige, Liebes, ich bin auf hundertachtzig, so entsetzt. Das ist zum Kotzen!“

Aliette hat zugehört, während sie, um irgendwas zu tun, ein Geschirrtuch hierhin, eine Schüssel dahin schiebt. Sie flüstert: „Reiß dich zusammen, Maria, reiß dich zusammen! Und was meinst du, wer? ...“

„Wer soll es schon sein? Wer hat erst unten geschlafen, bevor sie zu uns kam? Ich, wirst du sagen, aber ich habe nichts mehr mit ihnen zu tun, ich lass mir meinen Napf von der Kalfakterin holen, um sie nicht zu treffen. Wer treibt sich denn ständig an unserer Zellentür rum? Wer schreibt kilometerlange Kassiber?“

„Schon gut“, sage ich, „ich hab’s verstanden. Und von meinem Führerschein wissen sie auch?“ (Aus Angeberei hatte ich ihn Gina gezeigt.)

Das kann Maria nicht sagen, auf jeden Fall reden sie nicht darüber. Gut, das ist für mich das Wichtigste.

„Dein Führerschein?“, fragt Aliette.

Ich zögere: Aliette scheint Gina zu vergöttern, sie hat sich mit kleinen Geschenken an sie rangemacht, aus den Paketen ihrer Mutter, die nichts anderes zu tun hat, als für ihre Große im Kittchen durch die Geschäfte zu rennen. Auch wenn Gina wie eine Prinzessin unterstützt wird („von einem Freund“), kann sie einen Freier schlecht bitten, ihr BH-Gummi zu schicken; ein Mann hat keine Ahnung von solchen Raffinessen. Die Fürsorgerin oder Sozialhelferin fragen, igitt, das ist was für Grünschnäbel; diese Leute stecken mit dem Gericht unter einer Decke, mit denen will Gina nichts zu tun haben.

Aliettes Mama hat also ein Erste-Hilfe-Paket geschickt, Knöpfe, Gummiband, Faden; sie hat Heiligenbildchen in ihre Briefe gelegt, ohne wissen zu wollen, warum ihre

Tochter plötzlich so für den Heiligen Antonius von Padua brannte ... Abends verzerrt sich Ginas Gesicht zuweilen vor Angst, wenn sie uns das großartige und verfluchte Schicksal ihres Tony nachzeichnet, der von allen Polizisten des Globus gejagt wird; die Bilder von Tonys Schutzheiligen trösten sie und ersetzen den Abwesenden ... Aliette putzt inzwischen Ginas Schrank. Dicht neben meinem Ohr höre ich: „Na ja, bei so was sind die Männer nicht so fit ..."

Das ganze Theater, Gummiband und Heiliger Antonius, war nur Theater; Aliette macht mit Gina, was sie mit mir gemacht hätte, wäre mein Glanz nicht so brutal verblasst.

Ich klammere mich an meine Achtung, gepackt von Lachen und von Panik. Von dem Kuddelmuddel bleibt nur ein klarer Gedanke: meinen Führerschein retten! Wenn Gina den klaut, sind meine Pläne, die echten, auch im Eimer. Ich packe Aliette: „Sag mal, Süße, kannst du etwas für mich aufbewahren, während ich duschen gehe?"

Zwei Visionen: dass Gina und ich nicht zusammen gehen, dass sie in meiner Abwesenheit meinen Karton durchwühlt und ..."

„Gib her", sagt Aliette.

Unter dem Tisch reiche ich ihr unauffällig die Fleppen. Jetzt kann ich mir leichten Herzens die Haare waschen: Das Schlimmste, was passieren kann, ist, dass Gina oder ihre Handlanger oder die Wärterin irgendwelche unwichtigen Papiere finden; die Identität von Damien steckt in den Sachen einer gewissen Aliette. Na und?

Das war jedenfalls nicht in den Sachen von Damien.

Natürlich passierte gar nichts, Aliette gab mir das Ding gleich zurück, und niemand erwähnte es je. Das Schiff, das die Kanonen auf die Spatzen gerichtet hatte, versank im Laufe der Tage, ohne Spuren zu hinterlassen; aber jetzt wusste ich, wussten wir, woran wir uns hinsichtlich der

Mentalität der Leute zu halten hatten, mit denen wir unser Gefängnis teilten.

Doch obwohl Maria darauf verzichtet hatte, im Team zu arbeiten, wollte sie mich immer noch begleiten.

„Mein Küken, nach dem Gerede müssen wir wieder bei null anfangen und vor allem etwas Zeit verstreichen lassen."

Damit die Zeit vergeht, schuften wir.

Der Netzehersteller hat Anfang August eine letzte Ladung hereingereicht, seither hat ihn niemand mehr gesehen. Das Gefängnis im August ist wie Klein-Paris: Gefangene, Anwälte, Richter, alle machen sich davon, niemand kommt mehr rein, und das Traurigste ist, dass auch niemand rauskommt. Der offizielle Weg wird offiziell zur Sackgasse: Es fühlt sich an, als müssten bis zum Ferienende Millionen Lichtjahre vergehen; keine Verhöre, keine Sitzungen, Leere.

Mit den Resten des Netzevorrats häkelten wir noch eine Woche, dann kehrten wir zurück zur beschäftigungslosen Trägheit. Der Lieferkoffer wurde geschlossen und diente dazu, überschüssige Kartons darauf zu stapeln. Glaubt man seiner Größe und den darauf gemalten Symbolen, hat dieser Koffer dem Roten Kreuz dazu gedient, das Arztzimmer für zwanzig Jahre zu versorgen. Was für ein seltsames Ding. Wir nennen ihn natürlich den Koffer von Gouffé, aber ich bin sicher, dass er außer Drogen nie andere Leichen enthalten hat, als die von uns fabrizierten. Geschlossen mag er noch angehen, aber in den Zeiten des intensiven Häkelns erinnerte der Haufen weißlicher, bläulicher und roter Netze, der aus ihm quoll, die halbe Wand hoch wuchs und beim wöchentlichen Haushaltsumzug auseinanderfiel, tatsächlich an Leichenwagen, Leichentuch und Wundbrand.

Neulich abends ist dem Vorarbeiter der Männer eingefallen, dass es auch noch weibliche Wesen auf der Welt gibt, sogar wenige Meter von seiner Werkstatt entfernt. Der Chef achtet darauf, dass die Männer immer Beschäftigung haben – um zu vermeiden, dass sie andere, weniger reguläre Mittel finden, sich die Zeit zu vertreiben –, und so hat uns der Vorarbeiter auch was zum Knabbern gegeben. Vielleicht zur Erinnerung an die Sommerlieben, zur Erinnerung an unsere Zartheit und unsere Begierden ... auf jeden Fall haben wir jetzt Arbeit: rote und grüne Reklamehüte, Mützenschirme gegen die Sonne der Jahrmärkte, die man entweder in das Hütchen hineinschiebt oder an die man ein Gummiband knotet.

Ich bin ein Team mit Maria; ich mache die Knoten am Ende der Gummibänder, breite ihr die Schirme in Fünfzigerpaketen vor, wenn die Schirme fertig sind, mache ich Hunderterstapel und ein Klebeband drum herum, schreibe unsere Initialen drauf, falls was falsch ist – wir wollen uns doch nicht die Arbeit der anderen aufhalsen lassen –, dann zähle ich wieder fünfzig ab und so weiter. Maria fädelt die Gummibänder in den Spalt an beiden Seiten des Schirms, den ich mit dem Stichel aufziehe (auf ihre Lochzange pfeife ich!), und unser Berg wächst so schnell, dass die Kommentare unfreundlich werden: „Unmöglich, habt ihr einen Motor im Hintern?“

Sie vergessen, dass wir nicht für den Ruhm ackern. Uns steht der Geldmangel natürlich nicht ins Gesicht geschrieben; eine Milliardärin, die Gummibänder in Löcher fädeln müsste, um ihren Nes zu finanzieren, hätte auch keine bessere Organisation, keine stolzere Miene als wir, o nein! Ich „verdamme das Elend“, aber wenn ich drinstecke, tröste ich mich nicht nur mit einer Ladung Rimbaud. Um mich dafür zu trösten, dass ich blöd genug war, das Elend an mich heranzulassen, verjage ich es mit gründlichem Groll.

Mit Maria und mir ist es anders: Da bin ich nicht die einsame Kämpferin, ich bin eine Verbündete. So ist der Kampf weniger öde, fast komisch. Ist es nicht eigentlich grandios und grotesk, die Widrigkeiten mit einem Sonnenschutz als Helm und einem Bic als Schwert zu bekämpfen? Es wäre natürlich noch lustiger, wenn es in den Rippen und den Wirbeln weniger wehtäte, aber das ... Verdammte Karre! Die Verwünschung ist bald genauso automatisch wie die Handgriffe, wie das ganze Leben. Ich vergesse, dass ich lebe, in diesem Scheißknast! Wenn man mich anspricht, sehe ich so erschreckt auf, dass man mich für eine Idiotin oder Schwachsinnige halten muss. Eine Schwachsinnige, die Anwandlungen von Genie hat, zugegeben; aber das Genie ist ein Produkt des Zufalls, darüber brauche ich kein Wort zu verlieren.

Reden! Dass zu all den Schweinereien, die die Karre meinem Gerippe angetan hat, auch die Schwierigkeit gehört, klar zu artikulieren - das soll noch drei Jahre so gehen -, nutze ich aus, um überhaupt nicht mehr zu labern. Oder nur „für die Notwendigkeit der Arbeit" und mit unhörbarer, stockender Stimme; deswegen verzichtet man bald darauf, sich mit mir zu unterhalten. Ich will weder unterhalten noch unterhalten werden; auch deswegen schufte ich wie eine Wilde an diesen Totenhelmen.

Verdammt, es ist so schwer, anzunehmen! Auch wenn ich mich mit Briefmarken und Freundlichkeiten aller Art erkenntlich zeige, fühle ich mich nicht quitt.

Allmählich habe ich aufgehört, meine Briefe zu zeigen, um nicht die der anderen lesen zu müssen. Seit den Gutachtern habe ich die nette Angewohnheit beibehalten, nicht zu essen; meine einzige Sklaverei bleibt die Dreifaltigkeit Nes-Hygiene-Gitane, und dafür verdiene ich genug.

Aber wenn von vorläufiger Freilassung nicht mehr die Rede ist, fragen mich die guten Seelen, warum lässt du dich dann krepieren?

Um euch nicht fürs Leben zu danken, kleine Schwestern, um ... ja, einfach weil ich Lust habe zu krepieren. Ich muss hier irgendwie raus, wenn es sein muss mit den Füßen zuerst.

„Sag mal, Süße ..."

„Was willst du?"

Ich kläffe wie ein verschnupfter Welpe. Niemand darf wissen, niemand darf ermessen können, wie sehr ich Maria liebe. In einem Gemeinschaftsknast muss man seine Freundschaften noch sorgfältiger verbergen als seinen Hass. Beim Hofgang wiederhole ich Maria meine Versprechen, meine Warnungen, vorsichtig zu sein: Vorsicht beim Freundschaftsmissbrauch, Vorsicht mit Lügengeschichten, Vorsicht mit Lächeln, Vorsicht mit dem ganzen Leben. Maria ist weit, viel zu weit davon entfernt, vorsichtig mit dem Leben zu sein. Und ich fürchte ihre freundlichen Augen, ihr „Sag mal, Süße ...", mich macht ihre Zärtlichkeit verlegen.

Aber nichts da, Maria will tuscheln. Da ihr „Sag mal, Süße" sehr dringlich klingt und der Hofgang noch weit weg ist, unterbrechen wir die Arbeit und setzen uns auf die Erde vor den Schrank. Wenn wir so dasitzen, überwachen wir das Bataillon von Füßen, gekreuzten oder zappelnden Füßen, sauberen und schmutzigen Füßen; es gibt keinen Stammbaum und keine großen Worte, die nach diesem Anblick noch Bestand hätten. Selbst Ginas Rock and Rolls fehlt es an Ruhm. Die Treter, die sich Aliette von ihrer Mutter bei Monoprix hat kaufen lassen ... darüber rede ich gar nicht. Maria auch nicht, aber ich ertappe ihren Blick, und wir lachen wie kleine, schlecht erzogene Knackis, wir lachen über die Füße unserer Schwestern im Elend.

„Aber du wolltest mir doch irgendwas sagen?"

„Hast du daran gedacht, dass Nadine in einer Woche rauskommt?"

„Ja, und?"

„Na ja, wir könnten sie einen Brief einstecken lassen, für einen Freund. Ich habe Vertrauen."

Vertrauen in Nadine oder in den Freund? Egal, ich habe Vertrauen in alles, was ihr wollt.

Maria wartet; und um ihr eine Freude zu machen, antworte ich: „Okay. Ich spreche morgen mit ihr."

Kapitel XIV

Die heilige Jungfrau, die echte, hat offenbar allen künftigen heiligen Ginas von Herzen verziehen, als unsere verkündet: „Mädels, bei meinem Fest machen wir etwas Richtiges!"

Und was? Natürlich ein Fressgelage und davor und danach eine allgemeine Waffenruhe, ein Tag ohne Geschrei, ohne Witze, ohne Geschichten, ein Tag im Stil „Zeig mir dein Lächeln und zwing mich nicht, dir in die Rippen zu treten".

Wir sind nicht wählerisch, nicht mal bei gekochtem Rindfleisch; aber Gina, deren Grips zuweilen recht umsichtig ist, begnügt sich nicht damit, uns an den Papillen herumzuführen, sondern ist darauf bedacht, den freien Willen, den Magen und den Kalender auf einmal zu befriedigen. Und da mich das berühmte Noblesse oblige immer ärgert, sehe ich zu, meinen Hunger, meinen Groll, meine Skrupel und meine Bedürftigkeit miteinander zu versöhnen. Ein Meter Schirting bei Aliettes Mutter bestellt, Marias Würfel und Watte, Narzissen und Libellen aus dem *Écho de la Mode:* Stunden um Stunden im Tagesraum meinen Zeigefinger ramponiert und die Retina geplagt, um Blumen und Insekten nachzubilden, total hässlich, aber von meinem Genie verherrlicht.

Danach wusch und bleichte ich mein Werk, ließ es vom Mädchen in der Wäschestube bügeln und wickelte es in schönes Papier, das ich bis zum Gina-Tag versteckte. Und ich fragte: „Schätzchen, wenn es nicht indiskret ist ... ich weiß, dass du eine Menge Zeug für das Bankett bestellt hast und bestimmt alles toll machen wirst, aber wenn du eine Küchenhilfe brauchst ..."

„O là! Nein, Schätzchen, unmöglich; ich bereite alles selbst vor, das Mousse au chocolat, die Mayonnaise (man muss sie mit dem Löffel schlagen, weißt du das?), also alles, was nicht fix und fertig aus der Küche kommt. Was Essen angeht, kenne ich mich aus."

„Daran zweifle ich nicht, Schätzchen! Ich lass dich natürlich machen. Aber ich dachte, vielleicht zum Tischdecken ..."

„Das ist geklärt. Ich bekomme saubere Tücher, nicht die kleinen, geflickten wie jede Woche, nein, größere; die Küche ist einverstanden."

„Gut, dann verstoße ich gegen meine Diät. Aber du weißt schon, auf dem Tisch, damit es richtig nach Edelrestaurant aussieht ..."

„Es gibt Bierflaschen, ich bitte die Chefin, sie uns bis zwei zu lassen. Wenn wir das Bier in die Näpfe gießen müssen, ist es nicht schön."

„Auch noch ein Gelage! Also, ich habe es geschafft, selbst Bier zu bestellen, damit es etwas mehr wird."

„Apropos", sagt Gina, „wenn du irgendwas brauchst ..."

Wir verlassen das Thema. Ich hatte damit angefangen, meine Dienste anzubieten, aber Gina schafft es immer, solche Angebote zu ihren Gunsten umzukehren, wobei sie die größte Bereitwilligkeit zur Schau stellt. Ich habe mir ein Beispiel daran genommen und sehe zu, dass ich ihr zuvorkomme. Also rivalisieren wir fröhlich weiter: „Ich könnte vielleicht Menükarten schreiben. Die Fürsorgerin hat mir Zeichenpapier mitgebracht. Meine Mutter hatte ihr Geld geschickt, um Messen lesen zu lassen, als wäre ich tot, aber weil meine Rücklagen nichts davon gemerkt haben, hat die Fürsorgerin lieber ..."

Gina hört nicht mehr zu. „Das stimmt", sagt sie, „Solche Karten haben wir immer zu Weihnachten gezeichnet!"

Ich sehe ein Weihnachten meiner Jugend vor mir, im Knast und voller Lichter: Sie hatten alle Päckchen bis zum Abend des 24. aufgehoben, und ich wartete immer noch auf meins. Schließlich, als ich mich schon darauf einstellte, als armes Hascherl dazustehen, kam es dran. Oh! Das wunderbare Paket! Zizi hatte mit Mandeln gefüllte Oliven, Aspik, riesige Nusspralinen und anderes Konfekt eingepackt, wie ich es liebe, sogar zwei kleine Gläschen Kaviar. Aber wie soll mir Gina das glauben? Wie könnte ich mich in meinem Zustand auf irgendeinen Wohlstand berufen, in Vergangenheit, Gegenwart oder Zukunft? Ich schweige.

„Also, die Menükarten nehme ich an. Kann ich mich auf dich verlassen?"

Was für eine Ehre ... Ich sage: „Ich bin doch gekommen, um dich zu fragen, was für Motive du darauf haben willst und was das Menü ist."

„Keine Ahnung. Mach, was du willst."

„Das hatte ich auch vor, ich bin vor allem wegen der Speisen da. Schließlich bestellst du sie."

O là, da habe ich wohl einen etwas zu scharfen Ton angeschlagen: Gina ist sauer, ich habe es an Respekt fehlen lassen, schließlich ist die Zeichnung ein Geschenk; ich soll mir nicht einbilden, ich sei zu intelligent für sie; und in Zukunft kann ich meine Talente für mich behalten, wenn ich sie behandle wie eine Idiotin. Die Strafpredigt geht noch eine Weile weiter, ich stecke sie ein, ohne zu zucken. Zum Glück stehen wir auf Zement, sonst würde ich im Boden versinken.

Am Abend Entspannung: Gina möchte mich zu gern mit Beschlag belegen, sie unternimmt Annäherungsversuche. Ich habe nämlich die ganze Zeit Briefe gekritzelt und bin wild entschlossen, die Teilnahme am Fest abzulehnen und mich dann in den Bau sperren zu lassen, weil es keinen anderen Weg gibt, eine Einzelzelle zu bekommen.

Allerdings hat Gina den Vorteil des Nescafé, und es ist ihr total egal, ein oder zwei Dosen zu opfern, um ihr Ziel zu erreichen: dass ihr Fest als einzigartig in die Annalen des Knastes eingeht und dass man noch in den nächsten Jahrhunderten davon spricht.

„Mädchen, holt eure Gläser, ich spendier eine Runde", ruft sie. Und da sie sich nicht unmittelbar an mich wenden kann: „Maria, Schätzchen, machst du uns etwas Wasser warm?"

Maria tut es verständnisvoll. Sie dient oft als Mittlerin zwischen Gina und mir, den Monstern der Selbstgefälligkeit. Niemand lässt sich täuschen, und alle spielen mit. Außerdem belebt der Nescafé alles: Das Blut zirkuliert wieder, die Gespräche werden aufgenommen, die Herzlichkeit schließt alle ein. Und die Kirchenmäuse sind sehr glücklich, „einen echten" zu trinken. Damit sie auch „eine echte" rauchen können, lasse ich den zweiten Ärmel meines Pullovers rumgehen, dann mache ich mich voller Elan an die Menükarten. Vor dem Schlafengehen bin ich fertig: zehn unterschiedliche Zeichnungen und Kalligraphien für alle Gäste; jede sucht sich etwas aus, die Kerze im Keramikständer, die welkenden Rosen auf dem Silberteller, die Flasche Moët & Chandon.

Alles behalten, um sie morgen ohne Fehler an die richtigen zu verteilen.

... Wir haben so viel verrückt gespielt, wir haben so viel gegrölt und gegessen, dass ich vierundzwanzig Stunden lang das Draußen völlig vergaß. Besser gesagt, wir hatten so viel liederliches Draußen, dass ich das Gefängnis vergaß. Abgesehen von der Mayonnaise, die Gina zum ersten Mal im Leben misslungen war; abgesehen von ein paar Engeln des Schweigens, die zwischen den Reden, den Liedern und den Berichten von früheren Lieben und Festen durch den Raum schwebten – jede bezahlte ihren Anteil wie sie konnte –, war alles perfekt. Das Bier schäumte in den Näpfen (wir mussten die Flaschen doch zurückgeben, aber was bedeutet schon die Verpackung?), schmierte das Huhn, den Thunfisch, die Sardinen, die gemischten Vorspeisen, das Gemüse, den Kuchen, die Mousse und die Kekse; als das Bier nichts mehr zu schmieren hatte, wurde es vom Obstsalat abgelöst; und der Nescafé, dessen Schwaden mit denen der Balto apotheotisch bis zu den Füßen der heiligen Unbekannten da oben in ihrer Wolke aufstiegen, tauchte uns in so vollkommenes Wohlbehagen, dass wir um zwei Uhr, als die Wärterin kam und „Hofgang" rief, alle völlig kraftlos zwischen den Resten zusammengesunken waren. Weshalb die Aufforderung in tiefster Stille unterging und die Wärterin geräuschlos verschwand.

Es ist bekannt, dass das Büro völlige Spannungslosigkeit jeder Streiterei vorzieht. So lange sich die Gefangenen freundlich miteinander amüsieren und weder Jubelrufe zu Ehren der Beisetzung des Direktors noch aufrührerische Schreie oder sonst was ausstoßen, ich meine, wenn sie nur ein kleines Nickerchen machen, würde niemand, nicht mal der Chef, der oberste Niemand, daran denken, das Fest zu stören.

Und ich vergaß die elementarste meiner Pflichten, den Ausbruch.

Als ich am nächsten Morgen mit schwerem Kopf aufwachte, die Stelzen kaputter denn je, fiel mir plötzlich mein Versprechen an Maria ein, Nadine wegen des Briefes anzusprechen. Im Eiltempo versuchte ich, meine Vergesslichkeit wieder gut zu machen. Das war ziemlich heikel: Ich musste Nadine überreden, den Briefträger zu spielen, und sie zugleich davon abbringen, Gina ins Bild zu setzen. Diesmal kam es nicht infrage, Gina in unsere Geschichte reinzuziehen. Von nun an hieß es höchstens: gerührte und diskrete Dankbarkeit für alle Nescafés der Vergangenheit, vorsichtiger Status quo im Hinblick auf die künftigen Nescafés, aber Misstrauen und absolutes Schweigen für alle anderen Kapitel. Nadine hatte allerdings nicht mehr viel Platz in der Birne. Vorausschauend hatte Gina sie ihr seit Monaten mit unzähligen Telefonnummern und Adressen von Leuten, um Geld zu erbitten, oder von Anwälten, um ihnen Geld zu bringen, vollgestopft; zu guter Letzt die ultrageheime Nummer von Tonys Versteck. Wenn Gina eine ernsthafte, einzige, echte Freundin gefunden hat, wie man nur eine – eine auf einmal – trifft, gibt sie ihr Tonys Adresse, das ist normal; das Unnormale ist, dass Tony trotzdem noch frei herumläuft.

Aber das geht nur sie was an; die Freunde meiner Feinde sind meine Freunde, warum nicht, wenn sie hilfsbereit und intelligent sind, wie Nadine, die mich bedauern lässt, nicht sechs Monate früher geschnappt worden zu sein, um sie länger gekannt zu haben. Außerdem hätte ich dann vor den Ferien verurteilt werden und rauskommen und mich in der Sonne aalen können ... Hoppla, ich spinne, meine Grübelei beißt sich selbst in den Schwanz. Noch mal von vorn:

„Nadine, meine Liebe, wenn ich die Gewissheit habe, dass dieser Brief gut angekommen ist und dass er Maria ... ich meine Maria und mir erlaubt, abzuhauen, nehme ich sofort Kontakt zu dir auf und bedanke mich auf jede Art, die du dir wünschst. Dieser Dienst hat keinen Preis, wirst du mir sagen; aber ich weiß, dass du hübsche Juwelen magst und dass du auch weißt, weshalb ich hier bin. Du kannst dir etwas aussuchen."

Nadine lacht sich halbtot, sagt, dass sie gar nicht daran denkt, sich zur Hehlerin machen zu lassen, und dass mein Stoff sie nicht interessiert. Sie hat schon genug Schmuck, anständig gestohlen, und wenn sie einen Brief überbringt, dann weil sie Spaß an pikanten Geschichten hat, und ein Ausbruch ...

„Ich muss mir wohl alle zwei Tage ein Käseblatt kaufen! O là là, ich werde mir ganz schöne Sorgen um euch beide machen!"

Wir liegen wie zum Nickerchen auf der Decke vor dem Schrank auf dem dreckigen Zement, Nadine liegt zwischen Maria und mir, was die anderen offenbar stutzig macht. Gina ist nervös, sie tigert auf und ab; nicht, dass sie an Nadines Diskretion und Treue zweifelt, aber ich lese wie in einem Spiegel, dass sie vor Neugier und Neid zerfressen wird.

Was zum Teufel schwatzen wir da, wir, die Gelegenheitsausbrecherinnen mit der gesperrten Kohle, die Geheimnisvollen, mit ihrer Nadine, ihrer Freundin seit Ewigkeiten, der bald Entlassenen, gut Versorgten und Umgänglichen? Auf welchem Terrain haben wir uns getroffen?

Aber Gina wird sich nicht einmischen. Es wäre eine Kränkung für Nadine und sie selbst, etwas anderes als eine harmlose Plauderei darin zu sehen, um einen der letzten Nachmittage totzuschlagen; die letzten Tage sind die längsten. Und außerdem wird Nadine draußen ohne Ende mit Gina Belote spielen und schwatzen können, denn wenn sie sich am Tor treffen, werden sie für immer unzertrennlich sein; aber mit so schrägen Vögeln wie Maria und mir zu plaudern, wird sie nicht jeden Tag Gelegenheit haben. Also ... Gina beschließt, unser Trio aufmerksam und nachsichtig zu betrachten, wie eine Glucke Küken, die nicht die eigenen sind. Nadine verspricht, unter Vorbehalt; größte Vorsicht ist angebracht, die Wände haben Augen, zu diesen Wänden gehören Münder, und die Münder sind an den Hauptkanal angeschlossen, das Ohr von Gina. Da wir nicht wollen, dass Gina etwas von unseren Angelegenheiten erfährt, und Gina nicht will, dass wir von ihren wissen, teilt Nadine ihr Gedächtnis und schreibt sich jeden unserer Wünsche mit der gleichen Liebenswürdigkeit in den Kopf.

„Macht einen Entwurf und zeigt ihn mir“, sagt sie. „Wenn ich den Text in Ordnung finde, gebe ich euch ein Blatt Luftpostpapier, und ihr schreibt ihn eigenhändig ab ...“

Ich unterbreche: „Bis dahin ist alles in Ordnung. Aber wenn du erlaubst, dass ich meinen Teil der Arbeit übernehme, ich mag keine gebratenen Tauben, tu mir den Gefallen und lass mich den Umschlag schreiben.“

„Moment! Die Adresse packe ich mir in die Birne, das bläue ich mir alles ein. Wenn ich draußen bin, schreibe ich den Umschlag selbst mit der Maschine, nein, besser auf der eines Freundes. Viele wurden anhand der Schreibmaschine erwischt.“

Was soll man dagegen sagen? Aber ich korrigiere trotzdem: „Umschlag war nur so dahingesagt. ich meine den Postsack sozusagen. Mal sehn: Das Ding mit dem Kassiber im Dutt kannst du vergessen, die Wärterin lässt dich die Haare aufmachen. Außerdem hast du kurze Haare, schon klar. Woanders, äh ... Da ist schon besetzt.“

„Hä?“, macht Nadine.

„Ja, zieh nicht so ein Gesicht, Schätzchen! Ich kenne Ginas Kniffe ganz gut, und ich war auch schon Briefträger ... Aber ich werde nicht versuchen, diese Stellen für mich zu beschlagnahmen. Wir finden bestimmt ein anderes Versteck. Du weißt doch, die Direktion aufs Glatteis führen ist meine Spezialität.“

Maria kritzelt inzwischen schon ihren Entwurf. Wir arbeiten synchron. Plötzlich flüstere ich triumphierend: „Ich hab’s! Du hast doch bestimmt eine leere Niveatube?“

„Ja, aber ich habe keine neue bestellt, weil ich morgen weg bin; es reicht gerade noch, um mich heute Abend abzuschminken und morgen früh einzuschmieren. Ich werde sehen, dass ich noch einen Eimer Wasser kriege.“

„Steht es fest, dass dich die Chefin in die Entlassungszelle steckt? Sag ihr, dass du bei uns bleiben möchtest. Dass es nett wäre, ein kleiner Abschiedsabend, dass du ganz allein die Krise kriegst und so."

„Natürlich wäre das schön. Aber um die Entlassungszelle kommt man nur selten herum. Wenn man nicht gerade Dienst hat ... Wobei, nachdem ich ein, zwei Jährchen Dienstmädchen gespielt habe, ist es doch das Mindeste, dass ich eine kleine Vergünstigung bekomme, bevor man mich vor die Tür setzt."

„... ohne jede Rücksicht auf deine treuen Dienste! Ich denke, wenn dir Gina den Rücken stärkt, wird es die Chefin schon erlauben."

„Ich versuch's. Aber wenn sie mich trotzdem in den Bau setzt, wird sie mich bestimmt heute Abend durchsuchen, glaubst du nicht?"

„Doch, sie lässt dich das ganze Zeug runterbringen, die Post, die Klamotten, und du behältst nur das Allernotwendigste; manchmal bekommt man seine Zivilklamotten sogar erst am Tor. Dann musst du dich schnell anziehen, deine Kohle aus der Kanzlei holen, die Koffer sind fix und fertig im Flur, und hopp, bist du frei ..."

„Ich nehme euch alle mit, meine Liebsten!"

Wir seufzen ein bisschen, dann finden wir uns zwischen unseren vier verschimmelten Wänden wieder, in der schlechten Luft, die immer schlechter wird, je länger der Tag ist und wir zu zehnt darin atmen.

„Also, du behältst deine Toilettensachen, allein oder bei uns. Und weil du dich von dem Zeug nicht trennen darfst, bevor du bei einem Briefkasten bist ..."

„Apropos, und wenn ich versuche, ihn zwischen meine ganzen Briefe zu stecken? So viel Post, wie ich hier bekommen habe, wird sie sich nicht die Mühe machen, alles zu lesen oder alle gefütterten Umschläge zu kontrollieren."

„Nein", sage ich entschieden, „das ist schlecht, das ist alt wie Hiob. Job, Nil, Rizla+ ..."

„Du verscheißerst mich ... Entschuldigen Sie, meine Liebe, ich hab von nichts keine Ahnung, ich verabschiede mich ...“

„Ist das auf mich gemünzt? Ich rede doch nicht von Nivea, um dich zu veralbern: Ich schmiere mir alles auf die Haut, Milchcreme, Zitrone mit Astra ... Alles ganz natürlich. Nein. Gib mir die Tube, du kriegst sie in einer Viertelstunde zurück. Das ist alles.“

Nadine ist nicht auf den Kopf gefallen.

In aller Seelenruhe präpariere ich die Sonderverpackung.

„Geht es so? Lies!“

Marie hält mir ihr Liederheft vor die Nase, in das sie den Entwurf geschrieben hat; die Mädchen werden glauben, dass wir mit einfachen Worten handeln, *come prima* oder *Arrivederci.* Stirn an Stirn zeige ich ihn dann Nadine: „Geht das? Nicht zu lang?“

Einverstanden, mit dem Inhalt der Epistel und mit dem Gewicht.

Ich sause aufs Klo, breite mein kleines Schminkzeug auf dem Rand aus, öffne das Ende der Tube mit einer Haarnadel, schiebe den in Plastik gewickelten Brief hinein und verschließe sie wieder, beiße auf den Rand – igitt, das reizt die Zähne –, damit es wie eine normale Niveatube aussieht, harmlos und kein Wässerchen trübend.

Ich gehe mir die Pfoten entniveaen und der Botin die Tube zuschieben.

Wenn das alles Wirklichkeit wird, muss ich durch ganz Paris und die Banlieue rennen, um Nadine wiederzufinden und ihr das versprochene Steinchen zu übergeben. Das Steinchen, das ihr gefällt, unter all denen, die irgendwo in Frankreich darauf warten, dass man sie wieder in Umlauf bringt.

Kapitel XV

Allmählich trudeln die Schleimer wieder ein. Sie tragen dünne Anzüge und ihre braungebrannten Gesichter verraten die Sonne, in der sie gelegen haben, diese Drückeberger, weit weg von uns und unserem grauen Alltag. Lustlos fangen sie wieder an, auf der Suche nach Genehmigungen, Freilassungen und Akten durch Gerichtsgebäude und Richterbüros zu rennen. Mein Anwalt ist geschwätzig, das ist sein Beruf, aber wenn es ums Schreiben geht ... Seit Wochen warte ich auf seinen Besuch oder wenigstens eine negative Antwort auf meinen Besuchsantrag.

Die einzige, die mich nicht versetzt, ist die christliche Fürsorgerin.

Um ihr eine Freude zu machen, tue ich so, als litte ich unter metaphysischen Qualen, und umarme sie wie gutes ungesäuertes Brot.

Aber ungesäuertes Brot macht nicht satt.

Ich habe die Nase voll davon, mit geradem Rücken auf dem gespannten Seil zu tanzen: Am Ende knalle ich auf die Fresse. Wir spazieren mit dem Kopf in den Sternen der Eigenliebe, mit den Füßen balancierend auf dem straffen, gefährlichen Seil, und eines Morgens stößt du gegen einen Wassereimer oder auf eine Dose Nescafé.

An jenem Morgen bot mir die Fürsorgerin zwischen zwei Sätzen an: „wenn Sie Aufträge haben, im Rahmen der Vorschriften natürlich ...“

Also diktierte ich der Heiligen Frau meine Anweisungen, während ich mich zierte, ich würde nicht gern um etwas bitten, aber bei ihr sei es etwas anderes, sie sei wie meine Mutter und so weiter.

Sie muss gleich in die erstbeste Telefonzelle gestürzt sein – ich wage nicht anzunehmen in die erstbeste Kneipe – und den Schleimer angerufen haben. Befehlsform: „Kommen Sie sofort, Damien stirbt!" Vertrauensvoll warte ich: Herrgott, die Männer können mich doch nicht alle auf einmal im Stich lassen!

Anruf, unten: Das ist er. Nein, der Anwalt kommt nicht per Telefon.

Wieder Wüste. Eine Stunde vergeht. Wieder Klingeln: Die Türen weichen dem Gebimmel der Schlüssel, Gerenne ... Die Suppe natürlich. Mein Gott, was hat die Schwester nur gemacht? Kann sie vielleicht nicht telefonieren? Das hätte sie mir doch sagen müssen! Oder war der Anwalt vielleicht schon dabei, durch die Flure zu labern? Dabei hatte ich gesagt, sie solle zur Essenszeit anrufen, damit sie ihn auch sicher erwischt. Aber vielleicht hat er das Essen auch in den Fluren erledigt.

Die Tür geht auf: „Damien zum Anwalt!"

Ah! Ich wusste doch, dass er mir das nicht antun kann, mir, seiner kleinen Klientin in guten wie in schlechten Zeiten, seiner Getreuen, die ihm goldene Geschäfte verschafft; ich habe den Anwalt nie mit Versprechen bezahlt und entlöhne ihn nach seinen Verdiensten, davor oder danach. Denn es ist weiß Gott verdienstvoll, weiterhin eine so aussichtslose Sache wie meine zu vertreten. Aber heute werde ich die Rollen umdrehen: Ich werde den Anwalt bitten, mich zu alimentieren.

... Ich schließe sorgfältig die Tür der Loggia und schiele zur Wärterin. Sie ist in die Sichtung der Post versunken, was für ein Riesenberg, hoffentlich ist was für mich dabei. Ich greife an, noch bevor der Verteidiger dazu kommt, in meine Akte zu schauen, die berühmte Akte, an der jeder mit Bic, Rotstift und Schreibmaschine gearbeitet hat. Ich will sie nicht mal ansehen, diese Akte; davon wird mir schlecht.

„Ich mause Ihnen eine Gitane ..."

„Nur zu. Na, wie ist die Stimmung?"

Höflich antworte ich und erkundige mich, wie es ihm geht, dann: „Ich habe mir einen tollen Trick einfallen lassen: Sie werden mir unter die Arme greifen."

Ich habe schon oft das Kunststück fertiggebracht, meinem Anwalt die Sprache zu verschlagen; Überraschung, Empörung, Entsetzen – alles, was einem Tenor des Gerichtssaals ebenso wie jedem durchschnittlich redebegabten Wesen die Stimme rauben kann, habe ich meinem Schleimer zugemutet. Wobei gesagt werden muss, dass unsere Beziehung schon ein paar Jährchen alt ist. Heute Abend bringt er keinen Pieps mehr heraus: Er sitzt da hinter seiner dicken Brille und wartet darauf, welche Katze ich jetzt aus dem Sack lasse.

„Ja, da ich mein Bankkonto auf Ihrs überwiesen habe (übrigens, bedienen Sie sich für die Benzinkosten, wenn es nötig ist!), sind Sie gewissermaßen mein Gläubiger."

Als ich nämlich erfahren hatte, dass der Richter noch nicht über mein Konto Bescheid wusste, habe ich natürlich nicht gewartet, bis man mich freundlicherweise informiert, dass er endlich auch die paar Scheinchen beschlagnahmt hat, die meine Mutter mit einer Pünktlichkeit, über die ich immer wieder staune, jeden Monat in die Tresore der Bank schickt, der ich die Ehre erweise, ihr meine Zinsen anzuvertrauen.

Das Risiko war natürlich minimal: Meine Mutter ist keine Einbrecherin, und Vespasian kann sagen, was er will, ihr Geld stinkt, es stinkt nach der Witwenrente eines Offiziers, nach gutem bürgerlichem Geld, nach Frische. Allerdings schiebe ich zwischen die Überweisungen meiner

Mutter andere, weit größere, und die riechen kein bisschen nach gutem bürgerlichem Geld.

Die Renten, die Pensionen, die kleinen Sümmchen im Sekretär, die von drei, vier oder zehn Generationen vertrockneter oder fettiger Finger, adipöser oder fehlender Hälse verhunzten Juwelen, danke, Anke! Das stinkt, und das ist in den Zeitschriften der Antiquare aufgeführt. So schlecht verdientes Geld wollen wir nicht wieder in Umlauf bringen. Uns gefällt es, die Kohle in Bündeln oder Lastwagen zu stehlen, neue, knisternde Scheine in die Hände zu bekommen; wenn wir älter sind, streben wir vielleicht nach einer altersgerechten, ältlichen, öden Beute.

Vorläufig habe ich mit dem Appetit der Jugend einiges durchgebracht, jungen, gesunden Zaster, aber weil ich von Natur aus sparsam bin, habe ich die Krumen der Gelage aufgehoben. Mein Liebster mokierte sich bei jeder Überweisung: „Du wirst schon sehen, mit deinem Konto! An dem Tag, wo sie es erfahren, nehmen sie dir alles weg, und das ist richtig so. Ehrlich mal, ein Bankkonto!“

Ich lachte: „Du wirst alt, Schatz, du wirst misstrauisch und ein bisschen geizig; lass mich das Haushaltsgeld so ausgeben, wie es mir gefällt. Warum sollen wir uns die Mühe machen, alles mit uns rumzuschleppen, wenn es da gut aufgehoben ist? Abgesehen davon, dass wir ganz sicher unseren Kumpels aus der Klemme helfen, dir Autos kaufen und unzählige Drinks in unzähligen Nachtbars bezahlen, wenn wir es bei uns haben. Nein, Lieber, du gehst hart auf die Vierzig zu, wir müssen anfangen, ein bisschen was auf die Kante zu legen.“

Nach der angeordneten Sperre wollte ich nicht zweimal in dieselbe Falle tappen, ganz abgesehen davon, dass ich mich ziemlich geärgert hätte, wie jedes Mal, wenn Zizi Kassandra spielt und die Ereignisse ihm Recht geben. Also habe ich der Bank die Anweisung übermittelt, schnurstracks ein Scheckheft an den Schleimer zu schicken, ein nagelneues Scheckheft. (Am Anfang sieht so ein Scheckheft nett aus, später, weil man es von Tasche zu Tasche und von Schublade zu Handschuhfach schleppt, wird es bei mir bald zum Lumpen.) Und bei jedem Besuch des Schleimers füllte ich einen Scheck aus, der Junge holte sich die Kohle und rettete sie vor den Fängen des Finanzministers.

Am Ende blieb auf der Bank nur noch ein erbärmlicher Rest; wir hatten es in kleinen Etappen gemacht, hundert, zweihundert. Falls Kassierer oder Angestellte ein bisschen mit den Polypen kungelten, war es besser, sie nicht mit meinen Transaktionen scharfzumachen.

Mein Schleimer macht sich in die Hosen, aber er tut, was ich will; er mag mich gern, ich bin wohl eine Abwechslung von seiner üblichen Kundschaft. Immer diese Diebe, Mörder und anderen Verbrecher, das nervt ihn bestimmt. Ich bin zwar auch nicht ohne, aber das hindert mich nicht daran, ihn mit Zöpfchen und weißer Bluse zu empfangen oder seine Episteln mit Blumen zu verzieren.

„Meine Mutter unterstützt mich weiter, moralisch allerdings, wie Sie wissen. Am Ende lasse ich mich noch re-adoptieren, aber das dauert seine Zeit. Und um darüber brüten zu können, bräuchte ich viel Sonne; mit der Stunde Hofgang kann ich meine Batterien nicht aufladen, ich schaffe es nicht mal, bei Kräften zu bleiben, ich lebe auf Sparflamme. Ihr schreiben! Ich kann Ihnen sagen, manchmal habe ich kaum die Kraft, Ihnen zu schreiben. Und Sie kommen so selten zu mir ...“

Bei ihm spiele ich immer die vernachlässigte Geliebte.

„Und der Richter will nichts von einer anderen Wohltäterin als meiner Mutter wissen“, fahre ich fort. „Apropos, Sie hatten doch beim Richter die Erlaubnis für mich beantragt, Geldanweisungen von ihr zu erhalten, oder?“

„Ja, beim letzten Gerichtstermin.“

„Kontrolle ist besser. Bevor ich ihr schreibe (ich mache es in den nächsten Tagen, versprochen), wollte ich mich vergewissern, dass die Genehmigung auch wirklich ans Büro gegangen ist. Was glauben Sie? Nichts dergleichen ist in diesem Totenreich angekommen. Stellen Sie sich vor, wenn ich es unterlassen hätte nachzufragen und wenn meine Mutter eine Aufwallung von Zuneigung gehabt hätte, wäre sie mit dem Rest gesperrt worden, und ich hätte nichts davon gemerkt."

„Aber wenn man eine Geldanweisung für Sie sperrt, werden Sie doch informiert?", fragt der Anwalt.

„Nein, nicht immer!"

„Und warum geben Sie mir nicht Bescheid, wenn das passiert? Dann hätte ich beim Richter noch einmal ..."

„Da ich sowieso keine Kopeke von draußen bekomme, ist es zwecklos. Aber ich habe selbst einen Antrag beim Richter gestellt, und diesmal ist die Genehmigung angekommen."

„Ist darin der Name Ihrer Mutter angegeben?"

„Leider! Wenn er ‚Absender' geschrieben hätte! Aber da steht ‚ausschließlich von der Mutter', Sie können sich vorstellen, wie oft ich das gelesen habe, bevor ich unterschrieben habe. Deshalb ... Oh, Maître, Sie werden so freundlich sein, nicht wahr?"

„Was meinen Sie? Ich verstehe Sie nicht. Ach so! Sie wollen, dass ich noch einmal Ihrer Mutter schreibe? Aber Sie wissen doch, dass sie mir nie geantwortet hat, dabei haben Sie mich doch weiß Gott immer wieder und in allen Tonlagen schreiben lassen."

„Nein, nein, es geht nicht darum, meine Mutter reinzuziehen, im Gegenteil, sie darf auf gar keinen Fall davon erfahren. Aber sie lebt am anderen Ende Frankreichs, und Paris ist groß ... Sie werden es machen, werden in Paris in irgendeine Post gehen und mir von dort aus eine Anweisung schicken, von dem, was ich bei Ihnen angelegt habe. Die Höhe können Sie selbst festlegen."

„Ich würde lieber kleinere Beträge wählen ... Aber, na ja, ich weiß nicht, ob ich ..."

„Doch, doch, Sie dürfen. Für so eine Fälschung gibt es höchstens drei Jahre. Außerdem nehme ich alles auf mich. Sie müssen nur ‚Mutter' ins Absenderfeld schreiben und ..."

„Und wenn es überprüft wird?", unterbricht mich der Anwalt entsetzt.

„Hat meine Mutter nicht das Recht, eine kleine Reise in die Hauptstadt zu machen? Im Moment ist sie auch gerade auf Achse, ich glaube, in Italien. Die Polypen würden vor verschlossener Tür stehen. Aber glauben Sie ernsthaft, dass der Richter für so eine Lappalie einen Untersuchungsrichter losschickt? Und selbst wenn ... es ist, wie gesagt, niemand da, um aufzumachen, und bis zu ihrer Rückkehr aus den Ferien werde ich es schon geschafft haben, mich tatsächlich von meiner Mutter unterstützen zu lassen."

Der Anwalt lacht, ich merke, dass ich ihn erobert habe.

Wir trennen uns mit einem Shakehands, das eine Art Versprechen von seiner Hand in meine übermittelt.

Ein paar Tage später erhalte ich eine Geldanweisung.

Ich kann mein Geheimnis nicht verschweigen, die Freude sprengt meine Kehle, was für ein Herzchen, dieser Anwalt! Lachend und weinend erzähle ich im Tagesraum, dass meine Mutter mich endlich wieder in Gnade aufgenommen hat, dass sie die Liebste ist, und wenn sie manchmal etwas streng war, war es zu meinem Besten; seht ihr, sie nimmt mich wieder in ihrem Herzen auf, Schwamm drüber.

„Maria, meine Liebe, machst du Wasser heiß? Ich lade alle zum Nes ein. Jetzt ist Schluss mit den Papierhüten, Schluss mit dem Elend. Ach, meine Süßen, heben wir unsere Becher, mit Kaffee stößt man nicht an, aber das macht nichts, meine Mutter hat einen Toast verdient."

Kapitel XVI

Inmitten einer reduzierten, aber für mich immer noch ziemlich zahlreichen Besatzung setze ich meine Einsamkeit fort.

Du hattest recht, mein Herz, man ist immer allein. Aber bisher hinderten mich die Fesseln des Elends und der erzwungenen Anwesenheit daran, diese Bande ohne Substanz, das Geschwätz ohne Ziel und Grund abzuschütteln. Irrsinn, Verzweiflung, Gleichgültigkeit - ich stürze mich nicht mehr in diese bestirnten Abgründe! Bald bin ich allein.

Eine nach der anderen gehen die Mädchen, mit denen ich mich verstanden habe: Mado, Nadine, Mona ... Mona hat eines Nachmittags einen brutalen und eiligen Befehl erhalten: Packen Sie zusammen, Sie werden verlegt. Wir holten den großen Karton aus dem Regal, nicht den kleinen Schminkkoffer, der dich Tag und Nacht begleitet, den anderen, mit mehr Platz, in dem die Pullover und alle möglichen Reserven verstaut sind. Jede stürzte sich auf den eigenen, um irgendetwas als Geschenk für Mona zu suchen. Sie hatte die Aura des Langzeitvollzugs, kassierte Wäsche, Seife, Strümpfe, es regnete in ihren Karton: „Nimm das, Schätzchen, zur Erinnerung an mich. Das kannst du dort gebrauchen." Und in der Eile des Exodus verschwand Mona mit meinen Schuhen an den Füßen und einem Teil meiner Spangen im Haarknoten. Eine Mona, die barfuß und mit offenem Haar ihrem Schicksal entgegengeht, wäre zu herzzerreißend gewesen: Ich verlangte nichts zurück.

Hurtig, hurtig, schnell ein paar Küsschen, und die Tür schloss sich; adieu, adieu, Mona, ich vergesse nie ... Nein, Mona ist weg, Mona ist vergessen.

Gina wird bald verurteilt, Maria auch; sie ist nicht abgehauen. Und ein Haufen anderer wartet in allen Knästen Frankreichs, dass die Herren Richter sich an sie erinnern.

Warten.

Im Knast werden aus endlosen Tagen Wochen wie Blitze und Monate wie ein Windhauch. Und die ganze Wartezeit verschwindet, ohne Spuren zu hinterlassen, kaum ein paar graue Bilder und kurze Szenen im Schädel: die Bürde des Chronos.

Schon brauchen wir Licht, um im Schlafsaal zu lesen, erst recht wenn die Wärterin die Zeit für die Abendrunde vergisst! Aber wir haben die Funzel ja gewollt, da wäre es unlogisch, an die Tür zu schlagen oder den Schuh an die Decke zu werfen, um das Ausschalten zu beschleunigen oder die Glühlampe einfach zu zerdeppern. Nein, wenn die Birne diskret abschaltet, ist es besser, sich das Laken über die Augen zu ziehen und sich darunter einen kleinen Vorschuss Dunkelheit anzulegen. Wenn das Klicken des Schalters und die Schritte der Wärterin einen endlich an die Oberfläche zurückkehren lassen, um einen ordentlichen Zug Luft zu nehmen, stellt man mit begeistertem Staunen fest, dass diese Luft ganz schwarz und frisch ist, eine Schale voller Nacht, ohne Überreste von Abenddämmerung im Schlepptau.

Was für ein Seufzer! Ganz langsam nähern wir uns wieder dem Winter, o ja, schon.

Der Kaffee, die gezeichneten Blumen, die Toilette ... das Geschirr ...

„Wer macht heute den Abwasch? Nicht alle auf einmal!"

Die einzige Spannung bleibt der Einkauf. Die Fürstlichen füllen vor aller Augen ihre Bestellscheine aus und kommentieren sie laut: „Mal sehn, was nehmen wir denn für Donnerstag? Da gibt es Käse, den mag ich nicht."

„Es gibt auch Eier und Butter. Wolltest du Butter?"

„Nein. Die schmilzt zu schnell. Draußen ja, aber hier ist Margarine genauso gut. Ehrlich, nicht mal eine armselige Behelfsbutterdose!"

„Ich lege sie in eine Plastikschüssel mit Wasser."

„Igitt, dann muss man ja das Wasser jeden Tag wechseln – zu anstrengend", sagt Gina. „Außerdem ... wie überhaupt, in eine Plastikschüssel? Wo ..."

„Ich habe sie vom letzten Knast mitgebracht, sie haben sie mir gelassen, klar, ich hatte sie ja dort gekauft, ich darf alles behalten, was aus dem Knasteinkauf kommt, auch wenn es hier nicht verkauft wird. Die Schüssel ..."

Jetzt wird Gina richtig munter, ihre Augen funkeln: „Deine Schüssel gefällt mir. Schenkst du sie mir?"

Die Schale ist wirklich wunderhübsch, schwarzglänzendes Plastik außen, mattes Grün innen. Die unzähligen Kawas, die die Besitzerin daraus getrunken hat, haben einen rissigen Belag hinterlassen, so dass sie auch frisch gewaschen ziemlich widerlich aussieht, kurz, sie hat eine besondere Note.

„Ich geb dir dafür, was du willst, Essen, Kippen, sag an!"

„Meine Schüssel verkaufen? Niemals. Ich möchte sie als Erinnerung mit nach draußen nehmen. Höchstens ... Hast du Nescafé auf Vorrat?"

„O là là! Was höre ich da? Meine Geldanweisung lässt auf sich warten und ... nein, meine Nesreserve behalte ich. Verlang von mir, was du willst, Schätzchen, aber Nes, unmöglich."

„Deswegen dränge ich auch nicht darauf. Außerdem hatte ich gar keine Lust, meine Schüssel zu verkaufen, ich wollte dir nur eine Freude machen, weil ich gesehen habe, dass du sie gern hättest."

„Na, na, meine Liebe, jetzt übertreibst du aber. Du kannst deine vergammelte Schale wieder einpacken, und du wirst erleben, dass Gina vor niemandem auf die Knie fällt. Eine Schüssel, pah! Wenn ich will, lass ich mir die gleiche morgen vom Buchhalter für besondere Ausgaben kaufen."

Das Schärfste ist, dass Gina am nächsten Tag den Antrag stellte und das Objekt ihrer Begierde erhielt.

An ihrer Stelle hätte ich das wie die anderen Pläne in der Schwebe gehalten. Aber wenn es ihr gefällt, aus ihrem Frühstück eine Tupperparty zu machen, sich einen widerlichen Nes mit Zelluloserückständen zu gönnen und in der Masse unterzugehen, indem sie aus dem gleichen Pott trinkt wie die erstbeste hierher Überstellte, ist das für mich gar kein Problem. Entscheidend ist, Nes zu trinken.

Jetzt, wo ich reich bin, lasse ich die einzige daran teilhaben, die mir während meiner langen Durststrecke geholfen hat: Maria. Nun, am Monatsende, kann ich ihr zwar ein paar Netze machen und ihre Briefe frankieren, aber um einkaufen zu können, muss sie den Rechnungsabschluss abwarten.

Fast alle sind so pleite. Das Einkaufstablett, das jeden Morgen aufersteht, ist heute ziemlich leicht: zwei Tüten Bonbons.

„Maria!", sagte die Diensthabende. „Für dich. Das ist alles. Auf Wiedersehen, meine Damen."

Wie? Aber du hattest doch kein Geld mehr, Maria! Ich führe die Konten, ich tue für dich, was ich kann, und du trickst! Maria schreibt Bestellungen, von denen ich nichts weiß, sicher abends, in ihrem stinkenden Schlafsaal; wer weiß, ob sie nicht schmuggelt, um sich abends unter den Laken den Bauch vollzuschlagen, während wir zusammen Kohldampf schieben? Ich war so was von blind! Gemeinsamer Schrank, Netze auf dein Konto und alles. Plötzlich springen mir tausend Kleinigkeiten in die Gucker, während ich tue, als würde ich Maria nicht ansehen: ja, die kleinen Unreinheiten im Teint, sicher von einer schlechten Leberfunktion, Leber, Bonbons, alles passt; diese Ich-mach-nicht-schlapp-Haltung ist vielleicht nur der Hinweis auf eine von Glukose verwöhnte Moral, das ... puh! Das macht mich fertig.

Aber es kann doch nicht sein, dass ich so total falsch gelegen habe: Maria ist meine Freundin, sie wird mich erlösen, alles wird sich in einem großen Lachen aufklären.

„Ein Bonbon, Schätzchen?"

Ohne danke zu sagen, Gesicht zur Faust geballt, nehme ich das Bonbon, das Maria mir hinhält. Ehrlich, sie weiß es noch, die kleine Zicke: Ich habe am liebsten Kirsche. Jetzt will sie mich also einwickeln! Schlimmer als Kinder, diese Knackis, alles dreht sich um Süßkram, nein, wirklich, das ist doch nicht wahr, in unserem Alter!

Einwickeln und überheblich tun. Außerdem spielt sie sich auf! Anstatt einen auf große Dame zu machen und ihre Tüte rumgehen zu lassen, sollte sie sich lieber einen Bic auf Vorrat zulegen.

Hintergrundgeräusch: Papierrascheln, Bonbonlutschen, Bonbonbeißen. Nur die für den richtigen Mund aufbewahrten Bonbons machen keinen Krach. Bande von Naschmäulern, hört das denn nie auf?

„Oh! Was ist denn das?"

Die kleine Mauricette hat gerufen. Sie hechelt, ist knallrot und zeigt auf ihre Handfläche, wo sich ein winzig zusammengefalteter Zettel mit Bonbonstücken und etwas Spucke mischt.

„Ich wickle mein Bonbon aus und fang an zu lutschen, ohne mir was zu denken, und was finde ich ..."

„O là là, diese Göre, einfach bescheuert!", schreit Gina, die Mauricettes Erziehung übernommen hat und das Kind mit der ihr eigenen Impulsivität zehnmal am Tag zur Adoption freigibt: „So was von leichtsinnig! Kannst du nicht aufpassen, was du tust?"

„Aber er war im Bonbon“, jammert Mauricette.

Mit etwas sanfterer Stimme fährt Gina fort: „Du bist wahrlich nicht die hellste! Natürlich ist es nicht deine Schuld, wenn du einen Kassiber findest, aber du musst es nicht rausposaunen. Nicht heulen, Dummchen! Zeig den Zettel her. Scheiße, Maria, das ist für dich! Stimmt, das waren ja deine Bonbons. Hier, deine Angelegenheiten gehen nur dich etwas an ...“

Maria gibt Mauricette ein neues Bonbon und nimmt den Kassiber, den sie auseinanderfaltet und schweigend liest; dann steckt sie ihn wortlos in ihren Büstenhalter. Stille legt sich über den Tagesraum. Darauf kannst du warten: Sobald eine von uns etwas irgendwie Überraschendes macht, sobald sie einen Brief bekommt, ohne den Inhalt hinauszuposaunen, ihn allen vorzulesen, als hätten wir dieselben Eltern, dieselben Freunde und dieselben Verfahren, folgt unweigerlich ein peinliches Schweigen. Dann ruft eine Mutige: „Wie wär’s mit einer Runde Belote, Mädels?“ oder: „In diesem verfluchten Raum friert man sich wirklich alles ab!“ Das muntert die Traurigsten auf. Oder man zieht fröstelnd die wärmsten Anstaltskutten um sich zusammen, und die Worte, die diesem Schweigen folgen, sind ebenso verlegen: Man fühlt sich schuldig.

Wenn man sein Ding in Freiheit abgezogen hat und eben da bleibt, kann man sich einreden, nichts getan zu haben, ist es einfach, unschuldig zu sein. Aber im Knast hat dich das Schuldgefühl schnell vereinnahmt, selbst wenn du mit reinem Strafregister und reiner Seele angekommen bist. Du atmest das Schuldgefühl in vollen Zügen, es quillt aus den Mauern, es lauert in jeder Ecke; wie der Dreck hat sich auch das Schuldgefühl seit Generationen angesammelt: Wie kann man hier nicht schuldig sein?

Es gehört sich unter Knackis nicht, zu behaupten, man sei unschuldig – komm, schon klar, du bist hier, weil du einer armen Seele zwei Sous geschenkt hast und die Münze gefälscht war. Es gehört sich auch nicht, gebildet, gut angezogen, optimistisch zu sein. Dafür gehört es sich, über Blutarmut und Verstopfung zu klagen, im Durchschnitt zweimal am Tag zu sagen, ich habe die Schnauze voll, und sich selbst zu heilen, indem man verkündet, man werde bald krepieren in diesem Knast.

Ich habe noch Nes für zwei Gläser: „Soll ich gehen, oder bist du dran?“

Maria gibt nach und greift nach dem schwarzen Napf und den Zeitungen für das Feuer, aber ohne ihr Schweigen zu brechen. Vor der Klotür, die sich hinter Maria, der Geheimnisvollen, geschlossen hat, stellt der ganze Tagesraum Vermutungen an; wir sprechen zwar nicht darüber, aber ich spüre, dass der Grips, über den meine kleinen Schwestern verfügen, woanders ist, nicht weit weg, o nein! Einfach und mit allem Anstand in Marias Büstenhalter.

Ich lasse die offizielle Post, die Suppe, den Hofgang verstreichen; als es Zeit wird, hochzugehen, halte ich es nicht mehr aus und riskiere ein schüchternes „Und du willst mich wirklich nicht einweihen?“

Aber ich bekomme als Antwort nur eine vage Ablehnung, eins dieser ausweichenden „nein, nein“, die einen nachdrücklicher vor die Tür setzen als ein Tritt in den Hintern.

Ich beharre nicht; morgen oder übermorgen werde ich Bescheid wissen, mir doch egal. Entweder wir versöhnen uns, und dann bedeutet die Schweigepause nichts, oder das Schweigen wird endlos, und dann verlasse ich mich auf nichts und auf niemanden mehr, nicht mal mehr auf die Zeit.

Maria!

„... Verzeih mir, Anick. Aber bevor ich mit dir reden konnte, musste ich mich fassen, sicher sein, dass ich nicht anfange dich anzuschreien.“

„Aber warum? Was habe ich denn mit deinem Kassiber zu tun?“

Taumel: Zizi ist abgehauen, er wurde freigelassen, er hat mir durch einen Freigänger geschrieben, er ... Ich bin verrückt, der Kassiber war nicht für mich.

Gut, dann wurde er hierher verlegt, er hat Maria geschrieben, der einzigen, die eingekauft hat, aber nein, er kennt Maria gar nicht.

Wie die Gedanken in meinem Schädel rasen!

„Es war die Antwort auf unseren Brief“, sagt Maria.

„Wie?“

„Ja, der Brief, den wir Nadine mitgegeben haben, in dem ich um neue Klingen gebeten hatte. Als ich ihn gelesen habe, dachte ich im ersten Moment, ich spinne, ich dachte, Nadine hat völlig versagt, oder du, kurz und gut, ich bin durchgedreht. Aber Quatsch, wir haben einfach kein Glück, das ist alles ...“

„Er will nicht ... Aber was hat das mit dem Kassiber zu tun? Wer hat ihn geschrieben?“

„Er selbst ... Er ist auf der anderen Seite, bei den Männern, seit einer Woche.“

Kapitel XVII

Sie treiben mich zum Verbrechen, das haben sie dann davon!

Ich ertappe mich dabei, vor mich hin zu murmeln wie Fatima, und nachts knirsche ich angeblich mit den Zähnen. Komm schon, Anick, hör auf zu schimpfen, ja, du kannst Fatima nachahmen, aber nicht ihr Gemecker, sondern ihre starke Seite.

Ich haue ab, aber nicht nach Fresnes, Ärzte haben schon genug an mir rumgeschnippelt. Ergebnis: Trotz der Nähte, von denen mein Körper voll ist, trotz niedergeschlagener Miene und Gejammer haben die Gutachter festgelegt, dass dieses Erholungsheim das ist, was ich brauche. Fatima nachahmen? Nicht mal das; ihr haben sie gesagt: „Packen Sie Ihre Sachen", ich lasse alles zurück, was überflüssig ist und fliege mit meinem Kleiderschrank im Kopf davon. Darin ist alles fein aufgehängt, gebügelt und mit Mottenpulver besprüht.

Aber noch bevor ich ernsthaft daran gedacht habe, abzuhauen, hat sich die Erfahrung abgemüht, mir begreiflich zu machen, dass man einen Ausbruch, wie alle wichtigen Dinge, in der Einsamkeit oder gar nicht macht. Wenn ich dieses Gebot übertrete, wird mein Weg immer von losen Zungen und spähenden Augen versperrt sein.

Nehmen wir an, Maria, weil ich für dich immer neue Pläne entworfen habe, hätte ich eingewilligt, mit dir ein echtes Abenteuer zu wagen, die Neugier hätte mich mit Fußtritten zum Handeln getrieben, ich hätte vergessen, leugnen wollen, dass wir allein sind, ganz allein, jede von uns, du mit deinem Kind, ich mit meinem Liebsten; dann säße ich zu dieser Stunde vielleicht im Bau, um meine neunzig Tage abzusitzen und mich mit deinem Tod anzufreunden. Und ob! Du hättest geschwankt, da oben auf der Mauer, du hättest gezögert zu springen, und ich hätte dich gestoßen, um selbst loszufliegen.

Ich kann mir die Gewissensbisse sparen, ich bin nochmal davongekommen, davongekommen, nochmal, selbst die Wörter stoßen mich so heftig, wie ich dich gestoßen hätte.

Ich steige aus dem Spiel aus und bleibe darin gefangen; ich mache mich davon, einfach, weil ich nichts anderes mehr tun kann. Ich kenne weder den Tag noch die Stunde, aber ich weiß, dass sie näherkommen, Tag für Tag, Stunde für Stunde.

Bestenfalls kann ich hoffen, diese Tage vor Gericht zu verbringen und wegen der Geschichte mit den Transistorradios gleich nach der Elftagesfrist für den Widerspruch verlegt zu werden; hier sind die Betten immer knapp.

In dieser Minute, da ich aus der Anwaltsloggia zurückkomme und mich wie rasend in der Koje drehe und herumwerfe, so wütend hat mich das Gespräch gemacht, sage ich mir, wenn der Schleimer kommt, um mir nichts mitzuteilen, sollte er besser in seinem Flur bleiben. Ich hatte zwei Wochen auf ihn gewartet, genauso gut hätte ich auf das Urteil warten können, auf die Entlassung und auf den Tod.

„Nein, ich schwöre euch, das ist eine verdammte Bande von Mistkerlen ..."

Ich quassle mit zusammengepressten Zähnen, während ich zwischen Toilettentisch und Schrank hin und her laufe, gegen die Rücken der Mädchen auf der Bank stoße, Hindernissen wie Papier und Obstschalen wütende Fußtritte versetze – sie verstellen mir bergeweise den Weg, heute ist Freitag, und damit wir fürs Großreinemachen morgen etwas zu tun haben, wurde seit drei Tagen nicht mehr gefegt.

Meistens rühre ich mich nur vom Fleck, um den Wischlappen zu benutzen oder um mit den anderen zur Suppe oder zum Hofgang nach unten zu gehen. Zum Anwalt ... nein, lasst mich mit dem in Ruhe. Heute Abend rühre ich mich, ich bin in Aufruhr.

„Alle gleich", fluche ich und lasse die Streichholzschachtel unter den Speiseschrank segeln, „alle!"

Mein Theater beginnt sie zu rühren; sie denken bestimmt, ich habe sie schön reingelegt mit meiner Gehbehinderung, und dass mir, wenn ich den Anwalt verfluche und Zeug unter die Möbel schieße, weder der Hals noch der Fuß wehtun.

„Sag mal, Anick", wagt sich Aliette vor, „stimmt was nicht? Hast du schlechte Neuigkeiten von deinem Anwalt bekommen?"

Ich durchschaue dich, Aliette, du große Fischesserin: Du wickelst mich ein, damit ich dir meinen Anteil gebe. Du ziehst mich runter, damit ich nicht esse, du willst, dass ich dir von den Schweinereien der Gesellschaft erzähle, bis ich außerstande bin, auch nur das kleinste Stückchen Fischiges zu schlucken, das von derselben Gesellschaft zubereitet wurde. Kommen wir ihr zuvor: „Aliette, du kannst heute Abend meinen Fisch haben, die Kartoffeln auch, alles. Mir ist schlecht."

„Aber Liebes, was isst du denn dann? Mach dich nicht so fertig, du wirst sehen, wenn du ein bisschen Phosphor zu dir genommen hast, geht es dir besser, dann sprühst du Funken."

„Du hast es gesagt, ich werde diesem unseligen Anwalt einen vergifteten Schrieb aufsetzen. Du hast recht, lasst uns fressen, Schwestern, wir wissen nicht, wer uns fressen wird. Ich hole mir gleich meinen Teller, siehst du, damit ich zu den Ersten gehöre."

Das löst ein mörderisches Gedränge um den Geschirrstapel aus: „Das ist mein Messer“, „Wer hat meine Schüssel gesehen, bitte? Mit A. L. gekennzeichnet. Wer hat sich meine Schüssel gekrallt?“

Ich presse meinen Napf ans Herz und erkläre: „Stell dir das vor! Er hat einfach vergessen, meine Akte mitzubringen! Ich frage mich, warum er eine Aktentasche mit sich herumschleppt: Heute war sie leer, meine Güte, platt wie eine Flunder!“

„Hat er dir wenigstens das Datum für das Urteil gesagt?“

„Er hat seine Vorladung bekommen, hat er gesagt: in ein paar Tagen. Aber weil er mit dem Kopf in der Cafeteria war, hatte er die Vorladung in der Akte vergessen; jetzt ist er wohl gerade dabei, in den Papieren auf seinem Schreibtisch zu wühlen, um die Vorladung wiederzufinden. Ich habe ihm gesagt: ‚Bestätigen Sie mir das Datum schriftlich‘, aber heute ist Freitag, vor nächster Woche krieg ich gar nichts, davon kannst du ausgehen. Der gnädige Herr und sein Wochenende!“

Geschrei. Wenn alle gleichzeitig reden, flüchte ich in meinen Kreis der Stille; ich bin das Zentrum, die Tangenten streifen mich, ohne mich zu durchbohren, boshafte, spöttische, egoistische Tangenten. Ich lade in meinen Kreis ein, wen ich mag; Maria darf jederzeit herein, ihr sanfter Blick durchbohrt meine Einsamkeit.

Sie schreien, weil irgendwem irgendwas fehlt. Manchmal schnellt ein Mädchen hoch wie eine Feder, springt vom Schrank mit den Kartons zum Geschirrtisch und stellt alles im Raum auf den Kopf, bis wir sie ansprechen: „Hast du was vergessen, Schätzchen?“ Sie hatte nur darauf gewartet und explodiert: „Ich wurde bestohlen! Mein ...“

Es folgt die Beschreibung des Gegenstands, die Drohung, der Schuldigen die Flosse abzuschneiden, eine Durchsuchung zu beantragen ... Danach kommt meistens eine genauere Suche, ein gerührtes Wiedersehen und allgemeine Verlegenheit: Es war nicht lustig, zu wissen, dass die Diebin da, unter uns sein sollte, aber es ist ebenso beängstigend zu erfahren, dass es eine Phantomdiebin war. Und das Opfer gibt etwas aus, um sich nicht als misstrauisches Dreckstück beschimpfen und behandeln zu lassen.

Mit vermeintlicher Unbekümmertheit liegen Zigarettenschachteln und Nes-Dosen auf dem Tisch, für alle greifbar; aber die Besitzerin überwacht aus dem Augenwinkel ständig die Anordnung ihrer Kippen, ihres Kawa, ihrer Netze, überprüft jeden Morgen den Inhalt ihres Kartons, als würde sie etwas Wichtiges darin suchen.

Wenn ich jemandem Zigarettenschachteln abgeluchst habe, war es immer im Gegenzug für irgendwas; im Knast raubt der Räuber nicht. Ich bin die Andere, ich bin Damien, die Diensteifrige, die brutale Gedanken hinter einem freundlichen Lächeln zerquetscht. Ich arbeite bereitwilliger für die Gemeinschaft als für die Direktion und den Netzehersteller: Ich schneide Spielkarten aus Gitane-Schachteln, ich wasche ab, wenn niemand den Eimer mit warmem Wasser sehen will, der in einer Ecke dampft und den ich übrigens oft aus der Waschküche hochbringe.

„Bring mal den Eimer hoch, Schätzchen, wir haben keinen sauberen Teller mehr fürs Mittagessen, ich hole Wasser."

Oder die sanfte Maria kommt die Treppe hoch, eine Schüssel in jeder Hand, mit geradem Rücken, so dass sie der Justitia in der landläufigen Bildsprache gleicht, das Gewicht des Seifenwassers ausgeglichen mit dem Gewicht der eingeweichten Slips.

Während ich mich anstrenge, um ihnen zu dienen, vergessen mich die Weiber und zerbrechen sich nicht länger den kleinen Kopf darüber, was ich bin. Ich denke, aber ich wische.

Ich möchte nicht mehr sprechen, ich möchte nicht mehr grübeln; ich lasse die Tage sich entblättern wie die Blüten, die ich auf die kleinen Tüchlein dieser Damen sticke, und ich lasse mich von ihren Nadeln stechen. Bald erlebe ich das Ende von all dem: Ich werde verurteilt, mein Liebster hat alles getan, um mich zu entlasten, die Anwälte werden in ihrem Plädoyer die sentimentale Masche fahren. Ich stelle mir ihre Stimmen vor, wenn sie mit Unterstützung ihrer durch die Luft fliegenden schwarzen Ärmel ein fiktives Ich skizzieren, eine arme kleine Gaunerfrau wie alle anderen: Ja, natürlich geht er nachts weg, aber ich weiß nicht, wohin er geht, ich wärme die Pantoffeln und den Kaffee, wissen Sie, meine Herren, weil ich ihn liiieeebe.

Ich kichere, und die Mädchen zucken ratlos mit den Schultern: Die Arme dreht völlig durch, jetzt amüsiert sie sich schon ganz allein! Entlassung oder winzige sechs Monate ...

Maria wird im Januar vor Gericht stehen, sie wird vielleicht, nein, warum vielleicht, sie wird sicher Bewährung bekommen; wir treffen uns wieder und machen zusammen schöne Reisen, während wir darauf warten, unsere Liebsten vor der Tür in Empfang zu nehmen, denn auch für sie kommt dieser Tag täglich ein bisschen näher. Während ich am Steuer sitze, wird Maria neben mir ihren Sohn wiegen; für ihn wird das Handschuhfach voller Bonbons sein. Italien, die kleinen Schuhe, die man dort macht, so hübsch, und was man tun muss, um sie zu bezahlen ... Psst, Unverbesserliche!

Das kommt, das kommt ... Die Zeit ist ohne Bedeutung; ich bin gerade zwanzig oder dreißig, ich spüre, wie mein Herz ganz leise arbeitet.

Ich sehe, wie sich das Wasser über dem Wrack des Fluchtschiffes schließt, und ruhe mich aus, schließe die Augen in der Sonne, während ich darauf warte, aufzuspringen und mit nackten Füßen ins Wasser zu rennen.

Zweiter Teil

Kapitel I

„O là là, ich bin im Koma!"

Ich werde Mado, die Zigeunerin, nicht mehr jammern hören. Heute habe ich den Bau gewechselt, heute bin ich im Koma.

Die Wärterin war nett: Anstatt mich meine Sachen heute früh fünf Minuten vor Ankunft des Autos zusammenraffen zu lassen, hat sie mein Herz und mein Bündel schon gestern Abend vorbereitet.

Ich bin sehr, sehr erschöpft; es gab kein Auto, die Eskorte hat mich im Sturmschritt zum Bahnhof gehetzt. Zug mit reserviertem Abteil; Paris, Bullenkutsche von einem Bahnhof zum anderen, wieder Zug, wieder Kutsche ... puh!

Aber ich wurde direktemang hier abgegeben: „Ihren Untersuchungsrichter sehen? Warum? Zu dieser Zeit isst er wahrscheinlich zu Mittag und ... ich muss auch gleich weg, meine Frau fragt sich wohl schon, wo ich bleibe. Gut, Mademoiselle ... oder Madame?"

Ich seufze: „Nach Belieben. Wenn Sie die Lebensgemeinschaft akzeptieren ..."

„Steigen Sie ein, wir bringen Sie in den Vollzug. Wenn Sie Ihren Richter sehen müssen, holen wir Sie nachher wieder ab. Im Moment habe wir keine andere Anweisung."

Ganz Insiderin, bin ich leichtfüßig eingestiegen, habe meinen vom Aufenthalt in der Kleiderkammer plattgedrückten Pelz so gut es ging um mich drapiert, meinen Pony im Rückspiegel zurechtgezogen, und wieder geht's los.

Da sind wir.

Da ist das neue Gefängnis, an dem nichts neu ist unter dem grauen Himmel. Der Chef ist nicht da, der diensthabende Wärter schludert meinen Zivilstand hin und drückt meinen Zeigefinger auf die fettige Tinte, dann lässt er ihn auf dem Haftregister abrollen; er wechselt ein „Guten Appetit" – „Danke, dir auch" mit meinen Schutzengeln, die in den Sesseln ausruhen und die Stelzen auf dem Büroteppich ausstrecken; sie übergeben den Umschlag mit meinem Zaster, zählen nochmal nach, lassen mich unterschreiben; schließlich machen sich alle davon, der Wärter wirft mich aus der Kanzlei, und da stehe ich, in der einsamen Stille des nach gebratenem Fett riechenden Flurs, zwischen meinen Koffern. Der Wärter steht auf der Vortreppe und ruft die Wärterin: Es ist die Zeit der Liebe, und ich weiß nicht, ob mein Liebster schon hier ist oder noch auf seine Verlegung warten muss. Ich hatte so gehofft, wir würden die Reise zusammen machen! Aber nein, sie scheuen keine Transportkosten, machen zwei Fuhren, schicken zwei Eskorten mit: Hauptsache, wir können uns nicht sehen.

Da ist die blaue Bluse der Wärterin. Schnell, ich bin sehr müde, und von hier bis zur Zelle sind es noch Kilometer von Formalitäten.

„Woher kommen Sie?"

Na, woher werde ich wohl kommen, Madame, wenn nicht aus einem Gefängnis?

Ich antworte, dass das unwichtig ist und dass ich als Angeklagte in dieses Etablissement komme. Die Zelle, die Zelle ... Die Koffer fallen mir aus den Händen, während ich zum ... o là! Es wird nicht besser: Unsanft schiebt man mich ins Untersuchungszimmer. Durch meine Betäubung sehe ich einen „Steigen Sie rauf"-Tisch, lackierte Wandschränke, ein Waschbecken mit Seifenwürfel und Handtuch; nein, das ist nicht wahr! ... Sie werden mir nicht das Speculum zumuten, einfach so, direkt von einem anderen Knast und ohne mir Zeit zu lassen, mich zu waschen ... Die Dame verstärkt meine Fassungslosigkeit, indem sie mir befiehlt, mich auszuziehen, und da ich sie sprachlos ansehe, wiederholt sie: „Ziehen Sie sich aus, ich werde Sie durchsuchen. Sie tun, als wüssten Sie nicht Bescheid! Wurden Sie dort nicht durchsucht?"

„Doch, eben deshalb, warum dann jetzt schon wieder?"

„Das ist die Vorschrift. Los, zie..."

Sie hat anscheinend eine Schallplatte verschluckt. Ich frage treuherzig: „Ganz nackt, Madame?"

„Ja, nackt."

Von diesem „nackt" bekomme ich Gänsehaut. Dieser Pseudo-Umkleideraum ist nicht geheizt, und ich schlottere trotz des Tierfells. Und jetzt alles aus! Ich denke an die Yogis, die im tibetischen Schnee sitzen, ich hole tief Luft und tauche ab. Striptease, mit abwartenden Pausen zwischen jeder Schicht: „Die Strümpfe auch, los."

Ach ja, zwischen Strumpf und Fuß! Ein so altbekanntes Versteck, dass ich gar nicht mehr daran gedacht hatte. Schließlich steh ich da, Klamotten und Zehen auf dem Zement, erbärmliche, bläuliche und zitternde Wahrheit.

„Drehen Sie sich um! ... Gut, das reicht, ziehen Sie sich schnell wieder an, nicht sehr warm hier."

Ich erspähe ein menschliches Licht im Auge der Wärterin. Sie hat große Augen, blaue. Blaue Augen, das ist gut: leichter zu durchschauen. In diesem Moment der Barmherzigkeit lese ich darin Eisiges, in einen Eisberg geritzte Hieroglyphen: Kein Zweifel, sie ist genauso tiefgekühlt wie ich. Eine vage Sympathie der Tiefgekühlten unter sich verbindet uns, ich habe fast Lust, das Eis zu brechen, aber ich denke daran, dass ich sehr, sehr müde bin. Ich sage nur: „Ist das Gefängnis nicht geheizt?"

„Doch, doch. Ich durchsuche Ihre Sachen, dann bringe ich Sie ans Feuer zu den anderen."

Also keine Einzelzellen, wie ich gehofft hatte. Ans Feuer. Wir sind wieder im Jahr '14, wie Aliette nicht mehr sagen wird.

„Die anderen? Ich dachte, ich wäre allein."

„Nein, aber Sie werden trotzdem allein sein, na ja, fast. Es ist nur eine Frau da. Tagsüber sind Sie im Tagesraum; da sollten Sie sich gut aufwärmen, denn der Schlafsaal ..."

Ich habe mal wieder ein Glück! Zusammengepfercht in der Kälte. Aber ich bin zu erledigt, um mir Sorgen zu machen. Erstmal zum Feuer: Ein Nes, eine Gitane, das reicht für heute. Die Wärterin durchsucht mein Bündel mit Bravour: Der Pfefferkuchen Scheibe für Scheibe begutachtet, Säume und Futter abgetastet, mein Haarknoten gelöst; sie massiert mich eine Weile, dann lässt sie mich völlig zerzaust sitzen und wendet sich wieder meinem Gepäck zu. Es scheint ihr auf den Geist zu gehen, dass ich so viel Zeug habe. Bis heute Morgen dachte ich, ich hätte nur das absolut Notwendige, sei keine dieser bepackten Ich-habs-gern-bequem-Gefangenen mit zwei Kartons Fressalien, vier warmen Pullovern und passenden Jersey-Klamotten, nein: Ich habe nur ein paar Nippes, die ich noch nicht zu Geld gemacht habe, ein paar Päckchen Fluppen, Nesdosen und was zum Schreiben und Waschen. Aber die Dame findet, das sei noch zu viel: Sie beweist mir, dass ich keine Niveacreme brauche, auch keine Glasflasche ...

„Aber das ist mein Dop!"

„Wenn Sie sich die Haare waschen wollen, sagen Sie mir Bescheid, dann hole ich Ihnen die Flasche, und Sie geben sie mir danach zurück."

So ein Theater! Aber ich gebe nach; betäubt unterschreibe ich das Heft der Kleiderkammer, packe meine Sachen ein – darunter meinen Spiegel, komisch, dass man mir meinen Spiegel und meine Brille lässt, nach dem Dop hatte ich damit gerechnet, bis zum Abflug nicht mehr zu sehen, auch mich nicht. Ich stopfe die Taschen meines Hausmantels voll, was noch auf dem Pflaumenbaum liegt, raffe ich unter dem linken Arm zusammen, und weiter geht's.

Der Tagesraum ist hell, ein Fenster in Frauenhöhe und eine Tür mit einer großen Luke darüber, die zu einem Hof führt, der bestimmt ein Ar groß ist; neben dem Fenster tropft es gemächlich in ein Waschbecken, und ... ah! Der Ofen. Dann erst sehe ich die Gefangene, die brav mit einer Handarbeit in den Fingern dasitzt: Ich schiele ohne jedes Interesse auf den alten Rock, dessen Abnäher sie erneuert, und weil ich nicht richtig weiß, wie ich es angehen soll, ziehe ich mir einen Hocker heran, setze mich und betaste meinen Kram auf der Suche nach den Zigaretten.

„Gut", sagt die Wärterin, „ich gehe. Richten Sie sich ein. Dufon, Sie zeigen ihr alles." Und weg ist sie.

Das Mädchen wühlt in ihren Nähten, ich in meinen Sachen; es dauert eine Weile, dann finde ich meine Fluppen und wage ein einladendes: „Rauchen Sie?", wobei ich ihr die Schachtel hinhalte.

Sofort wird das Mädchen munter, ja, danke; sie steht auf, um einen der Wandschränke für mich freizumachen; und während ich damit beschäftigt bin, mein Zeug einzuräumen – ein Brett für die Wäsche, eins für den Papierkram, unten auf eine Seite die Lebensmittel, auf die andere die Toilettensachen; ein ganzer Schrank für mich, was für ein Glück – schürt sie das Feuer.

Ich drehe mich, Nes in der Hand, zu ihr um: „Machen wir uns einen Kawa?"

„Sobald das Wasser heiß ist."

Dieser Nes ist göttlich: Das Koma zieht sich zurück.

Genießen wir und machen wir uns daran, mit abgespreiztem kleinem Finger diese neue Scheibe des Daseins anzuknabbern. Eine Scheibe Halb-Leben, das ich mir diesmal unbedingt schmackhaft machen muss; ohne zuzulassen, dass mir jemand seinen Dreck draufschmiert. Anders gesagt, ich bin wie der Vogel auf dem Ast: Ich habe nicht vor, hier länger als ein Vierteljahr zu verfaulen.

Dass nur mein Liebster kommt und der Prozess beginnt und ich vor dessen Abschluss abgehauen bin. Ich habe Maria und meine Freundschaft und Zizi und den Kopf voll mit meiner Liebe, ich werde nichts vergessen.

Nur weil ich heute im Koma bin oder weil mich der gemächlich bullernde Ofen schläfrig macht, werde ich mir noch lange nicht erlauben zu schlafen. Hoch mit dir, Anick, reiß dich zusammen.

Ich spüle mein Glas im Waschbecken, koste das Vergnügen des über meine Handgelenke rinnenden Wassers aus und fange an, meine Gefährtin einzuschätzen. Gesittet stelle ich Fragen, antworte auf ihre, mache einen auf Salon. Die Schnalle labert keinen Slang und ist sehr zurückhaltend, sehr Mustergefangene, sicher keine Wiederholungstäterin ...

Das klären wir gleich. Das Wichtigste weiß ich schon: dass sie gern liest, raucht und sich nescaféiniert. Wir haben uns im Voraus für unser Schweigen entschuldigt, was nicht unbedingt heißen soll, dass wir eingeschnappt sind; wir haben über den Geschmack der Einsamkeit philosophiert und erwähnt – ganz allgemein natürlich, um nicht zu selbstgefällig zu erscheinen –, dass sie das Privileg der höheren Wesen ist.

Also los: „Ja, die Gemeinschaft, Madame, da komme ich gerade her. Glauben Sie mir, das ist kein Zuckerschlecken, ein Tagesraum von fünf mal zehn Metern, in dem fünfzehn Frauen geparkt sind. Sie können sich nicht vorstellen, wenn Sie ... Ich möchte nicht indiskret sein, aber ... ist das Ihr erster Aufenthalt?“

„Ja“, presst die Dame hervor.

„Ich wollte Sie nicht aushorchen. Ich sage das, weil ich Gewohnheitsinsassin bin – sofern man sich an den Knast gewöhnen kann."

Liebenswürdig fahre ich fort: „Wie möchten Sie, dass ich Sie anspreche? Ich bin Anick. Ich finde, da wir aufgefordert sind, zusammenzuleben ... Apropos, wann ist es denn bei Ihnen so weit?"

Das klingt, als erkundigte ich mich nach ihrer Entbindung.

„Ich meine Ihre Entlassung?"

„Oh, bald ... Wegen des Namens meinten Sie? ..."

„Ich meinte, dass ich ‚Madame' hier etwas förmlich finde ... Würden Sie mir erlauben, Sie beim Vornamen anzureden?"

„Ja, gern: Jane, nicht Jeanne, Jane, mit einem N."

„Wie Anick also. Freut mich sehr, Jââne."

Ich strecke ihr die Gitanes hin: „Nur zu, ich habe noch ein paar, bedienen Sie sich."

Jane sagt, dass sie mein Angebot umso mehr zu schätzen weiß, als sie im Moment etwas in Verlegenheit ist ...

„Sie müssen nicht verlegen sein!"

„Ich warte auf eine Geldanweisung. Da! Vor Ihrer Ankunft war ich dabei ..."

Sie zeigt auf eine Büchse mit Kippen auf dem Tisch.

Sieh an! Jane hat also eine Kippenbüchse. Als ich gekommen bin, habe ich meine Pfeife darin ausgeklopft, ich dachte, es wäre der Aschenbecher.

„Wickeln Sie sie nicht vorher aus? Man dreht sich zehn oder zwanzig, schön fest gestopft, und steckt sie in eine leere Schachtel, das sieht nach Reichtum aus. Ich weiß, wie das ist, o ja: Ich habe alles geraucht, Besenborsten, Laub, Knoblauchschalen. Aber im Moment geht's halbwegs, wir kommen schon klar. Zerbrechen Sie sich nicht den Kopf, Jane, bedienen Sie sich: Nur Idioten zahlen."

Hola! Jetzt habe ich sie wohl verschreckt: Jane senkt den Kopf, Großaufnahme des weißen Bands, mit dem sie ihre Rübe verziert, und ich sehe ihr Gesicht nicht mehr, weder ihre Augen, schwarz, noch ihre ziemlich dünne Nase, noch ihren etwas schmallippigen Mund. Dafür bemerke ich eine hufeisenförmige Narbe, die am Turban losgeht und die Haare bis zur Stirn durchfurcht: Wurde das Mädchen trepaniert?

Bei nächster Gelegenheit klären. Ich notiere in Gedanken: über unsere Operationen reden, und lasse die Stille dauern.

Ich beschnuppere den Käfig und die unsichtbar drum herum liegende Stadt. Ich kenne sie nicht: Im hellen Licht, in das die Gebäude mittags getaucht waren, habe ich gespürt, dass ich auf der Ile-de-France gelandet bin.

Gauklerin, vertraut mit der Fremde, fühle ich mich wohl, erfüllt mit Abwesenheit und Schlaf.

Plötzlich überschwemmt mich der Lautsprecher über der Tür.

„Jane, was ist das?"

Nach all den Monaten ohne anderes Radio als unsere Stimmen dröhnt Musik in meine Ohren, erschlägt und durchbohrt mich.

„Wir haben morgens und abends eine Stunde Radio", erklärt Jane. „Aber wenn es Sie stört, können wir auch abstellen: Lesen Sie den Zettel ..."

Unter dem Lampenschalter ist eine doppelte Steckdose, eine ist leer, in der der anderen steckt das Kabel, das zum Lautsprecher führt, darunter ist der Zettel angepinnt. Ich lese: „Wenn die Gefangenen nicht Radio hören möchten, können sie den Stecker ziehen, aber nicht am Kabel, sondern direkt am Stecker, der in der Steckdose steckt."

Steckdose, Stecker, steckt. Es folgen die Sanktionen für Kabelzieher. Ich werde sie erst für den Trommelfellquäler am Sonntagnachmittag ziehen, falls nicht Jane die Sendung mag.

„Nein, nein, ich mag auch keinen Sport. Aber Madame Chef weiß das, sie lässt bei uns direkt vom Büro aus abstellen."

Mit etwas mehr Wärme wäre die Herberge ganz erträglich.

Der Abend beginnt, schwatzend, tastend. Die Musik füllt die Leerstellen, vollendet die Sätze und hilft bei Unterbrechungen.

Mein Koma ist gewichen, der Traum verlangt andere Rechte; durch das Radio wird er zum Kind, lässt die alten Feen auftauchen. Herein mit euch, Könige, Hampelmänner, Bauchredner, kommt herein, die Gastgeber seid ihr ...

Aus dem Lautsprecher kommt Akkordeon; auf hüpfende Verzierungen folgt die Harfe. Mein Kopf dreht sich wie ein verkorkster Kreisel. Plötzlich habe ich Lust zu schwimmen; ich sehe mich langsam durch ein Blau voller Spritzer treiben. Trotzdem zieht es mich vor allem in die Koje. Vor der Suppe hatte ich das Schreibzeug rausgeholt, um die Schleimer zu informieren, aber es reichte nur für „Mein lieber Maître".

Plötzlich ein Lichtschein auf dem weißen Blatt: Das Hoflicht wurde angezündet und spiegelt sich in unserem Fenster. Die Chefin kommt, um uns ins Bett zu bringen.

Jane stürzt zum Fenster und gestikuliert heftig, ich stecke inzwischen das Rauchzeug für oben ein. Jane hat mir zwar gesagt, es sei verboten, aber ich muss doch nicht am ersten Abend alle Sitten und Gebräuche hier kennen, sechsunddreißig Knäste, sechsunddreißig Vorschriften.

Ich sehe den dicken roten Kopf der Chefin, abgeschnitten vom Fensterbrett, gespalten vom schwarzen Strich des Gitters: Sicher hat sie mich die Kippen einstecken sehen, und ich werde zum dritten Mal an einem Tag durchsucht.

Ich lege die Schachtel Gitanes zurück in den Schrank, während sie auf der anderen Seite der Tür klappert, um den richtigen Schlüssel zu finden, und gehe zum Fenster, das Jane gerade verlassen hat.

Die Gitter glänzen im Licht; ich erkenne blitzartig, dann schwebe ich wieder, dass diese Stangen hier irgendwie seltsam sind: luftiger, offener für den Blick ... Morgen muss ich die Abstände messen. Ja, das ist es: Diese Stangen sind zu lasch angepflanzt, sie schweben wie ich ...

„Und Sie da hinten? Schlagen Sie Wurzeln?“

Kapitel II

Die Enttäuschung der Wärterin gestern Abend, als sie meine Tasche ohne Zigaretten fand, hat mich dafür entschädigt, nachts nicht zu rauchen wie sonst. Zwölf Stunden in der Falle, das ist lang. Aber heute früh hätte ich gern mehr verlangt: Beim Aufschluss habe ich geschlafen wie ein Stein.

Im Winter ist der Abend schnell da; man landet im Bett, bevor man richtig aufgewacht ist. Heute, wo ich gut erholt bin, riskiere ich es und nehme die Kippen mit hoch, Jane wird sich vermutlich freuen, zu gitanieren, während wir im Dunkeln schwatzen.

Heute habe ich mich dem Alltagstrott angepasst, das Menü für die Woche – also für das Jahr – auswendig gelernt, bei der erkennungsdienstlichen Behandlung Klavier gespielt, allen und jedem geschrieben ...

Kaum im Büro abgegeben, kamen meine Briefe in den Fingerspitzen des Oberaufsehers zurück.

Wir machten ziemlich lautstark Bekanntschaft: Ich habe seiner Meinung nach nur Anrecht auf „zwei Briefe am Sonntag und einen am Donnerstag auf schriftlichen Antrag und nur bei guter Führung“. Ich konnte noch so viel protestieren, dass ich ebenso Angeklagte wie Verurteilte sei, der Chef hat mich alles wieder einstecken lassen, was meine Rechte auf Verteidigung überschritt: „Dann müssen Sie sie nicht am Sonntag neu schreiben.“

Pah, schreibe ich halt an die Schleimer, das sind die Freunde des Tages, und ich bin nicht hier, um zu tun, was mir Spaß macht. Ich habe nichts von dem, was ich gern habe, also muss ich wohl gern haben, was man mir gelassen hat. Ich beschließe, ab sofort den Ofen und die Blumen in der Vase zu lieben, Zizi im Nebel und in der erloschenen Sonne treu zu bleiben und viel zu grübeln.

„A ça ira, ça ira, ça ira, les aristocrates ..."

Ich trällere, während ich auf die Post warte. Jane hat den ganzen Tag an der Maschine genäht, ich habe nur ihren Rücken gesehen, außer wenn sie auf ihrem Hocker herumschwang, um nach meinen Kippen zu greifen.

Dieses Weib, das meinen Zaster durch die Nasenlöcher ausbläst, die Beschränkungen der Schreiberlaubnis, während ich hoffte, in den ganzen Stapel auch Briefe an Zizi schmuggeln zu können, indem ich sie ganz selbstverständlich der Wärterin gab, die Haut, die wegen der fehlenden Niveacreme brennt, alles zusammen bohrt einen Pflock aus dichtem Dunst in meinen Schädel. Ich bin hier gelandet und kann noch nichts Genaues ausbaldowern, aber eins ist sicher, ob es der Chefin gefällt oder nicht, ich habe nicht die Absicht, in ihrem Laden Wurzeln zu schlagen.

„Jane, Sie haben ein Glück, dass Sie bald rauskommen!"

„Glück? Aber ... ich habe schließlich meine Zeit abgesessen! Drei Monate, drei volle Monate ..."

„Besser als drei leere Monate, das stimmt. Aber trotzdem, Spaß macht es nicht."

... Zizi ist da; da, hundert Meter entfernt ...

Ich tanze, den Brief des Anwalts in den Fingern, achte darauf, nicht mit den Hockern zusammenzustoßen. Jane hat ja keine Ahnung: In drei Wochen wird sie ihren ... Nein, plötzlich fällt mir ein, dass sie dabei ist, sich aus einer endlosen Scheidung freizustrampeln, und dass es ein Salomonisches Urteil geben wird, man wird die Kinder halbieren müssen ...

Also behalte ich meine Freude für mich. Heute Nacht warte ich, bis Jane eingeschlafen ist, um nach Belieben grübeln zu können: Ich werde Gesuche schnitzen, versuchen, vom neuen Untersuchungsrichter eine Kommunikationserlaubnis zu erhalten; ich werde den Anwalt anflehen, für die Gesundheitsbulletins zu vermitteln und meine Bitte zu unterstützen; ich ...

Erstmal muss ich Jane beim Einschlafen helfen!

„Weiter, weiter", lacht sie im Wust ihrer Decken, „das klingt wie eine Krimiserie!"

„Nicht wahr? Mein Leben als Sprechgesang ist ein hervorragendes Schlafmittel. Warum bestehen Sie darauf, zusätzlich Ihr mörderisches Optalidon zu nehmen? Meine Stimme und meine Gitanes sollten doch ausreichen."

Warum bemühe ich mich so eifrig um das Mädchen? Ich bestelle für zwei, ich könnte fast sagen für fünf, denn Jane isst und schluckt Bier für vier; außer Pipi und Toilette übernehme ich für sie alle denkbaren Dienste, werde sozusagen zur Hilfsdienstmagd der Chefs, weil Jane die Zeit, die sie durch mich spart, darauf verwendet, für den Laden zu nähen, für den Laden zu waschen und alles. Das lenkt sie ab, sagt sie.

Wenn ich mich abschinden will, dann um Jane zu helfen und nicht dem Gefängnis; mit Grübeln, einem schwer zu knackenden La-Ferté-Rätsel oder der Betrachtung einer Schüssel kochendes Wasser fülle ich mühelos die Stunden. Es ist auch keine Solidarität: Seit Ewigkeiten haben mich die Unzulänglichkeiten der Kalfakterinnen, die schönen und die hässlichen Worte, der Missbrauch des Knastvertrauens davon abgehalten, hier den Pfadfinder zu spielen. Es ist auch nicht aus Freundschaft: Freundschaft, ob seit Urzeiten oder seit letzter Woche, besteht für mich darin, die Freunde allein zurande kommen zu lassen, bis zu dem Moment, wo sie durchdrehen und anfangen, Blödsinn zu machen; aber ich habe meine Freundschaft nie auf Beschäftigungssuche geschickt.

Jane sieht anständig aus, ich meine, sie ist nicht verschlagen, sie ist einfach ein Hohlkopf. Warum also?

Irgendwas, das sich deutlich von der oberflächlichen Sympathie unterscheidet, die wir einander entgegenbringen, treibt mich, sie zu schonen, sie zu erhalten, als wäre sie eine Manifestation meines Glücks, eine Verkrustung, die sich lösen muss, kurzum jemand. Ich tue so, als vertraute ich mich an, äußere, was ich angeblich denke. Natürlich will der Chef nicht die Entscheidung übernehmen, meinem Freund und mir ohne die Genehmigung des Richters zu erlauben, uns im Besuchsraum zu sehen. Also spiele ich die Ungeduldige: „Ich kann Ihnen sagen, Jane, die haben es wirklich nicht eilig! Denen ist es egal, sie haben ja jeden Abend Sex, wenn sie wollen."

In Wirklichkeit will ich lieber, dass die Antwort sich verzögert oder gar nicht kommt: Um mir anzuhören, ich müsse ein Zertifikat für unser Konkubinat – schreckliches Wort – liefern, um wieder einmal mit leeren Händen dazustehen, ohne Papiere, die „unsere Liebe bezeugen" (die so gut ohne Dach lebte), um noch mehr zu fluchen und zu wüten, puh!

„Aber sie werden schon sehen. Die erleben noch ihr blaues Wunder!"

Jane kann sich nicht an meine Ausdrucksweise gewöhnen. Sie fragt nicht nach, aber wenn sie die Augen von der Strickerei hebt, die die Chefin bis Sonntag haben will, muss sie wirklich ratlos sein: „Blaues Wunder?"

Janes Augen sind sanft, nachsichtig, fast amüsiert. Ehrlich, sie nimmt mich auf den Arm, sie glaubt mir nicht, sie begreift nichts.

Ich versinke in Schweigen.

Man kann alles vermuten, aber da ist nichts. Nichts. Ich muss mir irgendwas ausdenken, schnell! Ich fange an, im Turbogang zu träumen. Was mache ich hier, warum bin ich hier, warum sollte ich? Die Seite „Beklagte“ meines Haftstatus lässt mir den Vorteil, Privatklamotten zu tragen und den Schleimern zu schreiben, die nicht antworten. Wenn ich abhaue ... Ich starre auf das Gitter, das Wunderblau ist ziemlich wässrig, und ich würde dabei immer nur das Gleiche riskieren: eine Kugel in die Pfote, einen Reißzahn in den Hintern, und wenn ich das Ding verpatze, neunzig Tage Bau. Das Risiko kann man vernachlässigen, und die Ernte kann reich sein. Wenn man stehlen geht und die Pistole des Idioten geladen ist, sollte man ihn nicht wecken ...

„Jane, meine Liebe?“

„Ja?“

„Wie weit sind Sie mit dem Ärmel? Nach dem Abnehmen? Los, schenken Sie uns einen Schnaps ein, und wir trinken auf die Gesundheit all dieser Reihen. Auf Ihr Wohl, meine Liebe.“

Wir schlürfen unser Bier. Schnell fährt Jane mit ihrer Strickerei fort, und ich lese die Kurzmeldungen aus *Paris-Match* vor, um sie von der langweiligen Wolle abzulenken.

„Sie können sich nicht beschweren, abends die Fortsetzungsgeschichte, mittags die Nachrichten. Und Sie ... ach, Sie sind schlimmer als meine Mutter. Für den ganzen Pullover, den Sie ihr gestrickt haben, gibt Ihnen die Chefin bestimmt ein bisschen Mehl. Vergessen Sie nicht, dass ich extra Eier gekauft habe, damit Sie uns Crêpes backen.“

Ich sitze irgendwo zwischen Baum und Borke. Ich muss Jane zu verstehen geben, dass man sie ausbeutet und dass sie nichts dafür bekommt; aber wenn es so klingt, als würde ich ihren Status als Mädchen für alles beklagen, braust sie gleich auf und widerspricht mir mit bekannten Phrasen: dass sie sich ihres Wertes bewusst sei, dass diese Manöver nur dazu da seien, bis zu ihrer Entlassung gute Beziehungen zu pflegen, dass ihr das bei der Wiedereingliederung helfen werde, oder die Chefin sei menschlich und verständnisvoll, sie habe ihr die Haftzeit nach Kräften erleichtert ... während sie allein gewesen sein; jetzt, mit mir hier, sei sie verpflichtet, sich erstmal strenger zu geben, aber wenn ich sie besser kennen würde, und so weiter.

Ich werde mich hüten, ihr zu antworten, dass sie keine Ahnung hat, dass solche Lieder immer falsch klingen und dass Wundertäter unter den Wärtern selten sind; dass die Chefin auf jeden Fall nicht dazugehört, dass sowieso die Beste noch zu gemein für mich ist und so weiter und so fort. Also vermeiden wir den Zoff und sagen wir mit Jane: „unsere liebe Chefin". Ich trinke den Kaffee, den sie Jane bringt, weil er besser ist als die Brühe, muntermachender als der Nes und weil, um mit Vespasian zu sprechen, Kaffee nicht stinkt; in Erinnerung an meine Mutter und weil ich die Eier beisteuere, backe ich mit ihrem Mehl ungeniert Berge von Crêpes; aber bis auf diese kleinen Zugeständnisse dulde ich keinerlei Vertraulichkeit.

Ich richte mich auf, ich mache mich ganz klein; wenn das Klingeln zur Nachtruhe noch nicht dran ist und sie sich hinsetzt, um zu tratschen, ignoriere ich sie, bin ich nicht da. Jane schenkt ihr alle Aufmerksamkeit, ich renne inzwischen vom Waschbecken zum Schrank, kämme mir die Haare für die Zöpfe zur Nacht und verstecke unsere Optalidon-Pfeifen. „Immer im Wolkenkuckucksheim!", kichert die Chefin.

Ich ziehe die Wolken zusammen, ich löse mich auf, ich verschwinde.

Dabei ist die Dame meine Vorgesetzte, sie kann mich kommandieren, also sehe ich zu, der Verpflichtung zuvorzukommen: Wenn der Nebel herabsinkt und sie mit Jane die in den Höfen ausgebreitete Wäsche reinholt oder wenn sie sie im Morgengrauen draußen wieder ausbreiten, „denn draußen getrocknet riecht besser", biete ich an: „Soll ich Ihnen helfen, Madame?"

Und wir ziehen los, die Arme voll triefender oder steifgefrorener Laken und Hemden; wir springen hoch wie die Zicklein, um die Drähte zu erreichen, die zwei Meter über dem matschigen Boden gespannt sind, und wenn die Wäsche endlich untergebracht ist, müssen wir uns hinter der Scheibe auf die Lauer legen, um das Wetter zu überwachen, damit wir uns beim ersten Tropfen an die Alarmklingel hängen können.

„Denken Sie dran, Anick, für Madame Chef zweimal klingeln. Dreimal ist Alarm."

„Und einmal?"

„Äh ... keine Ahnung."

Das gibt's doch nicht! Und wenn Jane weg ist, werde ich mir vielleicht die Wäsche aufhalsen lassen, mit meinem kaputten Arm! Auch wenn die Chefin männliche Gefangene in die Waschküche beordert, werde ich die Wäsche ausbreiten und mir das Gejammer anhören, weil die Wäscher nicht ordentlich gerieben haben.

Je mehr ich nachdenke, desto öfter kreist der Gedanke an Ausbruch in meiner Rübe. Die Schüsse und Fangzähne sind weit weg, die Lust nach dem Draußen kommt näher, ich bin besessen. Ich denke an den Regen, der alles glänzen lässt, an die Nacht, die Rundungen der Mauern, die verheißungsvolle schwarze Anziehungskraft unter den Füßen, die Terz des Widerstrebens, bevor man die Finger öffnet ... sich umbringen, Spiel der Fürsten ... Nein, ich spinne wohl; wenn ich es auf diese Mauer schaffe, werde ich etwas dabei haben, um runterzuklettern, ohne mir noch ein paar Knochen zu brechen. Danach werde ich den wiedergefundenen lauen Geruch der davonsausenden Karren schnuppern, dann beginnt wieder die Unschlüssigkeits-Sarabande der Bars und der Straßen, der Zusammenbrüche in der Sonne ...

„Anick, regnet es auch nicht?"

„Machen Sie sich keine Gedanken, Jane, ich passe auf, ich tue nichts anderes."

... Und wenn ich Zizi nicht sehen kann, macht es da einen Unterschied, ob ich im Knast bin oder auf der Flucht? Ich träume von allem, was ich für ihn tun könnte, Pakete und Geldanweisungen natürlich, vor allem aber die Besuche bei den Schleimern, die Nervensägerei, die Honorare, die sie verlangen, alles, damit Zi die Gesamtstrafe für beide Verfahren erhält und schnell rauskommt. Dann erst kann ich mich ausruhen.

Wir werden ja sehen, wie weit es für einen Gauner egal ist, ob seine Frau draußen oder drinnen ist. Natürlich wird Zizi meckern, er wird sagen „Verhalt dich ruhig", und dass wir zu klein sind ... wenn ich ihn nicht raushole.

Ich werde mich ohne Erlaubnis davonmachen.

Als Jane im Besuchszimmer war, habe ich es ausprobiert: Ich passe durch die Gitterstäbe. Nur die Ohren, aber wenn das Ohr passt, passt der Rest auch. Also stehe ich vor den Außenmauern.

Und dann?

Die erste ist nicht sehr hoch: Wenn ich im Erdgeschoss starte, klettere ich hoch, wenn ich mich aus dem Obergeschoss runterlasse, lande ich auf dem Mäuerchen, das die Höfe trennt und einen rechten Winkel zu den Außenmauern bildet, ohne großen Höhenunterschied: Dann kann ich mich von einer auf die andere hochziehen.

Was mache ich? Hochklettern oder runterlassen?

Wenn ich mich aus dem Fenster im Schlafsaal runterlasse, habe ich die ganze Nacht Zeit: Nach ihrem Rundgang um neun kommt die Chefin bis zum nächsten Morgen nicht wieder. Dafür muss ich allerdings nach Janes Entlassung allein bleiben, und die Gitter im Schlafsaal müssen genauso weit sein wie die im Tagesraum. Hauptsache, es kommt keine Neue! Jedes Klingeln bringt mich um ...

„Anick! Es klingelt! Diesmal ist es sicher die dicke Polin ..."

„Ach, Jane, das wünsche ich mir von ganzem Herzen: Die arme Mâme Chef wäre so froh!"

Die dicke Polin ist die Gefangene, die erwartet wird, um die Arbeit zu machen. Auch eine magere wäre recht, wenn sie nur kräftig ist; und Polin ... Mein Gott, warum Polin? Egal, Mâme Chef findet das sehr geistreich.

Nach Prüfung meiner kleinen Arme hat sie bei ihrem Gatten vorgefühlt, um Wäscher zu bekommen, und anscheinend prügeln sie sich schon darum, unter ihrem Befehl zu arbeiten. Ohne Polakin würde sie sie schon in der nächsten Woche den Dienst antreten lassen, damit sich ihre Lieblingsgefangene während der letzten zehn Tage ausruhen kann.

Die Verwaltung bewilligt den Wäschern eine Zusatzration Bier und Steak; Jane wird darauf verzichten müssen, aber: „Einmal könnt ihr beiden euch doch wohl arrangieren", sagt die Chefin.

Ich greife nach einem Bestellblatt: „Was soll ich bei Fleisch aufschreiben, Jane? Wie mögen Sie es, gekocht, gehackt, als Ledersohle, halbroh?"

Um Scherereien zu vermeiden – Waschküche und Tagesraum haben eine Verbindung, wir könnten uns auch um eine bemühen –, wird uns Mâme Chef am Waschtag im Schlafsaal lassen. Damit wir dort nicht erfrieren, hat sie mir einen Ofen auf den Buckel geladen, den wir zusammen aufgestellt haben, während Jane im Tagesraum ihre Erholungskur begann.

Arme Chefin, sie zog und sie schob, den alten Holzofen und mich, während ich mir alle Mühe gab, das Manöver zu durchkreuzen, und mich mit meinen Erinnerungen amüsierte: ganz leichte Tresore, die man sich unter den Arm klemmt; andere, Riesenmonster, bei denen man stöhnt und schwitzt ... am Ende habe ich gehechelt: „Wenn Sie erlauben, Madame ... so, sehen Sie, im Zick-Zack, einen Fuß, dann den nächsten ...“

Damit sie sich freut, habe ich sie sich die Pfoten rostig machen lassen, als sie nach dem Rohr griff.

Anstatt zu waschen, campen wir also. Am Vorabend holen wir das ganze Zeug hoch: Familiensilber, Zahnbürsten, Zeitungen. Janes Zentimetermaß habe ich nicht mitgenommen – man hat mich im Auge und durchsucht mich ab und zu überraschend, und auch wenn ich erzählen würde, dass ich mich vor dem Frühstück und dann mit Brot vollgestopft messe, um zu vergleichen, würde mir Mâme Chef kaum glauben und das Maßband auf jeden Fall beschlagnahmen. Nur Jane hat das Recht, es zu benutzen, weil sie Klamotten für das Personal näht.

Im Tagesraum habe ich mit einem Stück Pappe als Eichmaß den Abstand von einer Stange zur anderen gemessen und es dann mit meinem Schreibzeug hochgebracht; das alles vor Janes Augen, die ich wohl oder übel einweihen muss, denn sie weicht nicht von meiner Seite, nur zur Besuchszeit, und da sie heute keine hat ... Unpraktisch zu erklären, so ein Ausbruch, also erkläre ich nichts, ich erledige meinen Job, ohne mich zu verbergen, das ist alles. Los, Anick, kletter hoch.

„Borgen Sie mir Ihren Stuhl, Jane, ich möchte sehen, was man sehen kann.“

Ich steige auf die Lehne und klammere mich fest: Verlaine-Himmel, um das Gefängnis herum ist alles ruhig. Ich lasse eine Hand los, um mein Eichmaß herauszuholen, und halte es an ... Gut, der Abstand ist derselbe, Standardgitter. Ich sage: „Wenn Sie ein bisschen Sauerstoff trinken wollen, Jane, überlasse ich Ihnen den Platz. Ich bin nicht mehr daran gewöhnt, mir dreht sich der Kopf.“

„Nein danke, ich möchte nicht riskieren, dass ich mir die Rippen breche."

„Das stimmt, am Abend vor einem so schönen Tag! Apropos, haben Sie eine Minute Zeit? Ich möchte Ihnen etwas sagen."

Jane hat eine Minute Zeit. Sie legt *Paris-Match* beiseite, ich greife danach und suche die Seite mit dem Kreuzworträtsel, dann lege ich mich auf den Bauch auf die Decke, Rätsel vor der Nase, Bleistift in den Fingern: „Wenn sie kommt, rätseln wir eifrig, o.k.? Jetzt hören Sie den nächsten Teil meiner Fortsetzungsgeschichte."

Mit demütiger Stimme und während ich den Zeitungsrand vollkritzle, lese ich Jane vor, ich lese ihr vor, was ich in der Birne habe. Wie ich erwartet hatte, appelliert sie mächtig an Ruhe und Moral, sagt: „langsam, langsam", und nennt mich kindisch. Aber ihre Logik kann meine nicht schrecken: Mit meiner Logik habe ich den unglaublichsten Absurditäten Paroli geboten, und manchmal habe ich mich durchgesetzt.

„Sehen Sie denn nicht, dass es meine Pflicht ist? Regen Sie sich darüber auf, machen Sie sich lustig, das ist mir egal. Ich war dumm genug, an den Haken zu gehen, obwohl mich bei diesen Einbrüchen alles entlastete, obwohl die Aussagen meines Liebsten und die elementare Logik, meine und die des Richters, übereinstimmten: Ein Winzling wie ich, verkrüppelt und kraftlos, soll einbrechen! Außerdem hat Zizi in Niort immer für mich gekämpft, er ..."

Ich breche meine Stimme: „Er ist so wunderbar vor dem Richter: ‚Das ist meine Frau, meine Frau und nicht meine Partnerin ...' Wohlgemerkt, das ist nicht, weil es meiner ist, aber ..."

Jetzt schöpfe ich aus Ginas Sätzen.

„Aber wenn er Sie so entlastet, wie Sie erzählen", sagt Jane, „warum sind Sie dann hier?"

„Eben, eben, meine Liebe, das ist das Unverzeihliche: Ich habe nicht die Einbrüche an der Backe, aber die Hehlerei, in beiden Fällen! Stellen Sie sich das vor, das Zeug rumliegen lassen, zwei Sorten Zeug sogar ... Nein, ehrlich mal, ich muss doch einen Sprung in der Schüssel gehabt haben. In einer Hinsicht ist alles meine Schuld: Dieser Plunder hat sie zu Zizi geführt. Er kann noch so oft sagen, dass ich mich nicht verrückt machen soll und dass es passieren musste, dass ich keine Schuld habe, dass vielmehr er es war, der ... ich verzeihe es mir nicht. Und jetzt muss ich abhauen ...“

„Leiser, Anick, wenn sie kommt!“

Aha! Jane hat ihre geliebte Chefin „sie“ genannt. Es geht voran ...

„Wir sitzen alle beide in der Falle. Wie soll ich hierbleiben und Speck ansetzen, bei allem, was draußen liegen bleibt? Ehrlich, ich haue nicht ab, um mich zu amüsieren, auch nicht wegen des animalischen Freiheitsdrangs, wie die Mädchen, die über die Mauer des Bon Pasteur klettern. Es ist für ihn, Jane, für ihn allein. Mein Gott, als wir uns das letzte Mal beim Richter gesehen haben, hat er mir richtig Angst gemacht! Ich konnte ja mit den Mädchen noch ein bisschen was rausschlagen, aber er, allein in seinem Loch – Zellendiät ohne Geld ist eine Jockeydiät, das ist nichts für ihn. Und woher soll ich überhaupt wissen, wie es ihm geht? Über die Anwälte lässt er mir immer so Sachen ausrichten wie: ‚Mach dir bloß keine Sorgen, mir geht es sehr gut‘, ich übersetze, dass er ein dickes Fell und ein weiches Herz hat und sich vor allem um meine Gesundheit sorgt und um die Gedanken, die ich mir machen könnte, aber mir nicht machen soll. Zizi, wissen Sie, er steckt alles ein und glaubt, dann müsse ich weniger einstecken. Keine Frage, wenn er frei wäre ... singend würde ich meine Strafe absitzen. Aber das ist alles nur Theater und ... O Jane, ich besaufe mich an den Worten und gehe Ihnen bestimmt total auf die Nerven. Entschuldigen Sie!“

„Ich werde ein bisschen Kaffee mahlen“, sagt Jane und steht auf. „Ein echter Kaffee, das ist das Richtige, oder?“

Stopp, jetzt reden wir von Janes Strickerei und ihrem Rheumatismus.

Ich habe meine Handarbeiten genug zur Schau gestellt.

Die Pause ist sanft, auch diese Nacht, die sanft das Fenster ausfüllt; und Mâme Chef ... für meine dreckige kleine Kehle ist auch ihr Kawa sanft. Schade, dass man das alles verlassen muss.

Kapitel III

Ich sitze auf der Tischkante, Kippe im Mund, und bürste mir die Haare; auf der Zeitung, die als Tischdecke dient – die Chefin rückt gerade genug Stoff für Janes Flickarbeiten raus –, habe ich meine Haarnadeln ausgebreitet und den Spiegel schräg gegen die Kippenbüchse gestellt: zwecklos, sie in Janes Blickfeld zu rücken, damit sie sich eine dreht; solange es fix und fertige Gitanes gibt, bedient sie sich aus der Schachtel. Also habe ich die vierzig Fluppen, die mir alle fünf Tage zugeteilt werden, in fünf Tagesrationen à acht geteilt, und beobachte, wie Jane immer netter wird, je weiter der Tag voranschreitet und sich ihre vier in Rauch auflösen; wenn sie schließlich ihre Ration und die Hälfte von meiner geraucht hat, bricht sie vor Zärtlichkeit fast zusammen, und ich braves Mädchen drehe einen Vorrat für den Schlafsaal.

„Ich werde nach Madame Chef klingeln, was meinen Sie, Anick? Ich fürchte, dass es regnen werde."

Sie redet wie eine Lateingrammatik.

„... Sehen Sie nur die großen Wolken!"

„Gut. Machen Sie, was Sie wollen. Aber der liebe Opa Herrgott wird uns nicht so einen gemeinen Streich spielen, wir haben die Laken gerade nach draußen gebracht. Und sehen Sie nur ...", ich stehe auf und ziehe das Frotteehandtuch über meiner Schulter hoch, „... wie hübsch das ist, die Banner und die alten odrigen Lappen, die im Wind flattern."

„Wenn es windig ist, kann es sich bis heute Abend halten. Aber ... ohne Wind?"

„Bleibt uns der Regen. Klingeln Sie ruhig, es zuckt Ihnen doch in den Fingern. Dann haben wir heute Abend nicht die Plackerei."

„Ich habe nie begriffen, warum man die Wäsche nachts unbedingt reinholen muss."

„Wie denn, hat sie Ihnen das nie verraten? Das wundert mich. Natürlich um Ausbrüche zu verhindern."

„Wie denn?"

„Die Laken werden zu Seilen geflochten; um nicht stante pede wieder eingefangen zu werden, kann ein Gefangener den Sträflingsanzug zusammengeknüllt in der Koje liegenlassen und über seinen Pyjama die Klamotten anziehen, die er auf der Leine findet. Und wenn die Wäsche der Herrschaften gerade in dieser Nacht Ausgang hat, adieu, weiße Hemden des Chefs! Stellen Sie sich das Drama für den armen Hund vor! Ausbruch plus Diebstahl, Das wird teuer. Was den Chef angeht, frage ich mich, was ihn mehr ärgern würde, das Verschwinden seines Pensionsgastes oder seiner Blüschen. Kommen Sie, Jane, entspannen Sie sich, vor der Suppe regnet es nicht. Hören Sie auf Ihre Pythia. Apropos, wollen Sie mir die Karten legen?"

Das Etui mit den zerschnittenen und illustrierten Gitanesschachteln ist der einzige Weg, in die Zukunft zu sehen. Aber heute wollen die Karten nicht reden; Janes Kopf ist mit dem Wetter beschäftigt, das ist wie bei mir, wenn der Nebel meine Knochen schmerzen lässt. Jane möchte klingeln, sie zappelt, und meine ausgebreitete Zukunft inspiriert sie nicht.

„Eins, zwei, drei, vier, fünf, ein großer Geldeingang ...", verkündet sie mechanisch.

„Hören wir auf, das nervt Sie. Reden wir lieber über die Wäsche. Ja, trösten wir uns, wenn wir bereit sind, sie ständig herumzuschleppen, verhindern wir schlimme Sachen und helfen dem Strafvollzug. Aus dem gleichen Grund müssen wir uns abends im Tagesraum ausziehen.“

„Nicht doch, das ist, damit wir uns oben nicht den Tod holen.“

„Alle Muskeln anspannen ... oder sich den Tod holen, beides sehr französisch. Auf jeden Fall ist es falsch. Die Männer lassen ihre Sachen auch vor der Tür, hat Ihnen die Chefin das nicht gesagt? ... Außerdem würde es die Moral der Truppe heben, wenn man uns die Sachen lassen würde, damit wir sie nachts putzen können, das wäre wie im Claridge Hotel. Aber diese Durchsuchung jeden Abend, wenn man schön Wärme gespeichert hat und dann seinen Hintern zeigen muss! Das kühlt ab, ich kann nicht schlafen, so kalt ist mir am Po. Ihnen ist das egal, wegen Ihres Rheumas kriegen Sie ja Optalidon, manchmal schlafen Sie sogar mitten im Satz ein.“

„Ich? Ich mache nachts kein Auge zu!“

Eine Göttin, diese Jane.

Der Regen ist am Himmel geblieben, und Jane hat sich nicht getraut zu klingeln. Ich habe den ganzen Nachmittag am Fenster gesessen und regelmäßig Wettervorhersagen verkündet, bis Jane entnervt geschrien hat: „Genug, Anick, Erbarmen! Sie verderben mir den Tag, Sie bringen mich um!“

Als uns die Chefin zum Reinschleppen holte, eilte ich herbei: Von meinem Ausguck hatte ich ein paar neue Details bemerkt und musste dringend vom Hühnerhof aus die Fassade unter dem Schlafsaal begutachten. Dieser Hühnerhof ist ein Hof wie unserer, in dem die Herrschaften ihre Hühner- und Kaninchenställe haben. Er liegt unter den Fenstern des Schlafsaals, wenn ich meinen Sprung verpatze, lande ich in der Hühnerkacke: Besser, ich krieg’s hin.

Dort breiten wir auch die Wäsche aus. Das ist der passende Moment, voll gutem Willen loszulegen: „Allons-y gaiement ...“

„... les ménagères“, stimmen Jane und die Wärterin ein, und wir wandern ins Hühnerreservat.

Ich brummle vor mich hin, „Wir werden in die Hühner beißen, wenn sie ins Gras gebissen haben“; ich bin mürrisch und erfroren. Die Finger werden steif, während ich hochspringe, um die Klammern zu erwischen.

„Armes Mädchen, Sie müssen mehr Suppe essen“, sagt die Wärterin, die sich, warm in ihr Cape eingepackt, an der Schwelle zum Hühnerhof amüsiert.

„Die Polin wird mir helfen“, sage ich, während ich im klammen Schutz der Laken die Fassade fotografiere.

Fein! Dreißig Zentimeter neben unserem Fenster ist eine Regenrinne.

Ich fülle die Polakin mit Bier und Stärke ab, und während sie ihren Rausch ausschläft, rausche ich ab, ohne auch nur ein Laken verstümmeln zu müssen, um ein Seil daraus zu machen. Ich muss nur einen dicken Pullover und meine Fotos der Familie mit hoch nehmen, den Rest lasse ich von eben dieser Familie abholen, dafür habe ich drei Jahre Zeit. Ich nehme keine Hemden vom Chef mit, ich zerschlage ihm kein einziges Fenster, aber ich werde darauf achten, dass er mir im Gegenzug meine vier Plünnen zurückgibt.

Dann habe ich nur noch die große Mauer am Hals.

Ich habe mir den First bei meinem kleinen Aufstieg neulich genau angesehen. Geradezu fürstlich, dieser First! Nicht die kleinste Scherbe, flach, geräumig (wirklich breit, die verdammte Mauer), und, aus Stein und Morgentau geboren, ausgesät, um meinem Ausbruch Poesie zu verleihen, zarte kleine grüne Schwämmchen, Moose und Flechten.

Die Logik will, dass uns am Tag nach dem Ausbreiten ein dampfender Topf auf dem Tisch erwartet: Die Chefin vergisst nie, Kaffee zu bringen, wenn noch alle Klamotten draußen aufgehängt werden müssen. Gestern war es nicht möglich: Die Männer hatten sie nicht ausgewrungen, wir können sie nicht am selben Tag hochwuchten. Die Kerle mussten wiederkommen, um die Arbeit zu beenden, das ganze Haus zitterte unter den Flüchen des Wärters, und heute früh tropften die Fetzen immer noch auf den Böcken der Waschküche.

Aber der Tisch ist leer, kein Kochtopf weit und breit, nur die Chefin kocht, wie's aussieht. Das trifft sich schlecht, wir haben kein Atom Nes mehr im Schrank.

„Kommen Sie aufhängen", sagt die Chefin, aber als ich losgehe, knallt sie mir die Tür vor die Nase, ich stehe da und drücke mit den Handflächen dagegen.

Ich höre, wie sie Jane zuflüstert: „Zu zweit sind wir schneller."

Glaubt sie etwa, sie ärgert mich mächtig, wenn sie mir die klammen Finger verbietet?

Da der Kaffee aus ist, werde ich uns einen Kakao machen. Trotzdem verdrossen, rühre ich in der Asche von gestern und versuche den Ofen anzuheizen, ohne dass er raucht oder Funken spuckt; eigentlich ist Jane die Vestalin, und weil mir die Übung fehlt, schmore ich meinen Hausmantel an.

Ha, außerdem werde ich ihnen den Kohleneimer ins Gesicht werfen, um sie zu lehren, in der Waschküche rumzumachen und Kawa zu schlürfen! Kein Kaffee für Jane? Von wegen!

Als sie mit roten Backen wiederkommen und auf ihre Finger pusten, wende ich ihnen den Rücken zu, mein Hintern klebt am Hocker; ich bin ganz und gar mit meinem Napf beschäftigt, in dem ich eifrig rühre und den Löffel bewege, damit die Mischung luftig und schaumig wird.

Jane kommt zu mir, streckt die Hände über dem Ofen aus: „Geschafft, wir haben alles aufgehängt."

„..."

„Brr! Ich bin ganz erfroren. Das riecht gut aus Ihrem Napf, was ist das?"

Egal, ich hole mir Jane zurück.

„Das ist unser Frühstück, meine Liebe. Ich habe zur Abwechslung Schokolade gekocht. Geben Sie mir schnell Ihr Glas, sonst kocht sie über."

Stattdessen kocht die Chefin über und verschwindet. Ich zwinkere Jane zu: „Wer sich schuldig macht, macht sich davon. Ist sie auch süß genug?"

Ich hole mir Jane durch den Magen zurück, wahrhaftig!

Durch den Magen? Jane? Mal sehn: Beruhte bei meiner Ankunft die Vertrautheit zwischen Jane und der Chefin auf etwas anderem als gegenseitigem Interesse? Eine Wärterin und eine Gefangene, die einander mögen? Das gibt es nicht! Man muss nur erleben, mit welcher Abscheu die Wärterin jeden Morgen meinen Einkauf auf den Tisch knallt; es ärgert sie, dass wir gemeinsame Küche machen, das ist alles.

Ihr bleibt nichts anderes übrig, als Jane weiter zu verwöhnen, die ihr die gleiche Arbeit liefert und sie mit derselben freundschaftlichen Ergebenheit anspricht, wie vor meiner Ankunft. Jane wiederum bleibt nichts anderes übrig, als diesen Schnickschnack gemeinschaftlich zu teilen, weil es so vereinbart ist und weil ich das Herz und die Kohle auf dem rechten Fleck habe; die Wärterin wiederum ist frustriert, weil ich von ihren Wohltaten profitiere, ohne ihr dafür danken oder irgendwelche Dienste erweisen zu müssen, weil Jane es mir gibt.

Jane wiederum merkt natürlich, dass sie uns abwechselnd mit den Zähnen knirschen lässt, wenn sie entweder im Beisein der Chefin nett zu mir ist oder vertraulich mit ihr herumscherzt, während ich so tue, als wäre ich nicht da. Aber sie fühlt sich keineswegs zwischen Baum und Borke, sondern zieht sich mühelos aus der Klemme: Aus ganz unterschiedlichen Gründen müssen die Chefin und ich uns gut mit ihr stellen. Und während wir rivalisieren und uns als gute Rivalen hassen, kassiert Jane auf beiden Seiten.

In diesem Maschinenwesen sitzt ein richtiges Gehirn; die Schädeloperation hat den Verstand nicht beeinträchtigt; ich bin immer mehr überzeugt, dass Jane ein Gott ist oder vielmehr eine Frau, die Frau, die ich brauche.

Bei all dem habe ich wie ein Riesendreckspatz getrunken, mein Kinn ist voller Schokolade und die Ringe in meinem Glas markieren die Etappen meines nachdenklichen Frühstücks. Ich gehe beides am Waschbecken putzen.

„Jane, wenn der Zufall will, dass wir uns draußen treffen, würden Sie ein Glas mit mir trinken oder die Straßenseite wechseln?"

„Ich würde sagen: Herr Ober, nochmal das gleiche."

„Ein Besäufnis, prima! Nein, stimmt ja, Sie besaufen sich nicht, Sie nehmen einen Drink, einen long. Ricard, ja? Also zwei ..."

„Bis dahin trinken wir einen Lauchsaft. Deswegen hat mich die Chefin heute allein mitgenommen; wir haben ihn in ihrem Garten geerntet. Bei mir sagt der Chef nichts, aber ... Ich habe den Lauch in die Waschküche gelegt, nachher mache ich ihn sauber. Das reinigt unsere Nieren."

„Gut, dann trage ich heute Abend noch einen Extraeimer Wasser zum Spülen hoch. Herr Ober, einen Lauchsaft! Stellen Sie sich das Gesicht des Gläserschwenkers vor."

Ich wollte Herz und Nieren prüfen, und plötzlich bin ich zu einer Pipiparty geladen.

„Der Lauchsaft der Freundschaft ... Ich schreibe Ihnen gleich, wenn ich draußen bin; Sie geben mir auch eine Adresse, ja? Ich schreibe so gern! Das fehlt mir hier am meisten. Ein Hoch auf Waterman und Velinpapier."

Am Nachmittag erzählt mir Jane scheinbar ohne Grund kleine Geschichten; bei der Abendsuppe ist mein Kopf voll: von ihren Schmuggeleien während des Krieges, unter dem Ladentisch und unter furchteinflößenden Nasen, „meine arme Anick, Sie sind zu jung, um sich daran zu erinnern, aber damals konnte dich eine ungeschickt verkaufte Schachtel Kippen den Kopf kosten“, und so weiter.

Wenn Jane so mein Vertrauen gewinnen will, ist das etwas zu augenfällig. Ein rotes Licht blinkt am Horizont, aber ich habe keine Wahl und rase einfach weiter.

Die Flasche im Meer: „Jane“, werde ich heute Abend sagen, „schicken Sie mir draußen bitte eine Rechnung. Ich zahle Ihre Gerichts- und Scheidungskosten, ich lasse Ihnen einen Lastwagen Ricard liefern, einverstanden? Und wenn es Ihnen nicht gefällt, komme ich allein zurande, ohne Groll, liebe Grüße für immer. Es wäre allerdings doch angenehmer, mir vorzustellen, dass mich eine Karre vor der Mauer erwartet, eine Freundeskarre; oh, natürlich nicht Ihre, natürlich nicht“, (Janes Karre wurde beschlagnahmt), „ich zweifle nicht an Ihrer Meisterschaft, am Steuer wie überall, aber ich möchte Sie auf keinen Fall in die Geschichte reinziehen. Wenn die Polypen bei Ihnen auftauchen ...“

Das Dumme ist, dass sie einen Zusammenhang zwischen meiner Flucht und Janes Entlassung herstellen werden; und das Oberdumme, dass Jane das auch tun wird. Wenn sie mit dieser Begründung ablehnt, muss ich ihr Nein reinen Herzens hinnehmen, so, wie ich über die Bullerei hergezogen bin und über meine Sorge, sie bei mir auftauchen zu sehen oder bei anderen, wegen mir. Dann bleibt mir nur: „Aber die Verletzung der Zensur ist kein Verbrechen, was sollen sie Ihnen tun? Mein Brief wird kodiert und versiegelt sein, niemand wird darin einen Sinn finden und wird Sie der Komplizenschaft bezichtigen können. Die Adresse wäre das einzige ... Pah! Da Sie sie in Ihren Schädel gemeißelt haben und sie nicht verraten werden, davon bin ich überzeugt ...“

Puh! Bei all dem stehen mir die Haare zu Berge. Wenn ich nur begreifen würde, was mir dieses rote Licht sagen will! Die Märchen, die ich Maria erzählt habe, waren realer als dieser Plan. Das Datum für den Ausbruch rückt näher, die Entwürfe stapeln sich, aber nichts rührt sich, nichts in mir läuft richtig heiß. Dieser Vulkan ist von Geburt an kraftlos, die Lava erkaltet, bevor sie herausspritzt. Vielleicht werde ich allmählich verrückt?

Was ist das für ein neuer Dämon, der mich gleichzeitig in Wallung bringt und betäubt, der heimtückisch an meinem Herz nagt, der sich fern hält von meinen vertrauten Erinnyen? Ich lebe mit zusammengebissenen Zähnen, ich gebe die Verteidigungshaltung nicht auf, aber trotzdem habe ich ständig Lust zu kapitulieren und mich in träges Vertrauen sinken zu lassen.

Dieser Knast bringt mir nichts. Ich mochte den anderen lieber, wo jeder Tag dem Tod geraubt war. Dieser ist nicht allzu unangenehm konstruiert, das Verhältnis von Dummheit und Gemeinheit ist normal; das Mobiliar, mobil oder nicht, so gut wie jedes andere. Aber ich habe Angst.

Angst vor dieser Sauberkeit, vor der Stille, die die Schreie verbirgt, vor dem hellen Stein, aus dem Angst sickert, eine ständige, konfuse Bedrohung; die Farblosigkeit der Tage überfällt mich, erfüllt mich, verstopft meine Poren; der gefahrlose, folgenlose Alltagstrott wiegt und verschaukelt mich.

Der Dämon ist unbekannt, reglos, er wartet.

Meine alte Ahnung, die sich erinnert, dass ich manchmal SOS gerufen habe, trällert, um mich zu beruhigen. Schnauze, Amme, ich möchte nicht weise sein. Ich möchte mich im dämmernden Morgen regen, auch wenn mich die Zappelei verbiegt und entstellt.

Lass laufen, lass fallen, lass geschehen ...

So lösen sich der Dämon und die Weisheit ab, um über mich zu wachen, bis die knirschenden Spitzen, die über meine Haut spazieren, innehalten, bis ich mich versöhne und einschlafe, mit zerfetztem Herz und unterworfenem Leib.

... Jane hat zugestimmt, wegen der Epistel.

Ein oder zwei Tage vor ihrer Entlassung werde ich ihn schreiben. Kann ihn gut bis zum letzten Moment im Schädel lassen, da hat er seine Ruhe, ist vor Durchsuchungen sicher, hundertmal kontrolliert und kopiert, klar und deutlich.

Wir tuscheln, wiederholen, wieder und wieder: Jane wird in den nächsten Tagen um die Genehmigung bitten, ihren Mantel aus der Kleiderkammer zu holen, um ihn zu kürzen; bevor sie das Futter wieder zunäht, wird sie den Brief im Schulterpolster feststecken.

Ich finde, wenn ich schon abhaue, können sich meine Kumpel mal Mühe geben und auf die große Mauer steigen, um mich hochzuzerren; in dem Plan, den ich wegen meiner Verurteilung und meiner überstürzten Verlegung nicht ausführen konnte, war so etwas vorgesehen.

Die Kumpel sind mir was schuldig.

Oh, jetzt, wo ich Janes Ja habe, habe ich durchaus deren Nein vor Augen; ich weiß, wie schnell man vergisst: geschenkter oder geliehener Zaster, erwiesene Dienste, gewahrtes Schweigen; jeder hat seine kleine Kloake, aus der manchmal unerwartete Blasen aufsteigen.

Aber erstmal soll mein Brief sich aufschwingen.

Ich frage; aber wenn man mir nicht helfen will, Pech, dann finde ich schon eine andere Tangente.

Kapitel IV

Da ist der Brief, auf dem Tisch, zehn Zentimeter vor meiner Nase.

Ich habe ihn mit dem Vierfarbenkuli geschrieben: Text in blauen Hieroglyphen, grün und rot für die entscheidenden Wörter; grün die Hoffnung, das ungefähre Datum, das ich nach Begutachtung des Mondkalenders festgelegt habe; grün auch der Satz, den mir die Leute im harmlosen Brief eines Cousins schreiben werden, wenn sie einverstanden sind; und rot die Ablehnung, wenn sie überhaupt anders als durch Schweigen ablehnen können.

Ich habe den lieben Gott um dichten Nebel oder heftiges Blasen gebeten, aber bitte, lieber Gott, lass es nicht regnen, auch wenn du damit die Witterung der riesigen Kläffer verwirren möchtest. Ich will nicht ausrutschen, ich habe Angst vor dem hübschen, aber glitschigen Moos.

Und wenn mich die Hunde wittern?

Vergiftetes Steak nützt nichts, das mögen sie nicht.

Ich bleibe einfach außerhalb ihrer Reichweite, kein Hinternsteak. Also: Der Mann klettert auf die Mauer an der Straße, die gewaltig ist, er leuchtet ins Fenster des Schafsaals, ich antworte mit einem Streichholz und warte, dass er mir das Tau herüberwirft. Der Klassiker: Er wirft mir eine leichte Kugel zu, an der ein stabiles, aber leichtes Nylonseil hängt, das ein dickeres hinter sich her zieht, an dem ein dünnes Tau hängt, das ... uff, ich komme außer Puste, wenn ich die ganzen Fädchen aufzähle, die allmählich aufgepustet werden ...

Dann habe ich meinen Kumpel am Bizeps gepackt: „Wenn Sie allein kommen und niemanden haben, der die Leiter für Sie hält, können Sie sie auch auf die Mauer ziehen und dort flach hinlegen, während Sie das Tau abspulen: Es gibt vielleicht Wachrunden um das Gefängnis, nicht dass die sich den Kopf stoßen. Ich bin mit dem Seil auf die erste Mauer runtergerutscht. Ich bin da, nur noch durch zwei Meter Zwischenraum von Ihnen getrennt ... Sie haben die Wahl: Kräftig, wie Sie sind, schaffen Sie beides. Was ist Ihnen lieber? Mir eine Brücke bauen, (die Leiter wäre bestens geeignet) oder das Tau mit mir dran rüberziehen? Ich springe ab, wenn ich etwas zu heftig an die Mauer knalle, macht es nichts, ich halte das aus, und auf die eine wie auf die andere Weise schwebe ich über die Kiefer der Bestie hinweg, klack, ich höre, wie sie ein paar Zentimeter unter meinem Zeh leer aufeinanderschlagen."

Ich sollte eine Ausbruchsschule eröffnen, dachte ich, während ich mich über mein Papier beugte.

Ja, dieser vierfarbige Entwurf war wirklich gut: Auf der anderen Straßenseite machen die Mieter der Villa jeden Morgen gegen sechs Uhr Licht, die Lampe scheint links an die Decke des Schlafsaals; ich hatte das alles zugleich mit der Fassade gezeichnet, mich in Gedanken ans Ende der Straße katapultiert, um die Perspektive nach rechts und nach links zu erfassen, und damit mein Schema mehr einer Postkarte glich als einem Plan, hatte ich die Bäume mit Blättern und Früchten dargestellt – in Wirklichkeit sind es dürre Skelette – und die trostlosen Dachziegel der Nachbarn in Sonnenlicht getaucht; ich hatte mir einen Sommertag ausgemalt, um in einer Winternacht zu fliehen. Man hätte es verstanden und gemocht.

Jane wurde entlassen; schade, ihr Schulterpolster war gemütlich. Leider ist mein Schrieb nicht mehr darin, er liegt da, auf dem Schreibtisch des Oberaufsehers; die Chefin ist auch da; und ihr Gatte redet, redet, redet ... Ich höre durch ein Rauschen, dass meine Bestrafung leicht sein wird, nur aus Prinzip: ein Monat Arrest.

„Dummes Stück", fährt er fort, „was hätten Sie meiner Frau damit für einen Schaden zufügen können! Stellen Sie sich vor, ich hätte den Richter informiert, na? Was haben Sie zu sagen?"

„..."

„Natürlich kennt Ihre Komplizin die Adresse, oder?"

(Jane, Jane, warum hast du mich verlassen?)

„... und es ist wohl unnötig, dass ich Sie danach frage? Wie nach diesem ganzen Gekritzel. Was bedeutet das? Los, seien Sie ehrlich, ein einziges Mal! Sie sehen doch, dass es nichts mehr hilft, Geschichten zu erzählen ..."

„Ich erzähle keine, Monsieur-Chef: Abgesehen von der Sonne auf dem Dach hat alles gestimmt."

„Wie? ... Reden Sie lauter, Herrgott! Blödes kleines Ding!"

Der Plan geht herum, die vier Farben verblassen ... das kann nicht wahr sein, er wird meinen Brief nicht an den Richter schicken! Ich muss irgendwas machen, dass ... ich versuche, einen Fuß zu bewegen, es geht, ich hebe ab, ich springe los ...

„Sie würden ihn gern schnappen, Ihren Brief, was? Ihn zerreißen, was? Verschlucken? Das ist zwecklos."

Natürlich hat er vorgesorgt. Sagt er mir etwa, dass er ihn kopiert und sogar entschlüsselt hat?

„Ich nehme an, das ist wohl vergeblich, Monsieur-Chef!"

„Ja. Da, sehen Sie ihn sich an, Ihren Dreck! Sehen Sie, was ich damit mache!"

Ich habe die Augen geschlossen: Als ich sie wieder öffne, ist der Plan verschwunden. An seiner Stelle gibt es nur die farblose Schreibunterlage, bedeckt mit tausend Tintenklecksen, die ganz normale Schreibunterlage. Der Chef hat aus meinem Dreck eine Kugel geknetet und schießt sie kraftvoll in den Papierkorb.

„Los, verschwinden Sie, und benehmen Sie sich im Arrest gefälligst anständig. Sonst lasse ich Sie zwei Monate da schmoren, nicht einen."

Und an die Adresse seiner geliebten Gattin, die sich eilig zur Tür wendet, fügt er hinzu: „Gib ihr tagsüber eine Decke und pass auf, dass sie nicht krank wird: Sie wäre imstande, es absichtlich zu tun. Los, Damien, Sie können gehen. Und was hat es Ihnen gebracht?"

Allein mit der Wärterin im Tagesraum, warte ich, dass sie mich das Gefängniskleid anprobieren und anziehen lässt, dass sie mir die Tage „ohne Kost" verkündet, dass sie mir befiehlt, Decken und Matratze in die benachbarte Arrestzelle zu bringen: Sie bekommen sie jeden Abend beim Einschluss und geben Sie morgens wieder heraus, wird sie mir erklären. Einmal am Tag dürfen Sie Ihre Toilettenartikel benutzen, und wenn Sie Ihrem Anwalt oder den Behörden schreiben wollen ...

Ich weiß, ich weiß!

Aber was geschieht? Mâme Chef sagt nichts von dem, sie zieht sich einen Hocker heran und setzt sich neben mich. Ich bleibe mit gesenktem Kopf stehen; sie ist unter mir, und ich rieche ihre Brillantine. Sie schaut mit ihren großen blauen Augen auf und sagt: „Fachen Sie das Feuer ein bisschen an, es ist fast ausgegangen. Machen Sie sich nicht Ihren kleinen Nes?"

Ich stammle, dass ich, wenn sie so nett wäre, gern einen letzten trinken würde vor dem Winterschlaf und wage sogar: „Und wenn ich auch eine Pfeife rauchen dürfte ..."

„Passen Sie auf, Damien, ich stecke Sie nicht in den Arrest. Das entscheide ich. Sie haben eine große Dummheit gemacht, da sind wir uns einig: Wenn ich den Brief nicht gefunden hätte, hätten wir wegen mangelnder Wachsamkeit große Schwierigkeiten bekommen."

„Aber niemand hätte davon erfahren!"

„Doch, doch: Dufon hätte damit angeben können oder Sie. Der Regionaldirektor ..."

„Unwichtig, Sie haben den Brief ja! Auch wenn Sie ihn nicht allein aufgestöbert haben, Sie haben ihn."

„Natürlich habe ich ihn gefunden! Bei der Durchsuchung von Dufons Mantel habe ich mich an der Nadel gestochen, die den Brief gehalten hat. Ihre Kameradin hat sich zu gut geführt während ihrer Haftzeit, als dass ich ihr die Entlassung verdorben hätte; Sie haben ja gesehen, heute früh habe ich getan, als wenn nichts wäre ..."

Die Nadel? Jane hat das Schulterpolster vor meinen Augen zugenäht, auch das Futter. Alles war ordentlich entnadelt, da bin ich sicher. Also hat die Chefin, die keinen Stich vor den anderen setzen kann, sich die Mühe gemacht und während ihrer nächtlichen Durchsuchung eifrig genäht, damit ihre kleine Jane den Knast nicht mit zerschlissenem Futter und Gewissen verlässt.

Ist das nicht rührend?

„Sie werden Ihre Strafe hier absitzen, im Tagesraum. Ich kann eine Frau nicht bei dieser Kälte in die Arrestzelle sperren, das tut mir in der Seele weh, was soll ich machen."

Kotz es aus, dann sehn wir, was es ist.

Wärtergunst? Gunst ohne Gift? Daran glaube ich nicht.

Ich kannte das Lied von den erstarrten Füßen, Pipi auf den Fingern, um die Erfrierungen zu lindern, Brühe-Brot-Wasser-und-Schluss dreimal pro Woche; ich hatte keine Angst davor, ich wollte nicht weniger. Warum sollte sich die Wärterin, kaum das Jane weg ist, darüber hinwegtrösten, indem sie anfängt, mich zu lieben? Nein: Der Gemahl ist sicher einverstanden, trotz der kleinen Schimpfkanonade zur Einschüchterung vorhin; sie muss nicht den ganzen

Monat auf die Knastklingel lauschen, um mich vor jedem Besuch des Chefs oder eines hohen Tiers hopp-hopp in die Zelle zu bringen und wieder herauszulassen, sobald der Alarm vorbei ist. Außerdem hat der Chef Schlüssel für den Frauentrakt.

Sie halten mich wirklich für doof.

... Sie haben Angst, dass der Richter den Brief dechiffriert oder mir den Inhalt entlockt, wenn sie ihn ans Gericht schicken; sie machen akribisch ihren Dienst – der Beweis –, haben aber Panik bei der Vorstellung, etwas falsch zu machen, und weiß man, wie weit die Boshaftigkeit der Gefangenen geht? Wenn ich erzähle, das sei ein fröhliches Gefängnis, in dem die Crêpes jede Woche mit Strömen von echtem Kaffee begossen werden, geht es ja noch; solche Übertretungen werden in vielen Haftanstalten geduldet. Aber wenn ich etwas erfinde? Wenn ich die Crêpes zu fehlendem Service aufblase? Anstatt Ärger zu riskieren, riskieren die Wärter lieber unsere künftige Nemesis.

Wenn nicht heute, dann in zehn Jahren, aber du wirst dafür zahlen, brüllen wir, wenn es schlecht für uns läuft. Aber der Wärter grinst, während er die Tür verschließt: Noch hat er die Schließeisen in der Tasche, und in zehn Jahren ... Der Schlüsselknecht ist bescheiden: Er weiß, dass wir draußen was Besseres zu tun haben werden, als an ihn zu denken.

Deshalb fürchtet der Chef meine Vendetta ebenso wenig wie die meiner verfehlten Briefpartner. Wenn er mir eine Gunst erweist, dann einfach so, gratis, weil es in der Arrestzelle friert. Und weil ich, wie er vorhin gesagt hat, beschließen könnte, darin abzukratzen, und meinen Kadaver will er nicht.

Sie wollen auch die brave Dufon schonen: „Nein, ich hatte keine Komplizin, ich habe ganz allein gehandelt", weiß Gott, die Chefin hält mich für den Untersuchungsrichter. Wenn sie mich auslachen würde: „Ha ha! Da haben Sie Ihre liebe Jane! Die hat Sie schleunigst verpfiffen!“, würde ganz sicher irgendwann meine Mafia Jane entführen und von einer Horde dicker Neger bespringen lassen, um sie das Sterben zu lehren; auch wenn sich die Chefin in ihrem unermesslichen und blendenden professionellen Stolz selbst einreden könnte, sie habe mich allein durch ihren Scharfsinn angeschmiert, wäre ihr doch bewusst, dass der Richter ein Dossier anlegen müsste, wenn sie ihm den Kassiber schicken würde; dass, wenn der Text bedeutend wäre, meine Komplizin Jane sich womöglich hier wiederfinden würde; Mâme Chef will kein Blutvergießen, auch nicht, dass ich es noch einmal versuche, bei Janes nächster Freilassung, und so weiter.

Kurz und gut, es war viel einfacher, auf nett zu machen.

Auf nett machen, Menschlichkeit zeigen? Aber man ist menschlich oder ist es nicht, die Menschlichkeit hat nichts mit dem Job zu tun, den sie oft gar nicht gewählt haben; man wird Wärter vom Vater auf den Sohn, und die Gattin folgt ihrem Wärtergemahl in den Beruf. Ich kann das nicht genau auseinanderklamüsern: Köpfe von Wärtern, Krankenschwestern, Bösewichten, wie soll man da Menschliches, Gemeinheit und die kleinen Gunsterweisungen auseinanderhalten? Ich bin Gefangene: Die Strafe ist widerlich, der Anschein ein Graus, und ich kann niemanden dafür beschuldigen oder entschuldigen.

Egal, auf welcher Seite der Schranke sie stehen, warum sie hier sind, im Knast sehen alle so aus, als würden sie sich dafür entschuldigen: die Wachteln, indem sie uns kleine Vergünstigungen gewähren, wir, indem wir bereit sind, ihnen dafür zu danken.

Ich lege dich um, wegen deiner Uniform, adieu Wärter, ich hatte dich gern.

Ich hebe den Kopf, meine Wangen brennen vom Anheizen des Ofens; Mâme Chef kann die Röte als Scham oder begeisterte Dankbarkeit interpretieren, also los: „Danke, Madame, und Danke an Ihren Gatten. Ich werde nicht mehr versuchen, meine Rechte zu übertreten, Sie haben mein Wort."

Gaunerwort gegen Wärtervertrauen.

Oh, der Vulkan ist erloschen; aber er wird zu neuem Leben erwachen, morgen oder im nächsten Jahr, er wird auf jeden Fall wieder erwachen, denn man kann mir die Idee nicht aus dem Kopf reißen, wie man mir ein Kassiber wegreißt. Das wird das Ganze nur etwas verzögern.

„Wissen Sie", sagt die Wärterin, „wir sind doch keine Unmenschen. Aber ... sagen Sie schon, Damien, was steht in Ihrem Brief? Und warum haben Sie das Gefängnis gezeichnet?"

„Na ja ... um einem Freund eine Vorstellung von dem Ort zu geben, an dem ich lebe. Das hätte ihn gefreut ..."

„Kommen Sie, das wollen Sie mir doch nicht erzählen!"

„... aber vor allem, weil ich wollte, dass er mich unterstützt. Er ist reich, er hat mich gern, nur, er hat keine Ahnung ... pah! Eigentlich ist es sehr gut so. Sie haben Recht, das hätte nur Theater gegeben."

„Aber ... Ihr Freund im Männertrakt, weiß der Bescheid?"

„Er weiß es, er weiß es nicht, ich weiß nicht. Auf jeden Fall ist es unwichtig: Das ist eine so alte Geschichte!"

Offensichtlich ist das sogar für eine Gefängniswärterin schwer zu schlucken. Aber ich werde ihr immer wieder dasselbe Märchen auftischen, also muss sie sich damit zufriedengeben.

Den ganzen Nachmittag denke ich über die seltsame Geschichte nach; und im Schlafsaal denke ich weiter darüber nach, die Nase im Laken versteckt, die Augen offen in der Dunkelheit. Es ist ja doch angenehm in richtigen Laken; im Bau kratzt die Decke und reißt die Haut auf, die Wange wird bleich und schuppig, man vergisst sein Gesicht ... Die Gunst ist doch ganz nett. Jeder Wärter muss irgendwann versucht sein, ein bisschen schönzutun, aber er darf weder zu hart noch zu nett sein; er muss eine wandelnde Gefängnisordnung sein, der man nicht gesagt hat: „Hassen (oder lieben) Sie den Verbrecher", sondern: „Hüten Sie ihn", und „hüten Sie sich vor ihm". Aber jedes Misstrauen lässt auf die Dauer nach; Umgang ist auch ein Stück Zugang; selbst ich, wenn ich in den Gängen zum Anwalt zufällig über die Fäden der Hampelmänner stolpere, die sich unter der Anstaltskutte bewegen ... hmm! Der Wärter, der diese Fäden mal gehässig, mal verstohlen zieht, fragt sich insgeheim, ob diese Jungs nicht eher zu beklagen sind, als zu fürchten.

„Verdammter Wärter, ich schlag dir den Schädel ein! Ich schneid dir ein Ohr ab und schluck es runter, damit man es nicht wieder ankleben kann, du Dreckskerl!"

Aua! Aus Hinterlist oder Unachtsamkeit hat man ihm einen Verrückten untergejubelt. Abendrapport: „Alles in Ordnung bei den Männer?"

„Na ja, Chef, insgesamt ist es ruhig."

Der Wärter hat höchst gefährliche Aufgaben: Doppeltüren, Gucklöcher, Generalschlüssel und, wenn es nötig ist, Zwangsjacke, das sind die offenen Waffen; der Gefangene aber ist heimtückisch. Zuständigkeit für öffentliche Sicherheit, eine Macht, die dem Wärter zwar kein großes Budget verschafft, aber zumindest eine Bedeutung, was auch angenehm ist, eine Aura, die ihn überall begleitet: Das ist Soundso, Sie wissen schon, der Wärter.

Der Zerberus ohne Eingeweide ist ein Mythos, ein Bild aus Épinal: Die Härte, das Gebrüll, die schamlose Wampe, das ist alles nur Schein; der Wärter ist ein braver Kerl, klar. Man hat ihm allerdings beigebracht, dass die Grundgleichung seines Berufs lautet: Freundlichkeit zeigen ist gleich Scherereien haben.

Ah! Diese Scherereien. Er wollte sich gerade ein bisschen ausruhen, halb Wache, halb Siesta, in der Wärme seiner Bude, da fangen die Scherereien an, sich zu regen und für Aufregung zu sorgen; er wird die Achtung seiner Chefs und das Brot für seine Kinder verlieren, wenn er nicht augenblicklich für Ordnung sorgt.

Seine Kinder ... Marmeladenmäulchen, die ihn heute früh geküsst haben, Papa; das gefangene Kind, das mit dem letzten Polizeitransport gekommen ist ... nein, die Verbindung ist absurd, meine Kinder sind richtige Kinder, keine Häftlingshemden. Papa kümmert sich um die bösen Leute.

Der Wärter hat Tressen und gibt Befehle: „Soundso, fix, räumen Sie gefälligst auf, nehmen Sie sich Lappen und Besen: Gleich kommt eine Inspektion."

Er will aufsteigen, dafür gehorcht er: ein kleiner Fisch zwischen zwei Scheiben Verstand, wackeres Sandwich! Er sieht die Bonzen vorbeiziehen, bahnt ihnen unterwürfig den Weg; aus dem Augenwinkel inspiziert er die Schüsseln und sucht nach Spinnennetzen, während der Kontrolleur durch das Gefängnis wandert, gleichgültig und eilig, fertig zu werden.

Im Grunde ist der Wärter auch ganz allein.

Deshalb redet er mit uns. Auch wenn wir uns ausruhen, wenn selbst die Finger träumen, muss er uns zusehen. Ja, nachts, das ist das Schlimmste. Wir drehen uns in unseren Laken, unser mumifizierter Haufen grunzt und atmet, und der einsame Wärter wartet, dass wir zu ihm zurückkommen.

In der Wachstube schläft der Kollege endgültig ein, wenn aller Tratsch ausgetauscht ist; der Wärter blättert in den Quittungen, zieht ganz gerade Linien im Register, bis zum Ersten des nächsten Monats, dann legt er die Stirn in die Hände: Mein Gott, jetzt kannst du mir die dicke Polin schicken, kannst du Erbarmen haben oder nicht, wie du willst. Mein Gott, gib mir gute Gefangene. Nicht so einen verstörten Spitzbuben, dem man unter der eiskalten Dusche die Nerven abtöten und die Visage abkühlen muss, o nein! Einen guten, keinen Heimtückischen, keinen Nörgler, einen, auf den man sich verlassen kann ... dessen hübsche Wäsche wir im Saubere-Wäsche-Koffer, den eine Geliebte jede Woche schickt, durchsuchen. Einen, der viel einkauft und nicht zu viel schreibt; der uns gegenüber ergeben, hilfsbereit und anteilnehmend ist. Der uns in prächtige und grausige Welten entführt oder einfach mit uns redet.

Aber mehr als in hübsche Wäsche steckt der Wärter die Finger in alles; er gähnt, während er die Glocken hört. Die glückliche Totenglocke der Rente löst sich im Aroma des Ehrentrunks, der Apotheose.

Lieber Gott, tadle ihn nicht.

Kapitel V

„Die Wäsche ist trotzdem weniger praktisch so, mit den Männern“, stellt Mâme Chef fest und sinkt auf einen Hocker. „Jetzt habe ich es noch nicht mal geschafft, die Betten zu machen. Also, ich verschwinde, Damien, ich muss das Essen aufsetzen.“

„Gut, Madame, ich werde auch brutzeln, drei Zwiebeln; das wird besser als das Wasserpüree. Guten Appetit.“

Und schon bin ich wieder allein in meinem Reich. Ich drehe einen Hocker um, damit ich mich vor den niedrigen, breiten Ofen setzen kann. Die Bratpfanne hat ein Loch, ich habe es mit einer Reißzwecke verstopft, aber das Fett tropft trotzdem heraus. Aufpassen mit Spritzern, ich habe keine saubere Bluse mehr, und heute waschen ... Waschpause, seit dem Morgen reden wir von nichts anderem. Wie geplant ackern die Männer; ich kann mich schließlich nicht um den ganzen Haushalt kümmern, flicken, mein Gerippe und meine Geschäfte pflegen und dann auch noch die Wäsche; außerdem bin ich im Arrest.

Dufon scheint nicht zurückzukommen, die dicke Polin lässt auf sich warten, und die Chefin ist ziemlich sauer: „Ach, Damien, hoffentlich kommen mal Anständige, keine Faulpelze ...“

Die Arme. An den Waschtagen muss sie hierbleiben und aufpassen, dass die Männer ordentlich reiben, dass ihre Gefangene keine Kassiber schreibt, ihnen diesmal, aus Liebe oder aus Langeweile ... Auf die Wäscher pfeife ich; aber wenn andere Frauen kommen, die keine Anständigen sind ... die Gefängnisordnung hat keine Säuglingsstation zwischen den beiden Trakten vorgesehen, und Mâme Chef bereitet mich auf künftige Strenge vor: „Bei mehreren können wir nicht so nachsichtig sein."

Die Stange des Hockers drückt sich angenehm in den Schenkel, meine Schienbeine glühen. Ich schneide meine Zwiebelringe und denke über den Fall Mâme Chef nach, nicht, weil sie anders wäre als alle Chefs, die mich bewacht haben, sondern weil diese Unterart der Menschheit trotzdem verdient, dass man ein bisschen über sie spricht.

Sie wünscht sich Gefangene, weil das nur Vorteile für sie hat: Nach den Mühen der Durchsuchung bei der Ankunft hat sie mit zehn nicht mehr Arbeit als mit einer, und zehn bringen mehr ein. Mâme Chef ist mitfühlend: Sie erträgt es nicht, uns untätig und schwermütig zu sehen, sie lenkt uns ab, indem sie uns beschäftigt.

Eine Strickerin bedeutet Pullover für die ganze Familie; eine Stickerin bringt ein paar neue Tischdecken.

Oh, Mâme Chef, was für schöne Wäsche Sie haben!

Das ist umso bewundernswerter, wenn die Frauen ihr den schlechten Streich gespielt haben, freigelassen zu werden, bevor sie das Werk vollendet hatten, und die unermüdliche Chefin die Nächsten anstellen musste. Die Differenz zwischen dem Lohn der Gefangenen und dem Ladenpreis ist dennoch groß genug, um insgesamt für diese kleinen Unannehmlichkeiten zu entschädigen.

In gewisser Weise bin ich auch eingespannt: Ich mache weder Pullover noch Deckchen, ich verberge meine Begabungen sorgfältig, meine Leistung ... Meinem Lohn entsprechend bin ich das brave Mädchen, bemüht, aber etwas langsam: „Die Damien darf man nicht hetzen". Nein, aber ich muss mit ihr sprechen, muss lächeln ... Wie sollen wir reden und worüber? Ihre Aufmerksamkeit, die an andere Stromkreise angeschlossen ist als meine, hängt sich an Gesten, an das Verhalten der Leute, sie braucht Signale; sie ist

Beobachterin, aber sie schaut nicht hin, sie lauert. Ihr Auge scheint immer hinter den Dingen zu stöbern, ihr Ohr unter den Worten zu lauschen. Es strengt mich an, mit ihr zu reden, aber wenn ich so aussehe, als wäre ich eingeschnappt, knallt die Tür, hallt das Gebell: lieber lächeln und in Ruhe grübeln, während ich ein Gesicht ziehe, als würde ich an ihren Lippen hängen. Ich brauche weder Märchen noch Kalender, um meine Zeit in die Länge zu ziehen; aber nach der „Entdeckung" des Kassibers habe ich eingesehen, dass ich ein paar Wochen verlieren muss, um das Vertrauen des Personals Krume für Krume zurückzugewinnen; ich habe diese Wochen als Bezahlung abgeschrieben, da ich offenbar irgendwas schuldig bin. Im Grunde langweilt sich die Chefin viel mehr als ich, und es ist barmherzig von mir, dass sie sich auf meine Kosten ablenken kann.

Wir plaudern beim Wecken, bei der Elf-Uhr-Suppe, nach dem Zwei-Uhr-Hofgangangebot, bei der Sechs-Uhr-Suppe, vor der Nachtruhe ... Am mühsamsten sind elf und sechs Uhr: Wenn sie einen Hocker unter dem Tisch hervorzieht, ist meine Mahlzeit verdorben. Ich konnte noch nie in Gesellschaft von jemandem schlucken, der selbst nicht isst, erst recht nicht, wenn er mich mit den Augen verschlingt. Die großen blauen Augen von Mâme Chef durchbohren meine über den Teller gebeugte Stirn. „Essen Sie, essen Sie", sagte sie am Anfang. Dann quälte ich mich so sichtbar, zu kauen und meinen Löffel zu führen, dass sie es irgendwann begriff: Jetzt geht sie ihre Schlösser kontrollieren oder im Krankenzimmer die Wäsche zählen und lässt mir zehn Minuten, um in Ruhe zu essen. An den Tagen mit üppigem Menü geht ihre Rücksicht so weit, dass sie die Abteilung verlässt; „mein Mann hat mich gebeten, im Büro vorbeizukommen, ich verschwinde mal, während Sie essen".

Uff! Ich ziehe meinen Hausmantel an, jetzt kann ich ordentlich herumsauen. Draußen zwingen die Vorsicht oder die guten Sitten zu einem gewissen Anstand: Sie können nicht in einem beliebigen Restaurant fressen wie ein Schwein; der Wirt ist vielleicht ein Spitzel, und Sie sind in der Ecke unerwünscht oder möchten nicht bemerkt werden und so weiter. Warum sollte man sich hier genieren? Die Genierlichsten gehen unter ... Ich zerfetze das Rindfleisch Art des Hauses mit den Zähnen oder baue mir aus der Brotrinde riesige Sandwiches, gefüllt mit Brei oder Fischigem, mit Senf und viel Fett, das auf die Handgelenke trieft.

„Ich würde Ihnen gern Gesellschaft leisten, während Sie essen", sagt die Chefin manchmal zur Abwechslung, „aber wenn Sie das geröstete Brot kauen, bekomme ich Zahnschmerzen ..." Sie erfindet einen Haufen Gründe, um verabschiedet zu werden, während sie so tut, als würde sie sich verabschieden.

Sie nervt mich auch mit kleinen Geschenken: „Da", sagt sie und packt ein Stück Kuchen aus. „Essen Sie schnell, er ist noch warm, ich habe ihn gerade aus der Form geholt ..."

Oder wenn sie mir einen Topf Kaffee bringt: „Das ist guter, aus Arras."

Oder sie holt einen Bonbon aus der Tasche, den ihr der Chef gegeben hat und den sie genommen hat, um ihn mir zu geben, weil sie mit Süßigkeiten ... Sie schenken sich noch Bonbons! Die Beiden rühren mich. Ich weiß alles: Hochzeit, Entbindungen, die Kümmernisse der Wechseljahre, ihr Leben, das von früheren Gefangenen, der Einkauf in der Markthalle, die Erfolge der Engelchen in der Schule ... Und ich höre begeistert zu, ich sage ihr, dass sie stolz sein kann, dass sie schön ist, wenn sie vom Friseur kommt, dass sie mächtig elegant ist, wenn ein neuer Kragen unter ihrem blauen Kittel hervorschaut.

Natürlich durchsucht sie mich jeden Abend, bevor wir in den Schlafsaal gehen, kontrolliert jedes Mal, ob das

Kantinenmesser und der Löffel gut sichtbar auf dem Tisch liegen, und ich muss oft in meinem Schrank aufräumen, nachdem er nachts durchwühlt wurde; was für eine Freude am Morgen. Aber die Gefängnisordnung ist Teil von Mâme Chef, sie zieht sie mit dem Kittel an und erst am Abend wieder aus; mehr als ihre großen Augen plagt mich ihr Kittel. Abgesehen vom Liebhaber weiß man von keiner Leidenschaft, aber ... Falls mir ein Sturm des Wahnsinns durch den Dez fährt, und ich beschließe (und es mir gelingt), mit einem Löffel zu türmen oder mich mit einem Messerchen umzubringen ... Mâme Chef durchsucht, durchsucht, wie man es ihr beigebracht hat, aber würzt ihr Handeln wenigstens mit ihrem persönlichen Humor: „Na, dann wollen wir mal mit meinem Liedchen“, verkündet sie jeden Abend, während sie die Finger nach meinen Sachen ausstreckt. Sie deutet ein Gleiten an meinen Seiten hinab an, bis sie auf die Taschen meines Hausmantels trifft, in denen sie eintaucht und freundlich ein paar Sekunden paddelt; ich, guter Automat, mein Taschentuch und den Apfel als Betthupferl in den erhobenen Händen, lächele ein wenig: „Suchen Sie gründlich, Madame: Da ist auch noch die Eisensäge und die Ersatzbatterie für die Taschenlampe.“

Sie kann das Stirnrunzeln nicht unterdrücken, aber ich kann mich auf meinen Code verlassen und könnte ihr den ganzen abgefangenen Brief rezitieren, ohne dass sie darin etwas anderes sicht, als den Versuch, witzig zu sein.

Ich habe sie so lange gebauchpinselt, bis sie mir erlaubt hat, nachts das Rauchzeug mit hochzunehmen, wenn ich nur am Morgen alle Spuren meines Tabakladens beseitige, „falls eine Inspektion kommt“.

Hoffentlich kommt niemand. Inspektoren und Polypen sollen sich arbeitslos melden, damit ich in meinem kleinen Reich der Stille allein bleibe. An die Stille gewöhnt man sich viel leichter als an den Knast, der sie hervorbringt: Ich mag die Nacht, wenn das Ohr nicht mehr auf das Klingeln und die Schlüssel lauscht und wenn die Kälte die Vögel an die Regenrinne drängt. Das Radio ... jetzt, wo Dufon nicht mehr da ist, um liebenswürdig danach zu verlangen, wird oft vergessen, es auf meiner Seite einzuschalten, und nur das Echo des Lautsprechers aus dem Männertrakt dringt durch die Mauer, ein ganz leiser Geräuschhintergrund.

„Aber Damien, Sie müssen es verlangen!", schimpft Mâme Chef.

Ich, verlangen? ... Aber ... Ich dachte, ich bin im Arrest. Und auch sonst, rechnen Sie nicht mit mir. Ich werde nie verlangen. Ich werde nie anschwärzen. Wenn andere Frauen kommen, bin ich nicht Ihr zweites Büro. Alles, was ich denunzieren könnte, wäre höchstens die Anwesenheit einer Ratte in der Waschküche, weil Sie sowieso Ihre gemeinen Fallen und vergifteten Körner auslegen, die Körner, die ich hinter Ihnen wegfege, weil ich die Ratten gern mag.

Neulich wurde ein ganz winziges Rättchen erwischt, und es sah so erbärmlich aus mit seinem zerquetschten Hals und seinem blutigen Fell, dass ich den ganzen Vormittag Trübsal geblasen habe.

Ich hatte die traurige Pflicht, die kleine Leiche zu befreien und im Ofen einzuäschern. Nachdenklich verbrannte ich die kleinen Knochen, voller Gewissensbisse ... Ha! Das erinnert mich daran, dass heute früh ein Prachtkerl von Ratterich zwischen meinen Füßen durchgeflitzt ist, und ich wohl doch wieder den Zuträger spielen muss.

Insgesamt verblöde ich allmählich. Die laue Betäubung des Geistes kommt mir gelegen, ich werde gegart wie ein kleines, fades Gericht, das sich bisher zu kochen geweigert hätte; Mâme Chef ist mir egal. Sie hat mir die gleichen Köder hingestreckt wie den anderen, Kawa, Bonbons und Lächeln, und vielleicht habe ich für diese Sachen, auf die ich mehr oder weniger Wert lege, das gleiche getan wie die anderen: Ich habe meine Seele verkauft, ich habe zugehört, ich habe mein Herz ausgeschüttet ... Ich frage mich, ob die Chefin Wert darauf legt. Sie redet gern mit mir, einfach, weil sie gern redet, weil Klatsch und Tratsch die einzige Ablenkung in ihrem langweiligen Beruf sind; sie gibt sich nicht aus Liebe mit mir ab, es ist mehr ein Besitzgefühl: Ich bin ihrer Obhut anvertraut, ich gehöre ihr mit Haut und Haar. Da sie keine Abfuhr riskieren möchte, zwingt sie mich nicht, angelt mich ganz behutsam, und anstatt ihr einen Korb zu geben, nehme ich braves Huhn alles hin ...

Sie nervt mich ständig, eigentlich sei sie wie ich, sei ständig im Gefängnis, könne nicht mal am Abend hinaus, sie habe ganz andere Sachen erlebt, bevor sie einen Wärter heiratete ... einen Wärter, den sie innig liebe und der ihr die wunderbarsten Kinder geschenkt habe, der ... Was will sie dann?

Tratsch.

Ich bin gern bereit, sie abzulenken, aber ein bisschen muss ich mich auch amüsieren. Deshalb gebe ich mich abstrakt, spreche vom Zufall und der Vielfalt des Lebens, zitiere Autoren mit einem „Das kennen Sie natürlich, Mââme ...“; wenn sie mitten in einer Musiksendung reinplatzt – der Wärter hat vergessen, den Sender zu wechseln, die Männer grölen: „die Messe!“, und ich sage nichts –, stelle ich mich taub, höre ihren Schlüssel nicht, sehe sie nicht reinkommen. Sie wiederholt „Guten Abend, Damien“, dann hebe ich die von inspirierter Schwere verschleierten Augen: „Oh, pardon, Madame! Guten Abend, Madame ... Ich habe zugehört: Das ist schön, nicht wahr?“

Anstandshalber lässt Mâme Chef einen schmerzerfüllten Blick schweifen, große Musik ist immer traurig, machen Sie nicht so eine Leichenbittermiene, Mââme, ja, ja, ich dreh den Intensitätsknopf schon runter. So kann ich weiter zuhören, während ich Ihr Geplapper ertrage. Na bitte.

Getröstet holt sie sich einen Hocker heran, weil ich sie der Musik vorziehe.

„Sie haben recht, eine Weile ist es ganz schön, aber dann wird es ermüdend."

„..."

Ordnender Reflex: Sie verzichtet darauf, ihre Nase weiter in diese Sphären zu stecken. Außerdem bin ich auch schon runtergekommen, das zeigt, dass ich nur schwebe, weil ich nichts Besseres zu tun habe. Es kann nicht sein, dass ich so viel Freude empfinde, wie ich behaupte, das ist nur, weil ich mich wichtig machen möchte. Die höhere Sphäre ist höchstens der Schlafsaal oben, in dem sie mich einschließen wird.

„Nein sowas, Damien", sagt die Dame und starrt auf meine Treter – abgewetzte himmelblaue Latschen für dicke Teppiche, „kein Wunder, dass Ihnen kalt ist. Sie haben ja nichts an den Füßen!"

Ja, in ihrem Element, dem elementarsten, ist Mâme Chef sehr kompetent. Ihrer Glubschaugen überdrüssig und um Frieden zu haben, versuche ich sie nicht allzu sehr zu verwirren, ich verblöde, hebe mir Spontaneität und Kontroverse für kommende Zeiten auf; abends, oben, regeneriere ich mich ...

In der Schlafsaalnacht, wenn die ordnende Hand meinen Riegel für zwölf Stunden vorgeschoben hat, werde ich wach, wälze mich herum, ziehe die Laken um mich zusammen; mit der Nase an der erfrischenden grauen Farbe der Wand, lasse ich ein gewaltiges Lachen in mir gurgeln. Ein fröhlicher Ansturm kleiner Verrücktheiten erobert mein Bett und verteilt sich in explosiven Farbspielen.

Psst, lange genug warten, die Energie meiner Finger bremsen; und wenn eine Andeutung von Glück vorbeikommt: zerquetschen!

Ich vergesse nichts, weder die explodierten und erstickten Ausbrüche, noch die lange Drecksperiode, nichts; aber ich möchte nicht mehr von verräterischen und klebrigen Dingen verletzt werden. Es bleibt noch Zeit genug, leider!, den Kampf nach dem Urteil wieder aufzunehmen: Das Strafmaß wird ein neuer Durchhänger sein, aber ich komme wieder hoch ... Im Moment halte ich Winterschlaf, eingepackt im Kokon von gutem Willen und Loyalität.

Man hat mir brutale Eisenteile ins Fleisch gebohrt; aber die Zellen drum herum sind schon lange gefühllos geworden und haben sich verhärtet: Ich vertrage diese Fremdkörper gut, aber ich weiß, dass sie keine Chance haben, anzuwachsen.

Die Zangen des Absurden hinterlassen braune und hartnäckige Male auf mir; dicke Pfoten, die mich durchsuchen und abtasten, lassen mich vor Abscheu erschauern: „Mein Liedchen!" ... Unter meinem demütigen Lächeln beiße ich die Zähne vor dem Schwall von Schimpfworten zusammen. Aber ich schweige.

Früher brüllte ich und schlug alles kurz und klein; alles, bis auf das Gefängnis, das mich gelangweilt und von oben herab betrachtete. Ich brülle nicht mehr: Jetzt betrachte ich das Gefängnis, erforsche die alte Maschine; ich lerne, das Brüllen von mir zu lösen, es abzuschälen, ohne mir die Haut abzureißen. Und wenn ich die Nase voll davon habe, ans Gefängnis zu denken, lege ich die flache Hand auf die laufende Analyse; ich stehe auf, gehe zum Fenster und beobachte die Spatzen auf dem Hof.

Ich träume; die Reisen in die Abwesenheit werden häufiger. Ich finde Geschmack daran, es ist mir fast egal, hier zu sein ... Ich errichte raffinierte Umleitungen und wirksame Sperren für meine Qual.

Mehr als das Fehlen von etwas Interessantem in meinem gegenwärtigen Leben schüren die ständigen Besuche der einzigen Mâme Chef meinen Wunsch, woanders zu sein. Ich fange nichts an, ergreife nichts: Ich will in mir bleiben und dieses Ich weit weg halten von hier, wo nichts und niemand es abfangen kann; das wünsche ich mir.

In einer gemauerten Zelle, wo man mir den Fraß durch ein abschüssiges Loch, keine Schalteröffnung wie hier, herunterwerfen würde, in einer Zelle, in der ich weder schwatzen noch heucheln müsste, fände ich mich wohl leichter; aber hier habe ich diese Wärterin ...

Kapitel VI

Eine gläserne Regenwand bildet sich hinter den Gittern.

Ich gähne, trotz dreier Nescafé; warum ist man aufgestanden, hat sich angezogen und schön gemacht, wenn man doch um sechs alles wieder rückgängig machen und hoch zum Schlafen gehen muss, ohne jemanden gesehen zu haben, in die klammen Laken, in denen man dennoch so schön die Strafe abliegen könnte ...

Wenn ich meinen Hocker ganz nah an den Ofen ziehe und die Stelzen fast rösten lasse, wird die Haut knallrot und fleckig, aber das Innere bleibt gefroren, schiebt sich Schnee durch die Adern und benimmt sich der Schädel wie ein stumpfer Eisblock. In der Dufon-Ära gingen wir vor der Suppe hoch, um unsere Betten zu machen, und Mâme Chef hat erlaubt, dass ich es weiter so halte.

„Wenn es allerdings Neue gibt ..."

Heute wird es sein wie üblich. Also kippe ich mich bis zum Abendläuten mit Kawa voll, und sobald mich die Chefin holen kommt, sause ich in den Flur, fliege die Treppen hoch und schlüpfe unter die Laken, ohne zu viele Kalorien rausgelassen zu haben.

Da ist die Dame, ich sehe ihren eingemummelten Kopf am Fenster vorbeikommen. Sie rennt, ist wohl nicht so warm draußen. Ich bin schon an der Tür zum Flur, stampfe ungeduldig, die verschränkten Arme in den Ärmeln des dicken Pullovers über dem Nachthemd.

„Ah, Madame! Da sind Sie endlich. Schnell ins Körbchen!"

„Nein, Damien, es hat noch nicht geklingelt. Sie fahren zum Gericht. Ziehen Sie sich schnell wieder an, die Polizisten warten."

Panik: Ich habe gerade wie jeden Abend meinen Slip und meine Strümpfe gewaschen, habe mit Margarine das Schwarz aus den Augenwinkeln gewischt, ich ... schnell, mein Kamm, o Gott, ich habe schon meine Zöpfe geflochten, stimmt. Ohne Unterhosen ins Gericht – kein Problem, aber nicht ohne Schwarz um die Augen!

Egal, nichts zu machen, Mâme Chef schubst mich mit Bluse und Rock in der Hand ins Arztzimmer; sie reckt sich, um auf den Schrank zu greifen, wo die Koffer sind: Mangels Kleiderbügel ist mein Pelz darin seit der Ankunft zusammengepresst. Um voranzukommen, hält sie ihn mir ausgebreitet zum Reinschlüpfen hin, aber ich möchte den Motor noch ein bisschen warmlaufen lassen: „Durchsuchen Sie mich nicht, Madame?"

Die Chefin zögert eine Sekunde, dann: „Sie wussten es ja nicht ... Außerdem haben Sie sich gerade vor meinen Augen angezogen. Los, heben Sie Ihren Pullover, das reicht."

Ich hebe die Arme, damit sie mich mit ihren dicken roten Händen krabbeln kann, das Nachthemd rutscht hoch, hängt in Wülsten über dem Rockbund. Im Gehen vergewissere ich mich, dass es nicht rausguckt, sage unschuldig: „Hatte ich Ihnen nichts gesagt? Ich dachte, doch. Nein, stimmt, Sie haben mir den Brief vom Anwalt gegeben und sind sofort weggegangen, später habe ich es vergessen."

„Ich habe Ihnen heute gar keinen Brief gegeben!"

„Nein, aber gestern, da schon. Die Vorladung zum Gericht kommt normalerweise am selben Morgen, deswegen dachte ich, der Anwalt hätte sich geirrt."

In Wirklichkeit hatte mir der Anwalt angekündigt, ich würde „demnächst" vorgeladen werden, was in der Anwaltssprache heißt: ich weiß nicht wann.

Der Anwalt zahlt für das Honorar, indem er das Warten mit kleinen tröstenden Briefchen spickt. Aber vor der Chefin würde ich nie zugeben, dass ich geblecht habe, um dann nichts zu wissen, und dass ich mit dem Anwalt über alles rede, nur nicht über meinen Fall: Sie wäre zu enttäuscht.

Und meine Treter? Keine Zeit, zurück in den Tagesraum zu gehen. Ich präsentiere mich dem Richter also mit Pelzjacke, nackten Füßen in Latschen, von den Pfützen auf dem Hof bespritzten Knöcheln und geflochtenen Zöpfen mit Gummis. Wenn ich nur ein bisschen Schwarz hätte auftragen können! Aber ich bin glanzlos, schlimmer noch, ich glänze vor Margarine und sehe aus wie eine Göre, die ihrer Mutter den Mantel geklaut hat.

Um das Maß vollzumachen, ist Zizi auch dabei: Ich sehe ihn vorm Polizeiauto. Ich verstecke mich hinter den Bullen, damit er meine Hässlichkeit nicht sieht. Ihn haben sie wohl informiert: Er ist rasiert, gekämmt, auf die neue Art, die mir gefällt. Ich setze mich so weit wie möglich von ihm weg ins Auto, Pech, lieber soll er denken, ich wäre wütend.

Aber bald ist es stärker als ich, ich hebe mein Margarinegesicht und rufe mit zärtlichen Lippen: „Zi-zi!“

„Hallo, Süße“, antwortet er und hebt mechanisch die Hand; dann schaut er weg.

Was ist los? Zizi, der immer zu lächeln beginnt, sobald er mich sieht, und versucht, näher an mich ranzukommen, Zizi lächelt nicht, rührt sich nicht; er starrt trübe auf die Straße, wie jemand, der von allem genug hat. In seinen Augen sehe ich die Lichter der Stadt vorbeiziehen, aber bevor er nur die kleinste Regung hin zu mir gezeigt hat, ist das Gericht da. Die Schutzengel setzen mich im Wartesaal ab, und mein Liebster geht direkt daneben ins Büro des Richters. Ich bleibe da, leer, auf meinem Stuhl zusammengesunken, grüble und rauche Zigaretten, von denen ich Kopfschmerzen bekomme.

Was hat Zizi nur? Ich kaue bitteres, trockenes Stroh, fresse die Dornen, begreife es nicht.

„Na, meine Schöne, bereiten wir unsere Lügen vor?"

„Hej, Schutzengel, nur die Ruhe. Der Angeklagte hat die Pflicht zu lügen, um seine Haut zu retten, das ist doch bekannt. Aber da ich gar nicht weiß, worum es geht ..."

„Schon lange drin?"

„Jahrhunderte! Von der Hütte habe ich den Kanal voll ..."

„Ach was! In der Strafanstalt geht es Ihnen doch gar nicht so schlecht, oder? Die Chefs sollen anständig sein, alle Gefangenen, die wir herbringen, sagen, das ist ein guter Laden."

„Ja, ja, der Fraß ist essbar, man hat ein Bett, ein Laken ..."

„Und außerdem leisten Sie beide sich Gesellschaft: Wenigstens müssen Sie sich keine Sorgen machen, dass er Sie sitzen lässt."

Ich werde still. Ich drehe den Kopf zu den feuchten Fenstern und starre auf die öde Straße; ich würde am liebsten über den Balkon heulen, mit meinen Tränen den Rinnstein füllen, der von grauem Wasser überquillt, ich möchte verschwinden, mich verflüssigen.

Die Wolken waren so selten, die Gewitter so kurz während der Zeit unserer Liebe. Warum ersparst du mir nicht heute, wo ich weder fragen noch antworten kann, diesen Nebel, mein Liebster? Willst du nicht reden? Rede nicht mit dem Richter, rede mit mir! Nur ein paar Worte, auch wenn mich diese Worte verzweifeln lassen; sowieso müsste man die Worte, selbst die behutsamsten, teilen, verfeinern, in winzigen Parzellen herauslassen können.

Die Richtertür geht auf: „Wir sind dran", sagt mein Schutzengel und steht auf. Und wieder geht das Verhör los, langsam, gewunden.

Ich weiß nicht genau, was ich antworte, aber das macht nichts, ich glaube, es ist trotzdem gut; schon allzu lange täusche, umgehe, erfinde ich; die Fragen des Richters, immer auf derselben kreuzgefährlichen Spur, rufen meine Antworten automatisch ab. Der Angeklagte entwickelt allmählich die Reflexe eines Fahrers: Man muss nicht an die Straße denken, ein Teil meiner Aufmerksamkeit fährt auf Autopilot, der andere entflieht mit mir.

Das grelle Licht, das Klappern der Schreibmaschine, die meine Worte wiederholt, nachdem der Richter sie in klares Französisch übersetzt hat, die Reglosigkeit und das Schweigen des Anwalts, der neben mir sitzt, der Schutzengel hinter mir, das alles betäubt mich, ich lasse mich an die Rückenlehne sinken und strecke meine Gräten aus; irgendwo in den Wolken brummt einschläfernd ein Flugzeug. Ich werde ein kleines Schläfchen machen, der Richter weckt mich, wenn die Sitzung zu Ende ist.

Peng!

Dieses Peng, gewaltig, ein Schuss in der Nacht, schreckt mich auf, mein Herz stolpert, das Ohr dröhnt: Der Richter ist aufgesprungen und hat seinem Schreibtisch einen heftigen Schlag versetzt: Er poltert los, und plötzlich begreife ich, dass seine Rede sich an mich richtet: „Da Sie nichts sagen wollen, schließe ich die Voruntersuchung“, brüllt er. „Hopp, hopp, raus mit ihr!!!“

Ich sehe mich um: Der Protokollant ist mit den Zeigefingern in der Luft erstarrt, der Anwalt drückt auf die Schließe seiner Aktentasche und macht Anstalten aufzustehen; der Polyp hat die Hand schon auf der Türklinke. Ein paar Sekunden lang scheinen die Anwesenden zu schweben, erstarrt in ihrem Handeln, wie bei einem Filmschnitt; der Richter selbst, überrascht von seinem Ausbruch, bleibt stehen, der Mund noch vom „ihr!!!“ geformt, die Mundwinkel auseinandergezogen, die Hand auf mich gerichtet.

Ich habe mich nicht gerührt.

Ich muss den Strom wieder einschalten, muss die Aufbruchsszene zurückspulen, muss, puh!, muss wohl reden: „Bitte regen Sie sich nicht auf, Herr Richter. Schon gut, schon gut, ich werde antworten. Wenn Sie mir bitte Ihre letzte Frage wiederholen würden?"

Alle setzen sich wieder, und das Verhör geht weiter.

Um den Arm zu retten, reiche ich den kleinen Finger. Ich formuliere meine früheren Aussagen neu, gestehe mit gequälter Miene Tatsachen, die die Untersuchung sowieso ans Tageslicht bringen wird. Und die Schreibmaschine ist mein Echo, während ich überlege, was ich noch sagen könnte, irgendwas, Hauptsache, das Verhör geht weiter, weiter, bis ich vor Müdigkeit und Überdruss zusammenbreche und man mich in den Knast zurückbringt, ohne dass ich zu Bewusstsein komme, ohne dass ich Zizi noch einmal gesehen habe.

Oh! Wenn sich der Schatten zwischen uns gelegt hat, dann lasst mich krepieren.

... Schluss für heute. Fortsetzung in der nächsten Nummer. Zerschlagen, schlurfend verlasse ich das Büro. Der Anwalt folgt mir, drückt mir die Hand und sagt „bis bald". Ich gehe zurück in den Wartesaal mit dem Schild „Gefangene". Zizi sitzt in der Ecke, am Fenster, auf meinem Stuhl von vorhin. Er raucht, hebt bei jedem Zug beide Handflächen, man hat ihm schon die Handschellen angelegt.

Als ich hereinkomme, wendet er mir den Kopf zu, und ich empfange seinen Blick, unentschlossen, etwas starr ...

Bevor der Bulle reagieren kann, bin ich losgerannt, hin zu meinem Liebsten, und jetzt bin ich da, stehe vor dem Sitzenden, umschlinge seinen Kopf mit den Armen, seine Beine mit meinen; in seine Haare weine ich und rede, Zizi, Zizi ...

Und endlich erkennen mich Zizis Augen, er schiebt mich ein bisschen von sich, und die Augen mit den winzigen

Lichtpunkten, begleitet von der rührenden Welle seiner Wimpern, gehen in alle Richtungen über mich hinweg: „Anick ... sag doch, erklär mir ... Warum hast du das gemacht? Ist dir nicht klar, dass ich durchdrehe?“

Die Schutzengel melden sich zu Wort: „Auf geht’s, der Wagen ist da, ihr plaudert ein anderes Mal.“

Und während wir durch die Gänge gehen, unsere vier Hände verschlungen, schwankend wie ein Liebespaar auf der Straße, aus dem Gleichgewicht wegen der Handschellen, erfahre ich Stück für Stück von Zizis Qualen.

Mâme Chef hat ihrem Gatten meine Schwachsinnsgeschichte mit dem angeblich für meinen Liebhaber bestimmten Brief erzählt, der Chef hat Zizi zu sich bestellt und ihn sogleich gewarnt: „... Er hat mir erzählt, du hättest vor seiner Frau geprahlt, dass ich mit einem Mädchen wie dir nie pleite sein werde und so weiter.“

„Mein Liebster! Du hast das doch nicht geglaubt! Du lässt dir Sachen einreden, die ich den Wärtern einrede!“

„Na ja ... Ich gebe zu, dass ich im ersten Moment die Krabbe auf dem Büffet hatte. Dann habe ich mir gedacht, wenn es wahr wäre, hätte der Chef sich ein Vergnügen daraus gemacht, mir den Brief vorzulesen oder dich zumindest zu zitieren: Auch wenn er für einen anderen ist, hätte ich deinen Stil erkannt ... Nein, da stimmte rein gar nichts. Aber ich habe es trotzdem nicht begriffen. Ich wusste von den Küchenjungs, dass es eine Entlassung gab und dachte mir schon, dass du kassibern würdest. Aber dieser Liebhaber, wie der Scherge sagt ... Wohin ...“

„Mein Liebster, du weißt sehr gut, dass das beste Alibi eine Hinterngeschichte ist.“

„Und dann haben sie den Brief erwischt? Haben sie ihn gelesen?“

„Erwischt ja, aber nicht gelesen; er war verschlüsselt: Es war ein Ausbruchsplan.“

Zizi fährt herum: „Ein ... Du bist völlig übergeschnappt! Anick, Anick, du drehst durch ... Bitte, mach keinen Schwachsinn, halt durch, noch ein bisschen, wenigstens bis zur Verhandlung. Du wirst entlassen, ganz sicher. Aber du musst durchhalten, durchhalten, wie ich, die Zähne zusammenbeißen. Ich sitze meine Zeit ab, keine Angst, ich bin zäh. Was macht es aus, ob ich drei Jährchen kriege oder fünf ..."

„Du bekommst keine fünf! Das will ich nicht!"

„... sogar mehr, wenn wir uns danach wiederfinden, wir beide, frei! Ich liebe dich, Anick, das weißt du. Du wirst draußen sein, und ich werde von dir, von deiner Freiheit leben ..."

„Nein, Zi. Weil ich nicht rauskomme. Ich weiß, was du dem Richter erzählst, er liest mir Stücke aus deinen Verhörprotokollen vor. Aber du kannst noch so sehr versuchen, mich rauszuhalten. Er ist doch nicht blöd. Ich werde auch verknackt, vielleicht etwas kürzer als du, aber raus? Auf jeden Fall muss ich meine erste Strafe absitzen; also kann ich auch gleich abhauen, vor dem Prozess. Wenn das nicht klappt, brenne ich danach durch, aber verschwinden werde ich auf jeden Fall."

„Die Pfote wirst du dir abhauen, das vielleicht! Wenn ich mir vorstelle, dieser Schrieb wäre rausgegangen!"

„Dann wäre ich jetzt wenigstens draußen und könnte dir helfen. Aber wenn wir beide drin sind, wie zwei arme Idioten, wenn wir uns nicht mal schreiben dürfen, was dann? Es stimmt, dass es eine Eselei war, der Dufon zu vertrauen; ich war noch blöder als sie. Na ja, ich dachte, ich hätte sie genug eingewickelt, damit sie es macht: Wir, die Tapferen ... ha ha! Die verdammte Schlampe!"

„Du hast ihr bestimmt zu viel erzählt! Ich sage dir doch, dass du nie einen Strohkopf einweihen sollst."

„Ich hatte keine große Auswahl. Aber mach dir keine Gedanken, beim nächsten Mal kriege ich es allein hin."

„Nein! Du wirst dich ruhig verhalten. Ich möchte, dass du deine Strafe absitzt, ohne zu mucken, auch, weil du sie verdienst; nicht weil du den Brief geschrieben hast (das hätte ich wahrscheinlich auch probiert), sondern weil es nur nach deiner Nase gehen sollte und du mir nichts gesagt hast. Wenn du unbedingt abhauen wolltest, hätte ich es nicht verhindern können, du Dickkopf! Aber ich hätte verhindern können, dass es schiefläuft."

Zizi glaubt an meinen Ausbruch, Zizi ist zurückgekehrt, alles ist gerettet ... Ich erhole mich von meiner Panik vorhin. Ein verlorener Schleier schwebte eine Sekunde lang vor unserer Sonne, und sogleich war alles Glück dahin, die ganze Landschaft verdüsterte sich und ließ die schändlichen Spinnen herausschlüpfen: „Zizi liebt mich nicht mehr", „Anick hat einen Liebhaber" ... Die Spinne zuckt, sehnt sich schon nach ihrem Loch zurück: „Ich, einem Liebhaber schreiben! Ja, aber ... an dich. Der Richter will immer noch nichts davon hören ... Und was mischt sich dieser Chef überhaupt ein! Und seine Alte, diese Heuchlerin, die mich für unsere Trennung bedauert! Warte nur, die schlage ich grün und blau."

„... und bleibst noch einen Monat länger im Bau."

„Aber da bin ich gar nicht, Zi! Wirklich nicht! Stell dir vor, es ist zu kalt, da haben sie's mit der Panik gekriegt ... Und sie spielt die Wohlwollende! Die mir Kaffee bringt."

„Psst, Psst, mein Schatz, nicht so laut. Angeblich ist die Arrestzelle auf deiner Seite ohne Doppelgitter und ohne Fenster, also nicht vorschriftsmäßig. Damit hätten wir etwas für dich rausholen können, einen halben Straferlass zum Beispiel. Aber da du nicht drin bist, meine ich, du solltest dich einfach still verhalten. Leg dir selbst Fesseln an, unternimm nichts ohne mich. Die Untersuchung zieht sich hin, der Richter hat genug von unseren Nasen, die Akte wird bald zur Anklagekammer kommen. Warten wir noch ein paar Wochen ab. Danach ..."

„Danach sehen wir uns überhaupt nicht mehr. Wir wandern in den Vollzug und ..."

Ja, wir werden sogar unsere Augenfarbe vergessen. Sieh doch, mein Liebster, wie du schon wegen eines unseligen abgefangenen Briefs gegrübelt und gegrollt hast. Ein Netz von Ablenkung oder Missverständnis, und gleich kippt das Gefängnis seine Säure darüber. Unser Kristall klirrt und bricht, wie diese Schalen, die unter dem Druck der Finger klingend zerfallen. So konnte ich aus Wut, aus Sorglosigkeit unserer Liebe einen Sprung verpassen. Zizi, verzeih mir, und sei mein Gebieter. Mögen die Jahre sich anhäufen, mich herausfordern und reifen lassen oder diese Bullenkutsche einen Purzelbaum schlagen ...

„Zi, ich möchte, dass du mich zu Staub machst ..."

„Ja. Besser noch: Wir werden auf die Schnauze fallen, später, zusammen, ganz anständig ... Aber im Moment müssen wir leben, leben, so gut wir können, auch dieses Leben hier. Und ... was diesen Schrieb angeht, denk nicht mehr daran. Außerdem wirst du mir auch verzeihen müssen."

„Dir verzeihen?"

„Ja, weil ich auch gehandelt habe, ohne dich einzuweihen. Vorhin habe ich mit dem Richter gesprochen. Ich habe ihn gebeten ..."

„... mich laufen zu lassen, ich weiß."

Der Wagen hat an einer Ampel angehalten; unsere zusammengesteckten Köpfe schlagen leicht aneinander, als der Motor spuckt, und meine Wange kratzt über Zizis Jacke, an seiner Schulter, da, wo früher nachts mein Platz war. Mein Gott, entführ diese Karre mit zweihundert Sachen durch den leuchtenden Regen, lass uns einen anderen Kurs nehmen!

„Mich laufen zu lassen! Unser Kurs heißt Jahre im Knast, ja! Und ... was hat der Richter gesagt?"

„Nichts, weil es nicht allein von ihm abhängt. Aber ich werde überall hin schreiben, wo es nötig ist, an den Präfekten, den Regionaldirektor ... Ach so, fast vergessen: Ich habe ihn um die Erlaubnis gebeten, dich zu heiraten."

Kapitel VII

Montag: Keine Hoffnung, heute Post zu bekommen, die Leute schreiben am Wochenende. Falls nicht mein kleiner Lokalanwalt eine Liebesaufwallung hat. Warten wir halt auf die Elf-Uhr-Glocke. Montag, Menü: Blutwurst oder Salami. Ich pule das Weiche aus dem Kanten, ich habe nur Zeit für ein Brot auf die Faust, schade, ich hätte gern Bratkartoffeln dazu gemacht, aber vor dem Brutzeln muss ich die geflickte Wäsche ausliefern; ich habe sie Mâme Chef für gleich versprochen. Danach habe ich alle Zeit der Welt bis zur nächsten Wäsche.

Ring! Das ist nicht die Blutwurst, das ist die Klingel vom Hof: Ich sehe durch das Fenster den Kopf von Mâme Chef, sie rennt, ring, es ist eilig. Mein Gott, welcher Unerwartete ist so ungeduldig? Ein Brief? Ein Bulle, der mich an Ort und Stelle auf die Hörner nehmen will? Ich habe mir gestern die Karten gelegt, alles voller Pik, brrr ... Mâme Chef kommt nicht wieder, ich hole wieder Luft: Die harten Schläge kämen viel schneller. Wahrscheinlich war es der Chef, der sich nach seiner kleinen Frau sehnt, oder die Bälger, die sich nach ihrer kleinen Mama sehnen. Ding dong, sie kommt zurück, diesmal durch die Tür zum Gang, pling, sie öffnet die Tür zum Krankenzimmer. Heute ist kein Doktortag, und wer da neben der Chefin redet, ist nicht die Schwester. Ich muss es wohl einsehen, ein Neuzugang.

Sie ist da.

Jung, alt, intelligent, dämlich, scheu, dickköpfig, egal, wie sie ist: Ich habe sie an der Backe. Immer akzeptieren, ausgleichen. Gut, ich mache schon mal einen Schrank frei:

Das Mädchen hat vielleicht Gepäck, und ich will nicht gezwungen sein, gleich bei ihrem Einzug in mein Königreich den Rückzug anzutreten. Adieu, Prinzessin!

Ich wühle in dem, was mal Regalpapier war, staubig und fettig ist es. Dieser Schrank hier war für die Aufbewahrung von Sachen, die nicht persönlich oder für die Gemeinschaft bestimmt waren: Nähzeug, gelesene Zeitungen, leere Dosen. Ich behalte die beiden anderen, einen „persönlichen", den anderen fürs „Fressen", das diesmal auch individuell bleiben wird; Schluss mit der Mästung von Verrätern. Ich suche aus den alten Zeitungen die heraus, die ich nochmal lesen möchte, die anderen breite ich hübsch auf dem Tisch aus, wie beim Zahnarzt. Ich fege rasch, dann hole ich mir mein Schreibzeug; Pech für die versprochene Wäsche, ich muss höchst diskret aussehen und darf die Gute nicht an das aufmerksame Ohr eines unbeschäftigten Geistes gewöhnen: Schreiben wir.

„Im Fall eines Neuzugangs bleibe ich in meiner Ecke", habe ich zur Chefin gesagt, „ein Dienst, eine Auskunft, einverstanden, aber sie soll mir nicht auf den Nerven herumtrampeln, wenn sie nicht will, dass ich auf ihr herumtrample. Mâame, Sie beschäftigen sie schon, ja?"

„Damien! Sie reden, als wäre sie schon da."

„Das heißt, dass ich es mir sehr wünsche ... für unsere Wäsche, denn ich kann es nicht; sie würde auch Ihre machen ... Sie wollen nicht, dass ich Ihnen helfe, das verstehe ich gut, ich möchte auch nicht, dass mir irgendwer an die Wäsche geht."

Voller Überzeugung hatte die Chefin geantwortet, dass ich nicht irgendwer sei, dann war sie zu meinen Behinderungen übergeschwenkt und dass man mich schonen müsse, ich würde ja nicht sobald hier rauskommen ...

Ja, sie fand die richtigen Worte zum Trost, und ich rechtfertigte mich halb aufrichtig, halb spöttisch für meine Liebesdienerei durch die Aufnahme guten Kaffees aus Arras und die Gewissheit, nie mein Fähnchen in den Wind zu hängen, jedenfalls nicht innerlich, nur weil mein Frieden und mein Glück verlangten, dass ich die Bekehrte gebe.

Diese alten Gedanken wirbeln mir durch den Kopf, während sich meine Finger bewegen, meinem Block die Neuigkeiten zu erzählen: Morgen wird der Freund Anwalt wissen, was mit mir geschieht, und vielleicht wird ihn das dazu bringen, die nötigen Schritte für unsere Hochzeit und unser Urteil zu veranlassen. Während ich den Umschlag anlecke, hebe ich den Kopf, die Tür ist aufgegangen. Sieh an, Mââme ist allein. Ärgerlich, wenn ich die Stimme geträumt habe, kann ich meinen Brief ins Feuer werfen.

„Damien", verkündet sie, „ein Neuzugang."

Eigenartig, wie sie plötzlich ihre aufgesetzte Stimme wiedergefunden hat, ihre Stimme vom Anfang, die Stimme der Frau des Chefs, die ihre Autorität kundtut. Sogleich finde ich meine demütige Stimme wieder, als ich antworte: „Gut, Madame ... ich habe auch schon Platz gemacht, sehen Sie ..."

„Aha. Gut."

Sie wundert sich immer noch, dass ich einen Schritt erkennen, die Ereignisse aus den Geräuschen lesen kann, ohne dass ich kommentieren oder spionieren müsste; sie hat so viele Spitzel bewacht und ist doch selbst der größte. An einem Abend, als ich nur wollte, dass sie verduftet, habe ich meine Theorie der Audio-Intuition vor ihr ausgebreitet und erklärt, meine Sinne seien auch durch die Nächte des Schmierestehens geschärft, dieser besonderen Tätigkeit, für die es kein Arbeitslosengeld gibt.

„Sie bereiten auch ... Nein, Unsinn, die habe ich ja in der Kleiderkammer. Sind hier nicht ein paar zu viel?"

„Was denn, Madame?"

„Teller."

„Nein, ich habe meine beiden und meinen Napf und mein Messer, das gehört mir, ich habe es gekauft. Ich könnte ihr natürlich das von Dufon reparieren, ein Schlag mit dem Schürhaken und eine ordentliche Hülle aus Kabel ..."

Aber Mââme lächelt nicht. Ich fahre fort: „Entschuldigen Sie, Madame, wenn Sie meiner Dienste nicht mehr bedürfen, werde ich mit meiner Post fortfahren, ich muss bis zur Suppe einen dringenden Brief beenden."

Sie rauscht ab, und ich denke nach, während ich die Adresse des Anwalts schreibe: Wenn sie mir das Mädchen nicht direkt im Tagesraum vor die Nase gesetzt hat, dann ist es wohl duschen. Die Vorschrift duscht jeden Neuzugang, aber Mââme Chef duldet, dass die Sauberen ihren Geruch von draußen mit hereinbringen. Also ist es eine Schmutzige. Unterabteilungen: die zufällig Schmutzigen, die eine Nacht bei der Polizei verbracht haben, ohne sich waschen zu können, und die Schmutzigen mit Ablagerungen; da wiederum die ganze Palette: von der großen Koketten, die sich nie abschminkt, bis zur Bedürftigen, die das Bad mit Ferienluxus verbindet.

Ich höre das Wasser der Dusche spritzen und die Zinkschüssel schaben: Die Wäsche der Neuen ist offenbar unannehmbar. Seufzend kehre ich zu meiner Kalligraphie zurück.

Neuer Überfall der Chefin: „Ich schwöre Ihnen, in meinem Beruf muss man sich mit Sachen abgeben! Wenn Sie das sehen würden! Ich gebe ihr Gefängniskleidung. Sie kommt ohne Wechselwäsche, nur ihre Tasche und nichts drin, kein Taschentuch, kein Sou, was für ein Elend, dieser Anblick!"

Ich ziehe anteilnehmend die Schulterblätter hoch: „Das ist wahrlich ein Elend. Sie wissen, was ich Ihnen versprochen habe, ich kümmere mich um den Haushalt, aber ich lasse hier ganz bestimmt niemanden Mist bauen."

Die Chefin stößt ein dankbares „Ist gut“ aus und geht hinaus. Ich vernehme ein Fttt von Stoff, der über Holz schleift: sie spielt mit dem Kleiderstapel auf dem Geländer Rutschbahn. Das ist überall so: Alle Objekte des Gefängnisinventars werden durch das Treppenhaus geworfen, um die Arme zu schonen; hier gibt es kein Treppenhaus, also lässt man rutschen, auch eine Art, das Geländer zu polieren. Wenn Mââme Chef ihr Sonntagslächeln aufsetzt, rutsche ich selbst, rittlings. Aber solange die Neue die Chefin nicht erobert hat, werde ich das Lächeln nicht mehr sehen, weder sonntags noch in der Woche. Ich wähle aus dem Bestand meiner Begrüßungsworte die passenden aus, denn die Putzerei scheint beendet zu sein, und die Unbekannte nähert sich. Sie kommt herein, gefolgt von Mââme Chef, die mir über ihre Schulter hinweg Zeichen macht, die ich nicht verstehe.

„Setzen Sie sich“, knurrt sie. „Das ist Damien, sie wird Ihnen alles erklären.“

Und schon finde ich mich mit meiner zerbrochenen Einsamkeit vor der Frau wieder, die stehengeblieben ist und mich reglos und stumpf anschaut. Meine Kälte schmilzt, und ich sage freundlich: „Frieren Sie, Madame? Kommen Sie an den Ofen, wärmen Sie sich auf. Einrichten können Sie sich später.“

Aber das Mädchen zittert weiter am ganzen Leib. Ich sehe ihre violetten Hände, die durchnässten Tennisschuhe; die Dusche hat auch ihr Haar durchnässt, ohne die Farbe erkennen zu lassen; von den Strähnen tropft es in ihren Hals, die Feuchtigkeit verfärbt schon das Gefängniskleid. Sie umklammert ihr nasses Handtuch, setzt sich ungeschickt auf den äußersten Rand des Hockers und presst die schlotternden Knie zusammen.

Was tun, mein Gott. Ich drücke mich an ihr vorbei, um nach meinem Topf zu greifen. Ich sage mein Topf, aber eigentlich gehört er zum Haus. So viele Gefangene haben sich damit ihren Kaffee aufgewärmt, so viele Feuer haben ihm den Hintern verrußt und den Griff versengt, dass er schwarz und fünfeckig aussieht. Wenn es weniger kalt ist und ich mich überwinde, die Nase in den eisigen Sauerstoff des Hofes zu stecken, nehme ich den Topf mit, hock mich hin und reibe seinen Hintern mit Erde ab, dass die Ärmel fliegen. Ich sage: „Mâme Chef, glauben Sie mir, wenn das Gefängnis in ein paar Jahrhunderten von Schatzsuchern ausgegraben wird, ist der Topf bei Antiquitätenhändlern und auf Märkten sein Gewicht in Gold wert. Man wird ihn in ein Museum stellen und dazuschreiben: ‚Topf aus dem 20. Jahrhundert, gefunden in X durch Y, diente der Kaffeezubereitung', und so weiter."

„Wenn er Ihnen gefällt, können Sie ihn haben", sagt die Chefin, die ihn wohl für ihr Privateigentum hält.

„O danke, Mââme! Ich stelle ihn in meine Vitrine mit Gefängniserinnerungen, zwischen das aus einem Rinderknochen geschnitzte Medaillon und den Stapel der Haftbefehle."

Und jetzt verliere ich mit der da das Topfanrecht, „ihr seid alle gleich"; jetzt habe ich es nur noch zur Hälfte. Ich setze ihn auf und lege los: „Wissen Sie, es ist gar nicht schlecht hier: Wir kochen Wasser, wann wir wollen, wir haben Krug, Eimer, Pfanne zum Brutzeln ..."

Die Frau zittert immer noch. Die Reaktion lässt auf sich warten, allmählich kriege ich Schiss: „Ist Ihnen so kalt? Warten Sie, wenn Sie ein bisschen zur Seite rücken, heize ich nochmal an ... Es ist aber auch kalt, was? Ich bin auch eisig, obwohl ich hier das Feuer füttere und einen dicken Pullover anhabe. Ich mache mir einen Nes. Geben Sie mir Ihr Glas, ich gieße Ihnen einen Schluck ein. Ist zwar kein echter wie draußen, aber er wärmt."

„Ja“, bringt das Mädchen mit rauer Stimme hervor, „das wärmt ... Vielen Dank, Madame.“

„Nennen Sie mich nicht Madame, ich bin Anick, und Sie?“

„Simone, ohne Madame, ich bin nicht verheiratet. Kennen Sie Fernand?“

„Fernand? Der steckt nicht unter meiner Decke. Wer ist das?“

„Also, das ist mein Freund, er war hier, hat die Wäsche gemacht, letzte Woche noch. Ja, im Gefängnis ist er fleißig, aber bei mir ... Gerade gut genug, meinen Lohn abzugreifen, besoffen nach Hause zu kommen und mich zu verprügeln. Sehen Sie hier“, sie schiebt ihren Ärmel zurück, „das war der Tanz von gestern.“

Simone senkt den Kopf und nimmt ihre Haare zusammen, um ihren Nacken freizulegen, wo ich Fernands Fingerabdrücke sehe: vier Blutergüsse; sie öffnet vorn ihr Kleid: Fernand hat die Haut zerkratzt, seltsame Haut, halb braun, halb milchweiß. Ich sage: „Sie arbeiten wohl an der frischen Luft? Man sieht die Bräune.“

„Ja, an der Dreschmaschine, meine Liebe, harte Arbeit, Runkelrüben, Erbsen, je nach Saison ...“

Sie versucht ihr Kleid wieder zu schließen, aber für die Haken gibt es keine Metallösen, nur eine kleine Fadenschlaufe, die man mit klammen Fingern nicht greifen kann. „Was ist denn das für ein Fummel“, schimpft Simone. „Die Aufseherin hat mir gesagt, dass sie meine Sachen wäscht und ich sie danach wieder anziehen kann.“

Stimmt, Mâme Chef mag es nicht, wenn ihre Gefangenen in Anstaltskleidung herumlaufen, und lässt allen ihre Sachen ohne Unterschiede in der Kategorie. Wenn sie Simone das Ding hat anziehen lassen, muss wirklich ...

„Sie haben mich heute früh abgeholt“, erklärt sie. „Ich war noch im Bett, ich hatte keine Zeit irgendwas mitzunehmen, nicht mal, mein Gesicht zurechtzumachen. Dabei hätte ich damit rechnen müssen, wo ich schon zwei Monate verurteilt bin."

„Ach so! Sie kommen als Verurteilte her? Und ... wie lange, wenn es nicht indiskret ist?"

„Vier Monate."

Ja, in diesem Département lässt man die Angeklagten am Tag der Urteilsverkündung oft noch frei und schnappt sie sich ein paar Monate später, um sie einzulochen. Natürlich nur, wenn der Fall nicht allzu ernst und der Beschuldigte ungefährlich ist, also nicht fähig oder nicht willens, sich der Justiz zu entziehen. Nach Simones wirren Erklärungen, denen ich nur mit halbem Ohr folge, während ich auf einem Umschlag herumkritzle, hat sie die vier Monate für eine komische Geschichte mit geklautem Lauch und Hühnern bekommen, sie hat die Diebesbeute versteckt und verzehrt; außerdem hatte sie noch einen Monat Bewährung für eine alte unbezahlte Geldstrafe. Ich erkläre ihr, dass sie sich wohl auf fünf Monate einstellen muss, weil die Bewährung wegen der zweiten Straftat widerrufen wird. Simone scheint „widerrufen" nicht zu verstehen, wehrt sich aber gegen „zweite Straftat": „O nein, ich bin kein Neuling, hab schon Jahre abgesessen, im Krieg, die Schlampe von Tante hat mich als Kollaborateur festnehmen lassen ... Familie ist das Größte! Ich hab nie kollaboriert, ich schwör's Ihnen: Mann ist Mann, meine Tante hat mich aus Eifersucht angezeigt, weil ich mich mit den Boches eingelassen hatte, um meine Kinder satt zu kriegen."

Die Kinder? Sind groß und hatten trotz allem, was sie getan hat, um sie durchzubringen, nie ein Lächeln für ihre Mutter; als die Fürsorge sie ihr weggenommen hat, war es eine Erleichterung.

Diese Lügenmärchen einer Besoffenen machen mich auch ganz besoffen. Ich hasse solche schlecht gebauten

Lügen. Aus einer gewissen Rührung, die mich beim Anblick einer so erbärmlich gescheiterten Person überkommen könnte, wird Gereiztheit, eben weil Simone versucht, mich zu rühren. Ich habe auch in der Scheiße gesessen: Ich habe mich allein rausgezogen und ohne irgendwen auch nur um eine Kippe zu bitten. Und wenn ich nie auf dem Feld Kartoffeln gefressen habe, ist das einzig mein Verdienst. Hehlerei mit Lauch ist genauso schlimm wie Hehlerei mit Juwelen: Selbst der kleinste Juwelier ist versichert, man entschädigt ihn für seinen Kram, während der Lauchbesitzer ... Nein, ein Lauchdieb macht dem Berufsstand Schande. Und dann auch noch diese Kollaborationsgeschichte ... Weg mit dieser Simone: Ab sofort erkläre ich ihre Ohren für feindlich und ihren Mund für gefährlich.

Sie blättert in den Zeitungen. Ich sehe, dass sie die Zeitschrift kopfüber hält: „Ein bisschen lesen ist eine gute Ablenkung, was?"

„Also da bin ich schnell durch mit. Kann weder lesen noch schreiben. Nur die Bilder, das reicht. Den großen Stapel hier", sie lacht: sieh an, keine Zähne mehr im Oberkiefer, vielleicht ein Andenken von Fernand?, „„les ich in kürzester Zeit. Die Zeit fehlt hier. Ich hab ne schöne Uhr, aus Doublé, meine Liebe, die ham se mir bei Ankunft abgenommen. Warum nehm se eim die Uhr weg? Auch die Ohrringe, mein Ring alles weg ..."

Die Frau nervt!

„Glückspilz, Sie bekommen alles zurück. Ich habe gar nichts mehr, keine Juwelen, keine Familie, keinen Mann, keine Kinder, keinen Namen mehr ... sogar die Freude am Lachen und Reden habe ich verloren."

„Ja", sagt Simone mit wichtiger Miene, „die Aufseherin hat mir beim Duschen von Ihnen erzählt. Hat mir erklärt, wie Sie so sind, oh, nichts Böses! Keine Angst, wir verstehn uns schon. Ich arbeite sehr gern ..."

Runkelrüben, klar.

„Gut“ sage ich, „dann übernehmen Sie den Dienst. Hier sind schon mal Sachen zum Flicken ...“

„Nein, ich bin mehr fürs Grobe. Die warten seit Fernands Entlassung auf mich, damit ich ihn in der Waschküche ablös. Der Chef war hin und weg. Hätten sehn müssen, wie der mich empfangen hat! Mit offnen Armen, die Polypen warn ganz baff. Ich kümmer mich auch um den Hühnerstall der Chefin und um ihren Garten, hat sie mir versprochen. Was die Wäsche angeht“, Simone grinst verschmitzt, „ich sag Ihn, das ist ein Witz für mich. Fernand hat mir alles erklärt. Wissen Sie, er war Wäscher ...“

„Ich weiß, ich weiß, Sie sagten es schon.“

„Ach so! Wenn ich Sie stör, müssen Sie's sagen.“

„Mich? Mich stört gar nichts, das ist meine Stärke. Wenn ich in Gedanken woanders bin, können Sie reden, soviel Sie wollen, ich höre Sie nicht. Also wenn es Sie erleichtert ...“

„Ach ja, schreiben Sie einen Brief für mich? Ich muss Fernand sagen, er soll mir meine Sachen schicken.“

„Jetzt wird er Sie unterstützen müssen.“

„Pff! Kein Stück, den brauch ich nicht. Als er hier war, hab ich mich auch nicht um ihn gekümmert, hab ihn sogar einlochen lassen, dass ich meine Ruh hab. Er hats mir heimgezahlt, ich bin sicher, dass er heute früh die Bullen gerufen hat. Seine Kohle kann er behalten, wir sind quitt.“

Sie widert mich unsäglich an.

„Wollen Sie einkaufen? Man muss die Bestellung mittags abgeben. Sie haben Geld mitgebracht, haben Sie gesagt? Sagen Sie mir, was Sie wollen, ich fülle den Schein aus. Übrigens ist heute die Bestellung für Extras dran, Papier, Seife, Zahnpasta. Warten Sie, ich hole die Liste.“

Ich nehme die Einkaufstafel von der Wand, sie ist ganz verstaubt: Ich muss sie leider schon lange nicht mehr studieren; Dufon hat sie mich oft genug aufsagen lassen. Aber Simone bremst meinen Eifer: „Wissen Sie, ich brauch nicht viel. Die Chefin hat mir Seife gegeben und versprochen, dass sie mich gut bezahlt, wenn ich die Arbeit gut mach. Ist wohl wirklich eine gute Chefin ... Und von wegen Zahnpasta“, Simone öffnet vor meiner Nase eine riesige Höhle, „brauch ich nicht, meine Zähne sind alle verfault oder rausgezogen. Aber ich hab nix, um mich zu waschen, sie hat mir keinen Lappen gegeben, auch kein Handtuch, nur diesen Fetzen hier ... Der ist nicht sauber. Da sind sie nicht grad großzügig. Und mein Geschirr, womit trockne ich das ab?“

Unwirsch erkläre ich, dass es hier halt so ist; ich zeige ihr die Schüssel mit Pulver, aus der man sich auf Staatskosten bedient, um Tisch und Geschirr zu putzen.

Mâme Chef stürmt herein. Ich hatte sie gar nicht gehört. Ach ja, irgendwann hat sie mir erzählt, dass sie die Neuen in den ersten Tagen durchs Guckloch beobachtet, um zu sehen, wie sie sich benehmen ... Da sie meinen Schweinecharakter kennt, steht sie bestimmt schon seit einer Viertelstunde da, überwacht das Gespräch und vergewissert sich, dass ich auch nicht allzu sehr den Boss spiele. Deshalb guckt sie ganz erstaunt, als ich sage: „Simone hat keinen Waschlappen, Madame. Geben Sie mir ein Stückchen Stoff, damit ich ihr rasch zwei nähen kann?“

„Fernand schickt mir doch welche“, protestiert Simone. (Immer dieses Waschen!)

„Nein, nein, das dauert fünf Minuten, und Madame Chef möchte, dass wir uns jeden Tag waschen. Nicht wahr, Madame?“

Die Chefin rezitiert die Gefängnisreinlichkeitsordnung, verbietet, im Hausmantel herumzulaufen und schließt mit „Nehmen Sie sich ein Beispiel an Damien.“

Ich seufze. Vorbei die schönen Faulenzervormittage, vorbei das ungemachte Bett am Sonntag (sonntags kommt keine Inspektion); ich muss ein Beispiel geben! Und ich ahne, dass ich mich bei Simone dreimal am Tag von Kopf bis Fuß waschen muss, wenn ich sie durch die bloße Macht des Beispiels dazu bringen will, sich an Tagen mit großem Elan die Nasenspitze anzufeuchten: Trotz der Dusche hat sie an Handgelenken und Knöcheln dicke Dreckkrusten, und ihre Haare ...

„Haben Sie sich ihren Kopf angesehen, Damien?", fragt Mâme Chef.

Und ob ich ihn mir angesehen habe! ... Ich antworte, das hätte ich mir ohne Anweisung nicht erlaubt, Simone hätte wütend werden können.

„Aber das ist Vorschrift, das wissen Sie doch!"

Simone protestiert: „Ich bin sauber, ich hab keine Viecher, ich bin nicht verlaust! Die Gendarmen ham mir keine Zeit zum Waschen gelassen, ich hab drum gebeten, aber ... gestern Abend hatt ich keine Zeit, stelln Sie sich vor, nach der ganzen Arbeit tagsüber! Aber deswegen hab ich doch keine Läuse. Wer arbeitet, hat keine Zeit, sich rauszuputzen!"

Das ging gegen mich: Mein Haarknoten ist ordentlich, mein Pullover ohne Fettfleck.

„Schon gut", unterbricht sie Mâme Chef, „kommen Sie mit in die Waschküche, Ihre Sachen fertig waschen. Nehmen Sie die Seife mit."

Simone schleift ihre Tennisschuhe hinter den Absätzchen der Chefin her; ich höre sie noch einen Moment im Flur schwatzen, dann in dem Zuber rühren und das Dröhnen der Stählernen, ein dumpfes Dröhnen. Die Chefin kommt herein, ich stehe auf dem Tisch, damit beschäftigt, Lappen von den Leinen zu holen.

„Damien, wir müssen sie sauber halten, ich verlasse mich auf Sie. Wenn Sie die Wäsche sehen würden! Die Unterhose!"

Mit den Zehen am Tischrand in Höhe des Nabels der Chefin beherrsche ich die Situation, die schmutzige Unterhose, die liegengelassenen Zeitungen: „Kein Wunder. Sie kommt vom Land. Was wollen Sie? Das meine ich nicht verächtlich, wirklich nicht. Aber ich hoffe, Sie lassen sie ein bisschen auf der anderen Seite arbeiten, wenn ich sie von früh bis spät an der Backe habe, fließt irgendwann Blut."

„Sie macht die Wäsche, erstmal die der Gefangenen und dann meine, wenn sie dazu imstande ist. Ein Glück, Damien, endlich eine Wäscherin!"

Simone hat den Rest des Nachmittags totgeschlagen, indem sie in Zeitungen geblättert, gegähnt und vor sich hin geredet hat. Sie hat ein paar Abstecher in Richtung Waschbecken gemacht, um sich große Gläser Wasser zu gönnen: Bestimmt weil sie gestern zu viel getrunken hat. Irgendwann hat sie mir gestanden, dass sie nur die vierhundert Francs hat, die sie bei ihrer Verhaftung hastig eingesteckt hat, „lagen auf dem Tisch, stelln Sie sich vor ... Die vertrinkt Fernand wenigstens nicht." Ich habe mir sofort geschworen, ihr keinen Nes mehr anzubieten; bei dem Durchlauf bin ich in einem Monat ruiniert. Wenigstens raucht sie nicht, das ist die einzige Frage, die ich ihr gestellt habe. Das monotone, pausenlose Gerede hat mich betäubt, ich bin müde. Ich wasche mich, während Simone gierig ihre Suppe schlürft und dabei misstrauisch auf den Teller mit Reis starrt, auf dem ich meinen Teil zu ihrem gepackt habe. Ich ziehe einen Waschhandschuh an, um die Brotscheiben umzudrehen, die auf dem Ofen rösten: Wenn Simone mit Spachteln fertig ist, nehme ich ihren Platz ein und sie meinen.

„Sie können kommen, ich bin fertig", sage ich. „Toilette ist fakultativ, aber Teller und Schüssel müssen gewaschen sein und werden morgens in die Küche zurückgeschickt."

So findet uns Mâme Chef: Simone reibt mit der Kraft ihrer muskulösen Arme und dem Waschhandschuh, den ich ihr genäht habe, ich knabbere mein Margarinebrot. Sie fragt mit bemühter Munterkeit „Und?“, mein „Alles bestens, Mâme“ ist mechanisch. Wir starren beide auf den Rücken des Eindringlings und wagen nicht, uns anzusehen: Die Chefin ahnt meinen Ärger, ich ihre Fassungslosigkeit; sie fragt sich, warum Simone und ich uns noch nicht gegenseitig umgebracht haben.

Sie weiß nicht, dass ich Runkelrüben unendlich lieber habe als vergifteten Honig, und sie lächelt, ihr fällt nichts ein. Bei diesem Lächeln könnte der Gehorsam ein Vergnügen, ein Dank sein, aber ich spiele nicht mit.

Heute Abend finde ich mich in meiner wahren Position wieder, registrierte Gefangene, das Gleiche wie meine kleine Schwester, die Runkelrübe, die jetzt auf MEINEM Platz sitzt und schwadroniert; die Anziehsachen hat Mâme Chef im Schrank für Bedürftige aufgestöbert: ein Wegwerfnachthemd und ein Hausmantel, der sein Futter verliert.

Simone hat aufgehört zu zittern. Sie stößt höchstens so diskret wie möglich kleine Dämpfe von Bouillon und Reis auf, die sich mit den Gerüchen der Gefängnisseife mischen. Ich habe mein Mahl beendet, zünde meine Verdauungszigarette an und ziehe meinen Hocker heran. Als die Nachtglocke läutet, weiß ich, dass meine Morgen gerettet sind: Simone, begeistert von allen Bauernarbeiten, wird die Hühner und Kaninchen von Madame versorgen.

Heute Abend werde ich mich weigern zu schwatzen, ich werde sagen: „Mit meiner alten Schädelverletzung muss ich viel schlafen, und sobald ich im Bett bin, falle ich ins Koma.“

Die Decke über den Ohren, werde ich über das beste Mittel nachdenken, mit der Runkelrübe auszukommen, und das „alle gleich“ unserer vielgeliebten Chefin Lügen zu strafen.

Kapitel VIII

Ein Monat ist verflossen. Die Erlaubnis des Präfekten für unsere Heirat ist immer noch nicht da.

Das Quecksilber meines Kalenders steigt, ein Strich nach dem anderen, und wenn auch die Nerven hochgehen, hebe ich den Blick zu dem Thermometer, das uns die Chefin gebracht hat, geschmückt mit knallbunten Landschaften, einen Monat im Elsass, einen Monat in der Ardèche.

Mâme Chef bringt die doppelte Ration Kawa, um Gemetzel zu vermeiden, und gießt ihn selbst in unsere Becher; ich habe noch nicht den ersten Schluck genommen, da ist Simones Glas schon geleert, gespült, getrocknet und aufgeräumt.

Ihre Hast, den Kaffee hinunterzukippen, entspricht ihrem Charakter. Fix, fix rennt sie meine kleinen manischen Arrangements über den Haufen, zerstört den kunstvollen Brikettstapel, den ich auf der sterbenden Glut errichtet hatte. „So ein elendes Feuer!", brüllt sie und schlägt mit dem Schürhaken auf das Kohlebecken ein. „Ich mach ein richtiges Feuer! Gleich bullert's!"

Schließlich erstickt sie es, rührt herum, erzeugt um mein Phlegma Luftzug und Wirbel. Am Ende schreie ich auch: „Herrgott! Das geht einem vielleicht auf den Geist!"

Und da mich Simones Blick durchbohrt und sie mit dem Schürhaken bewaffnet ist, beende ich den Satz mit sanfter Stimme: „... dieses Rumsitzen im Knast."

Jetzt ist Simone wieder obenauf, hat runde Backen und überall Speck, dazu eine Selbstsicherheit, die an Unverschämtheit grenzt. Sie hat mir die Hälfte meines Reiches genommen; um Frieden zu haben, mache ich mich unsichtbar und lasse ihr sogar meinen ganzen Anteil am Gefängnis. Aber ich kann noch so oft „Ja, Simone", „Gut, Simone" sagen, sie hat halt ihre Grenzen, die sie wegen fehlender Bildung und fehlendem Zaster nicht anders durchbrechen kann als mit lautstarken Ausbrüchen: „Diese Höllenarschbande!" und anderen Beschimpfungen.

Abends umgarne ich Simone, wie ich Dufon umgarnt habe: Ich mache meine Autos nur etwas amerikanischer, meine Polypen etwas stämmiger und etwas blöder, meine Geldbündel etwas dicker. Der Film meiner Geschichten, vertont durch meine eintönig gemachte Stimme, trägt sie sanft in den Schlaf; wenn ich ihr „Ach ja?", „Ach so" lallend und ihren Atem regelmäßig werden höre, seufze ich und beginne endlich meinen Tag: Sortieren, verheddern, was ich gerade sortiert habe, wieder entwirren; dabei knabbere ich kiloweise Winteräpfel, um mein Fasten im Tagesraum auszugleichen. Mein Appetit ist gut, aber der von Simone ist widerlich. Dabei hat sich ihre Gefräßigkeit der ersten Tage gelegt: Sie hatte sehr schnell genug von staubigen Bohnen und Kartoffeln mit Viandox-Würze; sie hat so viel Brot gegessen und so viel Plörre getrunken, dass sie jetzt proppenvoll ist und deshalb noch anspruchsvoller. In ihrer Bauernlogik, ihrer Runkelrübenmentalität ist sie wie alle rotnasigen Säuferinnen mit dem berühmten „Ham se mich eingelocht, müssen se mich füttern" in der Birne eingefahren. Ich kaufe allerdings ein. Da ihr Madame Chef für ihre Arbeit im Garten Vorzugsmenüs mit Schalotten, frischen Eiern, Köpfen von geschlachteten Kaninchen und Hühnern macht, hat mir das durchtriebene Ding angeboten zu teilen. Ich habe sie trapsen hören, die Nachtigall mit ihren schweren Tretern, ich sollte ihr im Gegenzug meinen halben Einkauf geben, sie an meinen Schrank lassen und den Unterhalt ihres stämmigen Körpers sichern.

Wir nennen uns Schätzchen und duzen uns inzwischen, das klingt mehr nach kleinen Schwestern.

„Nein, Süße", habe ich geantwortet, „behalte nur, was dir die Chefin gibt, dann brauchst du wenigstens nichts einzukaufen, auch wenn dir Fernand Geld schickt; ich habe ja meinen Einkauf. O Gott! Dieser blöde Zaster, wie ich dich beneide, keinen zu haben; ständig zählen ... Beim Kaffee, dem echten, machen wir Kommune, wenn du willst, Kaffee würde ich sogar aus dem Fressnapf eines Verlausten trinken, aber die sonstigen Extras behältst du schön für dich. Einen Fingerhut Bier, zum Anstoßen, das ist alles. Außerdem schuftest du die ganze Zeit, da ist es normal, dass du etwas mehr isst als ich, die ich hier den ganzen Tag eingeschlossen bin und keinen Finger krumm mache."

Versuchen wir nicht, in diesen süßen Schädel auch nur rudimentäre Kenntnisse von Ästhetik und Finesse einzuführen: Toilette, Frisur, Schreiben und Zeichnen, kurz und gut, alles, was Simone nicht kann, ist für sie Schwachsinn. Und was Lebensart angeht ...

„O ja, draußen!", rülpst Simone, während sie sich mit dem Handrücken die fettigen Lippen abwischt, „da kann ich mich benehmen. Ich hatt auch Jungs aus Paris, vor Fernand. Der ist der Bauernlümmel, was willste machen. Wenn ich dir sag, dass wir uns prügeln, damit er sich sonnabends wäscht ... Er stinkt und redet sein Hinterwäldlerisch. Was hab ich dem lieben Gott getan, dass ich bei so eim gelandet bin! Hier hab ich wenigstens saubere Laken, bei dem gibt's keinen Heller für die Wäscherin."

Unermüdlich putze ich den Dreck weg, den Simone von morgens bis abends ausspuckt, um den kümmert sie sich nicht: „Tagesraum ist dein Revier", sagt sie. Und ich wische die Spuren des Mittagessens weg – von ihrem Trog, randvoll mit Wasser, in dem Brotstücke schwimmen; und ich fege die Krümel und Schalen auf, die sich unter ihrem

Hocker sammeln; und ich repariere die Ärmel ihrer Armenkleider, die sie mit einer etwas heftigeren Regung ihres Männerbizeps krachen lässt; und Mâme Chef ist zufrieden, dass ihre Frauen sich gut verstehen.

„Da, Schätzchen."

Der Knochen für den Hund. Wegen Simone werde ich bestimmt nicht meine Prinzipien über den Haufen werfen. Ich finde, dass ihr ganzer Muskelwert durch all das zunichte gemacht wird, was in ihr negativ geblieben ist: Sie hatte Kinder, einen Mann, tausend Gelegenheiten zu lernen, aber sie ist als Runkelrübe geboren und wird als Runkelrübe sterben, ich mag keine Runkelrüben und habe für Simone nur Gleichgültigkeit übrig, die sich an Tagen des Wohlwollens schwach mit Sympathie einfärbt und an allen anderen mit der Lust, zuzuschlagen. Ja, mein ständiges Bedürfnis, Simone in die Fresse zu hauen und ihren stinkenden Mund mit großen Stichen zuzunähen, beruhigt mich hinsichtlich meiner Tugenden als gute Kameradin: Simone ist mir natürlich überhaupt nicht zuwider. Wenn die Lust zu groß wird, schlage ich vor, an Fernand zu schreiben, damit der Bic die Flüche woandershin lenkt.

„Schreiben wir jetzt den Brief, meine Große?"

Sofort wird Simone ganz hörig, die Hörige, die zum Schreiber geht. Urplötzlich lässt sie der Rauch meiner Zigarette nicht mehr lärmend husten, können sich meine Beine bequem bis zur Querleiste ihres Hockers ausstrecken, verschwinden Krümel und Trog, um dem Korrespondenzblock Platz zu machen. Simone lauscht mit geneigtem Kopf den Sätzen, die ich vorschlage, und ihr sonst stets misstrauischer und hektischer Blick wird von den gesenkten Lidern verdeckt.

Liebster Fernand, wir werden noch wunderbare Tage erleben, wir werden uns in den Heuschobern lieben! Aber bis dahin denk an deine kleine Frau, die solches Zahnweh hat und den Zahnarzt nicht bezahlen kann; die mit harter Arbeit gerade genug verdient, um deine Briefe zu frankieren ...

„Das Letzte nicht“, sagt Simone, „das versteht er nicht.“

Wenn der Umschlag mit der Adresse versehen ist und Simone sich vergewissert hat, dass ich ihn zu meinen gelegt habe, um ihn am Abend abzugeben, verlangt die Runkelrübe ihr Recht: Der Block verschwindet, der Trog kommt wieder hervor und so weiter.

„Wenn der wüsste, der Arme! Zahnarzt, von wegen! Aber du wirst schon sehn, bei dem Brief, den ICH ihm geschrieben habe, schickt der den Zaster.“

Aber draußen ist Schluss mit Fernand! Die Fürsorgerin wird Arbeit für sie finden, weit weg, und sie wird bestimmt nicht ihre Adresse hinterlassen, damit braucht er nicht zu rechnen, sie hat genug durchgemacht.

Ich sage „Ja, Simone“. Acht Tage draußen, und sie hat alle Klamotten versetzt, die sie hier drinnen aufgegabelt hat, hat ein paar Pullen gekauft und ist zu Fernand gerannt, Besäufnis und Liebe im Heuschober. Sofern man das Liebe nennen kann, ab und zu, wenn Fernand genug von seiner Mutter und den Nachbarinnen hat, von dem ungewaschenen und seit acht Tagen unrasierten, nach Zwiebel und Wein stinkenden Mann genommen zu werden.

Zizi, mein Herz, merci.

So, mit kleinen erbetenen und empfangenen Diensten – man muss ab und zu auch um etwas bitten, um von einer Runkelrübe gemocht zu werden – und mit viel Geduld habe ich mein Reich zurückerobert.

Natürlich wird Simone nie lernen, ihren Schrank anders zu schließen, als mit einem Knall; und wenn sie morgens mit leisem Latsch herumschlurft, ist das eine Form von Mimikry: Den Latsch hat sie von mir – ein Paar, das sie an der geöffneten Ofenklappe vor dem Entsorgen gerettet hat –, und weil ich so lautlos laufe, hat der Pantoffel selbst an Simones Fuß die Gewohnheit bewahrt.

Aber sie nimmt Rücksicht auf mich, und ich danke es ihr. Das Geschrei legt sich meistens abends in einer Schlichtung über den Kopfkissen. Als Simone am ersten Abend angefangen hat, den Raum mit Winden und Darmgeräuschen zu beleben, habe ich sie darauf hingewiesen, dass sie hier weder bei sich sei noch in einem Schweinekoben, was im Übrigen auf das Gleiche hinausliefe, sondern bei mir, und dass diese nächtlichen Geräusche und so weiter. Seither entschuldigt sich Simone jedes Mal, wenn sie furzt. Ich habe dafür aufgehört, im Bett zu rauchen. Das habe ich beschlossen, nachdem ich ein paarmal Punkt sechs dröhnend von Simone geweckt worden bin: „Herrgott, hier stinkt's aber, das vergiftet die Klamotten, den Eimer, den Staub, alles hier!" Natürlich war meine Gitane die Vergifterin. Ich glaube allmählich, dass sich die Hinterwäldlerhygiene in jedem Punkt von städtischer Hygiene unterscheidet. Mein Traum vom Rückzug aufs Land, später, wenn Zizi und ich unsere Angelegenheiten geregelt haben, mein Traum von meinen Hühnern und meinen Kaninchen verblasst rasend schnell. Immerhin spare ich tatsächlich zwei Schachteln pro Dekade.

Neben meiner Ration bekomme ich Fluppen von der Fürsorgerin, die nichts von einer herablassenden Dame hat: Sie ist angenehm, gelockt, etwas fett, sie kommt immer beladen mit Päckchen, nicht nur Zigaretten. Dann beginnen Simones Augen zu funkeln, sie schmeichelt, was das Zeug hält, wirbelt herum. Vor der doch gelinde erstaunten Dame packt sie aus, entdeckt Röcke, Blusen, Wäsche; sie zieht alles übereinander und dreht sich im Kreis wie eine alte, besoffene Zigeunerin.

„Das ist was! Madame! ... Sie sind eine Nette, echt, dass Sie das alles mitbringen. Ich lauf rum wie ne Herzogin. O ja, Madame, wir sind nicht reich, wir ackern hart, aber wir haben unsern Stolz, wir sind auch gern schick, wissen Sie ... oho!", ruft sie gleich darauf und hält einen violetten Rock mit knallbunten Blumen vor sich: „Das ist echt schön ... Meine Nénette repariert mir vielleicht den Saum, ja?"

Nénette ist offenbar meine Wenigkeit. Ich plaudere mit der Dame über Mode und literarischen Klatsch, ich öffne ihr Päckchen, biete Feuer an. Der Pelzmantel der guten Fee erfüllt den Tagesraum mit seinem Duft, ich atme mit ganzer Nase, stehle dem Elend und der Groteske ein paar duftende Sekunden. Sekunden der Gnade wie diese gibt es keine sechzig pro Minute, aber es gibt sie.

Als mich die Chefin eines schönen Morgens ins Büro holt, bin ich weder überrascht noch besorgt, denn ich habe weder gegen die Hoffnung noch gegen die Gefängnisordnung gesündigt. Das ist die Antwort des Präfekten, es kann nichts anderes sein.

Zum Glück haben uns die Schleimer erklärt, was wir machen müssen. Ich hätte nie geglaubt, dass so viele Jas nötig sind, um unseres zu ermöglichen. Aber im Knast muss man alles beantragen.

Auf dem Weg zum Büro, Mâme Chef auf den Fersen, frage ich mich, ob es mir wichtiger ist, ein Ja zu haben oder ein Nein; ach was, ich reagiere später, wenn ich es weiß. Wichtig ist, dass die Antwort gekommen ist; ihr Inhalt ist mir noch gleichgültig.

Es ist Ja.

Sogleich gewährt mir die Chefin Rechte, die bisher heftig abgelehnt wurden: Sie holt aus meinem Koffer ein Päckchen Briefe ... Im ersten bittet mich Zizi, ihm den Briefstau zu verzeihen, den er bei mir verursachen wird, aber er wird jeden Donnerstag und jeden Sonntag schreiben, wohl wissend, dass ich früher oder später alles zusammen lesen werde. Auf jeden Umschlag hat die Zensur mit Bleistift ein dickes „Zum Paket" gekritzelt, zweimal unterstrichen, der obere Strich besonders dick: Im Wissen um die laufenden Anträge hat sie nicht gewagt, sie ihm zurückzuschicken.

Und sie hat nichts gesagt! Das bewundere ich; sonst so geschwätzig.

„Mâme Chef, und ... wegen der Hochzeit wissen Sie noch nichts?"

„Das darf ich Ihnen nicht sagen, Damien."

Gemeint ist wohl: „Ich will nicht."

Ich halte die Briefe wie ein Tortenstück, ungeschickt, abwesend. Ich muss es mit Paramnesie versuchen: Ich habe diese Briefe schon gelesen, tausendmal, in einem Zimmer wie dem, wo ich gerade bin. Runkelrübe ist nicht zufrieden: Heute gibt es nur was für mich, Büro, Briefe und was noch?

„Einen Ehemann."

„Hast du was gesagt?"

„Ja, ich habe gesagt, ich werde heiraten."

Ach, wenn ich nur einen kleinen Schnaps hätte, um den Übergang von der Hoffnung in die Wirklichkeit zu erleichtern, um wieder fröhlich zu sein! Ich begreife, dass das Ja allein mir wichtig war, vorhin, auf dem Weg zum Büro. Weil dieses Ja allein möglich war, weil ich immer schon seiner sicher war. Mein Wollen beschränkt sich auf die Ablehnung der anderen, es gibt eine Rückstromzone, die nur der Enthusiasmus überwinden kann.

Wir konnten nichts tun, Zizi und ich: nichts, als unseren Antrag in den Ring zu werfen und in einer Ecke auf ihre Antwort zu warten.

„Die Kräfte der Seele", schreibt Zizi, „sind auch etwas. Hab Vertrauen, wir schaffen das schon mit dieser Hochzeit."

Als ich noch nicht fahren konnte und die Müdigkeit meines Liebsten am Steuer spürte, starrte ich auf die Straße und presste die Finger zusammen, um den Schlitten in der

Spur zu halten. Und am Abend des Unfalls, ich erinnere mich nicht, aber ich bin sicher, dass ich eingeschlafen war und es deswegen passiert ist.

Um dieses Ja zu erhalten, hatte ich alles in mir eingeschläfert, was nicht dieser Wunsch war. Ich ließ den Körper los und den Geist gesammelt um einen engen Kern, einen süßen und beherrschenden Gedanken. Mit dem Richter streiten, heiraten oder einfach so, aufs Geratewohl, einen kleinen Ausbruch aushecken, das war viel; ich habe das Fenster aufgemacht und die dickköpfigen, geblendeten Fliegen aus meinem Schädel gejagt, eine nach der anderen.

O Zi ... Wenn ich sehr alt bin oder sehr müde, erinnere ich mich an diesen Morgen. Und ich will nichts verdüstern, nichts entstellen.

Simone ist sanft wie eine alte Puffmutter, seitdem sie es weiß. Beim Karnickelfüttern hat sie sicher Mâme Chef angezapft, und die konnte endlich über meine Hochzeit reden. Wissen Sie, ich kann schweigen wie ein Grab; wenn ich die Betroffene nicht informieren darf, informiere ich sie nicht. Aber wie sie das ausgleicht!

Simone hat recht, es gibt nur was für mich. Um nicht ganz leer auszugehen, nimmt die Runkelrübe Anteil an meinem Glück. Was war das für ein Nachmittag mit ihren lästigen Stimmen im Ohr, ihrer Anwesenheit, ihrer Fürsorge, ihren Landserwitzen! Mâme Chef hat uns nur verlassen, um körperliche Bedürfnisse zu befriedigen, Pipi und ein kleiner Kaffee und ein kleines Hallo für den kleinen Gatten, aber immer kam sie zurück und fing an, wieder davon zu reden. Ich habe mich nie so sehr nach der Nacht gesehnt wie heute.

Endlich sind wir allein. Dann verlässt mich auch Simone: Sie schnarcht, und ich stelle mir ihren zahnlosen Mund aufgerissen im Dunkeln vor, ihren verfaulten Mund, der den ganzen Tag von meiner Liebe geschwafelt hat.

Ich würde gern aufstehen und ihr diesen Mund stopfen.

Ich bin eifersüchtig: o là là, die Einmischung der anderen. Als könnte ich die Reaktionen zeigen, die sie mir zuschreiben, als bräuchte ich ihre Vertraulichkeit, als könnte ich nicht lieben, als würde ich deshalb heiraten!

Aber meine arme Simone, ich bin wie du, eine ledige Mutter, nur ohne Kinder. Meine Hochzeit ist eine Laune, ein Schelmenstück; ich hatte vorher genug getrunken, ich konnte bis zum Fluss durchhalten, ohne an die Pfützen zu gehen ... Ausgang, Rathaus, Festkleider – ach ja, ich muss mir etwas Sauberes schicken lassen, ich habe meine ganzen Klamotten verqualmt. Mâme Chef wird mir meine Schminke geben, sie hat es mir versprochen, wir können uns küssen ... Puh! Aus all dem quillt der Katzenjammer.

Was war und was sein wird, was zwischen Zi und mir IST, das sind die Konstanten, die entscheidenden Zeichen.

Meine Hochzeit wird kein kurzer, hastiger Ausreißer ins gelobte Land; ganz bestimmt werde ich keine Lust haben, mich unter dem Tisch im Rathaus zu verstecken, das Scharren der Füße und der Stimmen vorbeiströmen zu lassen, wie eine begeisterte Göre; zwischen meinem Liebsten und mir kann so ein Austausch nur eine Formalität sein; Ehefrau, Rolle der Ehefrau, Madame, monogam ... pah! Das hatte ich alles schon. Wenn ich will, kann ich mir sofort meine Hochzeitsnacht machen und dann richtig ausschlafen. Einmal ausschlafen! Noch mehr als auf Nacht und Hochzeit habe ich Lust, einen Vormittag im Bett zu bleiben, ohne in aller Eile zum Wasser zu stürzen, das mich aus der Fassung bringt, und in den Tagesraum, der mich vereist ... Am Tag der Entlassung nehme ich mir eine Bude und haue mich in die Falle. Und morgen ... morgen wache ich zwei Stunden vor dem Morgenklingeln auf, erfinde für meine Nase den Duft von Milchkaffee, lehne mich an frühere Kissen ...

Ich habe es schon versucht, aber ich bin wieder eingeschlafen. Das war besser als eine Hochzeit im Knast, das war eine Metamorphose: Zizi war Vogel, er kam und machte auch mich zum Vogel. Ein Schnabel wuchs uns und alberne kleine schwarze Krallen; ohne Erstaunen begrüßten wir die Morgendämmerung über den Furchen; unsere Krallen bohrten sich in das weiche, feuchte Gold, das granulierte Gold der Erde, schwer wie eine leckere Speise; und unser Schnabel füllte sich mit einer so frischen, so jungfräulichen Luft, dass es gewiss die Entstehung der Welt war.

Mein Vogeltraum wuchs, wuchs bis an die Grenzen meines Gerippes; ich besang das entzückende Leben, den Augenblick ohne Erinnerung ...

Mâme Chef hat uns mit der Spitze ihres Schlüssels den Schädel geöffnet.

Komm, Mädchen, schlaf, träum nicht mehr deine alten Träume; du wirst heiraten, und das ist kein Traum, das ist eine Gunst des Präfekten.

Träumt sich der Präfekt auch manchmal als Vogel?

Redet nicht mehr von dieser Hochzeit, lasst mich nicht mehr davon reden; morgen bleibe ich taub und stumm, suche ich weder freundliche Ohren noch Stimmen, j'entends les violons, Marie, ich heirate mit Geigen, ich ...

„Simone! Schnarch leiser, uns fällt gleich das Dach auf den Kopf.“

Kapitel IX

Es war Waschtag, also mein Tag des Wohlwollens: Entspannt von meinem einsamen Vormittag war ich geneigt, in der gleichen Euphorie die Mittagspause in Gesellschaft von Simone zu verbringen. Es war fast sonnig, fast warm; wir hatten gut gegessen; das Wasser für den Nes (den ich Simone am Waschtag mit Blick auf ihren halben Schluck Bier zum Aperitif spendiere) begann im Topf zu brodeln. Wir spazierten plaudernd vor den Schränken herum, es fehlte nur noch, dass wir uns bei der Taille hielten, wie junge Runkelrübenmädchen sonntags unter den Ulmen. Und da ist die Katastrophe über uns hereingebrochen.

In unser Geplapper vertieft - Simone erzählt mir gerade, wie sie in einer Gewitternacht eine junge Sau eingefangen hatte, die aus dem Koben entwischt war -, haben wir nichts gehört, weder Klingel noch Schlüssel. Die Chefin stürmt herein, schreit „Neuzugang!" und greift sich Simone, sie soll ihr „zur Hand gehen". Ich warte mit den Radionachrichten, bis sie zurückkommt; aber sie ist wohl direkt in die Waschküche zurückgegangen, ich höre wieder den Dreschflegel knallen. Ich klopfe an die Verbindungstür und stelle mich ans Fenster. Gleich darauf taucht der zerzauste Kopf der Wäscherin zwischen den Gitterstäben auf, ich schenke ihr ein fragendes Lächeln, sage: „Na, Schätzchen, wie ist sie, die Maus?"

Simone schiebt ihre drei farblosen Locken zwischen die Stäbe und ihr zahnloser Mund formt ein befehlendes „Psst". Gut, sie ist also noch bei der Durchsuchung, wir müssen abwarten. Das dauert! Ich setze mich wieder hin.

Wieder poch-poch am Gitter, wieder Simone: „Eine Alte“, sagt sie abfällig, „eine Oma.“

Ich kenne Nuttenomas, Einbrecheromas ... Was soll’s! Durch das Knallen des Dreschflegels hindurch höre ich das schrille Schaben des Zubers, gut, das ist also eine Schmutzfinkoma.

Erneut tauchen die drei Strähnen am Gitter auf, diesmal sind die Augen bis ins Weiße verdreht, mümmeln die Lippen. Wenn Simone das Bedürfnis verspürt, so eine Kleinkind-Grimasse zu ziehen, muss es wirklich widerlich sein; eigentlich kommt einem nach der Wäsche der Männer, den Laken voller Sperma und den mit Haaren übersäten Handtüchern jeder Dreck sauber vor. Und da ist sie auch schon, eingerahmt von Simone, die den Zug mit wütendem Gesicht eröffnet, und Mâme Chef, deren blaue Augen die strenge Stimme Lügen strafen: „Gehen Sie rein. Trocknen Sie sich am Ofen.“

Es kommt mir vor, als hätte ich erst kürzlich die gleiche Szene erlebt. Aber diesmal gibt es keinen Zwang zum Fraternisieren. Das ist also eine rettende Oma, Simone wird mich halbwegs vergessen. Tatsächlich plappert, zappelt, trappelt sie herum, leert einen Schrank, wirft ihre und meine Vorräte bunt durcheinander auf den Boden: „Bittschön, Oma, räumen Sie Ihr Zeug rein, das ist Ihrer ...“

Anders gesagt, sie macht genau, was ich bei ihrer Ankunft für sie getan habe, und ihr Beschützergehabe zeigt deutlich, dass sie vergessen hat, in welchem Zustand sie war; jetzt entschädigt sie sich für ihr Elend bei der Ankunft mit dem Elend der Oma: zitternde, blaugefrorene Oma in durchnässtem Gefängniskleid und mit auf den Hals tropfenden Haaren.

„Warte, bis die Chefin weg ist“, flüstert mir Simone mit durchtriebenem Blick zu, als sie mich wie zufällig anrempelt und mir mit einem diskreten Tritt die Zehen zerquetscht, „dann erkläre ich's dir."

Ich brauche keine Erklärung, aber wie kann man Simone das Maul stopfen?

„Haben Sie sich ihren Kopf angesehen?", setzt Mâme ihr Liedchen fort.

„Ja, ja", versichert Simone eilig, „da ist nichts, sie ist sauber."

„Ich sag dir", legt sie los, kaum dass die Tür zu ist, „ich hab mir echt Mühe gegeben! Ich wünsch dir nicht, dass dir mal sowas passiert, Nénette, wenn ich nicht mehr da bin, um mich zu kümmern."

„Sei still, das erzählst du mir später, oben, in Ruhe."

„Sie hört nichts, guck mal."

Oma ist auf dem Hocker zusammengesunken, Kinn auf der Brust, Rücken rund, Beine gespreizt; so stabilisiert, macht sie ein kleines Nickerchen. Ich murmle: „Arme Frau", aber gleich ist Simone wieder dran: „Komm, die musst du nicht bemitleiden, so ein Dreckstück! Glaub's oder nicht, aber sie hatte ... ja, Scheiße hatte sie, überall, an den Schenkeln, auf dem Rücken, der Mann hat Geschmack! Ist auf der andern Seite, wohl jünger als sie, Mâme Chef hat's mir gesagt, komisches Pärchen. Und außerdem, du weißt doch, in der Dusche ist so ein Ding, ein Eisenbottich, ein ..."

„Eine Wanne."

„Eine Wampe, genau. Die Alte klettert da rein, und dann, stell dir vor, schaukelt's ein bisschen, und sie fällt auf die eine Seite, fällt auf die andere, am Ende hab ich mit unter die Dusche gemusst, guck, ich bin klitschnass – und hab sie selbst entdreckt. Die ist total besoffen, hält sich nicht auf den Füßen. Dass wir sowas wegstecken müssen!"

Harmonisch schimpfe ich mit, richte meine Flüche allerdings gegen „die Schweinebande, die Leute in ihrem Alter belästigt".

„Und wir können sehn, wo wir bleiben! Hoffentlich pennt sie im anderen Schlafsaal, wenn wir das Gift die ganze Nacht riechen müssen ... Weißt du, die Alten, das ist ungesund, das ist Fäulnis, man holt sich alles mögliche ... Hör mal, Nénette, wir kümmern uns nicht um die, wir bleiben Freundinnen, ja?"

„Ach, weißt du, ich bin so, immer gut mit allen und einsamer Reiter."

„Na klar, du pfeifst drauf, du hast im Warmen gesessen, und ich konnt inzwischen sehn, wie ich mit ihr klarkomm. Und außerdem, Teufel nochmal!", Simone steht auf und lässt ihren Hocker knallen, „ich hab die Schnauze voll, ich red mit der Chefin, immer mach ich hier alles ..."

Ich schweige. Simone kann mich überall suchen, sie wird mich nicht finden. Das Knallen des Hockers hat Oma hochschrecken lassen: Stumpf starrt sie auf die Umgebung. Mir fällt die sehr schöne Iris in glänzendem Nussbraun auf, und erneut drückt mir das Mitleid die Gurgel zu. Ich frage sie nach ihrem Namen, ein Grunzen antwortet mir, offenbar ein komplizierter Name. Ich erkläre, dass ich nur den Vornamen brauche, dass ich ...

„Ha!", stößt Simone, die sich in eine Ecke verkrochen hat, aber ihre Zunge nicht länger als zwei Minuten im Zaum halten kann, verächtlich hervor. „Ich mach nicht so ein Brimborium. Für mich sind Sie Oma und Schluss."

Also bleiben wir bei Oma.

„Holen Sie Ihre Schüssel, Oma, ich höre die Suppe kommen."

Nein, es ist Mâme Chef, die wiederkommt, um Simone zu holen; sie gehen hoch in den Schlafsaal, trampeln über unseren Köpfen herum, ich höre sie ein Bett verrücken ... also schlafen wir heute Nacht zu dritt. Irgendwie scheint der Umbau Simones Nerven beruhigt zu haben: Als sie zurückkommt, ist sie ganz rosig, geradezu freundlich. Vielleicht nur, weil sie so gern die Hilfswärterin spielt und solche Manifestationen ihrer Wichtigkeit (Scheiße abwaschen, Betten zurechtstellen) ihr in ihren Augen Oberhand über mich, die Stubenhockerschreiberin, geben.

Oma hat vorhin nur eine kleine Tüte Schlaf genommen, sie hat noch die ganze Nacht vor sich. An ihrer Art, auf die Matratze zu klopfen, sieht man, dass es nicht das erste Mal ist; als sie ihre Decken ausbreitet, hat sie die Lebhaftigkeit einer Zwanzigjährigen wiedergefunden. Sie muss mächtigen Rückstand haben, dass es sie so in die Heia zieht. Komplett angezogen kriecht sie unter das Laken, legt sich in Schlafposition und schließt ihre Nussaugen. Aber Mâme Chef lauert am Guckloch: Überraschend stößt sie die Tür auf und bellt: „Hier wird sich ausgezogen! Sie sind nicht im Heuschober, also wirklich! Los, aufstehen!"

Ungeschickt setzt sich die alte Frau auf und versucht, ihr Kleid aufzuknöpfen; ihre klammen Finger verhaspeln sich in den Bändern, sie fängt wieder an zu zittern und ihre Lippe schiebt sich vor wie die eines Kindes, das gleich anfängt zu weinen. Ich krieche aus dem Bett: „Stehen Sie auf, Oma, ich helfe Ihnen."

Mâme Chef zieht, ich schiebe und Oma wehrt sich, so befreien wir sie schließlich von dem Kleid, der Bluse, dem Wollhemd. Der graue, fleckige Lumpen auf dem mageren, gekrümmten Rücken muss früher mal ein Nylondessous gewesen sein. Die Chefin gibt ihr das Wollhemd zurück, wirft das Kleid ans Fußende des Bettes und geht. „Jetzt mache ich aus, schlafen Sie."

Oma ist wieder eingekuschelt, gehorsam und darauf bedacht, nicht allzu laut zu atmen.

„Herrgott, hört das nicht bald auf? Ich habe kein Auge zugemacht. Hörst du das, Anick?"

Der Morgen dämmert noch nicht; Simone keift durch die Dunkelheit. Widerwillig öffne ich ein Auge und einen

Mundwinkel: „Ja, Schätzchen. Das ist wirklich unerträglich“, und schon versinke ich wieder im Koma. Aber es steht geschrieben, dass ich an diesem Tag keinen harmonischen Morgen haben werde, wie ich ihn mag, kein „Geht’s gut, Schätzchen?“ oder „Drecksbande, die vergammelten Küchenjungs klappern mit ihren Töpfen, können die uns nicht schlafen lassen?“

Heute Morgen ist Schätzchen außer sich: Sie wälzt sich mal zur Wand, mal zu mir, so oft und so hörbar, dass ich schließlich ein resigniertes Ohr ausstrecke und zu verstehen versuche, was sie so außer sich bringt.

Da ist tatsächlich ein ungewohntes Geräusch.

Das sind nicht die Küchenjungs, geriebene Möhren gibt es erst morgen; eine elektrische Reibe wird ihnen die Gefängnisverwaltung nicht so bald zugestehen: Die GV ist arm, die Karotten sind weich, und das frenetische und hartnäckige Kratzen, das man hört, ist viel näher und kraftvoller als das gewohnte, kaum hörbare Raspeln.

Es kommt aus dem Bett der Großmutter. Die inzwischen durchscheinende Morgendämmerung lässt mich die Bewegung ihrer Decken erkennen, kein Zweifel: Sie kratzt sich. Als ich sie gestern Abend ausgezogen habe, sind mir die roten Streifen auf ihren Schulterblättern aufgefallen, aber ich hatte an Prügel oder Spuren von Nächten im Stroh gedacht; außerdem hatte mich Simones „da ist nichts“ beruhigt.

„Das geht so nicht weiter, ich sag Bescheid, das ist kein Verpfeifen, das ist Pflicht.“

Was für ein großes Wort zu dieser frühen Stunde!

Ehrlich gesagt fühle ich mich von Omas wildem Kratzen weit mehr gerührt als von Simones Armutsgehabe am Anfang. Und dass sie so redet, ist keine Sorge um Hygiene, sondern die boshafte Freude, jemanden gefunden zu haben, der noch dreckiger ist als sie; ihre gereizte Angst gilt nicht den Eisenbeißern, die sie wohl auch zu spüren bekommen hat, sondern der Erwartung, ausgeschimpft zu werden; schließlich hätte sie die Tierchen schon gestern melden müssen.

Beim Klingeln springt Simone in ihre Treter und schreit im Adjutantenton: „Raus aus den Betten!“ Oma bemüht sich, auch in ihre Stiefel zu hüpfen, zieht mühsam die Reißverschlüsse hoch und beginnt, mit geschäftigem Getrippel ihre Decken zusammenzulegen. Simone schiebt ihren akkuraten Haufen mit dem Fuß weg und setzt sich mit ordnungsgemäß verschränkten Armen in die Mitte ihrer Matratze. Beim Aufschließen rast sie los, vergisst den Nachteimer, dabei ist sie dran und erstattet im Erdgeschoss Bericht.

„Sag schon“, schreit sie mir entgegen, „stimmt das etwa nicht?“

Mit gerafften Nachtröcken, zerzausten Zöpfen, verklebten Augen, noch halb betäubt schreite ich die Treppe hinab wie Line Renaud die Stufen des Casinos. Simone kommt mir entgegen und packt mich am Arm: „Sag doch, sag’s ihr! Wirklich, Mâme Chef, ich lüge nicht. Ehrlich, sie hat es auch gehört, also!“

Sie zischelt weiter herum, während ich in den Tagesraum entkomme, um den Ofen zu leeren: Neuerdings ist es mir nämlich verboten, in der Asche rumzukratzen, während Simone ihre Schüssel mit aufgeweichtem Brot leert; das soll ungesund sein. Na gut, da die Plaudertaschen sich Zeit lassen, kann ich Anmachholz und den Anzünder aufstapeln.

Simone kommt mit ihrem Gesöff und der üblichen Brotration herein. Ich frage: „Bekommt sie kein Brot?“

„Ich hab’s auf dem Tisch gelassen. Wir werden die doch wohl nicht bedienen, was? Soll sehn, wie’s zurande kommt, das alte Dreckstück.“

Da kommt das alte Dreckstück, geschoben von Mâme Chef, die sagt: „Sehen Sie mal nach, ich glaube, da ist etwas nicht in Ordnung. Damien, Sie sind dran, kontrollieren Sie sie: Kopf, Hemd, alles ..."

Das ist ein Befehl. Simone tritt in den Schatten, ihre Augen sind wie Flinten, ich spüre, wie sie meinen Rücken durchbohren. Trotzdem erledige ich meine kleine Inspektion kaltblütig. Bei der ersten Strähne habe ich begriffen, ich muss nicht weitersuchen. Ich lasse Omas Strähne auf ihren Hinterkopf sinken, lege die Hände auf ihre Schultern und sage mit ernster Miene, wie ein Doktor, der der Familie eine unwiderrufliche Diagnose verkündet: „Alles voll, Mâme ... Der reinste Streichelzoo. Ungefähr eine pro Haar."

Mâme Chef und Simone beißen sich auf die Lippen, Kleinmädchenlippen. Sofort wird der Ausnahmezustand verkündet: Man muss das Übel eindämmen, bevor es sich ausbreitet, bis zu uns, von da über die Wäsche zu den Männern, bis zur Familie des Chefs, bis ... Pss, pss tuschle ich jetzt mit den beiden anderen über den Kopf der Oma hinweg, die mit verschämtem Nacken und knallroten Ohren auf ihrem Hocker vergessen ist, ein armseliger Haufen aus Knochen und Läusen, dessen Seele wir vergessen haben.

„Und am Körper, Damien?"

Mâme Chef ist bis zur Tür geflüchtet und lässt mich das Manöver durchführen. Ich setze die alte Frau ganz dicht ans Feuer, das allmählich auflodert, ich sage irgendwas, egal, dass das die Aufgabe der Diensthabenden ist, dass ich das auch durchgemacht habe, dass sie sich nicht schämen muss, dass es nur zu ihrem Besten ist und so weiter. Jetzt ist sie nackt, ihr Rücken im hellen Licht, die Knie zusammengedrückt.

O Gott! Das ist Knast plus Prügelstrafe, dieser Rücken wurde ausgepeitscht.

Drei Stunden später sind alle Köpfe gerubbelt und durchgekämmt; ich wickle den der Oma in ein Tuch und stecke es mit Nadeln fest, Schockbehandlung für sie, eine ganze Flasche Marie-Rose ist draufgegangen. Wir haben sie vom Geld ihres Mannes gekauft. Er hatte ein oder zwei Scheine dabei, als er geschnappt wurde, anscheinend hat er den Kauf problemlos genehmigt, eilig sogar: „Alles, was nötig ist, damit es meiner Frau gut geht", hat er dem Wärter gesagt. Das Ungeziefer auf ihrem Kopf, gekoppelt mit dem beträchtlichen Altersunterschied sorgt für Gerede: Sie sollen wegen Inzest hier sein, Oma schläft mit ihrem Sohn. Na gut, wenn ich erst verheiratet bin, haben wir zu viert Besuchszeit, dann werde ich sehen, was das für einer ist. Viel mehr als der Ehestand der Großmutter beschäftigt mich im Moment der Zustand ihrer Füße; bei der Ankunft konnte man ihr fehlendes Gleichgewicht auf die Sauferei schieben, aber jetzt?

Sie schwankt wie ein Gör bei den ersten Schritten, ich habe sie die ganze Zeit im Auge um aufzuspringen, sobald ein Sturz droht. Vor allem, wenn sie nach dem Mittagessen gefüllt mit Wärme und Nahrung auf dem Hocker einschläft. Aber sie fällt nicht, ein Wiegen des Oberkörpers hält sie aufrecht. In ihrer Begeisterung, eine Frau gefunden zu haben, die genauso großen Appetit hat wie sie, wirft Simone die guten Manieren über Bord, zu denen sie sich mit Nénette verpflichtet fühlte: Wieder ist der Tisch voller Krümel, Gräten, Fettflecken und Kaffee. Trotzdem gefällt mir unser Leben zu dritt besser als das als Duo: Simone kümmert sich nicht darum, ob man sie versteht und ihr antwortet; da es für sie nur darum geht, zu plappern, hält sie der schlafenden Oma ihre Reden.

Ich amüsiere mich mit meiner Oma wie mit einer alten Puppe.

Mâme Chef kümmert sich nicht um den Beipackzettel des Läuse-Shampoos: Ihrer Meinung nach verschwinden die Parasiten umso schneller, je öfter man behandelt. Also wiederhole ich die Operation fünf, sechs Mal am Tag.

„Achtung, Oma, heben Sie die Hand, wenn es zu sehr brennt. Geht's? Sonst verdünne ich es mit Wasser."

Oma schüttelt den Kopf, glücklich wie ein Hund, den man entfloht, und brummelt: „Seid alle gute Mädchen ja, und Mâme Chef ist auch gut, ich denk an euch, ja ich denk wirklich an euch Mädchen ..."

Die Chefin überwacht das Ganze, schimpft über Simones Kurzsichtigkeit, „stellen Sie sich vor, Damien, wenn Sie nicht kontrolliert hätten", erklärt mir, dass sie sich auch ein bisschen eingerieben hat, auch den Chef und die Kleinen:

„Das macht wirklich schöne Haare. Nur schade mit dem Geruch ..."

„Oh, Madame, Ihr Parfum ist stärker. Das ist Lanvin, oder?"

Sie nennt ein Parfum für fünfhundert Francs: „Nein, aber es ist auch gut."

Simone kommt aus dem Hühnerhof zurück und streckt mir schmutzige Näpfe entgegen: „Igitt!", schreit sie, „das stinkt nach verfault, vergammelter Fraß! Da, Schätzchen, wäschst doch so gern ab, hier hast du was zu tun. Was sagten Sie, Madame Chef?"

„Nichts, nichts, ich sprach mit Damien."

Vergnatzt setzt sich Simone vor ihren Trog. „Mir doch egal, ich ess einen Happen, ich glaub, ich hab's mir verdient, bei der ganzen Arbeit, die ich mir seit heute morgen aufgehalst habe."

Mâme Chef wirft einen nachdenklichen Blick auf den kalten Trog: „Warum machen Sie sich Ihren Imbiss nicht ein bisschen warm?"

„Ach was, bin keine Prinzessin. Im Krieg habe ich ganz andere Sachen erlebt."

Kleiner Deportationsexkurs zu erwarten. Ich lache, die Schale Milchkaffee bedroht mich, Oma mit ihrem Turban sieht aus wie ein alter Derwisch in einer Schlangengrube, schnell weg: Mâme Chef erlaubt, dass ich mich auch um die Pflege des armen Rückens kümmere.

In der Waschküche fülle ich die große Wanne mit lauwarmem Wasser: „Probieren Sie mit der Fußspitze ... Gut, am besten im Sitzen. Sie brauchen nicht aufpassen, ich bin im Zivilleben Duscherin, und ich habe Kinder, die so groß sind wie Sie. Mein Gott, sind Sie winzig!"

„Ich mach Sie ganz nass ..."

„Kein Problem, ich ziehe mich um, strecken Sie einen Fuß raus, damit ich ihn einseifen kann."

Kein Wunder, dass sie humpelt, mit diesen Quanten: Jahrealter Dreck und Erde zwischen den Zehen; sie sind zusammengepresst und wund von den zu engen Stiefeln, ich muss ganz vorsichtig rangehen, mit dem Waschlappen hin und her zwischen jedem Zeh; Oma jammert und klammert sich an meinen Hals: „Mein Hühnerauge, bitte, bitte!"

Ich besorge Hühneraugenmittel und alte Pantoffeln, ich setze meine Oma ans Feuer, die Füße auf dem Zellenboden, während die Stiefel hinter dem Ofen trocknen. Ich pflege und schneide die Nägel, salbe die Hühneraugen; Simone sieht mir zu, sie sagt nichts mehr. Sie denkt, dass sie mit ihren niedlichen Füßchen vielleicht ohne Schmerzen in die Stiefel schlüpfen könnte und dass sie diesen Winter für die Feldarbeit ...

Kapitel X

Das Wasser ist weniger kalt. Bald können wir im Waschzuber baden. Wenn die Wäsche der Männer nicht mehr darin einweicht, wenn alle Wäscherinnen und Wäscher freigelassen sind.

Das wird nicht so bald passieren, im Gegenteil: Neuerdings tauchen die Neuzugänge gleich paarweise auf.

Bei ihrer Ankunft habe ich ihnen entschieden feindselige Schulterblätter zugewandt und mich ans Fenster gestellt: Ich bin voller Gehässigkeit, und heute sollte man mir besser nicht in die Quere kommen. Simone hat die beiden sofort angequasselt, sie nennt Namen, irgendwelche Nester, in denen die Damen vielleicht auch gearbeitet haben; sie fragt nach ihren Namen, ihrem Alter, der Familiensituation, sie setzt ihre Bestimmermiene auf, um sie über eine Gefängnisordnung zu informieren, deren Warum (und noch viel mehr deren Wie) sie nicht kennt.

„Stimmt's, Nénette?“ „Oder, Nénette?“

Ich weiß, dass man sich in Simones Kaff „Nénette“ nennt, wenn man sich an manchen Tagen besonders gern hat, an den anderen Schlampe oder Kuh. Aber jetzt reicht's: „Komm, Schätzchen, sei nett, lass mich in Ruhe.“

„Schon gut! Den Priester hast du gefressen, merkt man.“

Den Priester! Ich sehe ihn noch, vorhin im Besuchszimmer, mit seinen durchsichtigen Augen und der erbärmlichen rotgeäderten Riesennase, und ich frage mich, wer unglücklicher ist, er oder ich ... Und im Spiegel der Fensterscheibe sehe ich Simone, die auf mich zeigt und sich mit dem Finger an der Schläfe tippt. Bitteschön, ich wünsche ihr, dass sie mit den beiden besser klarkommt als mit mir.

Die erste heißt Solange, glaube ich: Sie rollt munter mit ihren großen braunen Kuhaugen in einem runden, rotbäckigen Gesicht; ich glaube, wenn die dicken Tränen der Ankunft getrocknet sind und sie ihren Riechkolben ordentlich durchgepustet hat, wird sie der verträgliche Typ sein. Die andere hat ihren Namen nicht genannt; sie steht kerzengerade da, Hände in den Taschen ihrer Bluejeans ... warum haben sie ihr überhaupt die Hose gelassen? Mir haben sie das Gefängnisgewand gleich am ersten Abend angezogen und es mir gelassen, bis meine Kleider angekommen sind. Dann packe ich meine Bissigkeit ein und lächle der Großen im Spiegel zu, weil ich es nicht mag, wenn man hier rumheult, und weil ihre Augen nicht rot sind, sondern blau.

„Kümmert euch nicht um die", sagt Simone. „Sie heiratet, das beschäftigt sie ..."

Ganz genau: Und ich bin mächtig wütend!

Für die kirchliche Hochzeit hatte ich um ein schriftliches Taufzeugnis gebeten, weil meine Gemeinde zu weit weg ist, um den Anwalt hinzuschicken; ich war so überzeugt, der Anstaltspope würde keine Schwierigkeiten machen, dass ich gar nicht daran dachte, ihn nach seiner Meinung zu fragen. Und jetzt lehnt er ab!

„Meine Tochter", hat er gesagt, „was Sie da von mir verlangen, ist sehr schwierig."

Und anstatt zu versuchen ihn zu beschwatzen, habe ich ärgerlich geantwortet: „Gut, vergessen Sie's, reden wir nicht mehr drüber."

Ich war schon aufgestanden und stand an der Tür des Besuchszimmers, bereit, dagegen zu trommeln, damit mich Mâme Chef befreit und in den Tagesraum bringt; da ist der Priester auch aufgestanden, auf mich zugekommen und hat nach meinen Händen gegriffen: „Meine kleine Anick, wenn Sie es wirklich verlangen, kann ich Ihnen die Eheschließung natürlich nicht verweigern, aber Sie müssen verstehen ..."

Ich habe ihn mit einem „Ich sage doch, vergessen Sie's, Pater" unterbrochen. Das Ohr zur Tür gestreckt und die Hand zu ihm, um ihm klarzumachen, dass ich ihn ziemlich anstrengend fand: „Adieu, Pater."

Mein Wunsch, mich segnen zu lassen, war absolut heidnisch, ich weiß; Segen oder verschlungene Finger oder ein Schnitt in die Handgelenke und Vermischen des Blutes – ich hätte jedes Ritual akzeptiert oder alle auf einmal. Es war einfach nur, weil wir, wenn schon, denn schon, das Siegel auch vollständig, vollkommen aufdrücken wollten. Wir mussten unsere Liebe so lange unter dem Deckel halten, Zi und ich!

Natürlich gönnten wir uns trotzdem als Extra großartige Paraden, führten unser unechtes Paar überall spazieren ... Unsere Eheringe waren auf jeden Fall echte Juwelen: Wir gaben uns Mühe, sie bei den Bewegungen unserer Hände funkeln zu lassen, wir spielten damit, wie nebenbei. Um uns beim Mama-Papa-Spiel zu amüsieren, borgten wir uns manchmal Kinder von Freunden: Für ein paar Stunden waren die Kleinen „die Früchte unserer Liebe", als solche wurden sie den Eltern mit Taschen voller Bonbons und Kleingeld zurückgegeben – wie kann man nur seine Kinder im Stich lassen? Wir mochten die naiven Liebesbezeugungen, die Küsse in der Öffentlichkeit, nicht so sehr wegen der Küsse – kaum genossen –, als wegen der Augen der Leute, ihrer Bitterkeit oder ihrer Zärtlichkeit. Wir gehörten zur anonymen und beflügelten Rasse der Liebenden, wir kamen überall durch. Und trotzdem hätte jedes von Peynet gezeichnete Püppchen mehr Anrecht auf die Liebe als wir. Ständig auf der Flucht, mit Steckbriefen an den Fersen von

Versteck zu Versteck, entspannten wir uns im Liebesgeplapper, fanden darin unsere Illusionen. Wir konnten eine Menge aus der Liebe machen ... aber keine Ehe. Erst die Ablehnung des Richters für unseren Antrag auf Besuche hat uns klargemacht, dass die Ehe ein Akt ist und dass der Akt der Anwesenheit im gleichen Gefängnis und der Liebesakt nicht ausreichen. Da wir uns entschlossen hatten, dem Gesetz zu gehorchen, wollten wir auch, dass alle es wissen, gutheißen und unterstützen, auch Gott.

Pater, Pater, das ist nicht nett, Ihr Nein ist das Einzige; sogar die, die uns getrennt haben, werden uns eskortieren, wir werden unter der Schirmherrschaft der Polypen eine Kaderschmiede für Gauner gründen, und Sie ... Sie sind Pessimist, Sie wissen aus Erfahrung, dass die Gefängnislieben nicht „halten", Sie haben andere verheiratet, Sie verallgemeinern uns sozusagen. Und wenn ich es verlangen würde? Was habe ich mit Ihren Dilemmata zu schaffen? Ich bekomme nichts, weder Weihrauchfässchen noch dröhnende Gewölbe, weder Schleppe im Schlepptau noch Schweizer in Galauniform, nicht mal einen erbärmlichen Gendarm in Uniform. Und an der Schwelle der Ehezelle, adieu Hochzeitsnacht!

Ja, Ihre Ehe muss man vollziehen: Sonst ist es ein volles Glas für zwei, ohne am Strohhalm zu ziehen. Pah! Unsere Briefe schöpfen aus dem Kelch, den wir nicht leeren können, wie die Rohrflöte. Wir heiraten, um uns zu schreiben, das stimmt; aber egal, was Sie davon halten, wir werden uns immer schreiben. Der zuerst Entlassene wird etwas öfter schreiben, das ist alles ... Weil es auch Treue gibt! Nein, Sie haben nichts ausgelassen: „Sind Sie sicher, wenn er vor ihnen freikommt, dass ..." Er soll freikommen, Pater, er soll vögeln! Und Sie, ruhen Sie in Frieden.

Ich schweige, ich möchte den Blick hartnäckig gesenkt halten, ich zähle die Teufelchen, die unter meinen Lidern herumspringen. Wenn ich ein Plädoyer für mich halte, dann nur, weil ich eine Stinkwut habe. Ihre Milde können Sie für sich behalten. Als ich meiner Liebe begegnet bin, war ich verfolgt, zerbrochen, ohne Zuflucht, und plötzlich wurde ich Zuflucht und fand die meine: Wir waren da, verstrickt und verbunden durch den Liebesfaden, ohne Brücke, ohne formalen Stützbalken, wir brauchten sie nicht.

Stützen heißt zweifeln: Aber es sind die anderen, die zweifeln; es ist für die anderen, dass wir uns stützen.

Der Sommer, die Stille, das heikle Glück ... Es gab keine Schwüre, nur Worte, erfundenes, angedeutetes, freies Flüstern. Und jetzt dieses „Ja“! Ich heirate, ich heirate! Vergessen wir die Sorgen aus der Sakristei: Lauf, meine Freude! Ich werfe mich in dich, negiere mich, werde Gefäß, Durchgang ...

Die Nase an der Fensterscheibe, lache ich selig. Simone macht sich wohl eine mächtige Rübe um meinen Zustand. Beruhigen wir sie: „Du weißt doch, wie das ist“, sage ich und drehe mich um, „du wirst auch heiraten ... Wann nochmal?“

„Warte, warte, ich muss draußen erstmal sehn, ob Jojo mir geschrieben hat ...“

Jojo ist einer von Simones Verlobten, ein Saisonliebhaber, der jeden Sommer mit der Dreschmaschine zurückkommt. Ich muss Ihnen ein bisschen von ihm erzählen, es lohnt sich.

An einem Sonntag hatte ich nach meiner üblichen Post ein paar ungewöhnliche Episteln verfasst: Ich hatte unseren Präsidenten willkommen geheißen, auf dessen Besuch in unserer Abteilung, über kurz oder sehr lang, *Paris-Match* uns hoffen ließ, den Schleimer gebeten, von meinem Doktor die Bilder meines Rückens zu beschaffen und sie mir beim nächsten Besuch zu bringen, damit ich diesen früheren, schön geraden Rücken mit dem vergleichen könne, den ich mir jetzt vorstellte, steif vom Hocker und bedroht von Skoliose; dann, weil mir nichts mehr einfiel, hatte ich meine kleinen Schwestern gefragt, ob sie wollten, dass ich etwas für sie schreibe ... Es kommt so selten vor, dass man mich unbeschäftigt sieht, dass sich Simone den Kopf zerbrach, um etwas zu finden, was sie mich oder vielmehr sich machen lassen könne: „Lies mir nochmal den Brief an Fernand vor."

Dieser Brief war ein guter Aufhänger, ein logischer Übergang, an dem Simone wohl seit Tagen gefeilt hatte, genauer, seit der Zahnarzt meine Brücke begonnen hatte. Wenn ich von meinen Sitzungen zurückkam, musste ich Simone meine immer weiter erneuerten Zähne zeigen, sie litt mit mir und wärmte mein Essen auf ... Die Fürsorge war reine Berechnung. Ich sollte mich im Gegenzug beim Zahnklempner erkundigen, „Was kostet so ein Gebiss, nur oben, weder aus Gold noch aus Silber, nur so kleine weiße Perlen, wie sie sie heutzutage machen"; ich wiederholte den Satz wörtlich meinem Zahnarzt, wir amüsierten uns so, dass wir die Begleitpolizisten ansteckten und wir uns alle vor Lachen bogen, bis der Anführer auf die Uhr sah, eine ernste Miene und sein Käppi aufsetzte und seine Gefangene einsackte.

Bei all dem hatte ich vergessen, nach dem Preis für die Prothese zu fragen, ich konnte ihn auch nicht schätzen, da ich weder versichert noch zahnlos war; ich zog mich aus der Affäre, indem ich ihr erklärte: „Schätzchen, der Arzt konnte mir nichts Genaues sagen, er müsste dich erst untersuchen. Ich hatte die Form deines Kiefers nicht genau im Kopf, aber wenn du willst, bringe ich ihm das nächste Mal einen Abdruck mit; du beißt einfach in eine Brotkugel."

Nach diesem Gespräch hat Simone – vorübergehend – darauf verzichtet, sich die Vorderfront neu machen zu lassen, aber dafür von diesem Jojo angefangen: „Er will mich heiraten und mit zu sich nach Spanien nehmen. Dort hab ich alles, Haus, Geld, Aussteuer ... Der verwöhnt mich so richtig, das ist kein Fernand – der ist zärtlich, der macht mich glücklich, s'ist schön mit ihm. Aber was ihn stört, sind meine Beißer. Er will mir gern den Zahnklempner bezahln und die Behandlung danach, alles, damit ich schön bin. Aber ich denk nicht dran! Wenn ich dann wochenlang ganz ohne Beißer rumlaufen muss, bis es geheilt ist!"

„Aber hier musst du niemandem gefallen, warum nutzt du nicht die Zeit, lässt dir deine drei Zähne ziehen, stehst das Martyrium durch, dass du nicht beißen kannst? Wenn du rauskommst, hast du dein Gebiss in acht Tagen und kannst direkt nach Spanien abschwirren."

„Das stimmt ... Aber sag mal ... Was kostet das, wenn ich mir drei Zähne ziehn lasse?"

„Ach! Mutig wie du bist, eine einzige Sitzung ... Ich frage den Zahnarzt. Das wäre gut, wir könnten zusammen gehen."

An dem Sonntag hatte ich also eine Epistel für Jojo verfasst: Wir haben ihm erbärmliches Zeug geschrieben, reich nur an Versprechen, Versprechen für den schon ganz nahen Sommer, wenn Simone mit frischem Teint und warmem Atem wieder da wäre, das zarte Zahnfleisch bereit für die Gipskugel, bereit für alle großen Bauernsünden.

Aber Jojo hat noch keine Anweisung für den Zahnarzt geschickt. Simone erklärt mir, dass er den Brief wohl noch nicht bekommen hat, aber bald wieder bei dem Arbeitgeber auftauchen wird, an den wir ihn geschickt haben, und sobald er ihn gelesen hat ...

Jojo kommt mir ziemlich spanisch vor.

Kapitel XI

„Würden Sie mir die Ehre erweisen, mein Trauzeuge zu sein?"

Es war unvermeidlich, dass die Anwaltschaft bei unserer Hochzeit vertreten ist. Aber weil dafür ein Schleimer absolut reicht, überließen wir die anderen Zeugenplätze unseren Freunden.

Die Freunde wissen, manchmal aus Erfahrung, was einem Gefangenen fehlt: Liebe und nicht unbedingt frisches Wasser, außerdem kennen sie unsere Lieblingsmarken: Sie kommen also mit diversen Flachmännern und zwei Flaschen Champagner im Gepäck.

Trotzdem war ich noch nüchtern, als ich auf der Schwelle des Gefängnisses beinah mit einem großen Mann in Trenchcoat kollidiert wäre. Anstatt sich zu entschuldigen und mich durchzulassen, drückte mich der Schreckliche an sich und versuchte mich zu küssen.

Mein Verlobter steckte schon im Funkwagen auf der Rückbank; ich wollte ihn zu Hilfe rufen, als ich meinen Angreifer erkannte ... und ihn meinerseits umschlang: „Mein alter Maurice! Oh, es ist so nett, dass du gekommen bist. Entschuldige, ich habe dich für einen Polypen gehalten, ich habe meine Gläser nicht aufgesetzt ..."

Und Maurice verhaspelte sich mit Phrasen, belud meine Arme mit Blumen und Kartons vom Konditor ... Ich bat ihn, das alles für mich aufzuheben, bis ich mich darum kümmern könnte; aber jetzt, unmöglich, ich war zu sehr mit dieser Hochzeit beschäftigt. Ich stieg ins Auto, setzte mich neben Zizi, schmiegte mich in seine Arme – man hatte ihm die Handschellen erspart – und würde mich nicht mehr rühren. Nie mehr.

Wir fuhren zum Rathaus, verschont von großen Freudenbekundungen, ohne dass ein Passant in uns etwas anderes sah, als Leute in einer Bullenkutsche. Wir waren ruhig, verwirrt, irgendwie irreal.

Die Zeugen hatten sich mit in die Karre gequetscht; nur der Anwalt sollte direkt ins Rathaus kommen. Sie schwatzten höflich mit unseren Schutzengeln, vor deren Nasen wir die Flachmänner herumreichten; die Herren lehnten es ab, im Dienst zu trinken, erlaubten aber, dass wir pichelten: Man heiratet schließlich nicht jeden Tag, und die Schutzengel sind schrecklich nett, wenn ihr Dienst es auch ist.

Wir tranken abwechselnd aus der Flasche, wie eben der Wüste Entkommene, die Freunde sagten „langsam, langsam" und versuchten uns den Flachmann wegzunehmen. Als die kleinen Flaschen leer waren, verlangten wir die großen; aber wie lässt man in diesem Durcheinander von Armen und Beinen die Korken knallen, ohne jemanden nass zu spritzen? Ich löste mich eine Sekunde von meinem Bräutigam und wandte mich an Maurice. Ich artikulierte schmachtend, schläfrig und mit großer Mühe: „Zerbrich dir nicht den Kopf, wir trinken den Schampus bei meinem Anwalt; ich habe ihn gebeten, uns fünf Minuten sein Dienstzimmer zu überlassen."

Ein weiterer Häftling hatte sich eine Ausgangserlaubnis ausstellen lassen, da er unglücklicherweise am Tag unserer Hochzeit einen teuren Toten zum Friedhof begleiten musste; unsere Hochzeit wurde also im Stil von Gretna Green erledigt – neun Minuten, stoppte Maurice. Und dann mit Vollgas zurück ins Gefängnis. Die Polypen passten ihre Miene schon der nächsten Zeremonie an, keine Chance, sie aufzuheitern, nicht mal mit Moët.

Schade, ich hätte dem Bürgermeister gern den ganzen Vormittag lang zugehört. Er war väterlich und scherzte, der Schnaps von der Hinfahrt umgab seine Worte mit Schnörkeln, und ich bekam Lust, noch mehr zu trinken, um sie zu würdigen.

„Und Sie, kleines Fräulein“, hatte er gesagt und mir mit dem Finger gedroht, „Sie dürfen nicht aus dem ehelichen Heim entwischen, nicht wahr?“

Ich antwortete, derzeit sei ich damit beschäftigt, dorthin zu entwischen.

Der Bürgermeister war erstaunt; darauf mischte sich Zeuge Anwalt ein und sagte ihm diskret etwas ins Ohr. Der Bürgermeister hatte in dem hübsch gewaschenen und gekleideten Paar nicht die angekündigten Sträflinge erkannt. Er rief: „Oh, pardon! Da habe ich mir wohl einen Schnitzer geleistet? Also, Madame, ich wünsche Ihnen viel Glück und ... eine baldige Heimkehr.“

Wegen des Totenbegräbnisses wollten die Polizisten nichts davon hören, uns noch länger herumzufahren. Der Anwalt war wie üblich „untröstlich“, aber ich gab nicht auf: „Fürs Sterben hat man immer noch Zeit“, sagte ich und lächelte den Polypen an. „Warum nicht vorher ein Schlückchen Moët nehmen? Kommen Sie, denken Sie sich was aus, es ist noch nicht spät.“

Zum Beweis seiner Ohnmacht bei allem guten Willen hielt er mir sein Handgelenk unter die Nase, auf dem der Zeiger der Zeit flitzte. „Wenn wir Sie nicht in zehn Minuten in der Haftanstalt abgegeben haben, kommen wir zu spät zum Friedhof. Höchstens ... warten Sie: Ich werde dem Fahrer sagen, er soll einen Moment vor dem Tor halten, dann können Sie im Auto anstoßen. Aber sagen Sie es nachher niemandem, nein?“

Maurice stieg aus, um den Korken knallen zu lassen. Mir war zum Lachen und zum Glücklichsein. Man reichte mir die Flasche, aus der feierlich die blonde Lava quoll; ich leckte den Hals ab, dann steckte ich ihn in den Mund und trank, ich trank endlos, bis mir der Schaum aus den Augen quoll. Ich trank auf unsere Nacht, auf den Morgen, der kommen würde, ich trank auf UNS.

... Ich weiß nicht mehr, wie ich in den Tagesraum zurückgelangt bin, zu den Mädchen, die sich drängten, mich abzuknutschen, während ich versuchte, die alte, stumpfe Schere zu finden, um die Blumen und die Pralinen aufzuschneiden, ich sagte immer wieder: „Wo ist denn die Schere, wo ..."

Dann: „Mâme Chef, darf ich jeder eine Blume geben und das alles aufteilen?"

Die Chefin sagte „ja, ja", wie jeder heute, voller Nachsicht und Vorsicht: Ich war zugleich eine Frischverheiratete (mit Samthandschuhen anzufassen) und eine betrunkene Gefangene, die man überzeugen musste, ins Bett zu gehen. Ihre Behutsamkeit passte zu meiner Schlappheit, ich ließ mich nicht lange bitten, ihr in den Schlafsaal zu folgen. So legte also die GV das kleine Nickerchen in meinen Hochzeitskorb, von dem ich seit so vielen Morgen träumte.

Sogar ohne Ehemann war es ein schönes Geschenk. Ich hatte nie erlebt, dass die Chefin eine Frau einfach so mitten am Tag ins Bett gehen ließ, ohne ärztliche Anweisung, ohne dass ich mich mit schrecklicher Migräne oder blutsturzartiger Regel hätte rechtfertigen müssen; im Gefängnis heißt es „Ab ins Lazarett" oder „Krepier auf deinem Hocker".

Aber ich war besoffen: Das hatte es an diesem Ort offiziell noch nie gegeben. Mâme Chef hätte gern die Laken um mich festgesteckt, hätte ich mein Bett nicht regelrecht und Kante auf Kante gebaut; sie ließ mich eine Decke ausbreiten, half mir, mich zuzudecken und verschwand geräuschlos, drehte den Schlüssel mit einem verzerrten und luftigen Pling-plang.

Ich legte die Füße auf das Entspannungspolster der anderen Decken; meine Zehen waren in den hübschen Schuhen vom Vormittag zusammengepresst: Ich zog sie aus, steckte meine Brille in einen und die Kippen in den anderen und schloss die Augen, um bis zur Besuchszeit zu schlafen.

Meine erste eheliche Besuchszeit; ausnahmsweise auf eine Stunde verlängert. Aber wie soll man schlafen, wenn es Zeit zum Feiern ist und man weder Feier noch Zeit hat? Ich sah in Zeitlupe den Film der vergangenen Tage, alles, wie wir hatten kämpfen und betteln müssen, um das Ganze zu erreichen, dieses Nichts, diese neun Minuten ... Zizi „Ja", ich „Ja", zwei Sekunden. Die Zeit, um ein Röntgenbild zu machen.

Für die voreheliche Untersuchung hatte ich mich geweigert, mich anzuziehen; ich war im Kittel hingegangen und mit Pantoffeln vom letzten Sommer durch den Dreck geschlurft.

Das Gesundheitsamt war trostlos, lauter Frauen in formlosen, geblähten Mänteln, die mit Papieren in der Hand warteten und von einer griesgrämigen, geschlechtslosen Person mit überdrüssiger Stimme befragt wurden, die „wie?" zischte und sich die Namen buchstabieren ließ. Für die Aufnahme musste ich mich mit nackten Brüsten in eine Box stellen; der Gefangene, der zur gleichen Zeit wie ich dort im Freigang war, ein spindeldünner Schwindsüchtiger, zog sich derweilen im feuchten Flur an und hustete „Armes Frankreich, armes Frankreich ...".

Der Schutzengel hinter mir und ich, die Verlobte ...

Gestank und Trübsinn, getötet von diesen zwei Sekunden.

Ach, mein lieber Mann, wir werden nicht zu den Kindern gehört haben, die Hand in Hand der Sonne entgegengehen, wir werden nicht für kitschige, mit Schleifen verzierte Fotos posiert haben. Nur für Fotos unserer Innereien.

Das Paradies ist fern, auf Erden bahnen wir uns einen Weg, mit Fußtritten und Faustschlägen; auf einem Haufen feuchter Lumpen schlafen wir, du allein, ich allein.

„Oh, oh! Die Hochzeitsnacht ist noch weit weg!"

Die Mädchen vorhin, als ich von der ersten Besuchszeit zurückgekommen bin ... Macht mich nicht fertig: Es gibt keine Madame hier, begriffen? Das einzige Körperliche, was hier erlaubt ist, ist die Litanei Suppe-Seife-Wäsche. Jeden Tag mache ich meine Toilette als Ehefrau: Ihr mokiert euch schon genug über mich. Ja, ich wasche mich ganz gründlich, voller Inbrunst, damit man nach der Waschzeit nicht mehr darüber reden muss. Also lasst mich in Ruhe. Und bitte, sagt nicht „Zizi", wenn ihr von Zizi sprecht.

Als ich die Stufen des Rathauses hinunterging, sagte mein Mann: „O là là, das reicht, ich heirate nicht noch mal!"

Doch, doch, wir werden nochmal heiraten, du wirst sehn. Mach dir keine Gedanken, Zizi, mein Körper ist gehorsam; er ist meine Gitarre der Langeweile, ich spiele auf ihm, ich halte ihn knapp, ich mäste ihn, ich biete ihn der Stille dar, ich erschaffe auf ihm deine Form und die strahlende Berührung deiner Haut.

Ich gehe auf dich zu und ich gehe an deiner Seite, ich habe die Sonne im Rücken.

Lass uns durch das Licht gehen, weder Schatten noch Flamme sein. Oder vielmehr, mögen die Flammen sich legen und in einer großen, aufmerksamen Klarheit aufgehen.

Ich denke daran, wie die Eskorte unser Familienbuch in die Amtsstube gebracht hat.

Ich drehe mich zur Mauer, der Schampus gluckst, und ich lächle in mein Kissen beim Gedanken an dieses Buch voll leerer Seiten.

Kapitel XII

Die letzten Mahlzeiten sind die reichhaltigsten: Simone stopft sich voll und gesteht mit malmendem Kiefer: „Draußen krieg ich bestimmt nicht so viel."

Sie steht auf, um die Schüssel in ihren Schrank zu räumen, inspiziert dessen Inhalt und ruft in den Raum: „Die erste, die ich da drin erwisch, kriegt die Pfote abgehaun!"

Da niemand beeindruckt ist, knallt sie die Schranktür zu und kommt mit schwerem Schritt an ihren Platz, ihren Alle-gleich-Platz zurück: Es gibt keine Hilfswärterin, keine Bestimmerin mehr, nur eine armselige Adjutantin, deren glänzende Tressen zusehends verblassen.

„Haste mal ein Streichholz, Schätzchen", fragt sie mich.

Ich bin daran gewöhnt: Ich spitze den Span mit meinem Messer, stecke ihn in meinen Daumennagel und strecke ihn ihr mit den Worten hin: „Da, mach deine Speisekammer sauber."

Und Simone stochert und wühlt in ihren Stummeln, schnalzt mit der Zunge und saugt schmatzend die Luft ein: ein Schauspiel, bei dem man je nach Gewöhnung rausplatzt oder sich abwendet, um nicht zu kotzen. Natürlich sind wir alle auf unsere Weise abstoßend und unangenehm, wenn der Wind dreht, strapaziert der Scheißegeruch die Nerven; wenn an manchen Tagen ein Mädchen in seinen Pantoffeln herumschlurft, hast du Lust, dich auf sie zu stürzen und sie zum Hinsetzen zu zwingen. Sogar ich, obwohl ich mich seit der Hochzeit ganz neu und ganz ruhig fühle, nörgle ab und zu, um wie sie zu sein, achte aber darauf, abstrakte Ziele auszuwählen, das jaulende Radio, die zu salzige Suppe, den lieben kleinen Gottvater, der die Knackis im Stich lässt und so weiter. Aber eigentlich ist mir alles egal. Die Monate der Gemeinschaft haben mich Abwehrreaktionen gelehrt, zum Beispiel aus voller Kehle über abgedroschene und dumme Witze zu lachen, nicht mit der Wimper zu zucken, wenn ein Mädchen einen Meter vom Tisch entfernt in den Eimer pinkelt, während wir essen, und Augen, Ohren und Nasenflügel für alle ungewöhnlichen Spektakel, Geräusche oder Gerüche hermetisch zu schließen. Aber Nicole ist noch bei der Annahmereaktion. Nicole ist die Große in Bluejeans, war, um genau zu sein: Am zweiten Tag hat die Chefin die Hose beschlagnahmt und ihr ein Kleid gegeben.

Es ist offensichtlich, dass sie noch nicht gesessen hat: Sie hat die unbeholfenen oder feinen Reflexe der Erstverbüßer; sie wirkt entschlossen, begeistert, etwas zynisch, etwas sentimental, ist geschickt mit den Händen, obwohl sie nichts anfassen will, geschickt mit dem Kopf, obwohl sie die Idiotin spielt. Vor ihrer Ankunft hatte ich keine Lust mehr, mit Worten zu spielen und ausländisch zu singen; für Runkelrüben sind Kalauer Schwachsinn und Fremdsprachen Kauderwelsch. Jetzt kann ich mich respektvoll über die Chefin lustig machen oder mir die Predigten des Anstaltsgeistlichen anhören (wir sind verstritten, aber warum soll ich nicht zuhören, wo er so wunderbar schwafelt?), ich weiß, dass Nicole es auch zu schätzen weiß und zuhört. Am ersten Morgen hat sie mich gefragt, ob man sich nackt ausziehen dürfe, um sich zu waschen, ob uns das Geräusch ihrer Zahnbürste nicht störe ... Wenn sie wüsste, dass die wenigsten Gefängnisse schallisolierte Waschräume haben und dass es, was kleine, peinliche Verrichtungen angeht, weit Schlimmeres gibt, als sich in aller Öffentlichkeit den Hintern zu waschen. Simone hat sofort daran erinnert, dass am Waschbecken die Diensthabenden Vorrang haben und dass wir uns dünnemachen sollen, weil sie sich waschen muss und danach einen Haufen wichtiger Dinge zu erledigen hat. Ich habe gesagt: „Worauf wartest du dann, um loszulegen? Du bist doch immer als Erste unten."

„Ich habe keine Zeit, ich hole *euren* Kaffee, bringe den Müll weg, ich ..."

„Also zu Mülleimer und sonstigen Diensten hat dich die Chefin nie verdonnert: Sie sagt immer, du sollst dir erstmal Zeit nehmen, deine Tasse auszutrinken. Du bist es doch, die rummeckert und gegen die Tür tritt, wenn es nicht schnell genug geht."

Aber wozu streiten? Simone wird immer neue Ausflüchte finden, um sich nicht waschen zu müssen. Ich habe ihre Brüste bisher höchstens beim Zuknöpfen des Büstenhalters gesehen, und ihre Schenkel sind eher von Hitze und Ausdünstungen verfärbt als vom Schaum des Waschhandschuhs. Wir bekämen sie gar nicht zu Gesicht, wenn Simone nicht das Bedürfnis verspürte, sich wenigstens einer Schönheit zu vergewissern und uns, während sie sich vor dem Ofen mit geschürzten Röcken den Hintern aufwärmt, immer wieder zu fragen: „Stimmt's, meine Nénettes, ich habe noch schöne Beine für mein Alter?"

Wenn aus dem Radio ein Walzer kommt, fängt sie an zu kreiseln und entblößt braune Strümpfe voller Laufmaschen, der Lohn der Chefin für ein paar Waschgänge; es ist Sonntag, wir albern: „Komm, Schätzchen, ich bring's dir bei ... Hörst du das? Dazu habe ich so oft getanzt, als ich jung war!"

In solchen Momenten stelle ich fest, dass Simones einzige Anmut genau diese ständige Bewegung ist, von der mir die Haare zu Berge stehen: Sobald sie stillsteht, wird sie wieder zur reifen Runkelrübe mit grauem Haar und dicken Muskeln; abgesehen von ihren Stelzen hat Simone nichts. Manche im Zorn ausgestoßenen Sätze machen mir Lust, ihr die Zunge abzuschneiden, die alte stumpfe Schere durch ihre Wörter zu bohren und ihr dann loyal die Kehle zuzudrücken, so lange, bis die Seele aus allen Löchern spritzt. Um mich abzulenken, brülle ich: „Ruhe, Mädchen! Oh, armes Schätzchen, wer hat mir so eine Schere verpasst! Komm, schärfe sie an deinem Glas, sei ganz brav ..."

Ich ziehe den Stoff zurecht, der meinen Daumen vor der Schere schützt: Sie schneidet so schlecht, dass man mächtig drücken muss, um sich durch das Fleisch zu arbeiten."

„Brut von Bastarden!", schreit Simone und zerkratzt das Glas.

Nachbarn, Freunde, Liebhaber, Geldsäcke, sie sind alle eine Brut. Simones Herz ist ein negatives Herz, in dem nur die Gegenbilder der Liebe Platz gefunden haben.

Am Abend von Nicoles Ankunft hat sie versucht, mich zu ätzendem Spott zu verleiten, „die quatscht ja etepetete, noch eine, die alles besser weiß, wie die die Nase hochstreckt ..." Ich habe geantwortet, ich überließe es den Spezialisten, über Menschen zu urteilen, ohne sie zu kennen, und mir gefalle Nicole sehr, eben weil sie so aussehe.

Am Abend sprachen wir nicht mehr über Nicole. Ich spreche mit ihr, tagsüber.

Nicole hat keine Kohle, keine Klamotten, überhaupt nichts Persönliches; sie scheint bestens mit der Einsamkeit befreundet zu sein und einen ordentlichen Panzer aus Stolz zu haben. Ich kann Nicole dahin bringen, wo ich mit Maria war, den Weg vergesse ich nicht so schnell. Das Problem mit den Runkelrüben kann immer gelöst werden, drinnen wie draußen.

Aber die Runkelrübe ist Nicole egal: Sie will nur ihren Freund sehen, der zusammen mit ihr verhaftet wurde und in der Männerabteilung sitzt.

Sie hat einen Antrag beim Chef gestellt, der ihn ihr mit dem Rotstiftvermerk „abgelehnt" zurückgegeben hat; wie bei mir früher. Ich habe ihr vorgeschlagen: „Fragen Sie den

Richter! Er wird natürlich ablehnen, aber man muss den Dienstweg einhalten. Die Hoffnung tötet bekanntlich, aber im Knast ist es gut, immer einen Antrag laufen zu haben. Da ist mein Bic, schreiben Sie dem Richter, sage ich Ihnen!"

Am übernächsten Tag wurden wir zusammen ins Büro gerufen. Ich bekam die Vorladung zur Verhandlung. Nachdem ich unterschrieben hatte, trat ich beiseite, um Nicole den Platz zu überlassen. Um mir die Zeit zu vertreiben, ließ ich den Blick über die Namensliste der Gefangenen an der Wandtafel schweifen, las kopfüber die Umschläge, die rechts und links vom Schreiber lagen, der seufzend zensierte ...

Zurück im Tagesraum, außer Reichweite des Runkelrübenclans, fangen wir an, etwas ernsthafter zu reden. Ich sage als Einführung: „Ich komme bald vor Gericht ... Wir machen uns einen Kaffee, um das zu feiern: Im Flur vor der Schreibstube ist es eiskalt! Sie haben ganz rote Augen und eine blaue Nase."

Nicole putzte sich die blaue Nase, erzählte mir von der Ablehnung des Richters und zeigte mir das Foto ihres Liebsten.

„Man kann es nicht anders sagen, das ist alles, was ich derzeit habe auf der Welt, dieses Foto ... Ich frage mich, ob sie meine Briefe abschicken: Ich schreibe ‚Empfänger zahlt' drauf, aber ist das erlaubt?"

Hier kauft niemand seine Briefmarken, und das einzige, was ich Nicole gern gäbe, habe ich nicht. Wohltäterton und Bevormundung, unter denen ich gelitten habe, als ich blank war, sind ihr bestimmt auch ein Graus; also tausche ich, anstatt zu schenken: Ich kaufe ihr das Ei vom Mittwoch und den Fisch vom Freitag ab, im Gegenzug für Gitanes, ich gebe ihr Briefpapier, unter der Bedingung, dass sie mir bei meinen Matheaufgaben hilft, „Ich will Fernunterricht nehmen", und so weiter. Ich lasse sie auch meine Briefe lesen, bevor ich sie abschicke, unter dem Vorwand, sie solle meine

Fehler korrigieren, denn es ist schwierig, mit einem Mädchen über Briefe zu sprechen, das keine bekommt und genug davon hat, welche zu schreiben.

Ja, damit ich, die Scheue, die Stumme, die Misstrauische, die ihre Episteln versteckt und ihre Kippenschachteln nummeriert, damit ich diese schwierige Handbewegung mache, dieses „da, lesen Sie“, das ihr den Brief anbietet, muss ich wieder einmal in die samtweiche Falle der Freundschaft getappt sein. Die Freundschaft ist wie die verspielten Kätzchen, die man besser gleich nach der Geburt ertränkt: So etwas wächst zu schnell.

Beim Hofgang (allmählich wird es richtig schön in der Sonne) streifen wir unsere Blusen hoch, schürzen die Röcke bis zu den Schenkeln und setzen uns auf die Erde, nicht allzu weit entfernt vom Runkelrübenclan, damit man das Theater beobachten kann, ohne daran teilzunehmen.

Simone und Solange haben die Köpfe voll mit Kleinmädchenflausen: Sie haben eine Hopse in den Sand gemalt und springen fröhlich, „Himmel!“ „Erde!“

Schon sind sie im Paradies, und während ich hinauf zu den Wolken schaue, denke ich, dass der liebe kleine Gottvater sie in seiner Ewigkeit empfangen und glauben wird, er tue ihnen einen Gefallen; dass sie mit den Engeln Hopse spielen werden, um sich die Zeit zu vertreiben. Mir schießen lauter zärtliche oder verschrobene Ideen durch den Kopf, ich teile sie mit Nicole, ehe sie weg sind, und wir lachen.

Simone erstarrt misstrauisch auf einem Bein: Für sie kann lachen nur zwei Dinge bedeuten, entweder man teilt ihre Fröhlichkeit, oder man lacht über sie. Dann, als das Gesetz des Gleichgewichts ihr ihre Instabilität bewusst macht, zuckt sie mit den Schultern, macht eine Handbewegung, plemplem, und erreicht den Himmel, während sie ihren Stein mit der Schuhspitze vor sich her schiebt. Das waren mal anständige Schuhe, als Mâme Chef sie ihr gegeben hat, aber Simone hat sie beim Wäsche waschen ebenso angezogen wie zum Tanz am Sonntag: Nein, Simone wird nie saubere Treter haben, niemals wartet ein anderes Paradies auf sie als dieses hier.

„Beweg dich, Dicke, davon nimmst du ab ..."

„Wir haben wenigstens keinen erfrorenen Hintern, wir können uns amüsieren!"

Sie haben Haare über den Augen, staubige Treter und gerötete Wangen. Simone, meine Hopserin, alles Böse, das ich dir wünsche, ist, keine Seele zu haben und dich nicht im Paradies zu langweilen; du sollst noch lange leben, um die Pullen zu leeren und sie dann Fernand oder Jojo an den Kopf zu knallen, und du sollst nicht den Fehler machen, Geld in den Einbau eines Gebisses zu investieren: Ich weiß nämlich nicht, wie du es an den Weinhändler verscherbeln kannst.

Der Wind trägt Blüten und Stimmen über uns hinweg, und wir wissen nicht, ob es andere Blüten und andere Stimmen sind als im letzten Jahr. Aber der Wind bewegt sich schneller als die Stunden: Die Wirklichkeit wiegt Tonnen; wir sind hier, vielleicht für immer. Um den Film laufen zu lassen, muss man sich an Jahrgängen, an vergangenen Mais orientieren.

„Das ist lustig, Nicole, Mai im Plural!"

An einem ersten Mai hatte mir die Fürsorgerin ein Strauß Veilchen ins Besuchszimmer gebracht, aus Plastik, „damit sie nicht welken", und obwohl ich keine unechten Sachen mag, hatte ich dem zählebigen Sträußchen den Adel von Holzschmuck verliehen – unser erster Erster Mai, mit Zi, als unsere Liebe noch zerbrechlich und süß war, wie zwei Veilchenstiele ... Ich suche auf dem Gras, entdecke frische Halme: „Ich schwöre Ihnen, Nicole, im Knast dreht man durch."

„Ziehen Sie Ihre Röcke runter“, ruft die Königinmutter. „Man sieht alles.“

Ich, Mâme Chef, kann nur meinen Hintern zeigen, aber das ist Kinderei, keine Unverschämtheit, glauben Sie mir.

„Und tuscheln Sie nicht hinter vorgehaltener Hand mit der Neuen, das bringt nichts. Beim nächsten nackten Schenkel streiche ich den Hofgang. Amüsieren Sie sich lieber mit den anderen!“

Gut, Erhabene, ich gehorche.

Kehren wir zum Mai zurück, mein Herz: Wir liebten uns, wenn auch anders, und so gut! Du legtest die Hand auf mein Herz, mein Herz ... Ich hatte Lust zu sterben, damit nichts diese Minute überdecke; ich brauchte so viel Hoffnung, damals! Und wir mussten die Hoffnung verlieren und fast sterben, um Gewissheit zu erlangen.

In sechs Monaten, der Winter: Ich finde im Gras erwachsene Blätter, der Wind ist da und der Sommer nicht mehr fern.

Was soll’s, da du mich liebst, Zi, ob Mai, Juni oder Januar!

Kapitel XIII

„Hello, Venus Kallypigos, gut geschlafen?"

Jeden Morgen sehe ich Nicole die Treppe herunterkommen, Gefängnishemdchen, nackte Knie, die Mitternachtsvase majestätisch in den spitzen Fingern. Die Falle schließt sich, und wir öffnen uns. Aber ich will andere Bindungen schaffen als den gemeinsamen Fraß: „Mein Freund ... nein, er ist jetzt mein Ehemann, er ist auch auf der anderen Seite. Wir mussten uns ins Zeug legen, bis wir die Erlaubnis bekommen haben, zu kommunizieren ... jedenfalls offiziell. Ihre Stunde kommt auch, Sie werden sehen."

„Wenn sie nicht kommt, hole ich sie mir!"

„Das Problem ist, dass es in dieser Hütte fast unmöglich ist zu schmuggeln."

„Unmöglich ist nicht französisch", zitiert Nicole.

Ich werde ungeduldig: „Hör mal, meine Gute, ich bin keine dumme Göre. Sonst würde mich mein Mann in Ruhe zu Hause aufwachsen lassen, anstatt mich mit zur Arbeit zu nehmen ... Aber das ist eine andere Frage. Ich habe es Ihnen ja erzählt: Wir haben schon zusammen in diversen Knästen gesessen und immer einen Dreh gefunden, um Kassiber zu befördern: durch die Küchenjungs, die Buchhalter, sogar die Fürsorger ... Natürlich haben wir es hier auch versucht. Zizi vor allem, weil ich ... ich hatte eine radikalere Lösung vorbereitet, das erzähle ich später. Aber nichts, unmöglich: Die Chefs waren cleverer als wir, sie haben den Einkauf durchsuchen lassen, die Töpfe, alles. Und abgesehen von den Wäschern (streng bewacht und nur ganz kurz) habe ich keinen Mann einen Fuß in den Frauentrakt setzen sehen.

Der Chef repariert persönlich die Schlösser und den Strom, es kommt auch nicht infrage, einen Tischler zu holen. Wir haben an alles gedacht, das können Sie glauben, an alles. Und dann ... dann haben wir uns im Standesamt wiedergefunden. Jetzt schreiben wir uns. Aber wenn Sie wüssten, was für eine unfassbare Zensur sie auf unsere Briefe ausüben! Da, das ist einer der letzten. Seit fünf Jahren bin ich mit Zizi zusammen. Deshalb hatte er mir zum fünften Jahrestag unserer Begegnung geschrieben: „Wir nehmen ein neues Lustrum in Angriff.“ Sie haben sich wohl einen Ausbruch oder einen Angriff gegen sie vorgestellt, Lustrum war jedenfalls ganz dick durchgestrichen. Ich konnte es kaum entziffern.“

„Klar, Ausbruch auf einem Lüster ... warum nicht?“

Ganz vorsichtig, Anick ... Ich antworte: „Im Moment warte ich auf das Urteil. Danach, je nach Härte der Keule des Gesetzes ... Aber *man muss* warten. Zizi und ich, Roland und Sie, alle vier müssen wir warten, bis wir Bescheid wissen. Da, nehmen Sie ein Stück Schokolade. Nicht umwerfend, was? Ich mag die großen Mandelpralinen voller Nugat und Likör, die so schädlich sind für Leber und Teint.“

„O ja, Anick, eine Schachtel Konfekt, im Bett, an einem Regensonntag zum Beispiel, mit einem guten Buch, genug Kippen ...“

Ich ergänze automatisch: „einem Fläschchen Cognac, einem hübschen Jungen ...“

Wenn wir so anfangen, zu tuscheln, und die Erinnerungen uns nach draußen tragen, ist das Tabu gebrochen, dann wird uns bald die Zukunft hinaustragen, werden wir, ohne dass es uns etwas kostet, vom Pfad der Tugend abweichen und schwups auf Abwege der Fantasie geraten ...

Natürlich sitzt man Jahre im Knast nicht für nichts ab; natürlich sind unsere Geschäfte gelaufen, und sobald wir draußen sind, fahren wir dicke Autos und protzen in schicken Klamotten; dann sind wir ruhig und nachsichtig, haben schöne Kinder, für die wir die aufmerksamsten, die klügsten Eltern sein werden. Die heiligen Freuden von Familie, Arbeit, Hühnern und Karnickeln, der Ricard mit zehnfach Wasser et cetera. Andererseits ist die Kohle unsicher, sie verbrennt uns in den Händen; das Benzin wird immer teurer, und wir gehen nicht gern zu Fuß: Vielleicht wird das Leben lang, länger als unsere Ersparnisse.

Ja, aber wir brauchen auf jeden Fall Pässe.

Na dann gehen Sie doch zum Amt.

Ja, aber ich bin auf der Flucht ...

Nicole, Nicole, von dieser Sonne dreht sich mir der Schädel, ich wäre gern schon im Winter. Sommer im Knast, das bringt mich um. Nicole sagt: „Sehen wir den Tatsachen ins Auge: Ich werde auf jeden Fall den Sommer hier verbringen, bald sind Ferien ..."

„Oh, bitte, lassen Sie mich erst meinen Prozess haben. Es sind noch gut anderthalb Monate. Trotzdem werden wir uns den Sommer über noch im Käfig mästen lassen, das stimmt ... Sie werden sehen, Nicole, die langen Abende im Juni und Juli, die Nacht, die nicht einbrechen will, die Sonnenstrahlen im Schlafsaal ... Die Morgenvögel werden Sie trösten. Ich bin dann weg, aber wenn es Sie tröstet, können Sie sich vorstellen, dass ich anderswo auch eingesperrt bin und ebenso allein wie Sie. Denn wenn wir verurteilt sind, geht jeder seines Wegs, Männergefängnis für ihn, Frauengefängnis oder Haftanstalt für mich. Wenn ... wenn wir nicht in Berufung gehen."

„Dann würden Sie hierbleiben?"

„Nein, aber wir würden zusammen ins Untersuchungsgefängnis einer anderen Stadt gebracht werden, wo das Berufungsgericht sitzt. Die Aussicht auf einen wöchentlichen Besuch tröstet mich wahrlich nicht: Wenn wir Berufung einlegen, heißt das, dass sie uns ordentlich was aufgebrummt haben ... Logischerweise müssten dann unsere Strafen verrechnet werden: Das ist ‚juristisch möglich', wie der Schleimer so schön sagt. Aber dann schiebt er gleich nach: ‚Aber für das Gericht ist das nur eine Option.'"

„Wissenschaft, Recht und Buchstabe des Gerichts."

„Genau. Aber auf jeden Fall werde ich Sie in ein paar Wochen verlassen, Nicole, und ich würde gern in Kontakt mit Ihnen bleiben."

„Dann schreiben Sie mir!"

„Nein, das ist strengstens verboten. Wenn man frei ist, unterschreibt man mit ‚deine dich liebende Schwägerin', aber so, von einem Knast in den anderen ... Ich werde Ihnen nichts vormachen, wie diesen Nervensägen, die unbedingt wissen wollen, wo du pennst: ‚Wenn der Zufall es will, meine Gute ...' Nein. Aber bei uns würde ich mir trotzdem wünschen, dass der Zufall es will. Wir werden uns nicht zusammenschmeißen, ich werde Sie nicht dienstverpflichten, aber draußen gibt es immer etwas, was man mit netten Leuten tun kann: eine glückliche Entdeckung, ein System für Reichtum und Stabilität, oder für Verschwendung und Tollerei, oder einfach ein Glas trinken, unter Freunden, in einer Bar."

„Und wo sehen wir uns wieder?"

„Ich sage das so, dabei wissen wir noch nicht mal, ob wir überhaupt Lust haben werden, uns draußen wiederzusehen: Wer kennt schon die Macht des Vergessens?"

„Nein, Anick, weil ich Erstverbüßer bin und mich dieser erste Aufenthalt für immer prägen wird. Niemals werde ich den Dreck, das Ersticken, die Feindseligkeit, die Einsamkeit vergessen. Und unweigerlich werde ich mich an die Gitane am Morgen erinnern und ..."

„Gut, gut, es reicht, bitte! Sie werden mir das mit Ihrem prächtigen Lächeln zurückgeben, wenn Sie die Treppe herunterkommen und wir uns erkennen ... Wie schaffen Sie es, Tabak und dieses strahlende Weiß zu vereinbaren?"

„Strahlendes Weiß?"

„Ja, Ihre Zähne."

Nicole nennt mir den Namen ihrer Zahnpasta, amerikanisches Zeug; ich schreibe ihn auf eine Ecke meiner „Zeitschrift für Rätsel, Zeitvertreib für alle", meine wöchentliche Kreuzworträtselration.

„Wenn Sie gerade dabei sind, schreiben Sie sich auch die Adresse auf: Monsieur ..."

„Moment, Moment! Das ist etwas anderes, das schreibt man sich lieber hinter die Ohren. Buchstabieren Sie es mir ganz langsam, während Sie so tun, als würden Sie sich mächtig für meine Kreuzworträtselei interessieren, dann sagen Sie es ab und zu auf, wie man in der Woche die Sonntagsgesänge trällert, so prägt es sich für eine Weile ein, keine Sorge. Bei mir, na ja ... ohne festen Wohnsitz, wie alle, die sich durchwursteln. Aber merken Sie sich den Namen des Anwalts, er weiß immer, wie er mich erreicht. Ich überlaste Sie nicht mit seiner Nummer; draußen gibt es Telefonbücher, also, wenn Sie bei ihm anklingeln, wird er es übermitteln. Das ist alles. Jetzt warten wir ... Ach so, wenn Sie wollen, dass ich Ihrem Freund beim Gerichtstermin über Zizi etwas mitgebe, stehe ich Ihnen zur Verfügung. Ich nehme an, Sie können an meiner Aufrichtigkeit zweifeln, aber ich tue es genauso für mich wie für Sie, ich liebe es, die Schlüsselmagd reinzulegen."

„Daran zweifle ich nicht, Anick, und ... ich glaube, ich nehme das Angebot an. Diese Funkstille ist so quälend. Manchmal möchte ich das Gefängnis kurz und klein schlagen, mit allem, was drin ist, alles um mich herum, die Mädchen, die Hocker, die Teller ..."

„O là là, das ist mühsam! Schlagen Sie den Feind lieber mit Waffen, die seinen gleichen: Schweigen gegen Hinterlist, Schlauheit gegen Trickserei ..."

Ich erkläre Nicole das Verfahren des Kassibers, seine Varianten und Konstanten: „Schreiben Sie ihn erst zwei Tage vor dem Termin: Wir kritzeln ja ständig irgendwas, da wird es niemandem auffallen. Schreiben Sie zwei Zeilen in eine, auf Heftseiten, und halten Sie sich möglichst knapp; ein Blatt muss reichen. Sie geben es mir am Vortag, sagen wir beim Hofgang, und denken nicht mehr daran. Abends packe ich es oben ein, morgens bringe ich es entspannt in meinem Latsch runter ..."

„Warum im Latsch?"

„Falls sie mich als Überraschung bei Zellenöffnung durchsucht. Nach der Toilette kommen die Episteln in ihr endgültiges Versteck ..."

„Aber sie wird Sie noch gründlicher durchsuchen als sonst. Schon für den Zahnarzt müssen Sie sich nackt machen, ich erinnere mich noch, wie Sie sich hier vor uns ausziehen mussten ..."

„Stimmt, im Arztzimmer gibt es kein Feuer, und sie hatte Angst, dass ich mich erkälte. Und, guckte irgendwas aus meiner anmutigen Nacktheit hervor?"

„Aber Sie nehmen doch zum Zahnarzt keine Kassiber mit?"

„Warum nicht ... Aber es wird genau dasselbe sein: Ja, Nicole, das einzig sichere Versteck ist in der Vagina, verzeihen Sie ... und keine Sorge, in dreifach Plastik, absolut dicht. Das ist der einzige Ort, an dem das Gefängnispersonal nicht Hand anlegt. Sie sagen dir höchstens, du sollst einen Fuß auf den Hocker stellen und husten oder in den Pott pinkeln, aber davon lassen sie die Finger, wenn kein Doktor da ist. Also ... schade, dass wir Ihren Freund nicht benachrichtigen können, sonst würden Sie auch ein Briefchen bekommen; wenn schon, kann ich es auch in beide Richtungen machen ..."

„Ich vermute, dass er ebenfalls kämpft wie ein Löwe, aber die Justiz lehnt alles ab! Warum sollte der Richter ihm gewähren, was er mir verweigert?"

„Man weiß es nicht, Nicole, man weiß es nicht: Der Richter kann durchaus irgendwann gewähren, was er am Anfang verweigert hat. Alles hängt vom Verlauf der Untersuchung ab. Aber auch von Ihrer Hartnäckigkeit: Die Politik des Nervensägens ... Alles ist möglich, Nicole, auch und vor allem das, worauf man nicht mehr hofft."

Ich hatte recht. Heute Morgen hat Nicole nicht geglaubt, dass der Umschlag, den Mâme Chef bei der Postverteilung vor sie hinwarf, für sie sei; sie hebt nicht einmal mehr den Kopf: Es gibt keine Linderung für das Warten, der Schmerz der anderen tröstet einen nicht über den eigenen hinweg; du bist gleichgültig für ihre Freude, für ihre Freude und ihre Köpfe und ihre Fragen. Ich warte, um den Umschlag im passenden Moment Nicole zuzuschieben: „Was ist, lesen Sie Ihre Post, oder wandert sie gleich in den Ofen?"

„Was?"

Die Augen voll von ihrem Roman, starrt Nicole mich verständnislos an.

„Ja doch, das ist für Sie. Nicole M. Ich habe mir erlaubt, die Anschrift zu lesen ..."

Was für eine unterdrückte Gier erwacht auf der Stelle in der blauen Iris und den ausgestreckten Fingern!

„Das ist für mich, für mich, nein, das kann nicht wahr sein! Ich schwöre Ihnen, die treiben mich noch zum Herzinfarkt. Anick, Anick, das ist von ihm, sie haben es erlaubt, sie ..."

„Regen Sie sich nicht auf. Lesen Sie in Ruhe Ihr kleines Wunder, danach erzählen Sie mir davon, wenn Sie wollen."

Während Nicole liest, stößt sie plötzlich eiskalt hervor:

„Der Chef ist ein Dreckskerl."

Sofort heben alle Frauen den Kopf. Automatisch sehe ich mich nach Simone um; ein Glück, sie macht gerade die Schlafsäle sauber. Trotzdem lege ich den Finger auf die Lippen. Aber Nicole ruft: „Das könnt ihr ihm ausrichten, mir doch egal, ich bleibe dabei, er ist ein Arschloch!"

Sie steht auf und läuft mit großen Schritten hin und her: „Nein, ehrlich, stellen Sie sich vor, der Kerl mischt sich in meine Angelegenheiten ein! Er soll von mir aus seinen Job machen. Aber das geht zu weit!"

„Ruhig, ruhig", sage ich, „die Wände haben Ohren. Setzen Sie sich und warten Sie, bis die Wut abkühlt. Sonst taucht Mâme Chef hier auf und fragt, warum wir rumschreien, und es setzt was für alle. Wenn Ihre Angelegenheiten das Büro nichts angehen, schreien Sie sie nicht aus dem Fenster. Mâme Chef ist zehn Meter entfernt und liest im Krankenzimmer ihre Liebesromane."

Nicole setzt sich wieder und dreht mit zitternden Händen eine hauchdünne Zigarette. Ich schiebe ihr die Aschenbecher-Sardinenbüchse hin: „Nehmen Sie sich Fluppen, das sind meine. Na los, ich habe gute Ohren. Passen Sie auf, dass es weder nach Geschrei noch nach Komplott aussieht. Hier ist mein Trigonometriekurs, da ist gerade etwas, das ich nicht begreife, tun Sie, als würden Sie es mir erklären. Da ist der Winkelmesser, nehmen Sie ihn in die Hand. Also, warum ist der große böse Chef ein Dreckskerl?"

„Sie wissen doch, dass ich in den ersten Tagen versucht habe, mehrere Freunde anzuschreiben, damit sie mir Klamotten und Bücher schicken; ich haben Ihnen die Briefe zu lesen gegeben, Sie konnten sich überzeugen, dass nichts Anzügliches drinstand, oder? Und dann hat der Chef meinen Freund ins Büro gerufen, er erzählt es mir in dem Brief ..."

„Erstaunlich, dass sie das nicht zensiert haben!"

„... und hat ihm erzählt, dass ... nein, halten Sie sich fest, dass ich einem Haufen Liebhaber Liebesbriefe schreibe!"

Ich überlege mir, dass daran eigentlich mein Weihnachtsschrieb Schuld ist, Unterstützung durch Liebhaber wird bald ein Klassiker. Ich murmle vor mich hin: „Der Chef könnte sich auch mal was Neues ausdenken."

„Wie bitte?"

„Nichts ... Sie müssen das verstehen, hinter dem Handeln des Chefs steckt bestimmt eine Anlage zur Güte, er missbilligt wilde Ehen und tut, was er kann, um sie zu legalisieren: Wissen Sie was, Nicole, machen Sie es wie wir: Ring am Finger ... Der Chef ist kein Beziehungszerstörer, im Gegenteil. Er ist einfach keine Eheleute wie uns gewöhnt."

„Das einzige, was ich verstehe, ist, dass er widerwärtig indiskret ist. Ich werde eine Beschwerde schreiben, was meinen Sie?"

„Ich meine, das ist der beste Weg, die Schreiberlaubnis endgültig los zu sein. Und wenn Sie nicht Mâme Chef als Vermittlerin nehmen, wenn Sie ihr einen versiegelten Brief für ihren Gatten geben, knallen alle Türen für Sie zu, solange Sie hier sind. Das Beste ist, glaube ich, es zu schlucken ..."

Immer der gleiche Rat, der ärgert und quält, ich weiß. Aber was soll ich ihr sonst sagen?

„Ihre Liebe ist stärker als alle dummen, verrückten Reden, das ist so sicher wie Ihre Jugend. Ihr beide, wie wir beide. Sie wollen schreiben, sagen Sie? Dann schreiben Sie ... aber nicht an den Chef. An ihn."

Nicole greift nach dem Heft, das ich für sie gekauft habe: „Darf ich zwei Blätter nehmen? Eins ist zu wenig; und da er weder ein Mikroskop noch ein Wörterbuch hat, wenn ich zwei Zeilen in eine schreibe ..."

„Worauf warten Sie, um mich um Briefpapier zu bitten?"

Schroff werfe ich meinen Block und ein Paket Umschläge auf das Foto von Nicoles Freund. Ich kann einfach nicht schenken.

„Da, behalten Sie alles, weil ... Sie werden mir die Freude machen, jeden Tag zu schreiben, ja? Sie dürfen, Sie sind Untersuchungsgefangene ... Aber passen Sie auf, was Sie schreiben, reden Sie nur über die Liebe, über Vögelchen und Blümchen, damit die Herrschaften nicht von vornherein überfordert sind."

Kapitel XIV

„Madame Chef kommt trotzdem, ich sag's dir! Sie hat's mir versprochen. Sie lässt mich den Kaffee mit euch trinken, meine Nénettes, dann seht ihr mich geschminkt, frisiert, wunderschön ... in Zivilsachen ist man gleich wer anders! Ihr sagt ihr das nicht, nein? Sie hat mir in die Tasche, wisst ihr, die schöne aus Plastik, die sie mir geschenkt hat ..."

„Ja, die alte, zerrissene, ganz super, vom Supermarkt!"

„Von wegen", sagt Simone, die ausnahmsweise das Wortspiel verstanden hat, „die war mindestens drei- oder viertausend wert. Jedenfalls hat sie mir zwei Lippenstifte von sich reingepackt und eine Dose mit so orangem Zeug, was Hartes, dazu so ein Puschel, wie heißt das nochmal?"

„Puder? Grundierung?", fragt Paulinette.

„Ja, Grundierung, so heißt das. Wobei, wo ich hier so schön Farbe gekriegt hab ... Fernand wartet vor der Tür ..."

Sieh an!

„... mit Taxi. Ich sag ihm, er soll hupen. Wenn du nichts hörst, Nénette, dann weißt du Bescheid."

„Dann gehst du zu Fuß zum Bahnhof? Trinkst noch einen in der Kneipe gegenüber?"

„Nicht doch, weißt du nicht mehr, was ich dir erzählt hab? Wegen der Stelle?"

Ich erinnere mich, obwohl ich inzwischen geschlafen habe und auch heute Abend große Lust dazu hätte. Aber schließlich macht sich Simone morgen früh dünne, da kann ich mich nochmal zusammenreißen: „Ach ja, die Freunde von Mâme Chef, die dich einstellen, stimmt's?"

Ich spreche laut, damit Paulinette nach Belieben unter ihrer Decke kichern kann. Paulinette ist gekommen, als Oma gerade entlassen worden war, und hat ihr Bett bezogen. (Der Rest des Harems logiert im größeren Schlafsaal nebenan.) Sie ist immer damit beschäftigt, zu schlafen oder Modezeitschriften zu lesen, deshalb halte ich das Abendgespräch aufrecht. Dafür löst mich Paulinette im Tagesraum ab; die kleinen Nénettes arrangieren sich schon. Heute Abend kann Paulinette nicht schlafen, sie ist „im Blut", wie sie sagt. Das Blut kommt spät genug, um uns großes Theater zu ersparen. Wenn die Laken und die Matratze morgen Flecken haben, wird sich die neue Wäscherin, Solange, freundlicher darum kümmern.

Das Blut tritt noch nicht über die Ufer. Paulinette ist mit einer dick zusammengefalteten Decke zwischen den Beinen über ihren Einlagen und einer dicken Zeitschrift unter dem Po eingenickt und rührt sich nicht, aber manchmal blitzt ihr Auge zwischen den Lidern hervor. Ich spiele den Clown, um sie ein bisschen von ihren Krämpfen abzulenken.

„Zum Glück hast du nicht ‚nach' der unnützen Fürsorgerin gewartet!" Arme freundliche Fürsorgerin, wenn sie mich hörte! „Du wirst also Gesellschaftsdame?"

„Ja. Die Alte ist stinkreich, sie hat 'n Sohn, ledig ... Durch die Empfehlung von der Chefin krieg ich schnell ihr Vertrauen."

„Das ist dann dein Unterschlupf?"

„Also wenn Fernand nicht da ist, klingle ich wieder beim Gefängnis, ich frag nach der Chefin, und die ruft ihre Freundin an ...!"

Ich frage mich, wo Simone, die nicht mal lesen kann, diese Schmonzette aufgeschnappt hat. Wahrscheinlich hat ihr Mâme Chef eine der Romanzen erzählt, auf die sie selbst so scharf ist, und Simone hat das mit ihrem schwerfälligen Schädel für bare Münze genommen. Mal sehn, was morgen passiert.

Ich flüstere: „Geht's, Paulinette? Quälst du dich nicht zu sehr?"

„Geht schon, Süße, ich weiß nicht, ob ich schlafen kann, ich habe Bauchschmerzen. Das gibt noch einen Blutsturz."

„Wir lassen dich jetzt schlafen. Gute Nacht, Nénettes."

Es fängt gerade an zu dämmern, aber das Wäschebündel liegt schon neben der Tür, die Matratze steht senkrecht an der Wand und Simones Füße tap-tap-tap-tapsen teutonisch auf dem Boden, auf dem unsere Betten ruhen; mit unserer Ruhe ist es vorbei.

Paulinette hat die Nase in einen alten *Almanach du Pèlerin* gesteckt, ich mache ein Kreuzworträtsel, das ich mir für ruhige Morgen mit hochgenommen habe. Simone findet bestimmt, dass wir es an Heulen und Zähneklappern fehlen lassen. Aber ich habe keinen Mumm mehr, ihr etwas vorzuspielen: Ihre Gespenstergestalt in dem zerfetzten Nachthemd, der hängende Kiefer, ihre vergammelten Treter, die ganze Simone widert mich plötzlich an und lässt mich die Trägheits- und Verstellungskraft preisen, die ich bis zu diesem Morgen aufgebracht habe: Wenn du das Etappenziel erreicht hast, fragst du dich, wie du es so weit geschafft hast, und mit einem Schlag überfällt dich die Erschöpfung ... Dabei ist der Morgen mild und weniger öde als sonst. Ich ahne, dass wir uns nachher amüsieren werden. Heute hat die Vertretung Dienst, aber da Mâme Chef Simone versprochen hat, trotzdem zu kommen und ihr eigenhändig die Freiheit zu schenken ... Pling, pling, pling, aufstehen! Ich helfe Paulinette, die sich mühsam aus den Falten ihrer Decken wühlt und ganz damit beschäftigt ist, die Beine zusammenzupressen, zwischen denen die Einlagen eine komische Beule unter dem Nachthemd bilden. Das Mädchen hat Jahre im Bon Pasteur gesessen, dann hat sie einen braven Kameltreiber geheiratet, der ihr fünf Kinder gemacht hat, und mit dreißig Jahren hat sie sich noch ihre klösterliche, kindliche Geisteshaltung bewahrt, die mich aufregt und rührt.

Simone fängt an zu toben: „Was treibt denn die Alte? Ehrlich jetzt, die ham mich hier vergessen!"

Ich sage vorsichtig: „Vielleicht entlässt dich doch die Vertreterin?"

„Nein, nein! Aber bis sie beim Chef ihren Kaffee getrunken hat, ins Büro latscht und die Schlüssel holt ... Klar, ist ja alles viel wichtiger als meine Entlassung! Ich schufte wie ein Neger, und dann kann ich vor die Hunde gehn."

Eine Viertelstunde später öffnet die Vertreterin endlich die Tür. Allein natürlich. Sie holt Simone und schließt uns wieder im Schlafsaal ein: „Ich bin gleich wieder da."

Als wir uns im Tagesraum treffen, ist der Vormittag schon weit fortgeschritten, und Simone ist immer noch nicht weg: „Ich bringe sie in die Kanzlei, sobald der Kaffee fertig ist", sagt die Wärterin, „sie will ihn unbedingt noch trinken und auch ihre Ration Brot mitnehmen. Das steht ihr schließlich zu, oder? Ich habe sie im Krankenzimmer eingeschlossen: Jetzt, wo sie durchsucht ist, kann ich sie nicht mehr zu Ihnen lassen."

In der großen Stille, die der Erklärung folgt, hören wir durch das Klappern von Löffeln und Zähnen Simone im Krankenzimmer hin und her laufen und ihre Nazihacken knallen. Sie hat wahrscheinlich ihren letzten Becher Hauskaffee geleert ... Wir stellen uns ans Fenster des Tagesraums, um den Viehtrieb zu beobachten. Kein Geräusch, ein feierlicher Augenblick.

Und da taucht Simone auf.

„Echt mal, für eine, die verlängern wollte!"

Tatsächlich scheint sie es eilig zu haben. In jeder Hand trägt sie eine Strandtasche, die vom Supermarkt klemmt unter ihrem Arm. Eine Tasche ist zerrissen und entblößt den Zipfel des gestreiften Kleids, das sie heute anziehen wollte, und das nur wegen unserem „nicht doch, das passt nicht in die Jahreszeit, bei all dem, was du hast, kannst du etwas anderes anziehen“ wieder in ihr Bündel gewandert ist; sie sperrt den Mund auf, vielleicht, um nichts zu verschmieren; sie hat sich dick geschminkt, drei Schichten ockerfarbene Grundierung und genauso viel dunkles Rouge, was gut zum Rest der bunt zusammengewürfelten Aufmachung passt: dem Hahnentrittkleid der Chefin, der abgenutzten blauen Jacke, die sie bei der Ankunft anhatte („Die ist giftig von dem ganzen Diesel, kannst du annehmen, ich trag sie beim Malochen auf dem Traktor“), dem gelben Tuch, der ...

„Eine richtige Zigeunerin ...“

„Klopf an die Scheibe, damit sie den Kopf dreht, ich möchte sehn, ob die Wischmoppfrisur à la 1914 sitzt ...“

Ich poche mit dem Ehering ans Glas: Simone schenkt uns ihr berühmtes Lächeln, winkt „Macht’s gut, Mädchen“, und das war’s.

Simone ist weg, und wir bleiben da, sehen uns an, ziemlich baff, sprachlos, reglos:

„Das ist nicht wahr!“

„Sie fehlt, findet ihr nicht?“

„Sei still, es kommt mir so vor, als wär ein ganzes Dutzend abgehauen.“

Ich lege die Arme auf den Tisch, vergrabe meinen Kopf darin und spiele mit zuckenden Schultern einen Weinkrampf, die Mädchen trösten mich, und am Ende werden wir mächtig albern, unser Gelächter wirkt wie ein Knaststeak, verkrampft den Bauch und lässt die Eingeweiden schmerzen.

Aber es war ein Scheinparadies, von dem wir geträumt hatten: Tatsächlich ließ uns Simones Abwesenheit in einer

Schweigeminute verharren, wie man sie bei einer Staatstrauer einhält. Die Minute zog sich zu einem langen Donnerstag hin, an dem wir ohne jeden Appetit unseren Kawa tranken und unsere Kartoffeln aßen. Alles war zu sauber, zu ruhig, wir fühlten uns zu wohl, und deswegen fühlten wir uns unwohl. Keine Vorsicht mehr bei unseren Äußerungen, kein überstürzter Rückzug mehr, wenn sich der Trog näherte, kein Rülpsen, kein Furzen, kein Stochern in der Speisekammer, kurz, uns fehlte ihr Geschimpfe.

Dreck ist eins der Grundelemente: Gefangen oder frei, man braucht ihn genauso wie Luft und Feuer.

Das Lager wurde schon am nächsten Tag aufgefüllt. O ja! Die Nacht war wunderbar gewesen, ohne klirrend fallengelassenen Deckel auf dem Eimer, ohne „miese Küchenjungs", ohne dröhnendes Schnarchen; Solange, die Simones Bett übernommen hat, schnieft höchstens wie ein ruhiges Mütterchen. Sie war ganz erstaunt heute früh, als sie die Augen aufmachte und unsere Gefängnismauer sah. Um ein Haar wäre sie gegen die Wand gerannt, als sie ihr Morgenpipi loswerden wollte.

„Ich dachte, ich wäre noch in meinem Bett", erklärt sie, mit der Kaffeekelle fuchtelnd. „Kommt, wer will was von dem Gesöff? Ja, um ein Haar wäre ich im Bett von Paulinette gelandet ... Wie geht's dir eigentlich, Kleines?"

Paulinette antwortet nicht: Ihre Stirn bleibt hartnäckig in der Ellbogenbeuge versteckt, ihr Kawa unberührt neben Keksen und Lebensmitteln aller Art. (Paulinette kauft unbegrenzt ein, ihr Algerier ist ein großzügiger Ehemann).

Ich sage, so sanft ich kann: „Meine Süße, du musst deinen Einkauf einräumen ... Ich weiß, dass es schrecklich ist ... Komm, Schätzchen, komm schon! Warte, ich mach deinen Kaffee heiß, du hast nichts Warmes im Bauch."

Ich stelle den Topf auf meinen Grill. Der Ofen ist gegangen, als das schöne Wetter gekommen ist; hier hast du keine

Chance, einen Kocher für Spiritustabletten oder Holzkohle zu kaufen. „Normalerweise holen sich die Frauen Wasser aus der Waschküche", hat mir die Chefin erklärt. Ich habe es versucht, aber was ich trank, nachdem ich das Wasser über den Flur getragen, dosiert und umgerührt hatte, erinnerte an die Hausmarke, nur schlimmer, wie Eselspisse. Weil ich keine Lust hatte, Pisse zu trinken und mir die Speiseröhre zu verätzen, habe ich mir einen Grill gebaut, den ich nur in Notfällen ausleihe.

Das Gerät besteht aus einer Nes-Dose mit Löchern im Deckel, gefüllt mit Öl. Ein Stofffaden, der durch eine von Stanniolpapier umwickelte Korkscheibe gezogen ist, dient als Docht. Eine zweite Dose wird, etwas verschoben, damit Luft rankommt, auf die erste gestellt. Das ist der Topf. Darunter sammelt sich das Fett wie ein Stalaktit. Nicole hat mir erklärt, es handle sich um ölhaltige Makromoleküle; Makromolekül oder nicht, auf jeden Fall macht es Dreck. Deswegen lassen die Frauen auch die Finger davon, wenn ich nicht in der Nähe bin. Um einen heißen Kaffee zu trinken, muss man entweder halbtot sein wie Paulinette heute Morgen, oder Öl für den Motor einkaufen.

„Nicht weinen, Dummchen", sagt Solange. „Wir sind alles Frauen. Gib mir deine Sachen und Laken, ich wasche sie vor der Wäsche der Kerle, bis heute Abend sind sie trocken."

Paulinettes Unterleibsschmerzen werden durch die Scham des kleinen Bon-Pasteur-Mädchens verstärkt, sie weint: „Nein, nein, das mache ich allein. Lass die Finger davon, ich habe es schon viel schlimmer erlebt ..."

Ah! Der Kawa wirkt, Paulinette wird munter: Mit funkelnden Augen und verzweifelten Händen, den ausdrucksstarken Händen einer orientalischen Tänzerin, beschreibt sie eine ihrer Entbindungen: „Das ist gar nichts heute, aber als mein Zweites kam ..."

„Sag mal, Anick, glaubst du, Madame Chef lässt meinen Arzt von draußen kommen, wenn ich sie darum bitte?"

Mein „Warum nicht?" ist ausweichend: Wie soll ich dem Mädchen erklären, dass wir nur Anrecht auf Behandlung durch die Gefängnisärzte haben, wenn es nicht ein Notfall oder was ganz Spezielles ist, dass aber ihr Leiden zwar sehr unangenehm, aber nur ein ganz normales Leiden ist; dass es eine Menge Bewegung im Knast gäbe, wenn man alle Gefangenen, denen irgendwas wehtut, ins Krankenhaus brächte oder zu Hause von ihrem behandelnden Arzt untersuchen ließe, dass ... Ich kann nicht: Paulinette ist sauber, eifrig, modisch gekleidet und alles, aber sie hat wenig Sinn für Argumente, die über praktische Fragen hinausgehen. Sie muss damit klarkommen. Wir sind ganz allein, mein Schatz.

Sie war bekleckert bis zur Hüfte, und das Blut rann bis in die Pantoffeln; aber als das Rot unter eifrigem Reiben aus der Wäsche verschwand, und der Waschlappen sein Werk tat (wir haben darüber alle unseren Besuch am Waschbecken vergessen), wurde Paulinette wieder normal frech und heiter; sie griff nach dem Eimerhenkel und bat: „Kannst du das für mich kochen, Solange? Danke, das ist lieb. Entschuldige nochmal, ich habe gerieben, so gut ich konnte, und auch noch eine Handvoll grobes Salz ins Wasser gegeben."

Aber es ist verboten, seine Laken schmutzig zu machen, und Mâme Chef war sehr ärgerlich.

Während Paulinette ihre Matratze in der Sonne zunähte, erzählten wir die ganze Zeit lustige Geschichten, um die Chefin aufzuheitern. Und als die Klingel für die Suppe ertönte, schwatzte sie immer noch mit uns.

„Mist", rief sie, „ich habe die Zeit vergessen!"

„Daran ist Simone schuld", sagte Solange. „Wenn wir nicht so lange über sie geredet hätten ..."

„Ich könnte euch noch eine Menge erzählen“, sagte Mâme Chef. „In unserem Beruf darf man nicht alles ausplaudern. Aber wenn ich mir überlege, dass sie gewagt hat zu behaupten, ich würde sie bei einer Freundin in Stellung bringen!“

„Das hat uns auch überrascht“, sagte ich und machte mich von der Seite an meinen gegrillten Hering; auf meinen Anteil an Fischigem würde ich für keine Geschichte verzichten. „Aber da wir wissen, wie freundlich Sie sind ...“

„Sie wissen genau, dass ich nicht auf das Geschwätz der Gefangenen höre, Damien, ein Glück für Sie: Wenn ich alles geglaubt hätte, was sie über Sie erzählte, wären Sie gar nicht mehr aus dem Arrest herausgekommen.“

„Im Ernst? ... Oh, pardon, aber ich würde doch gern wissen, was die Fantasie einer Runk... einer Simone hervorbringt. Was hat sie denn über mich erzählt?“

„Ach das fällt mir nicht mehr ein, es war so viel! Zum Beispiel, als ich sie den Ofen aus dem Tagesraum habe schaffen lassen: Da haben Sie ihr doch geholfen?“

Ich starre wehmütig auf meine Heringsgräte ... Aber da Mâme Chef auf Geschwätz und Gerede eingestellt ist, kann ich die Runkelrübe auch ein für alle Mal erledigen.

„Na ja, ich hatte den Ofen gereinigt und danach den Tagesraum saubergemacht.“

„Sie hat mich beiseite genommen und gesagt: ‚Passen Sie auf, Madame, ich muss Sie warnen: Damien hat den Schürhaken versteckt, innen drin ...‘ Ich antwortete: ‚Das ist in Ordnung, das war meine Anweisung, sie hat den Schürhaken in den Ofen gesteckt, damit wir ihn im Oktober finden, wenn wir wieder heizen müssen. Sie haben noch einen für die Waschküche ...‘ Aber sie lässt nicht locker, packt mich am Kittel: ‚Nein, Madame, Sie verstehen mich nicht! Innen drin, sage ich Ihnen, *in ihr drin!*“

Diesmal vergesse ich meinen Fisch: Das Lachen steigt mir in die Augen, ich japse, hickse, ersticke fast. „O là là! Ein Schürhaken so lang wie der Unterarm! Das ist nicht das Schlimmste, die Bauchfellentzündung wird man schon überleben ... Aber da mir das Ende dann zwangsläufig aus dem Mund ragt, wie hätte ich da leugnen können?“

Kapitel XV

Es läutet zur Suppe, und Nicole ist noch nicht vom Gericht zurück. Um die Stimmung aufzuhellen, nehme ich Wetten entgegen: „Glaubst du, sie konnte ihren Freund küssen?"

„Glaubst du, dass sie die vorläufige Freilassung kriegt?"

Ich notiere die Tipps, bin aber mit dem Herzen nicht dabei. Ich habe keine Lust, meinen Teller abzuwaschen und gebe ihn Solange, nehmen Sie das Omo aus meinem Schrank, ich rede, erzähle erbärmlich banales Zeug, während ich lausche und hoffe, dass die Klingel an der Tür vor der zur Nachtruhe läutet. Aber wir gehen ohne Nicole nach oben. Unterwegs, im Flur, streift mein Hausmantel die Reisschale, die nutzlos abkühlt und ebenfalls auf Nicole wartet: Was für ein tolles Abendessen nach der Rückkehr vom Untersuchungsrichter!

Ich bin wohl trotzdem eingeschlafen: Als das Schloss der Nebenzelle aufgeschlossen wird, öffne ich die Augen. Was ist los? Ein Neuzugang? Feuer? Das Fenster ist schwarz ... Ach ja, Nicole. Also keine vorläufige Freilassung. Ich schäme mich meiner Freude.

Sol und Paulinette sind auch aufgewacht. Die Kleine hat mächtig Schiss bekommen; wir beruhigen sie mit groben Scherzen: „Schätzchen, dich würde ich nicht zu einem Bruch mitnehmen! Die Chefin hat heute Abend nicht abgeschlossen: Gleich kommen die bösen Männer aus dem Nachbartrakt rüber und amüsieren sich mit dir."

„Seid still, seid still", bettelt Paulinette halb lachend, halb zitternd. „Solange steh auf, sieh nach, ob die Tür abgeschlossen ist!"

„Sonst noch Wünsche?", fragt Solange kokett unter ihrer Decke hervor. „Bist du nicht groß genug? Sieh doch selbst nach! Guck mal! Da ist Licht unter der Tür?"

„Wo denn? Wo?"

Paulinette sitzt in ihrer Koje und starrt in die Dunkelheit, die von Spiegelungen der Mauerscheinwerfer unterbrochen wird. Ich denke an meinen Vulkan, der in diesem Winter erloschen ist: „Hörst du? Da ist jemand auf der Mauer, er wirft Steinchen an die Fenster ... Da sind auch noch welche hinter der Tür, sie hören, was wir sagen, das macht sie geil, und bumm-bumm-bumm, gleich hämmern sie mit ihren Schwänzen gegen die Stählerne ..."

Das ganze Elend des Gefangenseins entlädt sich im Lachen.

„Es ist bestimmt Mitternacht", sagt Solange.

„Von wegen! Halb zehn, höchstens!"

„Eigentlich sitzt man nur die Hälfte der Strafe ab, wenn man so viel schläft", stellt Paulinette fest.

Als Nicole vom Schlafsaal herunterkommt, sind ihre Augen ganz rot. Sie hat geweint, anstatt zu schlafen. Die Mädchen ziehen sie am Arm, fragen alle gleichzeitig: „Und, war er schön, dein Liebster? Hast du ihn ordentlich geküsst, ja?, das hat sich bestimmt gut angefühlt, du würdest gern jeden Tag hingehen, oder?" Und so weiter. Ihre Aufregung bringt mich um. Diese hastigen Küsse, während die Polizisten dich am Arm ziehen ... puh! Da ziehe ich ein Kassiber vor.

„Kommen Sie ans Fenster", sagt Nicole, „ich habe hellen Tabak, habe alles eingesammelt, was ich gesehen habe, aber viel ist es nicht. Beim Aschenbecher des Richters habe ich mich nicht getraut."

„Ich habe mich schon gefragt, ob das mit dem Kassiber noch gilt. Jetzt, wo Sie mit ihm gesprochen haben, vielleicht ..."

„Doch, doch, Anick, mehr denn je! Nach der Verhandlung sehe ich etwas klarer, ich kann genauer sein, das ist alles. Jetzt habe ich wenigstens die Erklärung für meine sogenannten Liebesbriefe: Der Chef war schockiert, weil ich an einige Freunde ‚Mein Süßer' geschrieben hatte, aber Roland weiß das ja, er hat nur darüber gelacht."

... Aber er hat sie nicht gebeten, ihn zu heiraten. Wir Glücklichen.

„Und kennt Ihr Freund meinen Mann? Ich weiß nicht, ob die Beschuldigten Kontakt mit der Krankenstube haben." (Dort ist Zizi unter Berufung auf die alten Knochenbrüche untergekrochen.)

„Natürlich, stellen Sie sich vor, Roland hat den Chef um den Finger gewickelt, er macht alles, Müll wegbringen, Gemüse schälen, ein echter Laufbursche, aber so kommt er wenigstens herum ... und er kennt Ihren Mann, ja. Ich habe ihn vorgewarnt; er wird versuchen, am Tag nach Ihrer Verhandlung im Krankenzimmer vorbeizugehen, um meine Prosa abzuholen."

„Sie hätten ihn bitten sollen, auch zu schreiben."

„Ich weiß nicht, ob er sich das traut ... nicht zu schreiben, sondern Ihren Mann zu bitten, einen Brief mitzunehmen. Ich ... egal, Sie mögen ja keine Danksagung, ich weiß. Apropos, das wollte ich Sie fragen: Lässt sie Sie urinieren? Gestern hat sie nicht daran gedacht, wir hatten es eilig, außerdem bin ich nicht so ein ‚dicker Fisch'."

„Und wenn? Verliert man beim Pinkeln sein Tampax? Das ist das gleiche Prinzip. Außerdem steckt der Kassiber tief drin. Was mich viel mehr beschäftigt, ist die Frage, wie mein Mann es wohl anstellt. Meistens lässt er ihn wie durch Zauber in seinen Fingern auftauchen, und wenn ich ihn ausfrage, lacht er nur ... Stellen Sie sich vor, in X hat er es geschafft, alle Kassiber nach draußen zu schmuggeln, die ich ihm während unserer Haftzeit geschrieben hatte, immerhin drei Monate. Da braucht man schon viel Fantasie."

„Das gleiche System wie Sie? Warum nicht, wenn es dicht ist?"

„Aber trotzdem, Nicole, in X war es ein ganzes Paket! Wir haben die Kassiber immer noch, in unserer Erinnerungskiste, manchmal lesen wir sie, wenn wir sentimental werden. Unglaublich, wie zärtlich man in so einem Kassiber ist! Aber heute geht es ja nicht um einen Liebesbrief. Ich werde auch an Zizi schreiben: Ich will den Sommer draußen verbringen, mit ihm."

„Oh! Ich wünsche es Ihnen von ganzem Herzen, aber ..."

„Es gibt kein Aber, Nicole, ich denke nur noch an Ausbruch, das ist Ihre Schuld, Sie haben den Vulkan aufgeweckt. Nein, ernsthaft, kein Wort davon. Das war ein Scherz."

Am folgenden Sonntag strömt alles zur Messe. Jetzt, wo der Gebetssaal kein Eisschrank mehr ist, sorgt Gott für ein volles Haus. Wir haben ja die ganze Woche, um unsere kleinen Angelegenheiten zu besprechen, aber die Männer haben nicht so oft Gelegenheit, die Kameraden zu begrüßen und ihre Geschäfte zu erledigen, Austausch von Briefen, Kippen, Faustschlägen und so weiter.

Mâme Chef bringt ihre Schar in einem dreieckigen, durch eine Holzwand abgeteilten Winkel unter und wartet, bis wir sauber und ordentlich dasitzen, ehe sie dem Wärter ein Zeichen gibt. Sogleich brüllt dieser einladend „Rein!" in die Stille und löst damit eine Vielzahl von Geräuschen aus: Absatzklacken, Räuspern und Tuscheln, unsere Männer halten Einzug. Nicole hat sich in die Spitze des Dreiecks ganz am Ende der Reihe gedrückt; ich versuche, mich breit zu machen, damit Mâme Chef sie nicht bemerkt, wenn sie sich vor- und zurückbeugt, um ihre Herde im Auge zu behalten; ich weiß, dass Nicole einen Spalt in der Wand sucht, um Roland zu erspähen. Ich musste sie sogar daran hindern, mir die Schere zu klauen, um sie als Bohrer mit zur Messe zu nehmen: „Nein wirklich, Nicole! Glauben Sie vielleicht, ich habe keine Lust, diese Holzwand zu zerspanen, drüber weg zu springen, zu brüllen? Damit sind Sie nicht allein. Die Schere ist für meine Näharbeiten. In der Messe bohrt man nicht, man hustet."

„Ach ja? Bei der Elevation?"

Ja, wenn die Hostie hochgehoben wird, zähle ich langsam bis zehn, dann mache ich hmm-hmm-hmm, und Zi antwortet zehn Sekunden später.

„Roland hatte die gleiche Idee, er hatte auch den Moment der Elevation ausgewählt, ich habe ihm gesagt: Nein, die ist schon besetzt. Da war er baff."

Sie haben sich auf das Sanctus geeinigt.

Auf der anderen Seite gibt es nach dem Ite, missa est eine halbe Minute Durcheinander, das möchte Roland gern ausnutzen, um seiner Liebsten eine Nachricht zuzuschieben, deswegen ist sie so nervös heute früh. Ich lächle beruhigend in den Winkel des Dreiecks. Bis zum Ite müssen wir uns erstmal um das Singen kümmern.

Die Krankenschwester hat mir Partituren gegeben, Choräle aus dem Krieg von '14, die niemand kennt, und mich beauftragt, sie mit meinem Jungfrauenchor einzuüben. Das war vielleicht eine Arbeit, außer Père Dupanloup und Liebesliedern war nicht viel im Repertoire. Bei der Probe fiel Nicole beim Loblied für die Jungfrau, das wir ins Programm genommen hatten, „weil das alle singen können", ein Vers mit einer Anrufung auf, für die wir alle empfänglich sein sollten; er begann tatsächlich mit „Eia ergo, advocata nostra".

Ich war guter Laune, Zizi hatte zehn Sekunden, nachdem ich meinen Gruß gehustet hatte, seine geliebten Stimmbänder gereinigt; auch Roland und Nicole hatten sich begrüßt; die Nonne hatte vor der Kommunion ein Stück angestimmt, das niemand, außer ihr selbst kannte, und Paulinette und ich ein bisschen den Refrain; ich mag es, wenn niemand den Text kennt, das erinnert mich an die Wintermessen, bei denen ich mir die Füße abfror, damit mein dünnes Stimmchen die Ohren meines Mannes erfreute. Unsere Männer lauern auf die kleinste persönliche Äußerung, jedes Räuspern, jedes Kräuseln als Antwort auf das übliche Ad Deum qui lætificat, Liebster, auch du hast meine Jugend erfreut.

Wir hatten uns geschworen, vor dem Advocata ebenso ernst zu sein wie Beschuldigte vor Gericht; wir dachten, wir hätten den Vorrat an Scherzen zu dem Thema erschöpft. Aber Solange reißt mich rein. Der Choral der Schwester war auf einem gestempelten Quittungsblock von 1899 gedruckt; unter dem Vorwand, ich könne sonst nichts lesen, hält ihn mir Solange ganz dicht unter die Nase, gut, ich bleibe trotzdem ernst; aber als der fatale Satz kommt, werfe ich automatisch einen Blick auf das uralte Blatt und sehe Solanges schwarzen Fingernagel das Wort unterstreichen, während sie mir „Advocata“ ins linke Ohr brüllt und mir Paulinette vielsagend den Ellbogen in die Rippen rammt.

Man kann nicht gleichzeitig vor Lachen ersticken, versuchen, das Taschentuch nicht hinunterzuschlucken und seine Stimme in einem Chor halten, erst recht nicht, wenn es ein so blutarmer Chor wie unserer ist; die Zeile wird plötzlich zu einem großen Loch, in dem nur die armselige heisere Stimme der Schwester fortfährt, schrille Verzierungen zu kreischen; der Prediger, der sich schon auskleidet, steckt erstaunt den Kopf durch die Tür der Sakristei; da ich ahne, dass es Theater geben wird, kämpfe ich um meine Kaltblütigkeit und die letzten Worte des Verses. Während ich nach dem Gottesdienst die Glückwünsche der Schwester entgegennehme und schwach protestiere, dass „es auf jeden Fall Gottes Ohr angenehm ist“, schlägt mein Herz regelmäßig und fröhlich: Nicole hat mir mit etwas enttäuschter Erleichterung zugelächelt, also hat sich Roland nicht gerührt, und ich bleibe die Botin ... Bei der Gelegenheit werde ich Zizi fragen, was er von Roland hält. Mir schießen ernüchternde Gedanken durch den Schädel: Vielleicht haben Verlangen und Entfernung einen kleinen dicken Kahlkopf mit einer falschen Aura geschmückt; Roland redet, aber tut nichts, das gibt es bei Zi nicht. Aber ich mische mich in die Herzen der anderen ein! Andererseits lasse ich mich vielleicht davon täuschen, was ich sehe, durchschaue selbst Nicoles Spiel nicht ... Weiß sie überhaupt selbst, was sie will?

Aber eigentlich quält mich gar nicht Roland. Vielmehr meine Freundschaft, die aufwallt und sich verkrampft, wenn zum Beispiel eine der Hilfspaketempfängerinnen rundheraus sagt: „Komm, Mädchen, nimmt dir eine Kippe“, oder: „Du wirst mir doch die Freude machen, ein Butterbrot zu essen!“, wenn Nicole über ihre Witze lacht oder sich für die eine oder andere an meiner Stelle als Schreiberin betätigt.

Abends sagen wir uns „Gute Nacht, Anick“, „Gute Nacht, Nicole“, und ich stöhne in mein Kopfkissen, wenn ich durch die Wand ihr Lachen höre; ich stöhne, weil ich, anstatt dreizehn Stunden wie eine Sardine in der Büchse mit Solange und Paulinette – Sardinettes ohne viel Aroma – eingesperrt zu sein, gern neben dem Bett von Nicole liegen und lange mit ihr in der Dunkelheit schwatzen würde. Deswegen sage ich Solange: „Schnapp dir deinen Latsch, alter Maulwurf, und hau ein paar Beulen in die Wand. Hau dagegen, Sol, mit deinen stinkenden Tretern und pass auf, dass du die Wand nicht einschlägst, die ist das einzige, was uns schützt. Hört euch nur dieses Geschwätz an!“

Wir sind Sardinen, das stimmt, noch viel mehr als zu Omas Zeiten: Um besser mit Solange schwatzen zu können, hat Paulinette ihr Bett zwischen unsere geschoben. Jeden Abend vollbringen wir Kunststücke, um unsere Decken auszubreiten, ohne uns allzu oft in den Hintern zu treten. Ich seufze, wir haben nicht genug Luft, wir werden uns noch gegenseitig aufsaugen. Aber da sie freundliche Absichten haben („sprich nicht so laut, Anick schläft, die Arme"), muss ich still sein. Als wir die erste Nacht wie Sardinen geschlafen haben, bin ich um zwei oder drei Uhr früh aus dem Schlaf geschreckt; ich habe mich aufgesetzt und versucht zu begreifen, woher das wuh, wuh, wuh kam, das in meinen Ohren rauschte, und wer von den Beiden so laut atmete, wwuh, wwuh, wwuh, dem Mädchen geht es schlecht, ich wollte schon rufen ... Dann merkte ich, dass es nur mein eigener etwas zu hoher Blutdruck auf den Trommelfellen war. Na bitte, ich fange an, zu klappern, das Richterschwert nähert sich meinen kleinen Ohren und lässt sie dröhnen, Süße!

Was denn, Anick, hast du Schiss?

Ja, ich habe Angst, dass uns die Richter trotz unseres Stammbaums, unseres geringen Eifers, auf den „rechten Weg" zurückzukehren und so weiter nicht die Höchststrafe aufbrummen oder sie uns die Gesamtstrafe aufbrummen: Wenn das passiert, hätten wir keinen Grund mehr, in Berufung zu gehen: Wir können schließlich nicht einfach auf „nicht schuldig" plädieren und darauf hoffen, von jeder Strafe freigesprochen zu werden. Vor allem, wo wir schon einen ganzen Teil davon abgesessen haben. Und wenn sie denken, wir machen uns über sie lustig, und der Schnösel von Staatsanwalt selbst in Berufung geht, kriegen wir noch was oben drauf. Nein, diese Nachsicht würde überhaupt nicht in meine Pläne passen. Und die kann, die will ich nur mit Zustimmung und Hilfe meines Mannes verwirklichen. Lass uns zusammenbleiben, Schatz, derselbe Knast, dieselbe Freiheit, das ist mir egal, aber lass uns ganz eng beisammen bleiben.

Sechs Monate sitze ich hier, das geht ... und das kommt. Was kommt, um diesen Jahrestag, eher Halbjahrestag zu feiern, ist ein Paket. Ein großes Paket, anständig und sympathisch, mit Brille und Pariser Akzent. Meinem für Geschwätz geschärften Geist kommen ihre Äußerungen brüderlicher Güte gleich verdächtig vor: „Ich kaufe euch meine Ration Tabak, Mädchen, dann habt ihr ein bisschen mehr, schließlich müssen wir einander helfen", und so weiter.

Aber wenn die Stunden vergehen und mich dem Gerichtstermin näherbringen, entfernt sich aller Lärm und ballt sich hinter mir zu einem leisen Brummen. Heute früh habe ich mich vom Scheitel bis zur Sohle gewaschen, mir die Haare aufgesteckt, meine Augen schwarz geschminkt; ich sehe bedeutend aus, ich warte auf meinen Anwalt. Mâme Chef zerwühlt meinen Dutt, lässt mich die Unterhose runterziehen, dann bringt sie mich in den Besuchsraum. Gefängnismorgen, Wärter und Gefangene rennen halbnackt durch die Gänge, über allem hängt der Geruch nach dünnem Kaffee und aufgebackenem Brot.

Der Schleimer drückt mir die Pfote, wir machen Konversation über den kalten Ofen und die mottenzerfressene Tischdecke. Wir plaudern ein Viertelstündchen über die mögliche Juli-Amnestie, von der wir profitieren könnten, denn natürlich gehen Sie nicht in Berufung oder nur, wenn es nicht anders geht, nicht wahr? Nein, nein, Maître, ich hoffe auf gutes Wetter bei der Urteilsverkündung, drinnen und draußen. Ich erfreue mich am gut geschnittenen Anzug des Anwalts, seinen braunen Lederhandschuhen ...

Ich wäre gern schon da, um mich Schenkel an Schenkel an meinen lieben Ehemann zu drücken; auch wenn wir diese absurden Tollpatschigkeiten bezahlen müssen, auch wenn wir nicht gerechter sind als die Strafe ... Alles in allem hatten wir nicht das Recht, werden wir nie mehr das Recht haben, Riesenfehler zu machen.

Als ich von dem Gespräch zurückkomme, amüsiere ich mich über das plötzliche Wohlwollen von Mâme Chef: „Na, Damien, läuft es gut? Was meint Ihr Anwalt?"

„Lebenslänglich ohne Anrechnung der U-Haft", sage ich, um sie zu beruhigen.

Das große Paket, das angekommen ist, um Widerspruch gegen ein Säumnisurteil einzulegen, erkundigt sich nach den Fähigkeiten meines Schleimers, sie brauche einen vor Ort. Sie kommt aus Paris, war in La Roquette, was sie nicht daran hindert, zu labern wie eine Oberschlaue, ich werde ihr was erzählen von großen Schleimern und dummen Schwätzern. „Nicooole, mein Verteidiger hat mir etwas ziemlich Ärgerliches mitgeteilt. Ich erzähle es Ihnen, sobald ich mein Buch ausgelesen habe."

Und ich vertiefe mich in die Lektüre, taub für die Versuche des Pakets, mich ins Gespräch zu ziehen: Sie rühmt meine Locken, bedauert mich wegen meiner Jugend, kurz und gut, sie geht mir auf den Senkel.

Übertriebene Vornehmheit ist hier ebenso wenig willkommen wie die Kultur von Süßholz.

„Stellen Sie sich vor", sagt die Dame, „bei meinem kurzen Aufenthalt in La Roquette waren manche meiner Leidensgenossen derartig ordinär! Einmal nannte eine von ihnen die Nonne ... oh! Ich würde nie wagen, es auszusprechen. Also ich ..."

Ich blättere eine Seite um und beginne mit unbekümmerter Miene zu trällern: „Fick dich in den Arsch, fick dich in den Arsch. Mit dem Be-e-e-esenstiel." Plötzlich bemerke ich, dass in unserem Loch entsetzte Stille herrscht; ich hebe den Kopf und sage zur armen Paulinette, die nicht weiß, was ihr geschieht: „Stört es Sie, meine kleine süße Lesbe, wenn ich ficken sage?"

Als ich sehe, dass Paulinette die Tränen kommen, stehe ich auf, gehe zu ihr und schiebe ihr ein Stück Schokolade in den Mund: „Massieren Sie mich heute Abend, meine Süße? Ich werde um Dolpyc-Salbe bitten, meine Rippen schmerzen." Und um die Dame endgültig abzustoßen, küsse ich die fassungslose Paulinette ganz dicht neben den Mund.

Dann kehre ich zu meinem Clan zurück. Ich muss mit Nicole reden.

„Also, der Anwalt ist einverstanden, eventuell meine Post in Empfang zu nehmen; das ist erstmal geklärt, Sie schreiben mir an ihn. Aber was die Übermittlung von Geld an Ihren Schleimer angeht ... das will er nicht. Das ist ein starkes Stück, ich kann nicht mehr über meine Kohle verfügen! Was wollen Sie machen, er ist mächtig eifersüchtig, hat Angst, dass ich ihn betrüge ... Also machen wir es anders. Ich bekomme Geldanweisungen geschickt, jetzt besteht keine Gefahr der Beschlagnahmung mehr – die Gerichtskosten und die Entschädigung für die Geschädigten zahle ich am Sankt-Nimmerleins-Tag ... die können mich mal. Deswegen habe ich zu viel Kohle auf der hohen Kante. Helfen Sie mir, es auszugeben? Ich möchte nicht für zwei einkaufen, because den ganzen Geschichten, der Eifersüchtelei, meinen Prinzipien und so weiter. Aber ich möchte, dass Sie selbst einkaufen können. Wenn ich Ihrem Anwalt Geld schicke, wird man sich in der Kanzlei Gedanken machen: Dort wissen sie, wer wen verteidigt, hier in der Provinz bleibt nichts geheim. Aber wenn ich wüsste, dass er es Ihnen zurückgibt, wäre mir die Kanzlei egal!"

„Wenn Sie Geld ‚für Nicole M.' schicken, wird er das natürlich als Honorar annehmen."

„Gut, aber wenn ich Reserven an meinen schicke, für die Berufung (ja, ja, ich gehe in Berufung, Sie werden sehen), mit zehntausend extra für Sie, wird er sich hinter seiner ‚beruflichen Integrität' verstecken, die es ihm verbiete, sich in unsere Geschäfte einzumischen, und alles selbst einsacken ..."

Bis zur Elf-Uhr-Suppe haben wir nach langem Grübeln die Lösung gefunden: Ich schicke das Geld an meinen Anwalt vom letzten Jahr, der mir unter dem Namen meiner Mutter Geld geschickt hat; ich sage dem Chef, das ist noch ein Resthonorar, er kann sich nicht weigern, einen Schleimer auszuzahlen, der mein Verteidiger war, auch wenn er es nicht mehr ist. Und dem wird nichts anderes übrigbleiben, als zu tun, was ich will, sonst erzähle ich alles, mit meiner Mutter, den Überweisungen, alles: Ein entsprechender Schriebs wird ihm sofort – geben Sie mir den Block, Nicole – meine Wünsche darlegen.

Allmählich widern mich die Witze des Personals an, mit denen es Nicole zu verstehen gibt, dass sie nichts wert ist, weil sie sich weigert, für den Laden zu waschen und zu nähen, weil sie sich einiges herausnimmt, schließlich ist sie Beschuldigte, aber nach der Verurteilung wird sie schon sehen, da wird sie sich gefälligst beugen und aufhören, jeden Tag ihren „Blödsinn" zu schreiben; Mâme Chef macht sich einen Spaß daraus, und Nicole kann sich nicht wehren.

Und die Mädchen mit ihrer Barmherzigkeit: „Wir borgen dir Klamotten, damit du bei der Urteilsverkündung anständig aussiehst."

Nicole trägt einen Rock der Fürsorgerin, den ich für sie enger gemacht habe; die Ballerinas, mit denen sie gekommen ist, haben jeden Tag größere Löcher. Ich weiß, dass das nicht „anständig für die Urteilsverkündung" ist. Aber warum soll man eigentlich anständig aussehen? Man will Mitleid erregen oder würdevoll sein oder verführerisch wie Phryne; anständig sein ist unsere geringste Sorge.

„Ehrlich mal! Die haben es auf Sie abgesehen in dem Laden. Allmählich reicht's. Wenn ich das Glück habe, in diesem Sommer frei zu sein, helfe ich ihnen besser als hier drinnen, mein Wort darauf ..."

Plötzlich fällt mir ein, dass ich vor einem Jahr genau dasselbe zu Maria gesagt habe; was mag sie wohl denken? Natürlich habe ich ihr ein Päckchen für ihren Kleinen geschickt und noch eins zu Weihnachten, ich habe ihrem Schleimer geschrieben ... Aber das ist nicht das, worauf Maria am meisten hofft: Ich hatte ihr auch den Ausbruch versprochen. Die Urteilsverkündung und die überstürzte Verlegung haben mir eine Gnadenfrist verschafft, aber ... ein Jahr ist vergangen, und der Vulkan brodelt immer noch in der Einsamkeit der Wachtürme. Die Zeit ist endlos, die Sonne strahlt.

Nicole hat die Hacken voller Frostbeulen, es ist noch kalt; für die Füße ist es im Gefängnis immer kalt. Wir lesen alte Zeitungen, reden viel über unsere Männer und knabbern Berge von Margarinetoasts. Ich erkläre Nicole die Gemeinheit der Leute und den Nutzen, den man trotzdem aus ihnen ziehen muss; ich erzähle ihr von den Schranken, der Zwecklosigkeit von Erklärungen: „Wir müssen zu Füchsen werden, Nicole, müssen im richtigen Moment springen und zubeißen wie Wölfe ... Die richtige Stunde abwarten, manchmal jahrelang, aber früher oder später kommt unausweichlich der Sprung, der wilde Sprung ..."

Ich denke an die Bedeutung der sanften und nutzlosen Dinge, der Fantasie, der leichten Verrücktheit; und wir bleiben hier, im Tagesraum, wo die Wäsche traurig auf den Fleck des Ofens tropft, wo die Sonne kaum durch die von Fett und Staub verdunkelten Fenster dringt.

Nicole tut, als würde sie träumen, sie steht am Fenster, mit dem Rücken zu uns; ich weiß, dass sie sich epiliert, ich habe ihr meine aus dem Deckel einer Nes-Dose geschnittene und normalerweise in der Zahnpasta versteckte Pinzette geborgt. Ein Haar, noch eins, das Ding ist wirklich praktisch. Nicole kommt zurück und schiebt die Pinzette diskret in meine Hand; ihre Bewegungen lassen mich manchmal ahnen, dass sie gute Anlagen für weniger unschuldigen Schmuggel, für ein gefährliches Leben hat. Die Absurdität dieses immer gleichen, gräulichen, beschissenen Lebens drängt auf meine Lippen: „Ganz sicher werden noch einige für das alles zahlen", sage ich, während ich mühsam aufstehe, um mich ebenfalls zu epilieren.

Pass auf, Anick, wenn du so weiter machst, hast du keine Braue mehr über dem Auge.

Kapitel XVI

Ich habe ein bisschen Sahne in meinen Kaffee gerührt, um das Mahl zu krönen, dann habe ich meine dicken Strümpfe gegen dünne getauscht; es ist halb zwei, mit dem dritten Kawa in der Hand warte ich auf die Gendarmen.

Inzwischen nennt mich das Paket Anick, und ich nenne es Margo. Margo muss heute zur gleichen Zeit wie ich vor Gericht. Sie geht mir auf die Nerven: „Sie kennen sich doch bei Gericht aus, glauben Sie, ich bekomme eine Strafminderung? Wenn sie nur bestätigen ..."

Sie kennen sich doch bei Gericht aus ... Sie kennen sich doch im Gefängnis aus ... Lasst mich doch alle in Ruhe! Ich sage „Ja, ja, bestimmt", rühre den Zucker in meine Plörre und lasse meinen Kopf auf Wanderschaft gehen.

Gesuche und Anträge, Margo lässt sich die Karten legen, vielleicht erfährt sie daraus mehr als von mir.

Beim Dring-Dring ziehen wir unsere Jacken an und fahren uns zum letzten Mal durch die Haare.

„Nein", sagt die Chefin, als wir losstürzen wollen, „Sie nicht, nur Damien."

Es ist nur der Anwalt, der kurz vor ultimo gekommen ist, um zum letzten Mal die Geigen zu stimmen. Er bleibt stehen: „Ich habe noch nicht zu Mittag gegessen ...", sagt er.

Der Arme! Während ich den Bauch voll mit Fritten habe!

„... aber ich bin trotzdem gekommen. Heute früh habe ich ein Plädoyer in X. gehalten, ich komme direkt vom Bahnhof. Also, es sieht so für uns aus: Der Präsident ist sehr aufgebracht über Sie; ich habe mich gestern eine halbe

Stunde mit dem Staatsanwalt unterhalten ... Er hat mir versichert, er werde die Anwendung des Gesetzes verlangen, das ist schonmal etwas. Aber die Atmosphäre ist höchst ungemütlich ..."

Das sitzt!

Nachdem er mir ein Extrahonorar abgeschwatzt hat, verdrückt sich der Herr, trotz Honorar kriegt er heute nur ein Diätsandwich.

Während ich auf das richtige Dring-Dring warte, zünde ich mir eine Gitane nach der anderen an und trinke weiter Kaffee: Es ist verboten, Zigaretten mitzunehmen, eine Thermoskanne erst recht. Bis heute Abend können wir weder rauchen noch trinken.

Auf geht's, Simone. Nein, das ist nicht mehr Simone, Margo und mich sehen die Mädchen hinter dem Fenster über den Hof gehen.

„Toi toi toi!"

„Keine Sorge, wir drücken euch die Daumen!"

Was für ein Gewimmel im Ehrenhof! Dabei dachte ich, unser Prozess allein würde ausreichen, den Nachmittag zu füllen. Ich ahne schon die albernen Verhandlungen, die kurzen Verhöre ... Dezent bewege ich mich hin zu den Männern, aber zwischen uns steht eine Handvoll Polizisten und Wärter, und ich sehe nur Blau. Aufs Geratewohl klettere ich auf die Ladefläche des Transporters und schürze meine Unterröcke bis zu den Schenkeln: Wenn sich Zizi daran ergötzen kann ... Aber erst im Gerichtsgebäude, bevor wir den Saal der ersten Instanz vom Strafgericht betreten, schaffen wir es, dass sich unsere Schnauzen berühren.

Mist, hier gibt es keine Boxen. Auf beiden Seiten des Mittelgangs Bänke mit durchgehenden Rückenlehnen, in die uns die Bullen hineinschieben, natürlich getrennt: Zizi auf eine Seite, ich auf die andere. Margo drückt sich an meine rechte Seite, ein Gefangener quetscht meinen linken Arm ein, und ich sitze in der allerersten Reihe, die Füße mitten im Saal. Ich sehe schon kommen, dass es nach der Verhandlung genauso rückwärts und vielleicht noch hastiger gehen wird ... Aber ich muss noch die Kassiber aus ihrem Versteck holen – sie sind seit der Toilette drin, allmählich wird's mir zu bunt –, muss sie Zizi geben, und die in Empfang nehmen, die er bestimmt für mich vorbereitet hat, und verstecken. Wie stelle ich das an? Mir wird ein bisschen schlecht.

Die Glocke ertönt, introibo. Der Präsident, die Beisitzer und der Schnösel ziehen ein und nehmen Platz. An einem kleinen Seitentisch kritzelt schon der Schreiber des örtlichen Käseblatts.

Der erste Angeklagte wird aufgerufen. Während seiner Befragung winde ich mich, tue so, als würde ich meine Strümpfe geraderücken, züchtig meinen Rock glattstreichen, einem plötzlichen Juckreiz am Hintern nachgeben ... endlich halte ich ihn in der Hand: Der Kassiber für Zizi und Roland steckt in einer mit Faden umwickelten Plastikhülle, darin eine zweite Plastikhülle, das Ganze in einer mit Streichholz zugeschweißten Tube.

Meine Augen folgen den Debatten; meine Hand packt in der Tiefe meiner Jackentasche die Briefe aus. Die überflüssig gewordene Hülle knülle ich zusammen, nachher werfe ich sie draußen in den Rinnstein.

Margo ist als Zweite dran; jetzt, wo ich halbwegs erleichtert bin, höre ich aufmerksam zu: In dieser Sache werde ich zur Zeugin, damit uns das Mädchen morgen nicht mehr mit seiner juristischen Jungfräulichkeit auf den Arm nimmt ... Mein Anwalt, um dessen Hilfe sie gebeten hatte, hat sich nicht gerührt; ich habe vorhin vergessen, ihm davon zu erzählen: Der Arme war so erschöpft und ausgehungert! Ach, und außerdem soll sie selbst zurande kommen, er sitzt ja da, in der Anwaltsbox, sie hätte nur darum bitten müssen, mit ihm zu reden.

Ja, sie sind gekommen, unsere großen geliebten Schleimer: Ich schiele zu ihrer Bank, will sehen, was sie aushecken.

Maître hat die Ärmel seiner Toga hochgeschoben und entblößt die seines Hemds: Seine Manschette, die lässig über das Türchen der Box hängt, erinnert mich an die Manschette, die mein Mann manchmal im Fahrtwind aus dem Autofenster hängen lässt.

„Hände auf zehn Uhr zehn, Schatz!"

Mein Herz! Ich beuge mich vor und hmm-hmm-hmme ihm zu. Zizi sieht mich nicht, aber dafür hat mich mein Anwalt gesehen: Er gibt mir mit den Fingerspitzen ein kleines, nettes Zeichen, das seinen Manschettenknopf funkeln lässt, und ich antworte ihm mit einem Zwinkern. Er hat die Brille abgenommen und sieht mächtig angeödet aus; ohne das strenge Schildpatt ist sein Gesicht innig und engelsgleich. Ich stelle mir vor, dass Maître morgens beim Aufwachen dieses Gesicht haben muss; ich stelle mir sein Bett vor, und für zwei Sekunden überträgt sich meine Liebe auf ihn ... hmm, hmm. Diesmal hört mich mein Mann, der wie ein bestrafter Schüler mit den Beinen baumelte und hartnäckig auf seine Schuhspitzen starrte, und lächelt mir zu. Ich zwinkere wieder. Zum Glück hindert der Rücken von Margo, die immer noch im Zeugenstand steht und vom Hündchen aufs Stöckchen kommt, das Gericht daran, unser Spiel zu bemerken.

Der Staatsanwalt hat mich allerdings in seinem seitlichen Blickfeld; aber da er mit der Anwendung des Gesetzes beschäftigt ist ...

Außerdem steht das Urteil schon fest: In diesen Provinzgerichten erscheinen die Beklagten, plädieren die Anwälte, andere Beklagte erscheinen, andere Anw... und abends, wenn alle fertig sind, wird entschieden; das Hohe Gericht zieht sich zur Beratung zurück, dann kommt es mit Stapeln von Blättern zurück, wie bei einer Preisverleihung; jeder Preisträger wird aufgerufen, kommt nach vorn und nimmt seine Verurteilung entgegen. Daher meine Zweifel am Wert des Urteils und meine Gedanken zur Zwecklosigkeit, ihm irgendein System der Verteidigung entgegenzusetzen: Überlegen Sie mal, bei fünf oder sechs Beklagten zwischen dem Plädoyer Ihres Anwalts und der Entscheidung des Gerichts - wenn es überhaupt erst jetzt entscheidet –, ist es unwahrscheinlich, dass diese Entscheidung durch die eindrückliche Stimme oder das Jammern von vor drei Stunden beeinflusst wird.

Das ist eine Lotterie, ein Glücksspiel, alles Zirkus.

Warum soll ich unter diesen Umständen eine würdige und reuige Miene aufsetzen? Ich verschlinge meinen Liebsten mit den Augen, es gibt weder Gitter noch Zäune.

Margo ist fertig, ich drücke mich an den Typen links, um ihren Platz freizuschieben. Sie ist enttäuscht: „Sie werden bestätigen, ich sage es Ihnen. So ein Auftritt, ohne Anwalt, ohne dass ich meine Beweise vorlegen konnte! Das ist unzulässig! Sagen Sie, Anick ...“

„Warten Sie, Margo, wir reden nachher darüber: Ich glaube, wir sind dran.“

Jetzt habe ich die Regel durchbrochen, die es mir verbietet, die Schranke zu berühren: Ich stütze mich mit den Ellbogen darauf, streckte den Hintern in den Saal, sehe müde und ängstlich aus. Zizi zu meiner Linken hält sich gut, er schwankt nicht, nur seine Hand liegt leicht auf dem Holz. Ich betrachte die Hand, erkenne die Adern unter dem blonden Flaum, die vertrauten kleinen Narben ... Einen Meter weiter vorn bleiben das Interesse und das Leben stehen, schaut die Justiz mich an. Die Augen auf Zizis Hand gerichtet, antworte ich, überwinde die Hindernisse ohne Erregung, ohne Furcht: Ich fühle mich berauscht und verträumt, nur die Kassiber in meiner Tasche quälen mich, nein, kein ganzer Haufen, aber immerhin ... Ich würde sie gern in die Hand meines Mannes schieben und meine Hand dazu ... Armer Schatz ... Oh, das Mitleid droht, ich werde den Zirkus zerlegen, ich ... Aber mein Zorn zerfällt in Splitter von Lachen, weil der Präsident einen Tick hat, der mich jetzt quält: Er lässt auf jeden Vers der Befragung ein langgezogenes, näselndes „Hä?" folgen: „Und woher kamen diese Schatzbriefe, hä?" Außerdem ist er wohl ziemlich harthörig, deswegen muss ich hier herumschreien ... Der Respekt, mein verstörtes und müdes Auftreten verschwinden im Nu. Es ist lange her, dass ich mit Zöpfen und Bubikragen vor die Box trat, wo meine Anwältin mit ihrem Kamm meine widerspenstigen Strähnen striegelte, bevor die Verhandlung begann, wie eine Mutter, die ihre Große in die Kunst einführt, sich hübsch zu machen, hübsch für das Gericht, also ohne frivole Löckchen.

Ja, damals waren alle voller Illusionen und Hoffnung.

Ich seufze. Das waren schöne Zeiten. Ich wende eine Sekunde den Kopf: Merkt Maître, dass er dran ist? Ein Glück, er ist aufgewacht und blättert eifrig in der Akte. Wir gehen zu unserer Bank zurück, während er zu seinem Höhenflug ansetzt: „Hohes Gericht ..."

Ein schönes Stück Eloquenz hört man sich immer gern an, auch wenn ich große Mühe habe, mich unter der Wortschminke zu erkennen, die mich verschönert und repariert.

Das Gericht biegt in Richtung Nickerchen ab. Die Beisitzer haben auch lustige Köpfe, einer hat fettige Strähnen, der andere sieht aus wie ein rindermordender Löwe.

Maître balsamiert mein Trommelfell, ich fühle mich gut, leicht, man wird uns eine Gesamtstrafe geben ... Stopp! Ich will das nicht. Dabei stimmt es, was der Schleimer erzählt, dass wir nie eine Chance hatten, dass wir seit frühester Jugend nichts als Nackenschläge kassiert haben, deren Wunden keine Zeit hatten zu vernarben ...

Die Müdigkeit kehrt zurück, gleichzeitig erwachen die vage Euphorie und der Wirbel der Möglichkeiten ... Nein, nein, das Etappenziel ist sowieso zu weit weg, bis dahin müssen wir zu viel Kälte und zu viele Fastenzeiten überstehen. Ich will das nicht. Ich will die Sonne, die sich da oben durch die hohen Fenster des Gerichtssaals wagt, ich will Zizis Hand auf meiner. Natürlich ist weder von der Sonne die Rede noch von der geliebten Hand. Und auch nicht von der Notwendigkeit, durch eine isolierte Tat, eine kühne Auflehnung, die Ungerechtigkeit, die wir alle empfinden, begreiflich zu machen und im Namen aller Zuchthäusler der Welt zu tun, wovon alle Zuchthäusler träumen. Wie in einer Zeitverschiebung kommt mir die Gegenwart schon weit weg, verspätet vor, mein Dickschädel ist schon davongesaust.

„Mein Stück ist fertig, ich muss nur noch die Verse schreiben."

Verse? Ich habe wohlklingende gefunden, aber sie reimen sich nicht, Zizi muss die Entsprechungen finden; anstatt wie heute Zeugen unseres Stücks zu sein, werden wir es aufführen und selbst spielen. Da, Maître spricht gerade vom „verfemten Paar", von dem WIR, dem wir nicht mehr entkommen können, bravo! Keine Angst, meine Herren, es gibt mehr Freude in unserer Qual als in eurer Freude. Und wenn es uns gefällt, uns zu lieben, uns die Taschen vollzustopfen und uns lachend zu betrinken, dann zu leiden und zu warten und wieder zu lachen und zu genießen? Bande von Toten, ihr!

„Räumen Sie den Saal", sagt der Präsident.

Das ist nicht wahr, ich träume! Nein, schon schiebt mich der Polizist am Hintern, „Los", und plötzlich stehe ich im Flur, in Zizis Armen, beißen seine Lippen in meine: „Mein Herz, mein kleiner Schatz ..." Ich träume: Gleich wache ich auf der Bank auf, eingequetscht zwischen dem ungewaschenen Gefangenen und Margos grauem Mantel. Egal, der Traum gilt! Mit beiden Armen drückt mich Zizi an sich.

„Aber“, sage ich und mache mich los, denn mir dreht sich der Kopf, „was ist ...?“

„Alles gut, Bettgeschichten werden hinter verschlossenen Türen verhandelt, das dauert eine Weile ... Anick, Anick!“

Diesmal ist der Körper meines Gemahls ganz wirklich an meinem. Ich stürze mich in einen Kuss, in dem alle Zeit des Exils und des Hungers liegt. Die Polizisten und die herumalbernden Gefangenen verpassen keinen Kuss. Dann: „Ach so, Zizi, erst die Arbeit: Eine Minute, ja?“

Und ich bitte den Gendarm, mich zum Pipi-Room zu bringen.

„Müssen warten“, grunzt er, „besetzt.“

Tatsächlich steht ein ganzer Trupp Männer am Fuß der Treppe Schlange. Ich überhole den Stau mit meinem Schutzengel am Hintern die Stufen hinauf, die ich gut kenne, denn der Weg zum Klo ist auch der zum Sprechzimmer. Dem des Untersuchungsrichters, meine ich.

Als ich wieder herunterkomme, kuschle ich mich eilig wieder an meinen Gemahl; diesmal lehne ich mich an ein Fenster: die Aufregung, die Absätze, die Rührung, und peng, liegt man auf der Nase.

Margo hat versucht, sich ranzuschmeißen, ein Trio zu bilden; aber nach einer Vorstellung ohne Herzlichkeit und unseren eindeutig füreinander bestimmten Blicken und geflüsterten Worten hat sie endlich begriffen. Als sie so verlassen an einer Heizung steht und tut, als vertiefte sie sich in die Dokumente, von denen sie eine ganze Aktentasche mitgebracht hat (und die sie vorhin versucht hat vorzulegen), tut sie mir leid, und ich habe fast Lust, sie zurückzurufen.

Mein Anwalt kommt aus dem Saal gestürmt. Die Idee: Ich werde ihn Margo vorstellen, da sie so scharf darauf war, dann können sie sehn, wie sie miteinander klarkommen.

Bevor ich mich abwende, sagt Maître zu mir: „Ich warte nicht auf das Urteil, bitte schreiben Sie mir heute Abend und ... vermeiden Sie es zu lachen, wenn Sie zum Gericht sehen, das hat eine ganz schlechte Wirkung, meine Liebe ..."

Ich gebe Zizi die Kassiber, aber ich kann mich natürlich nicht beherrschen und zitiere ihm einige Auszüge. Ich denke daran, ihn zu fragen, wo er sie verstecken wird.

„Natürlich im Mund", antwortet er, „da ich bei den Wärtern nicht schwatze ... vor allem, da wir ordentlich was kassieren, glaube ich. Aber gut, wenn wir die Gesamtstrafe kriegen ..."

Wir wechseln das Thema. Ich komme schnell darauf zurück, der Vulkan brodelt: „Gesamtstrafe! Er hat gut dafür plädiert, das stimmt. Aber wie kannst du hoffen, dass wir von den Leuten da drin irgendetwas Gutes bekommen? Wenn wir sie kriegen, verpassen sie uns gleichzeitig eine Verlängerung für eine der Strafen: Ob sie dir ein Jahr zusätzlich zu den zwei anderen geben oder drei als Gesamtstrafe, das läuft aufs Gleiche hinaus ..."

Am Ende kreuzen wir wieder die Klingen, argumentieren unsere Gehirne, jedes in seiner Logik, werden unsere gereizten Küsse zu Bissen ... Zizi möchte den Ausbruch gern vermeiden! Meine Hände in seinen sind kalt geworden; ich habe Lust zu greinen wie ein Kind, dem man sein Spielzcug wegnimmt, ich möchte die Stirn meines Liebsten aufbrechen, weil es hinter dieser Stirn Dinge gibt, dic ich ablehne, die ich nicht kenne, die ich hasse ...

„Also soziale Wiedereingliederung?"

„Ach Anick, versteh mich doch! Ich brauche dich, deine Liebe, lange, immer. Ich möchte gern diese Strafe absitzen und dann bei dir sein, bis ich krepiere, ohne die Angst im Nacken, wieder im Knast, wieder ohne dich zu sein. Du weißt genau, dass sie uns am nächsten Tag schnappen können, dass wir auch scheitern können, denk an Weihnachten, und nochmal sechs Monate draufgepackt kriegen ... und außerdem neunzig Tage Bau."

Ich bin voller Verachtung: „Ach davor hast du Schiss, vor dem Bau!"

„Hör doch, mein Täubchen, ich denke an ... an alles!"

„Nein, Zi, nur das nicht. Beruf dich, worauf du willst, auf Klugheit, Alter, Müdigkeit, alles, was du willst, aber bitte, nicht auf die Angst! Das Leben, das wir gewählt haben und das uns heute zu dem Zirkus mit Knast und Gericht zwingt, ist nicht vereinbar mit der Angst. Wenn du nicht mehr einbrechen willst, einverstanden ..."

„Dummchen! Ich möchte genauso einbrechen, wie ich dich liebe, das weißt du genau. Aber später, ganz ordentlich, mit einem anständigen Alibi ..."

„Zehn Gören im Haus ..."

„Sei nicht gemein, Schatz. Gören hätte ich dir heute machen können, Zeit war genug. Komm, wollen wir nicht abtauchen und uns auf dem Teppich des Richters lieben?"

„Ah, jetzt erkenne ich dich wieder! Aber lass uns ernst bleiben. Erinnere dich doch an das letzte Mal, als wir uns ganz ordentlich, wie du es nennst, gesehen haben, randvoll mit guten Vorsätzen und allem? Was ist daraus geworden? Nach ein paar Wochen Gemütlichkeit sind wir wieder an die Arbeit gegangen, und dann haben wir einen großen Fehler gemacht: Wir wollten weiter den Anschein wahren. Die Bullen hatten uns im Visier und wir Schwachköpfe ... Wir dachten, wir könnten vor ihren Augen endlos ein Doppelleben führen, tags arbeiten, nachts einbrechen, und uns außerdem amüsieren, den Laden in Schuss und die Freunde aushalten ... Ergebnis: Sechs Monate später haben wir wieder gesessen. Und wo haben sie uns geschnappt? Im Nest! Wir hatten noch Glück, dass wir unser Versteck bewahren konnten. Noch so ein Blödsinn von uns: eine echte

Adresse für uns und eine pro forma, also doppelte Arbeit, doppelte Kosten ... Aber wenn man einfach in der Natur abtaucht ..."

Ich spüre genau, dass Zizi auf die Milde des Gerichts setzt, um sich diesen Ausbruch zu ersparen, in den ich ihn mit meinem Geschimpfe hineinquatschen will: Wenn wir keine Berufung einlegen, können wir gar nichts zusammen aushecken, weil wir nicht im selben Knast landen.

Zizi, du liebst das Leben mehr als mich. Ich weiß, ich weiß, komm schon. Ich bin dabei, dir Arbeit zu machen, ich probiere an dir meine kleinen Weiberschweinereien aus, ich erfinde alle möglichen falschen Vorwände ... Und du willst mich zu Weisheit und Konsequenz bekehren, du hoffst auf die Zukunft ... Sie ist so weit weg, diese Zukunft! Na gut, wenn du nicht willst, mache ich es nochmal wie Weihnachten, Pech, wenn ich auf die Schnauze falle ... Ich sage: „Wenn ich mir was in den Kopf gesetzt habe, du weißt ja ..."

„Warte erstmal das Urteil ab! Man kann nie wissen ..."

„Ach, das Urteil! Ich wünsche dir, dass du sie bekommst, DEINE Gesamtstrafe. Dann sitzen wir unsere Zeit ab und lassen uns den Rücken von den Anstaltskutten zerkratzen. Aber sonst würden wir nicht nur diesen Sommer zusammen verbringen, Zi, so zusammen wie jetzt ... glaubst du nicht, dass sich das lohnt? Und wenn wir den Sommer so verbringen, warum nicht den Herbst und den Winter und noch jahrelang? Mit einem Minimum an Vorsicht, falschen Fleppen ... Warum sollen wir so lange warten?"

„Man sitzt nie die ganze Zeit ab, das weißt du doch."

„Na prima! Bewährung oder Gnadenerlass! Die Amnestie zum 14. Juli, auf die wir jedes Jahr warten und die nie kommt! Na klar, dadurch vergeht die Zeit, und irgendwann kommt doch der Moment, wo man vor dem Tor steht ... Aber das alles kennen wir doch schon. Draußen auch, wir haben alles ausprobiert: du drinnen, ich drinnen, oder beide zusammen auf der Flucht oder versteckt, alles ... bis auf das, zusammen aus demselben Gefängnis abhauen."

In Zizis Augen tritt ein seltsamer Glanz, sie verschwimmen; seine Hände tun mir weh: „Du weißt, dass ich am Ende immer auf dich höre, Anick ... Was würde ich nicht für dich tun?"

„Ja? ... Aber glaubst du, dass du es schnell genug tust? Wir könnten die Berufung vor den Ferien bekommen, das ist wenig Zeit ..."

Zizi lächelt, das ist ein gutes Zeichen: Wenn er zur Sphinx wird, ist der zentrale Platz im Rätsel immer für mich reserviert.

Wir kommen lange nach der Nachtruhe zurück in den Knast. Mâme Chef durchsucht uns im leeren Tagesraum; mein Hausmantel liegt schön gefaltet auf meinem Hocker bereit: natürlich eine Aufmerksamkeit von Nicole.

Mâme Chef ist nett, auf ihre Art, die darin besteht, „Das ist doch gar nicht so lange!" zu rufen, als wir ihr das Urteil verkünden, uns anzubieten, warme Suppe aus der Küche zu holen ... Brühe für die Frauen, die ziemlich groggy sind! Ich schwanke auf meinen Tretern, die Gitane zittert in meinen Fingern. Margo hat sich hingefläzt und erzählt vom Nachmittag.

„Wollen Sie die Nacht hier verbringen?", frage ich.

„Ich bin eigentlich gar nicht müde, aber meine Kehle ist so was von trocken ... Wenn ich nur irgendetwas Frisches hätte, ich habe vergessen, was einzukaufen ..."

Schon gut, ich habe verstanden. Ich nehme eine Orange aus meinem Obstkorb und werfe sie ihr zu: „Da, lutschen Sie sie im Bett ... Können wir gehen, Mâme Chef?"

Ich wickle mich wie ein Torero in meinen Hausmantel, damit die Kanzlei heute Abend weiß, dass Damien gut einstecken kann und bereit ist, den Kampf wieder aufzunehmen. Trotzdem, auch wenn es mich nicht bekümmert – ich gebe zu, dass ich, wie bei jeder Verurteilung, etwas überrascht von der Härte des Urteils bin. Ich wollte die Gesamtstrafe nicht und habe sie nicht bekommen, Zizi ebenso wenig.

Im Schlafsaal sehen mir Solange und Paulinette gespannt entgegen: Je nachdem, was ich sagen werde, wissen sie, ob sie sich freuen oder die Mundwinkel nach unten ziehen sollen. Aber ich sage nichts, jedenfalls nicht das. „Sieh an, unsere berühmte Solange trägt ein Nachthemd, also regnet's morgen. Es tut mir leid, dass ich Ihre Tittchen nicht mehr sehe. Woher kommt denn die Gabe?"

Geschenk der Chefin natürlich, sie fängt so an wie mit Simone ... Ich frage, ob der Nachmittag gut gelaufen ist, ob alle brav waren und ihren Reis aufgegessen haben, ob die Nervensäge Damien nicht allzu sehr gefehlt hat.

„Oh! Ihr habt mir meine Koje gemacht, danke! Ich bin so was von erledigt. Mehr als vor dem Urteil hatte ich Angst davor, dass ich noch meine Koje machen muss. Ihr seid lieb, ich mache es auch für euch, wenn ihr hin müsst."

Da beide verurteilt sind, riskiere ich nicht viel. Ich schlüpfe zwischen die frischen Betttücher – sogar neue Laken habe ich bekommen – und beiße in meinen Abendapfel: „Oh, tut das gut, die Stelzen auszustrecken! Ich sag euch Kinder, es ist tödlich, im Stehen im Flur des Gerichts zu vögeln!"

Ich erzähle, erwähne das Urteil ohne Einzelheiten, überhöre hinterlistige Fragen wie: „Und die Alte, was hat die gekriegt?"

„Sagst du ihr jetzt, sie soll die Nase in ihren eigenen Dreck stecken, wenn sie uns unten vollquatscht?"

Ich behaupte, ich hätte nichts von Margos Verhandlung verstanden, nur, dass sie um acht Tage verschoben sei, wenn ich das richtig gehört hätte. Nachdem meine Chronik als Gerichtsreporter beendet ist, drehe ich mich um und berühre mit der Nase den Teer an der Wand.

Am nächsten Tag lässt Margo nicht locker; bald werden wir alle von ihrer Gereiztheit und Albernheit angesteckt und beenden jeden Satz mit einem „Hä?“ wie der Richter; um zehn kommt mein Knastrepertoire dran, von *„Où es-tu, camarade?“* bis zum *„Marie, Marie“* unserer Tage; um zwei schimpfen wir auf alle Mistkerle der Welt und singen die Internationale.

Im Laufe des Nachmittags wird das „Hä?“ seltener, unsere Strafen verschwinden aus den Schlagzeilen, und die ruhige Routine wechselt wieder mit den kleinen Scherereien, den alltäglichen Plagen ab.

Ich warte auf die Post.

Bei unserem Flurintermezzo hat mir Zizi einen länglichen zartgrünen Umschlag mit dem passenden Papier gegeben: „Eine kleine Abwechslung vom Knastpapier. Heb ihn für einen wichtigen Schrieb auf.“

Ich hatte ihn Margo anvertraut, damit sie ihn in ihrer dicken Akte mit Beweisstücken aufhebt; vorhin habe ich meinen ehelichen Halbwochenbrief darauf geschrieben: „Möge dieser Schmetterling dir von meiner ganzen Zärtlichkeit künden“, habe ich losgelegt.

An den Tagen nach dem Genickschlag fühlt man sich zärtlich, etwas groggy, wie nach einer Liebesnacht; die Strafe schmerzt noch nicht. In meinem Brief habe ich vermieden, sie bluten zu lassen: Ich habe mich nur über die Liebe ausgelassen. Ich habe um Verzeihung gebeten für das Unglück, ich zu sein, mit meinem Dickschädel, ohne vom gewählten Weg abweichen zu können oder zu wollen. Der Brief enthielt auch einen verschlüsselten Satz, die Antwort wird mir in Zizis nächstem offiziellen Brief sagen, ob er mit dem Ausbruch einverstanden ist oder nicht.

Abend, Nacht, Morgengrauen, Tag. Ich warte auf den Brief wie auf den lieben Gott. Um nicht loszubrüllen, laufe ich im Tagesraum herum, fege und putze den Kocher.

Wird mir Zizi auf den dürren Wegen folgen oder lieber selbst eine andere Dürre verfolgen? Für mich ist die Zukunft weniger drängend, vielleicht, weil ich jünger bin. Ich habe noch Zeit zu leiden. Natürlich müssen wir diese Strafe absitzen. Aber wir werden sie vorbereiten, die Stunde wählen, nicht mehr wie früher sorglos und ungeschickt sein.

„Ach Zi", flüstere ich in der Nacht, während ich in meine Laken beiße, „ich werde tun und lassen, was du verlangst, ich werde wieder gutmachen, dass ich dich gezwungen habe, du wirst mir diesen Ausbruch nicht mal mit geschlossenen Lippen vorwerfen."

Ich träume, der Film läuft auf der unberührten Leinwand, die die von den Lichtern auf der Wachmauer erleuchteten Fenster an der Wand des Schlafsaals bilden.

Ich traue mich nicht, diese Bilder auf kommende Tage zu projizieren, ich bin abergläubisch, ich schreie, wenn ein Messer zu Boden fällt, ein Mädchen „Pech" sagt oder mit Papierkugeln wirft ... der Anschein von Stumpfheit durchdringt heute alles.

„Und die Post, Madame Chef?"

Das kann ich schon sagen, alle wissen, dass ich nur für die Briefe lebe und dass ich heute Morgen allen Grund habe, noch mehr zu warten als sonst. Der Brief von Zizi wird mich auferstehen lassen oder umbringen.

War ich verliebt, war ich demütig genug? Hat ihn mein Körper an seinem, dort im Flur, an all seine Versprechen erinnert?

Ich warte wie tot und rauche brav meine Gitanes; am schlimmsten ist das Wissen, dass nichts mich umbringen wird, ich habe übertrieben ... Das Leben und die Hoffnung sind zäher als ich, als eine Ablehnung oder ein Scheitern.

Ich sage Nicole, die in einen kleinen Liebesroman vertieft ist und hastig die Seiten umblättert: „Es ist so hart, hart zu sein ..."

Ich habe ihr versichert, dass ihr Kassiber für Roland gut angekommen ist, habe ihr, während ich tat, als würde ich meine ausgebreiteten Papiere sortieren, Auszüge aus dem meines Mannes vorgelesen. Der Kassiber ist unklar, so unklar, wie er selbst im Flur war: „Wenn der Schlag des Urteils hart ausfällt, werde ich mein Schicksal wählen ..." Ich habe ihn verbrannt und die Asche in den Wassereimer geworfen.

Ich kenne Zizi-launisch, Zizi-lieb; ich hoffe nur, dass der gemeinsame Zorn stärker sein wird als unsere unterschiedlichen Absichten, dass der Schlag nur seine Träume von gestern zerstört hat und die von morgen entstehen lässt. Morgen, das ist der Sommer, das ist das Glück. Ich lächle bei der Erinnerung daran, dass der Traum bei meiner Ankunft hier ebenso nah, ebenso warm war: Das Datum für den Ausbruch war auch das des Weihnachtsmanns. Er musste auch deshalb scheitern, weil ich die Abkürzungen der Einsamkeit gewählt hatte, anstatt unserem Weg zu folgen.

Ich erzähle Nicole von meinem verpatzten Weihnachten: „Aus guter Quelle weiß ich, dass der Chef gar nicht so nett war: Er hat meinen Brief an den Untersuchungsrichter geschickt. Und ich Dummkopf hatte mein Wort gegeben, brav zu sein, ich platzte vor Dankbarkeit und Loyalität! Er hat den Brief vor meinen Augen in den Papierkorb geworfen, aber zerrissen hat er ihn wohlweislich nicht. Na gut, mein Wort hatte den Vorteil, Zizi zu beruhigen und mich zu verpflichten, bis zu meinem Abschied von hier brav zu bleiben. Aber für woanders habe ich nichts versprochen ..."

Ja. Zizi, bis zu unserer Begegnung ein einsamer Wolf, ein Desperado, denkt immer, eines schönen Tages könnte ich durchaus nein zur Liebe sagen, wie ich nein zum Gefängnis sage und zu allem, was mir nichts mehr bedeutet; er liebt mich ohne Prahlerei, ohne Einschränkung. Und ich habe mit der Absolutheit dieser Liebe gespielt, ich habe es leicht genommen, ich bin mir selbst zuwider, aber ich konnte nicht anders ... Ich wiederhole mir die Schwüre aus dem Gerichtspalast: Ich werde nie mehr mürrisch, nie mehr bissig sein; wenn Zizi es mir anbietet, mache ich aus diesem Ausbruch einen Vulkan wunderbarer Erinnerungen, erbaue ich jenseits des bequemen Traums Unendlichkeiten von Zärtlichkeit und Freude ...

„Damien! Post."

Ich werfe zwei Briefe, Anwalt und Fürsorgenonne, beiseite; dann nutze ich die Unruhe, als die Suppe verteilt wird, um den dritten am Fenster zu genießen, vergessen von den Mädchen, die essen und die eigenen Episteln vorlesen.

Mein Herz schmilzt, gleich schreie ich ... Die Hand flach auf dem Blatt, die Augen ruhelos im unentschlossenen Himmel, fasse ich mich allmählich, das Tock-tock in meiner Brust beruhigt sich, gut. Jetzt kann ich das Blatt wieder auseinanderfalten: Ja, das Codewort steht immer noch da, es ist nicht mit den schweren Wolken fortgeflogen, Zizi sagt ja, Zizi wählt uns, er ...

„Nicole, wenn Sie aufgegessen haben, kommen Sie her ... Da: Er schluckt es, er ist einverstanden, er ... hier, lesen Sie, da steht das Codewort, es ist ja."

Nicole gibt mir den Brief zurück, ihre Antwort ist ein glückliches Lächeln: „Die Männer sind wirklich großartige Erfindungen, genauso, wie diese Mauervögel ... Sehn Sie nur den, neben der Mülltonne, ist er nicht hübsch?"

Ja, Nicole, ich fühle mich leicht, leicht wie der Mauervogel. Aber reden wir von gewichtigen Dingen: „Der Chef wird uns sicher gleich nach der Berufungsfrist verlegen lassen: Dieses Pärchen von Einbrechern und Mauerkletterern lädt seiner Gattin und ihm selbst eine zu große Verantwortung auf die Schultern. Mein Wort von Weihnachten oder nichts, für sie ist das gehupft wie gesprungen. Er urteilt und verurteilt nach dieser verdammten Vergangenheit, diesem Vorleben, das ihnen Angst macht. Ich bin ausgebrochen, ich habe versucht, wieder auszubrechen, nach ihrer Logik werde ich also wieder und wieder versuchen, wieder und wieder auszubrechen. Bevor ich Gaunerin wurde, war ich bei den Pfadfindern, aber ich gebe zu, dass ich bei einer sicheren Gelegenheit mein Pfadfinderehrenwort womöglich gebrochen hätte ... vor allem, da ihre Güte ... sie haben mich nur deshalb nicht ins Loch gesteckt, weil es im Dezember da eiskalt ist und die Entdeckung meiner erstarrten Leiche am frühen Morgen ... aber egal, sie haben mein Wort, sollen sie es doch behalten und sich darüber freuen: Ich bin nicht mehr von dieser Welt, in elf Tagen bin ich weg!"

Nicole würde gern vor meiner Verlegung verurteilt werden, denn ihr ist eine reineweg haarsträubende Idee gekommen: „Ich lege auch Berufung ein und folge Ihnen ..."

„Das fände ich wundervoll, Nicole, aber ... vergessen Sie nicht, dass Ihre Berufung automatisch die Ihrer Mitangeklagten nach sich zieht. Was sagt Ihr Freund dazu? Wenn ich das Glück hätte, bei Ihrer Verurteilung noch da zu sein und Sie ihre Klamotten anziehen, Ihre Aktentasche schnappen und in die Bewährung abzischen zu sehen, wäre mir das noch lieber ... Von Bewährung zu reden, ist in den Wind reden, genauso, wie von Ausbruch oder sonst etwas: Man redet immer in den Wind hier, und auf jeden Fall redet man zu viel."

„Anick, ich kann Ihnen nichts anbieten, nichts versprechen: Ich habe nichts, und ich weiß nicht viel. Aber ich werde Sie nie vergessen."

Nicoles Augen sind sehr blau, sie sind wie eine ehrliche Liebkosung.

Der Oberaufseher kommt persönlich, um mir ein Extraliebesbrieflein zu bringen: „Ich habe angesichts der Entscheidung Ihres Gatten einen zusätzlichen Brief genehmigt."

Zizi spielt den Herrn und Meister, der über das Schicksal des Ehepaares entscheidet: „Ich habe gründlich überlegt: Ich lege Berufung ein. Da es logisch ist, dass wir diesen Antrag gemeinsam stellen, erwarte ich, dass du ebenfalls in diesem Sinne handelst."

Seufzer. Ich habe den größten Teil des Weges hinter mir, ich habe gewonnen. Mit Zizi werde ich weiter gewinnen, ganz sicher. Der Pfad im Schatten wird nicht riskanter sein als die sonnige Straße, da kann es keine so schlimmen Unfälle geben, wie sie uns an die Schwelle des Todes gebracht haben.

Nicht nach dem Lenkrad greifen, Anick, lass dich jetzt chauffieren.

Ich lege also mit dem Formular, das mir der Chef aushändigt, Berufung ein; ich schreibe an den Schleimer, damit er den Herrn Staatsanwalt in Bewegung bringt, „wenn er die Freundlichkeit hätte, uns vor den Gerichtsferien einzubestellen".

Das ist der Haken, der dunkle Punkt in unserem Programm: Und wenn sie uns nicht vor dem Herbst verlegen? Pech, drei Monate mehr, drei Monate weniger ... Ich hüte mich vor Ungeduld, Getrampel, ich lasse die Zeit verstreichen, esse, schreibe, spiele die Nette und die Füchsin bei den Frauen; und ich nutze den Vorvorabend des großen Tages, um ausgiebig zu schlafen.

Dritter Teil

Kapitel I

„Das gibt's nicht, es hat nicht geklingelt! Hast du was gehört, Anick?"

„Nein, aber vielleicht hat Mutter Chef mal ordentlich ausgeschlafen. Los, wir stehen auf."

Paulinette liegt noch in den Armen Mustaphas, wir wecken sie: „Schnell, Schätzchen, die Schlüssel ..."

Paulinette knurrt „Komm schon, lass mich schlafen", springt aber trotzdem flink aus der Falle und legt ihre Decken zusammen, um als Erste fertig zu sein, wie im Bon Pasteur. Sie bleibt das Kind zwischen ihren Kindern, die Würdige zwischen den Unwürdigen („ich weiß, wie man sich benimmt"), sich benehmen ist ungefähr alles, was sie weiß. Beim Belotespiel – der einzigen Sünde, die wir ihr beibringen konnten – ist sie meine Partnerin; zehn Mal in jeder Partie sage ich ihr mit dem immer gleichen Vergnügen und mit salbungsvollem Ernst, um den mich die Mutter Vorsteherin nur beneiden könnte: „Kommen Sie, mein Kind, kommen Sie."

Paulinette beeilt sich, schnell, schnell ... Zu spät, die Füße der Chefin erreichen den Treppenabsatz, der Schlüssel dreht sich, und Solange ist als erste fertig. Sie ruft schwungvoll „Morgen, Mâme!" und will mit dem Pisspott in den Händen starten.

„Nein, nein", sagt die Wärterin, „ihr könnt im Bett bleiben, es ist noch zu früh. Sie, Damien."

Sofort bin ich fit:

„Na dann, tschüss, Mädels, ich mach mich vom Acker. Sagt den anderen auf Wiedersehen. Bye, bye!"

Meine Pelzjacke lag auf dem Geländer, Mâme Chef lässt sie fallen, sagt „o pardon“ (zu dem Tier), ich hebe das Opossum auf, das ruhmlos über den farblosen Zement schleift, drapiere es über meinen alten Hausmantel: „Gehen wir, Mâme?“

Im Tagesraum stehen meine Koffer auf dem Tisch zwischen den ordnungsgemäß ausgebreiteten Löffeln und Messern und den Deckelaschenbechern voller Streichhölzer und Kippen; natürlich, wenn ich einmal vergesse, sie zu leeren ... Plötzlich wird mir heute die Leere an meinem Platz bewusst, ich stelle mir vor, wie sich die Frauen um den halben Schrank, die Seife und die abgelatschten Treter streiten. Sonst lasse ich nichts zurück, ich habe nichts. An diesem Morgen nimmt dieses Nichts allerdings viel Raum ein. Ich muss schon sagen, Mâme Chef kann einen Koffer besser durchwühlen als packen: Kreuz und quer hat sie den ganzen Plunder reingestopft, den ich sie bei jedem Neuzugang in die Kleiderkammer tragen ließ, weil ich immer mehr an Terrain verlor ... Wenn ich mir überlege, dass ich mir bei der Ankunft vorkam wie im Paradies! Klar, ich kam aus der Hölle, und die geräumigen Schränke, die heiße Dusche, die ruhigen Nächte, in denen ich rauchte und mit Jane plauderte, alles kam mir wunderbar vor. Und dann ... die gescheiterte Flucht, die Euphorie der guten Vorsätze, die Hochzeit, die Zärtlichkeit, aber auch die Runkelrübe, die Läuse, der volle Tagesraum, die Rückkehr der schlechten Vorsätze ... Ja, es wird Zeit, dass ich mich aus dem Staub mache, ich fing gerade wieder an, mich aufzuregen.

Mâme Chef ist eine Marie-Antoinette geworden, die heuchlerische Schmeicheleien frisst; ich wollte mich nicht mit dem Rest des Hofstaats im Gras wälzen, um die Füße der Königin zu lecken, deshalb hat sie mir allmählich ihre Gunst und ihr Interesse entzogen.

Und ich! Anstatt meine Nase in das von den Hühnern und Gänsen der Königin verdreckte Gras zu drücken, habe ich der Freundschaft den Hof gemacht und mit Nicole den warmen Stein der Treppe geteilt.

Den kaum von den energischen Händen der Wäscherinnen gereinigten, den von tausend Schritten, tausend Schritten beschissener Treter verdreckten Stein. Wir sicherten unsere Unterhosen mit Blättern aus alten Zeitungen, und die Chefin, die es nicht mag, wenn wir Zeitungen zerreißen, ärgerte sich, aber sie konnte nicht schimpfen, weil wir wohlweislich nur die von mir gekauften nahmen. Die Stapel von *Confidences* und *Intimité* behandelten wir mit demonstrativem Respekt.

Ja, wir hatten die Gunst der Königin verloren, weil sie keine Untertanen mag, die sich ihrer Macht entziehen. Seitdem mein Schleimer Nicole unterstützt, bietet sie keine Angriffsfläche mehr ... Auch die Kleiderfrage wurde gelöst: Ein weiteres Mal hat uns Madame Fürsorgerin mit einem wunderschönen, fast neuen Sommerkleid aus der Klemme geholfen, das sie für die richtig Zerlumpten mitgebracht hatte, für diejenigen, die betteln können; aber angesichts der Länge und Weite des Dings konnte niemand hineinschlüpfen. Da hatte Nicole mit sanfter Stimme vorgeschlagen: „Vielleicht für so ein großes Pferd wie mich ..."

Wir gaben ihr das Kleid einstimmig, oder fast; die einzige Gegenstimme kam von der Chefin: „Das ist bestimmt zu eng für Sie, mit Ihren Hüften ..."

Neu versilbert, neu gekleidet, hat Nicole nichts mehr mit den Schafen von Marie-Antoinette gemein, die, was sie auch behaupten mag, gern hätte, dass alle einstimmig blöken.

Heute morgen lächelt sie abwesend; und während ich den schlecht verteilten Haufen auflöse, den sie in meine Bagage gestopft hat, verknüpfe ich die Fäden ihrer stummen

Reflexionen, ahne ich den Sinn ihrer triumphierenden Mundwinkel.

In den letzten Tagen habe ich Nicole meine letzten Empfehlungen gegeben: „Geben Sie das Geld nicht zu schnell aus: Sie warten nur darauf, um wieder auf Sie einzuhacken. Sie werden sich schon irgendwoher Kies besorgen, wenn ich weg bin, da habe ich keine Sorge; aber der Chef wollte nicht, dass Roland Ihnen einen Teil seiner Kohle schickt, wissen Sie noch? Und wenn Sie erstmal verurteilt sind, können Sie niemanden mehr anrufen, weder den Richter noch den Anwalt, dann sind Sie ihm noch mehr ausgeliefert. Andererseits können Ihre Freunde Ihnen durchaus schöne, treue Episteln als Wegzehrung schicken. Behalten Sie das alles im Kopf, Nicole, und halten Sie Ihre Kippen etwas mehr zurück, anstatt sie anzubieten oder rumgehen zu lassen."

Der Triumphfaden der Chefin verknäuelt sich mit meinem Sorgenfaden, und ich sage: „Um meine restlichen Einkäufe, die Treter und das andere Zeug soll sich Nicole kümmern. Aus meinen alten Klamotten können sich die Mädchen nur noch Bänder nähen."

„Ja, ja, aber beeilen Sie sich ein bisschen, mein Gott, die Gendarmen kommen gleich. Ich habe Sie extra eine Stunde früher geholt, aber Sie bummeln so!"

„Ich bummle nicht, Madame, ich wasche mich. Ach so, könnte ich bitte ein bisschen Plörre haben? Ich bummle so, dass ich nicht mal Zeit hatte, mir einen armseligen Kawa zu machen. Eigentlich wird man am Vortag informiert. Schließlich ..."

„Haben Sie ihre Koffer fertig? Gut, dann bringe ich sie raus und hole Ihr Frühstück. Ihre Toilettensachen packen Sie nachher ein, draußen."

„Nein, nein, Madame, ich bin fertig, nur meine Zahnbürste, die stecke ich in meine Handtasche. Ich möchte die Koffer zuschließen, das kann ich auch gleich erledigen."

Ich füge hinzu: „Mein Gott – wie Sie immer sagen –, was für ein Erwachen! Ich bin sicher, dass mein Gatte ziemlich wütend ist."

„Oh, Ihr Gatte", versetzt die Chefin, während sie nach den Koffern greift, „dem tut es schon leid, dass er Widerspruch eingelegt hat! Er hat dem Richter geschrieben, um ihn zurückzuziehen, aber Sie können sich denken, dass es dafür zu spät war ..."

Was erzählt sie da?

Plötzlich dreht sich der Tagesraum, ich halte mich gerade noch an meiner Zahnbürste fest. Aber ich fange mich schnell wieder: Mit dümmlichem Gesicht, gewürzt mit einer Prise Empörung sage ich: „Er hatte schließlich elf Tage Zeit zum Überlegen. Schade, dass er sie nicht genutzt hat. Wenn es ihm jetzt leid tut, hat er Pech! Mir tut gar nichts leid."

Ich nehme mir vor, das nachher im Zug gründlich zu klären, noch bevor ich ihn geküsst habe, meinen Gatten, dem es leid tut!

Es kann nicht sein, dass er das wirklich gesagt hat, überlege ich, während ich versuche, meinen Büstenhalter zu schließen, ohne die Körbchen wie üblich auf den Rücken zu ziehen. Nein, ich schaffe es nicht, Gewohnheiten lassen sich nicht ändern. Noch mal von vorn. Drei Minuten verloren, und die Gendarmen kommen näher ... Daran ist auch die Chefin schuld: Hätte sie mich meine Siebensachen doch gestern packen lassen. Aber nein, bloß nicht, immer Schiss, dass ich böse Dinge aushecke, dass ich Adressen oder heimliche Briefe mitnehme ... Pech, ich nehme sie trotzdem mit, mein Telefonbuch und mein Kassiber auch, einen mündlichen Kassiber, von dem ich nichts vergessen darf ...

Kaffeepause.

„Ich habe Ihnen Ihr Brot mitgebracht", sagt die Dame, „dort bekommen Sie vielleicht keins."

Was soll's, Königin, dann essen wir eben Kuchen.

Ich will gerade antworten, dass es das unumstößliche Recht jedes Neuzugangs ist, etwas zu essen zu kriegen, egal, ob er von draußen oder drinnen kommt, auch wenn er nicht eingeplant ist, dass ich nicht noch mehr schleppen will, dass ... aber beim Anblick des knusprigen halben Brotlaibs (stimmt, heute gibt es frisches Brot), schmilzt mein Herz, ich reiße ein Stück Kruste ab und tue, als würde ich voller Appetit kauen. Ein großer Schluck kochende Plörre drauf, dann kümmere ich mich wieder um meinen Haarknoten.

Als die Frisur sitzt und die Gendarmen immer noch nicht vor der Tür stehen, verpasse ich meinen Lidern zwei Striche und ziehe die Enden nach oben. Taraaa! Vorzeigbar, mein Schatz?

„Haben Sie auch nichts vergessen?"

„Nein, der Spiegel und der Kajalstift gehören Nicole, ich lege sie in ihren Schrank zurück ... Warten Sie, ich sehe nochmal nach."

Doch, eine Sache möchte ich noch mitnehmen: das Messer. Das verdammte Messer mit der x-mal aus dem Griff gerutschten und wieder reparierten Klinge schien mir immer besonders geeignet, auf harmlose Weise die Zeit und die Nerven des Gefangenen totzuschlagen. Ich werfe das Messer in meine Tasche und verlasse den Tagesraum ohne einen Blick für die Plörre, die erbärmlich in der Schüssel dampft, und den Raum, in dem ich sieben Monate vergammelt habe. Ich mache einen Koffer wieder auf, um das Brot hineinzustopfen. Bei der Ankunft wird es platt sein, und die Krümel werden jahrelang zwischen den Klamotten schimmeln, denn jetzt ist Anstaltsdress angesagt: Im Vollzug scherzt man nicht mit der Kleiderordnung der Strafbevölkerung.

Während ich auf meinem Bündel sitze und meine Zigaretten sortiere, redet Mâme Chef auf mich ein: Im nun folgenden Zweikampf hat sie im Stehen einen Vorteil von gut fünfzig Zentimeter. Also wetze ich meinen Konterdolch.

„Nun, Damien, ich wünsche Ihnen, dass man da, wo Sie hinkommen, weniger dumm ist als wir ..."

„Ich kenne die Anstalt schon, ich war schon mal eine Weile dort: Das sind auch keine Leuchten, aber es ist ein Zellenknast, da hat man wenigstens seine Ruhe."

„Natürlich, Damien, natürlich. Am Anfang war es hier wunderbar, Sie haben überall unser Loblied gesungen; dann haben Sie uns übers Ohr gehauen und allen Ihre Verachtung gezeigt ..."

„Am Anfang war es wirklich wunderbar. Alles ist relativ. Und jetzt, nach sieben Monaten, mit dem ganzen Haufen Weiber an der Backe ... Ich mag kein Gefängnis, ich mag keine Gesellschaft."

Keine Speichelleckerei in letzter Minute, Anick. Kein Gelaber. Die Trickserei geht mir auf die Nerven, ich habe die Schnauze voll von den Stelzen der Königin in ihren blickdichten Strümpfen, die Schnauze voll von diesem Hof, in dem ich nie mehr in der Sonne sitzen werde: Nachher wird Nicole allein sein, dann kommt eine andere Anick, und das Leben geht weiter, auch der Knast und die ewige Freundschaft. Ich sehe hinauf zur Mauer: Auf dem Vorsprung unter den Toiletten sehe ich haufenweise kleine Spuren, meine Morgenspatzen, und weit dahinter das Grün der sanft wogenden Kastanien.

Alles ist abartig neu und frühlingshaft hinter dieser Mauer; im Gefängnis verspotten uns die Vögel und der Tau mit ihrer Frische. Ich spüre, wie mir die Plörre hochkommt: Wenn die Gendarmen nicht bald klingeln, werfe ich mich ins Gras und heule in das Nass seiner kleinen grünen Zungen.

Nein, ich höre das feierliche Trampeln der Eskorte, das Klacken der geöffneten Gitter und der geschlossenen Handschellen; der Torposten brüllt: „Schicken Sie die Frau“, und die Ausflugstür öffnet sich für mich.

Ich drücke meine Kippe aus, packe mein Gepäck ... Das kann ich niemals alles tragen! Der Wärter schnauft vor Ungeduld, macht aber keine Anstalten, mir zu helfen; schließlich kommt einer der Gendarmen und nimmt die Koffer. Die Tasche hängt über der Schulter, die Hände sind leer.

Ich hebe eine Hand, hello, Zizi. Hinter mir höre ich ein höhnisches Lachen: Die Königin hat meine erhobene Hand für ein Auf-Wiedersehen gehalten, nein, es war Guten Tag, es war Adieu.

Die Bullenkutsche startet in Richtung Bahnhof.

Zizi ist auf einer Seite an einen Mann gefesselt, der mit uns verlegt wird, auf der anderen sitzt ein Gendarm, der die Kette in der Hand hält. Da ich nur ein Handgelenk im Eisen habe, zünde ich Zigaretten an, die ich Zizi und seinem Kameraden zwischen die Lippen schiebe. Dem Gefangenen fehlt es grundsätzlich an Tabak: Ich stecke die Lackson ein, ohne sie unseren Schutzengeln anzubieten.

„Nachher im Zug muss ich dir ein paar Sachen übergeben“, flüstert Zizi zwischen zwei Zügen.

Wir tuscheln, abwechselnd Mund an Ohr, Ohr an Mund. Die Bullen stellen sich Schweinereien vor, spitzen aufmerksam und lüstern die Ohren.

„Pass auf“, sagt Zizi. „ich küsse dich. Im Kaugummi steckt ein Kassiber. Falls sie uns im Zug trennen. Alles andere ist nicht so wichtig.“

„Ich muss am Bahnhof auf die Toilette“, sage ich laut. „Bei dieser Schubserei eben konnte ich nicht mal pinkeln.“

Zizi zieht eine Braue hoch: „Sie haben dich geschubst? Wer?“

Plötzlich schießt mir die versuchte Rücknahme des Antrags durch den Schädel: Ich hätte ihn nicht küssen dürfen, nicht mal wegen des Kaugummis. Ich beiße die Zähne über dem Briefkasten zusammen: „Wer, fragst du? Hat dir vielleicht der Wärter beim Rasieren geholfen? Ich habe alles allein gemacht, in fünf Minuten, die Chefin im Nacken."

„Und warum hast du deine Sachen nicht gestern gepackt?"

„Weil sich die Herrschaften nicht herabgelassen haben, mich zu informieren, darum! Apropos ..."

Nein, nachher, wir sind am Bahnhof. Der an Zizi gefesselte Mann nimmt mir meine Aktentasche ab, sie ist schwer, das ist die Post; die Polypen haben die meisten Kartons und Koffer genommen, sie sind schon rausgesprungen los, los, fix! Bahnhofsflaneure drehen sich nach uns um: Ich starre sie an, dicht über ihre Augen, bis sie sie senken oder abwenden. Hohlköpfe alle! Und da geben wir uns solche Mühe, uns wieder in diese bescheuerte Masse zu integrieren, anstatt froh und munter in unserem Gefängnis zu sitzen, solange es geht. Die Freiheit ist wirklich das schlimmste aller Laster.

Der Tunnel ist lang; meine Tasche mit den drei Äpfeln und dem Taschentuch wiegt hundert Kilo. Aber der Blick von Zi, der hinter mir läuft, peitscht meine Beine und richtet meinen Rücken auf; der Kassiber in meiner Wange schmeckt frisch, nach Plastik und Minze.

„Meine Herren, erlauben Sie, dass ich Pipi machen gehe, bevor der Zug kommt? Ich halt's nicht mehr aus."

„Gut", genehmigt der Anführer. „Du kommst mit, Kollege, und kontrollierst die Örtlichkeiten."

Wir gehen alle drei zum Trakt, an dem „Herren" und „Damen" steht; das ist ein hübscher Provinzbahnhof voller Sonne, mit symmetrischen Blumenbeeten, Schaulustigen, denen man über die Augen starren muss. Der Kollege kontrolliert gründlich, dann: „Alles in Ordnung, sie kann rein."

Sie lassen mich allein, Handschelle am Arm, Kette auf der Erde. Ich spucke den Kaugummi in meine Hand, verstecke ihn an einem sichereren Ort; erleichtert ziehe ich die Spülung, gehe hinaus und zupfe meinen Rock zurecht: „Uff! Ich fühle mich ganz leicht, das war mindestens ein Liter." Sogleich besinne ich mich auf meine Würde: „Sehr freundlich, meine Herren, vielen Dank. Was für ein schöner Himmel, nicht wahr? Das wird bestimmt ein herrlicher Tag."

„Wohl wahr", stößt der Polyp hervor, „bei so einem Wetter würde man gern verrückte Sachen anstellen ..." Und er seufzt, während er sein Handgelenk wieder in die Kette schiebt.

Wir überqueren die Gleise; ich hebe die Füße ganz hoch, um nicht mit den Absätzen hängenzubleiben. Mein zu enger Rock rutscht bei jedem Schritt weiter hoch, als ich das Hauptfeld erreiche, sitzt er in der Mitte der Schenkel; bei den vielen Margarinebroten und den endlosen Nächten habe ich wieder Speck angesetzt, das können Sie glauben. *Dort* werde ich weniger essen; ich werde die Suppenglocke in einer Orgie von Lektüre und Meditation überhören. *Dort* ist voller Pläne und Hoffnungen, und dieser Knast - in dem sich einst tödliche Wochen hingezogen haben - erscheint mir jetzt als neues Paradies; es ist immer dasselbe, obwohl ich weiß, dass es kein paradiesisches Gefängnis gibt, dass *dort* bald ein alter Stiefel sein wird, wie der Knast, den wir heute früh verlassen haben, wie jeder Knast, in dem wir je waren.

Aber egal. Eine Stunde Zugfahrt trennt uns noch von *dort.* Ich möchte diese Stunde in die Länge ziehen und für immer die Erinnerung daran bewahren. Zizis Arm hat seine vertraute Rundung um meine Taille wiedergefunden – er ist nur noch auf einer Seite gefesselt –, ich reibe meine Wange an seinem Kinn und meine Hüfte an seinem Bein; ein Moment voller Zärtlichkeit, jeder Gedanke, jedes Verlangen schwinden, ich würde gern lange so bleiben, die Augen geschlossen, die Glieder schlafend. Leider fährt der Zug in den Bahnhof ein, wir müssen uns bewegen.

Vor mir steigt eine Frau mühsam in den Zug. Sie hat ein kurzes Kleid und hübsche Beine: Mit geöffneter Hand und gespreizten Fingern tue ich so, als würde ich ihren Hintern schieben, und die ganze Begleitmannschaft lacht.

Prima, jetzt sind sie guter Laune, sie lassen uns alle zusammen sitzen. Ich will mich ganz rechts ans Fenster setzen, meinem Mann gegenüber, aber der Bulle, der an meinem rechten Handgelenk hängt und den ich vergessen hatte, protestiert: „Lassen Sie mich gefälligst vorbei: Was meinen Sie denn, wo ich sitzen soll?"

Zizi schiebt sich ein Stück zu seinem Kameraden, so sind wir trotzdem gegenüber. Das Fenster überlasse ich meinem Schutzengel.

Achtung, undurchdringliche, verärgerte Miene behalten, bis Zizi fragt, was ist los, mein Hase, stimmt was nicht?

„Ich rede nicht lang drumrum", sage ich. „Wir haben nicht so viel Zeit, da sprechen wir uns besser gleich aus, oder?"

Und ich erzähle von dem Brief an den Schnösel.

„Ach so! Darum geht's. Ja, stell dir vor, einer der Küchenjungs hat die Gesamtstrafe bekommen, ohne Berufung einzulegen: ein Brief an den Staatsanwalt, ein kleiner Ausflug zum Gericht, und schon hatte er drei Monate weniger: Gesamtstrafe. Aber er war Erstverbüßer, das ist das eine; das andere ist, dass der Chef persönlich an den Staatsanwalt geschrieben hat, um seine Sache zu regeln. Du weißt ja, in der Provinz sind Richter, Präsident, Gefängnischef und Hauptkommissar versippt und verschwägert. Deswegen weiß der Chef manchmal mehr über unsere Angelegenheiten als wir, davon kann ich ein Lied singen. Dieser Küchenjunge jedenfalls, das war ein armer Kerl, ich weiß nicht wie viele Gören an der Backe, ein Mäuschen, das jeden Tag im Besuchszimmer heulte ... jedenfalls war der Chef gerührt."

„Versuch mal, auf die Weise aus Frèsnes oder der Santoche rauszukommen! ... So ein Zirkus. Ja, aber was war mit dir, Süßer?"

„Na, ich habe wie üblich den Idioten gespielt: Habe überall erzählt, ich würde versuchen, es auch so zu machen, warum sollte es bei mir nicht klappen und das ganze Zeug."

„Aber du weißt doch, dass es unwiderruflich ist, wenn man Berufung einlegt! Der Staatsanwalt schließt sich automatisch deiner Berufung an, und ..."

„... deswegen ist es fast unmöglich, sie zurückzuziehen, vor Gericht, aber auch vorher. Mein Dummchen, ich habe das doch nur geschrieben, weil ich sicher war, dass es abgelehnt wird! Es darf auf keinen Fall so aussehen, als würden wir nur in Berufung gehen, um zusammenzubleiben, ich musste so tun, als würde ich manövrieren, um meine Strafe zu reduzieren. Die Antwort vom Gericht kam zwei Tage später; der Staatsanwalt hat mir meine Epistel einfach zurückgeschickt und ein paar Worte auf den Rand gekritzelt. Daraufhin hat mir der Chef eine Vorlesung über römisches Recht gehalten und mich als Schwachkopf beschimpft."

„Das ist wirklich genial. Du bist der Größte, Zi. Komm, lass mich keusch deine Denkerstirn küssen."

Ich lege den Mund auf Zizis Braue, aber er zieht mich kräftig am Ohrläppchen, und diesmal muss ich ihn richtig küssen. Der Brief an den Staatsanwalt zerfällt in meinem Kopf in tausend winzige Schnipsel, die aus dem Zugfenster fliegen, während Zizi mit Liebesworten und zärtlichen Fingern wieder Besitz von mir ergreift. Ich sage: „Ach Schatz, wir müssen später schön oft Zug fahren, Morgenzug, wie diesen, oder Schlafwagen, wo wir uns während der Nachtfahrt eng aneinanderkuscheln ..."

„Und was ist mit der Autorückbank? Weißt du noch, Anick?"

Und ob ich das weiß! Ach, diese Autos, nie dieselben, aber immer geräumig und schnell, wir haben darin Kilometer zurückgelegt, geschlafen und gearbeitet. So manche Nacht habe ich darin auf die verstohlene Rückkehr meines Liebsten gewartet.

„Das ist nicht alles, Schatz. Und ... Was uns angeht? Immer noch entschlossen natürlich, aber die Prognosen?"

Auf einmal sieht Zizi besorgt aus: „Das wird hart, sehr hart ... Vor allem, wenn du nicht aus deiner Zelle rauskannst und ich dich aus dem Frauentrakt holen muss. Wir müssen natürlich beide in derselben Nacht türmen. Ich befürchte, dass wir nicht genug Zeit haben: Jetzt im Sommer sind die Nächte kurz. Und weil ich ständig damit rechnen muss, plötzlich die Zelle zu wechseln, kann ich nicht zwei Wochen vorher mit buddeln anfangen, ich muss mich mächtig ranhalten ..."

„Was heißt buddeln?"

„Du hast alle Einzelheiten im Kassiber, ich glaube, ich habe nichts vergessen. Verlier ihn bloß nicht!"

Ich lache: „Keine Sorge, ich bin doch nicht inkontinent. Und du kennst mich, heute Abend bleibt keine Spur mehr: ins Feuer und dann in den Eimer."

Ich werfe einen Blick zu den anderen: Unsere Schutzengel sind ganz brav, haben ihren Proviant und ihre Zeitungen ausgepackt, zwei sind eingeschlafen, einer macht Kreuzworträtsel.

„Wir können quatschen, sie kümmern sich nicht darum, was wir sagen. Solange wir nicht versuchen abzuhauen ..."

Ich grinse: „Siehst du das? Ein kreuzworträtselnder Polizist. Das ist das Rätsel aus dem *Parisien,* das mache ich dir in fünf Minuten, mit Stoppuhr. Ich habe Lust, ihn herauszufordern."

„Ich bitte dich, bring ihn nicht in Rage! Ach ja, warte!"

Zizi tastet sehr gründlich und wegen der Handschellen langsam seine Hosentaschen ab. Dann holt er viele kleine Päckchen raus, die er nacheinander auf meinen Knien ablegt.

„Oh! Kaugummi, toll! Warte, ich kau sie gleich, sonst nimmt die Wärterin sie mir ab. Was noch? Oh, mein Liebster! Eine Camel und eine Yacet, das ist ja großartig!"

„Ein Geschenk des Fürsorgers, ich hebe sie seit Weihnachten für dich auf ... Der elende Wärter wollte nie, dass ich sie dir ins Besuchszimmer oder ins Gericht mitbringe. Also habe ich mir die Frechheit geleistet, dem Chef zu sagen, er soll die Sächelchen in seinem Büro aufheben. Du kannst dir vorstellen, dass morgens ständig irgendwem Tabak oder Fresszeug fehlt, weil die Wärter nachts geklaut haben ... Da, Schatz, ich habe auch noch Bonbons, sechs Stück, und zwei Bilder, die ein Zellennachbar von dir gezeichnet hat. Er hat dich irgendwann gesehen, als du zum Anwalt gegangen bist, und hat sich bis über beide Ohren verliebt."

Mein kleiner, alberner Gauner, der mit seinen Männerhänden winzige Päckchen mit Bonbons für seine Frau packt. Ich bin ein bisschen unglücklich, nichts für ihn vorbereitet zu haben: „Ich hätte natürlich auch vorher schon schreiben und den Kassiber mit mir herumtragen können, aber ich fand, das wäre ein unnötiges Risiko. Außerdem erwarte ich von dir alle Anweisungen, ich möchte nichts ohne deine Zustimmung unternehmen ... nichts mehr. Die Scherereien kamen oft durch meinen Dickkopf und meine Sorglosigkeit. Ab sofort bleibe ich bei meinem Leisten, versprochen. Na, ich verstaue dann mal meine Schätze ..."

„Da ist dein letzter Brief, ich hatte keine Zeit, ihn zu den anderen zu legen."

Zizi faltet das Blatt auseinander und unterstreicht einen Satz mit dem Fingernagel: „Da musste ich vielleicht lachen! Natürlich werden ,unsere Einfälle immer viel wilder sein als unsere verrücktesten Träume‘! Soll ich das schweinisch oder geschäftlich interpretieren?“

„Geschäftlich klingt schlecht, für die Zuhörer und die Zensur: Wenn du vom Ausbruch sprichst, sag ‚Idealzustand‘.“

„In Ordnung, Chef. Also, ideal oder Schweinerei?“

„Beides: Ich kritzle dir schwammiges Zeug hin, damit der Interpretationsspielraum groß ist.“

„Im ersten Moment dachte ich, du hättest erraten, wie ich es anstellen werde. Was meinst du, was ich vorhabe?“

„Ähh ... Ich denke, du wirst dir Sägeblätter reinschmuggeln lassen ...“

„Nein, du hast es nicht kapiert, ich bin also noch genialer, als ich dachte. Wegen der Blätter habe ich natürlich schon eine Bestellung nach draußen aufgegeben: ein entlassener, zuverlässiger Kerl, du weißt ja, dass ich bei solchen Sachen so wenig Leuten wie möglich vertraue. Nur ... Der Einzige, der fähig ist, das ordentlich zu verpacken, du weißt schon, B., ist bis Mitte August unterwegs, und ich wusste nicht, wie ich ihn direkt erreichen sollte. Also habe ich den Brief an seine übliche Adresse schicken lassen. Seine Maus hat ihn vielleicht nachgeschickt, aber ich weiß, dass sie ihm seine Post normalweise eigenhändig übergibt, wenn sie zufällig in ihre Hände gerät. Bis er also zurück ist und das Päckchen gepackt hat, müssen wir noch zwei Monate rumhängen. Wenn ich es aber ganz allein mache, ohne die klassischen Methoden – Gitter durchsägen ist so was von banal –, können wir es schon nächsten Monat versuchen.“

Ich seufze: „Ein Monat ist lang! Zum Glück heißt bei dir warten, sicher zu sein.“

„Wenigstens fast, mein Schatz: Wir müssen auch – ich wiederhole es – daran denken, dass es scheitern kann: Dann heißt es Arrest, sofort Verlegung in den Vollzug, verschärfte Überwachung ...“

„Verlegung? Aber solange wir nicht verurteilt sind, können sie uns doch nicht losschicken!"

„Daran habe ich auch gedacht. Aber ... jetzt ist Ende Juni; wir müssen auch damit rechnen, dass wir noch vor der Sommerpause, also im Juli drankommen, vielleicht sogar während der Gerichtsferien, da gibt es auch Sitzungen. Wenn das passiert, lass dich in den Vollzug schicken oder ins Krankenhaus, irgendwohin, ich verspreche dir, dass ich auf jeden Fall da abhaue, wo ich sein werde, und dich dann holen komme."

„Das bringt uns auch nichts ... Wir werden den Schleimer bitten, die Sache hinauszuzögern. Ehrlich, Zi, wir legen extra Berufung ein, um im selben Laden zu sein, und dann musst du mich aus dem Krankenhaus schleusen!"

„Natürlich legen wir deswegen Berufung ein. Glaubst du, es macht mir Spaß, eine Zusatzstrafe zu riskieren? Wegen Ablehnung oder nach dem Ausbruch ... Also, müssen wir es hinkriegen. Und draußen so lange wie möglich durchhalten."

Ich rege mich auf: „Was hat denn die Führung im Knast mit der Verurteilung zu tun? Wenn sie uns trennen wollen, warten sie nicht, bis du abgehauen bist. Das ist, wie wenn du irgendwelche Dienste schiebst oder im Fernunterricht Prüfungen machst, weil du hoffst, dass sie es beim Urteil berücksichtigen. Deswegen bekommst du trotzdem eins reingewürgt oder erst recht. In ihren Augen wirkt Intelligenz strafverschärfend. Sie werden uns bestimmt nicht abnehmen, dass wir so eifrig pauken, weil wir ehrlich entschlossen sind, uns eine Zukunft aufzubauen. Aber ich vertage die Frage: Das Urteil steht schon fest."

„Und ... wenn wir doch die Gesamtstrafe bekommen?"

Zizi!, denke ich genervt, jetzt geht das wieder los! Diese vage Hoffnung, diese so selten verwirklichte Chance: Haben die Richter Verständnis für unsere Ungeschicklichkeit, sind sie empfänglich für unsere Ehrlichkeit und unseren

Elan? Den Elan, mit dem wir Sachen anstellen, für deren Bestrafung sie bezahlt werden? Nein, Zi, du bist verrückt!

„... wir bekommen nichts, gar nichts, hörst du? Keine Stunde Strafnachlass, keinen Hauch der Milde. Wir beide, du und ich, sind unerwünschte Wesen, schwarz wie Schuhwichse, als gefährlich abgestempelt: Wir tun keiner Fliege was zuleide, aber erzähl mal dem Richter, dass du die Fliegen liebst! Wir sind Einbrecher, also Keimzellen für Mord und Totschlag; für das Gericht wird es nie etwas anderes geben, als dieses gottverdammte Strafregister, das jedes Mal als wenig hilfreicher Prolog für den aktuellen Fall heruntergebetet wird. Es gibt nur ein sensationelles Ding, das wir ihnen präsentieren könnten, nämlich in der Berufung die Gesamtstrafe zu kriegen und zwischen Urteil und Verlegung abzuhauen. Da beißt sich der Richter echt in den Hintern. Leider gibt es noch den Vorführungsbefehl wegen des Autounfalls, den kriegst du gleich nach dem Urteil: Ein Vorführungsbefehl hat Vorrang vor der Zuweisung für irgendeinen Vollzug."

„Ja, schade, und der Knast, in den sie mich deswegen schicken, hat sicher keine Einzelzellen. Gottverdammte Scheiße, ist das kompliziert."

„Das ist doch total einfach! Es gibt zwei Möglichkeiten: Entweder wir hauen ab, bevor wir verurteilt sind, auch wenn sie uns dann in Abwesenheit was aufbrummen, wir die Zusatzstrafe kassieren, da du solchen Wert darauf legst, und so weiter. Das heißt: ein Sommer in der Sonne, gefolgt von ein paar Jahren im Ausland, um uns zu erholen, und ein paar kleine Geschäfte, solange wir noch nicht ganz aus der Übung sind. Oder wir verschwinden danach, zum Beispiel am Tag nach der Urteilsverkündung, um uns die Verlegung zu sparen und ..."

„Das wäre besser, denn das wäre die ideale Rechtfertigung: ‚Ich bin durchgedreht, das war meine letzte Chance, nach diesem Hammerschlag haben meine Frau und ich den Kopf verloren ...'"

Ich lache: „Versuch trotzdem keine allzu große Verwüstung anzurichten! Der Ausbruch ist kein Delikt, eine zerschlagene Gefängnisscheibe schon. Wenn es einen armen Gitterstab erwischt, gibt's drei Monate. Immerhin können sie sich an unserer Kohle schadlos halten, denn die lassen wir ihnen wohl oder übel da! ... Ich schreibe dem Chef, er soll sich ruhig bedienen, um sein Gefängnis zu reparieren, vielleicht vergisst er dann, Trauer zu tragen."

Der Vormittag schreitet voran, die Sonne durchflutet die kleinen fröhlichen Bahnhöfe, in denen der Zug hält; die Leute steigen in das Abteil, begeistert von den vielen freien Plätzen, dann sehen sie die Polizisten und die Handschellen, rufen „Oh, pardon!" und verdrücken sich. Lieber drängen sie sich und stehen im Flur, als sich neben Personen zu setzen, die ordnungsgemäß begleitet werden: das Prestige der Uniform und die Aura des Gauners.

„Ich werde die Yacet jetzt rauchen", sage ich.

Ich nehme nicht an, dass die Wärterin meine Glimmstengel einzeln kontrolliert, und schiebe die Camel zwischen die Gitanes; aber die Yacet ist länger, wenn ich sie nicht abschneide ... Nein, ich will sie weder verstümmeln noch zweimal anzünden.

„Nimm einen Zug, mein Wolf, danach essen wir Äpfel."

„Die kannst du behalten, ich habe Orangen und Zitronen in meinem Bündel."

„Doch, einen Apfel, wie draußen."

„Wie draußen" heißt, dass ich die Schale abnage, und Zizi in den nackten, von Zahnspuren durchzogenen Apfel beißen lasse, unhygienisch, wie es sich für Verliebte gehört.

Der andere Gefangene in seiner Ecke hat seit der Abfahrt kein Wort gesagt.

Ich biete ihm an, mit uns zu rauchen und zu essen; Zizi hat mir zwar gesagt, dass er ein Stänkerer, ein ziemlich bescheuerter Pfuscher ist, aber egal. Den Typen sehe ich wahrscheinlich nie wieder, und Zizi sieht ihn nur noch von weitem, beim Hofgang oder in der Messe ...

Wir müssten jetzt den halben Weg geschafft haben. Mein Schutzengel hat mir die Kette lockergelassen, ich sitze neben meinem Mann, das ist bequemer, um zu tuscheln und das Gesicht zu erkennen. Er erklärt mir in groben Zügen seinen Plan: Um aus seiner Zelle zu kommen, braucht er nichts als einen großen Schraubenzieher: „Mit meinem netten Gesicht und meinem guten Herz habe ich mich schnell beim Tischler oder Vorarbeiter eingekratzt..."

Abends bohrt Zizi ein Loch in die Mauer, verbirgt es von innen und außen hinter Papier, das wie die Ziegelsteine aussieht; er benutzt die Gitterstäbe als Laufrollen, lässt sich mit einem Seil zum Hof hinunter und zieht das Seil nach; dann muss er nur noch zu mir kommen. Wenn ich es selbst aus meiner Zelle schaffe, treffen wir uns im Hof; wenn nicht, schleicht sich Zizi in den Frauentrakt und öffnet mir in aller Ruhe von außen die Tür, denn die Wärterin kommt nach ihrer Neun-Uhr-Runde nicht mehr vorbei.

„Das größte Ding ist die zweite Mauer, die zur Straße."

Sie ist unwahrscheinlich hoch und mit Scherben gespickt; aber Zizi hat schon eine Idee, er verrät keine Einzelheiten, aber ich weiß, dass sie sich entfalten wird. Ohne Seufzer verlasse ich den Bahnhof, trete hinaus auf den Platz, erkenne die Bars und Geschäfte wieder: Diese Stadt war lange ein Heimathafen für uns, bis sie uns das Aufenthaltsverbot aufbrummten; ich weiß noch, dass das Gefängnis am Stadtrand liegt, ohne Gegenüber und störende Nachbarschaft; schwere Laster fahren auf der Nationalstraße vorbei und lassen die ganze Nacht lang die Fensterscheiben zittern.

Da ist die Tür, eine echte Höllenpforte, sie öffnen nur die Katzenklappe, ich gehe hinein. Diesmal komme ich nicht hier wieder raus! Ganz oben, auf der schrecklichen Backsteinmauer, funkeln und drohen die Scherben.

Im Zug habe ich Zizi auf meine Gitaneschachtel einen knappen Plan des Trakts gezeichnet, hastig flüstere ich:

„Guck, das gerade Dach mit den beiden Luken, da ist der Freigang. Jetzt still."

Im Flur vor der Kanzlei stellen sie die Frau auf eine Seite, die Männer auf die andere; es riecht nach guter Suppe, gewürzt mit Musik, die sich aus den Lautsprechern ergießt. Ich mag diesen Knast: der Laden brummt, und die Stille der Zelle bietet wohltuende Abwechslung zum Hin und Her von Anwälten, Fürsorgern und Wärtern. Die Kantine hat ein anständiges Sortiment, das Personal keine Macken, der Chef Humor und Vernunft. Außerdem sind wir sozusagen Kinder des Hauses. Ich hoffe, dass wir trotz unserer früheren Ausbrüche und unseres Strafregisters, beim einen so voll wie beim anderen, nicht übermäßig beobachtet werden.

Die üblichen Formalitäten; nachdem sie erledigt sind, verlasse ich die Kanzlei und begrüße die wartende Schließerin wie eine alte Freundin.

Ich küsse Zizi – auf die Wange aus Rücksicht auf die Dame –, ich murmle „bis bald", und die Tür zum Frauengemach verschluckt mich.

Die Reise ist zu Ende, wieder übernimmt das Warten die Herrschaft.

Kapitel II

Die Vorschriften, die gesunden, reinigenden Durchsuchungsvorschriften spielen mir noch einige Streiche. Hier heißt es: keine Strumpfhalter, keine Tinte, keine Großpackungen Streichhölzer; ich bekomme immer nur so viele, wie ich brauche. Aber noch nie wurden die Vorschriften so freundlich vorgetragen: Die Wärterin, die ich kaum kenne (bei meinem ersten Aufenthalt war sie nur Vertretung), trägt keinen Beamtenkittel, dieses sympathisch zivile Auftreten kommt mit einer sanften, höflichen Stimme daher, sie lächelt und stellt keine Fragen. Sie würde mir gern meine Klamotten lassen, aber: „Sie sind verurteilt, oder?"

„Aber ich habe Berufung eingelegt, also bin ich Beschuldigte ..."

„Auf der Karteikarte, die mir die Kanzlei gegeben hat, steht: ‚verurteilt zu ...' Gegen dieses Urteil legen Sie doch Berufung ein? Sie verstehen also ..."

Selbst mit Gesamtstrafe wird mir also genug Zeit bleiben, mir unter der Anstaltskutte die Schulterblätter zu zerkratzen. Ich kann der Dame ja nicht erklären, dass ich meine Klamotten brauche, um abzuhauen ... Ich bin also im Begriff, meinen Röckchen Adieu zu sagen, als die Dame, die ihre Trittleiter herangezogen und bestiegen hatte, um die oberen Stapel der Kleiderreserven zu durchsuchen, wieder herunterkommt.

„Wissen Sie was, es gibt kein Anstaltskleid mehr in Ihrer Größe; wenn ich Ihnen eins von diesen hier gebe, geht es Ihnen bis zu den Knöcheln. Ich frage den Vize, bis dahin behalten Sie Ihre Sachen."

Wir sortieren weiter das auf dem Boden ausgebreitete Bündel: Die Essensvorräte stapeln sich neben Zigarettenschachteln, Slips, neuen Seifenstücken. Ich hole mir mein Öl zurück, das die Dame für Eau de Cologne gehalten hatte und konfiszieren wollte, und überlege, wie ich mir das alles auf den Buckel laden soll.

„Nein, nein, ich rufe eine Kalfakterin, die Ihnen hilft."

Grundsätzlich ist es immer gut, eine Kalfakterin für sich zu gewinnen; Sie kann einem behilflich sein, während man in seiner Zelle sitzt, und wenn sie idealerweise vor einem rauskommt, beschwatzt sie das Personal, einen als Nachfolgerin einzusetzen. Nicht, dass ich große Lust hätte, wieder Flickerin zu werden, aber der Arbeitsraum ist im Erdgeschoss, die Kalfakterin schläft dort, die Luke hat weitere Gitter als die anderen und ...

„Lerouge!", ruft die Dame in den Flur.

Lerouge ist blässlich, eher schwächlich, ohne andere Dienstmerkmale als die dicke Kutte und die große Fleischerschürze. Sie schaut mich kaum an, beantwortet mein herzliches „Guten Tag" ohne Lächeln, aber auch ohne Groll, und streckt die Arme aus, damit ich meine Sachen draufpacke. Ich nehme die vier Ecken des Frotteehandtuchs, auf das ich den Rest geworfen habe, und wir gänsemarschieren zur Zelle, die Dame, Lerouge, ich.

„Ich lege Sie in die Zweite, in der ersten Etage ist nichts mehr frei."

„Gut, Madame", sage ich und spiele die Zufriedene: „Da habe ich mehr Luft und Licht. Der Nachteil ist", (ich wende mich an Lerouge), „dass es auf Kosten Ihrer Beine geht, mir die Suppe hochzubringen."

„Macht nichts, da ist schon eine Zelle besetzt, also kein Unterschied."

Oho! Die sanitären Einrichtungen haben sich in den letzten fünf Jahren verbessert. Bidet aus weißem Emaille,

Eimer aus blauem Emaille, der den verbeulten, rostigen Hinternquäler vorteilhaft ersetzt. Da ich die Zelle am Ende des Flurs bewohne, habe ich ein doppelt so langes Heizungsrohr; der Knick direkt unter meinem Tisch wird mir in diesem Winter angenehm die Gräten wärmen. Wenn ich bis dahin nicht schon in unserem kleinen Versteck sitze, wo Zizi zehnmal am Tag in den Keller rennt, um die Heizung anzuschmeißen, und ab Mitte Oktober tropische Hitze herrschen lässt.

Früher schob man den Nachttopf durch eine Klappe in den Flur, jetzt ist die Außentür durch einen Eisenriegel versperrt. Angenommen, ich schaffe es, den Riegel wegzuschieben, bin ich dünn genug, um mich zwischen den beiden dicken Stangen durchzuschlängeln, die gerade Raum für den Hinternquäler ließen? Die Gefängnisarchitekten haben das wohl bedacht. Und die Fensterluke? Mit den Mitteln, die ich habe, bräuchte ich ein Jährchen, um auch nur eine Kerbe in das Gitter zu feilen. Und ebenso wie Zizi droht mir ständig die Verlegung, ich kann nicht viele Nächte vorher anfangen.

Komm, Anick, lass deinen Liebsten machen. Für ihn ist es ein Kinderspiel, mein Schloss zu knacken, und wenn er erwischt wird, habe ich wenigstens die Gewissheit, nicht selbst bestraft zu werden und für uns beide handeln zu können.

Ich muss die grauen Metallablagen im Schrank mit sauberem Papier auslegen.

„Darf ich eine alte Zeitung haben, Madame?"

Während Lerouge sie holen geht, füllt die Dame die Zeit mit Geplauder: „Sie bekommen Ihr Briefpapier und Ihre Post, sobald es der Vize genehmigt hat. Bis dahin, da haben Sie recht, ein bisschen Lektüre ..."

„Aber die ist nicht zum Lesen, sie ist für den Schrank!"

Vor allem am Anfang muss man die etwas unbedarfte Reinliche spielen. Deswegen habe ich auch die Mathematikbücher und andere Intellektualitäten im Koffer gelassen und mir vorbehalten, ihre Herausgabe beim Chef zu beantragen, wenn ich ihn sehe; ich denke, er wird mich bald kommen lassen, um zu gucken, welche Schau ich diesmal abziehe. Der Chef kann mich gut leiden, weil ich ruhig bin und früher endlose Tage damit verbracht habe, seine Buxen zu flicken.

Lerouge wirft einen Stapel alter *Match* auf meine Koje, man verspricht mir meine Bettwäsche für später, die Stählerne schließt sich, ich bin allein.

Hello, Einsamkeit. Auf meinem Holzstuhl genieße ich die erste Minute Frieden seit einem Jahr mit einer Zigarette. Dann drücke ich die Kippe im Waschbecken aus und mache mich daran, systematisch den Schrank einzuräumen. Die Einzelzelle hat etwas Gutes: Jede für sich, im gleichen Rauminhalt mit der gleichen Ausstattung wie die Nachbarin; man kann sehen, wie jede ihren Sauerstoff und ihr Bidet nutzt.

Die Dame kommt bis zum Hofgang nicht wieder, wenn nicht ... ja, stimmt, da fehlt ja noch die Suppe! Mein von den Bonbons verwirrter Magen hat nicht mehr daran gedacht, auf die Klingel zu warten. Hier ist es eine Glocke, wenn ich mich recht erinnere. Wenn das Futter die allgemeine Reform mitgemacht hat, werde ich Mühe haben, meine Willenskur anzufangen. Gestern habe ich noch zu Nicole gesagt: „Allein kippt man den Fraß in den Eimer und denkt bis zur nächsten Fütterung nicht mehr daran. Ich nehme eine leere Dose und Öl mit, mein Motor läuft auf Kaffee, Tee und Zitronensaft."

Nach der Verteilung (dünne Suppe aus Trockenerbsen, die sofort von der Mitternachtsvase verschlungen wird) warte ich auf das Bumm der Trakttür, dann packe ich in Ruhe Zizis Kassiber aus und falte die mit durchscheinendem Gekritzel bedeckten Seiten aus Durchschlagpapier auseinander: Vorder- und Rückseite sind senkrecht zueinander beschrieben, um die Lektüre zu erleichtern. Aus dem ersten Blatt fällt ein winziger Zettel: das neue Code-Alphabet, das ich auf meine Omo-Schachtel übertrage. Dann zerkaue ich ihn, während ich den Rest lese und dann Seite für Seite in den Büstenhalter stopfe: Ich muss alles nochmal lesen, unauslöschlich speichern und bis zum Hofgang vernichtet haben.

Gut, es ist eine Wiederholung von dem, was ich im Zug erfahren habe, dazu die Codesätze für die offizielle Post: um zu sagen, ob ich durch die Klappe in meiner Zelle passe oder nicht, in welcher Etage ich bin ... Die Zellennummer muss mit der Kennnummer auf dem Briefumschlag stehen, da kommen mir einmal die Vorschriften zugute. Wenn Zizi alles ausbaldowert hat, die Zeiten der Wachgänge und so, wird mir ein anderer Satz Tag und Stunde verkünden.

Ich bin erschöpft. Gern würde ich ein Nickerchen machen. Aber das Verbot, tagsüber zu schlafen, gepaart mit dem Fehlen von Bettzeug bringt mich davon ab. Ich langweile mich und hätte gern den Rest meiner Sachen. Was mache ich bis zur Rückkehr der Dame? Ich kann doch nicht jetzt schon anfangen, das Gefängnis zu demolieren. Ich blättere in den alten Zeitungen, jetzt bin ich die Runkelrübe, mit dem Unterschied, dass ich die Kreuzworträtsel suche. Pech! Überall ist ein Bic dem meinen zuvorgekommen, ein schlauer Bic übrigens. Beim Hofgang werde ich mich gleich auf die Suche nach der Kreuzworträtslerin machen: Mit diesen Mädchen freunde ich mich meistens an.

„Kommen Sie ein bisschen an die Luft?“

Große Lust habe ich nicht: Bei Zellenhaft sind auch die Hofgänge einzeln. Man geht allein eine Stunde lang um das Rechteck aus Gras und Löwenzahn herum. Aber ich muss hin, um die Außenanlagen, die Gitter an den Glastüren und alles andere zu erkunden.

Auf dem Viereck im Erdgeschoss warten die Frauen. Zwölf zähle ich. Sieh an, dabei gibt es nur sechs Höfe; früher wurden wir immer im Sechserpack losgeschickt. Ich frage die Dame: „Sind wir jetzt zusammen? Früher ...“

„... waren Sie allein? Die Vorschriften haben sich nicht geändert. Aber während der Ferien des Chefs habe ich entschieden, Sie zusammenzulassen. Sie tun doch nichts Böses, wenn Sie ein bisschen schwatzen, so ist es auch weniger laut als über die Zwischenmauern hinweg.“

Ich habe eine großartige Wärterin erwischt. Schade, wenn ich ein linkes Ding im Kopf habe, drehe ich es lieber unter der Aufsicht eines Miststücks. Na ja, da es nachts passiert, wird sie keinen Ärger kriegen. Aber trotzdem, sie lächelt mir zu viel.

Als ich in der Sonne sitze, den Rücken an die warme Mauer gelehnt, beginne ich meine Ermittlung. Erstmal eine Runde Gitanes, um das Eis zu brechen; ein paar allgemeine Betrachtungen über „das Elend, eingesperrt zu sein, bei so schönem Wetter“ und „irgendwann kommen wir schon raus“; dann kommt die Darlegung der Haftsituation, die Zahl der Gören, die Beurteilung der Trockenerbsen am Mittag. Die Atmosphäre wärmt sich auf, ich leg los: „Die Wärterin, die mich aufgenommen hat, scheint mächtig nett zu sein! Wie heißt sie?“

Sie sagen es mir und warnen mich, dass sie „sehr menschlich“ ist, aber „man darf nichts anstellen, sonst ...“

In Ordnung. Wenn sie ab und zu streng ist, werden wir uns sehr gut verstehen. Entscheidend ist, dass sie diskret ist und nicht gleich Lerouge erzählt, dass ich ein langes Register von Fensterbrüchen, Einbrüchen überhaupt, Neunzigtagearresten und sonstigen Bosheiten habe. Wie ist es eigentlich mit der Nachtwache?

„Ja, die Zellen sind jetzt wirklich sauber. Außerdem kann man ruhig schlafen, nicht wie im Zentralgefängnis, wo sie einem bei jedem Rundgang ins Gesicht leuchten. Früher kam die Wärterin nachts gar nicht. Aber mit den neuen Vorschriften ..."

„Es ist immer noch genauso. Ab neun hat man es ruhig. Wenn man allerdings nicht ruhig ist ..."

Kann sie vielleicht mal das Adjektiv wechseln? Das Mädchen, das so labert, hat einen krummen Rücken und einen scheelen Blick; sie starrt mich ohne Freundlichkeit an, ich scheine mich ein bisschen zu gut mit den Gewohnheiten in dem Laden auszukennen. Klären, ob das eine Alteingesessene ist, die eifersüchtig über ihr Reich wacht. Ich lege noch nach: „Und der Kaffee? Immer noch der Topf mit kochendem Wasser, der nach dem Hofgang von Zelle zu Zelle gebracht wird?"

„Wenn Sie auf Tasche haben, können Sie sich einen Meta-Kocher kaufen", sagt Lerouge. „Es gibt auch gemahlenen Kaffee."

„Marvellous! Wären wir nur schon drei Tage weiter! Bestellt man immer noch für den übernächsten Tag?"

„Ja, aber ... He, Paule!" (Lerouge wendet sich an Mutter Ruhig.) „Du hast doch einen Kocher, borg ihn Madame, hast ja eh keine Spiritustabletten. Und ich borg ihr ein paar von meinen, dass sie nicht drei Tage Plörre trinken muss."

Paule stimmt zu, was soll sie machen. „Die braucht nur ihren Liter Roten", flüstert mir Lerouge zu.

„Vielen Dank", sage ich. „Kawa, im Knast, wo's sonst nichts gibt ... Aber bei der Hitze hätte ich nichts gegen einen kleinen Pastis. Und Sie, Paule?"

„Ich rühr den ganzen Reichenfusel nicht an."

Prima, jetzt habe ich sie vergnatzt. Eine Hexe, das Weib!

Und weiter geht der Spaziergang. Die Dame lässt uns offenbar viel länger in den Höfen, als erlaubt ist, manchmal bis zur Suppe. Wenn ich wieder allein bin, ist der Tag fast geschafft. Ich werde wieder meine liebgewordenen, alten

Gewohnheiten annehmen, im Bett lesen, im Bett essen, im Bett schreiben ...

Der andere Knast ist schon ganz weit weg in meiner Erinnerung, ohne die Barmherzigkeit, die die Zeit über die Dinge legt: Ganz deutlich sehe ich noch die Gipfel der Bitterkeit, tausend Gesten, Worte und Szenen, die mich dort angewidert haben. O nein! Man hat mir nicht nach der Hochzeit mit der üblichen Erpressung gedroht: Wenn Sie nicht brav sind, kriegt der liebe Gatte auch den Po voll; sie haben uns keine Minute Sprechzeit geraubt und die Post mit tadelloser Pünktlichkeit ausgehändigt. Aber ihre scheinbare Freundlichkeit war ein System der Verteidigung, der Unangreifbarkeit: kein Fehler im Dienst, keine Nachlässigkeit, keine Ungerechtigkeit. Negative Rechnung: aus dem „alle gleich" und dem „alle zusammen" folgte das „niemand". Im Laufe der Zeit waren alle Großzügigkeiten und Rechte verschwunden, die man Dufon gewährt und Damien gelassen hatte. Aber jedes Mal, wenn sie uns eine Gunst entzog, war die Chefin darauf bedacht, uns auch einen Arbeitsdienst wegzunehmen: Sie ließ Solange die Flickerei und die Wäsche machen, während sie mir die monatlichen hundert Francs gutschrieb, die sie anfänglich dafür bewilligt hatte, als ich an der Maschine saß; sie ... ehrlich, ich kann lange suchen, ich finde nichts, womit ich sie drankriegen kann, diese Chefs waren raffinierte Luder, aber ich habe mir nach der Weihnachtsüberraschung umsonst ins Hemd gemacht!

Ach was, dieser Ausbruch wird uns für alle anderen entschädigen, für die versuchten, die versäumten, die geträumten.

Das Tageslicht weckt mich; es ist vier Uhr. Heute Nacht habe ich meinen Rückstand aufgeholt und im Dunkeln ich weiß nicht wie viele Zigaretten geraucht; wegen der Stille und der Leere meiner Zelle konnte ich nicht einschlafen.

Dann hatte ich Hunger: Ich bin ein paarmal zum Schrank gewandert, und heute früh ist mein Magen schwer von Äpfeln und Schokolade.

Beim Frühstück lehne ich das große Stück Brot ab, das Paule mir anbietet, ich verlange „nur einen kleinen Kanten"; bei der Suppe schaue ich angewidert auf ihren Kessel mit Nudeln und halte die große klebrige Kelle fest, die sie schon in Richtung meines Tellers schwenkt.

Paule meckert, sie habe die Nase voll davon, für mäklige Weiber die vollen Töpfe zu schleppen, in Zukunft werde Lerouge das Mittagessen austeilen und so weiter. Ich weise sie darauf hin, dass sie auch für die Leerung der Eimer zuständig ist, und wenn sie mir meinen Teller vollkippt, muss sie den Fraß sowieso morgen früh in meinem Eimer wieder wegschleppen. Dann besänftige ich sie endgültig, als ich ihr anbiete, den Kocher (den sie für lau von einer Entlassenen bekommen hat) zu bezahlen, mit Fluppen oder was sie sonst will.

Sie kommt zum Glück bald raus. Ich muss nur zusehen, dass man mich nicht an ihre Stelle treten lässt! Paule schläft im Ersten, da hätte ich für meinen Ausbruch nicht den geringsten Vorteil. Die Stangen vor der Klappe sind zu eng, ich pass nicht durch, außerdem sind sie eingemauert, damit man sie nicht rausreißt: Während der letzten fünf Jahre gab es nicht nur positive Neuerungen in dem Laden. Bleibt also nur die Tür oder das Fenster im Arbeitsraum. Aber im Arbeitsraum schläft Lerouge und das noch für eine ganze Weile. Ich muss wohl den Krüppel spielen, sie wissen nur zu gut, dass ich Flicken setzen, stopfen, hübsche Hemden bügeln und das ganze Dienstmädchenzeug sehr gut beherrsche.

Mein Handgelenk wird aus Ungeschicklichkeit ein paar Teller zerbrechen, die ich mit meinem Guthaben bezahle, dabei werde ich lauthals fluchen: „Dieser verfluchte Arm taugt gar nichts mehr!" Und wenn man mir in der Zelle irgendwas zu nähen gibt, werde ich mich ganz lahm und ungeschickt anstellen: „Bitte, Madame, ich habe getan, was ich konnte, aber ..."

Während des Hofgangs kommt mich die Dame holen. Ich steige über die beiden Mädchen auf den Stufen, bleibt ruhig sitzen, und im Flur frage ich, ob der Anwalt da sei. Anderen Besuch erwarte ich nicht: Beim Arzt war ich heute früh, ich habe noch keinen Grund gefunden, einen Termin zu verlangen, die erkennungsdienstliche Behandlung findet nur einmal in der Woche statt ...

„Sie sollen ins Büro kommen", sagt die Dame. „Ich weiß auch nicht mehr als Sie."

Die Kanzlei ist von Glaswänden umschlossen. Ich lehne an der Heizung im Flur und beobachte die Wärter, die an ihren Schreibtischen sitzen und mit ihren Registern und sonstigem Papierkram beschäftigt sind, während ich darauf warte, dass sie mich rufen. Endlich hebt einer die Nase: „Damien?"

Mit einem Lächeln im Gesicht trete ich ein: „Worum geht es, Monsieur?"

Er streckt mir ein kackbraunes Blatt hin:

„Datum und Unterschrift, da: Sie haben am 11. Ihren Termin."

Ich ignoriere den Stift des Wärters; während er ratlos in der Luft hängt, hole ich meinen aus der Tasche, lese und unterschreibe.

„Sieh an", sage ich, „die lassen nichts anbrennen!"

„Wer weiß, wahrscheinlich hat man Sie verlegt, weil man es wusste ..."

Als ich das Blatt zurückgebe, sehe ich eine zweite Vorladung, genau wie meine, die in großen Lettern den Namen meines Gatten trägt.

Jetzt stellen wir uns dem Schlimmsten, denn das Schlimmste stellt sich uns in den Weg.

Den Mädchen spiele ich meine kleine Schau vor: „Kaum zu glauben, was wir für Pech haben! Vor den Gerichtsferien drankommen, drei Tage vor dem 14. Juli."

„Ich hoffe, dass Sie das Gerichtsjahr erfreulich beschließen", sagt Lerouge. „Also lassen Sie uns im Sommer schon sitzen!"

„Immer langsam, noch bin ich nicht weg! Die Listen für die Verlegung in den Vollzug sind meistens lange im Voraus geschrieben, ich bin sicher erst im Oktober dran."

Ja, aber Zizi? Wenn man ihn aus Platzmangel in eine Dreierzelle gesteckt hat?

„Ich verlange sofort eine Einzelzelle", hatte er gesagt, „wenn es sein muss, schreibe ich mich für einen Fernkurs ein und sage dem Chef, dass ich Ruhe brauche, um zu lernen oder so. Und wenn kein Platz ist? Egal, wenn die beiden anderen einverstanden und vertrauenswürdig sind, schaffe ich es trotzdem."

„Nimm sie halt mit", hatte ich vorgeschlagen.

Da können wir es gleich in die Zeitung schreiben: „Ich schicke ihnen meinen Plan, dann haben Sie morgen eine Schlagzeile."

Bei solchen Bemerkungen zuckt Zizi nur amüsiert mit den Schultern, also behalte ich meine Kindereien für mich. Wann ist endlich Besuchszeit? Noch drei Tage warten.

Die Einsamkeit bringt mich zum Grübeln, aber sie bewahrt mich vor der Langeweile. Ich mag diese Untätigkeit, die gewollte Langsamkeit, die jede Bewegung auflöst und dehnt. Der Tag teilt sich in kleine Riten: Toilette, Kaffee auf dem Kocher, eine Stunde Musik, die ich auf meiner Matratze höre; Suppe, wieder Matratze, bis es an die Sonne geht. Psst, mein Kopf, psst, mein Herz, Platz für leichte Geschichten, für das Rauschen des Brunnens im Garten des

Chefs, das man vom Hof aus hört, Platz für das Grün. Im Hof wuchert der Löwenzahn. Ich habe mein Messer mit nach unten genommen, unter dem Vorwand, es zu schärfen. Nachdem ich es eine Weile am Stein der Treppe geschliffen habe, richte ich mich auf: „Oje, ich bin so was von steif! Sagen Sie, Lerouge, ist es erlaubt, das Gras zu schneiden?"

„Ob es erlaubt ist? Ob es Pflicht ist, meinen Sie. Irgendwann dieser Tage werde ich noch dazu herhalten müssen, Unkraut zu rupfen."

„Das machen ich für Sie. Fassen Sie mal mein Messer an, wie das schneidet!"

Bald habe ich ein Viertel des Hofs geschoren.

„Wollen Sie was davon, Lerouge? Mit ein paar neuen Kartöffelchen und einer guten Senfsoße ist das ganz köstlich."

Hier drinnen wird man zum Feinschmecker. Und so ein Salat beschäftigt einen eine halbe Stunde, wenn man es ganz gemächlich macht. Trotz der Beschäftigung der Finger und der Ablenkung aus der Zeitung krabbeln hartnäckig ein paar Maden im Hinterkopf. Muss ich hier arbeiten? Was wird Zizi sagen, tun, tun können? Jeder Morgen bringt nur die ungeduldige Hoffnung auf morgen, mein betrogener Hunger gibt sich nicht mehr mit den kleinen Häppchen zufrieden; er möchte, ohne Luft zu holen, ein riesiges Stück Zukunft, möchte Wochen und Monate verschlingen.

„Beeilen Sie sich mit dem Essen", sagt die Dame am Löwenzahnabend zu mir. „Ich lasse Ihre Tür offen, wenn ich Sie rufe, kommen Sie runter zum Anwalt."

„Dann esse ich eben danach, der Salat kann ruhig kalt werden."

„Ihr Anwalt ist noch mit einem Mann beschäftigt, Sie haben Zeit."

Von wegen, grüne Zähne für Maître! Ich habe Besseres zu tun, als Löwenzahn zu mampfen. Hastig richte ich meinen Dutt, den das Unkrautsammeln etwas verstrubbelt hat;

mit einer Hand colgatiere ich mir die Beißer, mit der anderen suche ich im Schrank ein sauberes Taschentuch ...

Maître würde sich mächtig amüsieren, mich so zu erleben. Aber was willst du machen, ich mag den Kleinen halt. Ich lausche durch die halboffene Tür; da sich im Erdgeschoss noch nichts rührt, poliere ich meine Treter mit einer Ecke der Wolldecke, rauche eine Fluppe, bereite mein Bett vor; schließlich, klingeling, da ist er, mein Vielgeliebter, ich fliege von Stufe zu Stufe.

Nach dem Shakehands im Aufsichtsraum, an der Tür zum verglasten Besuchszimmer, hebt Maître seine Hand zu meiner Schulter und schiebt mich sanft zum Tisch, wo warm wie die Verheißung die Aktentasche wartet, Symbol für die Ordnung, das Geheimnis und die Wichtigkeit. Er bittet mich, Platz zu nehmen, und schließt die Tür.

„Wie ist die Stimmung, Madame?"

„Wunderbar, ganz wunderbar", antworte ich begeistert.

„Sie haben nicht auf meinen Rat gehört, sondern trotzdem Berufung eingelegt! Ich muss zugeben, dass ich sehr besorgt bin, was den Ausgang der Verhandlung angeht ... Das hatte ich Ihnen auch schon geschrieben, aber ..."

Ich würde ihm gern ins Gesicht schreien, dass mir der Ausgang der Verhandlung scheißegal ist, dass mich nur der Ausgang aus dem Knast interessiert. Mein Schweigen schreit: Ich halte den Mund nur deshalb so hartnäckig geschlossen, weil ich Ihre Klientin bin, um Ihnen eine moralische Mittäterschaft zu ersparen, die Sie sich mit den üblichen Überredungsversuchen vom Halse schaffen würden: Geduld, Madame, nur Mut, meine Liebe. Trotzdem macht mir Ihr freundschaftlich nachsichtiger Blick Lust, der Stimme das Zepter zu übergeben ... Schweigen ist mir unangenehm, ich würde es gern brechen, weil mir ohnehin ein baldiger und brutaler Bruch bevorsteht ... Aber wie die Wärter da drüben in der Rotunde bin ich auf der Hut.

Ich reiche ihm meine Schachtel Gitanes. „Nein, nein", macht die Hand von Maître. Sieht fast so aus, als hätte er nicht mehr die Kraft, zu artikulieren, ja sich überhaupt auf den Beinen zu halten. Er rührt mich, ich weiß, dass er oft Halsweh hat und samstags ziemlich müde ist, o ja, das stimmt, aber heute Abend kann ich ihn einfach nicht ernstnehmen. Fast automatisch erkläre ich im selben Moment ganz höflich: „Ich weiß, Sie haben derzeit viele Plädoyers", meine Augen gehen zur Rotunde, in der sich mechanische Gestalten bewegen, Gefangene in blauem Hemd, Wärter in Sternenuniform, und ganz hinten, ganz schwarz an der Tür zum Frauentrakt, wartet die Dame, um mich wieder „aufzunehmen".

„Ja, ich bin tatsächlich überarbeitet ... Ich glaube, ich werde den Staatsanwalt bitten, Ihre Sache um acht Tage zu verschieben."

„Oh, Maître! Acht Tage mehr Untersuchungshaft, wie wunderbar!"

Im Blick des Anwalts blitzt amüsierte Verzweiflung auf, er denkt wahrscheinlich, ich werde immer ein Kind bleiben. Bitte, Maître, lieben Sie ein bisschen meine Kindlichkeit! Mein Schweigen sagt: Was soll's? Werfen Sie Ihre Toga ab, ich entledige mich der Anstaltskutte, und wir toben zusammen herum ...

„Wann sehen Sie Ihren Gatten", fragt Maître.

„Wir haben morgen Besuchszeit. Ich werde es ihm natürlich ausrichten ..."

„Und wie ist es für *ihn*?"

Oha! Hat Maître da etwa eine abfällige Betonung in das „ihn" gelegt? Ich könnte es schwören. Gleich brülle ich los. Ihn, ihn? Na und, was haben Sie gegen ihn? Ich liebe IHN. Ich will Ihr mitleidiges Ihn nicht hören: Ihr Schleimer, Richter und Co., bald werdet ihr alle staunen über IHN!

Der Cidre vom Abendessen steigt mir in den Kopf, vor meinen Augen verschwimmt alles, ich habe Lust, den respektlosen Beau zu schlagen, der nichts mehr mit meinem Freund Maître zu tun hat und sich erlaubt, Zizi als Ihn zu beschimpfen. Pssst, ganz ruhig, Anick!

„Und ... glauben Sie, die Strafe könnte noch erhöht werden?"

Er senkt die Augen und die Mundwinkel, sieht aus wie ein Wundertäter, der Angst hat, sein Wunder zu verpatzen: „Äh ... das ist durchaus möglich, Madame."

Dann kreuzt seine Pupille die meine, und weit weg vom Gefängnis und allem, was dazugehört, toben wir einen Augenblick lang herum. Ich sehe ihn wieder bei der letzten Verhandlung, wie er in Hemdsärmeln schlapp in seiner Box saß, ohne Brille und mit der schläfrigen Miene, die mich vom Anwalt in den Liebesträumen fantasieren ließ, während der Schnösel was von Anwendung des Gesetzes brüllte und mein Zizi brav auf seine Schuhspitzen starrte.

„Wissen Sie was, Madame, ich komme Montag wieder, dann haben wir mehr Zeit; jetzt hatte ich noch Glück, dass ich Sie sehen durfte: Um fünf Uhr dreißig muss man fertig sein."

Na, na! Monsieur hat sich über die Vorschriften abgelegener Gefängnisse aufgeregt, in die er wegen meiner Verteidigung kommen musste! Hat geschimpft, wenn der Wärter den Kopf durch die Tür des Besuchszimmers steckte und sagte: „Maître, Essenszeit, Sie müssen gehen!"

„Dort", hatte er würdevoll geantwortet (dort, das hieß hier), „treffe ich meine Klienten bis Mitternacht, wenn es nötig ist."

Voilà, Maître: Wie für mich, wie für IHN gilt auch für Sie die Vorschrift!

Plötzlich habe ich das Bedürfnis, ihm meine Freundschaft zu bekunden: „Stellen sie sich jetzt hier auch schon so an?“

Der Anwalt genießt mein frisches Shakehands ohne sichtbare Regung, aber mit tanzenden Augen, als er mit Grabesstimme antwortet: „Ach ja, die Kandare!“

Kapitel III

Genüsslicher Sonntag.

Um mir einen schönen Vormittag zu machen, muss ich mit dem ersten Vogelgesang aus dem Bett. Auf ihr Morgengefühl kann ich mich verlassen, das sind nicht solche falschen Brüder wie der Hahn von Mâme Chef.

Unnötig, die Augen aufzumachen, um mich zu vergewissern, dass es wirklich hell ist: Ich springe in die Pantoffeln und öffne die Augen danach.

Ich putze mir die Zähne, während ich das Wasser für den Kawa koche, falte die ersten beiden Decken zusammen und mache meine Zöpfe auf. Dann lege ich mich wieder hin und faulenze genüsslich bis zum Geräusch der Schlüssel, lasse den Kawa und die Frische der leichten Laken ganz allmählich meine Gedanken in Gang bringen. Wenn die Dame aufschließt, habe ich den Handfeger in der Hand und balge mich mit den Staubmäusen. Das löst ein „Ach, sind wir schon am Putzen?“ aus, das mich den Handfeger loslassen und, Gefängnisbecher in der Hand, vorschriftsmäßiges Lächeln auf den Lippen, strammstehen lässt.

„Sagen Sic, Paule“, sage ich, während wir beide an der Rinde des nicht ganz durchgeschnittenen Brots zerren, „heute ist also das letzte Mal, dass ich mein täglich Brot aus Ihren weißen Händen empfange?“

„Abwarten, bis morgen ist mir vielleicht was eingefallen, um aufzustocken.“

Ach was, da sie sowieso beim ersten besoffenen Randalieren wieder einfährt, kann sie auch gleich hierbleiben. Sie braucht nur die Wärterin zu beleidigen, die ihr den Entlassungsschein schreibt. Dann müsste ich nicht befürchten, an ihrer Stelle Kalfakterin zu werden.

Während ich solchen Quatsch denke, toilettiere ich mich hastig, um der Glocke zur Messe ohne zu viel Verspätung zu folgen. Gleich nach dem Ite, missa est ist Besuchszeit, und in der Laberkammer gibt es hier weder Gitternetz noch nachsichtiges Halbdunkel: Machen wir uns also gleich und dauerhaft schön.

Der Tisch im Besuchszimmer ist in der Mitte durch eine Mattglasscheibe getrennt, so hoch wie zwei Tischtennisnetze; wir sitzen auf beiden Seiten und spielen uns elegant die Wortbälle zu, ohne uns auch nur mit den Fingerspitzen zu berühren. Der Wärter und die Wärterin sitzen als Schiedsrichter neben uns; manchmal haben sie auch eigene Ballwechsel.

Schnell, Pater, schnell. Werden Sie fertig mit Ihrer Predigt, lassen Sie Ihre Herde einschließen, damit ich, das verlorene Lamm, mich meinem geliebten Wolf ins Maul werfen kann.

Sobald ich sitze und mit einem präzise geschnittenen Ball die tausend Küsse retourniere, die mir Zizi mit beiden Händen schickt, lege ich los: „Mein Wolf, weißt du Bescheid über die Post hier? Ich habe mich nach deinem Brief erkundigt, und Madame hat mir erklärt, wie das hier funktioniert. Also, ein Brief an einem beliebigen Tag in der Woche, dazu die beiden am Sonntag. Weil wir keine Briefmarken brauchen, schert sich der Postbulle nicht darum, da muss er nicht aufpassen. Wir können uns also antworten, anstatt dass sich die Briefe kreuzen, ist das nicht wunderbar?"

Zizi verzieht das Gesicht: „Ich würde dir lieber zweimal pro Woche schreiben, auch wenn ich mich dann mit dir kreuze."

So hat die Plauderstunde ganz friedlich begonnen; das Gesicht ohne Gitter, der Wachstuchgeruch des Tisches,

Fetzen der Choräle von eben, die in den Ohren hängengeblieben sind: Ich fühle mich wie im Kloster. Na, Wärter, hast du auf die Uhr geguckt?

Zizis Stimme übersetzt sofort: „Ich hoffe, Sie haben auf die Uhr gesehen, Herr Aufseher?" Und zu mir: „Unseren alten Chef habe ich in flagranti erwischt: Neun Minuten hatte er uns geklaut!"

Uns kriegen sie nicht, indem sie uns eine Uhr vor die Nase stellen, die sie insgeheim ein paar Minütchen vorgestellt haben.

Da Zizi auf dem Gebiet wohlverpackter Informationen mehr drauf hat als ich, lasse ich ihn reden.

„Ach so, er will verschieben? Ob er verschiebt oder nicht verschiebt, ich ..."

Und in seiner abfälligen Handbewegung zieht er gleich den ganzen Arm mit. Alea iacta, Jacke wie Hose, wir müssen aufpassen, die Dame ist weder taub noch bescheuert. Anstatt zu gleiten, gerate ich ins Schleudern, meine Teilnahmslosigkeit ist zu dick aufgetragen.

„Gestern habe ich dem Staatsanwalt geschrieben, damit er erlaubt, dass ich meine persönlichen Bücher wiederkriege. Bis zur Antwort verschlinge ich einen ganzen Stapel von *Revue des deux Mondes* und *Historia.* Ich war im Rückstand, ich berausche mich mit Lektüre, ich nutze die Zeit des Alleinseins ..."

Wieder gerät meine Teilnahmslosigkeit ins Schleudern.

„Aber ... ich dachte, die Männer sind zu dritt in der Zelle."

„Ich nicht."

Und Zizis Auge zwinkert ein bisschen. Gut, die Sorgen verfliegen.

Am Ende der halben Stunde stehe ich mit bravem Herzen auf, nur Zizis Blick fährt mir in die Beine und lässt mich wanken: „Bis Sonntag, Schatz."

In meiner Zelle räume ich Besuchszeit, leichte Sorgen und schwere Gedanken schnell in die Vorratsecke für die Abende; wenn das Licht aus ist, habe ich Zeit, sie wieder hervorzuholen. Kawa, Fritten, Kreuzworträtsel auf dem Bauch. Wir sind allein, Zizi, ich: Die Götter wachen.

Am nächsten Morgen rufe ich: „Wieder Sie?"

Paule verteilt die Plörre, wie üblich.

„Ja." Die Dame lächelt. „Sie wollte an ihrem letzten Morgen unbedingt das Frühstück verteilen. Treuer Dienst bis zur letzten Minute!"

Wenn das dumme Stück wie jeder normale Mensch gleich früh abgezogen wäre, wüsste ich jetzt, ob ich sie ersetze oder nicht. Die Dame ist schon wieder weg, aber sie schont ihre Beine nicht und könnte durchaus in zehn Minuten wieder hochkommen, um mir zu sagen, ich soll umziehen. Ich kann mein Herz nicht vom Rasen abhalten und laufe auf Socken in der Zelle hin und her, während ich nach dem Geräusch der Türen lausche. Na bitte, sie kommt wieder hoch, jetzt bin ich dran. Der Schlüssel, die ...

„Wollen Sie etwas bestellen, Damien? Heute sind Obst und Extras dran."

O Madame! Ich schiebe ihr meinen Stuhl hin und komme ihrer Suche nach einem Stift zuvor, indem ich ihr meinen anbiete, ich würde sie am liebsten umarmen. Natürlich möchte ich Obst, zehn Kilo von allem.

„Ich meine mich zu erinnern, dass Ihr Gatte diese Woche Erdbeeren hatte. Hat er Ihnen das nicht gestern erzählt?"

Was für ein nützliches Gehör, Madame!

„Gut, also Erdbeeren ... Dann können wir uns zusammen was wünschen. Und einen Salat, mal was anderes als Löwenzahn." Ich wechsle das Thema: „Unsere großartige Paule ist bestimmt traurig? Und Ihnen macht es auch eine Menge Arbeit: einziehen, umziehen ..."

„Von wegen! Sie hatte fast nichts, und die Neue ... das ist dieselbe Sorte. Sie ist schon dabei, in ihrer neuen Zelle Matratzen zu flicken."

„Ach so! Jedenfalls brauche ich noch Shampoo und Umschläge. Vielen Dank, Madame."

Mein Herz schlägt wieder normal. Ich weiß nicht, wen sie unten einquartiert haben, aber jedenfalls nicht mich: Die Götter sind uns weiter gewogen.

Lerouge hat zum Leben hier nur ihren Lohn. Als sie am übernächsten Tag beladen mit meinem Einkauf ankommt, dessen Rechnung sich bestimmt auf ihr Geld für vier Monate beläuft, raubt die Ungerechtigkeit von früher, als ich blank und auf mein Lächeln und meine Finger angewiesen war, den Erdbeeren die leckeren Frätzchen. Ich habe keinen Appetit mehr darauf und er kommt nicht wieder, bis Lerouge die Hälfte davon annimmt. Ich verdanke ihr weit mehr als ein Pfund Erdbeeren.

Ich kenne den Laden. Verkrüppelt, dreivierteltot, störrisch oder Engelchen, wenn man mich zur Kalfakterin bestimmt, könnte ich nichts machen. In den letzten Nächten vor dem Morgen von Paules Entlassung habe ich mir die Notwendigkeit ausgemalt, meine geheime Seite, meine Sturkopfseite zu offenbaren, beim Chef vorzusprechen, anhand von Röntgenbildern des Arms und „ich schicke Ihnen meine Zeugen" herumzudiskutieren, und am Ende wegen Arbeitsverweigerung in der Arrestzelle zu landen; nach ein oder zwei Wochen blass und gehorsam herauszukommen; gehorsam, weil ich in meinem Loch einen anderen Plan ausgeheckt und zur Notwendigkeit umgemodelt hätte, um mich besser abzufinden ... Da die größte Angst gewichen ist, kann ich Lerouge in leichtem, beiläufigem Ton aushorchen; sie hat ein feines Näschen und merkt schnell, woher der Wind weht, aber ich habe ihre Nase mit dem Geruch von Kaffee, Gitane und anderen Düften abgelenkt und stehe ihr an Durchtriebenheit in nichts nach, deswegen kitzelt es nicht in ihrer Nase. Ganz langsam habe ich meine Neugier bis in ihr Gehirn geschoben.

Lerouge lässt sich nicht lange bitten: „Natürlich haben sie mich um Rat gefragt; sie wissen ja, dass Sie eine gute Arbeiterin sind ..."

„Na ja! Abgesehen von meinen sträflichen Aktivitäten draußen, habe ich noch nie andere Arbeit gemacht als die im Knast. Aber die dafür umso öfter: Waschen, Nähen, alle möglichen Dienste, sogar die Hausaufgaben der Gören des Chefs und die Windeln für die Enkel ... Sie haben mir nichts erspart. Aber jetzt kann ich einfach nicht mehr. Ihnen behilflich sein will ich gern, wenn Sie mit der Näherei im Rückstand sind, haben Sie keine Scheu!"

Ich fühlte mich voller Gewissensbisse und guter Vorsätze.

„Danke ... im Moment geht's, aber irgendwann vielleicht. Also, um auf unsere Schäfchen zurückzukommen: Neulich war der Chef abends im Arbeitsraum, vielleicht haben Sie ihn gehört."

„Na ja, im zweiten Stock kann man die Geräusche im Erdgeschoss nicht so gut unterscheiden, und da ich nicht ständig an der Klappe lausche ..."

„Was das angeht, kann man nichts sagen, gutes Gefühl, eine diskrete Frau wie Sie zu treffen. Nicht wie die!"

Die ist Josy, Josy die Nervensäge, die dumme, neugierige Klette, die sauer ist, weil wir ihr ständig eine Abfuhr erteilen, und mit jedem schwatzt, der ihr zuhört; wenn niemand mehr will, redet sie mit dem Löwenzahn. Jetzt erklärt sie gerade zwei alten Gefangenen, die sich nicht wehren können, wie sie nach der Entlassung ihre Gören zurückholen wird; zur Bekräftigung ihres Gelabers zeigt sie diverse, vom ständigen Aufenthalt in ihrem Büstenhalter ganz zerknitterte Fotos.

„He, Josy“, ruft Lerouge, „jetzt mach mal halblang! Vor drei Tagen hast du uns erzählt, du gehst erstmal vier Tage hintereinander tanzen ... Was willst du jetzt? Deine Gören oder rumhopsen?“

„Na was wohl?“, sagt Josy. „Erstmal die Gören natürlich! Deswegen kann ich doch trotzdem ein bisschen feiern gehen, oder? Am Tag meiner Entlassung renne ich zur Fürsorge ...“

„Da du an einem Sonntag entlassen wirst, stößt du dir den Kopf an der Tür; du nimmst dir vor, am Montag wiederzukommen, suchst dir einen Kerl und ihr geht ...“

„... tanzen“, vollende ich den Satz. „Kommen Sie, Lerouge, reden wir über was anderes, davon wird mir ganz schlecht! Das Kapitel der Örtlichkeiten ist öde, zugegeben, aber ich kaue noch lieber so auf der Zeit herum! Kinder sind mir heilig. Wenn ich daran denke, dass sie vier hat!“

„Ja, alle im Heim.“

„Und das fünfte unterwegs. Na ja, fast.“

„Wenn schon, Gott sei Dank sind wir weder Richter noch Aufseherinnen.“

„Apropos Aufseherin, unsere ist wirklich außergewöhnlich. Bei den Männern geht es anders zu, glauben Sie mir. Aber der Vize war hoffentlich nicht zu grob zu Ihnen?“

„Ach was“, sagt Lerouge, „bei mir ist er immer mächtig geschraubt. Neulich hat er mir sogar Komplimente gemacht. Stellen Sie sich vor, er hatte mir ..., warten Sie ...“ Lerouge zählt an den Fingern: „Sechs Hemden hatte er mir zum Stärken aufgehalst, seinen Anzug zum Waschen und Bügeln, sein ... jedenfalls war ich mit der Wäsche der Gefangenen völlig am Ende. Und da hat er mich gefragt, ob er Sie holen soll, um mir zu helfen. Ich habe ihm erklärt, so ramponiert, wie Sie sind, bräuchte ich vier von Ihrer Sorte ... Entschuldigen Sie, Anick, aber da Sie doch nicht besonders scharf darauf waren ...“

Meine süße kleine Lerouge! Solange ich mit Ihnen gefangen bin, wird es Ihnen nie mehr an Obst fehlen. Wir werden uns jeden Gefallen von den Augen ablesen, ich zeichne Ihnen Briefköpfe aus Blumen, und Sie reservieren mir meine persönliche Anstaltskutte, die ich allmählich lieb gewinne, so lange, wie ich sie trage. Wohlgemerkt, den Knast, der in diesem Kleid steckt, mag ich nicht. Bisher hatte ich durch die bloße Macht meiner persönlichen Sächelchen eine dichte Schutzwand zwischen der Resignation und mir, zwischen mir und dem Clan der braunen Kutten errichtet und bewahrt. Schon bald, im Gewand der endgültig Verurteilten, werde ich dazugehören. Absurde, konventionelle Begriffe: Endgültig Verurteilte, das war ich jahrelang; dann war ich eine Freigelassene, ebenfalls endgültig, wie ich dachte. Ich habe gelernt, nicht mehr an die Worte zu glauben, sie nur provisorisch zuzulassen, sogar das berühmte *endgültig.* Hier ist unsere Situation ein Wort, wie jede Montur hier ein Kleid ist; im Kopf wie am Körper haben wir nur dann ein Recht auf etwas darunter, „wenn das allgemeine Aussehen des Strafgewands nicht verändert wird“. Doch diesmal kann mir das Kleid nichts mehr antun: Unter der Anstaltskutte bleibe ich geduldig, aber bereit zum Sprung, denn bevor ich sie angelegt habe, habe ich die Finger meiner Liebe gespürt auf mir, seine endlich willigen, endlich ungeduldigen Finger.

Zizi wird nicht erfahren, dass mich manchmal die Resignation zu packen droht, die Resignation, in der auch er sich verkrochen hatte und aus der ich ihn mit wütender Zärtlichkeit herausziehen musste. Nein, Zizi wird nicht erfahren, wie oft Schuldgefühl und Überdruss lauern. Oh, diese Tage! Sie türmen sich, Tage ohne Inhalt, die ich in eine Mülltonne ohne Erinnerung werfe. Das Bündel darf nicht zu schwer werden: Die Erinnerung an einen einzigen dieser Tage reicht aus, um sie alle wieder zu erleben. Wenn ich zum ersten Mal hier wäre, würde es mich sicher unterhalten, die Eigenartigkeiten der Abläufe und Vorschriften zu entdecken; aber Gott sei Dank bin ich eine Wiederholungstäterin und habe die Nase voll von der Fröhlichkeit des Knasts. Sonst würde ich mich vor lauter Lachen womöglich eines schönen Morgens mit dem Hintern voller Blei am Fuß der Außenmauer wiederfinden. Wenn ich an diesen Punkt gelangt bin, spüre ich ernüchtert die Brutalität unter der wohlmeinenden Ruhe, und ich sehe mich vor.

Manchmal wird mir bewusst, was wir vorhaben, und mich packt respektvolles Entsetzen: Die armen Mauern und die hübschen gepanzerten Kinkerlitzchen, die wir verhunzen müssen; die Leute, meine Aufseher, deren Gleichgültigkeit auf einmal in Wahnsinn umschlagen wird ...

„Verrückt, sie werden verrückt", sage ich zu meinem Spiegelbild; und anhand alter, der Zensur entgangener Zeitungen, die von jüngsten Ausbrüchen auf amerikanische oder französische Art berichten, beim Anblick der armen Wärter, die mühsam in die bemerkenswerten Termitengänge der Entkommenen kriechen, stelle ich mir mit begeisterter Scham vor, was hier geschehen wird, wenn wir, an einen Stern geklammert, im fahlen Nebel des Morgengrauens davongeflogen sein werden.

Manchmal stehe ich nachts auf, um Pipi oder Kaffee zu machen, und bevor ich mich wieder in meinem Bett verkrieche, vollführe ich darauf ein paar Schlängelbewegungen und Verrenkungen, damit sich auch das Gerippe an die Idee gewöhnt und lernt, den Schädel brav zu unterstützen. Aber das Gerippe muckt, macht sich schwer und steif: Vielleicht werden am Ende alle verrückt, aber erstmal sind bei dir ein paar Schrauben locker, Mädel, denke ich, während ich versuche, mit der Zehenspitze meinen Hinterkopf zu berühren, während ich auf der Matratze liege und die Augen auf die Luke voll schwarzer Gitterstäbe richte.

Wie genau, wie erschreckend geometrisch nachts alles ist, und wie der Körper sich inmitten dieser ganzen, vor Echtheit reglosen Materie wie ein Strohhalm fühlt!

Einmal habe ich nach dem Kontrollgang um neun einen Moment gewartet, dann bin ich zur Luke geklettert: Ich habe die Spatzen im Verdacht, dass sie davor ein Nest gebaut haben, und hatte die Hoffnung, im Mondlicht vielleicht die Eier glänzen zu sehen.

Wohl wegen einer früheren Beschädigung hat mein Stuhl keine Kette, die ihn am Tisch festhält, wie in den meisten anderen Zellen. Also habe ich ihn an die Rohre der Zentralheizung gelehnt, aber gut aufgepasst, nicht dagegen zu schlagen: Die Rohre führen in einem Stück durch den ganzen Trakt, das ist praktisch, wenn man morsen will, aber in diesem Fall hatte ich es mehr auf das Winkalphabet abgesehen. Ich habe mich auf die Lehne hochgezogen, und mein Gewicht gut auf beide Füße verteilt, damit mein Stuhl nicht wackelt: Das Handgelenk klemmte zwischen den Gitterstäben vor dem Fenster, und ich hatte keine Lust, an einem Arm hängenzubleiben. Dann habe ich die Nase in Richtung Handgelenk geschoben und einen tiefen Zug Nacht genommen. Zwanzig Zentimeter weiter oben sah ich das Nest, aber der Stuhl war wohl auch speziell für unsere Kletterei bemessen: Aus einem extrem engen Blickwinkel sah ich nur den Rand aus Federn und Zweigen und ein Stück der Brüstung, die mit alten, uralten Brotrinden übersät war, wahrscheinlich von der letzten Bewohnerin für die Vögel hingeworfen; aber meine Spatzen blieben unsichtbar.

In den Verwaltungsgebäuden brannte noch Licht; die Häuser auf der anderen Straßenseite verloren sich in verschwommener Dunkelheit. Und wie als Draufgabe zu den im Mondlicht funkelnden Glasscherben auf der großen Mauer glänzten die Ziegel und Dachluken des schwindelerregend steilen Dachs. Meine Arme spürten allmählich die scharfe Kante der Stangen, mein Kopf drehte sich vor Sauerstoff und Stille, ich kletterte wieder nach unten. Die Spiritustablette, die ich vor dem Aufstieg angezündet hatte, war schon längst verbrannt, ich nahm eine andere und hörte, wie das Wasser zu kochen begann. Ich hatte das Gefühl, man müsste das gewaltige Zischen bis zur Kanzlei hören, dieses verfluchte Wasser würde mich ins Unglück stürzen, sie würden kommen und mich mit meinem von der Wandtünche befleckten Hemd und dem tiefen roten Abdruck am Unterarm überraschen. Aber alles schlief weiter; der Schreiber und ich waren gewiss die einzigen, die in diesen Gebäuden wachten. Der Männertrakt ist am anderen Ende des Gefängnisgeländes und die einzigen Fenster, aus denen man ihn bei guter Sicht sehen könnte, sind die der Kleiderkammer und des Lagers, frühere Zellen, in denen schon lange keine Gefangenen mehr schlafen. Stattdessen liegen dort Trockengemüse und neue Matratzen: „Manche haben da Sachen angestellt, die verboten waren, Sie können sich vorstellen ...“

Natürlich finden sich in Frauengemächern wie unseren immer ein paar hysterische oder einfach unbeschäftigte Weiber, die die Kerle rufen und ihnen, wenn sie können, ihre Schenkel und ihre Titten zeigen.

Deshalb ist es sehr schwierig geworden, in ernsthaften Angelegenheiten mit dem Männertrakt zu kommunizieren. Es gibt immer einen Ort, wo der Filter löchrig ist, und Zizi wird ihn natürlich finden; aber ich würde mir wünschen, dass er sich auf unsere Briefe und Gespräche beschränkt und die Kassiber für das Hand-zu-Hand oder das Mund-zu-Mund bei den Spritztouren ins Gericht aufhebt: Einen Ausbruch schreibt man nicht.

Man pfeift ihn herbei ... Ich trillere, während ich von meinem Sofa aufstehe, um mir aus dem Regal eine Handvoll Erdbeeren zu holen: Erdbeeren sind nicht wie ein

Traum, man verzehrt sie oder sie verfaulen. Ich höre, wie Lerouge die Treppen wischt, schnell fülle ich ein bisschen Kaffeepulver in einen Umschlag, klopfe mit dem Ring an die Klappe und rufe: „Lerouge!“ Sie hört mich nicht, ich klopfe lauter.

„Was ist los? O là là!“

Arme Lerouge, die Frauen nutzen es aus, dass sie den ganzen Tag durch den Trakt gondelt, um ihr alle möglichen Aufträge zu geben oder Reden zu halten, die sie für besonders spannend halten. Und Lerouge, die Gute, schiebt Kippen und Zeitungen unter der Tür durch, überbringt Nachrichten, rennt mit einem „O là là“ zu jedem Klopfen.

„He, Lerouge, hast du Streichhölzer?“

„Lerouge, komm her, ich lese dir den Brief von meinem Kerl vor.“

„Wie spät ist es, Lerouge? Was für ein langweiliger Morgen!“

„Komm du mal an meiner Stelle wischen, mal sehn, ob du dich langweilst!“, schreit Lerouge schließlich wütend.

In diesem Laden ist die Einteilung ziemlich streng: Lerouge kann vor Arbeit umfallen, sie muss ackern, die anderen nicht. Das ist empörend, aber irgendwie auch beruhigend. Sie stirbt auch nicht vor Arbeit. Sie verliert höchstens ein paar überflüssige Kilo und erhält dafür so manche kleine Gegenleistung. In der Gemeinschaft von Beschuldigten und Verurteilten mischt sich alles, packt jeder mit an, um nicht von den Kameradinnen als Faulpelz und von der Wärterin als Taugenichts beschimpft zu werden; man zeigt, was man kann, man streitet sich um Wäsche, Staubtuch und Bügeleisen, um gut angesehen zu sein.

Wenn du in einem Zellentrakt beantragst, arbeiten zu dürfen, musst du wissen, worauf du dich einlässt, und wenn du es nicht weißt, erkundigst du dich besser vorher. An den ersten Abenden zwicken dir die Waden, die Arme sind wie tot; dann, nach ein paar Monaten, Talfahrt auf der Briefwaage und bei der Hoffnung, dich irgendwann krankzumelden, während gleichzeitig die Anerkennungsquote und die Hoffnung auf ein Günstlein des Chefs gen Himmel schießen.

So eine Gunst ist wohlgemerkt umso wichtiger, als vom 1. Januar bis zum 14. Juli große Gerüchte verbreitet werden und eins von zehn Wirklichkeit wird, ich meine die Amnestie. Ich schimpfe: Eine Amnestie hat mir gerade noch gefehlt! Bei dem Glück, das ich habe, kracht mir die Amnestie geradewegs auf den Dez und ertränkt mich in der Lava. Das war's mit dem Ausbruch!

Wobei ich mir eine Amnestie, die uns alle, Politiker ebenso wie Kriminelle, aus dem Knast holt, gefallen ließe. Aber da kannst du genauso gut den lieben Gott bitten, das Jüngste Gericht vorzuverlegen! Die Amnestie, wenn sie denn kommt, trifft wie üblich nur die kleinen Gauner mit zwei, drei Monaten, hundert oder tausend Francs Buße, und wir gucken in die Röhre, das einzige, was uns als Wegzehrung bleibt, ist ein Schluck erstarrter, ranziger Illusionen.

Komm schon, vergiss diesen Blödsinn. Den Straferlass im Tausch für das Abmagern beim Dienst, die Umwandlung in Bewährung, die man immer wieder um sechs Monate hinausschiebt, bis der Vertrag abgelaufen ist. Das sind zu viele Manöver, Anträge und reizlose Lösungen, zu viel schmerzhaftes Hoffen. An die Freiheit als ein nahes Glück zu denken, das man sich mit einer einzigen Überanstrengung sofort verschaffen kann, motiviert viel mehr.

Ein Entlassungsdatum ist eine fixe Idee, ein Ausbruch fix erledigt. Der Ausbruch kommt heute Nacht oder übermorgen, vielleicht auch im nächsten Monat oder im nächsten Jahr; so wird er zum verschwommenen Hintergrund, lässt den Rest des Kopfes frei und wachsam. Er ist diskret, wie eine Freundin, die schweigend neben dir sitzt: Du fährst in deiner Beschäftigung fort, ohne dich wegen ihr zu grämen, aber ohne deshalb zu vergessen, ihr von Zeit zu Zeit ein Lächeln zu schenken.

Ich frage mich, was mein Freund, der Ausbruch, sagen wird, wenn ich ihm Fragen stelle. In der Freundschaft gibt es besonders am Anfang eine heimliche Furcht, die Angst, der Freund werde enttäuschen oder verraten, die Angst, selbst zu enttäuschen oder zu verraten. Also beschäftige ich mich und halte mich möglichst fern, damit mein Ausbruch ganz von selbst zu glühen beginnt.

Diese Menage à trois, der Ausbruch und wir, fühlt sich wohl auf meiner Matratze; der Gedanke an den Ausbruch streichelt meinen Kopf, und Zizi streichelt mein Herz. Aufmerksam wachen wir noch lange nach Einbruch der Nacht.

Bis zum Kontrollgang besteht der Klangteppich aus dem Klappern der Teller – wahrscheinlich haben die Mädchen wie ich die süße Gewohnheit angenommen, im Bett zu Abend zu essen – und der Deckel der Mitternachtsvasen, aus Husten und manchmal Gesprächen durch die Stählernen hindurch; aber nach sieben sind all diese Geräusche gedämpft, und nur die Tritte, die Lerouge ihrer Nähmaschine versetzt, lassen die Mauern erzittern: Der Knast schläft ein und schnarcht.

Die Dame macht ihre Runde: Wenn die Dämmerung spät genug kommt, dass sie unsere Strubbelköpfe aus den Laken hervorgucken sieht, macht sie kein Licht, und selbst wenn, ist ihre Hand am Schalter erstaunlich leicht. Ihre Art, den Schalter und das Guckloch zu bedienen, sagt viel mehr über den Charakter unserer Wärterlein als Worte, die durch die Situation verfälscht werden.

Die Nacht ist süß, leise. Manchmal trommelt eine an ihre Tür: Sie hat eine Maus in ihren Gemächern, sie hat ein Gespenst gesehen, ihr tut irgendwas weh. Lerouge ist für den Alarmknopf im Arbeitsraum verantwortlich, aber bevor sie die Bude in Aufruhr versetzt, erkundigt sie sich durch die Tür, was da oben los ist, meistens schaffen es die Ladies, ihre nächtlichen Schmerzen und Ängste ohne die Hilfe des Personals oder anderer Personen zu mildern.

Übrigens glaube ich, der Alarmknopf funktioniert nicht.

Mäuse und Gespenster! Ich würde ihnen gern etwas von ihren Ängsten abkaufen: Vielleicht könnte ich so die finsteren Schussligkeiten und den Blei im Hintern bannen. Ich erinnere mich an unseren Abschied, am ersten Gefängnisabend, und die verzweifelte Hellsichtigkeit, die mich unter den letzten Küssen meines Liebsten klagen ließ: „Das ist meine Schuld, Zi, alles ist meine Schuld." Der gewaltige Schmerz von damals kehrt zurück, mein stummes Flehen, vergib mir, Zizi, vergib und glaub weiter an uns, durch die Jahre des Exils und des Unglücks. Dieser Ausbruch, ich schwöre es dir, er ist mein letzter Wille: Danach werden wir keinen Plunder mehr mit uns herumschleppen, kein Pah!, keine Schmeichelei und keinen Egoismus.

Wenn Zizi etwas möchte, schlägt er vor, bietet er an; er lässt mich tun, was er nicht gutheißt, ohne zu verbieten, ohne zu schimpfen. Aber ich kenne die Verdunkelung seiner Augen, die Vereisung seiner Finger. Mit Bosheit und Ungeschick habe ich auf diesen Signalen herumgetrampelt und auf die Backpfeifen gewartet ... aber die erste Backpfeife ist ein Pakt des Zwangs, und Zizi hat sie mir nicht gegeben.

Ich schulde einen Haufen Liebe, einen Haufen Freundschaft.

Um den Dreh der Freundschaft zu bewahren, habe ich immer wieder gesucht: bei Maria, bei Nicole; unsere kleinen Schädel produzierten tausend Rauchschwaden, und der Wind, der sie sogleich vertrieb, verspottete uns mit der Sonne.

Schon bereite ich künftige Briefe vor, denn natürlich schreibe ich auch künftig allen, Männern und Frauen, Briefe, Briefe ...

Ach, Zi, ich bin allein, bring dich zu mir und mich zu dir! Wir werden niemandem fehlen, wir werden nichts Böses tun. Und wir werden glauben, uns so viel Gutes getan zu haben.

Kapitel IV

Es regnet, es regnet Tage und Nächte, und der mit der Zeit vermischte Regen macht den Sommer zunichte. Sogar heute meldet sich die Sonne ab. Schade, ich hätte sie mir zur Verbündeten machen können: „Zizi so viel verlorenes Sommerwetter!"

Aber wir werden nur ein paar fröstelnde Liebesblicke wechseln und nicht unzufrieden sein, in die Zelle zurückzukehren.

Gestern habe ich nach der Schließzeit um sechs meinen Kassiber vorbereitet.

Am frühen Abend hat das Gewitter mein Fenster verdunkelt: unmöglich zu schreiben und keine Chance, in dieser Jahreszeit zu klopfen und um Licht zu bitten, erst ab Oktober. Ich saß im Halbdunkel, lauschte der Sintflut in der Dachrinne und wartete, dass das Licht zurückkommt. Um sieben konnte ich loslegen.

Ich hatte ein Stück Pergamentpapier aufgehoben, in das die gekaufte Wurst gewickelt war. Aber das Fett dieser Wurst, die als luftgetrocknet verkauft worden war, ließ den Bic abrutschen, also nahm ich ein Heftblatt; Zigarettenpapier verwende ich nur für die Skizzen, den Plan des Kellers und das Schema des Trakts. Ich habe alles in Plastik eingenäht und wie üblich in das Dop-Tütchen gesteckt. Um es leichter herausziehen zu können, habe ich ein Fädchen an den Kassiber geklebt: Besser, man vereinfacht die Gymnastik, falls es dort auch keine Box gibt und es zu viel verlangt ist, nach der Toilette zu fragen.

Bei der Elf-Uhr-Suppe gibt mir die Dame meine Schuhe und meinen Rock: „Halten Sie sich um eins, halb zwei bereit; warten Sie auf mich, bevor Sie sich anziehen, dann sparen wir Zeit bei der Durchsuchung."

Ich scherze: „Und wenn ich in der Zwischenzeit Liebesbriefe in meinem Saum verstecke, Madame?"

„Ich vertraue Ihnen. Außerdem habe ich bei Ihnen sowieso keine Chance: Wenn Sie etwas rausschmuggeln wollen, wissen Sie schon, wo Sie es verstecken müssen!"

Diese Wärterin ist wahrhaft erträglich.

Trotzdem vergewissere ich mich, dass der Faden nicht rausguckt: Ich ziehe den Slip runter, huste und gestikuliere, gut, es hält. Die Dame ist freundlich, aber Gott weiß, in welche Megäre sich eine freundliche Kerkermeisterin verwandelt, wenn sie entdeckt, dass man sie übers Ohr hauen will. Ich müsste das Dop mit Waldduft dreist runterschlucken und fortan vor und nach jedem Ausflug zum Gericht (vielleicht ist das ja heute doch nicht der letzte, wir könnten das Kassationsgericht anrufen) eine gynäkologische Untersuchung hinnehmen, was meine Rechnung beträchtlich erhöhen würde: Für die Untersuchung einer Frau an dieser Stelle muss zwingend ein Vertreter der Ärzteschaft anwesend sein, und abgesehen von seinen festgelegten Sprechzeiten kommt der nicht für lau vorbei: Man versteckt alles da, aber wenn man ertappt oder auch nur verdächtigt wird: „klettern Sie da rauf" und ein gepfeffertes Honorar.

Ich höre die Turmuhr einmal läuten.

Wenn ich Zeit hätte, mir einen letzten Kaffee zu machen ... Ich setze Wasser auf. Aber die Dame zeigt jede Höflichkeit, sogar die der Könige, und ihre Schlüssel folgen den städtischen Uhren um kaum fünf Minuten.

Tack-tack im Erdgeschoss: Ich puste meinen Kocher aus, als sie die Tür öffnet.

„Lassen Sie sich doch ruhig Zeit und trinken Sie Ihren Kaffee."

„Schon erledigt, Madame, danke ... der hier sollte eine Zugabe sein. Aber wenn ich zurückkomme, schmeckt er noch besser." (Ich werde nie im Beisein der Wärterinnen trinken oder essen können.)

Ich ziehe meine Klamotten an; die Dame betrachtet inzwischen die Bilder, die ich mit Reis über meinen Tisch geklebt habe. Als sie sieht, dass ich Schwierigkeiten mit dem Reißverschluss habe, hilft sie mir bereitwillig, ihn zu schließen, und bemerkt: „Man bräuchte einen Schuhlöffel, um in diesen Rock zu kommen."

Wir gehen.

Ich steuere die offen gebliebene Trakttür an, aber die Dame lenkt mich zu einer leerstehenden Zelle: Die Eskorte ist noch nicht da, ich bin durchsucht, bin wie ein für die Operation vorbereitetes Körperteil: Man lagert mich an einem sterilen Ort.

Sobald ich allein bin, hole ich meinen Kassiber raus, hopp, ab ins Grüne, und werfe das Waldkräuter-Tütchen durchs Fenster, kein unnötiges Gepäck! Den Plastikbonbon verstecke ich in meinem Taschentuch, dem schicklichen Taschentuch der Frauen ohne Hosentaschen, das ich zusammengeknüllt in der Hand behalte.

Wenig später kommt die Dame zurück; die Polizisten im Flur vor der Kanzlei bilden eine große, schwatzende Gruppe, wir sind sicher nicht die einzigen, die heute drankommen ... Ein Aufseher bedient von innen das Gitter zum Männertrakt: Achtung, die Kerle kommen.

Sogleich verlässt eine Drohne den Schwarm und stürzt sich auf mich: „Sie, Frau, stellen sich an die Wand und rühren sich nicht."

Nein, Drohne, ich rühre mich nicht, noch nicht. Wir gehorchen schweigend, um die Bestie nicht zu reizen, damit ich mich auf der Rückfahrt neben meinen Gatten setzen kann. Wo ist er überhaupt, dieser Gatte?

Die Gefangenen stolpern durch den Flur, und die Polizisten ketten sie immer zu zweit aneinander, Handgelenk an Handgelenk. Ah!, da ist Zizi, der letzte, wie üblich; einmal mehr erlebe ich diesen wunderbaren Schock, wenn ich ihn erkenne, eine Mischung aus Unbekanntem und begeistertem Besitz!

Zizi schickt sich an, an der Reihe vorbei zu mir zu kommen, aber ich mache psst mit den Lippen, im selben Moment macht ein Polizist psst mit einem trockenen Handschellenklappern.

Die Einheit zieht an mir vorbei, ich warte, den Rücken an die Wand geklebt. Endlich werde ich aufgefordert, auch zu starten.

Sie haben die Bullenkutsche in den Ehrenhof gefahren: Zu wessen Ehren wurde wohl das große Tor geöffnet? Doch sicher nicht für zwei kleine harmlose Ausbrecher wie uns ... kein einziger Versuch tagsüber, nicht die kleinste Verfolgungsjagd, keinem Wärter ein Haar gekrümmt.

Nein, in dem Haufen muss sich ein größeres Tier verstecken. Ich sehe mir die Männer an, aber ich erkenne keinen, besser gesagt, ich erkenne sie alle: meine kleinen Knastbrüder, Penner, heruntergekommen oder sonntäglich rausgeputzt, aber alle Brüder im Blick, den Gesten, der niedergeschlagenen, der triumphierenden oder auch einer nichtssagenden Miene.

Während ich aufs Einsteigen warte, betrachte ich die Umgebung, die Höhe der Mauern, die Rabatten und die Gemüsebeete im Garten des Chefs, die gestapelten Nescafé- und Astra-Kartons, die zwei Männer in blauen Schürzen zum Lager tragen. Meine Reisegefährten beäugen mich bedeutungsvoll und charmant; um ihnen eine Freude zu machen, ziehe ich einen Mundwinkel zum

Lächeln hoch, das sich zu einem Strahlen ausbreitet, als es meinen Gatten erreicht, der ebenfalls lächelnd darauf gewartet hat. Wir haben alle Engelsfressen.

Im Wagen setzen die Männer ihre Schau fort: Sie halten große Reden, rauchen und spucken herum wie Freigelassene, ziehen an den Handschellen, als würden sie ihre Manschetten zurechtziehen.

Einer von ihnen sieht aus, als könnte er einen Schlitten so gut erkennen wie ich die Messe lesen, aber er muss trotzdem von jedem Auto, das wir überholen, das Nummernschild vorlesen und die Marke nennen.

„Da, Holländer“, ruft er beim Anblick eines Mercedes mit dem Kennzeichen Z.

Der Polizist neben ihm widerspricht: „Das sind keine Holländer sondern Schweizer.“

Ich schenke ihm einen Blick voller Sympathie: „Vor Ihnen kann man wirklich nichts verbergen! Man sieht sofort, dass Sie sich mit Autos auskennen; ich bin auch ein großer Fan.“ Ich streife den Ärmel meines Pullovers hoch und zeige mein Handgelenk: „Das war mein letzter Unfall.“

Mit den Augen einer liebestoten Kröte gesteht mir der Bulle, dass er auch voller Narben ist, die er mir gern zeigen würde, aber ...

Ich flüstere: „Psst, mein Mann ...“

„Ihr Mann? Wo?“

Ich zeige auf Zizi ganz in der Ecke. „Ach so. Das ist ihr Mann!“

Und nach kurzem Schweigen: „Das ist doch bestimmt nicht lustig, sich so zu sehen, ohne dass man ...“

„Oh“, sage ich schmeichelnd, „wenn Sie so freundlich wären, könnten wir ...“

Er erklärt mir, dass es nicht von ihm abhänge, wenn es nach ihm persönlich ginge, aber er habe seine Befehle ...

„Und ... wenn wir brav sind, dürfen wir dann auf der Rückfahrt zusammensitzen?“

„Schluss jetzt“, sagt der Bulle gereizt, „ich sage doch, wir haben unsere Befehle!“

Ich gebe auf. Zizi und ich verständigen uns über seinen Kopf hinweg; zum Glück können wir einander von den Lippen ablesen. Ich sage ihm, dass ich ihm einen Brief übergeben muss; er auch, dazu tut er, als hätte er Zahnschmerzen: Gut ihm klebt er also am Gaumen. Wir ziehen noch über ein paar Leute her, das Gerichtsgebäude taucht auf. Bis nachher, Schatz, ich hoffe, wir sehen uns nie mehr als Beklagte. Mach dir keine Sorgen, komm, nein-nein-nein, Hals- und Beinbruch, wir wechseln Fingerküsse und wunderbare Blicke.

Als wir das Foyer betreten, teilen uns die Schutzengel in zwei Gruppen, die Männer für die Strafkammer auf die eine Seite, die fürs Berufungsgericht auf die andere, und los geht's.

Treppe, Flur, beschilderte Türen.

Die Schutzengel haben sich wohl verlaufen, sie finden die Kammer nicht. Der Anführer runzelt die Stirn und ruft: „Stopp, stopp! Waren es nicht sechs für die Berufung?“

„Doch“, sagt sein Kollege, „warum?“

Mir tut es schon leid, dass wir keinen Ausbruch im Gericht geplant haben: Ehe sie merken, dass die Zahl nicht mehr stimmt, ehe sie uns neu gezählt haben, uns namentlich aufrufen – zweimal von vorn, um sicher zu sein – hätte ich schon längst die Stadt verlassen. Offenbar fehlt niemand, im Gegenteil, wir sind einer zu viel.

„... fünf, sechs, sieben“, zählt der Polizist nach. Kein Zweifel, einer von uns gehört hier nicht her ... Und plötzlich begreift er: „Wir haben einen für die Strafkammer mitgenommen, klar! Also, wer ist es?“

Nicht alle auf einmal! Er geht von einem zum anderen und wedelt mit seiner Liste: „Name? ... Gut, Sie sind drauf. Sie? ... Ja, und Sie?“

„Grregneugneu“, sagt der Angesprochene.

„WIE?“

„Gru-gnon.“

Pech, Grugnon steht auch drauf. Der Bulle erspäht uns, zieht mich von Zizi weg, der mich mit einem Arm an sich gedrückt hatte, und schiebt ihn beiseite.

„Die beiden da, man weiß ja ...“

Ich würde gern wissen, was man weiß, aber jetzt ist keine Zeit für Fragen, „man“ ist rot angelaufen und gereizt; mit diesem ganzen Hickhack kommen wir noch zu spät. Endlich ist der Schuldige gefunden, ein armseliger Depp, Gesicht eines Dauerwichsers, Klamotten aus der Mülltonne; unter dem Schwall von Beschimpfungen aus den Polizistenmündern kann er seinen nur fest geschlossen halten, während er auf seinen schwärzlichen Tretern wippt.

„Los“, befiehlt der Anführer dem erstbesten Polizisten, „bring ihn zur Strafkammer.“

Doch der Nachbar des Betreffenden protestiert: „Ich will aber nicht zur Strafkammer!“

„Wer hat denn mit Ihnen geredet?“

„Na hier ...“

Und der Mann hebt sein Handgelenk, das durch die Handschellen mit dem des Deppen verbunden ist.

„Ach so, stimmt, wir müssen sie trennen. Und wo sind jetzt die Schlüssel? WO sind die Schlüssel für die Handschellen, verdammt!“

Keiner verlässt den Saal! Die Überwachung ist besonders raffiniert: Die Polizisten in der Strafkammer haben die Schlüssel für die Berufungskandidaten mitgenommen und umgekehrt. Man geht sie mit einem kleinen Sprint holen, während die Männer ungeduldig herumtrampeln, die Bullen ihre Käppis abnehmen, um mit dem Taschentuch darunter aufzuwischen, und wir die Gelegenheit nutzen, um ein bisschen zu tuscheln. Aber sie haben ein Auge auf Zizi, und ich frage mich, wie wir unsere Bonbons austauschen sollen. Ach was, das sehn wir im Gerichtssaal.

Schließlich hat wieder alles seine Ordnung, der Depp wird an den Ohren weggezogen, wir wenden uns dem richtigen Saal zu, den der Bulle auf dem Rückweg entdeckt hat: einfach wieder zurück und rein in das Labyrinth gegenüber von dem, durch das wir vorher geirrt waren.

Wir sind sogar noch fünf Minuten zu früh: Die Uhr vor dem ehrwürdigen Gericht zeigt fünf vor zwei. Praktisch, dieser Zeitmesser, da muss der Präsident nicht das Handgelenk ausschwenken, wenn die Anwälte nicht aufhören zu reden.

Zizi sitzt am anderen Ende der Bank, von mir getrennt durch zwei Meter Bulle-Beklagter-Bulle-Beklagter; irgendwann hält er es nicht mehr aus, beugt sich zu dem Schutzengel zu seiner Rechten und sagt ihm was ins Ohr. Der macht „hmm hmm", scharrt mit den Füßen, sieht mich an, schließlich: „Gut. Aber genau zwei Minuten, klar? Machen Sie fix, bevor das Gericht kommt, und danach verhalten Sie sich ruhig."

Zizi verspricht, dankt und steht mit einer halben Drehung auf, um das Handgelenk seines Schellengenossen nicht zu verbiegen; ich stehe auch auf, gehe zu ihm; und da stehen wir umschlungen im traditionellen Panoramakuss, bei dem ein winziges Päckchen in Richtung meiner Kehle rutscht; ich blockiere es vor dem Durchgang, schiebe es mit der Zunge in eine Wange und lasse gleichzeitig meinen eigenen Kassiber in die Hand meines Gatten gleiten. Uff, Übergabe erledigt, jetzt können wir uns nur noch küssen, ewig küssen ... bis uns die Polizisten an unsere Bankenden ziehen und grummeln, „Jetzt reicht's, ihr Turteltäubchen", und wir, noch im Rausch, sagen nur immer wieder „Danke, danke“, was unsere Engel rührt und stört: „Schon gut, ruhig jetzt!“

Ruhig, ruhig! Ehrlich, hier haben sie auch nur dieses Wort im Mund! Wir gehorchen, keine Angst: Wir hören uns das Urteil an und hauen ab, wir leben und wir lieben uns, ganz ruhig.

Der Mann mit den Nummernschildern sitzt links von mir, ohne Bullen als Trennwand; aus dieser Nähe bemerke ich verschiedene Widerwärtigkeiten: die Flecken auf seiner Hose, die dreckstarrenden Ohren, hinter denen einzelne Poren zu Eiterpickeln aufgeblüht sind. Er zappelt und nuschelt vor sich hin. Jedes Mal, wenn ein Anwalt durch die kunstledergepolsterte Tür kommt, springt er auf und lässt sich wieder fallen. Dann ruft er mich zum Zeugen an: „Man fragt sich, warum man so viel Geld für sie bezahlt. Nicht mal vor der Verhandlung krieg ich meinen Verteidiger zu sehn! Sie werden's erleben, er taucht gar nicht auf. Und ich, armer Schlucker ...“

„Bleiben Sie doch mal ruhig“, sage ich. Prima, jetzt fang ich auch schon an. „Er wird schon kommen, Ihr Schleimer. Und wenn er nicht kommt, sagen Sie dem Präsidenten, dass Sie das Urteil nur im Beisein Ihres Verteidigers zur Kenntnis nehmen, er verschiebt es um eine Woche und fertig.“

Er zuckt mit den Schultern und wendet sich ab: So ein Hohlkopf, dieses Weib! Kein Anwalt, keine Akten für die Verteidigung, nichts, wie sieht denn das aus? Er hat ein Bündel fettiger Papiere dabei, in denen er ständig mit besorgter Miene blättert; er faltet sie zusammen, träumt einen Moment; dann faltet er sie wieder auseinander und fängt an zu lesen. Wahrscheinlich bereitet er sich darauf vor, selbst sein Plädoyer zu halten.

Zwei Uhr zehn. Das Kunstleder spuckt einen kleinen Advokaten in unsere Richtung, ganz jung, wahrscheinlich ein Praktikant, der in seiner Toga herumwirbelt und mit der Aktentasche zappelt. Ich seufze vor Wohlbehagen: Das ist der Operettenschleimer, er wird singen ...

Mit einer koketten Bewegung glättet er seinen niedlichen Spitzbart, schiebt die Nylorbrille hoch und kommt zu unserer Bank.

„André Maugin?“, fragt er zögernd.

Mein Nachbar hebt den Finger, wie ein Schüler, den der Lehrer aufruft; als wir ihn anstarren, verwandelt er ihn in den des Gastes an der Theke, He, Ober!: „Das bin ich, Herr Anwalt.“

Er versucht aufzustehen, um sich von uns entfernen und allein reden zu können, aber die Handschellen hindern ihn daran, deshalb muss ich zuhören, was ihm der Spitzbart sagt.

„Ich darf mich vorstellen, Rechtsanwalt X. Der Präsident der Anwaltskammer hat mir Ihren Fall übertragen. Aber ich wurde erst heute früh davon in Kenntnis gesetzt: Deshalb konnte ich Sie nicht in der Haftanstalt besuchen. Ich habe Ihre Akte studiert ...“

Alles klar, der Kerl ist blank, und man hat ihm einen Pflichtverteidiger aufgebrummt.

Ich nehme meinen ganzen Mut zusammen: „Wir sind offenbar begünstigt im Frauentrakt: Da gibt es eine Anwaltsliste, und wenn man nachdrücklich danach verlangt, darf man sie sogar einsehen.“

Der Spitzbart lächelt, ich habe Lust zu schwatzen, aber da geht schon wieder die Tür auf, und ich vergesse alles andere, denn mein Maître hat den Saal betreten, Maître, mein Vater, mein Retter! Schon sause ich auf ihn zu, und nach dem Shakehands behalte ich seine Hand, um ihn zu meinem Gatten, immer noch in Handschellen, zu ziehen, den Schutzengeln werfe ich ein „Sie gestatten?“ zu, gefolgt von einem unausgesprochen wenn nicht, ist es auch egal, und wir tuscheln zu dritt, bis das Gericht kommt.

Maître möchte unseren Prozess immer noch vertagen: Erstens ist er heute nicht so ganz bei Stimme, zweitens ...

„Die Geschädigten sind da", sagt er. Tatsächlich erkenne ich ganz hinten im Saal unsere Opfer. „Jetzt, in der Urlaubszeit, haben wir eine Chance, sie abzuschütteln: die Reise, die Kosten ... Ich werde ihnen erklären, sie sollen gefälligst zur nächsten Sitzung kommen."

Die Verhandlung hat begonnen. Ich höre dem Anwalt nicht mehr zu. Ich beobachte die Visagen der Richter, um die Haltung zu finden, die ihnen genehm sein könnte. Darin ist Zizi geschickter als ich: Als wir dran sind, bewundere ich, wie ehrerbietig und demütig er zur Schranke tritt, und versuche selbst, den Kopf zu senken und die Schultern niedergeschlagen hängenzulassen.

Abwechselnd antworten wir dem Präsidenten; vorläufig stehe ich gerade, die Hände weit weg von der Schranke. Aber ich kann mir noch so oft bei jeder Verhandlung vornehmen, dass ich diese verfluchte Schranke nicht berühren werde ... am Ende der Befragung hänge ich darüber wie ein Sandsack.

Maître erklärt dem Staatsanwalt, dass er verschiedene Punkte der Anklage gern noch einmal gründlicher prüfen würde, und bittet darum, unseren Fall auf einen späteren Zeitpunkt zu verschieben. Ich weiß, dass der Schnösel und mein Schleimer alte Schulkumpanen sind, deshalb kommt mir die Förmlichkeit, mit der Maître seine Bitte vorträgt, zunächst übertrieben vor; dann fällt mir ein, dass es vor Gericht unangemessen wäre, wenn der Verteidiger des Übeltäters den Vertreter der Gesellschaft als „altes Haus" begrüßen würde.

Der Staatsanwalt übermittelt Maîtres Wünsche an den Präsidenten, der sich einverstanden erklärt ... wenn wir es auch sind. Wir blicken nicht durch: Da Maître eigentlich wir ist, soll er doch für uns antworten!

Geflissentlich wiederholt der Präsident: „Willigen Sie ein, die Verhandlung zu vertagen?"

Im Knast verliert man die Angewohnheit, seine Meinung zu sagen: Schnauze, euch hat keiner gefragt! Unentschlossen sehe ich Zizi an und stelle fest, dass er auch nicht sehr überzeugt aussieht.

Aber wir müssen uns entscheiden: Wenn die Richter die Geduld verlieren ...

Eins unserer Opfer rettet die Situation.

„Herr Präsident", meldet es sich, „ich fahre übermorgen für zwei Monate in die Ferien: Wenn ... Wenn Sie die Verhandlung verschieben, wäre es sehr schwierig für mich, daran teilzunehmen ..."

Maître stürzt sich fast auf ihn: „Wenn es weiter nichts ist, Monsieur! Das Gericht wird Ihre Wünsche zur Kenntnis nehmen, wir werden einen Sachwalter bitten, daran zu erinnern ..."

Der Präsident wird ungeduldig: „Also, mein Herr, sind Sie einverstanden, sich vertreten zu lassen?"

Der Kläger kann nichts anders als zustimmen. Vor den strengen Gesichtern der Richter wirkt er viel schuldiger als wir. Er hat geklagt, hat mit Mitgefühl und Wärme, mit angemessener Behandlung gerechnet, und nun fragt man zuerst uns und stellt ihm die gleichen Fragen wie diesen Elenden!

Sogleich nutzen die anderen Kläger die Gelegenheit, um sich ebenfalls zu drücken; sie sehen ganz erleichtert aus, einer weiteren Sitzung in diesen freudlosen Hallen zu entgehen. Recht wird gesprochen, das verspricht man ihnen: Warum sollten sie dann erneut vorsprechen?

Sie erklären, dass sie ihre Klagen aufrechterhalten und ziehen sich mit einer Verbeugung vor dem Gericht zurück.

„Also, Bestätigung des Urteils durch die Kläger", sagt der Präsident. „Die nächsten, bitte."

Wenn sie den Mut hätten, würden sie hinausgaloppieren, unsere Kläger. Wir haben es weniger eilig, erweisen dem Gericht unsere Referenz, indem wir leicht den Hintern beugen; und kehren zurück zu unseren kleinen Brüdern, unseren Schutzengeln und unserer Schandbank.

Weil wir brav waren, erlaubt man uns auf der Rückfahrt nebeneinander zu sitzen. Wir setzen unseren Kuss fort.

... Ich falte den Kassiber zusammen, den ich ohne jede Mühe im Mund behalten hatte: Am Abend nach dem Urteil kann man von der Verurteilten nicht verlangen, dass sie viel redet. Morgen werde ich erklären, dass ich noch nicht verurteilt bin, aber heute Abend habe ich den Mund lieber zugelassen. Die Dame hat mein Schweigen respektiert.

Es ist, wie ich dachte: Zizi ist auf meiner Wellenlänge, er rät mir, nichts zu unternehmen, bevor er es mir sagt. Er wiederholt, dass er mir die Tür öffnen wird, „Rühr das Schließloch nicht an!", und dass ich noch Zeit habe, am letzten Abend mein Zeug zu packen.

Aber ... wenn er das Werkzeug nicht auftreiben kann, weiß der Himmel, wann er mir grünes Licht gibt.

Mit dieser Vertagung hat uns Maître ein, zwei Wochen geschenkt, ich hoffe, in dieser Frist bekommen wir den richtigen Haken. Aber Zizi schreibt: „Mein Herz, der Sommer verstreicht schwindelerregend schnell ... Wenn ich spüre, dass ich dich enttäuschen könnte und dass ich nichts, gar nichts tun kann, außer warten und wüten, könnte ich heulen wie ein Knirps. Versteh mich, meine Liebste, bis heute habe ich nur meine Zähne, und ich kann die Mauer doch nicht auffressen."

Als ich das lese, kommen mir auch die Tränen.

Hinterrücks kommt der Gedanke angeflogen, mich abzufinden, und kreist über meinem Willen ... damit sich Zizi nicht mehr solche Sorgen machen muss, damit für ihn nur noch, damit für uns beide nur noch die Zeit abzusitzen ist, diese Jahre mit vier Wintern, in denen man mit der Kraft der Träume die Sonne neu erfinden muss ... O nein, ich könnte die Hoffnung nicht so lange schüren!

Ich komme vor ihm raus, das ist fast sicher; aber ich weiß genau, dass ich jeden Tag hierherkommen werde, um zu teilen ... Teilen, so ein Schwachsinn! Man teilt niemals, wie man eine Last teilt. Die Strafe zieht man nicht hinter sich her wie einen Karren: Wenn wir beide sie tragen, verdoppelt sie sich. Und all die bisherige, die unendlich lange Strafe gleicht nichts aus, nützt nichts, so lange sie sich an uns oder an anderen fortsetzt, solange sie sich nicht selbst zerstört. Wenn wir ihr entfliehen, versinken andere Frauen und andere Männer im gleichen Moment darin; die Strafe überschwemmt und zermalmt uns in einer endlosen Flut, und diese Jahre – obwohl so gehaltvoll, das muss man halt schlucken – verflüssigen sich und verdampfen allmählich. Nicht mal das Gedächtnis wird etwas davon bewahren.

Wir vergessen den Knast so schnell. Warum? Weil ich, zumindest was mich angeht, meine Gefängnisaufenthalte nie „realisiert“ habe; ich sah darin nur Übergänge und Vorwände, Dinge zu tun, die nichts mit ihnen und dem Ziel, das man ihnen zuweist, zu tun hatten; an diesen Orten der Buße habe ich mich amüsiert, und wenn es mir schlecht ging, dann nie meinem Gewissen, ich habe mich umgeschaut, ich habe auch gelernt, besser zu lieben ... Ich habe auch nie gedacht, dass mich all diese Tage zum Ende führen: Ich habe den Knast immer mit einem Gefühl des Unvollendeten verlassen; vielleicht, weil mich die Freilassung schon zur nächsten Verhaftung führte, aber vor allem, weil das Prinzip der Sühne für mich ohne Wert ist, weshalb es mir so vorkommt, als müsste ich immer weiter zahlen, solange ich nicht bereue ... also noch sehr, sehr lange ...

Deswegen bin ich ständig darauf aus zu fliehen.

Wenn ich es akzeptiere, akzeptiere ich zu viel; dann müssten sie mich am Tag der Entlassung mit einem Fußtritt hinausbefördern; schon jetzt fühle ich mich niedergeschlagen bei dem Gedanken, den Plunder geistiger Prothesen abzulegen, mit denen ich versuche, das Absurde zu stützen und mich darin vorwärtszubewegen ...

In der Dunkelheit wälze ich mich auf meiner Matratze herum: Zizi, du musst diese Werkzeuge auftreiben, der Knast klebt mir allmählich an der Haut, du musst sie schnell auftreiben ... Denn nach dem Urteil wird man uns bald verlegen ... Auch wenn Zizi schreibt, „Wo ich auch bin, ich komme dich holen", sage ich mir, dass wir genau hier handeln müssen, weil es sonst keinen Sinn für unsere Verlegung gab.

Möge die Macht der Dinge nicht stärker sein als unsere!

Möge der Sommer noch ein wenig dauern! Wenn ich mich erst mit dem Herbst abfinde, warum sollte ich dann den Winter ablehnen?

Mit den Füßen auf der Dezemberheizung würde ich Material sammeln, um im Frühling geduldig zu sein, und so weiter.

Aber jetzt geht meine Grübelei ins Leere: Bei der Vorstellung hierzubleiben, zerreißt mir ein Gefühl von Ewigkeit die Eingeweide, wie wenn ich als Kind an die Ewigkeit des Katechismus dachte, an die grausame Ewigkeit Gottes.

Kapitel V

„Da oben ist ja was los! Sind da etwa Diebe auf dem Dach?"

„Die Gefangenen reinigen die Dachrinne", erklärt mir die Dame.

Die Kerle haben mich geweckt: Sie pfeifen lauter als meine Amsel, und ihre Stimmen überdecken das Plappern der Spatzen. Arme Spatzen! Bei diesem Großreinemachen trauen sie sich nicht mehr, ihr Haus über meiner Luke weiterzubauen: Sie kommen erst um elf wieder angeflattert, als die Männer zu ihrer Suppe abgeschwirrt sind.

Hopp, hoch mit dir, Mädchen. Bloß nicht wieder einschlafen, die Riesenvögel machen zu viel Radau. Ich könnte mit ihnen sprechen, das wäre vielleicht weniger öde, als ihnen zuzuhören; die Rückenlehne meines Stuhls unter dem Fenster wäre hoch genug. Aber ich will nicht.

Die Dachklempner sind vielleicht wandelnde Wachtürme. Hol den Wärter, die Weiber stehlen uns die Schau.

Aber Zizi sucht einen Boten für die Kassiber; er kann die Typen einschätzen, bevor er sie anspricht. Ich warte: Ich nehme alles genau unter die Lupe, was in meine Zelle kommt, Einkauf und Besucher; ständig male ich mir mögliche Schnitzer aus, rechne mit dem nächsten Schlag ...

Wenn sie die Boten sind, wie ich hoffe, werden die Vögel mich schon zu finden wissen.

Beim Hofgang schaue ich zufällig hoch zum Dach und sehe einen Gefangenen, der mit einer Pobacke am äußersten Rand des Ziegeldachs hängt und versucht, auf unsere Schenkel zu starren: Wir bräunen uns unter den Wolken, die Kleider unten hochgezogen und oben aufgeknöpft.

Beim Anblick des Voyeurs knöpfe ich mich zu und wechsle den Platz, setze mich direkt an die Wand: Wenn der Vogel mich jetzt sehen will, muss er noch weiter an den Rand, sich an die Dachrinne klammern, und ich habe vielleicht das Glück, ihn mitten auf dem Löwenzahnviereck zerschellen zu sehen. Aber ein Schenkel verloren ... da sind noch genug von den anderen Frauen, die nur an ihre Bräune denken und natürlich nichts gemerkt haben.

Um mich zu bestrafen, bewirft mich der Vogel mit Dachrinnenplankton, Müll, Zinkstückchen und kleinen Schlammwürsten. So bekam ich es heute mit der Angst um meine Haut, nachdem ein großes Stück Schiefer zehn Zentimeter vor meinem Schuh gelandet war, und ich habe die Wärterin gerufen, die hinter der Tür wachte.

„Können Sie mich in den Nachbarhof bringen, Madame? Bei diesen Arbeiten wird es gefährlich, hier zu bleiben."

Die anderen Mädchen wurden auch umgeparkt. Sie haben angefangen im neuen Hof Unkraut zu zupfen und dabei ganz laut geredet und gelacht, damit der Vogel sie wenigstens hören kann. Ich spiele bestimmt nicht gern die Schüchterne, aber wenn bei ihrem Blödsinn dann irgendwas passiert, lässt man bald keinen Mann mehr in unseren Trakt, und ich kann sehn, wie ich klarkomme.

Und außerdem bin ich schließlich Zizis Frau, nicht wahr? Ich verberge die Schwächen und, etwas weniger, den Charme dieser Frau; ich will, dass sie mich erkennen, dass sie Zizi sagen, sie hätten mich gesehen, und ich würde aussehen wie eine nette kleine Frau; ich möchte jeden Fauxpas, jede Fehlinterpretation meines Verhaltens und meiner Worte vermeiden; wenn ich mich in der Taille wiege, dann ganz natürlich, wenn ich lauthals singe, ist es ein anderes Lied, als die Männer vom Dach pfeifen.

Sie nehmen meins auf, halten inne, um zu lauschen, ob ich ihnen folge, ich flüchte in eine andere Melodie, und so vergehen die Vormittage, leicht und fad.

Bald wird vom Dach oder vom Himmel ein Brief fallen, wie später die Freiheit und das Ende des Exils: warten können.

Ich war gerade vom Hof heraufgekommen, als die Dame, die Milchkanne in der Hand, schon wieder aufschloss.

„Was denn, verteilen Sie heute die Milch, Madame?"

„Lerouge hat eine Menge zu flicken, so spart sie Zeit."

„Ich helfe Ihnen ein bisschen ..."

„Nein, nein, danke, ich habe jetzt nur die Kanne hochgebracht, verteilen kann ich später: Ich muss Sie zu Ihrem Anwalt bringen."

Während sie meine Tür abschloss, beeilte ich mich, die beiden Etagen runterzurennen und die bohnerwachstriefenden Stufen runterzurutschen: Diesmal würde ich vielleicht zehn Sekunden Vorsprung gewinnen, um mich in Ruhe umzusehen. Wenn ich vom Hofgang zurückkomme, ist nie Gelegenheit: Eine bittet mich um ein Buch, eine andere hätte gern „ein oder zwei Streichhölzer ... mit Kippen, wenn du welche hast", oder ich brauche selbst eine Nähnadel von Lerouge; kurz und gut, das Getrappel zum und vom Hof vergeht jeden Tag mit diesen unverzichtbaren Nichtigkeiten; und wann komme ich schon aus meiner Zelle, außer beim Hofgang und zur Besuchszeit?

... Ich warte, an die Trakttür gelehnt, mit ausdruckslosem Gesicht, die Arme ordnungsgemäß verschränkt; Feuerwehrschläuche auf jeder Etage: Da haben wir doch schon Seile; die Gitter an der Glastür, hmm ... ich glaube nicht, dass ich da durchpasse, Zizi erst recht nicht, er muss durch die Luken im Keller reinkommen, und ... psst, lächeln! Pardon, Madame; guten Tag, Maître.

Ich bin ziemlich zufrieden mit dieser kleinen Erkundung: Die Feuerwehrschläuche sind fester und schneller einsatzbereit als eine in Streifen gerissene Decke. Jetzt kümmern wir uns um den Schleimer; ich bin vorangekommen mit meiner Arbeit, nur ein paar Millimeter, aber was ist eine Gefängnismauer anderes, als ein Millimeter am anderen?

Das Shakehands gelingt: Maître hat dicke Finger, die mir sonst immer wegrutschen; aber diesmal habe ich sie fest gepackt, wie tröstlich, so ein Händedruck. Ein leerer Besuchsraum streckt uns seine Stühle entgegen, die anderen Logen sind belebt, der Knast regt sich: Wie in einem Stummfilm gestikulieren die Anwälte und ihre Klienten, die Funktionsgefangenen – Küchenjungs, Kalfakter, Buchhalter – rennen durch die Gänge, die Lampen leuchten schon, die Lautsprecher verbreiten die einstündige Abendmusik.

Da ich immer auf ein Wunder warte – Gott allein weiß, auf welches –, verbringe ich jeden Morgen zwei Stunden damit, mich um meine Augen und meine Haare zu kümmern, Hirschkuhaugen und alle möglichen Knoten; ich mildere die raue Anstaltskutte mit kleinen Hemdchen, springe aus den Latschen und schlüpfe in die Absatzschuhe, sobald ich jemanden in meine Etage kommen höre ... Heute Abend bin ich wie jeden Abend aufgedonnert für ich weiß nicht was, Maître sieht erholt aus, seine Brille glänzt; wir sind beide sehr zufrieden mit dem anderen.

Am Anfang des Gesprächs müssen wir die Frage des Honorars abhaken.

Maître dreht und windet sich, er ist verlegen, wie süß!

„Die Verschiebung der Verhandlung habe ich vor allem aus Berufsethos veranlasst, glauben Sie mir. Wir hätten auch gleich plädieren können ... Aber ich wollte die Akte nochmal gründlich lesen; andererseits haben wir nach den Ferien einen neuen Präsidenten, den ich nicht kenne, vielleicht auch einen anderen Staatsanwalt. Das ist das Unbekannte, das Unwägbare ... Während ich jetzt weiß, woran ich bin. Das Problem ist nur ..."

„Ja, Maître?"

„Nun also ... ich konnte keine Verschiebung auf nächste Woche erreichen, der Termin ist in vierzehn Tagen."

„Umso besser!"

„Aber ich fahre in zehn Tagen in den Urlaub! Wenn Sie absolut darauf bestehen, dass ich Ihre Verteidigung übernehme, könnte ich anreisen, aber vielleicht kann einer meiner Kollegen ..."

Ich ergötze mich mal wieder an Maîtres Geschwafel, an seiner Art, sich je nachdem, wie es passt, sehr stark oder sehr schwach darzustellen: Das Gericht sei bestens zusammen- und von ihm ins Bild gesetzt; er habe erreicht, dass dieses Gericht unter Bedingungen, die uns allen gelegen kämen, über uns urteile, jetzt trete er zurück; er erwartet, dass wir ihn bitten, wieder aufzutauchen, aber wenn man ihn hört, ist die Anwesenheit eines Schleimers zu Beginn der Verhandlung notwendig, aber auch ausreichend: Später sei es unwichtig, ob er oder ein anderer, Hauptsache, jemand sei da ... Edle Bescheidenheit!

„O bitte, kommen Sie zurück", sage ich, um ihm eine Freude zu machen.

Eigentlich hat er recht: Dieser Anwalt oder ein anderer, was macht das für einen Unterschied?

Ich überlege: Alle Anwälte sind in den Ferien; es ist kein Kinderspiel, in zwei Wochen einen unbekannten, ziemlich chaotischen Fall zu studieren, vor allem, wenn man erst am Abend vor der Verhandlung anfängt, und blechen müssen wir sowieso. Da behalten wir doch lieber unseren Maître.

Seufzend, einer so gequält wie der andere, verständigen wir uns über die Summe, ich diktiere die Adresse eines sehr privaten Bankiers, Maître notiert sie ... Uff!

Jetzt, wo er den Schotter hat, erklärt er mir, wie er ihn ausgeben wird: „Ich komme nicht mit dem Zug, die Anstrengung der Reise, die Länge der Fahrt ..."

Eine Nacht im Liegewagen und vom Bahnhof aus im Taxi nach Hause, warme Umschläge um den Hals bis zur Verhandlung: Ich finde, danach sollte er noch plädieren können, auch wenn er so empfindliche Stimmbänder hat, wie er immer behauptet. Aber wenn er den Jet vorzieht, habe ich damit kein Problem: Schließlich ist es nicht mehr meine Kohle.

Maître steckt meine Adresse ein und schließt seine Aktentasche; seine Wangen werden wieder rosig, er ist ganz für mich da. Das Gespräch wird herzlich und vertraut. Gewiegt vom Brummen des Radios und dem Klick-klick der Schlüsselbunde, mit denen die Wärter im Rondell klappern – ein Tick, auch wenn sie gar nichts zu schließen haben –, lasse ich mich zu einem Geständnis hinreißen.

„Aber Madame! Wenn wir die Gesamtstrafe erhalten, ohne das eine der beiden Einzelstrafen erhöht wird ..."

„Auch wenn sie die kleine erhöhen, geht sie in der großen auf und die Gesamtstrafe wird trotzdem kürzer?"

„Ja, wenn sie nur ein bisschen erhöht wird."

Zwei plus zwei ist zwei, zwei plus drei ist drei, seltsam!

„... und in diesem Fall kommen Sie lange vor Ihrem Gatten raus. Was würden Sie dann tun?"

„Was soll ich dann schon tun, Maître? Wahrscheinlich das gleiche wie beim letzten Mal. Ich komme immer mit einem Sack voll guter Vorsätze raus; es ist nicht meine Schuld, wenn das Draußen sie aufweicht! Nein, diesmal bin ich einfach nur total erledigt, absolut er-le-digt: Ich habe alles hinter mir gelassen und das Reich der Teilnahmslosigkeit betreten. A-sozial bin ich seit meiner Geburt; aber vor ein paar Jahren war ich weniger düster, ich konnte mich noch bemühen ... Jetzt kann ich das nicht mehr: Die Jahre

gehen vorbei, die Urteile gehen auf uns nieder, werden immer härter ... Was habe ich jetzt noch zu verlieren?"

Maître antwortet nicht, sondern fragt: „Warum fangen Sie nicht wieder an zu arbeiten? Sie haben doch einige Diplome erhalten, früher ..."

„Ich habe abgebrochen ..."

„Aber die Diplome haben Sie trotzdem. Sie können Maschine schreiben ..."

„Pah! Das habe ich im Knast gelernt, stimmt. Aber draußen habe ich nie eine Maschine angerührt: die Nägel ..."

„Sie könnten wieder damit anfangen: Ich würde den Staatsanwalt um die Genehmigung bitten, wenn Sie ..."

„Nein, Maître, geben Sie sich keine Mühe, ich werde niemals arbeiten. Ich sage doch, sie haben mich erledigt. Die Diplome, von denen Sie reden, habe ich erworben, weil es im Knast sehr gesund ist, die Rübe ein bisschen mit anderen Dingen zu beschäftigen als den ganzen Verrücktengeschichten. Aber abgesehen von Medizin hatte ich nie Lust zu studieren; das war nur ein Zeitvertreib. Und um mit Medizin anzufangen, wenn ich rauskomme, wäre es ein bisschen spät!"

„Aber ... wäre das nicht was, jetzt gleich?"

Ich lächle.

„Als ich noch Jahre vor mir hatte und auch noch all meine Illusionen, habe ich es versucht; o ja, Maître, bei diesem Studium habe ich mich gründlich informiert, das kann ich Ihnen sagen! Man hat mir geantwortet, es gebe auch praktische Übungen, mit Anwesenheitspflicht in der Uni: Sie wollten mich nicht zwischen zwei Bullen in die Uni schicken ... Also habe ich andere Sachen angefangen, während ich auf die Strafaussetzung wartete, um mich zu amüsieren, aber auch um meinen guten Willen zu zeigen, und die Aussetzung wurde um ein Quartal nach dem anderen verschoben: ‚Das verdoppelt Ihre Chancen, sie zu erhalten, so schlecht geht es Ihnen hier doch gar nicht‘ und so fort. Tatsächlich machte ich neben der Arbeit Sachen, die der Direktion nicht gefielen. Sie waren zu stur für mich. Da hat’s mich gepackt, und eines schönen Abends bin ich abgehauen.“

„Aber trotzdem“, sagt Maître nachdenklich, „Sorge für andere Menschen, das war eine schöne Idee.“

„Sorge ... Altruismus, meinen Sie?“

„Altruismus, wenn Sie so wollen.“

„Vielleicht war mein Wunsch, Doktor zu werden, auch so was. Ich wurde sehr jung für ein hartes Ding verurteilt; ich hatte kein Blut an den Händen, das nicht, aber ich steckte mit drin. Nach dem Schwurgerichtsverfahren hatte ich Lust, etwas gutzumachen, ein Gleichgewicht wieder herzustellen, das ich zum Teil zerstört hatte ... Ich kann es nicht erklären: Ich hatte keine Gewissensbisse, habe mich nicht geschämt, ich hatte nichts gemacht, aber trotzdem musste ich schuldig sein, ich konnte nur nicht sagen wieso. Und dann, ach, Maître ...“, ich muss lachen, „... dann sind Sie gekommen und haben mich mit der Strafaussetzung genervt! Und jetzt besteht die ‚Sorge für andere‘ darin, meinen Kameradinnen Splitter aus den Füßen zu ziehen, die treten sie sich oft ein, von den Dielen hier drinnen ... Ach ja: Außerdem zweifle ich, dass mich der Medizinerorden aufnähme.“

„Nach fünf Jahren hätten Sie die Streichung der Strafe beantragen können.“

„Das ist es, Maître: Die Akte wird wieder geöffnet, die Leiche entstaubt, und dann geht’s wieder los, mit Presse und allem drum und dran: Bloß nicht!“

„Nicht doch, nicht doch! Sie sind entmutigt, das verstehe ich sehr gut, aber es wäre machbar gewesen. Aber heute? Gut, lassen wir die Medizin beiseite: Sie sind gebildet ...“

„Und genau das wirft man mir vor. Aber Sie wissen auch, dass ich ein Bastard bin, das Kind von niemandem ..."

„... ganz offiziell von sehr ehrbaren Leuten adoptiert!"

„... die nach meinen Jugendstreichen die Adoption rückgängig gemacht haben. Ich habe nur Diplome auf einen Namen, den ich nicht mehr trage. Stellen Sie sich den Zirkus vor, Maître, wenn ich versuchte, an der Uni meine Rechte einzufordern. Schon für ein erbärmliches Duplikat darf es ein normaler Student nicht eilig haben. Und dann ich, die nicht mal einen Taufnamen hat. Deswegen könnte ich auch einen Aufstand beim Bistum machen; aber ... Meine Geschichte ödet mich an, ich mag nicht mehr. Apropos, wir haben hier eine Messe zum 14. Juli! Wird das jetzt ein Pflichtfeiertag?"

Unmöglich, auszubrechen, Maître fängt mich wieder ein: „Und Ihr Gatte, Madame? Denken Sie daran, dass Sie ihn mit dieser Haltung womöglich zerstören? Haben Sie ihm das auch erzählt? Was hat er denn vor? Er wirkt sehr entschlossen, sich wieder hochzuarbeiten."

„Was er vorhat? Ganz ehrlich, Maître ... ich weiß es nicht; niemand weiß, was er tun wird. Fest steht nur, dass wir uns wiederhaben wollen, weiter müssen wir nicht voraus sehen. Das ist schon so viel, Maître: uns wiederhaben!" Und trotzig füge ich hinzu: „Ich bin glücklich: hier oder draußen, ich bin glücklich, denn egal wo, wir bleiben immer *wir.*"

„Streiten Sie sich oft?", fragt Maître.

„Wir? Wer hat Ihnen denn so was erzählt?"

„Na ... Sie selbst. Beim Vorverfahren."

„Ach so, natürlich, den Richter geht es schließlich nichts an, wenn wir in den Fluren turteln."

Plötzlich denke ich an das furchtbare Schweigen zwischen Zi und mir, draußen, ausgelöst von blankliegenden Nerven, der Erschöpfung nach dem Anschaffen, dem Druck der Gesellschaft, an alles, was der eine am anderen voller Wut zurückwies und was wir gemeinsam brechen wollten, während wir uns daran klammerten, ohne es zu wollen, an das Schweigen des Zorns, das Schweigen der Kapitulation; aber über all das habe ich nicht gesprochen, nie. Alles, was wir den Richtern oder Schleimern womöglich über unsere „Streits" erzählt haben, war, und Maître müsste das verstehen, eine beliebige Art, unsere Unabhängigkeit voneinander und die Freiheit, die wir einander ließen, auszudrücken; zuzugeben, dass mein Mann mich nicht in sein Tun einweihte, dass er ging, wann und wohin er wollte, und dass ich ihm keine Fragen stellte ... Man baut seine Alibis aus dem, was man hat. So entging ich der Mittäterschaft beim Diebstahl und konnte die bei der Hehlerei als Ahnungslosigkeit darstellen. Ach, Herr Anwalt, das war doch klassisch!

In einem Wirbel sehe ich andere Stille, wenn die Müdigkeit ausgeschlafen hatte und die zugezogenen Vorhänge uns für ein paar Stunden vom Leben trennten; die Zärtlichkeiten, die Zi erfand, indem er mich mit den Lippen ins Ohrläppchen biss und mich ganz vorsichtig an sich drückte, um mein glückliches Gerippe nicht allzu sehr quietschen zu lassen; ich denke an die Gesellschaftsspiele, die Rücksicht, die Vergebung; und jetzt unsere Briefe, unsere wunderbaren, angefressenen Briefe.

Ich sehe Maître an, der verblüfft auf den Tisch trommelt.

„Ich weiß ... besser gesagt, ich vermute, dass es schwierig für Sie sein muss, ein Mädchen wie mich zu verteidigen, scheinbar völlig unempfänglich, hart, kein bisschen Mitleid einflößend ... ich habe nur eine empfindliche Stelle, nur eine Wunde – verzeihen Sie, wenn ich heute Abend schlecht spreche, ich kann es nicht besser ausdrücken –, ja, meine Wunde ist diese Liebe, und doch werden Sie darin nichts finden, um mich zu rechtfertigen. Deshalb bitte ich Sie nur, mir zu helfen, das Spiel zu spielen, Maître. Einmal haben Sie darüber gesagt: ‚Was für ein Zirkus!'"

„Ich?"

„Ja, im Besuchszimmer. Die Bezeichnung gefällt mir gut. Obwohl mir das Leben auf jeder Ebene wie ein Zirkus vorkommt, ziehe ich das Pokerspiel vor, auch ein passender Ausdruck: Ich spiele, egal, ob ich eine gute oder schlechte Spielerin oder einfach nur Spielerin bin, auf jeden Fall spiele ich auf Niederlage. Ich mag solche Bilder!"

Ich fange allmählich an zu spinnen, wie ich in meiner Zelle spinne, wenn ich mit dem Spiegel rede.

Maître versteht, dass ich Schiss habe, er verzichtet auf das Schlusswort und steht auf: „Na gut, Madame, ich lasse Ihren Gatten kommen. Vielleicht kann er Sie überzeugen. Und wir ... sehen uns in vierzehn Tagen, nicht wahr?"

„Zwölf, Maître. Auch zwei Tage zählen!"

Im Nebenraum reden zwei Gefangene mit einem Herrn in Zivil, sicher ein Polyp; als ich an ihrem Fenster vorbeikomme, sehen sie mich an, und ich sehe sie an, in dem Moment kommt eine dritte Anstaltskutte den schmalen Flur entlang: Ich bin zwischen ihm und Maître eingeklemmt, alle sagen „Oh, pardon!", und ich wende mich den Frauengemächern zu, schreite davon, so anmutig ich kann, damit Zizis Frau seinen kleinen Brüdern gefällt.

Als ich vor der Rotunde stehe, höre ich, wie Maître den Wärter bittet, meinen Gatten zu holen: Wenn ihn der Schließer nur sofort herbringt, damit ich ihn sehen kann! Aber der Schließer überholt mich und klingelt an der Tür zu meinem Trakt: Er wird sich erst rühren, wenn er sich von meinem Verschwinden überzeugt hat.

Inzwischen verschafft sich Maître etwas Bewegung und marschiert im Kreis um das Wärterhäuschen in der Mitte; er kommt immer wieder an mir vorbei, aber ich will ihn nicht mehr sehen: Er hat mir Kohle aus dem Kreuz geleiert, hat mich mein Leben erzählen lassen. Ich bin nackt ...

Was macht denn Madame? Jetzt hat der Schließer schon zweimal geklingelt. Auf dem Beton von einem Fuß auf den anderen tretend erwarte ich die Dame, die Hände über dem Hintern verschränkt, ich langweile mich. Meine Augen schweifen zu den Geländern der einzelnen Etagen bis zum sechseckigen Rosettenfenster, durch das ganz oben die graue Dämmerung hereinsickert. Endlich geht die Tür auf, ich lächle die Dame an, und auf der Schwelle drehe ich den Kopf, um noch einmal Maîtres Augen zu sehen, seinen freundschaftlichen und betrübten Blick.

Habe ich ihm nicht vorhin erzählt, ich sei glücklich? Was soll ich mit seinem gar nicht billigen Mitgefühl?

Mit durchgedrücktem Rücken unter der Anstaltskutte bemühe ich mich, würdig die Treppe hochzugehen, nicht einfach mit rutschenden Absätzen, Lerouge muss das Bohnerwachs ja nicht bezahlen, und plappere mit meinem Schließerlein; wir würdigen Maîtres stattliche Gestalt, seine elegante Kleidung ...

„Diesmal hat er sich mit Ihnen ja viel Zeit genommen!"

„O jaja, Mââââme, wir haben ausführlich geschwatzt! Wie spät? ... Ah, stimmt, das dürfen Sie mir ja nicht sagen ... Mal sehn, das Radio ist aus, die Schüsseln klappern, muss so kurz vor halb sechs sein."

Die Dame hält mir ihr Handgelenk vor die Nase: Richtig!

Heute Abend gibt es Fischiges. Ich habe Hunger, rasenden Hunger und hole schonmal das Brot und die Teller aus dem Schrank. Wieder Hering oder Makrele, bäh!

Und wenn ich mir eine Mayonnaise mache?

Das ist es: Ich werde mir ein Schälchen, was heißt ein Schälchen?, einen Suppenteller, einen Liter Mayonnaise genehmigen. In der Reihenfolge ihres Auftretens stellen wir Ei, Senf, Salz und Öl auf den Tisch. Ich werde eine Knoblauchzehe dazugeben und den Knoblauch zerdrücken, damit die Zunge brennt, damit der Magen die ganze Energie verbraucht und ich nicht mehr herumzapple.

Während ich das Eigelb schlage, schimpfe ich vor mich hin: „Davongemacht hat er sich, mit der Adresse, mit meinen Geständnissen ... Na und! Wenn meine Worte je aus seiner Geheimnisschachtel hervorkommen, dann in Form eines Plädoyers, unkenntlich, überzeugend, durch die Advokatenmühle gedreht. Welches Gemisch wird er uns wohl diesmal servieren? Jetzt trampelt er wohl ungeduldig vor dem Postschalter für telegrafische Geldanweisungen; vor allem anderen denkt er an den Sprit für das Flugzeug.

Und mich packt derweilen – Achtung, nicht zu schnell das Öl – das Mitgefühl, ein höhnisches Mitgefühl: Ich, arbeiten? Die Finger nach dem Lohn und den Stockschlägen ausstrecken, wo es doch viel spannender ist, sie über einer Beute zu schließen?

Ehrlich, der Anwalt wird mich vielleicht aus dem Knast holen aber er wird mich nicht aus mir selbst, aus meiner vorsätzlichen Selbstverurteilung herausholen.

„Und außerdem", sage ich, über meiner Knoblauchzehe weinend, „außerdem wird er vielleicht die Gesamtstrafe für uns erreichen. Was wird dann aus meinem Ausbruch?"

Schändlicherweise wünsche ich mir, dass die Richter nicht allzu gnädig sein mögen: eine Verringerung, einverstanden, aber nur so viel, dass die Lust auf den Ausbruch bleibt; den Ausbruch von Unvernunft und Humor, einen Ausbruch, den wir einfach so machen würden, ohne Grund, nur, um ihnen begreiflich zu machen, dass wir ihre Almosen nicht brauchen ... Aber dieser Anwalt lässt mich nicht los. Jetzt fällt es mir wieder ein, er hat auch gesagt, dass er wiederkäme, um mich zu verteidigen, „unter der Bedingung, dass es das letzte Mal ist!" Wie bitte? Ich habe mich förmlich vor ihm auf dem Boden des Besuchszimmers gewälzt, ich habe mein Flehen ordentlich geschottert, und er erweist mir ungnädig eine Gnade! Meine Sache peinigt ihn, den Süßen!

Und ich dummes Ding dachte, Maître sei mein Bruder!

Ich greife nach dem Bic: Ich muss ihm schreiben; der Anstand und die ungelenke Zunge im Beisein eines professionellen Wortverdrehers haben mich zum Schweigen gebracht, aber mein Bic, der kann reden! Schnell den Block.

„Mein lieber Maître,

In der Ruhe meiner Zelle versuche ich nach unserem Gespräch dessen Bedeutung zu entschlüsseln, was mir nicht ganz gelingt; vielleicht hatte es keine große.

Sie verweisen mich auf meine ‚Bildung': Ja, aber ich habe nicht mehr den formbaren Geist von damals; nichts befruchtet mehr meinen Verstand, ich denke langsam, mühsam, finde erst vierundzwanzig Stunden später die Antworten! Dieser Rost! Aus einem starren Geist wird ein starrköpfiger Geist. Hinreichend klar, damit dieser Geist es erfassen konnte, haben Sie den Wunsch kundgetan, fortan Ihre Ruhe zu haben von meinen Hilferufen: Ich verspreche es Ihnen, wie Sie ganz richtig sagen, fehlt es nicht an Kollegen Ihrer Zunft."

(Unersetzlich, er? Um mich durch Berufung in Abwesenheit rauszuholen, bräuchte es einen anderen als Maître!)

„Ich hätte nicht gebettelt: Ich bin ein Monster des Stolzes, das steht fest; mag sein, dass er zerstört, dieser Stolz, aber ich habe vor, mich durch ihn zu retten, indem ich mich so bewahre, wie ich bin. Allerdings ..."

(Streichen wir ihm ein bisschen um den Bart.)

„... waren Sie bis gestern der Anwalt-Freund, die einzig wertvolle Unterstützung; ich träume viel, aber in der kleinen praktischen Ecke meines Geistes waren Sie willkommen. Leider war auch das ein Traum. Ich weiß, dass ich falsch urteile, dass ich alles verwechsle und über alles lache, dass ich ein bisschen verrückt bin, sicher mangels Kontakt und Reibung mit der Wirklichkeit: Ich sehe die Menschen nicht, ich bastle sie mir ... O Maître, ich hatte Sie mir viel verständnisvoller gebastelt!“

Er hat auch gesagt ... jetzt, nachdem ich die Mayonnaise verdaut habe, kommen die Worte von gestern wieder hoch und formen einen dicken Kloß, den ich nicht schlucken kann. Ich mache mir einen Kaffee warm und schreibe mit dem Glas in der Hand weiter.

„Mir fehle die Erfahrung, ich sei jung, denken Sie; natürlich, in Sachen Erfahrung habe ich nur Erfahrungen. Warum wird dann diese Unerfahrenheit, anstatt mir zu helfen, wenn man sie zu meiner Verteidigung anführt, durch eine seltsame Wandlung zum Strafverschärfungsgrund? Sie beschuldigen mich, meinen Mann mitzuziehen! Aber ich liebe diesen Mann gerade, weil ich ihn nicht ziehen kann, weil wir denselben Motor haben, weil wir der eine und der andere zugleich sind; ich lehne es ab, mich loszusagen, aber ich lehne es auch ab, mir die Jacke der Drahtzieherin anzuziehen. Man hat sie mir vor ein paar Jahren mit Gewalt übergeworfen, als man in meinen Akten nichts wirklich Kriminelles fand, aber dafür die Begabung bei mir entdeckte zu führen oder zu verführen, ich weiß nicht, wie sie es nannten.

Mein lieber Maître, ich erwarte weder, dass Sie verstehen, noch, dass Sie mir zustimmen; ich bitte Sie einfach, diese Worte des Zorns zu verzeihen, die ich nur zufällig Ihnen schicke, weil ich Sie gerade unter dem Bic habe und meine Umgebung zu dumm ist, als dass ich mir die Mühe machte, sie zur Schnecke zu machen. Ich sage ‚Danke, Maître‘ und schweige: Denn das Gespräch gestern hat mir noch einmal gezeigt, dass jeder Austausch seine Grenzen hat und der Dialog allzu oft als doppelter Monolog endet. Ich verlangte zu viel von Ihnen, jenseits Ihrer Zuständigkeit:

Ich rechnete im Grunde mit Ihrer Komplizenschaft, wobei, da der Angeklagte der Ertrinkende und der Anwalt derjenige ist, der ihn rausfischen soll, beide nur zusammen untergehen könnten. Ich verlangte alles von Ihnen, und was gab ich dafür? Ich hatte nur mein Vertrauen. Aber ich verstehe, dass das von Ihnen zu mir nur ein neuer Trick sein kann: Ich hatte Ihnen dieses Vertrauen ohne Rückhalt gegeben, aber da Sie unsere Beziehung auf die von Anwalt und Klientin beschränken, beschränke ich mein Vertrauen auf gleiche Weise. Ich dachte, das Vertrauen sei Erholung, Austausch, ich weiß, Maître: Das ist übertrieben ..."

Ich füge hinzu, dass die Trennung mir gelegen komme, denn es missfalle mir ebenso, nach meinem Äußeren beurteilt zu werden, wie mein Inneres zu offenbaren; ebenso wolle ich so wenig Menschen wie möglich sehen, um mir so die sogleich bedauerte Selbstdarstellung zu ersparen, und so weiter. Dabei hat mir Maître oft aus der Patsche geholfen, dafür bin ich ihm dankbar; meine ehrliche Dankbarkeit ist keine Floskel. Aber ich möchte jede Dankbarkeit, jeden Anflug von Überschwang austrocknen, möchte die ganze Welt loswerden.

Puh! Was für ein Werk, ich habe fast den ganzen Vormittag mit den Streichungen an dieser Epistel verbracht; aber am Ende hatte ich den Kloß runtergeschluckt. Auf dem Papier, aus der Entfernung, am nächsten Tag erliegt man weniger der Versuchung, freundlich zu sein, und der Bequemlichkeit, den Leuten zu sagen, was sie gern hören, am nächsten Tag ist es leichter, sie zu beschimpfen.

Eigentlich habe ich genauso wenig Lust zu schimpfen wie zu singen, aber es vertreibt mir die Zeit. Trotzdem gibt es immer noch eine kleine Ecke in meiner Erinnerung, die ständig bereit ist, ohne jeden Angriff zurückzuschlagen, diese verletzte, mürrische Ecke, die ständig Streit sucht; aber bei Maître, der mir nur gute und loyale Worte schenkt, muss ich mir den Kopf zerbrechen und mich mächtig aufheizen, um ihm wirklich böse zu sein.

Wie kann ich ihm böse sein? Er spielt den Menschlichen und den Gerührten, er schiebt mir seine Zigarettenschachtel hin und drückt mir am Ende die Pfote, sehr lange, sein Blick tief in meine Augen versenkt.

Ich träume von Pakten, von Schweinereien, ich male meine Wimpern an; und die Dame, die ich manchmal über mein Seelenleben informiere, sagt: „Damien, Sie sind ja verliebt in diesen Anwalt!"

O nein, Maître ist mein Verteidiger! Wir wollen doch bitte die Relationen wahren.

Ich möchte nichts mehr damit zu tun haben, weder mit Unterwerfung noch mit Ablehnung; ich verschanze mich hinter Ironie oder gar Unverschämtheit. Dort werden mir natürlich die Worte fehlen, werde ich mit Schmollmund und wogender Brust „Oh, Maître!" stammeln; hier aber werde ich abends komplizierte oder lapidare Sätze konstruieren und sie im Dunkeln in alle Ecken der Zelle schleudern; hier werde ich meine Ironie an der Untätigkeit und der Ruhe der Nächte wetzen.

Im Knast sind die Zielscheiben zu riesig und zu nah: Man muss große Geschosse einsetzen, Kugeln für Elefantenhaut, grobe Worte. Dennoch fühle ich mich imstande, mit einer winzigen Patrone voller Lachen die großen Zielscheiben, das Gefängnis, zu zertrümmern und meine Strafe gleich mit.

Kapitel VI

Am nächsten Sonntag bringe ich die Abschrift meines Briefes an den Anwalt mit ins Besuchszimmer und fange gleich an vorzulesen:

„Mein lieber Maître ..."

Mein lieber Maître lächelt: „Es gefällt mir, wenn du mich so nennst ... Aber vielleicht sagen wir uns auch guten Tag?"

„O pardon, Liebling! Aber ich muss dich erstmal ein bisschen was von meiner Rage kosten lassen ... So was von wütend, diese Woche!"

Ich erkläre es Zizi und lese ihm die Epistel zu Ende vor; er sorgt sich gleich wegen der Folgen: „Ich frage mich, ob er nicht zurücktreten wird!"

„Mach dir keinen Kopf, er hat keine Lust, das Honorar zurückzuzahlen. Du wirst sehen, stattdessen wird er seinen ganzen Ehrgeiz daransetzen, uns so gut wie möglich zu verteidigen, viel besser vielleicht, als wenn wir ihn mit vorauseilenden Plattitüden überschüttet hätten. Er behauptet, er hat genug von uns, aber wenn ich ihn beim Wort und einen anderen genommen hätte, wäre er ziemlich sauer gewesen. Allerdings wäre es auch nicht so einfach, die Kohle zurückzuholen ..."

„Aber dich als Kundin zurückholen! Du machst Witze, mein Wolf."

„Wer ist hier zu selbstgefällig? Er oder ich? Glaubst du nicht, dass ein kleiner Aderlass seinen Kopf etwas abschwellen lassen wird?"

„Egal!", meint Zizi. „Hauptsache er macht seine Arbeit und wir sind bald durch, damit wir Bescheid wissen ... Die

Verschiebung um zwei Wochen hat uns nicht weitergebracht."

Also immer noch kein Werkzeug. Verdammter Mist!

Zizi deutet muntere Rückhandschläge über den Tischtennistisch an; aber ich durchschaue seine Unbekümmertheit: Ich könnte heulen wie ein Knirps ... Ich kann die Mauer nicht auffressen ... Ich kenne den genauen Klang, die Worte, die ihn treffen, die Worte, die man nicht gedankenlos an sein Herz richten darf; wenn ich Zizi hier und da aufgelesene verdrießende Sätze wiederhole; wenn ich sage, dass es mir nicht so gut geht oder dass mir die Leute um mich herum zuwider sind, weiß ich, dass seine Wut rasseln wird. Geduldig schüre ich diese Wut, erhitze daran die meine; eines Tages, soviel steht fest, wird diese Wut alles zertrümmern.

Dann werden wir beruhigt leben, fern der rasenden Städte; ich werde Zigaretten anzünden, die wir in Autos rauchen, während wir die Nachtkilometer fressen.

„Könnten Sie meiner Frau ein Bonbon geben, Monsieur?"

Der Schließer wickelt das Bonbon aus, gibt es der Dame, die es mir gibt.

Wir lächeln, während wir unsere gefüllte Minze umspeicheln.

„Der Fürsorger hat mir vier gegeben; wenn wir brav sind, bekommen wir die beiden andern bei der nächsten Besuchszeit", sagt Zizi engelsgleich.

Während also Maître mit schallender Stimme plädieren und für uns „die letzte Chance" fordern wird, werden wir die Nasen senken und an alberne Sachen denken.

„Nein", sage ich. „Heb ihn lieber bis zum Urteil auf."

... Heute Abend werden wir mit dem provisorischen Status der endgültig Verurteilten zurückkommen.

Der Zirkus hat wieder seine Türen geöffnet, die Richter haben beim Glockenwirbel Einzug gehalten, das Orchester in der Anwaltsbox hat seine Instrumente gestimmt; die Juristenakrobatik beginnt.

Morgen ist Schluss mit „Lieber Maître“, den Ausflügen in die Stadt, den Rechten des Beklagten: Morgen heißt es Schluss mit dem Herumtoben oder, das hängt von uns ab, der tollkühne Sprung ...

Mir tun die Stelzen weh, es kommt mir so vor, als würde die Befragung von vorn beginnen, abgesehen davon, dass man beim Untersuchungsrichter wenigstens sitzt. Der Berichterstatter hört gar nicht auf mit der Lektüre, dem Geblätter in den Berichten, die uns mit der schwarzen Wichse der Schreibmaschinen porträtieren; am Ende jedes Absatzes nimmt er die Brille ab, dann setzt er sie mit Ziererei des Handgelenks und „das Gericht wird darüber urteilen“ wieder auf.

Schon wieder Anick! Du hast dich an die Schranke gelehnt, du bist eingeknickt! Meine Knie sind Waschlappen, die Ellbogen wundgescheuert, ich muss Pipi machen. Unermüdlich erstattet der Berichterstatter Bericht.

Hinsetzen! Ich sehe zu unserer Bank: Seufz, so bald lässt man uns nicht wieder sitzen. Unsere Polizisten, die Hintern bequem gestützt, brüten wie Hühner auf der Stange friedlich vor sich hin. Auch unsere Brüder brüten: Vielleicht sind sie eifersüchtig auf unsere guten Anwälte, oder sie haben Bammel; Bammel, der immer konkreter wird, je weiter die Zeiger sich drehen und ihre Stunde sich nähert.

Heute ist eine Knastkumpanin mit mir hier; sie sitzt dort zwischen ihren beiden Mitangeklagten; die drei zusammen sind vielleicht so alt wie Zizi und ich. Wir sind zwar noch keine Tattergreise, aber sie sind Gauner in der Blüte ihres Lebens.

Drei Minderjährige, die nicht wussten, denen man nicht geholfen hat, werden die Schleimer sagen; nein, nicht mal das, Christines Anwalt hat im Gefängnis nichts von sich hören lassen und wird wohl auch heute nicht auftauchen. Dabei weiß ich, dass sie mehrmals an den Präsidenten der Anwaltskammer geschrieben hat.

Ihr von Angst entstelltes Frätzchen lässt mich einen Moment meine schmerzenden Haxen vergessen; dann fällt mir ein, dass die zerknirschte Miene Pflicht ist, ich winke Chris über die Schulter ein aufmunterndes Keine-Angst-ist-nicht-so-schlimm zu, verschiebe das Gewicht meines erbärmlichen Gerippes vom rechten Absatz auf den linken und richte mühsam den Rücken auf: zerknirscht, aber würdevoll.

Die Klageschrift setzt ihr Wiegenlied fort: „Einbruch, Einbruch. Frau Mein-Mädchenname, Herr Name-von-Zizi; Herr So, Frau Undso" – das sind unsere Kläger, diese Säcke, ja! Einige Einbrüche, von denen uns die Untersuchung entlastet hatte, werden wieder angeführt; oje, die Berufung! Je mehr Blätter umgeblättert werden, die Unter- und Durchsuchungen, die Listen der bei mir und an mir gefundenen Gegenständen, die – längeren – der Gegenstände, die man noch sucht, ausführlich verlesen werden, desto klarer spüre ich, dass wir ordentlich einstecken werden.

Welcher Deus ex Machina könnte die Decke öffnen und auf die Köpfe der Männer des Rechts eine Lawine kleiner und großer Beutestücke herabregnen lassen? Und welcher Satz in diesem ganzen Papierkram wäre wahr genug, damit sich die Schleusen unserer Augen öffnen würden?

Früher hockte ich mich am Tag vor der Verhandlung vor meinen Spiegel, übte Worte und Mimik; am nächsten Morgen machte ich eine Generalprobe, bevor es ins Gericht ging; das Herz voller Text betrat ich den Saal. Dann begriff ich, dass sich unter der scheinbaren Routine der Präsiden-

tenfragen nach Name-Vorname-Alter-Familienstand ein ganzes Arsenal verbaler Fallen mit heimtückischer Entladung verbarg, es waren auch nie genau die Fragen, die ich erwartete; die vorbereiteten Antworten, in denen mein Gedächtnis hektisch wühlte, um sie den Fragen anzupassen, ließen in der Stille des Gerichtssaals ein lächerliches, falsches Klappern hören.

Diesmal habe ich darauf verzichtet, die exakten Schlösser der juristischen Sprache mit den flexiblen Dietrichen meiner Worte als Angeklagte zu knacken; ich überlege mir, dass der Antrag der Staatsanwaltschaft uns niederdrücken, aber das Plädoyer uns wieder aufrichten wird; im Übrigen hören die Richter dem Anwalt kaum zu, sie blättern in ihren Papieren, die viel wichtiger sind, denn nur das Geschriebene bleibt.

Der Präsident pfeift auf alles, er hat seine große Uhr da oben: Immer öfter, immer gelangweilter wirft er einen Blick darauf; die Beisitzer werden mit einer leichten Kontraktion des Mundschließmuskels ihren Drang zu gähnen unterdrücken und mit nachdenklicher Hand ihre schlummernde Stirn stützen.

Die kleine Chance, die als einzige wach und munter auf ihren unsichtbaren und nackten Füßen durch den Zirkus hüpft – o meine Fee! –, wird uns vielleicht in die Gesichter schauen und für uns ein paar Arabesken tanzen, wenn unsere Nasen ihr gefallen.

Chance ... Während Maître hinter uns steht und uns Tornados von Beredsamkeit in den Nacken bläst, stelle ich mir die lautlosen Hüpfer vor, die sie auf dem wachs- und staubklebenden Boden vollführt, und plötzlich packt mich ein wildes Lachen. Ich verstecke den Mund hinter dem Taschentuch und rutsche ein Stück näher an meinen Gatten, damit mich die Strebe der Schranke vor den Augen des

Präsidenten verbirgt. Eigentlich dürfte er mich dann auch nicht mehr sehen.

Oh oh!

Bei meinem Gezappel umfasse ich Zizis Hand, deren Finger auf die Schranke trommelten. Sofort erwachen in den Fingern uralte Reflexe, im Schutz meiner Jacke klettern sie hinauf, um den Saum zwischen Rock und Haut zu erreichen.

Ein Galaabend in Freiheit: Es ist die Zeit unseres Glanzes, und Zizi verfolgt mein schrittweises Herausputzen, das ich kommentiere: „Ich ziehe nie Unterwäsche unter einen engen Rock, sonst rutscht er hoch ..."

Offenbar erinnert sich Zizi, die Finger haben mich gefunden ... Ich nehme sie in meine und lege sie wieder auf die Brüstung. „Warte auf die Beratung, Liebling: Bei dem Tempo, in dem es heute geht, erwartet uns eine wunderbare Pause."

Es ist vorbei, das letzte Wort des Resümees ist, pluff, von den Lippen des Anwalts gefallen und wird endlos in den mehr oder weniger beeindruckten Trommelfellen widerhallen. Ein paar köstliche Sekunden verstreichen.

Dann hebt sich der Zauber und der Schreiberspecht klopft mit dem Schnabel, um die Beschuldigten der nächsten Sache aufzurufen: Christine geht zur Schranke, gefolgt von den beiden Jungen, ihr Bruder und ihr Freund, glaube ich. Wir treffen uns zwischen Schranke und Bank, „Nur Mut"; das Gericht ist streng mit rosa Mädchen, drei zusammen ist schon Bandenbildung, ihr Anwalt ist immer noch nicht da.

Dabei gebe ich mich im Knast gar nicht mit der Kleinen ab: Es macht mich krank, wenn ich sie ihren Blödsinn machen sehe, ein genaues Abbild meines Blödsinns als Minderjährige, auch wenn sie fest davon überzeugt ist, ihn neu zu erfinden; ich bedaure ihre haarsträubende Ahnungslosigkeit, ihre Augen, die nachts geweint haben und morgens herausfordernd blitzen. Und trotzdem: Wenn sie im Putzrhythmus ihre anmutigen Hüften schwenkt und sich auf dem Treppenabsatz wiegt wie eine Alge im Meer, wenn ich sie den ganzen Abend durch die Wand Fetzen von Twist und Cha-Cha-Cha trällern höre, fühle ich mich reif, nachsichtig, bereit, die große Freundin zu spielen.

Aber am nächsten Tag ist alles anders, ist das Radio kaputt, ist Christine wieder in ihrer Zelle eingeschlossen, folgt dem Wiegen der Hüfte die Sprachakrobatik.

In der Dusche ist das Wasser schlecht verteilt und schlecht gemischt, kochend in den ersten Kabinen und ein kaltes Rinnsal in den hintersten. Christine hat „ihre" Dusche in der Mitte der Reihe, also wohltemperiert; sie wäscht sich zwischen den Verbrannten und den Erfrorenen und stöhnt vor Wohlbehagen.

Trotzdem kommt ab und zu eine Frau mit dem Mut der Ahnungslosigkeit nackt und triefend aus ihrer Klause und brüllt los, um die Wärterin zu rufen. Die dreht meistens alle Hähne auf und verdrückt sich, um in der Waschküche mit Lerouge zu plappern, ohne sich um die Wassertemperatur zu kümmern: Sie ist nett, aber vor allem geschwätzig. Außerdem ist so ein Hammam für sie, angezogen und frisiert ... Alarmiert vom Geschrei eilt sie herbei: „Was ist los?"

„Madame, wären Sie so freundlich, das heiße Wasser aufzudrehen?"

„Nein, das kalte!", rufen die Verbrannten.

Oder umgekehrt.

Meistens lande ich auf der kalten Seite: Ich wohne am Ende des Gangs im Zweiten, mir wird als Letzte aufgeschlossen, die Ersten besetzen die besten Plätze – allerdings wagt sich niemand unter Christines Dusche –, und wenn ich ankomme, ist die warme Seite besetzt.

Neulich kam es besonders eisig aus meinem Duschkopf: Ich beschloss „warmes Wasser“ zu brüllen, auch wenn ich dadurch die Hälfte der Frauen den Verbrennungstod sterben ließ.

Christine, die genüsslich in ihrer Schüssel planschte, sprang winzig und glänzend von Palmolive aus ihrer Kabine; mit dem Waschlappen in der Hand hielt sie einen Vortrag zum Thema „wohltuende Wirkung von kaltem Wasser für alte Haut“. Ich entgegnete, „meine Gesundheit hat das Wasser im Vollzug gründlich ruiniert“ und „ich weiß besser als jeder andere, was gut für meine Haut ist“ und ICH empfände von Zeit zu Zeit das Bedürfnis, mich mit warmem Wasser zu reinigen, und „manche sollten lieber lernen, sich die Möse zu entmoosen, als sich den Kitzler zu kitzeln“ und so weiter. Das alles im Rauschen der Rohre und Spritzen der Duschen, dem Geschrei der Frauen und dem „Aber, aber“ der Dame. Christine hat einen kleinen Feuertanz hingelegt, um sich zu immunisieren, ist unter ihr warmes Tröpfelsieb zurückgekehrt und hat geheult, es sei zu heiß. Aber diesmal war die Dame endgültig gegangen.

Chris ist das geborene Streithuhn: Sie muss sticheln, stänkern und meckern, bis ihr jemand hilft, das Geschrei anzufachen. Seit einer ganzen Weile versucht sie mich in Rage zu bringen, aber abgesehen von dem winzigen Ausrutscher in der Dusche ist es ihr noch nicht gelungen: Ich bunkere meine Rage, ich vergeude sie nicht.

Ich antworte Chris ohne Hast, ohne Ärger. Meine Nachbarin zur Linken plagt ihre Nachbarinnen nebenan und unten: Schranktürknallen, nächtliches Gurgeln des Waschbeckens, rücksichtslos auf den Boden geschmetterter Eimerdeckel. Christine hat die Zelle unter ihrer: Obwohl sie schläft wie ein Stein, ist dieser Radau ein willkommener Anlass. Als wir eines Nachmittags darauf warten, auf den

Hof zu kommen, attackiert sie mich mit einem anklagenden Blick auf meine Absatzpantoletten: Die ganze Nacht trampele man über ihrem Kopf herum, man solle ruhig mal an die anderen denken ... Wenn ich es richtig verstehe, glaubt die Arme, ich sei über ihr!

„Stimmt", sage ich, „das habe ich auch irgendwo gelesen."

„Was heißt ‚hast du gelesen'?", faucht Christine leise, denn man darf nicht laut fauchen, weder auf der Treppe noch irgendwo sonst.

„Jetzt weiß ich es wieder, das steht in meinem Brevier: *Kodex der Lebenskunst im Knast,* hast du das gelesen? Ich borge es dir, ein tolles Buch. In einem Artikel, ich weiß nicht genau, wo, steht, dass der gut erzogene Knacki nach der abendlichen Schließung Pantoffeln tragen soll, am besten Filzpantoffeln. Ich habe leider nur die alten Badelatschen, obendrein blaue: Das ist schlimm, denn Blau entspricht nicht der Vorschrift. Aber ich verspreche dir, Chris, sobald ich Geld habe ..."

Und dann schaue ich auf Chris' Füße: Sie trägt abgetretene Ballerinas, in denen sie mangels Wechselschuhen seit ihrer Verhaftung Tag und Nacht herumläuft.

Lerouge hat ganz recht, die Kleine geht einem auf den Wecker.

Vor der Verhandlung haben wir die Feindseligkeiten eingestellt. Weil Chris keinen Kaffee hat, lass ich ihr durch Lerouge welchen durch die Klappe stecken, damit sie sich aufputscht; ich habe ihr auch die verbogene Haarspange geborgt, mit der ich mich epiliere.

Christine ist mit gerunzelten Brauen über der Schranke zusammengesunken, ihre Leibwächter schwanken neben ihr. Der Anblick ihrer Ballerinas, wie sie so auf dem Boden des Gerichtssaals stehen, tut mir weh, denn sie denkt nicht mehr daran zu twisten. Als wir vorhin hereingekommen sind, hat sie noch gesagt: „Guck, was für eine schöne Tanzfläche!“

Maître kommt zu uns; die Toga versteckt die Gauner vor mir.

Zizi steht auf; sie reden, und ich bleibe sitzen, eingeklemmt zwischen den Knien der Herren, der Toga von Maître und der Hose meines Gatten. Die Sätze gehen sehr weit über meinem Kopf hinweg. Oh, ein Fleck am Rand der Jacke! Um mich zu beschäftigen, versuche ich ihn mit dem Nagel abzukratzen.

Ja, Maître hat gut gesprochen; ja, ich bin voller Hoffnung; ja, ich sollte meinen Dank äußern, er würde es gern hören. Aber der Dank bleibt mir in der Kehle stecken: Maître weiß nicht, welche Welt der Gleichgültigkeit mich von seinen Beinen trennt. Soll Zizi ihm doch die Phrasen von Dankbarkeit und Bewunderung verkaufen! Ich habe den Fleck entfernt und puste die Reste ab.

„Wir bekommen eine Reduktion, sicher“, sagt Zizi.

„Warten wir erstmal das Urteil ab: Einmal hat Ihre Frau mir nach der Verhandlung vorgeworfen, ich sei ‚immer zufrieden‘.“

Ich schaue hoch: „Wahrscheinlich hatten sie mir ein Urteil verpasst, das nicht mit Ihren Prognosen übereinstimmte!“

Der Anwalt zischt ab. Sein Glück, ich wollte gerade loslegen. Wenn ich Prognosen abgebe, behandelte man sie als schwarze oder himmelblaue Hirngespinste; man verteidigte mich widerwillig, ohne Optimismus, einzig und allein vom Geld verführt.

Denkt Maître etwa, dass ich mich verpflichtet fühle, ihm die Stiefel zu lecken, wenn es nachher ein schönes Ergebnis gibt? Schließlich habe ich es gewagt, den Bic auf das Blatt zu setzen, um Berufung gegen das einzulegen, was hinzunehmen er uns geraten hatte! Mein Gott, er hat genug gemeckert, als er davon erfahren hat!

Auf der Rückfahrt schmiege ich mich an Zizi: „Alles ist gut, siehst du, alles ist logisch."

Sie haben mir ein paar Monate gestrichen. Nicht die Welt, aber doch einiges. Damit drehe ich dem Anwalt eine lange Nase, verpasse seiner hocherhobenen einen Dämpfer und lächle, als ich im Knast ankomme.

Ich lächle nicht deswegen, ich lächle, weil Zizis Urteil bestätigt wurde. Ich lächle, weil er die Hoffnung verloren hat und weil die Hoffnung, die er bald wiederfinden wird, dann denselben Namen tragen wird wie meine.

„Überleg mal, Zi, wenn du die Gesamtstrafe bekommen hättest, würdest du gleichzeitig mit mir rauskommen! Wenn sie mich bestätigt hätten ..."

„Wir hätten sie beide bekommen müssen. Aber in ihren Schädeln war nur Platz für einen: Besser, dass du es bist."

Sie haben mich zu etwas anderem verurteilt, das ist alles. Ich denke an den täglichen Brief, den wöchentlichen Besuch, auch an die täglich unterdrückten Tränen am Fuß der großen Mauer, die langsam zerfällt; oh, ich entferne mich voller Wut, mit ramponierten Fäusten, und fahre mit hundertvierzig, werde vielleicht sterben und ganz sicher trinken, trinken ... Ich erwache mit dröhnendem Schädel, taste, um dich neben mir zu finden: Nein, du wachst in deinem Gefängnis auf, und ich ... Was für eine Schande, ich bin frei ...

Heute Abend hingegen habe ich neben mir nur Zizis Körper: Unsere Hände sind verschlungen und unsere Beine kleben aneinander, aber er ist nicht da; ich spüre genau, dass sein alter Traum ihn gefangen gehalten hatte und dass er ihm nachtrauert.

„Wo bist du?", frage ich.

Mach kehrt, mein Lieber. Ich hole tief Luft auf dem Weg, wo ich auf dich warte, ab und zu drehe ich mich um, komm! Wir machen uns davon, davon, verstehst du? Leben im Untergrund, alle beide ... Ich gehe langsam, ich mache Pausen, hol mich ein!

„Wie läuft es eigentlich mit deiner Suche?"

„Schlecht. Die Kerle sind alle bescheuert, und ich habe ein Schild ‚Besonders überwachen' an der Tür. Als ich neulich vom Hofgang zurückkam, habe ich es abgerissen, aber sie haben mir gleich ein neues drangeklebt ... Wenn ich nachts den Kopf unter der Decke habe oder mich nicht rühre, klopft der Wärter an die Tür; um ihm zu zeigen, dass ich immer noch da bin, sage ich ihm, was mir grad einfällt ... Ich muss einfach überall aufpassen. Dieses System kann uns noch weit bringen, bis in den Vollzug, bis zum Abgang ... Ach, mein Häschen, es gibt Tage, da bin ich total am Ende."

„Na gut, dann töten wir uns eben durch Ausruhen! Keine Familie, kein Familienstand mehr, wir verschwinden einfach, der große Frieden! Ich muss mir sowieso meinen Arm richten lassen; sogar jetzt, wo ich verurteilt bin, zweifle ich, dass sie mich nach Fresnes schicken: Eine alte Wunde ist kein Notfall, oder? Warum soll ich es dann nicht gleich draußen machen lassen? Gewonnene Zeit."

„Und wenn wir kein Glück haben und sie uns gleich wieder einlochen?"

„Bist du verrückt? Uns, die Vögel im Nest? Wir kommen weit, weit ..."

„Na klar, man denkt immer, dass es einem nicht passiert."

„Denken wir also, dass es uns passiert: Dann verbringe ich meine Genesung im Krankenzimmer, die Pfote in Gips, das erspart mir die neunzig Tage Arrest, ich übernehme alle Arbeiten ... Und du, pah! Du haust wieder ab, um mich

wieder rauszuholen, wieder und wieder. Nein, im Ernst, Schatz, wir lassen uns schnappen, wo und wann wir es wollen, in dem Zustand, in den wir uns in Erwartung dieses Moments gebracht haben werden. Ich werde vorsichtig sein, ich schwöre es dir, ich werde wie ein Dragoner sein, ein wandelndes Warnzeichen. Du wirst mir meine Absage an die Frechheit noch vorwerfen. Du magst mich eher frech."

„Kommt darauf an", sagt Zizi und zeichnet auf meinem Schenkel.

„Sei still, pig-pig! Ja", sage ich, „retten wir das bisschen gute Verfassung, das der Knast uns gelassen hat; sollen sie uns halbtot auflesen oder später, in Hochform, wenn du unbedingt willst. Aber lasst mich atmen, ah-ah-ah-ah! An den Abenden, wo wir nichts zu tun haben, werden wir einen ganzen Haufen Ausbrüche für später planen: So können wir sie in Bewegung halten, bis wir tot sind."

„Mach mal halblang", sagt mein Liebster. „Wir sind gleich im Knast und ... und dann, Scheiße! Sorg dich nicht, wegen der Kassiber sondiere ich gerade einen Mann in der Küche, das müsste klappen. Kontrollier die Kippen und den Einkauf, vor allem ..."

„Aber ... du kannst ihn doch direkt ansprechen, wenn er in Ordnung ist. Ich weiß ungefähr, was ich zu tun habe, ich habe mir die Passwörter gemerkt, Tag und Stunde sagst du mir im Besuchszimmer; von daher sind die Kassiber ganz angenehm, aber engagier lieber den Mann ... wegen des Werkzeugs. Wenn er Küchenjunge ist, hat er zu allem Zugang."

„Da ist das Gefängnis", unterbricht mich Zizi. „Küss mich, Anick, küss mich ..."

Eine Locke hat sich gelöst und fällt ihm über die Stirn, ich erkenne diese Locke: Deutlicher als seine Worte offenbart sie seine Mutlosigkeit. Mit dem Zeigefinger schiebe ich sie hoch und bringe sie brav neben die anderen zurück an ihren Platz, dort lasse ich meine Hand. „Küss mich ..." In der Intimität des süßen Speichels versuche ich, meinem Liebsten die Erregung zu übertragen, die mich plötzlich überfällt und an den Rand der Tränen treibt.

Die Bullen haben sich während der ganzen Fahrt nicht gerührt, jetzt geraten sie in Bewegung. „Wir sind da, wacht auf", rufen sie. „Passt auf beim Bremsen, haltet euch fest!"

Hintereinander springen wir aus dem Wagen. Galante Hände strecken sich Chris und mir entgegen. Ich hole meinen Liebsten vor der Kanzlei ein, schnell noch ein letzter Schmatz, wir haben Zeit. Damit die Schutzengel keinen Ärger kriegen, tun wir so, als wäre es der erste: Der Vize ist aus seiner Hütte gekommen, um aus der Hand des Gefreiten die Liste entgegenzunehmen, sicher wird er ihn fragen, ob sich alle gut benommen haben.

Zizi hat sich erholt, die Locke hält, ich sehe ihn eine schnelle Geste machen: Er steckt den Kassiber in den Mund, um ihn durch den Zoll zu bringen.

Ich konnte meinen am gleichen Ort wie beim letzten Mal verstauen. Die Dame durchsucht zwar immer mit derselben Sanftheit, aber man kann nie wissen, vielleicht hat sie sich die Hand gebrochen oder wurde ans Sterbebett ihrer alten Mutter gerufen; die Vertreterin würde mich nicht schonen. Außerdem hätte ich keine Lust, sie hinters Licht zu führen, ohne die Form zu wahren.

Also hatte ich meine Schutzengel nach der Verhandlung gebeten, mich in die erste Etage zu begleiten.

Kapitel VII

Jetzt, wo ich verurteilt bin, ist der Hofgang Pflicht. Wenn nicht der Arzt widerspricht. Aber ich frage mich, ob der Doktor bereit wäre, mir ein Attest wegen Langeweile zu geben. Ich habe dem Äskulapschüler bisher nur meine aufgesprungene Haut gezeigt (und das im Sommer!), ich trau mich nicht, ihm zu sagen, dass auch mein Schädel ganz rissig ist.

Wenn man wenigstens etwas mit in den Hof nehmen könnte, um sich zu beschäftigen! Aber die Bücher aus der Bibliothek müssen in den Zellen bleiben, nur persönliche Zeitungen sind im Hof erlaubt. Sie gehören uns, also auf eigenes Risiko! Ich vergesse meine immer wieder: Lieber lasse ich mir eine Stunde auf den Nerven herumtrampeln, als sie zu verborgen. Die Frauen würden die Kreuzworträtsel falsch und mit dem Bic ausfüllen, sie würden die Fotos bemalen oder Seiten ausreißen, um kein Klopapier kaufen zu müssen: Nichts da!

Mit Lerouge habe ich nett geschwatzt und brüderlich die Gitane geteilt: „Nehmen Sie einen Zug, die ist handgemacht."

Aber Lerouge kommt nicht mehr nach draußen, der Dienst ist nicht zum Hofgang verpflichtet. Halbtot oder Stubendienst, das sind die Verstecke für eine Frostbeule. Lerouge zieht die Gesellschaft des Ofens im Arbeitsraum einer Bande schwatzender Weiber vor; ich würde es auch so halten: Hier wie anderswo ist der Ofen ein kleiner Kamerad, Freund der eisigen Füße, Träger der Kaffeekanne, Duettist mit der Nähmaschine, ron-ron und rran-rran.

Stoisch speichere ich Sauerstoff.

Ich werde mir ein Versteck suchen – weder halbtot noch Dienst, es muss doch noch einen dritten Trick geben –, wenn es noch kälter wird. Das ist eigentlich unvorstellbar, dabei ist das kaum eine kleine Frühherbstfrische. Warten Sie die Januarhofgänge ab, meine Damen Erstverbüßer, dann werden Sie schon sehen!

Von der zweiten Viertelstunde an träume ich von meiner Zelle wie von einem verlorenen Paradies. Die Plauderei im Hof der Verurteilten interessiert mich nur selten. In Erwartung der Rückkehr des Chefs hat die Dame ganz sanft angefangen, die Zügel anzuziehen: die Angeklagten in einen Hof, die Verurteilten in einen anderen, die Minderjährigen in einen dritten.

Redet ruhig, Mädchen, ich bin nicht auf Sendung, ich schlafe vor Kälte; redet, redet, aber lasst mich still sein.

Bei den Angeklagten plaudert man über Prozesse und Anwälte, schließt Wetten auf das Urteil ab oder bringt die Neuankömmlinge zum Reden: „Erinnern Sie sich wenigstens an die Schlagzeilen?“

Und weil die Neuen ihren neuen Kameradinnen gefallen wollen, zerbrechen sie sich den Schädel, um den letzten *France-Soir* herunterzubeten.

Die Verurteilten machen ihre Nachrichten selbst. Politik: „Wenn der Präsident abgesägt wird, setzen sie einen anderen ein, und es gibt vielleicht Begnadigungen“; bei der Mode geht es um die des Jahres, in dem sie rauskommen werden: „Erstmal kleide ich mich auf jeden Fall von Kopf bis Fuß neu ein“; bei den ewigen und den lyrischen Themen kennen sie nur Kochrezepte, was essen wir heute Abend und wie haben wir das Mittagessen verdaut; am Ende kommt natürlich der kleine Tratsch.

Einige Mädchen verbringen ihre Zeit damit, an der Klappe zu lauschen, wie sie draußen hinter ihren Gardinen lauern würden; ein Schlüssel um Mitternacht wirft sie aus dem Bett, sie tapsen durch die Dunkelheit, spitzen die Ohren: Was ist los?

Was soll schon los sein im Knast?

Ich habe genug vom nächtlichen Dring-dring, gefolgt vom aufgeregten Schlüssel-klong-klong-klick, vom Peng des Tores, dem Kling der Kette; noch ein Spätankömmling oder das Auto der Chefs, das von einem kleinen Ausflug in die Stadt zurückkehrt. Der Scheinwerferstrahl streift meine Decke, der Schatten der Gitterstäbe wandert durch die Zelle und kehrt an seinen Platz zurück; ich rühre mich nicht. Aber die Weiber beschäftigt es, sie fragen unermüdlich, aktualisieren ihr Käseblatt; sie gehen mir auf die Nerven, weil sie gierig sind, weil sie hässlich sind, weil ihre Klamotten aus dem Kleidersack mich daran erinnern, dass ich die gleichen trage und ich wohl genauso hässlich bin.

Ich mache meinen Hofgang ... sagen wir: bis Mitte Oktober. Bis dahin werde ich nicht kapitulieren. Dieser fest eingeschlagene Pflock hilft mir, die Langsamkeit der Nachmittage unter den Wolken zu ertragen. Bei schönem Wetter hatte uns die Dame bis zur Suppe draußen gelassen: Die Stelzen in die blasse Sonne gestreckt, spielte ich endlose Partien Karten mit Lerouge und zwei Partnerinnen, die wir unter den weniger Beschränkten ausgewählt hatten. Unsere Einladung wurde eiligst angenommen, wegen des Spiels natürlich, aber vor allem, weil es gut ist, sich mit der Kalfakterin gutzustellen und auch mit dem Mädchen, das gut mit der Kalfakterin steht, außerdem hatten wir immer Fluppen.

Aber die letzte Partie ist gespielt; ohne Lerouge macht es mir keinen Spaß; leider lässt uns die Dame immer noch genauso lange draußen, weil sie denkt, dass wir weiterspielen und sie uns weiter eine Freude macht. Wie soll man ihr das beibringen? Vor allem, da ... sie ihnen, den Klatschbasen, weiter eine Freude macht! Ich bereite also eine Doktorarbeit über das kontrollierte Schlottern vor, während sich meine kleinen Schwestern damit aufwärmen, zu schwatzen und zu hetzen.

Ich setze mich ganz dicht an die Tür, auf die oberste Stufe, von der ich mich nicht erhebe: Gehen Sie nur, meine Damen, nach Ihnen, bitte, das Holz der Hoftür ist weniger kalt für meinen kleinen, misshandelten Rücken als die Mauersteine.

Wenn ich allein auf meinem Thron davonzutreiben drohe, rufe ich eine der weniger Abstoßenden aus der Schar, sie setzt sich neben mich, unsere vier Pobacken versperren den Durchgang, die anderen suchen sich einen Platz, wo sie können. Gegenüber der Tür gibt es immerhin ein Dach in einer Ecke des betonierten Hofs. Wenn es regnet, aber windstill ist, geht es noch, dann kann man sich dort unterstellen; weil der Hof aber abschüssig ist, macht das Wasser Dreiviertel des Unterstands zur Badewanne, und wenn es dann auch noch ein bisschen pustet, muss man zwischen Fußbad und Gesichtsdusche entscheiden, beides wenigstens mit frischem Wasser.

„Das ist saublöd, sie hätten den Unterstand ruhig etwas größer bauen können!"

„Er ist zwar groß, aber er nützt nichts ... Nein, sie müssten ein Loch graben, damit das Wasser abfließt, unter dem Beton ist Erde, die würde es aufsaugen."

Wir auf unserem Thron lachen ohne Fröhlichkeit.

Jede ist sich selbst die Nächste, ehrlich! Wir geben keine Plätze frei, kein Vorrang für Schwangere, auch nicht für die Krampfadern von Madame Dings oder für das Alter von Oma Bums. Es sei denn, sie bitten uns höflich darum, aber daran denken nur die Wenigsten. Es kommt allerdings vor, dass uns eine Frau nach ein, zwei Stunden Herumstehen anspricht und darum bittet, die Füße ein bisschen zur Seite zu nehmen, damit sie sich auf eine der anderen beiden Stufen setzen kann.

„Nur zu!“, sage ich dann. „Tun Sie sich keinen Zwang an ... schieben Sie sie doch selbst weg.“

Aber man muss ja freundlich sein: Ich ziehe meine Gräten ein, die Dame nimmt Platz und allmählich gesellen sich die anderen zu ihr. Schließlich sind die Stufen besetzt, und ich bin zwischen dem Türrahmen, der Tür, meiner Nachbarin und einer Flut von Rücken und Mähnen eingequetscht. Aus diesem Haufen zusammengepressten Fleischs holt man sich ein bisschen Wärme, und mein Wohlbehagen wächst, während die Viertelstunden verstreichen, weil ich bald, gleich!, weil ich jetzt in meine Zelle zurückkehre, in mein home, meine zehn Kubikmeter Luft mit meinem Geruch: Es riecht in meiner Zelle, es riecht gut, eine Mischung aus Seife, Früchten, die auf dem Schrank faulen, zehn Mal gerauchter Gitane ... Sogar meine Mitternachtsvase ziehe ich den nie gewaschenen Mäulern mancher Damen vor: Man muss im Knast gelebt haben oder Doktor bei der Notaufnahme sein, um zu wissen, wie ranzig die meisten Leute sind – im Knast wie in der Notaufnahme landet man oft ganz unvorbereitet.

Im Gerüchteradio werden die Neuen sortiert, noch bevor man sie gesehen hat.

„Die hatte eine Unterhose an, ich sag dir! Eine Hose! Ich möchte lieber nicht darüber sprechen, sonst muss ich kotzen.“

„Allein an ihren Koffern sieht man gleich, dass sie kein Vagabund ist: Schweinsleder, meine Liebe! Und wenn du gesehen hättest, wie sie in der Kanzlei geredet hat, so was von höflich und vornehm!“

Die Wärterin ist ganz außer sich, wenn sie etwas anderes anbringt als Vagabunden; man muss allerdings sagen, dass sie eher das Schlimmste als das Beste an Land zieht.

Wie sagte die andere, „In unserem Beruf muss man sich mit allem abgeben!"

Aber wenn das Schlimmste und das Beste im Zustand des Knackis verschmolzen sind, der keinen Superlativ beansprucht, wenn sich die Schmutzigen mit der wöchentlichen Dusche abgefunden haben und die Sauberen damit, kein Deo auf der Einkaufsliste zu finden, wenn die Gebildeten sich Mühe geben, wie alle zu reden, und die Analphabeten gelernt haben, die alten Zeitschriften anhand der Bilder zu lesen, wer hat dann die Weiber am Hals, wenn nicht sie sich selbst? Wer mault über die Weiber, im Stillen oder lauthals, je nach Laune und Grund? Wer von uns könnte je rundum zufrieden sein? Sogar draußen kommt es in den unaussprechlichsten Momenten vor, dass dir die Wimperntusche zerläuft oder eine Kolik die Eingeweide zerreißt.

Aber vorhin bin ich haarscharf an der Seligkeit vorbeigeschrammt: Ich war auf dem Weg in meine Zelle, überholte die anderen, um Zusammenstöße zu vermeiden, als mich die ernst dreinblickende Dame im Flug schnappte: „Warten Sie hier, Damien, ich muss mit Ihnen reden."

Oh, oh! Schnell die Erinnerungen durchforsten: nichts in der Zelle gelassen, nichts irgendwem ausgeplaudert, wenn nur Zizi ... Nein, dann hätte man mich ins Büro gerufen: Es muss eine lässliche Sünde sein. Ich werde es gleich wissen; warten wir, bis die Dame wieder unten ist.

An den kalten Heizkörper gelehnt, beobachte ich den Zirkus.

Meistens bin ich mittendrin und merke es nicht; aber von unten ist es ein ziemlich seltsamer Anblick. Die Frauen, die in ihren Zellen verschwinden, erinnern mich an Meerschweinchen auf dem Jahrmarkt, die man in nummerierte Boxen steckt. Gut eingestellte Mechanik, die Schlüssel drehen sich in den Schlössern, die Frauen lösen sich von der

Wand, „gestatten Sie, Mâme“, und werden von der meeresgrünen Türfalle aufgesogen. Der Schlüssel dreht sich in entgegengesetzter Richtung und wandert zum nächsten Schloss.

Leicht angewidert, weiß der Himmel weshalb, wende ich mich ab. Da oben knallen weiter die Fallen, schleifen weiter eisige und dreckige Füße in schlaffen Filzlatschen, und die Dame, drahtig und reinlich in ihrer von Lerouge gestärkten Bluse, schenkt jedem Häuflein Elend ein Lächeln. Sie schließt die letzte Tür, kommt die Treppe runter und auf mich zu: „Nun zu uns!“

Ich setze meine Unschuldsmiene auf, schlucke, wiederhole „Nun zu uns“, mit einem Lachen, einen Halbton über dem Respekt; unter Wahrung aller Proportionen sind wir schließlich so was wie Freundinnen.

„Hätten Sie Lust, eine Weile mit Lerouge im Arbeitsraum zu bleiben, vielleicht bis zur Suppe? Sie braucht Ihre Hilfe bei einer Flickarbeit.“

Ich ziehe die Backenmuskulatur maximal auseinander, stelle meinen Blick auf Begeisterung: „Oh, Madame, Sie sind sehr nett! Natürlich ...“

Fünf Minuten später sitze ich auf dem besten Hocker, kein Einklemmer, kein Pokneifer, nein, dem Hocker meiner Träume. Lerouge streckt mir eine Kaffee-Dose mit Bonbons hin, echten, Wahnsinn, das ist ein Geschenk, „Nehmen Sie, was Sie wollen“: Es gibt Toffees, Konfekt ... Sie macht sich an der Kaffeekanne zu schaffen und hält mir eine andere Büchse unter die Nase: „Noch ein Geschenk, riechen Sie mal!“ Was ich da rieche, ist nicht die Gefängnisplörre ... Das Jesuskind in Samthöschen wird in unsere kleinen Mägen herabsteigen, hätte Dufon gesagt.

Ich schnuppere lange an dem feinen braunen Pulver, nehme eine ordentliche Prise, strecke die Zehen aus und fühle mich allmählich richtig wohl.

„So ein Pech“, sage ich und schwenke meine Gitaneschachtel, in der nur noch eine ist, die anderen habe ich noch schnell in meinem Büstenhalter versteckt, „wenn ich gewusst hätte, dass Sie mich einladen, hätte ich eine neue Schachtel mitgebracht. Nur noch eine, Mist! Wem soll ich sie jetzt anbieten, ohne jemanden zu ärgern.“

Denn die kleine Christine ist auch da; die Dame hat nichts anderes gefunden, um sie zur Ruhe zu bringen: Bei Lerouge gehorcht sie. Und raucht ihre Kippen. Sie hat keinen Sou, um sich welche zu kaufen, genauso wenig wie Lerouge, aber Lerouge hat trotzdem welche: von den Frauen, den Aufseherinnen ... Während Christine als Minderjährige keine Kippe kaufen oder annehmen darf. Deshalb bedient sie sich hier. Sie verschlingt auch die Bonbons. Aber das sollen die beiden unter sich ausmachen!

Chris hat sich auf Lerouges Bett zusammengerollt: Gemächlich schiebt sie meterweise schwarzes Garn in die Laufmaschen ihrer Strumpfhose.

„Wir rauchen sie zusammen“, sagt sie. „Sie machen sie an und lassen sie rumgehen.“

Ich bin immer noch verwirrt: „Minderjährige und Frauen dürfen doch nicht zusammentreffen, wieso hat das Büro ...“

Diesmal antwortet Lerouge: „So lange die Chefs im Urlaub sind ... und samstags hat auch der Vize frei. Falls er Christine bei mir findet, das habe ich mit der Aufseherin vereinbart, sage ich, dass sie mir hilft. Damit das Bild halbwegs stimmt, lasse ich sie ein bisschen fegen und die Etagen wischen: Das nimmt den Frauen den Wind aus den Segeln.“

Es gibt also Mädchen, die um jeden Preis bekommen wollen, was ich um jeden Preis vermeide; für ein paar Meter mehr Bewegungsraum, um die Zeit und die Langeweile totzuschlagen, sind sie bereit, den Wischlappen zu schwenken. Chris macht sich beim Dienst wohl nicht kaputt, falls sie immer so ackert wie jetzt und nur wenn der Vize im Wochenende ist.

Während ich das leckere Gebräu genieße, betrachte ich sie und erkenne weder den Dickkopf noch den Schreihals oder die Zicke, auch nicht die traurige Ganovin beim Appell. Ich kenne ihre Stimme nur vom Geschrei unter der Dusche und dem cha-cha-cha-Gesang; heute ist es eine ganz andere Stimme, rau in den Tiefen und weich in den hohen Tonlagen. Wahrhaftig, sie singt: „Iss doch ein Brot mit Konfitüre, Anick. Mach ihr eins, Lerouge, komm schon!"

„Ich glaube nicht, dass Anick scharf auf Brot ist", sagt Lerouge. „Sie möchte lieber eine zweite Tasse Kaffee, stimmt's?"

„Na gut, dann eben caoua für alle!"

„Sicher nicht! Du Gör hast genug Kaffee für heute. Cidre, wenn du willst."

„Igitt!"

„Oder Tee?"

„Wartet mal", sage ich und wühle in meinem Ausschnitt, wobei ich aufpasse, dass die Kippen nicht auftauchen. „Ich habe gehört, dass Sie den Kakao kosten möchten, bevor Sie welchen kaufen ..."

„Ja, ich kriege sicher in den nächsten Tagen Geld geschickt, und ..."

„Nehmen Sie inzwischen das, wollte ich Ihnen schon seit zwei Tagen geben; Sie werden ja sehen, ob er Ihnen schmeckt. Verkostung sozusagen."

Ein leichter Ball fliegt durch den Raum: drei Löffel Nesquik in einem Plastiktütchen. Mein Busen ist oft viel üppiger, als von Natur aus; ich habe immer was zum Verschenken, Tauschen, Zeigen dabei. Nachmittags gegen zwei springe ich von der Pritsche, auf der ich gesiestet habe, und greife nach den Päckchen, die ich in meine Schuhe neben der Tür gesteckt habe, damit ich nichts vergesse; schnell stopfe ich mich rechts und links voll, ziehe die Treter an, und verstecke die blauen Latschen. Die Wärterin findet mich elegant, mit leeren Händen und frisch gewaschen in Hab-Acht-Stellung hinter der Tür.

Ich bringe Briefe mit, die ich Lerouge lesen lasse, Lieder aus dem Radio, die ich in Steno aufgeschrieben habe, für die Musikbegeisterten, Rezepte für die Heimchen am Herd, Kippen für die Kippies: Diese Kunststückchen halten mich in Form und machen meinen kleinen Schwestern Freude.

Ich mag sie nicht und hasse sie nicht, meine kleinen Schwestern.

Außerdem kostet es mich nicht viel und sichert meinen Frieden. Ich bin Bärin, Esel, die ganze Zirkusmanege, aber niemand belegt mich – zumindest in meinem Beisein – mit Tiernamen, denn ich bin auch Fürsorgerin, Aus-der-Klemme-Zieherin in jeder Situation, Schreiberin, Dekorateurin von Briefpapier, und ich verweigere nie einen Dienst. Ich sehe nur zu, dass man nicht zu viel von mir verlangt, indem ich die Frauen mit scharfem Blick oder überhaupt nicht ansehe.

Diese Anick muss man sich warmhalten.

Drei Löffel Nesquik, um mir Chris warmzuhalten. Blässlich, die Haare über den Augen, schlurft sie durch den Arbeitsraum und rührt in ihrem Kakao. Natürlich haben sie Milch hier. Sie vergammelt in vollen Kannen auf dem Schrank, auf dem Tisch, überall.

„Machen Sie Joghurt?"

„Quatsch", sagt Christine, „wir schaffen es nicht mehr, alles auszutrinken. Drei Wochen habe ich mein Steak abgelehnt, ich wollte nur Obst und Milch, am Ende hat der Doktor nachgegeben ... Ich brauche viele Milchprodukte und Rohkost; ihr vergammeltes Steak, ihre vergammelte Margarine und ihren Zucker ..."

„Vergammelten, hast du vergessen“, sagt Lerouge. „Ehrlich, glaubst du nicht, dass es in deinem Alter besser wäre, Steaks zu essen, als den ganzen Tag irgendwelchen Dreck zu knabbern?“

„Bonbons sind voller Zucker, lass mich essen, wie ich will.“

Nachsichtig schiebt Lerouge weiter ihr Bügeleisen hin und her, während sie das Herumtollen der Kinder überwacht, denn im Kontakt mit Chris habe ich plötzlich zehn Jährchen verloren.

Ich stehe wieder auf der bitteren, nebligen Straße der Kindheit, voll von wilden und von schlaffen Gesten, von riesigen und von luftigen Wörtern, und während ich, obschon ohne Bedauern, seufze, fiebert Christines Jugend der Einundzwanzig entgegen.

Ich vereitle die Tollerei nicht, lasse schlafen, lasse reden; ich trinke meinen Kawa wie eine Dame auf Besuch, eine alte Dame: Schlaf, mein einstmals junges Herz, tob hier nicht herum.

„Jung, ich?“ So eine Beleidigung! Wir waren aufrichtig, total jung in unserer Überzeugung, es nicht zu sein: Hunger? Begeisterung? Vorbei. Das Leben ist nur Fleisch, die Eltern sind Lieferanten dicker Beefsteaks. Gleichzeitig standen wir nachts auf, um den Kühlschrank zu leeren; voller Wonne befleckten sich unsere ungeschickten Finger an dem lautstark verachteten Fleisch, an unserem unbekannten Leib.

Was waren wir für aufrichtige Heuchler!

Wir wurden ständig verraten; während wir verkündeten, wir seien stabil und erzogen, erneuerten sich unsere heimtückischen Zellen in jeder Minute ... Ach, was war das doch, diese Jugend!

Trotzdem wird jeder, der diese Jahre als Irrtum bezeichnet, bei mir nur ein Lächeln ernten, denn diese Jahre voller

Aufruhr ziehen sich jetzt in mir hin wie ein trauriger Goldpfad. Ich reiche dem anmutig-garstigen Kind die Hand. Mein früheres Ich, das liebe alte Kind. Ich trauere dem unversehrten Kind nach; ich bedauere meine Knochenbrüche und hänge daran. Dank ihnen vergesse ich nicht, dass man Unfälle macht, wenn man führen möchte, ohne fahren zu können.

Aber mich hat mein Doktor Liebe gerettet.

Alle meine Jugendbrüder hatten weniger Glück, und sie sind auch nicht mehr unversehrt. Von all dem, was so hübsch in der Ferne glänzte, Liebe, Reichtum und Ruhm, bleiben oft nur langweilige Predigten über das Leben-ein-Haufen-Scheiße und Du-wirst-es-bereuen-meine-Tochter.

Liebe, meine Jugend! Habe ich dich wirklich bei mir, in Sicherheit?

Ich sage mir die Evangelien auf: Ich war Vagabundin, und ich habe mich gebunden; ich war stolz, und ich habe mich hingegeben; ich war allein ... Ach was! Zu einem Gott oder einem Freund könnte ich dasselbe sagen. Nein, die Liebe muss etwas anderes sein, die Liebe muss eine Übertreibung von uns selbst sein. Ich bin eine andere, du bist ein anderer, damit finde ich mich nicht ab. Ich suche dich, du suchst mich, du fehlst mir immerzu.

Hello! Kleiner Ehemann!

Wir waren eins, für ein paar Sekunden: Schluchzen, fassungslose Freude; wir waren zwei: „Bist du fertig im Bad?“

Wie finden wir das Einssein wieder, wenn nicht in der Einsamkeit, in den falschen Zärtlichkeiten?

Christine spricht von der Verhandlung: „Hat es dir nichts ausgemacht, deinen Mann wiederzusehen? Ich konnte die ganze Nacht nicht schlafen.“

„Ach, weißt du, ich bin ja daran gewöhnt.“

„Trotzdem, so, wie ihr euch in der Bullenkutsche begrapscht habt ...“

Blutarmes Wiedersehen! Ich habe viel größeren Hunger, Chris, weißt du das nicht? Glaubst du, Befriedigung kann mich befriedigen?

„Und außerdem sage ich dir eins, Chris: Ich kann nichts dafür, ich bin kalt wie Eis am Stiel."

Kapitel VIII

Ein Unglück kommt niemals allein. Der Beweis: Der Chef ist zurück aus dem Urlaub, begleitet von seiner Gattin. Sie wird den Dienst in den Frauengemächern wieder übernehmen, im Wechsel mit der Dame, einen Tag zittern, einen Tag, um sich vom Vortag zu erholen und auf den nächsten einzustellen.

Unser Schließerlein ist ganz unglücklich darüber. Sie verspricht uns, so oft wie möglich um die Schlüssel zu bitten, um uns Mut zu machen, zwischen zwölf und zwei oder am Abend: „Ich sage, dass ich sofort meine Wäsche brauche oder etwas im Wachzimmer vergessen habe."

„Lassen Sie sich bloß nicht unseretwegen ertappen, Madame!"

„Wer ist sie überhaupt, dass sie mir Vorschriften macht. Sie hat ja schließlich keine Tressen!"

Madame Chef hier, Madame Chef da: Ja, warum? Schlechte Angewohnheit ...

„Stimmt schon", sagt Christine, „sie ist eine stinknormale Aufseherin, aber sie pennt mit Gottvater!"

Christine, Schließerlein und ich; die anderen sind im Regen in die Höfe gesperrt. Ich stehe von der Nähmaschine auf, nehme die Kaffeedose und reiche sie meinen Gästen: „Ein Bonbon? Ich habe geerbt ..."

Chris wird keine Pralinen mehr bekommen, sie wird nicht mehr zu Lerouge gehen und ich auch nicht; aus dem einfachen Grund, weil ich jetzt Lerouge bin.

Die Gefängnisverwaltung hat mich in Lerouge verwandelt, nachdem man sie ins Zentralgefängnis überstellt hat.

Man hat mir eine Hilfe angeboten, ich müsse es nur sagen; aber außer Christine will ich hier niemanden haben.

Und Christine hat man mir natürlich nicht angeboten: Die Chefin ahnt, dass ich die Kleine ins Herz geschlossen habe, und sie weiß, dass Chris minderjährig ist: zwei ausgewachsene Gründe.

Die Hausherrin ist breit, groß und dick. Sie kommt auf dich zu wie ein knarrender Turm, packt drei, vier Lagen Wäsche und gestärkte Kleidung übereinander, aber ich Winzling schlängle mich mühelos zwischen den Schwergewichten durch.

Ich war schon mächtig wütend, Lerouge verloren zu haben; als dann auch noch die Chefin in meinen Taubenschlag kam, um mir anzukündigen, ich müsse deren Platz einnehmen, müsse hopp hopp umziehen, bin ich richtig in Rage geraten.

Später, als ich mit Hab und Gut im Arbeitsraum saß und alle Frauen, die mir helfen könnten, aufgezählt waren, ohne dass ich eine akzeptiert hätte, dachte ich endlich daran, meine Ablehnung zu organisieren: Wenn schon, würde ich alles ablehnen.

„Madame, bringen Sie mich bitte ins Büro. Ich möchte mit Ihrem Gatten sprechen."

„Schreiben Sie einen Antrag, ich bringe ihn zu ihm. Vergessen Sie nicht, den Grund darzulegen."

Grund: Rückgängigmachung meiner Ernennung.

Anscheinend lässt der Chef jedes Mal, wenn er aus dem Urlaub zurückkommt, ein paar Tage den Laden tanzen, falls der Vize in seiner Abwesenheit die Zügel locker gelassen hat; als ich ins Büro kam, rückte ich deshalb die Maske „ergebene Demut" zurecht, wiederholte mir, dass ich überhaupt keine Rechte besaß und stellte mich darauf ein, dumm zu tun.

Auf der Schreibunterlage sah ich einen Stapel Briefe, die an den Chef gerichtet waren, wahrscheinlich Anträge wie meiner. Um diesen Chef prügelt man sich geradezu: „Warten Sie nur, bis der Chef zurück ist", „Das können Sie den Chef fragen", „Wenn das so ist, schreibe ich an den Chef" und so weiter.

Mein Brief lag ganz oben und bedeckte die anderen. Sie wissen, dass bei mir Geschrei und Drohungen nicht viel bringen; das können sie gleich für die nächsten Antragsteller aufheben und sich langsam, systematisch aufwärmen. „Sieh an, Damien, Sie wollen also nicht arbeiten? Aber Sie wissen doch, dass Sie dazu verpflichtet sind. Sie sind jetzt verurteilt."

„O nein, Monsieur Chef, ich weigere mich keineswegs zu arbeiten, ich möchte sehr gern behilflich sein und werde tun, was ich kann. Ich bitte Sie nur, eine andere als Kalfakterin im Arbeitsraum unterzubringen und mich in meiner Zelle zu lassen: Die Verantwortung ist zu groß, Monsieur Chef. Wie soll ich denn die Flickerei, das Bügeln, das Saubermachen und alles erledigen? Das geht einfach nicht! Schließlich bin ich jetzt behindert; das ist nicht wie beim letzten Mal ..."

(Und vor allem haben Sie die Luke im Arbeitsraum reparieren lassen.)

„Behindert oder nicht, Sie sind immer noch die Fähigste. Außerdem verlange ich gar nicht, dass Sie alles allein machen, im Gegenteil! Sie sollten sich freuen, Ihre Kameradinnen haben mir alle geschrieben und um Arbeit gebeten, aber als Kalfakterin kann ich nur Sie einsetzen: Es geht nicht nur um Nähen und Saubermachen; man muss die aussortierte Wäsche zählen, das Register der Kleiderkammer führen und anderes. Die anderen können das nicht, sie haben keine Erfahrung."

„Aber ich könnte eine von ihnen einweisen, so kompliziert ist das doch nicht."

„Na sehen Sie!"

(O là là, ich erzähle Blödsinn, rede mich um Kopf und Kragen!)

„Natürlich bekommen Sie tagsüber eine Hilfe."

„Ich danke Ihnen, Monsieur Chef, das hat mir Ihre Frau schon angeboten, aber das will ich nicht. Seit durch die Strafvollzugsreform die Strafaussetzung abgeschafft wurde, ist der einzige Vorteil Ihrer Vollzugsanstalt gegenüber den Gemeinschaftsgefängnissen für mich, dass man allein schlafen kann. Ich kann die Weiber nicht mehr ertragen. Irgendwann müssen Sie mich in jedem Fall bestrafen, Monsieur Chef. Entweder sperren Sie mich mit einer anderen zusammen, und ich werde früher oder später handgreiflich, oder ich bin so erledigt, dass ich alles hinschmeiße und ... Deswegen lehne ich lieber gleich ab. Schreiben Sie der Regionaldirektion, sie soll Ihnen Fähige schicken, wie Sie sagen; so was muss sich doch finden lassen. Stecken Sie mich ruhig in den Arrest, das ist mir egal, alles besser, als der Arbeitsraum."

(Meine geliebten Spatzen, wer wird euch jetzt Krümel hinstreuen?)

„Langsam, langsam, Damien. Werden Sie nicht unverschämt. Es nützt mir gar nichts, Sie zu bestrafen. Und denken Sie auch mal an Ihren Gatten: Im Arrest haben Sie keine Besuchszeit, keine Post mehr. Ist Ihnen das auch egal?"

„Ach, Chef, irgendwann kommt man immer raus aus dem Knast!"

(Die Kalfakterei dagegen!)

„Los, versuchen Sie es wenigstens eine Weile. Ich werde zusehen, dass ich Sie ersetze, wenn es nötig ist. Aber zeigen Sie ein bisschen guten Willen. Das wird doch wohl gehen, oder?"

(Achtung, er kommt in Fahrt.)

„Dann muss ich es wohl gehen lassen", sage ich. „Aber ich verspreche Ihnen nichts."

„Sehr schön, sehr schön. Aber Sie werden sehen, Sie werden sich sehr bald daran gewöhnen: Sie sind intelligent ..."

„Weil es auch so viel zu begreifen gibt!"

„... und es wird Ihnen die Zeit verkürzen."

Punktum. Man dankt mir nicht, im Gegenteil. Ich verlasse das Büro, auch ohne danke zu sagen.

Im Arbeitsraum sinke ich auf den besten Hocker, ohne daran zu denken, dass ich jetzt einen Stuhl habe, einen richtigen Stuhl mit Strohpolster, und fange an zu grübeln.

Ja, ich kapiere!

Sie behalten mich hier. Sonst wäre ich zusammen mit Lerouge weggebracht worden; fürs Zentralgefängnis gibt es Zentraltransporte.

Anscheinend tun sie mir einen Gefallen. Ich entdecke eine Menge Vorteile: Ich kann weiter so viel Kohle erhalten und mit dieser Kohle unbegrenzt einkaufen, während im Zentralgefängnis nur eine geringe Überweisung im Monat erlaubt ist; ich sehe meinen Mann jede Woche, und das ... allein dafür würde ich alles annehmen, das wissen sie. Natürlich habe ich abgelehnt, aber das gehört zum Spiel: Damien, die annimmt, ohne vorher ein bisschen herumzumäkeln, wäre nicht mehr Damien.

Ehrlich, der Chef kennt mich besser als ich mich selbst. Das heißt, er kennt die Gefangenen, und ... Herr im Himmel! Bin ich etwa auf bestem Wege, eine von ihnen zu werden?

Gut, und dann? Wenn ich dann ordentlich eingespannt bin, wenn ich verwöhnt bin von Wärme und Extras – man wird schon zusehen, dass man mich verwöhnt, ganz freundlich zu mir ist, es nie an Briketts fehlen lässt –, wenn ich mich dann beruhigt habe, an der Nähmaschine klebe, Gefangene und Hüterin der Heiligen Pflicht, DANN wird man meinen Mann für die nächste Verlegung eintragen, in drei Monaten zum Beispiel. Nach seiner Verurteilung wegen der Autogeschichte wird man ihn mir für ein paar Wochen zurückbringen, unter dem Vorwand, ihn als Buchhalter, Bibliothekar oder Kartoffelschäler einzustellen. Aber er landet ganz sicher im Zentralgefängnis. Der Chef hat alle Zeit der Welt, denn wir haben sie leider auch.

Ich weiß schon, was dann kommt, Chef!

Ich weiß schon, dass du gehst, mein Herz ...

Ich versuche, mich an den Geschmack der Arrestzellen meiner Jugend zu erinnern; ich habe dort einen Gutteil meiner Zeit verbracht, aber darüber liegen andere Berge von Zeit, ich muss graben ... Damals zog ich den trockenen, eisigen Dezemberwind dem Schmoren in der Zelle mit ihrer Zentralheizung vor, ich drehte am Rad der Entsagung, hielt die schlimmsten Wetten; ich hungerte, verbrannte mich, piekte mich ... Nach einer Kindheit als Einzelkind langweilte mich der illusorische Komfort: Ich amüsierte mich besser mit dem Anstaltskleid und der Suppe ohne Fettaugen. Hungrig und mit verdorrten Eingeweiden fantasierte ich von unbestimmten Freuden, wurde mein Kopf durchsichtig, strahlten Lichter ... Kein Bezug zur bezweckten Buße des Arrests. Meine Sünden blieben mir fremd, ich dachte auch nicht daran, den Scheck künftigen Wohlergehens auszufüllen. Nein, das Loch war eine Sünde, wie Tätowierung oder Masturbation, eine Sünde, deren Geschmack ich ergründen wollte, so lange ich Gelegenheit dazu hatte, und wenn möglich eben solchen daran finden.

Ich bin älter geworden: Als ich vorhin das Loch wählte, habe ich mich so müde gefühlt ... Jetzt überdenke ich meine vergangenen Dienste, stelle mir vor, ich könnte wieder jede Woche meine Laken wechseln, hätte jeden Morgen meinen Eimer Kohlen, mir wäre nicht mehr kalt ... Das ist gut: Nicht reagieren, lassen wir uns einwickeln.

Schlafen wir, ohne Müdigkeit, ohne Durst, weit weg von der Lichtdusche.

Dann bin ich eben fortan nur noch das Schoßhündchen der Wärterin, die Magd, die, in ihre große Fleischerschürze gewickelt, das Tablett mit Essen von Zelle zu Zelle trägt. Das so verstärkte Strafgewand wird mich in straffe Fäden einschnüren, sich als Zwangsgewand aufdrängen, und wenn ich mich abends ausziehe, wird die Anstaltskutte meine Form bewahren, an Brust und Hintern abgewetzt, in der Taille zu groben, knittrigen Falten zusammengepresst.

Strafe und Leben werden vergehen, die Anstaltskutte aber bleibt bestehen. Der Gefangene verschleißt nicht seine Kleidung, die Kleidung verschleißt ihn.

Traurigkeit der Flickerin! Ich stehe auf, um meine Bekanntschaft mit dem Lumpentempel aufzufrischen.

Die Stapel mit Laken und Blusen klettern bis zur Decke; Wäsche füllt die Körbe, riesige Körbe, in denen ich mir mit Leichtigkeit ein Bett bauen könnte. Der Staub von Stofffetzen und Stroh quillt aus von den Männern schlecht geleerten und mit vollen Zipfeln gewaschenen Matratzen, überschwemmt alle Flächen, wehrt sich erfolgreich gegen Besen und Lappen.

In meinem Taubenschlag konnte man vom Fußboden essen.

In den letzten Tagen hat Lerouge die Bude ziemlich verkommen lassen. Ich habe Bonbons geerbt, aber auch eine Sammlung Dosen voll altem Kaffeesatz – nicht zum daraus lesen – und Kartons mit Stoffresten. Ich notiere: Dosen zum Müll, Kartons zum Heizungskessel bringen, Javel-Reiniger verlangen. Um Strafen zu vermeiden, versuchen die Männer, Schäden selbst zu beseitigen, bevor sie ihre Laken in die Wäsche geben: Ich stoße auf Stopfereien mit groben Fäden, Knöpfe, die mit einem Stück Draht befestigt sind, der rostet und den Stoff ruiniert; vor meinen Augen entfaltet sich eine neronische Vision, in der Abfallhemden ihre zerfasernden Ärmel in den Flammen winden, während die Hosen in einer gigantischen Erektion verkohlte Hosenställe zum Himmel recken.

Ein Konzert zorniger Stimmen bringt mich zurück: Hastig setze ich mich auf den Stuhl, zerre einen beliebigen Stofffetzen aus der erstbesten Kiste, schiebe ihn unter den Nähfuß, klack, klappe ihn runter, vrrron, pedaliere ... ui, ich habe es verlernt, aufpassen mit den Fingern! Falscher Alarm: Die Stimmen halten an der Schwelle des Traktes inne, ohne ihn zu betreten.

Auf Zehenspitzen gehe ich zur Klappe und lausche ... Die Chefin diskutiert mit dem Gefangenen, der für die Duschen zuständig ist; der Grund des Streits scheint ein fehlender Kissenbezug zu sein. Geschrei, Crescendo, dann knallt die Tür vor dem kalt geduschten Duscher, und plötzlich ergießt sich die Klangwelle aus dem Radio.

Es hätte keinen Sinn, meinen Stecker rauszuziehen, keinen Sinn, meine Ohren an den Lautsprecher zu klemmen: Die Musik wird mir helfen, die Uhrzeit zu erraten, denn das Brummen der Nähmaschine übertönt das Läuten aus der Stadt, aber die Maschine wird die Musik zerreißen, während sie die zerrissenen Anstaltskutten repariert.

Die Wärterinnen werden oft vorbeikommen: Sie werden mir Vorträge über die Klamotten halten, ich werde ihnen helfen müssen, die Neuzugänge zu entdrecken und mit Wäsche einzudecken; schnell, Damien, zwei Laken in Zelle sechs, schnell, Brot in die dreiundzwanzig, und Damien wird losrennen.

Dann, nach dem ersten Widerwillen, wird alles Gleichgültigkeit; ich werde sehen, werde grapschen, werde ohne Regung die Scheiße herumtragen, die man mir antragen wird; auch die Scheiße wird Routine, wie die unerbittliche Regelmäßigkeit, mit der der Einkauf, das „kommen Sie Ihre

Überweisung unterschreiben“ und das Licht-aus um sieben auf mich niedergehen werden.

Ja, die Frauen entdecken es gerade, das ist der aktuelle Lieblingssatz: „Die Tage werden so schnell kürzer!“

Das ist nicht mal mehr komisch. Ich weine, dass ich darüber gelacht habe.

Vielleicht noch mehr als in meinem Taubenschlag werde ich hier träumen. Damit nichts meinen Traum beschmutzen oder betäuben kann, werde ich mich verdoppeln müssen: Meine Hände werden die Nachttöpfe leeren und sich daran abarbeiten, während mein Traum, Zigeuner und Fürst, der Erholung ohne Ende entgegenspaziert. Sie wird schon kommen, die Erholung ... Ich fürchte meine erdrückende Besessenheit viel mehr als die durchaus erbauliche Aufstapelung von Lumpenbergen: Während ich arbeite, muss ich lauern, lauschen, lächeln und darf nicht nachlassen ...

Unmerklich und dann schmerzlich wird man mir meine Zeit entreißen, sie verschleudern ... Am Anfang wird die Gefängnisarbeit nur so flutschen, werde ich schnell fertig und frei sein, meine Freizeit mit Lesen oder Faulenzen zu verbringen; Stück für Stück wird man mir dann ein paar zusätzliche Aufgaben geben: „Das eilt natürlich überhaupt nicht, nur wenn Sie Zeit haben.“ Als könnte ein Knacki ernsthaft behaupten, er habe keine Zeit!

Unfassbare Sachen: Ich habe Lerouge die Perlen einer Kette der Dame nach Größe sortiert auffädeln, aus entwendeten Anstaltskutten Puppen für die Kinder der Dame nähen und sogar der Dame mit Haarnadeln einen Kranz stecken sehen ... Mädchen für alles eben.

Sie haben mich überlistet, gut: Lassen wir uns besser guten Mutes überlisten, aber nicht einfach aufs Abstellgleis schieben. Sie haben nämlich nicht den geringsten Grund, mein Ich zu schonen, das ihnen nichts nützt. Was interessiert es den großen Chef, ob ich zu müde bin, in meinem Bett zu lesen, nachdem ich den ganzen Tag auf den Füßen war, um seine Hemden zu bügeln? Er hat seine Hemden. Mein Schädel kann ruhig knittern und knautschen.

Wie dämlich ich war! Ich glaubte an Interesse, Wohlwollen, hielt ihr Vorgehen für raffiniert, dabei haben sie mir einfach ein Amt verpasst ... Schon lange vor der Verlegung von Lerouge war ich ausgewählt, um sie zu ersetzen. Und ich frage mich, ob nicht sogar Schließerlein ihre Finger im Spiel hat. Ich zweifle an allem, glaube an alles.

Sie erlaubte mir, mich zu epilieren und mir die Augen zu beschmieren, sie lachte freundlich über meine Launen, mein Gemaule, meine kleinen harmlosen Verstöße gegen die Vorschrift, sie hat mich gezähmt ...

Ich dachte, meine Pirouetten würden sie verwirren, dabei stand ich, ohne es zu merken, schon in der Zirkusmanege, im taubstummen, taubbrüllenden Knastzirkus. Oh, ja! Sie haben sich bestimmt gut amüsiert! Die Annahme! Die Eroberung des Ich durch die Niederlage des Ich! Die gesunden Freuden der Arbeit.

Man sagt ja, vor dem Kammerdiener gebe es keine Exzellenz; aber ich hätte mir gewünscht, dass der Chef meine Exzellenz bleibt. Ich werde die Ehre haben, mich um seine Unterhosen zu kümmern, na und? Was ich darin entdecken werde, wird meine Achtung für ihn nicht steigern, wird sie auch nicht vermindern. Nur dass diese Intimität die ohnehin schon widerwärtigen Vorstellungen um handfeste und mehr oder weniger appetitliche Details bereichern wird.

Ich werde mich damit trösten, dass es unter all diesen Uniformen, diesen Hemdbrüsten und unförmigen Anzügen auch kostbare Kleidungsstücke gibt ... Zizi trägt seit dem Ablauf der Kassationsfrist die Gefangenenkluft, und ich glaube, er verständigt sich mit dem Mann in den Duschen, damit er Klamotten bekommt, die halbwegs seine

Größe haben, und damit sie nach der Waschküche wieder bei ihm landen. Ach, mein Herz, gab es dich wirklich mal so, wie ich dich da, auf dem Foto sehe, fremd in deiner Samthülle, wie mir selbst mein Bild im schmalen Spiegel.

Unsere Vergangenheit ist unwirklich wie der Rauch des Feuers: Das Wahre ist die Gegenwart, deine Gegenwart jeden Sonntag, der rostige Ofen, der mich einlädt, mich mit ihm anzufreunden, ist dieses Gefängnis, in dem wir leben.

Ich mag mich noch so viel mit unserem Leben vollstopfen, ich kann einfach nicht glauben, dass es wirklich stattgefunden hat, dass wir über diesen großen schwarzen Riss hinweg daran anknüpfen werden. Entblößt und mit Gewalt in dieses Dienstgewand gestopft, irre ich herum, springe in Ketten, lächerlich. Und ich war einmal stolz, berauscht, glühend?

Oh, Anick, lösch diese Lampe. Dreh dich nicht um! Verschwinde im Staub der Straßen, die Walze geht über dich hinweg ... Kein Haar darf mehr hervorgucken, ich muss meine Empörung und meine Zuneigung im Schrank verstauen. Muss mein Maul halten und zugleich eine Formel finden, um meine Auflehnung zu füttern. Lasst mich in Frieden, leuchtende Lider! Ich habe es satt, euch anzusehen.

Besuchszimmer, Brief, offiziell oder geheim: Für das kann ich hinnehmen, auch wenn ich weiß, dass ich ablehnen sollte; aber mit dieser Rechtfertigung vermeide ich vielleicht die vollkommene Unterwerfung. Ich kann mir immer noch sagen, dass ich nachgegeben habe, um Nutzen daraus zu ziehen, und nicht, weil ich einfach Lust hatte nachzugeben. Und dennoch hat alles mich sanft dahin geschoben: die Zellenwochen, in denen ich zu nichts gezwungen war und nach meinen Wünschen lebte, die Freundschaft von Lerouge, die Liebenswürdigkeit der Dame ... Ich hatte die Wände vergessen, flog davon, fühlte mich leicht, gerührt, fast dankbar ... Und peng, bin ich gegen die Decke geknallt und habe mir heftig den Schädel gestoßen. Komm wieder runter auf deine Pritsche, Mädchen, beweg dich entschlossen im dunklen Zimmer, denn auch das Lämpchen, das in der Mitte des Arbeitsraums am Kabel hängt, wahrt das Geheimnis der Dunkelheit.

Kapitel IX

Zwei zündende Neuigkeiten: Zizi hat bei dem Gericht, das mit dem Autounfall befasst ist, Nichtbefassung zugunsten des hiesigen beantragt und dem Antrag wurde stattgegeben. Zizi wird sich also nicht von hier, von mir wegrühren, bis einer von uns beiden die Reise zum Zentralgefängnis antritt. Und die Kassiber zirkulieren. Zizi hat es geschafft, den Mann weichzuklopfen, von dem er mir beim Gericht erzählt hatte; es kostet ihn einen beträchtlichen Teil seiner Tabakration, aber ein sicherer Bote ist Gold wert.

Das System ist einfach: Zizi kauft Tuben mit Senf oder Tomatenmark und Schokoladentafeln; er versteckt darin die Briefe, winzig klein zusammengefaltet und in zugeschweißtem Plastik verpackt; diese Tuben oder andere Verpackungen bringt er wieder exakt in die Form und gibt sie dem Küchenjungen.

Ich kaufe die gleichen Sachen; der Junge, der auch die Einkäufe aufteilt, nimmt den Schein mit unseren Bestellungen, überprüft, ob ich auch dies und das bekommen habe; dann greift er sich meine Sachen, rennt zur Zelle meines Gatten, öffnet die Klappe (einfach, zum Beispiel mit der Messerspitze) und tauscht die unberührte Tube gegen die, die Zizi bereithält – in jedem Kassiber sagt er mir, was ich beim nächsten Mal kaufen soll –, und legt sie auf das Tablett für den Frauentrakt. Ich bringe den Frauen ihren Einkauf zusammen mit der Suppe: Da brauche ich mich nur noch zu bedienen. Wenn allerdings mehrere Weiber das Gleiche wie ich bestellt haben, hält sich der Küchenjunge zurück: Zizi macht zwar immer eine Kerbe in den Deckel der Tube, aber wenn ich die Chefin im Nacken habe, wäre es gewagt, das Zeichen zu suchen. Glücklicherweise mögen die Damen wohl keinen Senf und bestellen ihn nur selten. Viele sind auch blank oder werden nur dürftig unterstützt, da ist Senf ein verrückter Luxus. Was das Tomatenmark angeht, reicht ihnen vermutlich die rosarote Brühe, in der die Nudeln sonst schwimmen.

Mutter Tomate, Mutter Senf, das ist Damien.

Ich erkläre der Chefin, dass unter meinen Vorfahren Senfhersteller waren, echt scharfe Hunde.

Glauben Sie, das macht ihr Angst?

Die Antwort stecke ich, auch in einer Plastikhülle, in eine leere Tube, die ich zerdrücke und anknabbere, damit sie wie eine richtig leere Tube aussieht; die wiederum lege ich in den Abfallteller zwischen Schalen und Strünke. Die Frauen in den Zellen waschen ihr Geschirr selbst, auch die Schüsseln, in denen ihnen ihr Schweinekotelett, ihre Fritten oder Eier gebracht wurden; Kochen ist im Preis inbegriffen, der Abwasch nicht.

Gut! Bei der Arbeit, die ich mir aufhalse, und meiner manischen Sauberkeit in den anderen Bereichen kann man mir ab und zu eine schmutzige Schüssel durchgehen lassen. Sagen wir eine pro Woche.

Diese Schüssel enthält das eheliche Mahl.

„Sie Arme", sagt die Chefin, als sie mir zur Futterzeit einen außerplanmäßigen Stapel Wäsche bringt, „Sie geben sich solche Mühe! Kommen Sie schnell verteilen, sonst essen Sie alles kalt."

„Pfft", mache ich, „keine Sorge Mâme, ich wärme es mir auf dem Ofen auf, und wenn ich keine Zeit habe, esse ich heute Abend im Bett. Erst die Arbeit, dann das Vergnügen."

„Aber Sie müssen essen, Damien, sonst machen Sie uns bald schlapp. Sie sind schließlich noch nicht draußen ..."

Diese Chefin, immer ein tröstliches Wort auf den Lippen. Ich sehe sie von oben bis unten und in Länge und Breite an: „Ach, mit meinem winzigen Gerippe verbrenne ich nicht viel Kohlen ..."

Zizi hat sie der Klumpen getauft.

Wenn der Klumpen an einem Kassibertag Dienst hat, amüsiere ich mich köstlich bei der Verteilung.

Seit eine „Junge" Dienst schiebt, besonders eine Junge mit ihrem Kerl auf der anderen Seite, haben strenge Vorschriften den Küchengehilfen unsichtbar gemacht. Zu Lerouges Zeiten kam er in den Frauentrakt und stellte das Tablett mit den Einkäufen auf den Tisch; Lerouge, die im Erdgeschoss oder in den oberen Etagen herumrannte, konnte ihn sehen, und wir ließen ihn uns beschreiben, um unseren Appetit zu stimulieren.

Aber die Chefin dachte wohl – etwas spät – an die Möglichkeit eines Schmuggels zwischen meinem Mann und mir; oder sie fürchtete gar, ein waghalsiger und lüsterner Kalfakter werde versuchen, sich auf mich zu stürzen. Kurz und gut, nicht nur, dass sie mich im Arbeitsraum einschließt, wenn das Essen kommt, sie verbietet dem Burschen überhaupt, den Fuß ins Innere des Frauentrakts zu setzen: Er muss die Schüsseln und das Tablett an der Tür abstellen, klingeln und verschwinden, dann macht sie auf, überzeugt sich, dass das Rondell leer ist, und befreit mich mit einem triumphierenden „Die Suppe!".

Wenn sie zerstreut ist oder zu Vertraulichkeit neigt, lässt sie mich durch die Außentür gehen und mein Zeug selbst holen; ich stelle das Tablett auf den Tisch, wo es früher gleich abgestellt wurde, der Klumpen nimmt den Bestellschein, rückt die Brille zurecht und liest vor, während ich die Bestellung in kleine ordentliche Häufchen aufteile, um sie ohne Bruch bis zur Tür der Empfängerin zu tragen. Inzwischen erstarrt die Suppe allmählich im Topf.

„Glauben Sie nicht, die Frauen könnten warme Suppe essen, wenn man die Bestellung etwas früher ausliefern würde?“

„Das geht nicht, Damien, Sie können sich vorstellen, dass ich das schon versucht habe. Aber mit den Bestellungen für die Männer dauert das Aufteilen den ganzen Vormittag.“

Gleich erzählt sie mir noch, dass die ganze Nacht dafür draufgeht. Von wegen! Du nutzt ja deine Haxen nicht ab, wenn du die Treppen hochrennst! Warum zwei Runden? Für unsere großen Fressen? Für den Dank, den man erhält?

Was macht es uns schon aus, kalt zu essen? Abends gibt es nur eine Verteilung, wir essen – in unserem Bett, wenn wir Lust haben – gutes, dampfendes Ragout und vergessen dich bis zur Plörre übermorgen ...

Aber noch mehr amüsiere ich mich, wenn die Chefin wieder mal vom großen Misstrauen gepackt wird und mich an der Türschwelle zurückhält, als ich schon den Trakt verlassen und mich auf die Töpfe stürzen wollte, mich wieder nach drinnen schubst und alles selbst reinholt.

Unter ihren drei Schichten gestärkter Wäsche trägt die Chefin ein Korsett aus Fischbein. Ich konnte das Kaliber der Stäbe bewundern, als sie mir ihren Panzer zum Waschen gegeben hat: Ich habe sie vorher einzeln herausgezogen und danach alle zwölf wieder in ihre Hüllen eingefädelt, das ergibt zwölf kleine Hüllen an einer großen. Mit diesem Apparat kann sich die Chefin kaum bücken. Um die Spitzen ihrer Treter zu sehen, muss sie das Bein heben. Und dann erst das vollbeladene Tablett, das direkt auf dem Zementboden steht ... Sie schiebt es mühsam und verächtlich mit der Fußspitze rein. Ich lache, wenn ich sie den großen Puck schieben sehe, wie Glumdalklitsch, die Hopse spielt, allerdings nicht auf einem Bein. Letztendlich bekomme ich also meine Post vom Fuß der Frau des Chefs.

Wenn alles verteilt und die Tür wieder verriegelt ist, vergewissere ich mich mit dem Ohr an der Klappe, dass der Klumpen wirklich den Trakt verlässt, stampf-stampf, dann wende ich mich wieder dem Tisch zu, auf dem mein Einkauf wartet. Nach Interesse sortiert, packe ich aus. Der Fraß kann warten: Zi hat gesagt, ich soll immer den Teller ganz links auf dem Tablett nehmen, wenn die bestellten Fritten neben denen liegen, die man mir als Kalfakterin gratis zukommen lässt: Manchmal finde ich darunter eine kleine Botschaft oder ein winziges Omelette, der Küchenjunge ist wirklich perfekt. Aber erstmal der Brief.

Heute Senfpackung, gut.

Mit meinem Messer biege ich das Ende der Tube auf, ein-zwei-drei Knicks; in den Spalt schiebe ich die Klinge und drehe sie, um die Aluminiumlippen zu öffnen; die leicht gedrückte Tube spuckt zwischen Senfblasen den Leitfaden aus, an dem ich ziehe, bis das kleine Päckchen auftaucht, das mit vielen, vielen Windungen Nähgarn gebändigt wurde. Mit Messer und Zähnen trenne ich es auf.

Der Kassiber, Inneres und Haut zusammen, ist so groß wie ein halber kleiner Finger. Ich entfalte und glätte das Durchschlagpapier, stelle meinen Frittenteller auf das Kopfkissen, werfe mich bäuchlings auf die Liege, nasche mit Augen und Zähnen und wische meinen Finger voller Senf an den Kartoffeln ab.

An einem Sonntag beschäftigt sich Zizi bestimmt die Hälfte der Sprechzeit mit meiner Ernährung. Fressalien sind ein ganz harmloses Thema, bei solchen Gesprächen sinkt der Klumpen auf seinem Stuhl zusammen. Ah, stimmt, Zizi hat mir nicht geschrieben, was ich diese Woche kaufen soll. Also gut zuhören.

„Wir müssen dich aufpäppeln, mein Wolf, ich glaube, du nimmst schon wieder ab: Kauf dir mal Lebkuchen ...“

Weil ich fürchte, dass mir Unimel-Produkte die Zähne verderben, äußere ich schüchtern meine Vorliebe für Butterkekse; aber Zizi sieht mich so streng an, dass ich mein „Warum?“ hinunterschlucke und verspreche, sie zu probieren.

... Die Lebkuchen waren ausgehöhlt und versteckten ein Päckchen von der Größe einer Schachtel Gauloise. Zuerst dachte ich, es wären wirklich Zigaretten, aber keineswegs! Es war ein Passepartout aus Leichtmetall, eingewickelt in einen Marathonbrief, die Erläuterung. Endlich!

Da Zizi kein Werkzeug findet, wird er die Tür einfach mit einem Schlüssel öffnen. Er wird einen Rohling basteln, den er nach den Maßen schleift, die ich ihm schicke. Der Küchenjunge hat den Rohling aus der Tischlerei besorgt: Wenn ein Stück Eisen fehlt, wird nicht gleich Alarm geschlagen, während ein Werkzeug ... Anscheinend kontrolliert der Wärter fast jeden Abend die Werkzeugtasche des Tischlers, außerdem ist der ein Spitzel und so weiter; wir müssen nehmen, was wir kriegen.

Ich soll zwei Abdrücke machen, vom Schloss der Zelle und dem der Eingangstür; das ist das gleiche wie für Waschküche und Kleiderkammer.

„Wenn wir Zeit haben“, schreibt Zizi, „gönnen wir uns den Spaß und holen noch deinen Koffer. Einfach so, auch wenn wir ihn nicht brauchen ...“

Ja, wir haben Spaß, das wollen wir nie vergessen; wir machen aus allem einen Spaß. Aber meine Mundwinkel hängen schon ganz schön nach unten.

Zi erklärt mir, wie man schöne Abdrücke bekommt, nämlich mit Seife, und wie ich sie ihm zukommen lassen soll, in einer leeren Dose, am besten von einem Camembert.

Ich werde so tun, als würde ich plötzlich an Tyrosemiophilie leiden.

Während ich auf die Käselieferung warte, habe ich zwei Abende damit verbracht, aus der Handseife, die der Laden am Monatsanfang liefert und die ich nicht benutze, sondern für Neuzugänge aufhebe („Damien, schnell, ein Stück Seife, der Neuzugang ist unter der Dusche. Und waschen Sie sich auch unten, klar? Schieben Sie die Seife richtig da rein!“), ein paar Stücken zu Halbkugeln zu formen.

Für diese Abdrücke geht mein ganzer Vorrat drauf: Die Seife splittert, die Halbschale bricht, ich muss von vorn anfangen.

Gestern früh habe ich beschlossen, mich ans Werk zu machen.

Die kleinen Brüder waren unter der Dusche, sie brauchten neue Wäsche, frische Lappen, geflickte Hemden, schnell, Damien, die Wäsche für die Männer.

Gleich morgens hatte ich einen Korb mit ordentlichen, stabilen, leicht zu zählenden Stapeln vollgestopft; als sich die Wärter nicht einigen konnten, wer kommen und kontrollieren soll, hatte der Klumpen genug vom Warten: „Wenn sie sich nicht entscheiden können, komme ich später wieder. Ich gehe erstmal frühstücken.“

Die Arme, außer den drei, vier Tassen Kaffee zum Aufstehen und ein paar kleinen Stückchen aufgeweichtes Brot hatte sie seit dem Vortag nichts zu sich genommen, und ihr Magen wurde knurrig.

„Gut, Madame. Wenn Sie die Tür auflassen würden, könnte ich inzwischen im Trockenraum wischen: Die Laken haben die ganze Nacht getropft, da schwimmt alles. Danke, und ... guten Appetit, ja?“

Der Klumpen gab ein mechanisches „Danke gleichfalls“ von sich und verschwand, verschlungen von ihrem Kohldampf.

Ich rase zum Trockenraum, schiebe einsfixdrei mit dem Schrubber das Wasser in den Abfluss, reiße alle Luken auf, damit der Luftzug den Rest der Arbeit erledigt; dann renne ich, Seife und Dietrich in der Tasche, die Treppe hoch in die erste Etage. Ich kümmere mich zuerst um das Zellenschloss; da alle identisch sind, arbeite ich lieber an einer unbesetzten Hütte. Aus Aberglauben wähle ich die Sieben.

Ich schiebe den Dietrich in den Schlitz, aber er ist zu klein und wackelt in alle Richtungen; trotzdem taste ich weiter, schließlich stoße ich auf einen Widerstand, drehe ganz langsam ... es geht, ich überschreite den Zenit und beginne zu jubeln, denn der Riegel rutscht, rutscht ...

Plötzlich, auf halbem Weg, bleibt mein Dietrich stecken.

Ganz ruhig bleiben, Mädchen, ich lege den Rückwärtsgang ein, mit etwas Druck; und knack, gleitet der Dietrich so leicht heraus wie ein Klumpen Butter.

Leider fehlt ein Stück.

Ich habe den Schaft rausgezogen, aber der Kopf ist abgebrochen und bleibt im Schloss; ich stehe da wie ein Idiot und starre auf den matten, weichen Schaft, der glänzt wie neu, nur mit einer Bruchstelle.

Ich stecke den Schaft in meine Brusttasche, meine Finger begegnen den Seifenhalbschalen ... wenn ich damit angefangen hätte, wenn ... Ich zünde mir eine Kippe an und spüre, wie der Ekel meine Kehle hochsteigt, Gott, ist diese Gitane widerlich! Sie schmeckt nach Pech ... Wütend drücke ich sie am Geländer aus. Ich sehe den Film vor mir: Die Wärterin kriegt die Tür der Sieben nicht auf, der herbeigerufene Schlosser findet den Kopf des Dietrichs, alle werden ausgequetscht ... wenn nur der Küchenjunge dichthält. Zizi wird sich schon aus der Affäre ziehen. Aber ich?

Dann fasse ich mich und sage mir, dass es keinen Grund gibt, in nächster Zeit die Sieben zu öffnen: Ich habe sie nach dem Auszug der letzten Bewohnerin gründlich gereinigt, letzte Woche, glaube ich, kein Stück Wäsche liegt mehr drin; wenn ich mich recht erinnere, habe ich sogar die Mitternachtsvase entwendet, um mir daraus einen Papierkorb für meine Bude zu machen.

Bleiben zwei Gefahren: Inventur und Neuzugang.

Irgendwann muss ich auf jeden Fall nochmal in diesem Schließloch rumwühlen. Da kann ich auch gleich anfangen. Der Klumpen hat sicher noch nicht aufgegessen: Schnell renne ich runter zum Arbeitsraum, der glücklicherweise offen geblieben ist, und sammle ein ganzes Arsenal zusammen: Schere, alten verbogenen Löffel, Draht; ich wickle alles in ein Staubtuch - wenn sie kommt, werde ich inbrünstig polieren - und kehre zurück an den Ort des Verbrechens.

Aber ich kann noch so viel popeln, angeln, mir das Handgelenk verbiegen und die Schere, und die Chefin steht schon vom Essen auf und wird mit dem Wärter die Wäsche holen.

Was soll's. Ich raffe meinen Plünnen zusammen. Ich gebe auf und mach Feierabend.

Ich setze mich an die Maschine. Höchste Zeit: Ich habe noch keine dreimal die Pedale getreten, da taucht die Chefin auf, glänzend wie breakfast-Speck. Als sie mich schuften sieht, strahlt sie noch mehr: „Das ist gut, Sie verschwenden keine Zeit. Da, ich habe die Liste mitgebracht, ich weiß nicht, wo die Aufseher geblieben sind. Wir werden die Wäsche zu zweit zählen: Sie sagen an, ich hake ab."

Während ich ansage, grüble ich fieberhaft. Als ich wieder allein bin, mache ich natürlich weiter. Unter den verrücktesten und löchrigsten Plänen, die ich rasend schnell entwerfe, kommt mir keiner realistisch vor. In meinem Unglück bleibt nur eine Chance: Heute ist Kassibertag. Heute Abend bekommt Zizi, was ich heute Mittag in den Abfall werfe. Wenn mir bis dahin etwas einfällt. Aber was?

Mein Liebster müsste den Schlosser beschwatzen, ihn in eine Falle ohne Entkommen locken, zum Beispiel, indem er ihn einen Kassiber schreiben lässt, den er als Pfand in der Hand hätte; natürlich verpfeift man keinen Kassiber, wenn man mein Liebster ist, aber man kann ihn mit der

Gewissheit, verstanden zu werden, als Druckmittel gegenüber einem Verpfeifer einsetzen.

Nein, das ist zu kompliziert. Und wenn er mir das Material besorgen würde, um selbst das Schloss auseinanderzunehmen, ich es benutzen und ihm zurückgeben, er es wieder an seinen Platz bringen würde, alles an einem Tag?

Hm, das ist etwas knapp, vor allem, weil Zizi keinen anderen Boten hat als den Küchenjungen; der kann sich weigern oder uns hochgehen lassen. Die Warnung „Besonders überwachen" klebt immer noch an der Tür.

Verdammter Splitter!

Ich könnte mich in den Hintern beißen! Oft scheint sich alles ganz logisch und natürlich zusammenzuballen und zu entwickeln, um uns ins Unglück zu stürzen. Dahinter steckt eine boshafte, unerbittliche Kraft, der wir nicht den geringsten Widerstand entgegensetzen: Wir treiben in die Katastrophe, sehen uns Schwachsinn machen, sind abgestumpft, fügsam und sehen dennoch klar ... Und wenn es passiert ist, fühlen wir uns fast wohl, wie ein Verletzter, der nach einem Unfall auf einem frisch bezogenen Bett erwacht.

... Ich habe überhaupt keine Angst, als ich kurz vor der Suppenzeit den Schritt des Wärters über den Kies laufen höre und er unter dem Fenster der Chefin ruft: „Madame! Ein Neuzugang!"

Wohin wird man die Frau legen?

Natürlich in die Sieben, das ist die einzige freie Zelle im Ersten. Es gibt auch ein paar im Zweiten – niemand hat mich bisher in meinem Taubenschlag ersetzt –, aber solange der Klumpen seine Stelzen schonen kann ... Eine Neue muss zur Kanzlei, zum Anwalt, zur erkennungsdienstlichen Behandlung, zur Fürsorgerin, zum Arzt ... Auch bei einer Etage ist das viel Auf und Ab.

Ich lausche hinter der Klappe. Irgendwann habe ich hier alles gemacht, sogar die Lochguckerin. Damien, mein Mädchen, du sinkst in deiner Achtung.

Stille, jetzt wird durchsucht.

Ich höre die Tür des Frauentrakts, die der Kleiderkammer, jetzt kommt der Wäscheraum. Da ich heute früh sechs Paar saubere Laken hingelegt habe, wird die Chefin keine aus dem Arbeitsraum holen; schade, ich hätte sie gern ein letztes Mal vor dem Unwetter mit Wohlwollen „Damien" sagen hören ... oh, vielgeliebte Chefin!

Vier Füße tap-tap-tappen den Flur entlang: Das Mädchen versucht, mit den Decken und Laken, dem Kochgeschirr, dem durchwühlten Bündel und den Anziehsachen das Gleichgewicht zu halten; der Klumpen hinter ihr trägt einzig und allein den Schlüsselbund.

Auf dem Treppenabsatz im Ersten zögern die Schritte ... Madame, bitte, nur noch ein paar Stufen, bringen Sie das Häufchen Unglück in den Zweiten. Ich bin auch brav, ich mache kein Kuddelmuddel mehr, ich werde Ihnen dienen. Später, wenn ich frei bin, sage ich Ihnen, dass ich Sie nicht vergesse, mit Postkarten, wie Sie sie lieben, voll orangeroten Sonnen und brennenden Meeren.

Sie weigern sich? Sie öffnen die Sieben? Na gut, auch daran werde ich mich erinnern. Ich ...

Herrgott, SIE HAT DIE TÜR AUFGESCHLOSSEN!

Ja, freundlich, barmherzig, ohne Widerstand hat sich mein amputierter Dietrich vom echten Schlüssel besiegen lassen, sicher ist er in den Tiefen des Schlosses abgetaucht. Der liebe Gott der Knackis hat uns gesehen, und ich tanze durch den Arbeitsraum, ich lache, der Dietrich ist tot, es lebe der Dietrich, wir werden neue, stabilere schmieden, und wenn sie brechen, pfeife ich darauf, es ist noch genug Platz in den Eingeweiden des Schließlochs.

Ich sehe Zizi an, der in seiner Nische aus rotem Samt lächelt: „Nein, im Ernst, Schatz, ich möchte gern Ludwig XVI. spielen, aber treib bitte fürs nächste Mal ein etwas stabileres Teil auf.“

Kapitel X

Meine beiden Seifereien sehen gut aus, ich schicke sie mit dem nächsten Tablett mit. Was das Schlossinnere angeht, habe ich nach dem Bruch neulich wenig Lust, es nochmal zu fotografieren; eine Skizze von außen und die annähernden Maße müssen reichen. Zum Ausgleich mache ich eine sehr genaue Zeichnung der Schlüssel. Ich schleppe ständig einen Bleistift und Papier in der Brusttasche mit mir rum und lauere auf eine Gelegenheit.

Der Umriss des Zellenschlüssels ist erinnerungstechnisch von kindlicher Schlichtheit: Mit drei Blicken erfasst, mit drei Bleistiftstrichen festgehalten. Aber der andere!

Schlüssel zwei gleicht einem griechischen Fries, einem Hakenkreuz und einem kubistischen Gemälde. Wenn ich mir überlege, dass er im Sommer, als Schließerlein uns jeden Tag hütete, überall herumlag! Lerouge sammelte ihn ein und machte sich den Spaß, die Kleiderkammer mit Madame darin abzuschließen und „Ha ha!" zu rufen, bis die Eingesperrte lachend, aber doch mit einer Spur Angst im Lachen, durch die Tür mit gedämpfter Stimme flehte, sie freizulassen.

Jetzt scherzt die Dame nicht mehr mit dem Schlüsselbund. Sie hat wohl noch die Ermahnungen nach den Ferien im Ohr, ihr Dienst ist strenger geworden; sie dosiert ihr Lächeln je nach Stellung und Betriebsalter der Gefangenen. Ich bleibe die Favoritin, aber das gibt mir noch nicht, was ich möchte.

Der Klumpen ist der härteste Brocken; daran beißt man sich die Zähne aus. Die Schlüsselbärte hält sie in ihrer dicken Faust, und wenn bei der Messe oder im Besuchszimmer zufällig der Schlaf ihre Hand ein wenig öffnet, sind ihre Knie, auf denen der Bund ruht, selten gleichzeitig in meinem Blickfeld und im Licht. Oder Schlüssel zwei ist unter den anderen begraben, mit denen ich nichts anfangen kann.

Der Klumpen trennt sich nie von seinem Bund, nicht mal beim Wäschespülen, eine Arbeit, bei der ich ihr aus gutem Grund seit ein paar Wochen sehr bereitwillig helfe. Die Schlüssel sind fast immer in ihrer Kitteltasche, und die Tasche ist zugeknöpft; gelegentlich klemmt die Chefin sie in ihren Gürtel: Wenn sie nur einmal zu Boden fielen!

Wir spülen die Wäsche in der Badewanne. Neben der Waschküche gibt es nämlich ein Badezimmer für Duschunfähige: Kranke, Schwangere, Oje-diese-Dämpfe-machen-mir-Krämpfe-Asthmatikerinnen. Die Chefin, weder schwanger noch kurzatmig (höchstens ein bisschen) duscht bei sich und badet hier ihre Wäsche. Schließlich will sie auch was von diesem Badezimmer haben.

Aber der Gürtel sitzt fest; auch wenn die Chefin noch so viel gestikuliert, wringt, schleudert und die Arme hebt, fällt nichts hinunter. Das ist ein nicht waschbarer Schlüsselbund.

Ha! Irgendwann kriege ich dich, Miststück.

Ich bleibe auf der Lauer, der scharfe Blick unter dem trägen Lid verborgen; mehr denn je beschatte ich die Wärterinnen, werde zu ihrem Schatten.

Aber mein Leben wird nicht besser. Das Wetter auch nicht: Als Vorspiel des endlosen Winternebels wechseln Regen und Sonne ohne Vorwarnung.

Anstatt mich die Wäsche auf die Brüstungen hängen zu lassen, wo sie in Ruhe trocknen könnte, verlangt die Chefin, besessen vom guten Geruch der Reinlichkeit, dass ich sie im Hof ausbreite. Das sieht dann so aus: Vom Trockenraum in den Hof, wegen des Sauerstoffs, vom Hof auf die Brüstung, wegen des Niesels, von der Brüstung auf den Hof, wegen des kleinen Sonnenstrahls, und wieder von vorn, bis alles trocken ist. Das ist ja fast wie die Rückkehr in den Knast von Jane Dufon, mit dem einzigen Unterschied, dass ich niemandem helfe und niemand mir hilft: Die ewige Last der schweren, nassen Laken, von denen ich mir riesige Pakete auflade, um meine Stelzen zu schonen, bricht mir die Arme und zerquetscht mir die Nieren. Aber die Chefin ist noch erschöpfter als ich: Wie soll sie auch bei jedem Schauer angerannt kommen, mir die vielen Türen aufschließen, ständig in den Himmel starren, und zugleich ihren Dienst, den Haushalt, den Markt und alles erledigen? Wer hätte da kein Verständnis?

Ich habe Verständnis, und da ich ihr die Haushalts- und dienstlichen Verpflichtungen ebenso wenig abnehmen kann, wie den Marktgang, habe ich ihr angeboten, die Überwachung des Wetters zu übernehmen. Als könnte ich durch den mageren Spalt und die fettigen Scheiben meiner Luke den Himmel mehr als ahnen!

„Was ist los, Damien, haben Sie nicht gesehen, dass es regnet?"

„Oh, entschuldigen Sie! Aber ich komme ja sowieso nicht nach draußen. Und Sie durch das Fenster zu rufen, ist schwierig."

Immerhin etwas: An den Wäschetrockentagen lässt sie künftig die Türen offen; so kann ich beim ersten Tropfen hinausflitzen, ohne dass sie gestört wird.

Was für ein Palast mein Gefängnis mit all dem Raum ist, den Türen, die unter den Fingern nachgeben, der Einsamkeit der Gänge!

Natürlich läuft es trotzdem nicht immer so, wie man will: Ich kann mich noch so sputen, ich schaffe es nicht, alles zu erledigen, die Laken schnell genug hereinzuholen; und wenn es nicht der Regen ist, ist es die Flugasche aus den Schornsteinen, die die Wäsche schmutzig macht. Für die der Gefangenen mag es noch angehen, aber wenn die der Chefs etwas abbekommt, gibt es ein Drama und Riesengeschrei, und schuld ist immer Damien.

Ich stelle mir vor, dass ich in einem künftigen Leben Unwettermacherin werde; ich würde an den Waschtagen der Chefs einen Scheißeregen niedergehen lassen, gefolgt von einem Urinregen als Spülung.

Aber vorläufig bleibt mein Mund zu, damit die Türen offenbleiben.

Wenn die Sonne zurückkommt, lasse ich die Flickerei fallen und gehe mit einer alten Decke auf den Hof; achtfach gefaltet dient sie mir im Arbeitsraum als Kissen auf meinem Stuhl, aber in der Sonne ist sie mein Teppich. Ich lege mich hin, und wenn der Herbst noch ein paar Hitzewallungen hat, ziehe ich mich aus. Keine Gefahr, dass ich nackt erwischt werde; ich habe das Kleid in Reichweite und die Ohren gespitzt. Über die Mauer hinweg höre ich die Chefin, wenn sie ihre Hütte verlässt, ein vertrautes Duett: klack-klack-klack, kling-kling-kling, Stiefelabsätze und Schlüsselbund.

Neben den beiden üblichen Schlüsseln, auf die sich meine Begehrlichkeit richtet, hängt an dem Bund noch ein Haufen alter Schließeisen, mit denen sich hier gar nichts öffnen lässt und deren Funktion wohl nicht mal der Klumpen kennt. Alle sind auf eine beeindruckende Kette gefädelt, sieht aus wie eine Fahrradkette. Die Wärterin selbst scheint so an dieser Kette zu hängen, dass sie sie wohl mit ins Paradies nehmen wird. Ich stelle mir den Klumpen vor, wie sie als Gespenst ihre Kette nächtelang durch die Gefängnisflure schleppt.

Dieses Glockenspiel warnt mich also bei Annäherung des Feindes und erlaubt mir, mich überall rumzutreiben, sogar im Evakostüm, das Kleid in Reichweite. Und ich konnte ohne Aufsehen die beiden schönen, makellosen Abdrücke nehmen, die ich nachher abschicken werde; damit kann man den Dietrich auf ein Fünfzigstel Millimeter genau anpassen. Das entschädigt ein bisschen für meine Ungeschicklichkeit neulich. Zizi, dem ich von meinem Schnitzer geschrieben habe, hat mich wunderbar getröstet: „Ich breche Schlösser auf, du bist noch raffinierter: Du brichst gleich die Schlüssel."

Aber er hat kein neues Metall geschickt. Dann hatte ich die Idee, die Schlüssel zu zeichnen.

Dazu mache ich in meiner Freizeit Teppichstickerei. Ich bin Penelope, in jeder Hinsicht: Ich sticke ein Aquarell von Dalì nach, das ich in *Match* gefunden habe: die Umarmung von Dante und Beatrice an der Schwelle zur Ewigkeit.

Bei jeder Gelegenheit rühme ich mein Werk, zeige es aber nicht. Wie alle Chefs schätzt auch der Klumpen Frauen, die sticken können: Unter dem Vorwand, sie vor Langeweile zu bewahren, bringen sie ihnen tausend Dinge, die man besticken kann, Kamindecken, Lätzchen für die Sprösslinge der Sprösslinge, Untersetzer für ihre Likörgläser.

Sie kann mich noch so viel beschäftigen: Ich rede unermüdlich über meine Stickerei, und Zizi fragt mich jetzt in den Briefen und im Besuchszimmer, wie es Beatrice geht. Nachts drücke ich die Augen ganz fest zu und übe mich in Fernhypnose: Die Chefin muss verlangen, Beatrice zu sehen. Das ist die einzige Chance, sie drei Sekunden lang ihre verdammten Schließeisen vergessen zu lassen.

Anstatt wie sonst „Danke, Ihnen auch" auf ihre Gute-Nacht-Wünsche zu antworten und mich sofort umzudrehen, schiebe ich meinen Latsch sanft zwischen Tür und Rahmen und bekunde so die Bereitschaft zu einem kleinen Vor-Einschlaf-Schwätzchen. Arme Chefin, in Sachen Plausch verwöhne ich sie nicht oft: „Überrascht und angetan" nimmt sie die Einladung an.

Wir beginnen mit den Vorspeisen: Haushaltsfragen, Rezepte, die Gesundheit des Jüngsten ihrer Großen; von der Kochkunst kommen wir zur großen Kunst und von da aus zu meiner Kunst, zu groß, sagen wir lieber, meinem Kunsthandwerk, Mâme Chef.

„Ach ja, Sie sticken, stimmt! Sie sticken, nicht wahr? Ja, ich habe es im Besuchszimmer gehört, als Sie Ihrem Mann davon erzählt haben ... Wissen Sie, man muss ja zuhören, und manche Sachen behält man, ganz ohne es zu wollen ..."

Ich kenne doch die Assimil-Methode!

„Das haben Sie behalten? Wie schmeichelhaft, Madame! Aber das ist nichts ... Eine schöne Arbeit, etwas für Sie zum Beispiel, ich weiß nicht, ob ich das wagen würde; aber da macht es nichts, wenn es nicht so umwerfend ist: Es geht eher um das Symbol."

„Wie? ... Ach so. Und was stellt es dar? Wollen Sie es mir nicht zeigen? Ich mag Stickerei sehr. Auch wenn es nicht umwerfend ist, wie Sie sagen. Ich bin sicher, dass es gut ist, was Sie machen. Man muss sich nur Ihre Stopfarbeiten ansehen."

„Das ist nicht dasselbe ... außerdem würde ich es gern fertigmachen, bevor ich es zeige, ich ... Na ja, ich weiß ja, dass Sie es ihm nicht sagen werden: Mein Mann weiß es zwar, aber er weiß nicht, dass es für ihn ist. Aber da er in ein paar Tagen ein Jahr mehr hat ..."

„Hat er noch ein Verfahren?"

„Ja, aber da wird es eher ein Monat. Nein, ich wollte sagen, dass er bald Geburtstag hat und dass diese Stickerei sein Geschenk wird. Wenn Sie erlauben, dass ich es ihm gebe, natürlich ..."

„Zeigen Sie es mir, ich kläre das mit dem Chef."

Sie sagt immer „der Chef", wenn sie von ihrem Kerl spricht. Das ist, als würde ich „der Gefangene" sagen, wenn ich von Zizi spreche.

„Aber natürlich. Also ich verlass mich auf Sie, Madame, ja?“

„Ach, Damien!“, antwortet der Klumpen vorwurfsvoll, während ich zu meinem Tisch gehe, um in dem Nähkarton zu wühlen, der wie zufällig bereitsteht.

Aber ich wühle vergeblich zwischen den Knäulen: Ich kann Beatrice nicht finden, bevor die Chefin nicht von Neugier getrieben in den Raum gekommen ist und den Schlüssel aus dem Schloss gezogen hat, den sie mit den anderen in ihrer dicken Faust verschwinden lässt. Dann hole ich mein Werk unter dem Karton hervor und gehe ihr die halbe Strecke zwischen Tür und Tisch entgegen.

Da bleibe ich stehen und entfalte das Wunderwerk, bewege es außerhalb der Sichtweite der Chefin wie eine Muleta; dann weiche ich unmerklich Schritt für Schritt bis zum Tisch zurück – und der Klumpen folgt mir Schritt für Schritt.

Und dann, endlich! Sie legt die Schlüssel auf den Tisch zwischen die Knäule, um in ihren Taschen nach der Brille zu wühlen. Schnell hebe ich Beatrice bis zu ihrem Kinn, lege sie auf meine ausgestreckte Hand: Die Chefin ist eine schöne Frau, sie ist eins fünfundsiebzig, eins achtzig groß; und ich, der Asphaltpickel, stehe direkt „unter“ ihr; geschützt vom Dach meiner Stickarbeit kann ich meinen Blick zu den Schlüsseln schweifen lassen und sie unauslöschlich auf das Innere meines Auges bannen.

Danach wollte ich sie „nicht länger aufhalten“, ich setzte die Alte vor die Tür und beeilte mich, meine Vision auf Papier zu übertragen. Anschließend machte ich mich daran, Bea ohne jede Dankbarkeit mit eifriger Nadel zu durchbohren: Jetzt musste ich rechtzeitig für Zizis Geburtstag fertig sein.

Den lieben langen Tag steche ich an der Maschine, steche ich Dantes Liebende, steche ich in meine Finger; ich besteche mich mit Erwartung und Bildern. Ich nenne sie starre Bilder. Wie andere sich vom Fliegenflug die Zeit vertreiben lassen, starre ich auf den einen Stich. Es ist ein kleiner Stich, winziger als eine Pore meiner Beatrice. Aber dieser Stich ist meine Chance, ich darf ihn nicht aus den Augen verlieren, keine Sekunde.

Wenn ich nach einem anderen Glühwürmchen schaue, wenn ich aufhöre zu starren und anfange nachzudenken, verweigert mein Kopf den Dienst, und ich schlafe endgültig ein: Sobald ich den Geist öffne, sticht der Schmerz hinein und breitet sich aus, verdreht und verzerrt alle Gedankenfäden in einer kreisenden, unwiderstehlichen, unentwirrbaren Bewegung.

In meinem Schädel herrscht ein schlimmeres Gewirr als bei den Knäulen in meinem Nähkarton. Allmählich fürchte ich mich vor dem Aufräumen, fahre das Denken zurück und betäube mich. Ich betäube mich mit meinen Pflichten, mit der regelmäßigen Bewegung der Nadel, die den Faden mit sich zieht, mit dem Radio – egal, was es grölt, Hauptsache, es grölt –, ich wäre gern immer betrunken ... Und weil ich mich für diesen Fixerzustand schäme, rufe ich seufzend nach dem Sonntag, „endlich kann ich ein bisschen lesen“, und verfluche höflich die Arbeit, die man mir aufbrummt, „mit dieser dämlichen Wäsche wird man nie fertig“.

Ich weiß natürlich, dass ich am Sonntag nicht lesen werde, dass ich die offizielle Post hinschludere, die nur doppelte Arbeit ist, seit wir kassibern, dass mein einziger Fortschritt am Ende dieses Sonntags, an dem ich mich fleißig gebe, indem ich um mich herum einen ganzen Buch- und Schreibwarenladen ausbreite, darin bestehen wird, dass ich seufzen kann: „Uff, wieder einer tot!“

Ich will hier weg, ich habe aus dem Knast alles rausgeholt, was sich rausholen ließ.

Beim Versuch, den Knast auszuschöpfen, werde eher ich mich erschöpfen. Er gehört zu den Dingen, die man von vorn bis hinten durchquert zu haben meint und die sich als Kreis erweisen: Am anderen Ende bin ich wieder beim Anfang, da, wo andere ihn auf ihre Rechnung in Angriff nehmen und alles in Frage stellen.

Ich bin wie die nicht strebsamen, aber begabten Schüler, die ihre Arbeit immer vor dem Pausenklingeln abgeben. Wenn ich starre, vermeide ich das Grübeln, riskiere aber abzustumpfen.

Ich finde mich ab: Egal, in welchem Zustand ich beim Ankommen sein werde, nur schnell will ich das Ende der Etappe erreichen, schnell will ich dem Kreis entkommen, schnell, schnell! Ankommen! Was kümmern mich Magerkeit, Erschöpfung und Rost, das geht alles wieder weg, Hauptsache durchhalten; wenn möglich das Gerippe, den Schädel und den Verstand retten, aber vor allem die Stunden abblättern. Indem ich sie mit Drogen, Eseleien, irgendetwas fülle, piepegal, Hauptsache, sie krepieren, und zwar schnell, und ich erhebe mich endlich aus ihrem krepierten Haufen, aus diesem Amöbenleben an den elementarsten Grenzen meiner selbst, erhebe mich zur Auferstehung.

Kapitel XI

„Warum, zum Teufel, habe ich diesen Kreis gemalt?“

Auf dem Kalender ist das heutige Datum rot eingerahmt wie eine unerklärliche Wunde.

Es war wohl sechs Uhr. Ich sprang aus der Koje, um mir meinen ersten Filter zu machen. Den Kaffee trinke ich gern gemütlich, mit einer zusammengelegten Decke hinter dem Kopf und Keksen auf dem Hockernachttisch: Das ist mein Breakfast als freie Frau, für das ich mein Knackigesöff ins Waschbecken kippen und, wenn ich zu viele Kekse gegessen habe, sogar die Halb-Zwölf-Mittagsschüssel in die Mitternachtsvase entleeren kann. Ein gutes Breakfast bringt mich für den ganzen Tag in Form.

Während ich auf das Summen des Wassers wartete, das von den Tabletten erhitzt wurde, schlurfte ich durch die Zelle – mein Elend ist der Park dieser sportlichen Wanderung –, als mir der Kalender ins Auge fiel.

Dabei schaue ich jeden Tag darauf, bekritzle, kodiere, dränge und verfluche ihn; ich erneuere die vier gekochten Reiskörner, mit denen er am Schrank klebt und die auf dem lackierten Metall nicht lange halten; aber mir fällt einfach nicht ein, warum ich diese Pustel dahin gemalt habe. Ein Fest? Ein Geburtstag? Egal, wird mir schon einfallen.

Das Wasser summt, ich zelebriere: Pulver aufgehäuft, Taschentuchfilter über das Glas, Butter auf die Butterkekse. Wie soll man unter diesen Umständen Reue und Erlösung zustande bringen? Anstatt zu bestrafen, verweichlichen die modernen Gefängnisse, wo Ruten nötig wären, wurde Komfort eingeführt, man sperrt die Leute ein, anstatt sie ordentlich durchzuprügeln und dann freizulassen, frei, daran zu krepieren oder zu genesen. Die sanfte Methode regt zunächst den Kreislauf an: Man rechnete mit Schlimmerem, man ist gerührt, eigentlich ist es gar nicht so schlecht im Knast ... Dann gewöhnt man sich an diese Milde, bald kennen die Ansprüche keine Grenzen mehr. Man legt der Wärterin den Arm um die Schulter, meckert, streichelt oder verachtet.

Ich glaube, ich hätte lieber die Zuchthäuser von früher gehabt, Gefangener gegen Kerkermeister, Holzpantinen und Kutte, Härte und Dreck: Alles, woran man sich unmöglich gewöhnen, dem man sich unmöglich unterwerfen kann, wenn man nicht in einem Kerker geboren wurde. Heute tötet man im Knast das harte Leben – komm schon, Anick, noch ein bisschen Butter. Ich lasse mich genüsslich auf mein graues Kissen sinken und schnuppere am geleerten Glas, das mir noch ein bisschen die Handflächen wärmt: heiliger Saft, heilig, heilig, heilig. Was ist das für ein markierter Heiliger? Doch nicht Sankt Expeditus ... Ah! Jetzt weiß ich es: Nicole hat der Fürsorgerin geschrieben, damit sie mir ihr Entlassungsdatum mitteilt; ich sehe wieder den müßigen Nachmittag vor mir, als ich flüsterte: „Sehen Sie sich gut um, Nicole: Wenn ich weiß, wenn ich kann (und wenn ich das Datum weiß, kann ich), verspreche ich Ihnen, ich bin da ..."

In zwei Stunden wird Nicole freigelassen. Ich stelle sie mir auf der Schwelle der kleinen Tür unter den Alleebäumen vor, der Tür, durch die ich gegangen bin, um in die Bullenkutsche für die Verlegung zu steigen.

Nicole, wieder in ihren Hosen, den im Herbstlicht tanzenden Haaren, vor sich die Allee der Einsamkeit am Rande der Stadt.

Und ich liege hier herum, weit weg vom Gras unserer Spaziergänge, und schlürfe meinen Kaffee, ich, die es nicht vergessen durfte.

Klirr!

Sehr geschickt. Ich habe mein Glas genau ins Waschbecken geworfen; es ist zerbrochen und hat das blaue Emaille mit kleinen braunen Kaffeespritzern übersät, die langsam herunterrinnen; Mist, ich habe gestern erst mit Nab geputzt. Jetzt muss ich aus dem Gefängnisbecher trinken, bis ich wieder Extras einkaufen kann: Nicole hat mich gerade fünfunddreißig Centimes gekostet.

Warte: Um auf andere Gedanken zu kommen, werde ich meine eheliche Epistel verzieren. Das muss mich voll und ganz in Anspruch nehmen.

Vom Aufstehen bis zur Suppe zeichne ich mit meinen billigen Aquarellfarben eine prächtige Miniaturorchidee in die obere linke Ecke. Mein Brief wird nach Weisheit duften: Ich entkorke die schwarze Tinte und lasse den vergifteten Bic in seiner Hülle, um nicht der Versuchung des Überschwangs zu erliegen, wenn ich, auf der Rückseite angekommen, nicht mehr das Signal der Blume sehe, das mir sagt: „Duftender Brief, vergiss das nicht"; die Feder, die man ständig eintauchen, die Kleckse, die man vermeiden muss, alles verlangt von mir aufzupassen. Ich flüstere die Wörter, ehe ich sie schreibe, ich zeichne sie langsam, eifrig wie ein Kanzleigehilfe. Zum ersten Mal seit unserer Verhaftung spreche ich von Milde, von Gnadengesuch, von Glück – verfluchtes Glück! –, „um das man sich vielleicht kümmern sollte", überstürzt fahre ich fort, um es auszulöschen: „Das heißt nicht, dass ich aus den Augen verliere, was ich will, was wir wollen ... Ich habe immer gedacht, ich würde die Gesamtstrafe erhalten, aber wenn ich *ich* dachte, dachte ich *wir* (verdammte Lügnerin!) ... egal! Diese Gnade könnte die Pläne nicht verändern, in die sie von Anfang an wie belangloses Beiwerk eingeschlossen war. Ich schreibe dir heute von anderer Gnade, weil man diese durch etwas ersetzen muss, damit die Hoffnung erhalten bleibt, damit es hinter der nächsten Ecke der Chimären immer die gleiche Zahl von Wegen gibt ..."

Wir Frauen, die man gerissen und verführerisch nennt, verbinden mühelos zwei Lösungen, die sich ausschließen, gehen auf auseinanderlaufenden Wegen, ohne uns zu zerreißen.

Mein Brief ist beendet; um meinen Sätzen über bedingte Freilassung, Anträgen beim Justizministerium und beim Bewährungskomitee Taten folgen zu lassen, schreibe ich gleich an den Staatsanwalt; als meine Erfindungsgabe Muskelkater bekommt, kopiere ich den Brief und ändere nur Anrede und Schlussformel – aus tiefem Respekt wird abgrundtiefer Respekt – und adressiere ihn an die Place Vendôme; schließlich wähle ich einen meiner vielen Anwälte aus und bitte den, den ich am wenigsten benutzt habe, mich zu besuchen; er soll uns hier unterstützen.

Sicher wird über das Warten auf die Antworten das Jahr sterben; aber ... anscheinend wechsle auch ich die Jahreszeit; in mir erwachen andere Energien. Vielleicht hat mir Zizi einen raffinierten Trank verpasst. Bei unseren letzten Gesprächen im Gericht und im Besuchszimmer habe ich jenseits der vom Wärter aufgegabelten und zerlegten Wörter, jenseits der Briefe sogar einen düsteren Schatten der Mutlosigkeit auftauchen sehen. Zizi presst die Kiefer zusammen und sagt immer wieder: „Ich habe nur meine Zähne."

Ich weiß, dass er weder ein Kümmerling noch eine Niete ist und dass ein Ausbruch auch mit einem schartigen Küchenmesser Erfolg haben kann. Allein wäre Zizi schon weit weg. Aber ich bin auch noch da: Er muss bei den Frauen eindringen, mich aus meinem Loch holen, mich über die Scherben befördern.

Allein abhauen? Darauf habe ich auch keine Lust mehr; eine Pleite letztes Weihnachten hat mir gereicht, und nochmal werde ich nicht heiraten ... wenn ich allein scheitere, wie könnte selbst Zizi mich dann darüber hinwegtrösten?

Ich will warten und hoffen, ohne schwach zu werden ... Nur Mut, Zi, wir kriegen uns wieder. Sei nicht traurig: Einen Ausbruch macht man nicht mit Traurigkeit. Hass oder Schmerz treiben an und heizen auf; aber Traurigkeit gibt keinen Schwung. Ich weiß, wir haben niemanden zum Hassen und keinen Grund für Schmerzen, die Herberge ist gut, wir werden ordentlich versorgt, die Sorgen im Gericht sind vorbei.

Ausgerechnet jetzt, wo Zizi schwach zu werden droht, muss ich fallen. Schwindelerregender Sturz in den Schnee von gestern. Zu Hilfe, Messieurs, seien Sie gnädig, helfen Sie mir hoch. Ich bin halb aufrichtig: Wenn der Vulkan erlischt oder der Ausbruch so gewaltig ist, dass wir uns in Sicherheit bringen müssen, damit er uns nicht zerstört, dann habe ich halt immer noch meine kleinen Anträge ...

Arbeite ohne Verwirrspiel, kleiner Schädel, in diesem großen Haufen Träume!

Am Nachmittag unterschreibe ich im Register der offiziellen Briefe, nun bin ich sicher, dass sie unterwegs an höchste Stellen sind. Ein Gnadengesuch aufsetzen geht eigentlich ganz fix und ist kinderleicht im Vergleich zu einem Ausbruch. Man braucht nur ein bisschen mit Orthographie und Demut, Pomade und fester Entschlossenheit gedrechselte Bettelei, einen schüchtern gebogenen Finger, um an die feierlichen Pforten zu poch-pochen, anstatt grober Werkzeuge, statt kleiner falscher Brüder braucht man Eltern und Freunde, die im Ministerium den Chor geben, und zu guter Letzt eine Zwiebel im Taschentuch. Und im Fall eines Scheiterns schießt euch kein Maschinengewehr in den Hintern, verfluchen euch keine Kameraden, weil es seit eurem Versuch für alle doppelt so viele Durchsuchungen und Kontrollen gibt.

Wenn das Wartequartal vorbei ist und sich meine Briefe nicht entschlossen haben, von den hohen Orten herabzusteigen, werde ich wieder nach der Feder greifen und versuchen, sie einzufangen: „Ich nehme mir die Freiheit, erneut zu ersuchen." Das ist die einzige Freiheit, die man sich nehmen kann, wenn man beschließt, im Knast zu bleiben.

Eines Morgens wird mich die Wärterin schließlich zum Kanzlisten bringen, wenn der nicht aus Überarbeitung die Wärterin als Trägerin der Sache in meine Zelle schickt; auf jeden Fall wird mir irgendwer ein Blatt mit dem Stempel des Justizministeriums überreichen, wo mir über den Krähenfüßen am Ende ein fettgedrucktes Wort ins Gesicht springen wird, das schwarze Loch, in das ich stürzen werde: ABGELEHNT. Man wird mir einen Stift hinstrecken, ich werde meinen aus dem Ärmel ziehen und die Ablehnung gegenzeichnen, wortlos, denn in solchen Fällen spricht nicht der Empfänger, sondern der Überbringer: Meistens empfiehlt dir der Kanzleigehilfe oder die Wärterin, gleich einen neuen Antrag zu stellen, „Wissen Sie, Gnadengesuche werden selten beim ersten Mal angenommen", „Sie können so viele stellen, wie Sie wollen".

O nein! Ich habe genug davon gestellt, als ich noch dachte, das funktioniere wie ein Automat. Ich bekam meine Münze zurück, das schon, aber nie etwas zu naschen.

Ach, mein Ausbruch, schnelles Ross meiner Träume! Ich gab dir so wenig zum Leben, du konntest mich so einfach im Stich lassen! Obwohl ich dich nicht verletzen wollte, habe ich dich hundertmal am Halfter genommen und daran gezerrt, um dich in den Stall zurückzuführen ... Ich dachte, du würdest wiehern, dich aufbäumen, würdest auf meinen Tellern und meinem Bett trappeln, mich am Schlafen und am Essen hindern, bis ich mich wieder deiner annehme ...

Nichts dergleichen: Das Ross hat sich brav auf sein Nebellager gebettet. Bin nicht ich seine Herrin, habe nicht ich es geschaffen, bestimme nicht ich über Leben und Tod? Es wird auch noch ein paar Monate warten.

Mein Mann hat meine Orchidee bewundert und daran gerochen, ohne den Trick zu erraten: Im Besuchszimmer hat er gelächelt ... Er denkt wohl, ich hätte mich entschlossen, auf seinen Kurs einzuschwenken ... Hatte er daran je gezweifelt?

Ich bin ein Mädchen und brünett; Zizi, der blonde Junge, hat nicht mein Ungestüm. Meinem Getöse setzt er seine berühmte „Seelenkraft" entgegen ... und ich sehe mich vor: Wieder und wieder habe ich diese Kraft gespürt, die lautlose, leichte Überzeugungskraft, die sich mit samtenen Schrauben in den Körper bohrt, ohne dass überraschende oder schmerzhafte Stiche mich gewarnt hätten. So überwand Zizi meine Weigerung zu lieben und lehrte mich die Arpeggios und Akkorde der Freude. Und die Liebe, die mir seit Jahren den Hof machte, ohne mich verführen zu können, erwies sich als zärtlicher Sieger; sie brachte mich ganz sanft dazu, ihre überwältigende Anwesenheit hinzunehmen: Kokett pflegte sie ihre Zerbrechlichkeit, damit es aussah, als würde sie mich zwingen, wo ich doch schon ja sagte ...

Mit der Liebe habe ich die vernachlässigte Seite des Lebens entdeckt, die ganz aus Zuneigung und Fühlen besteht, ohne verrückte Verehrung oder Kopfzerbrechen, ohne Fehler. O ja, Zizi, ich sehe mich vor.

Du denkst, unser Besitz sei privat, seine Alleen gingen durch Zeit und Strafe, unwichtig sei der Ort, an dem wir zu sein scheinen ... O Liebster, wie sehr wünschte ich vielmehr, dass die Liebe um mich herum wäre, dass sie mich durchdränge und mit der Liebe verschmölze, die ich verberge!

Aber das Gefängnis ist ohne Liebe. Nichts und niemand lädt mich hier ein zu singen. Wie soll man hier singen?

Wenn ich mich unglücklicherweise im Klack-klack irre, wenn ich denke, die Wärterin habe den Trakt verlassen, und meine Stimme hören lasse, kommt sie zu meiner Klappe gerannt und sagt, ich solle still sein. Ich schere mich nicht um ihren Maulkorb, ich denke an andere Harmonien. Das Gefängnis ist eine ewige, eine grausame Disharmonie: zwischen dem Herz und den Worten, zwischen dem strahlenden Morgenlächeln für den neugeborenen Tag und der trostlosen Decke des Tages mit seinem Staub und seinen Pflichten, zwischen dem Vertrauen, das stets bereit ist, sich zu schenken, und der List, der Gedankenlosigkeit, der Nachlässigkeit der Menschen. Ich habe genug davon, ich möchte singen.

Ich liebe dich, Zi, aber meine Liebe braucht Luft. Ich habe dir die Idee des Ausbruchs in den Schädel gesetzt; du lehnst sie nicht ab, weil sie ein Teil von mir ist, aber du wünschst dir, dass ich sie zurückhole, meine Idee!

Zizi ist auch ausgebrochen, lange vor mir, lange, bevor wir uns begegnet sind. Er weiß, wie es ist, wenn das wilde Ross durchgeht, und er ist nur bereit, sich noch einmal darauf einzulassen, um mich nach Kräften vor den tödlichen Sprüngen zu bewahren, weil ich unbedingt aufsitzen will. Aber viel lieber würde er hören: „Komm, wir lassen es!“

Das kann nicht wahr sein, wir sind auf dem besten Weg, mit einem Schlag alt zu werden! Seitdem ich allein bin, erkenne ich selbst, wie sich die Entscheidungen entwirklichen, und wie schwer es ist, die Wut lebendig zu halten, wenn du keine Versprechen und keine Prahlereien mehr halten musst, wenn du dich nicht mehr am Geschwätz berauschst, wenn nichts dich mehr aufputscht.

Ich bin eingelocht. Gewaltsam entgiftet. Man streckt mir eine ehrliche Hand entgegen, man fordert mich auf, die Schwelle der Güte zu übertreten ...

Ich kann mir noch so oft sagen, dass es zu nichts verpflichtet.

Herrgott!

Kapitel XII

Diese Anwälte sind genial. Sie reden so viel wie sie wenig schreiben. Sie lassen auf sich warten. Vielleicht sind deswegen drei Anwaltszeilen so viel wert wie drei Vorder- und Rückseiten jedes Nicht-Anwalts.

Wenn man einen Schrieb von Maître bekommt, sagt man sich, dass man doch bescheuert ist, so hässlich von ihm gedacht zu haben: Nicht doch, er hat mich nicht vergessen, er schwatzt nur nicht, er wartet, bis er mir etwas Positives mitzuteilen hat, aber es dauert, bis das geschieht, und so fort. So verteidigt man seinen Verteidiger.

Wenn der Brief nur aus der Mitteilung über ein Vorverfahren oder einer Verhandlung besteht, hat die Sekretärin ihn getippt, ist er kurz und brutal; höchstens die Unterschrift könnte trösten, wäre es nicht eine so hastige, gleichgültige, eine irgendwie anonyme Unterschrift.

Viel lieber bekommt man einen handgeschriebenen Brief: Auch wenn er nur ein paar Quadratzentimeter füllt, kann man ihn endlos lesen. Ebenso gut kann er vom Winde verwehen.

Aber mit jedem Absatz tun sich Abgründe auf, jeder Auslassungspunkt ist ein kleiner Planet; man deutet jeden Sinn in die Sätze, bis die Wörter gar keinen Sinn mehr haben und vor den Augen zu kleinen Häufchen tintiger Glut werden, die eine diffuse, freundschaftliche Wärme ausstrahlen.

Der Maître, dem ich wegen meines Gnadengesuchs geschrieben hatte, hat mir postwendend geantwortet: „Ich werde unverzüglich zu Ihnen kommen, um mich mit Ihnen über diese Sache zu verständigen.“

Deshalb bin ich seit acht Tagen Penelope, eine Penelope, die, anstatt zu sticken, Odysseus' Hosen neue Hintern verpasst. Allerdings habe ich Hintern, Kragen und alles andere in die Ecke geworfen, seitdem ich meinen Ausguck habe. Das Kippfenster im Arbeitsraum lässt sich jetzt wie das in der Zelle öffnen, und weil es zum Ehrenhof führt, hat es den gleichen Vorteil wie mein Taubenschlag. Der Arbeitsraum liegt in einer Nische, aber wenn ich mir die Halswirbel ausrenke, kann ich an der Ziegelsteinwand, die mir den Horizont versperrt, vorbei sehen und habe so die Hälfte des großen Tors im Visier. Es ist die gute Hälfte, die mit der Pforte, durch die Fußgänger, Mopeds, frisierte Katzen und so weiter kommen.

Die ganze Woche schleuderte mich bei jedem Klingeln ein unwiderstehlicher Hebel nach oben, zur Klettertour auf den Hocker, von dort auf den Tisch, um nachzusehen.

Das Öffnen eines Gefängnistors ist ein ganzes Ritual. Der Wärter wählt das Schließeisen: Manchmal legt er auf dem Weg zum Tor eine Pause ein, um an seinem Schlüsselbund zu suchen, manchmal hat er den Schlüssel schon drinnen bereit gemacht und richtet ihn im Kommen wie eine Flinte auf das Schloss. Bevor er ihn hineinsteckt, schmult er durch das Guckloch.

Wenn ihm die Fresse des Besuchers nicht gefällt, fragt, gestikuliert, widerspricht er oder schließt sogar brutal das Lid des Guckauges.

(In solchen Fällen springe ich unverzüglich vom Tisch: Den Anwälten öffnet der Wärter ohne Zaudern.)

Der Anwalt hatte mich im Postskriptum darauf hingewiesen, dass er wegen meines Status als Verurteilte eine Genehmigung des Präfekten brauche, um mich zu besuchen; aber das „unverzüglich" ließ mich vergessen, was ich von der präfektoralen Langsamkeit weiß, und ich kletterte, ohne ein Klingeln zu verpassen, ich kletterte hoch und runter bis zur Suppe, eine Grenze, die selbst die Schleimer nicht übertreten dürfen. Dann kehrte ich zur traurigen Wirklichkeit meiner muskelkatergeplagten Beine und der Berge von Stopfarbeiten zurück. Im Expresstempo erledigte ich Toilette und Abendessen, verschlang zwei Bissen auf einmal, pedalierte inbrünstig, bis ich den Rückstand aufgeholt hatte.

So habe ich gestern Abend nach dem letzten Kontrollgang – ich mache meine Glühlampe selbst aus – noch gestichelt und erst aufgehört, als ich die Fäden tanzen sah und die Hosen verkehrt herum auflegte. Kaum hatte ich mir noch einmal die Zähne geputzt (ich hatte, um munter zu bleiben, eine Menge Bonbons gelutscht), versank ich in ein Koma, das von Dring-drings und Vrrron-vrrrons dröhnte.

Heute Morgen hatte ich beschlossen, nicht mehr hochzuklettern ... ab morgen. Ich musste meinen Schwur nicht brechen: Am Nachmittag ist der Anwalt gekommen.

Als der Wärter meinen Besucher hereinließ, bin ich nicht „vor Erregung fast umgefallen", war ich nicht „außer mir vor Freude"; ich habe überhaupt nichts gefühlt. Er war da, das war ganz normal. Mein achttägiges Warten kam mir plötzlich absurd vor: Wie hätte meine Kletterei diese Minute auch nur um eine Sekunde beschleunigen können, diese Minute, die in der Zeit hing, wie ich an meiner Luke im Raum, abwesend, die Gedanken erstarrt?

Als Maître hinter der Mauer am linken Rand meines Sichtfelds verschwunden war, erwachten Kopf und Beine wieder, und ich sprang vom Tisch, ohne an den Hocker zu denken. Der Aufprall meiner Füße auf dem Zement ließ mich endgültig zu mir kommen: Mit zwei Sprüngen war ich beim Spiegel und machte mich fit: Ich streckte die Hände anmutig zum Wasserhahn aus, biss mir auf die Lippen, um sie schwellen zu lassen, und lackierte mir die Wimpern mit Speichel, wobei ich heftig an ihnen zog, damit sie sich natürlich bogen; sodass die Chefin, als sie angeeilt kam, um mich zu holen, und mich mit glänzenden und feuchten Augen antraf, glaubte, mich trösten zu müssen: „Nicht weinen! Sie haben netten Besuch ..."

„Besuch?", wiederholte ich fassungslos. „Wer denn?"

Das wusste die Chefin natürlich nicht.

Als ich, in meinen Mutmaßungen versunken, vergaß, hinter ihren Hacken herzutrotten, und mich automatisch dem Rondell zuwandte, brachte mich die Chefin mit „Wo wollen Sie denn hin? Ich habe nicht Kanzlei gesagt, sondern Besuch" wieder auf Kurs. Ich folgte ihr ohne Widerstand: Ich kenne meinen Freund Maître ganz gut.

Sobald er hereinkam, stand ich auf und reichte ihm über den Pingpongtisch hinweg die Hand, ohne mich um den Schutzengel in meinem Rücken zu scheren, der deutliche Anzeichen von Unruhe erkennen ließ.

„Guten Tag, Maître ... Als allererstes, könnten Sie im Büro darum bitten, dass man uns die Tapeten wechseln lässt?"

„Ich verstehe Sie nicht", sagte der Anwalt, der noch nie in diesem Gefängnis gewesen war und sich umschaute.

„Hier ist das Besuchszimmer für alle, Maître ... Das für die Anwälte ist in der Rotunde hinter Ihnen ... Das ist vielleicht ein Irrtum."

Die Chefin zuckte zusammen: „Ich habe Anweisung, Sie hierher zu bringen. Vergessen Sie nicht, dass Sie verurteilt sind."

„Ja, aber der Herr ist mein Anwalt. Bringen Sie mich ins richtige Sprechzimmer oder gleich zurück in meinen Raum. Ich ..."

„Warten Sie, Madame", sagte Maître an uns beide gewandt. „Ich werde sehen, was ich tun kann." Und er verschwand.

Ein paar Minuten vergingen in lastendem Schweigen.

Wir kamen in die Kanzlei, Kompromiss.

Das vom Maître vorbereitete Aktenembryo hatte sich zwischen uns auf einem schmalen Tisch ausgebreitet; es war angenehm, wie in meinem Arbeitsraum. Auch mein Kopf erschlaffte, füllte sich mit flüchtigen und prickelnden Gedanken, wie immer, wenn ein Schleimer da ist; ich hatte Lust zu lachen, ein unterdrücktes, subtiles Lachen, hatte Lust, geistreich und zivilisiert, ein Gegensatz zu meinem Armutsgewand zu sein und meinen Besucher die Wirklichkeit des trostlosen Zimmers vergessen zu lassen.

Zuerst musste ich die Wärterin verschwinden lassen, die sich ganz dicht an den Tisch gesetzt hatte und dem Entstehen der Wörter auf unseren Lippen folgte. Ich wusste, dass uns die feindlichen Ohren nach den Vorschriften aufgezwungen werden konnten; aber ich redete so verworren, verleitete den Anwalt zu so schwindelerregend hochtrabenden Äußerungen, bediente mich kaum verhohlener Drohungen, bis uns die Wärterin, gelangweilt und vorsichtig, schließlich verließ, um ein Stück entfernt an den anderen Tischen mit dem einen oder anderen Untergebenen ihres Gatten zu schwätzen. Um die Form zu wahren, warf sie hin und wieder einen Blick voller Strenge und Intelligenz in unsere Richtung.

Wir rückten die Stühle zusammen und flüsterten wie zwei Anwälte in einem Flur oder zwei Gefangene zwischen zwei Fluren; wir waren brüderlich auf der Flucht. Keine Gefahr, dass sie uns stören. Ich hatte meinen Stuhl so hingerückt, dass ich ihnen den Rücken zuwandte; durch das Fenster hinter dem Anwalt sah ich einen großen Haufen Kohle, den üblichen Haufen der Gefängnishöfe, der schon im Sommer daran erinnert, dass man bald eisige Füße haben, dass man bald in den Winterkokon schlüpfen wird. Das schlechte Omen dieser Kohle verlieh mir neue Kraft: Tun Sie etwas, Maître, fangen Sie mein Gebet im Flug ein, gießen Sie es in die beste Form und legen Sie es den Großen vor die Nase.

Ich hatte so sehr von diesem Mann geträumt, dass ich ihn mit den Augen verschlang, um zu verhindern, dass er sich in Luft auflöste, weil ich an ihn glauben wollte ...

Ja, es war wirklich so: Maître ließ mich mein Leben erzählen und machte sich auf einem großen, rosaroten Blatt Notizen. Wenn ich verstummte und überlegte, was ich noch sagen könnte, brachte er mich mit kurzen, klaren und sanften Fragen wieder in Fahrt.

Auf dem Tisch nahm eine alte, mit einer Kunstlederhülle bedeckte Remington, die Orgel für Bürokraten, neben unseren Papieren den ganzen Platz ein, bildete einen Schutzwall für unsere Hände und unsere Stimmen.

Die Chefin, ganz in ihr Geschwätz vertieft, schien uns vergessen zu haben; und ich wünschte ihr, unsere Gesprächszeit würde immer weitergehen, damit sie ihre ewig fortführen könnte.

Maître instruierte mich: Für den Erfolg eines Gnadengesuchs sei es sinnvoll, sich an den Richter des Departements für die Strafzumessung zu wenden. Ich wusste irgendwie, dass es andere Richter gab als die im Gericht, aber ich wusste nicht, was sie eigentlich zu tun haben. Kann man die Strafe wirklich anders zumessen als beim Urteil, wo man einen mit einer schweren, gleichgültigen Kelle eingipst, ploff, ohne sich darum zu kümmern, was man da einmauert?

Der SZ-Richter hat die Aufgabe, den Gips vorsichtig abzulösen und als guter Doktor zu gucken, wie wir uns darunter entwickelt haben, wir, die Verurteilten, offene Wunden mit den rosigen Knospen unserer Hoffnungen, unseren Möglichkeiten, unseren Nekrosen und der davongekommenen heilen Haut. SZR sieht sich das alles an. Wenn er meint, dass die Heilung gut vorankommt, hat er die Macht, das Exeat zu erleichtern ...

Während der Anwalt sprach, wurde ich zur Narbe, wurde rosig und perlmuttfarben, dann schloss ich mich, heilte ... Nicht nötig, über die Mauer des Ladens zu klettern, SZR würde mich vor die Tür setzen. Dann brachte mich Maître auf meine Matratze zurück: „Vergessen Sie nicht, Madame, der SZR ist nur ein Rädchen, das Getriebe wird zentral gesteuert, an der Place Vendôme, wo man jeden Tag hunderte solcher Gesuche annimmt und zusammenträgt." Und er fügte hinzu: „Außerdem ist der Richter für die Strafzumessung jetzt in der Ferienzeit vielleicht nicht da: Ich weiß nicht genau, ob ich ihn gleich erreichen werde. Ich muss um einen Termin bitten; nach dem 11. November ..."

Misstrauisch beschnüffelte ich seine Worte, weil ich fürchtete, einen nur allzu bekannten Geruch zu erkennen. In meiner Eile, das Eisen zu schmieden, verbrenne ich nur allzu oft Eisen und Huf, es stinkt verbrannt und die Leute ergreifen die Flucht. War der Anwalt im Begriff, zu verdampfen? Würde er mir raten, den Schmiedeofen erst ein bisschen abkühlen zu lassen? Egal, ich schürte weiter: „Warum erkundigen Sie sich nicht gleich, ob er da ist? Im Gericht werden Sie es Ihnen wohl sagen können: Rufen Sie doch von hier aus an."

Und als der Schleimer zögerte, warf ich ihm meine Glut direkt ins Gesicht: „Wenn sie Sie an ihr Telefon lassen, natürlich."

Sogleich schien der Anwalt zu wachsen: „Wenn sie mich lassen ... Dem Direktor wird es ein Vergnügen sein!"

So gab mir der Anwalt, der schließlich nicht mein Vorgesetzter ist, zu verstehen, dass mein Vorgesetzter, der Chef, bereit war, ihm zu gehorchen. Während ich noch über die Geheimnisse der Hierarchie nachdachte, war Maître schon aufgestanden und zu den Wärtern gegangen. Er brauchte nicht erst ins Büro des Chefs zu gehen: Mit sicherer Stimme flocht er eine ebenso komplizierte wie schmeichelhafte Girlande, in der sich die Füße der Wärter sogleich verfingen, und eilfertig streckten sie Maître den Kanzleiapparat entgegen.

Im Palast ertönte das Besetztzeichen, und dieses Zeichen klang wie das Grauen der Wüste. Schließlich erreichte Maître den Pförtner, der ihn mit der Diensthabenden verband, die ein endloses, knisterndes Hinundher veranstaltete; ich versuchte, die Verbindungen zu zählen, falls der Anwalt vergessen sollte, Geld dazulassen, und der Kanzlist den Betrag von meinem Konto abzöge; schließlich trieben sie die Privatnummer und die Adresse des Richters auf: Maître notierte sie auf einem Zettel, den ich sogleich in meinen Ärmel steckte, und empfahl mir, den Brief gleich am Abend zu schreiben, um den Boden für den Termin zu bereiten, um den er sich sogleich bemühen werde. Ich sagte: „Ich habe noch ein paar geschriebene Sachen in meiner Hütte, Geschichten, Gedichte ... Meinen Sie, das würde sich gut machen?"

„Das ist ja höchst interessant! Schicken Sie sie mir."

„Es ist nur ... Ihnen kann ich nur offen schreiben, und ich würde gern auf die Einmischung der Zensur verzichten."

Maître überlegte und spielte mit der Feder seines Kugelschreibers: „Gut, schicken Sie sie direkt an den Strafrichter. Und verlassen Sie sich darauf, ich werde alles in meiner Macht Stehende tun, um ihn für Ihren Fall zu gewinnen."

Ich erinnerte mich an eins der letzten Plädoyers, wo der Schleimer des Tages versucht hatte, meine „Möglichkeiten einer intellektuellen Rehabilitation" herauszustreichen; und plötzlich schämte ich mich: Seit Antritt meines Dienstes hatte ich nichts mehr geschrieben außer den üblichen Briefen ... und den Wäschelisten.

Nach dem Besuch machte ich mich sofort an das neue Gesuch, schrieb wieder einmal meinen Lebenslauf, zählte meine Möglichkeiten und Bestrebungen für die Zukunft auf, schrieb über mein Eheleben, bisher nur ein zärtlicher, im Gefängnis geborener Zukunftsplan; ich schrieb ein paar kurze Texte ab, die ich für am besten geeignet hielt, um meinen Brief zu illustrieren. Und lange, nachdem ich den Umschlag angeleckt hatte, schrieb ich immer noch, diesmal für mich allein.

Zwei Monate ... Ohne dass ich es merke, geht mein Geist vor die Hunde; das heißt, ich merke es schon, aber ich mache mir etwas vor. Die Arbeit ist ein guter Vorwand: Ich habe keine Zeit, ich bin groggy, ich habe den Kopf nicht frei zum Schreiben, ich kann nicht arbeiten. Erst recht nicht der Schädel. Um mich zu rechtfertigen, sage ich mir, während der Haufen geflickter Anstaltskutten neben der unaufhörlich summenden Maschine wächst, dass ich wieder anfangen werde, wann immer ich will, weil ich immer schreiben und mich erinnern werde: Warum soll ich mich dann zwingen? Ich beruhige mich damit, ich sei umzingelt vom Unaussprechlichen und so weiter.

Ich verwende nur noch die unverzichtbaren Wörter: Die anderen fühlen sich alt und anspruchsvoll an. Ich vergesse die Wörter, die zärtlich die geliebte Stimme einfassten: die Wörter, samtweiche Ventile des flimmernden Herzens, kleine, große, grobe; seit zwei Monaten besteht mein Repertoire nur noch aus Formeln, konventionellen Phrasen, aus zerlumpten und zerlöcherten Sätzen, an die ich die Aufrichtigkeit hänge ... Das kleinste Hindernis wird zum Versteck für meine Wörter, aus dem sie nicht mehr herauskommen. Ich vergesse sie eilig, gebe vor, ich würde andere daraus formen, aber später, woanders; ich sage, dass die Inbrunst meiner Gefühle und meiner Eindrücke ausreicht, sie mir für immer einzuprägen ... Ach, früher war ich weniger verschwenderisch ... Da hatte ich nur meinen Bic, um mich aus dem Dreck und der Verzweiflung zu ziehen, mit ihm destillierte ich das Böse, um davon nur das Wahre zu behalten. Jetzt warte ich, anstatt alles zu erwarten oder gar nichts mehr. Passive Hoffnung, passiver als die Hoffnungslosigkeit. Auf die Lawine der Gnadenerlasse, die Amnestie, die Werkzeuge, den Ausbruch, auf alles, was wohl nie kommen wird.

Heute Abend habe ich versucht, das leichte Herz nach dem Besuch, das beruhigte Gewissen nach dem Bettelbrief, die durchtriebene, betrügerische Hoffnung zu übersetzen. Ich wusste genau, dass ich das alles morgen schon versiebt haben würde. Morgen wird das Bewusstsein meiner Zelle da sein, dann werde ich auch das verlieren, wie die tausenden abgestorbenen und reduzierten Zellen meiner Epidermis.

Ich komme voran. Das Quecksilber, das mit den Monaten sinkt, beweist es mir, und ich gebe mich mit diesem Beweis zufrieden. Ich habe nichts gewonnen an einem Tag, aber ich habe einen Tag gewonnen, einen Strich im Kalender, das ist schon etwas. Das Quecksilber nähert sich langsam der Null, der Null, von der wir neu starten werden. Dabei bin ich noch nicht erstarrt; ich werde mich nie damit abfinden, mich an den offiziellen Etappenzielen zu orientieren, die Tage rückwärts zu zählen, bis man die Hundert-Tage-Marke feiert, wie alle Soldaten dieser Welt und einige meiner Kameraden. Ich denke in jedem Augenblick, dass das Quecksilber mit einem Schlag fallen, dass eine Katastrophe den Knast hinwegfegen kann oder dass ich einfach einen Weg finde, mich aus dem Staub zu machen. Herrgott, diese kurze, unvorhersehbare, heftige Raserei! In der die Masse des Zorns spürbarer ist als die Masse der Lähmung: Die beiden Massen heben sich nicht mehr auf, ich drohe zwischen ihnen zermalmt zu werden. Unter der scheinbaren Fügsamkeit tobt unaufhörlich das Unwetter, explodiert und entsteht neu. Aber bei jeder Explosion werde ich etwas schärfer, etwas bissiger: Der Kokon der Härte wird nicht beim ersten Glück schmelzen, ich werde nicht so bald wieder gut sein.

Dennoch hatten all diese totgeschlagenen Tage ihren Daseinsgrund. Ich habe sie verschwendet, das stimmt; trotz des unklaren, aber beständigen Gefühls, dass ich mir etwas entgehen lasse, bleibt die Verschwendung leicht und ohne Bitterkeit.

Zizi liebt mich. Das ist der goldene Faden. Was macht es schon, wenn der goldene Faden und der schwarze Strick eine Weile nebeneinander laufen?

Wenn wir uns wiederfinden, in dem Moment, wo wir in der Freude aufgehen, wird der Traum ganz natürlich in diesen Moment einmünden; und die überwundenen Kümmernisse von gestern werden sich auf den Speicher, ins Vergessen flüchten. Komm schon, Anick, sieh in diesen Gesuchen und dem Wirbel nur einen etwas anderen Zeitvertreib. Das Vertreiben der Zeit. Diese wunderbare und karge Zeit wird vertrieben werden.

Der Kontrollgang.

Damien liegt im Koma, man sieht es durchs Guckloch.

Ich strecke die Stelzen unter der Decke, hellwach. Ich fühle mich schlapp und erfüllt, zu ruhig ... Ich möchte nicht ruhig sein! Mein Zorn soll nicht vergehen. Ich will meine schlechten, schmerzhaften Neigungen erhalten.

Kapitel XIII

... Weihnachten ist vorbei.

Nach den Feiertagen, die für mich ein Dauerdröhnen waren, ist die eintönige Stille ins Gefängnis zurückgekehrt.

Angewidert von Schokolade und Huhn haben die Frauen die Abteilung „Abführmittel“ im Apothekenschrank geplündert und beschlossen, nur noch Brühe und Gemüse zu essen; sobald die letzten klebrigen Krümel der Fruchtdrops vertilgt sind, die sie sich beim Hofgang teilen, und sobald in den Schränken kein Krümel Schokolade mehr herumliegt.

Ich habe noch Vorräte für eine ganze Weile. Ich lasse meine Weihnachtspakete mit lange haltbaren Lebensmitteln füllen: Schinken, geräucherte Wurst, die man aufhängt, um sich ab und zu eine Scheibe abzuschneiden, und auf der süßen Seite Nugat und kandierte Früchte.

Am Abend des 24. schaffte ich es, mich zu betrinken.

Ich habe den Heiligabend allein im Tête-à-Tête mit dem Foto meines Mannes und mit warmgemachtem, gezuckertem Bier verbracht. Igitt! Es war widerlich zu trinken, aber als es erstmal am Zäpfchen vorbei war, schob sich ein angenehmer Hitzeschwall meine Wirbelsäule hinunter und hielt mich gerade auf dem Steißbein; alle umliegenden Fasern waren angespannt und angenehm gereizt, während mein Kopf sich zerstreute und in leichten Flocken an den Wänden der Zelle haftete, die ganz gemütlich geworden war.

Ich hatte die Glühbirne in rosa Papier gehüllt, das Licht summte im Chor mit dem Radio, auf dem Tisch war alles bereit für ein genüssliches und zivilisiertes Futtern, Picken und Knabbern: Mayonnaise mit braunen und grünen Oliven, in Scheiben und Würfel geschnittenes Huhn, dünne Scheiben Bûche de Noël und dicke Buttercreme gespickt mit Gebäck.

Ich wollte ungestört essen und schlafen, im Bauch die kleine Höhle des Wohlbehagens, die Höhle der warmen Fülle.

Das Radio blieb bis zur Nachtruhe an: Mozart kam, getragen von wolligen Flügeln. Ich dachte an Maria, natürlich musste ich ein bisschen an sie denken, vergessen zwischen Weihnacht- und Neujahrsnacht, großartige und gebeugte Maria, braunhäutige Maria.

In der Reihe meiner Knastweihnachten bewahre ich dieses als glatten Kiesel.

Morgen schlagen wir uns noch einmal den Bauch voll, zum letzten Mal vor der ewigen Brühe: Wir wechseln Monat und Jahr. Sankt Silvester, lass uns dich feiern.

Vielleicht sind wir noch im alten Jahr, vielleicht schon im nächsten. Ich weiß nicht, seit wann ich hier in der dunklen Zelle liege und Armeezigaretten rauche, ein Erbe unserer Fürsorgerinnen. Nacheinander sehe ich die trüben Strassfacetten des beginnenden Jahres, das Kaleidoskop dreht sich, mir wird schwindlig. Dreihundertfünfundsechzig Tage!

Nein, gleich schreie ich, das ist unmöglich! Ich kann nicht auf einmal einen so dicken Klumpen Gefängnis schlucken: Das ist, als würde ich das Brot für ein ganzes Jahr in einer Mahlzeit verzehren. Aus dieser Unmöglichkeit muss man die Möglichkeit jeder Sekunde ziehen; vielleicht heißt die Lösung, Existenz zu erschaffen.

Prost Neujahr! Der Regen duscht das Fenster, Rinnsale funkeln an den Scheiben. Ich möchte gern ... Ich möchte gern alles infrage stellen, die Zeit anhalten, die die Dinge ohne mich erledigt; ich möchte gern nichts vom Programm der bevorstehenden Tage wissen, die Träume und Bilder des letzten Jahres rekonstruieren, daran glauben, ihre Verwirklichung erwarten, ohne ketzerische Fragen zu stellen, ohne zu zweifeln, ohne aufzugeben.

Aber ich kann nicht mehr glauben.

Komm, mein Gerippe, mach ein großes Kreuz über die Sonne, vergiss, dass der Frühling nur aus dem Winter entstehen kann, wickle dich ein, mit eisigen Füßen und sterbendem Körper, verlang nichts mehr als die Perle der flüchtigen Wärme im Wasser des Kawa oder der Dusche.

Morgen ist Waschtag. Es ist Feiertag, aber die Männer wollen nicht feiern. Der Küchenjunge arbeitet, der Wäscher arbeitet, der Wärter arbeitet. Du wirst auch arbeiten, Anick, du wirst - ohne Widerwillen, hörst du - den durchdringenden Geruch von Keller, von der Feuchtigkeit und Schärfe des Holzes, das nicht brennen will, einatmen. Riech es, mein Mädchen, atme tief ein: Das ist der Barbecue, das ist der Kuchen unter der Asche, das fettige Wohlbehagen nach dem Eintopf, das ist das Einkuscheln, das ist die Wattigkeit des Lebens, das du abgelehnt hast. Ich seufze: Egal, es ist gut so, ich bleibe hier.

Es hat kein Wunder gegeben, nur ein bisschen Glück, das Glück zu leben. Dem Glück und dem Wunder weihe ich einen lebhaften Kult, wie allem, was in meiner Vergangenheit ist; danke, dass ihr mich so oft, so hartnäckig getränkt, eingewickelt, liebkost, in Rage versetzt habt. Ihr wart schöne Kinder, die ein Unbekannter zu sich zurückgeholt hat.

Und wir, wir bleiben da.

Man wird uns ins Zentralgefängnis verlegen, man wird uns in der Haftanstalt vergessen, auf jeden Fall sind wir DA. Wenn die Kameradinnen Besuch empfangen, werden wir uns an unsere Plaudereien und kleine, verrückte Kassiber erinnern, daran, wie sich unser Herz zusammenzog, wenn man uns zueinander ließ, wie zwei am richtigen Ort ausgelieferte Pakete, mit einer halben Stunde, um uns anzusehen; an die Kokons aus harten Decken, die man gern mit barmherziger Sanftheit beiseitegeschoben hätte, um tastend die zarten, schlafenden Triebe wiederzufinden.

Nein, ich träume, wir sind da, und wir sehen uns am Sonntag. Wir werden sprechen: Es ist schließlich das Sprechzimmer. Wir werden über Planeten sprechen, nicht erkundete, zermahlene; gestern ist Tabu: „Ihre Dummheiten kennen wir schon“, morgen ist unbekannt: „Na, meine arme Damien, immer noch keine Antwort auf das Gnadengesuch?“ Heute ...

„Ein Tag nach dem anderen, mein Küken“, wird Zizi sagen.

Zi, mein Herz, eines Tages wird der Zyklus von Sonnen und Nächten aufhören uns zu quälen und uns gewogen sein wie früher; aber keine Revolution vermag die Zeit zu beschleunigen, ich weiß. Die Kälte ist wahnsinnig heute Nacht, und trotzdem wird die bittere Decke, unter der ich mich zusammenkauere, schmelzen wie die Kälte, und ich werde in der Sonne vergehen.

Auch die sabbernden Kerzen, die brennen wollen, die Licht zu spenden glauben, wird die Sonne schmelzen. Alte, vergammelte Gefängnisdecke, ich liebe dich, ich versinke in dir, und ich lasse mich durch dich trudeln: der ewige Schütze, die Sehnsucht, das Nadelkissen in den Eingeweiden, der Hals zusammengepresst vom Drang zu weinen. Und ganz allmählich werden die Spitzen stumpf und verschwinden, wie auf dem Zement meiner Zelle die Asche der Zigarette verglüht.

Ich heule, und wie!

Weinen, weinen, um alles und um nichts, mit dem stummen Strom dieser Tränen alle alten Reste von Zorn fortspülen, wie die riesige, absurde und zärtliche Frage nach meinem Dasein.

Das Jahr fängt an. Weine, mein Kind, dann pinkelst du weniger.

Ich müsste schlafen ... Warum eigentlich? Wie wohl tut das Verstreichen der Stunden, der Nacht. Ich würde sie gern alle so durchqueren, die Nächte dieses Jahres, und jeden Morgen nur ein Mädchen sein, das herumrutscht und herumzappelt, während es die Nacht erwartet.

Ein Mädchen im Koma, dem vergoldeten Koma des Knastes, wo nichts eilt, wo alles und jedes funkeln kann, eine Laune, eine leichte und prächtige, für mich allein ausgeführte Parade, mein heimlicher Ausbruch.

Es schlägt Mitternacht. Ich trockne meine Augen an der Decke, hopp, hopp, auf geht's. Türme der Stadt verknüpfen ihre Arabesken, wie Hochzeitsglocken, und lange, bevor der Tag erwacht, male ich mir meine Neujahrsgeschenke aus.

April 1961 bis Juni 1962

Albertine Sarrazin sorgt mit ihrem kurzen, wilden Leben (1937 bis 1967) im Frankreich der sechziger Jahre für ebenso viel Aufsehen wie mit ihren literarischen Bestsellern. In der Adoptivfamilie vergewaltigt, aus der Besserungsanstalt geflohen, schlägt sie sich als Kleinkriminelle und Prostituierte durch. Während der vielen Verwahrungen schreibt sie drei Romane, die mit Unterstützung von Simone de Beauvoir erscheinen. Mit neunundzwanzig Jahren wacht sie nach einer Nierenoperation nicht mehr aus der Narkose auf.

Claudia Steinitz lebt in Hamburg und übersetzt seit vielen Jahren französischsprachige Literatur aus Frankreich, der Schweiz und Haiti, unter anderem von Véronique Bizot, Virginie Despentes, Yannick Haenel, Véronique Olmi, Catherine Safonoff und Lyonel Trouillot. Von Albertine Sarrazin hat sie *Astragalus* neu übersetzt.

Zum ersten Mal nicht in einer Einzelzelle, teilt Anick Damien mit Dirnen, Diebinnen und verlausten Analphabetinnen schreibend den Alltag in Frauenknästen an unterschiedlichen Orten in Frankreich.

Unter allen sticht Maria heraus, mit ihr plant sie minutiös den Ausbruch und richtet sich damit immer wieder auf. Auch hat sie, während sie Zigarette um Zigarette, gegen ihre Klamotten getauscht, raucht, das Mantra ihres ebenso inhaftierten Ehemanns im Ohr: „Wir sind allein, mein Schatz. Ganz allein“, um dann auch mit ihm über Kassiber an einem gemeinsamen Ausbruch zu feilen, nachdem der erste gescheitert ist.

Es ist das Opium, um einen freien Geist zu behalten und zu überleben, in der Haft.

Albertine Sarrazin, der weibliche Outlaw, zeigt uns in der Neuübersetzung von Claudia Steinitz ein Panoptikum des „Ausbruchs“, das uns realisieren lässt – hier geht es um unser eigenes Menschsein: Wahr, pur und einzig geht der Kult weiter!